BLT
Mit der Welt
auf Buchfühlung

Mirjam Wilhem wurde 1967 in Ludwigshafen geboren. Mit ihrem ersten Roman »Bildersturm« begann die Journalistin und Absolventin der Henri-Nannen-Schule in Hamburg ihre Laufbahn als Autorin. Ein zweiter Roman, »Die Theaterprinzessin«, erschien im Herbst 2002. Ihr dritter Roman, »Der Mann, mit dem ich fortging« (2004), erzählt eine deutsch-jüdische Liebesgeschichte. Mirjam Wilhelm lebt heute in Hamburg.

Mirjam Wilhelm

Die Liebenden des Lichts

Roman

BLT

BLT
Band 92222

1. Auflage: August 2006
2. Auflage: Mai 2007

Vollständige Taschenbuchausgabe
der im Gustav Lübbe Verlag erschienenen Hardcoverausgabe

BLT und Gustav Lübbe Verlag in der Verlagsgruppe Lübbe

Originalausgabe

Lektorat: Daniela Bentele-Hendricks
Autorenfoto: © by Daniela Bentele
Umschlaggestaltung: Gisela Kullowatz
Titelbild: © Doisneau/Rapho/Focus
Satz: Druck & Grafik Siebel, Lindlar
Druck und Verarbeitung: GGP Media GmbH, Pößneck
Printed in Germany
ISBN 978-3-404-92222-2

Sie finden uns im Internet unter
www.luebbe.de

Der Preis dieses Bandes versteht sich einschließlich
der gesetzlichen Mehrwertsteuer.

Dieser Roman ist all jenen gewidmet, die im Dienst der Presse und für das Recht der Bevölkerung auf Information gestorben sind. Jeder einzelne ist einer zu viel. Im Jahr 2003 wurden 51 Journalisten in Ausübung ihres Berufs und im Kampf um die Wahrheit getötet. 2002 waren es 46; im Jahr 2001 sind es 60 Journalisten gewesen. Hinter jeder Zahl steckt ein Mensch. Für mich war es Gabriel Grüner, mein beruflicher Mentor, der in den letzten Tagen des Bürgerkrieges in Ex-Jugoslawien gestorben ist. Trotzdem muss es Journalisten wie ihn geben, die diesen höchsten Preis zu zahlen bereit sind, damit Menschen anderswo die Hoffnung nicht verlieren.

Außerdem widme ich diesen Roman meinem Bruder Knut, der kein Journalist, aber ein Wahrheitssuchender war. Er starb am 15. Oktober 2003, in den letzten Wochen der Arbeit an diesem Roman.

PROLOG

59 West, 44th Street
The Algonquin Hotel
New York City, Januar 1953

Für die Cocktailparty hatte er die legendäre Blue Bar des Algonquin gemietet, eines der ältesten und berühmtesten Hotels von New York. Hier traf sich seit Jahrzehnten die kulturelle Schickeria. Die Auftragslage war schlecht, und der Empfang würde die Agentur vermutlich an den Rand des Ruins treiben, aber wie sagte man so schön: Nichts ist erfolgreicher als der Erfolg.

Die Redakteure der wichtigsten Zeitschriften der Welt mussten glauben, dass die MAGNUM-Fotografen in Geld und Aufträgen schwammen. Es wurde an nichts gespart. Zu den Cocktails gab es New York Pastrami, gegrillte Hähnchenbrust und Garnelenspieße als Appetizer.

Gläser klirrten, Lachen perlte, die eleganten Ladys der Upper East Side von Manhattan stießen mit den Fotokünstlern an; Redakteure mischten sich zwischen Fotomodelle, plauderten mit dem Schriftsteller John Steinbeck oder versuchten an Howard Hawks, John Huston und Ali Khan heranzukommen. Am begehrtesten war sicher das orientalische Fotomodell Ala, das aus Paris eingeflogen war und mit dem er eine Affäre hatte.

Während er sein berühmtes Lächeln trug wie andere Leute ihren besten Anzug, hielt er sich an einem Glas Whiskey fest, sein Hauptnahrungsmittel in diesen Tagen, unverdünnt, Glenfarclas.

Was er sah, bedeutete ihm nichts, und was er hörte,

sagte ihm nichts. Inmitten all des Trubels war er ein einsamer Mann, der seinen Abschied nahm.

André Friedmann, genannt Bandi, genannt Robert Capa, genannt Bob, würde heute Abend sein Amt als Präsident der besten Fotoagentur der Welt niederlegen: MAGNUM.

MAGNUM, das war ein Name, der nach Champagner schmeckte, von Größe kündete und die Assoziationen von Brillanz und Fröhlichkeit und Erfolg wecken sollte.

Er selbst hatte sich diesen Namen ausgedacht.

Es war ihr Traum von damals, herübergerettet aus einer Welt, die in Flammen und Asche versunken war: dem alten Europa. Sie, das waren junge Menschen aus Budapest und Berlin und Leipzig und Warschau und Paris gewesen, die geglaubt und gehofft hatten, dass man mit Bildern die Welt verändern könnte.

Ihre Welt war untergegangen.

Doch ihre Fotos wurden rund um den Globus gedruckt.

Sie hatten Büros in der Pariser Rue du Faubourg-St-Honoré und im New Yorker Fawcett-Building. Und sie hatten sich die besten Bedingungen geschaffen, die es für Fotoreporter gab: Wer bei MAGNUM arbeitete, durfte seine Aufgaben selbst aussuchen und so lange daran arbeiten, wie es notwendig war. Die Agentur stand dem Fotografen bei, und das Copyright blieb bei ihm; Redakteure hatten in die Arbeit nicht reinzureden. Für MAGNUM zu fotografieren war *story telling* – die Kunst, mit Bildern Geschichten zu erzählen. MAGNUM war sein Baby. Und nun war es groß geworden.

Der Mann, den die Freunde von damals Bandi nannten und die von heute Bob, nahm einen tiefen Schluck aus seinem Whiskeyglas und zündete sich eine Chesterfield an. Es war still geworden in der Blue Bar; man erwartete Worte von ihm, Worte, die dem Augenblick angemessen waren, doch er war viel zu tief in Erinnerungen versunken, um groß reden zu wollen.

Gemächlich setzte er sich in Bewegung, die Chesterfield im Mundwinkel, eine Hand in der Jackentasche. Er ignorierte das Rednerpult und kletterte auf einen Barhocker; die Ladys lachten, jemand klatschte. Erwartung lag in der Luft.

Er zeigte auf seinen Nachfolger, John Morris, den er persönlich dazu überredet hatte, ihn abzulösen.

»Also Jungs«, sagte er lapidar, an seine Fotografen gerichtet und ohne die Chesterfield aus dem Mund zu nehmen. »Von jetzt an geht ihr gefälligst mit euren Problemen zu diesem Herrn.«

Damit stieg er vom Hocker herunter und schaffte es, sich in einen Winkel der Bar zu verdrücken, bevor die Gäste begriffen, dass dies seine Abschiedsrede gewesen war.

Er war ein Mann der Tat, nicht der großen Worte.

Die Worte sollten andere führen, die sie noch brauchten und jünger waren als er.

Andere Redner stellten sich ans Pult, um ihn zu loben. Er hörte kaum hin. Erst als eine junge Frau mit fein geschnittenen Zügen ans Pult trat, nahm er einen tiefen Zug an seiner Zigarette und zog konzentriert die Augenbrauen zusammen. Sein größter Einsatz in den letzten Jahren hatte dem Nachwuchs gegolten. Er wollte die besten, die begabtesten und fleißigsten Talente der Welt für MAGNUM, und er wollte das Beste aus ihnen herausholen, mehr, als sie selbst in sich sahen.

»Es hilft dir nichts, dich dahinten zu verstecken. Du wirst dir dein Lob schon anhören müssen«, sagte die junge Inge Morath, auf die er große Stücke hielt. »Capa ist der Größte, Capa ist immer der Boss. Wir brauchen seine Erfahrungen, seine Großzügigkeit, seine Verbindungen, seine Aggressivität und die Vision von MAGNUM; dies alles hält uns auf Trab. Und nicht zuletzt brauchen wir seine Ideen.«

»Ideen zu haben ist nicht schwer«, sagte er grinsend und mit der Zigarette im Mundwinkel in den Applaus hinein.

»Schwierig ist nur, denen, die sie ausführen können, das Gefühl zu geben, sie hätten sie zuerst gehabt.«

Man lachte, man klatschte.

Der Beifall beschämte ihn. Er merkte, dass ihm heiß wurde. Er wollte keine sentimentale Abschiedsveranstaltung. Trotzdem berührten ihn die Worte der Redner auf merkwürdige Weise, und er beschloss, sich für einige Momente aus dem Staub zu machen. Er wollte allein sein. Während sein persönlicher Liebling, Ernst Haas, zum Mikrofon schritt, schlüpfte er unbemerkt aus der Bar hinaus.

»Capa ist der größte Kriegsfotograf der Geschichte«, hörte er noch in seinem Rücken, bevor die Stimme verklang.

Allein mit seinen Chesterfields und dem Whiskey wanderte er durch die Galerie des Algonquin, die sie für den Abend zum Dinner angemietet hatten. Es sollte ein rauschendes Fest werden, und danach – so wusste er aus jahrzehntelanger Erfahrung – würde es Aufträge nur so regnen.

Er war müde geworden.

Langsam schritt er an der Wand entlang, die von Kronleuchtern angestrahlt wurde; der nostalgische Charme des alten Algonquin stand in scharfem Kontrast zu den Fotografien, die an der Wand hingen. Es waren die seinen.

Foto: André Friedmann.

Foto: Robert Capa.

Foto: Capa/MAGNUM Inc.

Doch er wusste, dass ein Name fehlte.

In den Fotos waren der Schrecken und die Poesie des wirklichen Lebens eingefangen, entscheidende Momente der Menschheit im zwanzigsten Jahrhundert.

Er hatte alles gesehen, zu viel, wie er fand.

In den Qualm seiner Chesterfield gehüllt wie in einen wärmenden Mantel, schritt er die Reihe jener Bilder ab, die ihm persönlich am wichtigsten waren, Meilensteine seiner Karriere und der Zeitgeschichte.

Er begann mit seinen Fotos aus Israel, und er dachte an das, was er über dieses Land der Hoffnung geschrieben hatte: »Israel, dieser Staat, der als einziger geboren wurde in der Mitte unseres Jahrhunderts, das den Untergang so vieler Staaten gesehen hat, ist der rauste und härteste Ort, wo man heute leben kann. Es ist aber auch ein Ort, wo man nachts die jungen Leute singen hört und wo selbst die Alten über die Zukunft reden.«

Er betrachtete sein berühmtestes Israel-Foto, aus dem Jahre 1948, das David Ben Gurion zeigte, als er die Errichtung des Staates Israel proklamierte und damit die Erfüllung des zweitausend Jahre währenden, jüdischen Traums.

Er betrachtete seine Fotos von den Einwanderern, die aus den Todeslagern Europas in Haifa ankamen: »Die Einwanderer auf diesen Schiffen«, hatte er geschrieben, »sind die kunterbunten Reste eines Volkes, das vor zweitausend Jahren dieses Gestade verließ und sich über die ganze Welt verstreute, und jetzt kehren sie zurück in das Heilige Land, um dort zu leben, und manche auch, um dort zu sterben.«

Vielleicht würde auch er nach Israel ziehen, dachte er zum ersten Mal und wunderte sich, warum ihm der Gedanke erst so spät kam, denn schon vor Jahrzehnten hatten sie in Paris mit heißen Köpfen über *Eretz Jissrael* diskutiert, und für ihn – der die Schrecken des Naziregimes kannte – war es sein Wunderland.

Ein Satz fiel ihm ein, den *sie* damals gesagt hatte: »Wenn ich vor dir sterbe, werde ich für dich leuchten. Dann kannst du heimgehen, wo du hingehörst. Nach *Eretz Jissrael*. Ins Land der Orangenhaine.«

Er seufzte und ging weiter an der Wand entlang und weiter zurück in die Vergangenheit, 1945, die Trümmerlandschaft von Berlin, seiner Heimat von ehedem, der Weltstadt, die die Nazis zerstört hatten. Er war für die Zeitschrift *Life* ins zerbombte Deutschland gereist, und dann hatte er Ingrid Bergman fotografiert, in den Resten einer Badewanne, in Ruinen.

Es war eine heiße Liebschaft geworden, er und der Filmstar, gerade oscargekrönt und auf dem Weg zu Weltruhm. Er hatte ihre Fröhlichkeit geliebt und sie seinen Charme. Sie hatte ihn heiraten wollen, doch er lehnte ab.

»Ich bin keiner, den man heiratet«, hatte er zu ihr gesagt.

Doch die Wahrheit war eine andere.

Die Frau, die sein Herz bewohnte, die er liebte und verfluchte und immer noch begehrte, war für ihn niemals gestorben.

Vielleicht war sie es gewesen, in deren Gedenken er am 6. Juni 1944 das größte Risiko seiner Karriere eingegangen war, damals, an Bord der U.S.S. Henrico, eines Transportschiffs der US-Flotte vor der Küste der Normandie. Damals hatte er ins Feuer gehen wollen, ganz nach vorn, an die Seite der ersten alliierten Soldaten, die im besetzten Frankreich landeten.

Es war mörderisch gewesen, das eisige Wasser, die Feuergarben der deutschen Abwehr, die Minen, die Bomben. Rings um ihn rissen die Kugeln Löcher ins Wasser, die Flut drängte ihn ab, Stacheldraht schützte den Strand, der noch hundert Meter weit weg war, eine ganze Welt entfernt.

Für die Frau von einst war er ins eisige Wasser gesprungen und hatte an diesem grauen Tag mit dem grauen Wasser und dem grauen Himmel und mitten im Kugelhagel die Fotos gemacht, auf die die ganze Welt gewartet hatte.

Verwischte, dramatische Aufnahmen der Armee der Befreier bei ihrem ersten großen Sieg im Kampf um Europa.

Er merkte, dass seine Hände zu zittern begannen, und nahm einen Schluck Whiskey, um sich von innen zu wärmen.

Das letzte Bild an der Wand konnte er kaum ansehen. Sooft er zu diesem Bild befragt wurde, schwieg er.

Es war sein berühmtestes Foto, jenes, das ihn unsterblich machen sollte und das wie kein anderes je zuvor die Grausamkeit des Krieges auf Film gebannt hatte.

Das Foto des »Fallenden Soldaten«.

Aufgenommen am 5. September 1936, bei Cerro Muriano, zeigte es einen jungen Soldaten der Republikanischen Garden, der von einer Kugel, tödlich getroffen, mit ausgebreiteten Armen fällt.

Es war überall gedruckt worden, *Vu, Regards, The Illustrated London News, Berliner Illustrirte*, und wurde auch heute noch immer gedruckt.

Die ganze Welt kannte dieses Bild als die dramatischste und erregendste Momentaufnahme des Krieges, und jahrelang hatte es leidenschaftliche Debatten um seine Echtheit gegeben.

Er hatte dazu geschwiegen.

Denn die Wahrheit wussten nur er und die tote Frau in seinem Herzen.

Er zog sich einen Stuhl heran und blickte wie gebannt auf das Bild von damals, mit dem ihrer beider Aufstieg begonnen hatte. Allmählich verschwamm das Foto vor seinen Augen, und dahinter sah er andere Bilder und wieder andere Bilder. Bis der Blick der Erinnerung an einem Bild hängen blieb. Er lehnte sich zurück und lächelte. So hatte alles angefangen.

T E L L I

1931–32

Alles begann im Schnee.

Und mit dem kleinen Fotoapparat, den er zum ersten Mal um den Hals baumeln hatte, jenem Apparat, der später ihr Schicksal werden sollte: eine Leica.

Es war zwei Tage vor Weihnachten. Er hatte von Berlin nach Leipzig reisen müssen, für den ersten Auftrag seines Lebens. Er sollte eine Demonstration fotografieren, die man – von Berlin aus gesehen – für mäßig bedeutsam hielt.

Nur deshalb hatte sein Chef ihn wohl ausgewählt, zur ersten Foto-Reportage seines Lebens. Wenn er den Auftrag vermasselte, würde daraus kein Drama entstehen.

Und wenn er es gut machte, war es eine Chance.

Es war ein kalter Winter, dieser Winter von 1931. Die Regierung Brüning geriet täglich mehr unter Druck, während NSDAP und Kommunisten immer stärker wurden. Jede Woche gab es Massenaufmärsche und Straßenschlachten. Kurz vor Weihnachten hatte die Sozialistische Arbeiter-Partei zum Protest gegen die Nazis in Leipzig aufgerufen, und Tausende waren dem Ruf gefolgt.

Bandi, selbst ziemlich arm, bemitleidete die Arbeiter und Arbeitslosen in ihren dünnen Jacken und zerschlissenen Stiefeln.

Ein eisiger Wind trieb die Schneeflocken vor sich her, kroch unter Jacken und Mützen und schnitt den Demonstranten ins Gesicht. Bandi wickelte den Schal enger um seinen Hals.

Er war dankbar für seine guten Stiefel, ein Geschenk seiner Mutter, zu Hause in Budapest. Im Schnee verschafften sie ihm sicheren Halt, während um ihn herum die Ärmsten der Armen in ihren abgetretenen Halbschuhen hilflos umherschlitterten. Doch ihrem Kampfgeist tat das keinen Abbruch.

»Nieder mit den Nazis!«, riefen Frauen, die sich hustend unterbrechen mussten, und Männer, denen man die Staublungen aus den Bergwerksgruben ansah. »Leipzig für die Einheitsfront! Raus mit den Braunen!«

Bandi hörte alles und sah alles, er hatte seine Antennen auf Empfang eingestellt: Metallgitter trennten die Menschen vom Leipziger Bahnhof. Dahinter waren Schutzpolizisten aufgestellt, die warnend ihre Knüppel durch die Luft sausen ließen, um die Massen davon abzuhalten, den Bahnhof zu stürmen.

Und dann bemerkte er die Gruppe junger Männer mit kurz geschorenen Haaren, die in Schnürstiefeln – von der Innenstadt kommend – aufmarschierten. Sie marschierten mit dem Wind. Es wirkte gespenstisch, wie sie mit forschen Schritten aus dem Schneetreiben hervortraten.

Bandi kniff die Augen zusammen, um sich vor den eisigen Flocken zu schützen. Anders als die Demonstranten waren die SA-Leute bewaffnet. Sie trugen so genannte Totschläger bei sich, Lederschläuche, die mit Blei gefüllt waren.

Ein Blick zu den Schupos, und er wusste, dass sie die Nazis nicht gesehen hatten. Oder, fragte eine kleine, böse Stimme, die ihm einen Schauer über den Rücken jagte, wollten sie die Nazis vielleicht gar nicht sehen?

Ungehindert marschierten die Schläger zum Portal.

Bandi drängte sich an ausgezehrten Gesichtern vorbei, an Frauen, die ihre plärrenden Kinder an der Hand hielten. Wie unter Zwang versuchte er, sich nach vorn durchzuschlagen. Dorthin, wo es jeden Moment gefährlich werden musste, wenn Nazis und Demonstranten aufeinander prallen würden.

Ohne hinzusehen, zog er seine kleine Leica aus der Schutzhülle, damit er im entscheidenden Augenblick abdrücken konnte. Mit der Fotografie war es wie mit der Jagd, dachte er mit zusammengebissenen Zähnen: Die Kunst lag darin, im richtigen Moment am richtigen Ort zu sein und dann das Ziel zu treffen.

Lustlos trottete Gerta Pohorylle dem Chauffeur ihres Vaters hinterher. Sie hatte keine Eile, nach Hause zu kommen, überhaupt keine, denn was sie zu berichten hatte, würde Konsul Pohorylle wohl kaum zu Freudenausbrüchen verleiten. Sie fürchtete sich davor, ihm in die Augen zu sehen und ihr Geständnis zu machen.

Also versuchte sie Zeit zu gewinnen, indem sie ihre Schritte immer mehr verzögerte, bis sie Herrn Schulze mit seiner blauen Livree und den Gepäckträger mit den Koffern im Schlepptau schließlich aus den Augen verlor. Es waren fünf große Koffer sowie ein kleiner für Schmuck und Kosmetik. Alles, was Gerta besaß. Denn sie würde niemals unter die Fuchtel von Madame Véron in die Villa Florissant zurückkehren.

Gerta bog den Kopf zurück und bewunderte die Kuppeln des neuen Leipziger Hauptbahnhofs, die sich majestätisch über die Gleise spannten. Der größte Kopfbahnhof Europas, dachte sie, der Stolz der internationalen Messestadt. Stimmengewirr mischte sich mit dem Gebrüll der Zeitungsjungen mit ihren riesigen Ohrenschützern. Gepäckträger bahnten sich ihren Weg durch die Menge, Damen in langen Mänteln und steifen Hüten stolzierten hinterher, und an den Waggons der dritten Klasse drängten sich die Armen mit ihren zerschlissenen Kleidern.

Vor den Gesichtern der Passanten hatten sich dünne, weiße Atemwolken gebildet, es war sehr kalt, viel kälter als in Lausanne, und die Menschen waren ernster.

Gerta wärmte die Hände in ihrem Nerzmuff und trat durch das Portal hinaus auf den Bahnhofsvorplatz. Dort fluteten, völlig unerwartet, die Demonstranten auf sie zu. Ein Meer aus Menschen, in dunklen Kleidern und mit roten Fahnen, wogte auf dem Vorplatz des Leipziger Bahnhofs und zertrampelte das Rondell, wo im Frühling die Osterglocken blühten.

»Leipzig für die Einheitsfront!«, hörte sie es brüllen.

Gerta wusste, dass es klug gewesen wäre, nach Herrn Schulze Ausschau zu halten, damit er sie behütet und sicher zur Limousine ihres Vaters geleiten würde.

Aber ihre Neugier war stärker als alle Vernunft.

Sie rutschte tiefer in ihren Nerzmantel, um sich vor dem Schnee zu schützen, der ihr ins Gesicht schlug. Dann ging sie bis zur Absperrung und blieb dort stehen.

»Stoppt die Braunen!«, hörte sie eine junge Frau rufen, die etwa in ihrem Alter war und scharfe Falten um den Mund hatte.

»Wählt Rot, für Arbeit und Brot!«

Natürlich hatte Madame Véron ihren jungen Damen im Pensionat von den Krawallen in Deutschland erzählt, die es in den letzten Wintern immer wieder gegeben hatte: Millionen von Menschen waren seit dem Börsenkrach ohne Arbeit. Aber niemand hatte dem eine weitere Bedeutung zugemessen.

Erstens war es – aus Sicht Madame Vérons und ihrer hochnäsigen Lieblingsschülerinnen – sowieso nur das Lumpenproletariat, das auf den Straßen marschierte. Und zweitens hatte Deutschland eine starke, mächtige Wirtschaft und die tüchtigsten Ingenieure der Welt und würde sich bald von der Krise erholen. Und abgesehen davon war es für junge Damen aus gutem Hause ohnehin nicht schicklich, sich mit Politik zu befassen. Politik war Männersache.

Bei dem Gedanken an Madame Véron runzelte Gerta unwillig die Stirn.

Sie fand, dass Mädchen sich durchaus mit Politik beschäftigen sollten.

Nur war sie leider mit dieser Ansicht im Pensionat nicht weit gekommen. Und hatte den Fehler gemacht, ihre Meinung unverblümt zu sagen.

Was einer der Gründe dafür war, dass sie bald ihrem Vater gegenüberstehen und sich würde rechtfertigen müssen …

Gerta wagte kaum daran zu denken, was er zu dem Schreiben sagen würde, das Madame Véron ihr für ihn mitgegeben hatte. Der Konsul hatte Sinn für alles Mögliche, aber nicht für schlechte Manieren. Wenn sie dann noch seinen Jährzorn in Rechnung stellte, musste sie kein Prophet sein, um zu wissen, dass es keine angenehmen Stunden sein würden, die ihr zu Hause bevorstanden …

Das Gebrüll der Demonstranten holte sie in die Gegenwart zurück. Es klang laut, wütend, abgehackt. Und dann ging alles unglaublich schnell. Wie in einem Film, dachte sie später, den man im Schnelldurchlauf sieht. Eine Horde bewaffneter Männer in dicken Jacken und schweren Stiefeln marschierte auf die Demonstranten zu.

Totschläger schwangen durch die Luft, Schreie wurden laut, und dann hörte man ein dumpfes Klatschen. Gerta stand regungslos da, als wäre sie am Boden festgewachsen. Sie wollte etwas tun, um Hilfe schreien, Hilfe holen. Stattdessen sah sie mit schreckgeweiteten Augen zu, was passierte.

Panik brach aus.

Die Menschen drückten gegen die Absperrungen; versuchten, sich darunter durchzuzwängen, um zum Bahnhof zu flüchten, wobei sie aber von den Schupos zurückgeprügelt wurden, die den Auftrag hatten, die Leipziger Bürger zu schützen.

Die Demonstranten galten anscheinend nicht als Bürger. Man schien sie als Menschen zweiter Klasse zu betrachten.

Warum tut denn keiner was, man muss doch die Demonstranten vor den Nazis schützen, dachte Gerta, aber auch sie tat nichts, sondern stand nur da, eine entsetzte Beobachterin, wehrlos, ohnmächtig.

Und dann geschah das Unfassbare.

Gerta sah, dass eine alte Frau es nicht geschafft hatte, vor den Nazi-Schlägern zu flüchten. Wie in Zeitlupe sah sie den aufgerissenen Mund, die Augen, die vor Entsetzen groß wie Murmeln wurden. Sie sah die Totschläger, die durch die Luft zischten und Blut hinterließen, wo sie getroffen hatten, Blut, das sich mit Schnee vermischte, und wieder ein zischendes Sausen, mehr Blut, Schreie, die leiser wurden und schließlich verklangen.

Die Zeit schien immer langsamer zu werden, die Bewegungen schienen zu gefrieren, als die alte Frau schließlich in den Schnee taumelte und regungslos liegen blieb.

Eine rote Lache breitete sich unter ihrem Körper aus, ein dunkler Fleck im Schnee.

»Verdammt«, knirschte Bandi zwischen den Zähnen.

Wieder und wieder drückte er auf den Auslöser. Die Leica war schnell wie ein Gewehr, konnte sechsunddreißig Bilder in Folge aufnehmen. Auslöser, Film nachspulen, draufhalten, Auslöser.

Bandi dachte an nichts anderes als daran, alles festzuhalten, diesen Augenblick des Grauens auf Zelluloid zu bannen. Er durfte den Schlägern nicht so nahe kommen, dass er sich und damit seine Kamera gefährdete, musste aber so nah ran, dass er das Entsetzen und das Blut im Gesicht der Frau dokumentieren konnte, die von niemandem beschützt wurde. Mit seinem letzten Bild hielt Bandi fest, wie sie zusammensank und in den Schnee stürzte, stumm, zerbrochen wie ein Spielzeug.

Er nahm seine Leica und spulte den Film zurück, den er dann mit einer schnellen Drehung seines Handgelenks in seiner Jacke verschwinden ließ.

Inzwischen waren die Schupos aufmerksam geworden und musterten den jungen Mann misstrauisch. Er lächelte zornig.

Mit Mord wollte wohl auch die Schutzpolizei nicht in Verbindung gebracht werden, egal, wie bemüht sie wegsah, was die Nazis betraf. Ein kurzes Handgemenge, dann waren die SA-Schläger zurückgedrängt worden. Einer der Polizisten trat prüfend nach dem Körper der Frau, der sich nicht mehr regte. Dann blickte er auf, und sein Blick traf sich mit dem Bandis.

Der Polizist und er waren nur wenige Meter voneinander entfernt, und Bandi wusste, dass er handeln musste, um unnötigen Fragen aus dem Weg zu gehen, die nur ins Unheil führen konnten. Vor seinem inneren Auge sah er lange Verhöre auf einer Polizeistation oder eine zertretene Leica. Oder beides.

In Sekundenschnelle taxierte er seine Möglichkeiten.

Und dann sah er die rettende Lösung direkt vor sich.

Eine rothaarige junge Dame im Pelzmantel, die mit verlorenem Blick auf die getötete Frau starrte. Sie stand hinter der Absperrung, gehörte nicht hierher, war vollkommen aus der Welt gefallen.

»Liebling!«, rief er aus und lief mit ausgebreiteten Armen auf die Absperrung zu. »Da bist du ja! Ich hab dich überall gesucht! Mein Gott, du musst doch aufpassen! Du siehst doch, wozu dieser Pöbel fähig ist! Nicht mal die Polizei kann dich davor schützen!«

Es ging so schnell, dass Gerta überhaupt nicht begriff, was eigentlich geschah. Sie sah einen jungen Mann aufgeregt auf sich zurennen und mit einem eleganten Seitenschwung über die Absperrung hechten. Dabei rief er irgendetwas, dessen Sinn sie nicht verstand.

Es hörte sich an wie: »Liebling!«

Im nächsten Moment fühlte sie seinen Körper an ihrer Seite. Sein Atem ging stoßweise. Die Kälte hatte rote Flecken auf seine Wangen gemalt, und seine Augen blitzten schwarz wie Kirschen unter der Schiebermütze. Eine dunkle Haarlocke fiel ihm in die Stirn, und auf seiner Nase, einer ziemlich großen Nase, thronte ein Häubchen aus Schnee.

All diese Eindrücke nahm sie wahr, während sie noch immer wie betäubt auf die tote Frau starrte.

Aber jetzt riss der junge Demonstrant sie ohne Vorwarnung an sich. Er war stark. Sie versuchte, ihn wegzuschieben, aber seine Hände zogen sie erbarmungslos an sich, bis ihr Kopf an seine Schulter knallte und so ihren Aufschrei erstickte.

Sie roch das Leder, spürte Finger in ihrem Haar, die ihren Kopf gegen seine Jacke pressten, und hatte keine Chance, sich zu wehren.

Sie prustete und zuckte, doch er hielt sie fest wie in einem Schraubstock, genau vor den Augen der Polizei.

Bandi brauchte seine ganze Kraft, um die kleine Hexe in seinen Armen zu bändigen. Sie zappelte wie ein Fisch, und dabei musste ihre Umarmung doch wie die eines Liebespaars wirken, um jeden Argwohn der Schupos zu zerstreuen. Sie durften ihn auf keinen Fall für einen Fotografen halten; sonst würde er sofort seinen Film abgeben müssen. Er versuchte, ihren Kopf festzuhalten, und tauchte dabei in den Duft ihres Haars ein, der süß und teuer roch.

»Stillhalten«, zischte er und machte dabei den Fehler, seinen Griff ein bisschen zu lockern.

»Was fällt Ihnen ein, Sie Flegel?«, sagte sie mit einer hohen, arroganten Stimme, die so durchdringend war, dass auch die Schupos sie hören mussten. »Lassen Sie mich sofort los, sonst schreie ich!«

Er hatte keine andere Wahl. Er drückte seine Handflächen links und rechts an ihr Gesicht, um es festzuhalten. Dann beugte er sich zu ihr hinunter und erstickte den grellen Protest mit seinem Mund.

Gerta versuchte vergeblich, sich dem Griff dieses unverschämten Fremden zu entwinden. Seine Hände waren kräftig, seine Lippen entschlossen, sie zum Schweigen zu bringen.

Sie quietschte, woraufhin seine Finger drohend ihre Schläfen umschlossen und seine Zunge in ihren Mund eindrang, und während er ihr seinen Kuss aufdrückte, wollte sie ihn hassen und konnte doch spüren, wie sie unwillkürlich nachgab, die Augen schloss und sich fallen ließ, in den Kuss, in die Umarmung und in seine Arme, die sie mit einer solchen Kraft hielten, dass sie ein paar Zentimeter über dem Boden schwebte und doch nicht den Anflug von Angst verspürte, sie könnte stürzen.

Dann, völlig unvermittelt, ließ er sie los, und sie brauchte einen Moment, um in die graue Welt aus Schnee und Not zurückzukehren, in die Wirklichkeit von Leipzig.

»Sie müssen mir helfen«, keuchte er. »Tun Sie's für die Kunst, wenn schon nicht für die armen Leute. Haben Sie gesehen, was da passiert ist? Ich hab alles fotografiert. Ich muss meine Fotos vor den Barbaren retten, die sich Schupos nennen. Tun Sie so, als ob Sie meine Freundin wären, und gehen Sie mit mir fort. Ich darf keinen Verdacht erregen.«

Gerta zögerte.

Er sah ganz anders aus als die jungen Offiziere, die Brüder ihrer Kameradinnen im Pensionat, mit denen sie bei

Frühlings- und Herbstball hatte tanzen dürfen. Sie sah, dass sein abgetragenes Jackett für die Kälte viel zu dünn war und dass die Lederstiefel an den Kappen abgeschabt waren. Eisklumpen hatten sich an den Spitzen gebildet. Aber der junge Mann hatte blitzende Augen und ein gut geschnittenes Gesicht.

Und dann dachte sie, dass er vielleicht der Einzige war, der etwas unternommen hatte. Vielleicht hatte er der alten Frau genauso wenig helfen können wie sie selbst. Aber er hatte wenigstens diese unglaubliche Grausamkeit festgehalten.

»Also, was ist?«, zischte er zwischen den Zähnen.

»In Ordnung«, sagte sie hastig. »Ich helfe Ihnen. Tun Sie alles, was notwendig ist.«

Lächelnd beugte er sich zu ihr herunter, bis sein Gesicht vor ihr so groß wurde, dass es verschwamm. Seine Augen verdunkelten sich und wurden starr. Abermals drückte er seinen Mund auf ihre Lippen, und seine Hände fuhren in ihr Haar und bogen ihren Kopf zurück. Sie ergab sich diesem Kuss und auch dem kleinen Schwindelgefühl, das sie erfasste.

»Was fällt Ihnen ein?«, protestierte sie, mehr zum Schein.

»Halten Sie den Mund, und kommen Sie mit.«

Er legte seinen Arm um ihre Schultern und zog sie eng umschlungen mit sich, an den Absperrungen vorüber, in Richtung der Parkplätze, wo die Limousine von Konsul Pohorylle auf die einzige Tochter des Hauses wartete. Der Hispano-Suiza, ein extravaganter großer Sportwagen, war der einzige Luxus, den der Konsul sich gönnte.

Als Gerta hochmütig das Kinn in die Höhe reckte, machten die Schupos ihnen beflissen den Weg frei; allerdings konnten sie sich einen skeptischen Blick auf die abgerissene Erscheinung ihres Begleiters nicht verkneifen.

»Geschafft«, sagte er schließlich grinsend.

Sie hatten den Parkplatz erreicht, der sicheren Abstand zu Demonstranten und Gendarmen bot.

»Ich hätte nie gedacht, dass ich eines Tages die Hilfe einer kleinen Bürgertochter brauchen würde. Trotzdem besten Dank, dass Sie mir geholfen haben.«

Eine spöttische Verbeugung, und sie fühlte sich auf sonderbare Weise verlassen.

Und fast im selben Moment packte sie die Wut.

Wut, weil er sie provoziert und geküsst hatte, Wut, weil es ihr gefallen hatte, Wut, weil sie durcheinander war und mit ihm reden wollte und er sie ganz einfach stehen ließ.

Ehe sie wusste, was sie tat, war ihre rechte Hand aus dem Nerzmuff hervorgeschossen.

»Sie Flegel!«, hörte sie sich selbst mit aufgebrachter Stimme sagen, und dann schaute sie zu, wie ihre Hand durch die Luft schoss und gegen seine Wange flog.

Es gab ein Knallen, und danach war es sehr still.

Ihre Hand schmerzte von dem Schlag.

Staunend blickte er zu ihr, dann tastete er mit den Fingern nach seiner Wange, die sich zu röten begann.

»Sie können von Glück reden, dass Sie eine Frau sind«, sagte er langsam. »Ich schlage keine Frauen.«

Er warf ihr einen finsteren Blick zu, und Gerta wich unwillkürlich zurück, nicht sicher, ob der Fremde nicht doch noch von seinen Prinzipien abweichen würde.

Doch er drehte sich auf dem Absatz um und schritt mit weit ausholenden Schritten davon, in Richtung Innenstadt.

»Lumpenpack! Einsperren sollte man die alle. Kommen Sie, gnädiges Fräulein! Sie sollten sich mit dem Pack nicht abgeben.« Herr Schulze hatte sie endlich entdeckt, führte sie zu dem Hispano-Suiza und riss die Tür zum Fond auf. »Diesem Abschaum sollten Sie aus dem Weg gehen.«

Gerta ließ sich in die weichen Polster sinken, ohne ein Wort zu sagen. Ihr war schwindlig. Schwindlig von dem Kuss des Fremden und schwindlig von allem, was sie gesehen hatte.

Durch die getönten Scheiben des großen Sportwagens wirkten die Demonstranten sehr weit entfernt, verschwammen zu einer fernen dunklen Masse. Schupos räumten ihnen die Absperrungen zur Seite, dann glitt die Limousine vornehm surrend am Bahnhofsvorplatz vorüber und ließ die böse Wirklichkeit jenseits ihrer Welt weit hinter sich.

Irgendwo dort war der junge Mann verschwunden, und sie hätte alles darum gegeben zu wissen, wo er jetzt war.

Mit den Fingerspitzen betastete sie ihre Lippen, die ihr plötzlich weicher vorkamen. Sie hatte nie geahnt, dass Lippen so viel empfinden konnten.

Versonnen griff sie in ihre Handtasche und zog den silbernen Taschenspiegel heraus. Zum ersten Mal im Leben war sie geküsst worden, und sie war neugierig, ob man es sah.

Im Spiegel schaute ihr ein fein geschnittenes Gesicht entgegen; unter der Wolke aus rotem Haar wirkte es bleich. Ihre grünen Augen waren noch größer als sonst. Aber ihrem Mund sah man nichts an von diesem sehnsüchtigen Brennen, das die fremden Lippen hinterlassen hatten.

Sie sah aus wie immer.

Bandi marschierte zornig durch die Leipziger Innenstadt. Seine Wange schmerzte, und er fühlte sich gedemütigt, da vermutlich alle Passanten den Abdruck ihrer Hand darauf sahen. Er verabscheute es, geschlagen zu werden. Seine Mutter hatte es ihm oft genug angetan, um ihn hinterher dann reumütig und liebevoll abzuküssen.

Auf die Ohrfeigen fremder Fräuleins konnte er verzichten. Inzwischen bedauerte er, dass er nicht zurückgeschlagen hatte. Vielleicht, dachte er, hätte es der arroganten Ziege sogar gut getan.

Er versuchte, den Gedanken zu verdrängen, und konzentrierte sich lieber auf das, was er ringsumher sah.

Überall hingen Plakate und Werbebanner für die Präsidentenwahl, die für den 13. März 1932 angesetzt war. An den Litfasssäulen hatten die Nazis Bilder von Adolf Hitler angebracht, und nicht minder zielstrebig hatten die Genossen von der SAP sie mit Schweineblut übermalt.

Bald ging es in die große Schlacht gegen die Nazis, dachte Bandi. Hitler hatte angekündigt: »Ich habe mir ein Ziel gesetzt: die dreißig Parteien aus Deutschland hinauszufegen!« Dies war ein Angriff auf die Demokratie, den freiesten Staat, den Deutschland je gesehen hatte, freizügiger noch in seiner Verfassung als die ältesten Demokratien der Erde. Diese galt es zu verteidigen, und die Fotos, die Bandi mit der geliehenen Leica aufgenommen hatte, würden sein Beitrag dazu sein.

Bilder der Wahrheit, die er dem Augenblick entrissen hatte; Bilder, die zeigten, wie die Schutzpolizei zu den Nazis stand. Man könnte sie gleich in SA-Uniformen kleiden, dachte er finster und formulierte in Gedanken schon Schlagzeilen.

So machten sie sich schuldig,

oder:

Schutzpolizei unterstützt Nazi-Schläger.

Bandi wusste, dass es holprig klang. Es ging ihn ohnehin nichts an. Es würden die Textredakteure sein, die sich die schreienden Lettern zu seinen Bildern ausdenken würden. Er sah sich schon auf den Titelseiten von *Berliner Allgemeine Zeitung* und *BZ am Mittag* gedruckt. Die Bildagentur Deutscher Photodienst, abgekürzt DEPHOT, in deren Auftrag er unterwegs war, arbeitete in erster Linie für die Berliner Blätter der Brüder Ullstein, einem großen liberalen Verlagshaus in der Charlottenstraße.

Jetzt musste er nur noch den Film sicher zurück in die

Redaktionsräume der Agentur in der Friedrichstraße bringen und dann in der Nacht die Fotos entwickeln, um sie schließlich seinem Chef Simon Guttmann vorzulegen.

Vorläufig aber blieb ihm nichts anderes zu tun, als ziellos durch das verschneite Leipzig zu streifen, bis der Aufruhr am Bahnhof sich gelegt hatte und er eine Fahrkarte lösen könnte, ohne den Schupos unter die Augen zu kommen und damit sich und seine Fotos zu gefährden.

Ein Café schimmerte im Schneetreiben, eine sichere, goldene Insel. Aber er hatte keinen Groschen übrig. Allein für die Fahrt nach Leipzig war alles Geld draufgegangen, das er für die Miete zurückgelegt hatte.

Wenn er die Leipziger Bürger sah, die mit prallen Einkaufstaschen im Schneetreiben unterwegs waren, um die letzten Weihnachtseinkäufe zu machen, erfasste ihn eine stille Wut. Pelzmützen, Zylinderhüte, seidene Tücher: Die einen hatten alles – die anderen nichts.

Mittlerweile fielen die Schneeflocken dichter; wilde, tanzende Schleier, die das Wasser in die Augen und die Kälte unter seine Jacke trieben. Leipzig versank im Schnee, weihnachtlich für die Bürger, bedrohlich für die Armen.

Bettelnde Frauen und Kinder irrten zwischen den Passanten umher, ohne Beachtung zu finden. Niemand schenkte ihnen einen Pfennig. Aber in den Schaufenstern der Kaufhäuser reihten sich, verführerisch und dekadent, die wunderbarsten Geschenke.

Eine Welt der Ungerechtigkeit, dachte Bandi, und unwillkürlich sah er wieder diese verwöhnte Bürgerstochter im Pelzmantel vor sich. Wie die eben aus der Wäsche geschaut hatte. Er musste grinsen und fasste sich an die Wange. Eins stand jedenfalls fest: Sie hatte Temperament.

Bandi liebte Frauen mit Eigensinn. Eine kapriziöse Hexe wie sie, dachte er, konnte einem Mann die Hölle im Leben und den Himmel im Bett bereiten.

Er lächelte.

Immer noch hatte er den Duft ihres Parfüms in der Nase, ein sehr teurer, dekadenter Duft. Der Pelzmantel war warm und weich gewesen. Und seine Lippen spürten noch die sanfte Nachgiebigkeit ihres Mundes. Zu seiner Verblüffung hatte sie für einen Moment die Augen geschlossen, als er sie küsste. Er ertappte sich bei dem Gedanken, dass es ihm durchaus gefallen hatte.

Unwillig stopfte er die Fäuste in die Jackentaschen. Er war nach Leipzig gekommen, um seine Arbeit zu machen, und nicht, um höheren Töchtern nachzustellen.

Der Chauffeur parkte den Hispano-Suiza vor der Villa und geleitete Gerta mit einem altmodischen schwarzen Regenschirm durch den Schnee zur Tür. Goldenes Licht hinter den Fenstern ließ die Villa Pohorylle noch größer und gediegener wirken. Wäre ihr Sündenregister nicht gewesen, hätte Gerta sich über den Anblick gefreut.

So allerdings blickte sie eher unbehaglich zur Bibliothek ihres Vaters. Sie war nicht beleuchtet. Ein kleiner Aufschub, und sie atmete erleichtert auf.

Als die Eichentür geöffnet wurde, knickste ein Dienstmädchen in Uniform, und Gerta brauchte einen Moment, bevor sie Rosa erkannte, die Tochter der Haushälterin, mit der sie seit ihrer Kindheit befreundet war.

»Rosie!«

Gerta flog der Freundin um den Hals. Ihre Freude legte sich jedoch, als sie spürte, wie Rosie sich versteifte und dass sie die Umarmung nicht erwiderte.

»Gnädiges Fräulein«, fing Rosie an …

»Wie redest du denn mit mir? Hallo, ich bin 's, Gerta.«

»Das weiß ich, gnädiges Fräulein.«

»Nun hör doch auf mit diesem dummen Gequatsche, du bist doch meine Blutsschwester.«

Gerta erinnerte sich noch gut, wie sie in ihrem kleinen Spielhaus im Garten gesessen und sich gegenseitig die Handgelenke zerkratzt hatten, um ihr Blut zu vermischen und ihre Freundschaft zu besiegeln, nach altem Brauch der Indianer.

»Bitte«, flüsterte Rosie und blickte zu Boden. »Meine Brüder haben alle ihre Arbeit verloren. Vater auch. Wir haben nur Mutters Verdienst. Und deine Eltern waren freundlich genug, mich einzustellen. Bitte, benimm dich einfach, als ob ich irgendein Dienstmädchen wäre. Ich brauche die Arbeit.«

»Aber Rosie, die wird dir doch niemals weggenommen. Das würde Mutter nie zulassen«, setzte Gerta an, unterbrach sich jedoch, als sie Rosies Gesichtsausdruck bemerkte.

Etwas verstört ließ sie sich den Mantel abnehmen. Gerta hatte außer Rosie nie eine Freundin gehabt. Die Mädchen aus dem alteingesessenen Leipziger Musiker-Viertel hatten sie zu ihren Tanztees nicht eingeladen; sie war nicht vornehm genug dafür. Auch die Töchter der jüdischen Oberschicht blieben unter sich. Und die Kinder der Lehrer und Ärzte waren vom Reichtum des Konsuls zu eingeschüchtert gewesen, als dass sie sich mit Gerta angefreundet hätten.

So kam es, dass nur Rosie geblieben war, die ihre Mutter begleitete, wenn diese in der Villa arbeitete.

Tempi passati, dachte Gerta etwas wehmütig, bevor sie in den Gelben Salon hastete, wo ihre Mutter sitzen würde, eine Zeitschrift oder ein Buch auf dem Schoß, und manchmal würde sie hinaus in den Park blicken, wo die Sträucher und Bäume nach und nach unter der weißen Last aus Schnee versanken.

Sie würden Tee trinken, heiß und duftend, aus Tassen vom Meißner Geschirr, die von der Hitze klirrten.

Und dann würde der Moment kommen, um ihr Geständnis zu machen. Gerta spürte, wie ihr Herz zu klopfen begann, wenn sie nur daran dachte.

Konsul Pohorylle war so stolz darauf, dass sein einziges Kind ein Schweizer Pensionat besuchte, in das sonst nur die Kinder aus den großen, alten Fabrikanten- und Adelsfamilien gingen. Er hatte nie gefragt, ob sie sich dort auch wohl fühlte.

Gerta hatte es nie gewagt, ihm anzuvertrauen, wie sehr sie die Villa Florissant vom ersten Tag an gehasst hatte. Unter den Diplomatentöchtern und Adligen hatte sie sich fremd und einsam gefühlt. Die Töchter der besseren Gesellschaft waren immer makellos gekleidet, konnten in mehreren Sprachen parlieren und kannten sich schon von der Schulzeit in Eliteinternaten.

Außerdem redeten sie den lieben, langen Tag dummes Zeug. Ganz wie es sich gehörte, dachte Gerta sarkastisch.

Konnte man sich ernsthaft für die richtige Abfolge eines Menüs interessieren? War es überlebenswichtig, dass man mit geschlossenen Knien aus einem Sportwagen stieg? Gelangweilt hatte Gerta die Lektionen in Etikette über sich ergehen lassen. Sie wusste, wie man für eine Tischordnung gesellschaftliche Klippen umschifft, sie konnte tanzen, Tennis spielen, reiten und zeichnen und in fließendem Französisch ein Gespräch bestreiten.

Immerhin das Französisch war nützlich, dachte sie.

Denn ihre französischen Pläne waren der zweite Teil ihrer kleinen Geheimnisse, die sie ihren Eltern zu beichten hatte.

Gerta holte tief Luft und sagte sich, dass sie der Mutter schon alles beibringen würde, und die würde es dann vielleicht beim Vater für sie richten.

Doch in der Tür zum Gelben Salon blieb Gerta überrascht stehen. Ihre Hand sank von der Klinke. Im Kamin prasselte ein Feuer, vor den Fenstern türmte sich Schnee, ein Winterwunderland. Der Samowar für den Tee dampfte. Aber auf dem Tisch standen nur ein Teller und eine Tasse.

Der Salon war leer.

»Ihre Mutter ist unpässlich«, sagte Rosie, die Gerta gefolgt war. »Sie wird erst zum Diner herunterkommen. Sie möchten sich bis dahin ausruhen.«

»Unpässlich?«

Gerta konnte sich nicht vorstellen, was ihrer Mutter fehlen sollte; noch nie hatte sie erlebt, dass sie krank gewesen wäre. Sie nahm sich vor, nach oben zu gehen und sie einfach im Schlafzimmer zu begrüßen.

Aber vorher galt es noch, der Realität ins Auge zu sehen. Der Realität in Gestalt ihres Vaters.

»Wo ist der Konsul?«

Sie hörte selbst, wie ängstlich das klang.

»Er wird in einer Stunde erwartet.«

Gerta seufzte. »Rufst du mich, wenn er kommt?«

Besser, das Donnerwetter sofort hinter sich zu bringen.

Sie eilte die elegante Treppe hinauf und durch den langen, mit dunklem Mahagoniholz getäfelten Flur, bis sie das Schlafzimmer ihrer Mutter erreichte. Leise pochte sie gegen die Tür, und als keine Antwort kam, gab sie ihrem Herzen einen Schubs und drückte die Tür einfach auf.

Die Vorhänge waren geschlossen, das Zimmer lag im Dämmerlicht. Gerta sah das dunkle Haar ihrer Mutter, das wie Seide über die Kissen floss.

Auf Zehenspitzen trat Gerta ein paar Schritte näher ans Bett. Ihre Mutter wirkte so verloren darin, so klein in dem wuchtigen Möbelstück aus der eigenen Fabrik.

Sie lag auf der Seite, mit angewinkelten Knien, und Gerta sah, dass sie geweint hatte.

Um sie herum waren, gleich Schnee, weiße Blätter verteilt.

»Juden raus«, stand auf einem.

Ratlos starrte Gerta auf das Blatt. Sie vermutete, dass die Mutter irgendwo der abstoßenden Propaganda der Nazis begegnet war und sich darüber aufgeregt hatte, und wollte schon nach den anderen Blättern greifen, als ihre Mutter im Schlaf ein tiefes Seufzen von sich gab.

Plötzlich hatte Gerta das Gefühl, ein Eindringling zu sein, und hastig und leise verließ sie das Zimmer, irritiert und mit dem Gefühl, ihre Mutter bei etwas überrascht zu haben.

Erst als sie sich in ihr Zimmer zurückgezogen hatte, kam Gerta die Welt wieder so vor, wie sie sein sollte. Die Tischlampen verströmten ein warmes Licht, und vor den Fenstern trieb still und beharrlich der Schnee.

Sinnend ging Gerta im Zimmer umher, und während sie diesen und jenen Gegenstand berührte, hatte sie das Gefühl, ihr Mädchenzimmer niemals wirklich verlassen zu haben. Es war ganz in Rosa eingerichtet. Über dem Bett hingen Aufnahmen ihrer Idole, Greta Garbo, Lil Dagover und Asta Nielsen.

In den letzten Jahren waren noch die Bilder all der Städte hinzugekommen, die sie eines Tages sehen wollte und von denen sie sehnsüchtig geträumt hatte, wenn sie sich in der Villa Florissant wie eine Gefangene vorgekommen war: Venedig und Rom und Lissabon und Madrid und Barcelona und das vereiste Stockholm.

Und Paris, natürlich.

Gerta dachte an ihre Pläne und lächelte.

Dann allerdings dachte sie an den Brief von Madame Véron, und das Lächeln verschwand so schnell, wie es gekommen war.

Gleich würde sie ihrem Vater unter die Augen treten müssen. Sie hatte keine Ahnung, wie er reagieren würde. Früher, wenn sie sich schlecht benommen hatte, war seine Reaktion vorhersehbar gewesen: Es gab Prügel.

Aber nun war sie doch wirklich zu alt dafür, dachte sie und gab sich Mühe, wirklich daran zu glauben.

Inzwischen würde sie ein Bad nehmen, um sich von ihren finsteren Befürchtungen abzulenken.

Und tatsächlich beruhigte sie sich ein bisschen, während der Schaum und die Dampfwolken sie umhüllten. Sie sah die rosa Kacheln, die Glasfiguren und die Badesalzgläser und den weißen, flauschigen Bademantel mit den aufgestickten rosa Blüten, stumme Zeugen ihrer Jugend.

Heute, dachte sie etwas pathetisch, ist die Zeit der Unschuld zu Ende gegangen.

So viele Bilder wirbelten durch ihren Kopf: die stürzende Frau, die laute Demonstration und ihr erster Kuss, der immer noch auf ihren Lippen brannte …

Sie ließ sich tiefer in den Schaum sinken und dachte darüber nach, wie sie in ihre missliche Lage gekommen war.

Genau genommen lag es an Amalia, der einzigen Freundin in der Villa Florissant. Beide waren sie Außenseiterinnen gewesen. Beide waren sie den anderen Mädchen gesellschaftlich nicht ebenbürtig. Gerta, weil ihr Großvater ein Tischler gewesen war. Amalia, weil ihre Familie zwar adlig war, aber kein Geld hatte. Die anderen Mädchen hatten auf sie herabgesehen. Doch sie hatten sich nicht daran gestört.

Während die eingebildeten Ziegen sich auf eine gute Partie vorbereiteten wie andere Menschen auf einen Beruf, hatten Gerta und Amalia von Abenteuern geträumt und von wilden Männern, von Max de Winter aus *Rebecca*, von Heathcliff aus der *Sturmhöhe* und natürlich Valentino. Gegen die Stumpfheit und Überheblichkeit ihrer Umgebung hatten sie sich in einer Welt aus Traum und Kunst verschanzt.

Gerta hatte Karikaturen gezeichnet und Amalia getöpfert. Und beide hatten sie ihre Kunstformen viel ernster genommen als ihre hochmütigen Mitschülerinnen, für die alles immer nur Zerstreuung war. Es gehörte zum guten Ton, sich für nichts zu sehr zu begeistern, und blasierte Langeweile beherrschten die meisten Töchter von Natur aus schon perfekt.

Amalia und Gerta hatten eine kleine, aufmüpfige Zelle gebildet, und gemeinsam lachten sie über die Karikaturen, die Gerta von den kleinen, faden Comtessen und Erbinnen angefertigt hatte.

Trotzdem war Amalias Leben in der Villa Florissant um vieles leichter gewesen als das von Gerta. Sie war nicht die Enkelin eines Tischlers, und sie hatte keinen seltsamen Namen wie Pohorylle. Sie brauchte sich keinen Dreck um eine gute Partie zu scheren, weil sie – zumindest von der Herkunft her – selbst eine war. Amalia von Krosigk, die Nichte des Herzogs von Mecklenburg-Schwerin. Anfang März würde sie in ein kleines Atelier in Paris ziehen, das ihr Cousin, ein künftiger Marquis, für sie gemietet hatte.

Leider hatte sie sich von ebendiesem Marquis auch dazu verführen lassen, von seinem Whiskey und seinen Zigaretten zu probieren, die süßlich rochen und die Welt so bunt und schillernd machten. Großzügig, wie sie von Geburt aus waren, hatten Amalia und ihr Cousin auch Gerta zu ihrer wilden Party eingeladen. Die Stimme der Vernunft hatte Gerta eingegeben, sich davon fern zu halten.

Aber dann hatte – wieder einmal – die Neugier gesiegt. Sie wollte wissen, was es mit diesem geheimnisvollen Zeug auf sich hatte, das man Haschisch nannte. Und während sie vorgaben, eine Schlittenpartie mit dem Marquis zu machen, hatten sie, in dicke Decken gehüllt, in einem Winkel des Parks gesessen, hustend und keuchend den süßlichen Rauch eingesogen und gekichert wie nie zuvor in ihrem Leben.

Leider hatte der Gärtner – angelockt von den merkwürdigen Geräuschen – sie aufgespürt und ertappt und zu Madame Véron ins Direktionszimmer gebracht.

Das war vor zwei Tagen gewesen. Die restliche Zeit verging mit Kofferpacken und Abfahrt. Jetzt wurde es Zeit, sich den Folgen zu stellen. Allein schon der Gedanke an den Jähzorn des Konsuls verursachte Gerta Kopfschmerzen. Tröstlich war nur, dass sein Zorn genauso schnell verflog, wie er sich einstellte. Dazwischen allerdings konnte ziemlich viel passieren. Genug, um die nächsten Stunden für sie sehr unangenehm zu machen.

Mit wenig Begeisterung stieg sie aus der Wanne, trocknete sich ab und zog ein weißes Kleid an, das ihr einen Hauch von Unschuld verlieh.

Vielleicht würde das den Vater milder stimmen.

Doch Konsul Pohorylle interessierte sich überhaupt nicht für ihr Kleid; er hatte nicht mal einen Blick dafür. Fassungslos starrte er auf das Schreiben der Pensionatsleiterin.

Der Konsul war ein untersetzter Mann mit einem mächtigen Brustkorb und an den Schläfen ergrautem Haar. Früher, dachte Gerta etwas trübe, hatte er sie mühelos durch die Luft gewirbelt und auf seinen breiten Schultern spazieren getragen. Jetzt, in seinem Stuhl zusammengesunken, sah er viel schmaler aus. Ein Anblick, der Gerta erschreckte.

Ihr Vater war immer so stark wie ein Fels gewesen. Man konnte sich auf ihn verlassen. Man musste seinen Jähzorn in Kauf nehmen, aber dafür bekam man alle Sicherheit der Welt.

Jetzt wurde ihr zum ersten Mal bewusst, dass seine Kraft nicht für alle Zeit genügen würde. Und das machte ihr mehr zu schaffen als jede Strafe, die ihr bevorstand.

Sie sah, dass seine Augen wieder und wieder nach oben wanderten, um den schrecklichen Brief noch einmal zu lesen, so als hätte er die Hoffnung, der Inhalt könnte sich dadurch verändern.

Aber natürlich veränderte sich nichts.

Müde wischte er sich über die Augen und legte das Blatt seufzend auf den Tisch.

Gerta trat unbehaglich von einem Fuß auf den anderen.

»Als du geboren wurdest, war ich der glücklichste Mann auf der Erde«, sagte er, ohne sie anzusehen. »Ein vernünftiger Mann hätte sich einen Sohn gewünscht, einen Stammhalter und Erben. Ich war kein vernünftiger Mann. Ich habe mir eine Tochter gewünscht. Willst du wissen, warum?«

Sein großer Kopf hob sich mit einer überraschend schnellen Bewegung, und ihre Blicke trafen sich. Seine dunkelbraunen Augen waren feucht.

»Ich war überzeugt, dass eine Tochter mir so etwas hier niemals antun würde.«

Er griff nach dem Blatt und ließ es mit einer verächtlichen Geste auf den Tisch flattern.

»Alkohol, Haschisch, Schule schwänzen. Du hast dir deine Entschuldigungen selber geschrieben, nein, gefälscht, sollte ich sagen. Außerdem freche Antworten, gemeine Zeichnungen, die du von deinen Lehrerinnen angefertigt hast. Du bist doch kein kleines Mädchen mehr, Gerta. Wie kannst du dich so danebenbenehmen?«

Sie senkte den Blick.

»Na los, erklär es mir. Ich würde dich gern verstehen.«

Dies kam völlig überraschend. Sie hatte mit allem Möglichen gerechnet, aber damit nicht. Sie suchte nach Worten und fand sie nicht.

»Ich höre.«

Aufmerksam blickte er sie an, den Oberkörper gespannt nach vorne gebeugt, entschlossen, seine Antwort zu bekommen. Es hatte keinen Sinn, auszuweichen oder zu schwindeln.

»Ich hab das Pensionat gehasst«, platzte sie heraus und biss sich im selben Moment auf die Zunge. Sie wusste, was sie ihrem Vater damit antat, der so stolz darauf gewesen war, ihr die beste Erziehung zu geben, die nur möglich war. »Ich wäre viel lieber zur Universität gegangen.«

Als sie aufblickte, stellte sie fest, dass sein Blick sich nicht verändert hatte. Es lag keine Verletzung darin und keine Empörung, sondern einfach nur Aufmerksamkeit.

»Das kannst du immer noch tun«, sagte er. »Es steht dir frei. Du solltest doch nur eine schöne Zeit in Lausanne haben und Sport machen dürfen und Freundinnen kennen lernen.«

»Arrogante Ziegen«, rutschte es ihr heraus.

»Wie bitte?«

»Entschuldigung. Aber du kannst dir nicht vorstellen, wie dumm und wie überheblich diese Mädchen sind. So, als ob sie sich ihren Adelstitel verdient hätten. Oder das Geld, das ihre Väter besitzen.«

Für eine Sekunde glaubte Gerta, auf dem Gesicht ihres Vaters den Anflug eines verständnisvollen Lächelns zu sehen.

»Dann hat sich die Welt also nicht verändert. Sie verzeiht dir nicht, dass dein Großvater ein Tischler war. Nun, du musst dich dafür nicht schämen, Gerta. Dein Großvater hätte über mich und diesen ganzen Traum vom Höhere-Töchter-Pensionat vermutlich gelacht, hätte es für die Flausen eines vernarrten alten Vaters gehalten, der nur das Beste für seine Tochter will. Ich muss zugeben, dass ich an deinen Missetaten nicht unschuldig bin. Ich hab nie gefragt, ob du glücklich bist, Gerta. Ich bin einfach davon ausgegangen.«

Sie glaubte, sich verhört zu haben: War das eine Entschuldigung gewesen? Sie wurde rot. Es gefiel ihr nicht, dass ihr Vater sich so schwach zeigte. Es machte ihr Angst. Sie war immer selbstverständlich davon ausgegangen, dass er stark war wie die Eichen, die er in seiner Fabrik zu Möbeln verarbeiten ließ. Man konnte den Stamm rütteln und schütteln und mit seinen Streichen ärgern – doch er rührte sich nicht.

Heute schien der ganze Baum zu schwanken.

»Du hast gesagt, du willst zur Universität. Sag mir, wovon du träumst! Was willst du studieren, Gerta?«

Sie druckste herum. Sie hatte verworrene Vorstellungen davon, dass Frauen heutzutage Medizin oder Physik studieren konnten oder dass sie das Lehrerinnenseminar besuchten. Aber nichts davon reizte sie wirklich. Sie fand nur schick, was die Brüder ihrer Mitschülerinnen bei den Bällen erzählten, das faule Studentenleben, die langen Nächte in den Cafés.

»Eigentlich will ich nach Paris.«

Der Konsul lächelte. »Paris ist eine Stadt. Kein Studienfach.«

Gerta fasste wieder Mut.

»Du kennst doch meine Freundin Amalia. Sie zieht zu ihrem Cousin. Rupert besorgt ihr eine kleine Wohnung auf dem Montparnasse. Sie will Kunst studieren.«

Von dem Mann hinter dem Schreibtisch war ein Ächzen zu hören.

»Das soll ich dir erlauben? Nach allem, was du in dieser Gesellschaft angestellt hast?« Er rückte seine Brille mit dem Metallrand gerade und vertiefte sich wieder in den Brief, der von ihren Schandtaten handelte. »Du schwänzt, du rauchst, du trinkst mit diesem Fräulein und erwartest tatsächlich, dass ich dir erlaube, mit ihr nach Paris zu ziehen? Diese heruntergekommene Adlige übt keinen guten Einfluss auf dich aus. Paris, das würde ich einsehen. Amalia – nein.«

Da gab es in ihrem Rücken ein Geräusch, Gerta fuhr herum und sah ihre Mutter in der Tür. Sie trug ein langes, blaues Seidenkleid und als einzigen Schmuck eine alte Kamee.

»Eigentlich wollte ich euch nur zum Essen rufen. Aber vielleicht kann ich euch helfen, eine Lösung zu finden«, Sophia Pohorylle gestattete sich ein Lächeln, das für Gerta die Sonne aufgehen ließ, weil es so selten war.

Sophia Pohorylle verströmte immer etwas Trauriges, dachte Gerta, die ihre Mutter ihrer elegischen Schönheit wegen bewunderte. Nie hätte sie sich zu einem Temperamentsausbruch hinreißen lassen, sie hob nicht mal die Stimme.

Und trotzdem hatte Gerta mehr Respekt vor ihr als vor der lautstarken Raserei und den Strafen ihres Vaters.

»Da sind wir aber gespannt!«, dröhnte sein Bass durch die Bibliothek mit den dunklen, wuchtigen Möbeln aus der eigenen Fabrik, zwischen denen die drei ein bisschen verloren wirkten.

»Nun, Sophia?«

In Konsul Pohorylles Gesicht hatten sich Grübchen gebildet, wie immer, wenn dieser kompakte Mann seine feine, zarte Frau anblickte.

»Wie lautet deine Lösung?«

Gerta wagte kaum zu atmen. Gegen das Gebrüll und die Drohungen ihres Vaters wusste sie sich zur Wehr zu setzen. Aber wenn ihre Mutter mit ihrer leisen Stimme einmal ein Urteil gefällt hatte, kam nichts in der Welt mehr gegen sie an.

»Ich finde, dass Paris für eine junge Dame gar keine schlechte Möglichkeit bietet. Paris ist die Hauptstadt der Kultur. Gerta kann dort ihre Manieren verfeinern und in einem halben Jahr mehr lernen als in drei Jahren Pensionat. Und außerdem gibt es noch Ruth.«

»Ruth? Was hat deine Schwester mit diesen verrückten Flausen zu tun? Ruth ist doch in Amerika?«

Gerta erkannte den fiebrigen Glanz in den Augen ihrer Mutter, in denen sich die Flammen des Kronleuchters spiegelten, kleine tanzende Pünktchen. »Ruths Mann wurde von seiner Bank befördert. Er übernimmt die Filiale in Paris. Sie haben ein Palais gekauft – und würden sich bestimmt freuen, wenn ihre einzige Nichte für eine Weile bei ihnen wohnt. Jedenfalls werde ich es schon so einzurichten wissen. Du erlaubst, dass ich deine Tassen abräume? So ein Chaos kann man dem Personal doch wirklich nicht zumuten.«

Gerta sah das tiefe Verstehen zwischen ihren Eltern, während der Konsul sich etwas beschämt erhob und ihre Mutter zum Schreibtisch ging und anfing, das Durcheinander aus Aschenbecher, Kaffeekanne und Tassen aufs Tablett zu ordnen.

»Geht schon zum Essen«, brachte ihre Mutter sie zum Schweigen, als Gerta sich überschwänglich bedanken wollte.

»Ich trage das weg und komme dann nach.«

Doch als Gerta sich – schon in der Tür – noch einmal umdrehte, bemerkte sie etwas ausgesprochen Merkwürdiges. Die Mutter hatte eine Schublade des Schreibtischs aufgezogen, und Gerta sah, dass sie blitzschnell etwas in die Schublade gleiten ließ, etwas, das aussah wie ein dickes Bündel Briefe.

Später, als Gerta in ihrem Bett lag, zwischen den kühlen Leinenbezügen, die so viel bequemer waren als die Pritschen in der Villa Florissant, blickte sie zur Decke und konnte ihr Glück kaum fassen. Gleich morgen würde ihre Mutter an Tante Ruth schreiben. Und niemand konnte sich vorstellen, dass sie Nein sagen würde. Tante Ruth hatte selbst keine Kinder, und sie war schon immer vernarrt in Gerta, die ihr angeblich so ähnlich sah. Zu jedem Geburtstag kamen die teuersten Geschenke.

Paris, dachte Gerta glücklich, die Seine und der Louvre, Sacre-Cœur und der Eiffelturm, die herrlichen Geschäfte und wunderbaren Wohnungen, die Empfänge und Diners.

Sie blickte durchs Fenster hinaus in die Nacht, wo man den Lichtschein einer Laterne sah.

Schneeflocken wirbelten durch das goldene Licht.

Und während Leipzig draußen unter dem Schnee versank, dachte sie an die Umarmung des fremden, frechen Mannes.

In der Dunkelkammer war ewige Nacht.

Bandi streckte sich müde, bevor er die letzten Abzüge mit Wäscheklammern an der Leine zum Trocknen aufhängte. Die Fotos, die er aus der Entwicklerflüssigkeit gezogen hatte, waren genauso geworden, wie er es sich vorgestellt hatte. Nah am Objekt, packend, zogen sie den Betrachter in die Geschichte hinein und dokumentierten unwiderlegbar, was sich am Leipziger Bahnhof zugetragen hatte.

Er legte sie nebeneinander und versuchte, sie in eine dramaturgische Ordnung zu bringen. Und da, während er die Fotos immer wieder herumschob und neu anordnete, sah er sie. Im ersten Augenblick wollte er es gar nicht glauben. Aber sie war es wirklich. Auf einem Foto, im Hintergrund, erkannte er die rothaarige junge Dame aus Leipzig, die ihn geohrfeigt hatte und die beim Küssen die Augen schloss …

Bandi lächelte.

Mittlerweile war es fast zwölf Stunden her, und es schien ihm beinahe unwirklich, so gnadenlos hatte die Müdigkeit von ihm Besitz ergriffen.

Es war ein Uhr geworden.

Außer ihm befand sich niemand mehr in den Räumen der Bild-Agentur DEPHOT in der Friedrichstraße. Die Büros, in denen tagsüber Fernschreiber tackerten, Telefone klingelten, Mitarbeiter in den Hörer schrieen und Fotografen ihre Filmrollen in Eingangskörbe warfen, waren in ihrer Stille fast gespenstisch.

Bandi hatte Simon Guttmann nicht mehr in der Agentur angetroffen und überlegte, ob er mit den Abzügen in die düstere Dahlemer Villa fahren sollte, wo der Chef seine

Nächte im »Goldberg-Zirkel« verbrachte. Dort studierte er mit Gleichgesinnten die Geheimlehre der Kabbala.

Verrückte Juden, dachte Bandi, der selbst Jude war. Allerdings ohne Glaubensbekenntnis. Bandi war bekennender Atheist. Deshalb hatte er nur milden Spott für Simon Guttmanns mystische Neigungen übrig. Der scharfsinnige Mann war von der Überzeugung nicht abzubringen, dass die jüdische Zahlenlehre ihre Jünger zu »übernatürlichen Revolutionären« machen könne, mit unbegrenzter Macht zum Guten in der Welt. Guttmanns Kabbala-Kreis, so wusste jeder in der Agentur, war seine Leidenschaft und sein Laster, seine heimliche Sucht.

Bandi versuchte sich vorzustellen, wie Guttmann reagieren würde, wenn der Dunkelkammergehilfe nachts den geheimen Zirkel stören würde, um seine Fotos zu präsentieren. Er seufzte. Und übergab die Idee dem Reich des Vergessens. Auch wenn er vor Aufregung die ganze Nacht keinen Schlaf fand, würde er bis morgen warten müssen.

Ein letzter Blick zu den Abzügen, dann knipste Bandi das rote Licht aus, schloss die Tür zur Dunkelkammer, streifte den Mantel über und trat in die Friedrichstraße hinaus.

Der Mond glänzte silbrig über dem Schnee, ein kaltes, klares Licht, das die Schatten der Großstadt so scharf hervortreten ließ wie in den Filmen von Fritz Lang. Es gab keine Zwischentöne, nur Weiß und Schwarz. Eisig schnitt die Nachtluft Bandi ins Gesicht. Die Straßen waren wie leer gefegt.

Am schlimmsten schmerzte die Kälte an den Füßen. Die doppelt besohlten Bergsteigerstiefel, die seine Mutter ihm bei seiner Flucht aus Ungarn geschenkt hatte, waren inzwischen fast durchgelaufen. Und es gab wenig Aussicht, dass sich daran in absehbarer Zeit etwas ändern würde, dachte Bandi trübe, während er durch die leere nächtliche Stadt bis zur Schönhauser Allee marschierte.

In der Innentasche seiner Lederjacke knisterte der letzte Brief, den er von zu Hause bekommen hatte. In fliegenden, von Tränen verwischten Zeilen, die an seine eigene Schrift erinnerten, hatte seine Mutter ihm mitgeteilt, dass sie ihm kein Monatsgeld mehr schicken könne. Die ungarische Wirtschaft war zusammengebrochen, und niemand interessierte sich mehr für die Damenkleider, die Julia Friedmann in einem improvisierten Studio ihrer Budapester Wohnung anfertigte.

Sein Vater war auch keine große Hilfe, überlegte Bandi verdrossen. Deszö Friedmann, ein Hochstapler und charmanter Schwadroneur, trieb sich in Kaffeehäusern und Spelunken herum, wettete, spielte Karten und verprasste das wenige Geld, das seine Frau vor den Gläubigern retten konnte.

Trotzdem hatte Julia Friedmann ihrem »Bandi« immer etwas Geld geschickt. Seit er denken konnte, war sie besonders liebevoll zu ihm gewesen, eine Liebe, die ihm Sicherheit gab, ihn jedoch auch bedrängte: Ständig hatte er das Gefühl, ihr etwas schuldig zu sein.

Er wusste, dass seine Mutter alles für ihn tun würde.

Doch nun konnte sie nichts mehr tun.

Anfang November hatte sie geschrieben, dass sie kaum noch die Miete zahlen könne. Wenn die Familie überleben wolle, bliebe als Ausweg nur Amerika.

Eisern sparte sie für die Überfahrt und – wie er von seinem jüngeren Bruder Cornell erfahren hatte – schreckte nicht mal davor zurück, seinen Vater in der Wohnung einzuschließen, damit er kein Geld beim Spielen verlor.

Sparmaßnahmen, die auch das angenehme Leben beendeten, das Bandi bisher in Berlin geführt hatte. Bisher war er so unbeschwert gewesen wie jeder andere Student. Jetzt konnte er von Glück sagen, dass er die Stelle als Laufbursche und Dunkelkammergehilfe bei der DEPHOT hatte.

Und demnächst, dachte er mit zusammengebissenen Zähnen, eine große Zukunft als Fotograf.

Seine Schritte knirschten auf dem vereisten Schnee.

Bandi fühlte sich taub wie ein Eisklumpen, als er endlich das Hinterhaus in der Schönhauser Allee erreicht hatte. Sein Zuhause. Eine zugige Dachkammer, die er auf Schleichwegen betreten musste. Jede Nacht befürchtete er, dass Frau Pollock ihm auflauern würde: Er schuldete ihr seit mittlerweile fünf Wochen seine Miete.

Sein Lohn wurde unregelmäßig oder gar nicht ausbezahlt. Simon Guttmann hatte zwar einen scharfen Blick für Bilder und Menschen, aber keine gute Hand für die Geschäfte. Ganz Berlin wusste von dieser Misere. Es kam vor, dass die DEPHOT nicht mal mehr Briefmarken kaufen konnte, um die Fotos an Zeitungen zu verschicken. Dabei kamen ständig Aufträge aus den wichtigsten Redaktionen Deutschlands herein, denn die bedeutendsten Fotografen der Republik waren in der Friedrichstraße beschäftigt.

Niemand wusste, wo das viele Geld, das die Agentur mit ihren Bildern verdiente, eigentlich blieb.

Bei den Mitarbeitern jedenfalls nicht, dachte Bandi, der eher Simon Guttmanns Kabbala-Zirkel im Verdacht hatte.

Im Mondlicht öffnete er die Tür und schlich die Treppen hinauf, um die Witwe Pollock nicht aufzuwecken.

Und als er endlich sein Zimmer betrat, seine sichere Insel inmitten der finsteren Welt, musste er feststellen, dass er Besuch hatte. Er strich sich müde mit der Hand über die Augen.

»Freust du dich gar nicht?«, kam es in quengeligem Tonfall von der Pritsche, die er sein Bett nannte. »Ich hab den ganzen Abend gewartet, bloß, um dich noch zu sehen.«

Unmutig sah Bandi das runde, kindliche Gesicht vor sich, das ihm vor ein paar Wochen noch so süß und unschuldig vorgekommen war. Jetzt erkannte er im kalten Mondlicht jeden Mangel. Die zu flache Nase, den zu großen Mund, die Berechnung im Blick, das viel zu glamourös frisierte Haar. Selbst im Bett war Lisa noch auftoupiert wie ein Ufa-Star.

Während er das alles registrierte, schob sich für eine Sekunde das Bild der kratzbürstigen Dame aus Leipzig davor, eine rothaarige Hexe mit grünen Augen und wunderbar dekadent duftendem Pelzmantel. Ein Wesen aus einer anderen Welt.

Aber dies hier war seine Realität. Und es war die pummelige Lisa, die ihre Arme nach ihm ausstreckte. »Komm ins Bett.«

»Du kannst nicht bleiben. Ich muss bald wieder auf. Gehe um fünf ins Zentraldepot, kaufe billig Kohlen und verkaufe sie an Guttmann. Billiger, als er sie sonst bekäme.« Er lächelte. »Ich mache trotzdem einen guten Schnitt.«

»Du bist ein so fleißiger Mann«, sagte sie in einem bewundernd-spöttischen Ton, der ihn normalerweise zur Weißglut getrieben hätte. Aber während er seine Lederjacke abwarf und sich vor dem kleinen Ofen in der Zimmerecke die Füße wärmte, spürte er, wie ihre Worte ihn besänftigten. Jetzt warteten Lisas runde, weiche Arme und ihr warmer Leib auf ihn, und er knöpfte gierig sein Hemd auf, während sein Blick starr wurde und von ihrem Mund über ihre Schultern hinab zu ihren vollen Brüsten glitt und dann tiefer und tiefer.

Als er auf ihr lag, ihre Handgelenke nach unten drückte, ihre vollen Brüste mit Küssen bedeckte und sie sich ihm entgegenbog mit ihrem weichen Körper, waren Kälte und Müdigkeit und Leipzig bald vergessen.

Mit dem neuen Tag kamen neue Sorgen.

Bandi konnte es kaum erwarten, seine Fotos endlich Simon Guttmann zeigen zu dürfen. Aber der Herr der DEPHOT war mit anderen Dingen beschäftigt als Bandis

Zukunft, wie man durch die Glastür zu seinem Büro beobachten konnte. Er befasste sich mit Buchführung, Zahlenkolonnen, die oft so chaotisch waren, dass sogar er selbst sie nicht mehr entziffern konnte.

Während er ungeduldig zur Glastür blickte, warf Bandi einen Becher Kaffee um und schaffte es in letzter Sekunde, eine Fotoserie von Umbo, dem Star-Fotografen der Agentur, vor den bräunlichen Fluten zu retten, indem er den Kaffee mit einem Zipfel seines Hemdes aufwischte.

Er fluchte.

Simon Guttmann nur fünf Minuten zu erwischen war schwerer, als den Papst unter vier Augen zu sprechen. Den Mitarbeitern der DEPHOT war es verboten, ohne schriftliche Anmeldung in sein Büro zu kommen. Man sagte, dass Guttmann die Selbstzweifel, Temperamentsausbrüche und unerwarteten Kündigungen seiner Fotografen fürchtete. Er wollte sie auf Abstand halten. Wer sich für seine persönliche Irrsinnsattacke erst schriftlich anmelden musste, so Guttmanns weise Berechnung, würde seine Launen lieber für sich behalten.

Aber Bandi hatte plötzlich das Gefühl, nicht einen Moment länger warten zu können.

Er musste wissen, was der Chef über seine Fotos dachte. Eine letzte Sekunde des Zögerns, dann griff er nach den Kontaktabzügen.

Bevor er es sich anders überlegen und ihn der Mut verlassen konnte, stürmte er ins Allerheiligste und überschritt damit die magische Grenze.

»Ja, Herr Friedmann?«

Konzentriert und kalt blickten die Augen von Simon Guttmann durch die Nickelbrille, in der sich das Licht der Schreibtischlampe spiegelte. Die Arme hatte er vor der Brust verschränkt, und Bandi fiel auf, dass sich an dem zerknitterten Jackett seines Chefs auch heute wieder keine Knöpfe befanden.

»Wie kommen Sie dazu, mich unangemeldet zu stören? Solche Überschreitungen dulde ich nicht.«

»Sei nicht so streng«, mahnte die sanfte Stimme von Ladislaus Glück, der ebenfalls in Guttmanns Büro arbeitete und für die Texte der DEPHOT zuständig war. Der alte Textredakteur hieß eigentlich László Fekete, war ein ungarischer Landsmann und bekennender Kommunist. Es hieß allerdings, die Partei wolle ihn demnächst ausschließen, da er bei jeder Sitzung die Tagesordnung mit seinen Witzen störte und der ideologische Ernst auf diese Weise verloren ging.

Guttmann durchbohrte Bandi mit seinem Blick. »Was haben Sie zu Ihrer Entschuldigung vorzubringen?«

»Ich wollte die Fotos zeigen. Die Fotos aus Leipzig.«

Guttmann, den seine Mitarbeiter hinter seinem Rücken »Homunkulus« nannten, weil er so ein kleiner, drahtiger Mann war, schnellte aus seinem Stuhl hoch, in seiner Wut ein Riese.

»Friedmann, wenn Sie mein Büro nicht in dieser Sekunde verlassen, am besten rückwärts, dann können Sie für immer gehen. Raus. Sie kommen erst wieder hier rein, wenn ich Sie rufen lasse. Bis dahin warten Sie gefälligst.«

Sechs Stunden musste Bandi ausharren, auf einer Höllenachterbahn zwischen Hoffen und Zweifel. Dann endlich ließ der Homunkulus ihn in sein Büro rufen.

Endlich lagen seine Kontaktabzüge auf dem Tisch.

Bandi war stolz auf die verzerrten Gesichter, die stürzenden Perspektiven, die sich an den Vorbildern der russischen Fotografen orientierten, sah die Unmittelbarkeit seiner Bilder und wusste um ihre inhaltliche Sprengkraft.

Hier konnte man unwiderlegbar beweisen, wie brutal die

Schupos gegen die Demonstranten der Einheitsfront vorgingen, während die Braunhemden der SA ungestört eine wehrlose Frau zusammenschlugen und ihr Marschlied sangen:

Die Fahne hoch, die Reihen fest geschlossen,
SA marschiert mit ruhigem, festem Schritt.

Obwohl Bandi von seinen Fotos hingerissen war, hatten sich bisher weder der Homunkulus noch Ladislaus Glück dazu geäußert. Sie betrachteten die Bilder mit kritischem Blick.

Bandi spürte, wie seine Finger feucht wurden. Er wusste selbst, dass ein Künstler sich täuschen konnte. Ihm fehlte der Abstand zum eigenen Werk.

Waren die Fotos in Wahrheit misslungen?

Endlich sah es so aus, als hätte sich Guttmann ein Urteil gebildet. Denn er legte die Brille ab, wischte sich mit dem Handrücken über die hohe Stirn und musterte seinen Laufburschen, als sähe er ihn zum ersten Mal. Seine leuchtenden, klugen Augen glitten über Bandis schwarze zerraufte Mähne, blieben kurz an der abgeschabten Lederjacke und dem Kaffeefleck auf dem Hemd hängen und verweilten schließlich auf den Bergsteigerstiefeln.

Bandi fühlte sich unbehaglich, und als er dann in die Augen des Homunkulus blickte, wurde ihm kalt.

»Herr Friedmann! Das sind keine Fotos, das ist eine Trrragödie!«, rief der Herr der DEPHOT mit rollendem, ungarischem R, wie immer, wenn er sich aufregte. »Einfach grrrauenhaft! Vielleicht verstehen Sie was davon, wie man Kohlen schleppt. Aber wie man mit einer Leica umgeht – davon verstehen Sie nichts!«

»Was?«

»So was wird keine Zeitung Deutschlands drucken. Es überschreitet jede Grenze des guten Geschmacks.«

»Ich zeige die Wahrheit! Die ist nun mal grausam!«

»Grausamkeit muss man trotzdem in erträglicher Form darstellen. Dies hier nenne ich Voyeurismus. Sie weiden sich an Blut und Schmerz. So etwas dulde ich nicht.«

»Man sieht, zu was die Nazis fähig sind!«

»Was Ihnen nicht das Recht gibt, diese Frau in einer so würdelosen Position zu zeigen. Halten Sie gefälligst Abstand.«

»Ein Fotograf muss nah ans Geschehen.«

»Und jetzt halten Sie einfach den Mund.«

Für ein paar Momente starrte Bandi seinen Chef zornig an. Er brauchte Zeit, um zu verstehen, was ihm gesagt worden war. Dann drehte er sich auf dem Absatz um, scheppernd fiel die Glastür hinter ihm zu, er griff nach seinem Mantel und stürzte die Treppen hinunter und hinaus, auf die Friedrichstraße.

Blind vor Wut wäre er fast in eine Tram hineingerannt.

Bandi hatte – wie er so durch die Kälte stapfte – keine Ahnung davon, dass leuchtende, kluge Augen ihn vom Fenster aus amüsiert beobachteten.

Und er ahnte auch nicht, dass Ladislaus Glück den Homunkulus hinter seiner Nickelbrille empört anfunkelte.

»Die Bilder sind ausgezeichnet. Ich konnte kaum glauben, dass ein Anfänger so etwas fotografieren kann. Warum belügst du den Jungen und stauchst ihn zusammen? Wir könnten die Fotos jederzeit verkaufen.«

»Das würde viel zu schnell gehen, mein Lieber. Ein Talent braucht Zeit, um zu reifen.«

»Dann sag ihm, was du wirklich davon hältst.«

Simon Guttmann wandte sich vom Fenster ab und hob mit einem resignierten Lächeln die Hände zum Himmel.

»No, was soll ich machen? Soll ich diesem Jungen erzählen, dass er ein Meister ist? Er wird nur größenwahnsinnig und tanzt uns nach Lust und Laune auf der Nase rum.«

Bandi ließ sich von Zorn und Kälte durch die Stadt treiben. Droschken schlitterten über das Eis, Fußgänger in dicken Wintermänteln rutschten, stolperten und stürzten. Aber nichts von alledem interessierte Bandi. Er ging ziellos weiter und landete dort, wo Instinkt und Gewohnheit ihn hingetrieben hatten: im Romanischen Café am Neuen Kurfürstendamm, gegenüber der Kaiser-Wilhelm-Gedächtniskirche.

Das Romanische war der Mittelpunkt des künstlerischen Berlin. Die berühmten Künstler und ihre Agenten saßen links, im so genannten »Schwimmer-Bassin«. Dazu gehörten der Maler Max Slevogt, der Kunstverleger Bruno Cassirer und der Galerist Flechtheim. Bandi verbeugte sich, eine Geste, die zum guten Ton gehörte, auch wenn ihn niemand der bedeutenden Herren am Slevogt-Tisch zur Kenntnis nahm.

Hinten links waren die Stammtische der großen Zeitungsverlage, Mosse und Ullstein, wo auch der Homunkulus mitunter saß, um über Aufträge zu verhandeln. Ein respektvoller Blick in Richtung seiner Träume, und Bandi drängte sich an den Tischen für die Zaungäste auf der rechten Seite vorbei. Sein Platz war hinten links, bei den hoffnungsvollen Armen.

Es gehörte zu den Extravaganzen von Bert Brecht, dass er sich meist auf der linken Seite niederließ, dort, wo die hübschen Mädchen ihre Fesseln ausstreckten. Eifersüchtig beobachtet wurde er dabei von Lotte Lenya, die an guten Tagen ein sattes, zufriedenes Lächeln zur Schau trug.

An schlechten Tagen, wenn sie ohne Brecht durch das Café torkelte, verkündete sie jedem, der es wissen wollte oder nicht: »Brecht ist ein Dieb. Er hat die schlechte Angewohnheit zu stehlen. Frauen anderer Männer. Aber auch Sätze und Geschichten. Und wisst ihr, Freunde, was auf seinem Nachttisch liegt? Das Kapital von Marx natürlich, janz linientreu. Aber innen drin ist heimlich der neueste Edgar-Wallace-Krimi.«

In der Hoffnung, der Aufmerksamkeit seiner Freunde zu entgehen, der ungarischen Emigranten, die im Romanischen Café ihr Hauptquartier hatten, drückte Bandi sich an der Wand entlang in den dunkelsten Winkel, zu den hintersten und billigsten Tischen, und lächelte dem Kellner zu, der ihm auf die Schultern klopfte und ihn in eine lautstarke Debatte über irgendein Pferderennen verwickeln wollte.

Bandi hatte keine Lust zu reden. Er bestellte sich ein Glas Zuckerwasser, gegen den Hunger. Und gegen den Trübsinn ein großes Glas Whiskey.

Wenn er jetzt zu trinken begann, würde er schon wieder kein Geld für die Miete haben. Nur eine Frage der Zeit, dachte er, bis er obdachlos sein würde.

Aber Bandi musste diese Worte vergessen, die ihm allen Stolz und alle Hoffnung genommen hatten. Der Homunkulus war ein Menschenschinder. Bandi schlug mit der flachen Hand auf den Tisch, im Takt von Duke Ellington, und überließ sich der betäubenden Wirkung von Jazz und Whiskey.

Und irgendwann, als er noch ein Glas und noch eins getrunken hatte, begann er zu lächeln, weil er an dieses Bild aus Leipzig dachte. Ein Griff in seine Lederjacke, und er holte das Foto heraus, auf dem man das Mädchen mit den grünen Augen und dem Pelzmantel sah. Er dachte daran, wie sie beim Küssen den Kopf zurückgebogen und sich ihm hingegeben hatte …

»He, Bandi, was hast du denn da?«

Jemand rüttelte an Bandis Schulter.

»Das ist das dämlichste Grinsen, das die Welt je gesehen hat. Sag, was hast du ausgeheckt, Bandi?«

Bandi ließ das Foto aus Leipzig schnell verschwinden. »Noch nichts, aber vielleicht kommt mir ja noch ’ne Idee.«

»Bandi hat ’ne Idee!«

Im Kreis seiner Freunde war Bandi berühmt für seine vielen Ideen, die einfach aus ihm heraussprudelten und die er großzügig verschenkte. Die Hitzköpfe, alle aus Ungarn, alle an der Hochschule für Politik eingeschrieben und alle im Denken so rot wie im Herzen, zogen Bandi mit und besetzten den Stammtisch, ohne die neugierigen Blicke der Künstler und Möchtegern-Künstler und Kleinbürger zu beachten, die aus Sensationslust ins Romanische kamen, ins pulsierende Zentrum von Kunst und Kultur, die heimliche Zentrale von Berlins Zeitschriften und Theatern und Verlagen.

»Was denn? Wollen wir den Nazis wieder eins auswischen?«

Chim, einem polnischen Juden aus guter Familie, standen alle Haare vom Kopf ab, wie immer, wenn er getrunken hatte.

»Ihr werdet alle noch im Gefängnis landen«, sagte Kisch, ein Reporter, der am Nebentisch saß und wahrscheinlich wieder seine Liebesbriefe an Jarmila schrieb.

»Ach, da war Bandi doch schon.« Die Stimme des sonst eher schüchternen Chim war vom Alkohol rau und laut. »Und es war doch gar nicht so schlecht, oder?«

Alle lachten. Kisch beugte sich interessiert vor.

»Die Geschichte würd ich gern hören.«

Bandi lachte selbstgefällig.

»Ihr wisst ja, dass meine Mutter Schneiderin ist«, begann er. »Eines Tages sollte ich ein Kleid zu einer Dame in mittleren Jahren liefern, die mich sehr, äh, entgegenkommend in Empfang nahm. Sie fing an mit diesem ganzen Liebesquatsch. Zerrte mich in ihr grässliches Ehebett und zerquetschte mich fast.«

Die Runde lachte.

»Da der Sex kein echtes Abenteuer war, begann ich noch am selben Tag einen Flirt mit der Kommunistischen Partei, die natürlich verboten war. Ich sollte einen ›wichtigen Mann‹ treffen, der mich zur Anwerbung in Augenschein nahm. Als der ›wichtige Mann‹ erschien, sah er ziemlich jung und unbedarft aus; nur dass er sich ständig im Verfolgungswahn über die Schulter blickte. Bis vier Uhr früh hatten wir die leeren Straßen Budapests zum größten Teil durchwandert und alle Aspekte der Weltrevolution erörtert. Er fand, ich sei ein wirrköpfiger Intellektueller, der fünf halb verdaute Bücher in sich und einen Schneider als Vater hatte. Mit anderen Worten, er hielt mich für zu bürgerlich. Ich fand, dass seine Ansichten weit weniger radikal waren, als ich gehofft hatte, und dass sein Verfolgungswahn völlig unbegründet war. Auch nicht das wahre Abenteuer. Ich beschloss, der Kommunistischen Partei nicht beizutreten.«

Die Erinnerung ließ Bandi wieder nüchtern werden, und er sah alles glasklar vor sich: Noch am selben Morgen, als er erschöpft ins Bett gefallen war, kam seine Mutter ins Zimmer, um ihn unsanft zu wecken. Im Türrahmen hinter ihr erkannte er zwei große Herren mit steifen Hüten. Geheimpolizei.

»Was hast du getan?«, schrie Julia Friedmann ihn an. »Sag 's mir! Was hast du angestellt?«

»Nichts«, entgegnete er wahrheitsgemäß.

Fast im selben Moment schlug sie ihm ins Gesicht. Dann wandte sie sich an die Polizisten, bat darum, den missratenen Sohn bei ihr zu Hause zu lassen, wo sie ihm die Seele aus dem Leib prügeln würde, wenn er nur, bitte, bitte bei seiner Mutter bleiben dürfe. Die Polizisten, die ihr Glauben schenkten, wollten sich schon grinsend zurückziehen.

Aber die Ohrfeige und die demütigenden Drohungen hatten Bandi verbittert. Ohne seine Mutter anzusehen, hatte er sich angezogen und den Polizisten erklärt, dass er lieber mit ins Gefängnis kommen würde, als bei Julia Friedmann zu bleiben.

»Und so bin ich in dem großen Polizeirevier gelandet, wo Polizeichef Peter Heim Beethovens Fünfte pfiff, während er langhaarige junge Männer zusammenschlug.«

Bandi grinste. Denn während er erzählte, hatte sich in seinem Kopf eine Idee geformt.

»Also, Freunde, es gibt angenehmere Quartiere auf dieser Welt als Hòrthys Gefängnisse. Aber ich kam ja wieder raus, unter der hübschen kleinen Bedingung, dass ich Ungarn noch am selben Tag verlassen würde. Ich löste eine Fahrkarte nach Deutschland und trennte mich vom Hòrthy-Regime. Deshalb sitzen wir jetzt alle im schönen Berlin. Wollt ihr jetzt die Nazis ärgern – oder nicht?«

Während die Nacht sich über den Park senkte, ruhte Gerta auf dem roten Samtsofa in ihrem Salon. Ihre Füße schmerzten von den Weihnachtseinkäufen. Überall waren Tüten und Kartons mit Dutzenden kleiner Geschenke verteilt, die darauf warteten, in Geschenkpapier geschlagen und hübsch verschnürt zu werden.

Ziellos war sie durch die Geschäfte gehastet, hatte Schals, Handschuhe, Strumpfhosen und Seifen für das Personal in Einkaufskörbe gehäuft; Puder für Rosie, eine silberne Haarbürste für ihre Mutter und eine Holzkiste Cohiba-Zigarren für den Konsul. Außerdem hatte sie die ersten Frühlingskleider für sich selbst aussuchen wollen, jedoch alles wieder verworfen.

Nach den Erlebnissen am Leipziger Bahnhof kamen ihr die Mode und Einkäufe bedeutungslos vor. Nicht eine Sekunde hatte Gerta bisher darüber nachgedacht, wie das Leben dieser Leute verlief, die sie nur als Dienstboten kannte. Sie hatte sich auch niemals gefragt, welche Sorgen ihre Blutsfreundin Rosie womöglich hatte.

Jetzt wollte sie mehr darüber wissen, denn es beschämte sie. Sie fühlte sich, als hätte man sie in einen Kokon aus Überbehütung und guten Manieren eingesponnen.

Eigentlich, dachte sie, wusste sie überhaupt nichts von der wirklichen Welt. Sie kannte nur die Welt des Wahren,

Schönen und Guten. Und sie konnte sich auch keinen Reim auf die Schmähbriefe machen, die sie bei ihrer Mutter gefunden hatte.

Es klopfte an die Tür.

»Gnädiges Fräulein!« Ein Stubenmädchen knickste. »Ein Anruf für Sie. Comtesse Amalia ist am Telefon.«

Gerta glitt vom Sofa und in ihre lila Samtpantöffelchen, dann hastete sie über die Galerie, an den Gästezimmern vorbei, in denen niemals ein Gast übernachtete, und die Treppe hinunter zur Bibliothek, wo das Telefon stand.

»Gerta, Mensch, das hat ja gedauert. Ihr müsst ja in einem Riesenkasten wohnen!«

Ein silbriges Lachen, und Gerta sah die Freundin vor sich: die blonden Haare, lockig und immer etwas zerrauft; die Sommersprossen auf der Stupsnase; der frech aufgeworfene Mund. Amalia von Krosigk, Gräfin zu Schwerin, erinnerte an Struwwelpeter.

Wenn man sie sah, musste man lächeln.

»Na, was haben deine Eltern gesagt?« Amalia hatte vor Aufregung eine hohe Stimme. »Darfst du mitkommen? Mach schnell, Gerta! Ich kann nicht so lang. Bin bei meinem Onkel!«

Gerta dachte an das düstere Spukschloss an den Ufern des Schweriner Sees, und sie kam zu dem Schluss, dass sie ihre Freundin nicht um ihr Leben beneidete, auch wenn der klangvolle Name natürlich viele Türen öffnen konnte.

»Oh, es war ein ziemlicher Kampf. Papa ist ein harter Brocken. Die schlechte Nachricht zuerst. Ich darf nicht mit dir zusammenziehen. Zwei mutwillige junge Damen ohne Aufsicht«, ahmte sie den Konsul nach, »das dulde ich nicht.«

Natürlich sagte Gerta nichts davon, dass es Amalia war, gegen die ihr Vater seine Einwände hatte.

»Aber ich darf bei meiner Tante wohnen. Die zieht nach Paris. Ist mit einem New Yorker Bankier verheiratet.«

»Ein amerikanischer Bankier?«, fiel Amalia ihr ins Wort. »Das ist ja wundervoll. Dann lernen wir reiche Amerikaner kennen und geben die tollsten Feten. Bin ich froh, dass endlich Schluss ist mit Lausanne und den Techniken für den Fang irgendwelcher Langweiler, die sie als gute Partien bezeichnen.«

»Das kannst du laut sagen. Hast du Ärger gekriegt?«

»Na ja.« Amalia klang plötzlich geknickt. »Kannst du dir doch denken. Und du?«

»Hielt sich in Grenzen, nicht so schlimm, wie ich befürchtet hatte.«

Auf andere Weise schlimm, fügte Gerta in Gedanken hinzu, die an den Eindruck von Erschöpfung dachte, den sie bei ihrem Vater wahrgenommen hatte.

Zu bedrohlich, um weiter darüber nachzudenken. Besser, rasch das Thema zu wechseln.

»Mir sind die verrücktesten Dinge passiert, seit ich nach Leipzig gekommen bin!«

Eine Sekunde schob sich das Bild der blutenden Frau vor ihre Augen, aber dann konzentrierte sie sich lieber auf das Aufregende, das, was Amalia niemals glauben würde.

»Ich hab einen Kuss gekriegt!!«

Es knisterte in der Leitung. »Wie bitte?«, kam es dann. »Wie ist dir das in der kurzen Zeit gelungen!«

»Es war bei der Demonstration«, sagte Gerta lächelnd und entdeckte in den Fensterscheiben ihr Spiegelbild.

»Was? Du hast demonstriert??«

»Ach, Amalia, natürlich nicht.« Die traurige Erinnerung ließ ihr die Kehle eng werden. »Reden wir nicht davon, es waren die Ärmsten der Armen. Jedenfalls sprang auf einmal ein junger Mann über die Absperrung, mit einer Frisur wie ein zerzauster Rabe.«

Gerta war selbst überrascht, wie genau sie den Fremden immer noch vor Augen hatte.

»Er hat mich umarmt und geküsst und wieder geküsst, als ob es das Normalste der Welt wäre.«

»Und dann?«, drängte Amalia. »Was dann? Mach 's nicht so spannend, ich muss gleich auflegen. Mein Onkel ist so furchtbar geizig.«

Gerta lächelte ihrem Spiegelbild selbstgefällig zu. »Der Kuss war ganz anders, als ich es mir vorgestellt habe. Weißt du, Amalia, man kriegt so einen kleinen Schwindel vom Küssen, so, als zieht es einem den Boden unter den Füßen weg.«

In der Leitung war Schweigen, und Gerta sagte sich, dass sie ihre welterfahrene Freundin dieses eine, einzige Mal tatsächlich übertrumpft hatte.

Schnell, bevor die Verbindung unterbrochen sein würde, weil der Herzog nicht duldete, dass man lang telefonierte, wollte sie ihren letzten Triumph auskosten.

»Er sah tatsächlich aus wie ein Pirat, wie Valentino. Und weißt du was, Amalia? Ich glaube, die Polizei ist hinter ihm her. Ist das nicht aufregend?«

»Und dann? Wie ist es ausgegangen?«

»Na ja«, sagte Gerta kleinlaut. »Ich hab ihm eine Ohrfeige gegeben …«

Unruhig ging Konsul Pohorylle in der Bibliothek auf und ab und nippte nur gelegentlich an dem Cognac, den Sophia ihm hingestellt hatte und dem er sonst so gerne zusprach, dass man auf seinen Wangen geplatzte Äderchen sah.

Es waren nicht die Pariser Pläne, die ihn rastlos machten. Es war die Fabrik. Den ganzen Nachmittag hatte er in einer Krisensitzung verbracht. Es ging um die Forderungen der Gewerkschaften. Sie hatten Streik angekündigt, und angesichts der Wirtschaftsflaute war ein Streik so ziemlich das Letzte, was eine Möbelfabrik gebrauchen konnte. Der Konsul sah zu dem Porträt über dem Kamin, das seinen Vater zeigte, der ernst und entschlossen in den Raum blickte.

Aber von dort oben kam kein Rat.

Und erst recht hätte der Alte ihm in dieser anderen Sache nicht raten können, die den Konsul noch weitaus mehr beunruhigte. Zum zehnten Mal an diesem Abend holte er das zerknüllte Blatt Papier aus seiner Jackentasche, das er am Morgen im Briefkasten gefunden und rasch entfernt hatte, bevor die Dienstboten oder Sophia es zu sehen bekamen.

Es war das fünfte Schreiben dieser Art.

Er bewahrte die Briefe, ordentlich verschnürt, in seinem Schreibtisch auf. Doch als er sie jetzt wieder hervorzog, bemerkte er, dass sie umgedreht worden waren. Er runzelte die Stirn. Konnte es sein, dass jemand an seinem Schreibtisch gewesen war?

Wenn er an die schrecklichen Briefe dachte, zog sich jedes Mal wieder sein Magen zusammen. Konsul Pohorylle war als harter Geschäftsmann berüchtigt, was ein Grund dafür war, dass ihm der Zutritt in die beste Gesellschaft des Leipziger Musiker-Viertels verwehrt blieb.

Aber wie jeder sehr harte Mann hatte er seine zutiefst verwundbare Stelle.

Und diese hieß Sophia Pohorylle.

Nach all den Jahren konnte der Konsul sein Glück kaum fassen, wenn er sie ansah. Klein, zart und fast erdrückt von der Last ihres schwarzen Haars. Die schöne Sophia mit ihrer Schneewittchenhaut, dachte er häufig, war das Beste, was ihm in seinem Leben passiert war. Ihr sanftes Wesen, die vornehme, stille Art, mit der sie kaum merklich den großen Haushalt lenkte, entzückten ihn immer wieder.

Er war fast vierzig gewesen, als er ihr begegnet war. Die jüngste Tochter einer Prager Kaufmannsfamilie. Aber es war nie die Mitgift gewesen, so stattlich sie auch gewesen sein mochte, die ihn verführt hatte. Es war ihr Lächeln, das ihn verzauberte und über ihren Fehltritt hinwegsehen ließ.

Seine Entscheidung hatte er niemals bereut, auch nicht, als sich dann später herausgestellt hatte, dass Sophia mit ihrer zarten Figur nach Gerta kein weiteres Kind mehr bekommen konnte.

Sophia war die Achse, um die seine Welt sich drehte.

Sie war sein Schatz, das einzig Strahlende in seinem Leben, das aus ermüdenden Verhandlungen und Kämpfen bestand.

Und diesen Schatz, schwor er sich grimmig, während er zum Fenster trat und in die Nacht blickte, würde er um jeden Preis verteidigen.

Auch gegen die Nazis.

Fröstelnd zog der Konsul die schweren Samtvorhänge zu und schloss die Nacht aus, die ihm plötzlich bedrohlich schien.

»Besser könnte es gar nicht laufen.«

Während Bandi von einem Fuß auf den anderen trat und sich die kalten Hände rieb, beobachtete er seine Mitstreiter und freute sich, dass sein Plan so reibungslos funktionierte.

Normalerweise hätten sich schlaflose Witwen, die nachts an ihre Fenster traten, oder verspätete Kneipengänger vermutlich über das seltsame Treiben auf dem Kurfürstendamm gewundert und möglicherweise sogar die Polizei alarmiert.

Doch diese Nacht war so kalt, dass der Schnee im Mondlicht glitzerte und niemand sich auf Berlins Flaniermeile blicken ließ. Deshalb rief auch niemand die Schupos, um Bandis Vorhaben zu unterbinden.

Er würde die SA-Leute sabotieren, ohne dafür auch nur einen Finger für irgendeine Gewaltaktion zu rühren.

Man musste mit Intelligenz siegen, dachte er.

Mit grimmiger Befriedigung betrachtete er die lange Schlange vermummter Gestalten, die sich vom Romanischen über den Kurfürstendamm schob, auf der Strecke, wo die SA-Braunhemden morgen einen »Protestmarsch« abhalten wollten.

Die Gestalten hatten merkwürdige Gerätschaften in der Hand, die um drei Uhr nachts nicht auf den Kurfürstendamm gehörten. Genau genommen gehörten sie nie dorthin.

Es waren Eimer, Schüsseln, Bettpfannen und sogar ein Nachttopf aus Porzellan. Schnell und schweigend reichten die Gestalten ihre Gefäße von Hand zu Hand weiter. Jedes Gefäß war mit Wasser gefüllt, das auf die Straße gekippt wurde, wo sich schnell eine dicke Eisschicht bildete.

Danach trat das Gefäß seine Rückreise an, und wieder wurde es in der Kette von Hand zu Hand gereicht, und wieder wurde Wasser aufgefüllt und ausgeschüttet, und Bandi sah mit schadenfrohem Vergnügen, wie sich der Kurfürstendamm nach und nach in eine spiegelglatte Eisbahn verwandelte.

Bert Brecht hatte sich in seinem kurzen Pelzmantel ebenso in die Kette eingereiht wie Lotte Lenya mit ihren von Kohle geschwärzten Augen, man sah den Fotografen Moholy-Nàgy, dessen sensible Hände einmal fast an einem Eimer festgefroren wären, und selbst der Kritiker Alfred Kerr hatte sich der gemeinschaftlichen Arbeit nicht entzogen.

Das Romanische Café war still und leer.

Der Wirt stand in der Küche, um die Gefäße mit Wasser zu füllen. Sein Küchenchef, ein dicker Franzose namens Gilles, ging ihm zur Hand. Die Kellner bildeten die Kette zur Straße.

Spät in der Nacht, als der Kurfürstendamm unter der dicken Eisschicht glitzerte und so glatt war, dass man Kufen brauchte, um ihn zu überqueren, hatten die durchgefrorenen Künstler ihr Ziel erreicht und strömten zurück in ihr Café.

Wenn die Nazis morgen marschieren wollten, würden

sie schon sehen, was sie davon hatten, dachte Bandi und stellte sich vor, wie sie in ihren Stiefeln hilflos übers Eis rutschen und rudern würden, die reinsten Komikergestalten.

Lotte Lenya drückte Bandi einen Kuss auf die Wange, der einen violetten Lippenstift-Abdruck hinterließ.

»Mensch, Bandi, det war die beste Idee, denen eins auszuwischen. Man siegt mit Fantasie.«

Der Pianist Szpilman ging zum Klavier und stimmte Beethovens Neunte an, der Wirt spendete Rotwein für alle, und man wärmte sich gerne daran, freute sich am eigenen Glanz und auf den nächsten Morgen: Den Nazis würde die Lust auf ihr Marschlied schon vergehen, wenn sie stolperten und stürzten.

»Det wird ne Show!« Lotte Lenya legte eine Hand mit lila lackierten Fingernägeln auf Bandis Schultern. »Und jetzt wird gefeiert, dass die Bude wackelt!«

Irgendwann im Morgengrauen torkelte Bandi schließlich zurück zu seiner kalten Dachkammer.

Er musste dringend schlafen, versuchte die verwirrenden Bilder dieses überlangen Tages zu vergessen, wozu auch die Küsse von Lotte Lenya gehörten, die zuletzt vor Vergnügen und Betrunkenheit kreischend auf seinem Schoß gesessen hatte, während die gesamte Mannschaft des Romanischen Cafés »Das gibt's nur einmal, das kommt nie wieder …« gesungen hatte.

In seinem Kopf fuhr alles Karussell.

Er konnte von Glück sagen, dass er überhaupt den Weg gefunden hatte. Zweimal wäre er fast falsch abgebogen, aber schließlich stand er doch unter dem Schild mit der Aufschrift »Schönhauser Allee« und warf eine Kusshand hinauf. Sehr viel länger hätte er sich nicht auf den Beinen halten können; womöglich wäre er einfach umgefallen, eingeschlafen und im Schlaf erfroren.

Vor dem Hinterhaus angekommen, gaben ihm die letzten Reste des Selbsterhaltungstriebs ein, dass er leise sein und so vorsichtig wie nur möglich die Stiegen hinaufschleichen müsse, um nur ja nicht die Aufmerksamkeit der Witwe Pollock auf sich zu ziehen. Inzwischen hätte er nicht einmal mehr zu sagen gewusst, wie viele Wochenmieten er ihr eigentlich schuldete.

Aber all sein Bemühen um Unauffälligkeit sollte nichts nutzen. Denn kaum hatte er, leise wie eine Wildkatze, die Tür zu seiner Kammer geöffnet, stolperte er über einen Gegenstand, der dort nicht stehen sollte: Bandi schlug der Länge nach hin und riss im Fallen andere Gegenstände mit sich, die hier auch nicht hätten sein sollen.

Als ihm klar wurde, was passiert war, dachte Bandi als Erstes, dass die Witwe trotz all seiner Charme-Attacken vielleicht die Realität erfasst und die Dachkammer an jemand anderen vermietet hatte, wie er es an ihrer Stelle längst getan hätte.

Aber dann erkannte er, dass aus dem Durcheinander Lockenwickler, Damen-Stiefeletten und ein Spiegel ragten.

Vom Bett erklang Lisas etwas ängstliche Stimme:

»Tut mir so Leid, Bandi. Du konntest es nicht wissen. Ich wohne jetzt bei dir.«

Konsul Pohorylle trat leise ins Schlafzimmer seiner Frau.

Er schob die Bettdecke beiseite und betrachtete Sophia, deren Haut wie Schnee war. Sie trug kein Negligé. Ihr Haar floss über Schultern und Brüste, so glänzend, dass er der Versuchung nicht widerstehen konnte, eine Strähne zu nehmen und um seinen Finger zu wickeln.

Er sah, dass ihr Mund sich zu einem kleinen Lächeln verzog, ein Lächeln, das er nicht oft genug sehen konnte.

Mit den Fingerkuppen zeichnete er die weiche Linie ihrer Schultern nach, die zarten Striche an ihrem Hals, Zeichen der Zeit. Sanft küsste er die feinen Strahlen, die sich von den Augenwinkeln fächerartig bis an die Schläfen fortsetzten, und dann die kleinen Sicheln links und rechts von ihrem Mund. Daseinsbeweise.

Sie hatten diese dreißig Jahre wirklich miteinander verbracht, man konnte es sehen, es hatte sich eingekerbt, Jahresringe der Liebe. Aus dem jungen Mädchen war eine Frau geworden, und nun begann sie zu altern, und er liebte sie noch mehr dafür.

Wie alle Paare hatten sie bessere und schlechtere Zeiten erlebt, aber für ihn gehörte es zu den Wundern seines Lebens, dass er sie immer noch begehrte, vielleicht, weil sie sich ihm immer wieder entzog.

Ein geistesabwesendes Lächeln, ein sonderbares Wort, das durch den Raum flatterte. In manchen Momenten hätte er sein Vermögen dafür gegeben, wenn er gewusst hätte, welche Gedanken sie hinter der sanften Fassade verbarg.

Er küsste behutsam ihre Brüste, und sie wand sich unter ihm, und dann vergrub er sein Gesicht in ihrem Schoß. Sophias Hände umklammerten seinen Nacken, als könnte sie sich daran festhalten, während sie leise stöhnte, so leise, als wäre es ihr peinlich, immer noch, nach all den Jahren.

»Ich hab so ein merkwürdiges Gefühl«, sagte sie viel später mit abgewandtem Gesicht, als er sie für die letzten Momente vor dem Aufstehen zärtlich in seinen Armen hielt. »Es ist wie eine Ahnung, eine innere Stimme.«

»Und zwar?« Er wusste, dass er seine Belustigung nicht verbergen konnte, und pustete ihr in den Nacken.

Sanft, aber bestimmt entzog sie sich seiner Umarmung, drehte sich auf den Rücken und blickte zur Decke, als würde sie dort etwas sehen, das ihm verborgen blieb.

»Vielleicht sollten wir Gerta doch nicht gehen lassen. Vielleicht hattest du Recht und ich Unrecht. Ich spüre Unheil in Paris, es wird Unheil bringen.«

»Was für ein Kind du noch immer bist.«

»Ich meine das ernst, Herbert. Ich kann es spüren. Wenn wir sie gehen lassen, wird sie niemals zurückkehren. Es wird ein Abschied für immer sein.«

TEIL 2

1932–33

Paris war ein Bildersturm, ein Angriff auf Nerven und Sinne: Die Dampfwolken aus den Lokomotiven an der Gare de L'Est, die alles in dichten Nebel hüllten, die hupenden, rasenden Limousinen, die stämmigen Arbeitspferde vor den Eis- und Orangenkarren, die sich zwischen die Automobile drängten, die Steinmassen der Häuser mit ihren Balkons und Schieferdächern, die Pracht und Breite der Boulevards und Avenuen, der Glanz der Morgensonne auf der Seine, die Fluten aus Menschen in den Straßen, das alles wirkte auf Gerta wie ein Schock.

Ihre Tante wohnte auf der Île Saint-Louis, am Quai d'Orléans. Das Palais neigte sich ein bisschen nach hinten, so, als wolle es vor dem Ansturm der Stadt zurückweichen. Es hatte eine Fassade in der Farbe von Champagner, schmiedeeiserne Balkons vor den Fenstern, an denen Efeu rankte, und rote Markisen, die ihm etwas Auffallendes, Verwegenes gaben.

Die Decken der Salons in der Bel Etage waren hoch wie der Winterhimmel über Paris, es gab Zimmerfluchten, in denen man sich verirren konnte, Speisesaal, Ballsaal, Musik- und Kartenzimmer, Bibliothek, Dachgarten mit Springbrunnen und eine eigene Suite für Gerta, mit Damastvorhängen und Aubusson-Teppichen und einem herrlichen Blick über den Quai aux Fleurs und Notre-Dame mit ihren geheimnisvollen Zwillingstürmen.

Am schönsten fand Gerta den Blick über die Seine, das silberne Flirren über den Wassern, das sie an die Visionen der Impressionisten erinnerte, Lichtpunkte, die im Wind über der Seine schwirren und wie Trugbilder wieder vergehen. Pappeln rauschten im Wind, die vergoldete Kuppel der École des Beaux Arts glänzte in der Abendsonne, und Gerta war glücklich, wenn sie am Fenster saß und ihren Träumen nachhing.

Dienstboten servierten ihr frischen Lachs, der mit kühlem Chablis nachgespült wurde, und zum Nachtisch Pfirsich mit Schlagsahne.

Das Palais am Quai d'Orléans erinnerte Gerta an ein feines Hotel oder einen Ozeandampfer wie die Île de France, von der die Tante mit glänzenden Augen schwärmte. Auf dem Prachtschiff war sie aus New York gekommen, in Gesellschaft von zwei Astors, einem Vanderbilt und einem Strauss-Erben.

Zur Begrüßung hatte die Tante gebeten: »Nenn mich doch Tante Terra. Dieses altmodische Ruth hab ich abgelegt. Terra klingt so viel schicker, findest du nicht?«

Ganz gleich, was ihre Tante auch sagte, in den ersten Tagen staunte Gerta über jedes einzelne Wort. Es entfaltete sich eine fremde Welt, die nichts mit Madame Véron oder dem Pensionat in Lausanne zu tun hatte. Die Geschichten aus New York handelten nicht von alten Familien und Standesschranken, sondern von neuem Geld, das rund um den Central Park wucherte und Paläste schuf, die in den Himmel wuchsen und wuchsen.

Eine Frau wie Tante Terra hatte Gerta noch nie gesehen, sie unterschied sich nicht nur von Sophia Pohorylle, sondern auch von sämtlichen Müttern, die ihre Töchter im Pensionat besucht hatten: ein unablässig flatterndes Geschöpf, das sie an einen exotischen Schmetterling erinnerte oder an einen kleinen, tropischen Vogel, vielleicht einen Kolibri. Immer war sie in Bewegung, redete und lachte und lächelte, wobei man ihre spitzen Zähne aufblitzen sah.

Tante Terra hatte die dunkle Schönheit von Sophia Pohorylle, aber nichts von ihrer ruhigen Art.

Und sie trug die herrlichsten Kleider, eine Flut aus Samt und Brokat und bunt gewirkter Seide, die ihre zierliche Gestalt umschmeichelte. Gewänder von Paul Poiret und Madame Vionnet und Madame Paquin.

»Paris ist ein Paradies der Mode.« Tante Terra musterte Gerta. »Was bin ich stolz, so ein hübsches Püppchen als Nichte zu haben. Warte nur, bis wir dir den sächsischen Schulmädchen-Schick ausgetrieben haben. Du wirst dich nicht wieder erkennen, Darling, nicht wahr, James?«

James Frank war die Ruhe in Person. Auf das Geplapper seiner Frau reagierte er nur mit einem Grunzen, und Gerta fragte sich, ob er ihr überhaupt jemals zuhörte. Gerta mochte ihren gut aussehenden, blonden Onkel, hatte aber nicht das Gefühl, ihm sehr nahe zu kommen.

James Frank, Vize-Präsident von American Express, war zehn Jahre älter als Tante Terra, immer perfekt gekleidet und selten zu Hause, da er mit puritanischem Eifer seiner Arbeit nachging. Für Gerta hatte er eine unverbindliche Freundlichkeit, und sie war von seinem amerikanischen Akzent, der schleppenden Sprechweise und seinen Schlapphüten entzückt, die er tief in die Stirn zog und zu seinem Trenchcoat trug.

»Gerta wird dich ein Vermögen kosten«, schmeichelte Tante Terra beim Frühstück, das sie in einem kleinen Salon über der Seine einzunehmen pflegten. »Du wirst sehen, sie ist jeden Cent wert. Deine Nichte wird der Star der American Colony.«

Onkel James raschelte mit dem *New York Herald* und lächelte in sich hinein.

»*Right*. Kleider für schöne Frauen sind immer eine gute Investition. Wie du mir seit Jahren beweist, liebe Terra.«

Die Tante griff über den Tisch hinweg nach Gertas Hand.

»Das ist seine Auffassung von Humor. Im Übrigen ist es ein Segen, dass er trotz der Wirtschaftskrise so viel Geld verdient. Du wirst sehen, Darling, es ist wunderbar, Amerikanerin in Paris zu sein. Ich liebe unsere Dollars. Und jetzt finde ich, wir sollten endlich ein bisschen Spaß zusammen haben. Was meinst du, wollen wir zusammen einkaufen?«

Onkel James warf ihr über die Zeitung hinweg einen wissenden Blick zu. »Seit Wochen redet sie von nichts anderem. Shopping für Gerta. Und ein netter, junger Mann für Gerta. Deine Tante ist entschlossen, dein Glück zu machen.«

»Oh, James, wie kannst du nur so hässlich sein!«

Er lächelte. »Sie hat Listen darüber, welcher amerikanische Millionenerbe sich wann in der Stadt aufhält. Mach dir nichts draus, Gerta. Es ist ein Gesellschaftsspiel. Aber deine Tante ist ein schlechter Verlierer. Sieh das als Warnung an.«

Damit hatte er seinen Stuhl zurückgeschoben, seiner Frau einen Kuss auf den perfekten schwarzen Scheitel gehaucht und war, den *New York Herald* unter den Arm geklemmt, schon wieder auf dem Weg zu seiner Bank.

Tante Terra verdrehte die Augen. »Dieser Mann und seine Arbeit! Er verbringt mehr Zeit in der Bank als bei seiner Geliebten. Muss an seiner puritanischen Erziehung liegen. Er vermeidet automatisch die angenehmen Seiten des Lebens. Aber wenigstens eins haben wir, das uns verbindet. Er liebt es, Dollars zu verdienen, ich liebe es, sie auszugeben. Das nennt man Arbeitsteilung.«

Am Anfang genoss es Gerta, in die luxuriöse Welt von Paris einzutauchen. Sie schlenderten über den Boulevard Haussmann und bewunderten die prachtvolle Jugendstil-Kuppel des Kaufhauses Printemps. Und dann warfen sie sich in die Schlacht des Einkaufens, ins luxuriöse Gedränge und den kostbaren Duft der besten Parfüms der Welt, die sie genüsslich auf ihre Handgelenke sprühten, bevor sie sich für

»Arpège« von Lanvin und »Mitsouko« von Guerlain entschieden.

Später kauften sie Seidenstrümpfe in allen erdenklichen Farben und für jede einen hauchdünnen, orientalischen Wollschal, hell wie die Farbe einer Auster, den man als Turban um den Kopf schlingen konnte; seit der Entdeckung von Tutenchamuns Grab gehörte ein Hauch von Orient zum Pariser Chic.

Ein anderes Mal besuchten sie die weltberühmte Putzmacherin Suzanne Talbot, um ein halbes Dutzend raffinierter Hüte zu bestellen. Arm in Arm flanierten sie über die Rue du Faubourg-Saint-Honoré und suchten in der Boutique Julienne für Gerta die aufregendsten Riemchenpumps aus: schmal, hoch und golden. Gerta protestierte schwach.

»Aber ich hab doch gar nichts, was dazu passt.«

»Was nicht ist, kann noch werden, Darling.«

Den Nachmittagstee mit Butterscones und Baisers und einer Auswahl aus hundertfünfzig Sorten schwarzem Tee genossen sie im Restaurant auf dem Dach des Kaufhauses Printemps, sie bewunderten die Lichter des Eiffelturms, die rötlich über die Stadt rollten, und sahen zu, wie Millionen von Lampen und Laternen die Landschaft aus Schieferdächern, Türmen und Boulevards in ein bunt glitzerndes Märchenreich verwandelten.

Abends ließen sie sich im neuen Delage von Onkel James durch die Stadt chauffieren, um die Lichterspektakel am Montmartre aus der gebotenen Distanz zu bewundern, flimmernde gelbe, grüne, rote Lichter, Reklamen für vollbusige Tänzerinnen und das Théâtre Pigalle.

»Können wir nicht aussteigen, bitte?«

»Aber Darling!« Tante Terra betrachtete sie neugierig. »Pigalle ist doch kein schickliches Pflaster für junge Damen. Hast du das in deinem Pensionat nicht gelernt?«

Gerta hüllte sich in trotziges Schweigen, nahm sich aber

vor, dass sie eines Tages durchaus allein hier spazieren gehen würde, um die nackten Damen und deren Verrenkungen etwas genauer in Augenschein zu nehmen.

In diesem Moment tat sich ein erster, kleiner Riss in ihrer neuen Welt auf: Man behandelte sie wieder wie im Pensionat. Abermals sollte sie in einer Wolke aus Watte leben – und was dahinter lag, das wahre Leben, blieb ihr verboten.

Dabei ist das wahre Leben doch so reizvoll, dachte sie.

Sie drückte die Nase an die getönte Scheibe der Limousine, die alles, was draußen war, auf Abstand hielt. Sie bewunderte die nackten Frauen aus bunten Glühbirnen, die in die Nacht flimmerten, um Kunden anzulocken. Sie bestaunte die Stilettos, die nackten Schenkel und grellrot lockenden Münder vor den Nachtlokalen und stellte sich vor, wie es wäre, am Arm eines jungen Mannes so einen verbotenen Ort zu betreten.

Was die Besucher dort wohl erwartete? Fieber, Ekstase, die Verheißungen der Nacht, alles, was Gerta verboten war, Küsse und Schwindel und Rausch.

Sie schloss die Augen und dachte an den Kuss des Fremden aus Leipzig und bog den Kopf zurück, während sie sich vorstellte, wie seine Lippen an ihrem Hals entlanggleiten würden.

»Und das sind die berühmten Champs-Élysées!«

Tante Terras Stimme riss Gerta aus ihren Träumereien, und sie bewunderte pflichtschuldigst die respektable Pracht des Triumphbogens, der im Gaslicht golden glänzte.

An einem anderen Abend speisten sie im Hotel de Crillon, und während Gerta sich mit Austern und Hummer abquälte, drehte und wendete Tante Terra ihren kleinen Vogelkopf und zeigte ihr die Lords, Fürsten und Seine Majestät, den König Edward von England, der mit einem Dutzend Lakaien im Crillon residierte.

Und dann besuchten sie den Star-Coiffeur Vincent, einen

exzentrischen kleinen Mann mit offenen Plexiglassandalen und lackierten Fußnägeln. Er löste Gertas Spangen aus den Haaren, ließ die überlangen Locken achtlos durch die Finger gleiten, schnitt sie ab und ließ sie auf den Boden fallen. Gerta fühlte sich, als werde sie von einer Last befreit, während immer mehr rotes Haar sich schlangengleich über den Fußboden ringelte. Als Monsieur Vincent mit ihr fertig war, trug sie leuchtend rote Wasserwellen, im Stil von Greta Garbo an den Kopf angelegt. Gerta fand, dass sie erwachsen und sehr verrucht aussah, und tatsächlich drehten sich die Männer am Boulevard Haussmann bewundernd nach ihr um.

»Es ist wunderbar, in Paris eine schöne Frau zu sein«, sagte Tante Terra. »Das Gute an den französischen Männern ist, dass sie eine schöne Frau zu würdigen wissen.«

Zuletzt besuchten sie die heiligen Hallen der Madame Vionnet. Dort lag ein Traum aus goldenem Brokat für Gerta bereit, passend zu den goldenen Riemchenpumps. Als sie in das kostbar knisternde Gewand geschlüpft war und sich im Spiegel betrachtete, blickte ihr ein fremdes Luxusgeschöpf entgegen. Der Goldbrokat fiel glatt und schwer bis zur Taille und ergoss sich dann in einem Wasserfall aus Seide bis hinunter zu ihren Fesseln.

»Du wirst die Herzen aller Junggesellen brechen.« Tante Terra gestattete sich ein Seufzen. »Und die der Ehemänner auch.«

Während Tante Terra ihre Nichte durch den Luxus von Paris schleppte, hatte sie mit ihrer sprühenden Energie ganz nebenbei eine Soirée organisiert, deren Gästeliste dafür sorgte, dass Gerta sich am Rührei verschluckte und unter den belustigten Blicken ihres Onkels einen Schluckauf bekam.

»Helena Rubinstein, Matisse …«

Dies waren Namen, die sie aus den Frauenmagazinen kannte, Gesichter auf Hochglanzpapier – aber keine Menschen, mit denen man Kontakt aufnahm, einfach, weil man niemals mit ihnen in Berührung kam.

»Matisse sagt sicher ab«, sagte Tante Terra stirnrunzelnd. Kaum dass er sein Atelier mal verlässt. Er züchtet Vögel, weißt du. Manchmal glaube ich, dass der Verrückte sich mehr für seine blöden Vögel interessiert als für Menschen. Aber es wäre ein Affront, ihn nicht einzuladen.« Mit einer knappen Geste wies Tante Terra zu den Wänden, die mit moderner Kunst gepflastert waren, abstrakten Darstellungen, die Gerta nicht allzu viel sagten. »Dein Onkel sammelt Matisse, wie du siehst. Ich kann ihn nicht leiden. Aber Helena Rubinstein ist wunderbar, ich liebe sie. Nur konnte ich deshalb leider Elizabeth Arden nicht einladen. Die beiden sind sich spinnefeind und würden sich in aller Öffentlichkeit die Augen auskratzen.«

»Was ein schrecklicher Verlust wäre«, sagte Onkel James über den Rand seiner Zeitung. »Wer sollte die Damen dann über die Tiegelchen und Töpfchen beraten, mit denen sie jede gerade Fläche im Bad besetzen?«

Tante Terra lachte. »Er hasst es, wenn ich Nachtcreme auftrage. Er meint, dass ich aussehe wie ein Mondmensch und mich auch genauso anfühle.«

»Glitschig nämlich«, warf der Ehemann ein.

»Aber was glaubst du, wie würden sich Falten anfühlen? Nun, wie dem auch sei, Darling, für dich ist ein ganz besonderer Name auf dieser Liste, er wird dein Tischherr sein. Jonathan Davenport. Eine der umschwärmtesten Partien der Ostküste …«

»… was den Ehrgeiz deiner Tante weckt …«

»… und man kann nur darauf spekulieren, wie viele Millionen genau er eines Tages erbt.«

Gerta verzog den Mund. Nichts hatte sie im Pensionat so

sehr gelangweilt als die endlosen Gespräche, wie man sich den richtigen, den reichen und adligen Mann angelte. Sie hatte die dummen Gänse immer gehasst, die gelangweilt die Listen ihrer Kandidaten durchgingen, während sie ihre Nägel polierten oder mit derselben Leidenschaftslosigkeit ein Aquarell anfertigten. Wenn diese höheren Töchter über die Ehe redeten, hätte man glauben können, auf einem Pferdemarkt zu sein.

Dabei geht es doch um Liebe, hatte Gerta geringschätzig gedacht, um Gefühle, um die Anziehung zwischen zwei Menschen, wie sie es aus den großen Romanen und aus den Filmen mit Valentino kannte.

»Wie gut, dass ich gar nicht darauf angewiesen bin, mir einen reichen Mann zu angeln«, sagte sie schnippisch zu ihrer Tante. »Ich suche mir lieber einen Mann, den ich liebe. Ich brauche kein Geld, Papa ist doch selbst sehr reich!«

Für einen langen Augenblick sah Gerta einen Schatten der Unmut auf dem Gesicht von Terra Frank. Aber dann hatte sie sich wohl dafür entschieden, den Protest nicht allzu ernst zu nehmen, denn sie warf den Kopf zurück und lachte.

»Reich? In Leipzig vielleicht. Aber hier bewegst du dich auf internationalem Parkett. Und im Übrigen ist Jonathan die rechte Hand deines Onkels. Schon deswegen solltest du dich sehr nett verhalten.«

»Lass doch das Mädchen in Ruhe«, sagte Onkel James. »Sie hat doch auch ein paar Manieren gelernt.«

Die Tante bedachte ihn mit einem finsteren Blick.

»Nimm sie nur noch in Schutz.« Damit wandte sie sich an Gerta. »Dein Onkel lässt sich vielleicht von deinem netten Lächeln täuschen. Aber ich weiß genau, was für ein Wildfang du bist, Gerta. Bilde dir bloß nicht ein, ich wüsste nichts von deinen wilden Streichen im Pensionat. Aber ich warne dich. Wenn du dich bei mir danebenbenimmst, wird es dir hinterher sehr Leid tun.«

Für ihr gesellschaftliches Ansehen war Tante Terra nichts zu teuer. Das Menü für ihren Empfang bestellten sie bei Fauchon, dem besten Feinkosthändler von Paris. Nach endloser Beratung wählte Terra Jakobsmuscheln, Coquilles Saint-Jaques, Hummer und Seezunge, Trüffelpilze, Chablis und Champagner und zum Dessert eine Auswahl raffinierter Kunstwerke aus Baiser und Zuckerguss, die den Eiffelturm und Notre-Dame darstellten. Als kleinen Scherz für die *American Colony* war auch eine Kopie der Freiheitsstatue dabei.

So viel Verschwendungssucht war Gerta unbehaglich.

Natürlich hatte man auch zu Hause einen gehobenen Lebensstil gepflegt. Aber weder ihre Mutter noch ihr Vater wären jemals auf die Idee gekommen, ihr Geld mit derart vollen Händen aus dem Fenster zu werfen. Es war die reinste Prasserei.

Manchmal, in den Momenten, wenn das Heimweh aufblitzte, dachte Gerta an die armen Menschen in Leipzig mit ihren grauen Gesichtern und an Rosie, ihre Blutsschwester, die sich so mühsam ein bisschen Geld verdiente.

Und Tante Terra lachte nur darüber, wenn ihr Tausende durch die manikürten Finger glitten. Was sie an einem einzigen Abend für ein Menü bezahlte, hätte genügt, um Rosies Familie für ein ganzes Jahr durchzubringen.

»Ach, die arme Reichsmark. Genauso ein Blech wie der Franc. Was können wir froh sein, dass wir den guten, alten Dollar haben. Ohne ihn würde das Leben viel weniger Spaß machen.«

Natürlich wollte die Tante nichts davon wissen, von Gerta auch nur einen einzigen Cent anzunehmen.

»Spar dir dein Geld, Darling. Oder weißt du was? Sparen ist so langweilig. Wir gehen zu Fouquet und suchen dir ein paar Perlen aus. Ein schönes junges Mädchen braucht wenig Schmuck. Aber gute Perlen können deinem Teint nicht schaden.«

Letztendlich reichte das Geld aus Leipzig nicht einmal für die Ohrclips, die Tante Terra unter den ehrfürchtigen Blicken des Juweliers für sie ausgewählt hatte. Und erst recht nicht für die wundervolle, doppelreihige Perlenkette.

»Ich brauche das nicht«, protestierte Gerta.

»Scha, Scha, Gerta, ich will nichts hören. Ich hab keine Kinder. Und da schickt mir das Leben so eine wunderschöne Nichte. Und ich soll sie nicht verwöhnen? Wer verlangt so ein Opfer von mir? Du wirst mir doch die Freude nicht verderben? Ich will, dass du auf unserer Party die Allerschönste bist. Es hat mich schon lange gestört, wie diese zickigen Vanderbilts mit ihren pferdegesichtigen Töchtern angeben, deren ständiger Anblick mich in Depressionen treiben würde.«

Zehn Tage nach ihrer Ankunft und zwei Tage vor der Party glaubte Gerta, den richtigen Augenblick gefunden zu haben, ihre Tante auf Amalia anzusprechen. Sie vermisste die Freundin, ihre Frechheit, ihre Fantasie, ihr sinnloses Gekicher.

Amalia, dachte sie voller Neid, wohnt in irgendeinem Atelier auf dem Montparnasse, hat kein Geld, es zu beheizen, und schnorrt sich bei Verwandten durch. Aber sie hat ihre Freiheit. Gerta hingegen fühlte sich genauso eingesperrt wie damals im Pensionat. Bei allem, was sie tat, musste sie um Erlaubnis fragen.

Und Tante Terra war niemand, der so ohne weiteres eine Erlaubnis gab.

»Bitte, wir könnten Amalia doch zur Soirée einladen.« Gerta verachtete sich selbst für ihren bettelnden Ton. »Amalia ist die liebste Freundin, die ich habe. Wir kennen uns aus dem Pensionat.«

Gerta fand es erschreckend zu beobachten, wie Tante Terras Gesicht zur Maske gefror. »Dein Vater mag das Mädchen nicht.«

Fieberhaft rasten die Gedanken durch Gertas Gehirn. Ihr

musste etwas einfallen, um die Tante zu überreden. Sie wusste genau, wie sehr Amalia sich wünschte, in die Kreise der reichen Amerikaner eingeführt zu werden. Und dann formte sich eine Idee: Man musste die Tante bei ihrem Ehrgeiz packen.

»Weißt du, ich glaube, dass Papa einen Komplex hat und deshalb Amalia nicht mag. Sie ist ihm gesellschaftlich überlegen. Sie kommt aus einer alten Adelsfamilie. Papa schämt sich dann, weil sein eigener Vater nur Tischler gewesen ist.«

»Ja«, meinte Tante Terra nachdenklich, »es ist tatsächlich ein Unglück, dass meine arme Schwester so weit unter ihrem Stand geheiratet hat. Dass Sophia sich mit dem Sohn eines Tischlers begnügen würde, hätte man nun wirklich nicht gedacht. Dein Vater kann natürlich gar nicht einschätzen, mit wem er es gesellschaftlich zu tun hat. Sag, Darling, diese Amalia ist wirklich eine Gräfin?«

Gerta musste sich ein Lächeln des Triumphs verkneifen. Sie hatte genau den richtigen Tonfall im Umgang mit ihrer Tante gewählt und beschloss, sich dies für die Zukunft zu merken.

»Amalia gehört zu den ältesten und vornehmsten Familien in Deutschland. Ihr Onkel ist Herzog von Mecklenburg-Schwerin. Ich glaube, sie ist sogar mit dem letzten Zaren verwandt.«

»Wie romantisch.«

Beflissen hatte Tante Terra nach der Gästeliste gegriffen, die sie ständig bei sich trug, um die Zu- und Absagen zu vermerken. Natürlich gab es nur Zusagen. Es durfte nur Zusagen geben.

Jedenfalls beinahe.

»Matisse wird nicht kommen. Wie nicht anders zu erwarten. Das hat man davon, dass man großzügig ist und über Standesschranken hinwegsieht. Aber deine Amalia wird diesen unmöglichen Clochard ersetzen. Sie darf natürlich einen Begleiter mitbringen. Es wird doch sicher – ein standesgemäßer Begleiter sein? Diese Amerikaner sind ganz verrückt nach altem Adel.«

Dann legte Tante Terra ihre glatte weiße Stirn in Falten. »Sag mal, Darling, eine Gräfin – muss ich dann die Tischordnung ändern? Du hast so was doch gelernt. Was zählt mehr? So ein Titel? Oder die Millionen der Vanderbilts?«

Gerta dachte an ihre quirlige Freundin und hätte beinahe lachen müssen, so absurd war der Gedanke, Amalia könnte auf die Tischordnung Wert legen.

»Ich würde sagen, die Millionen zählen mehr«, sagte sie schließlich ernsthaft. »Den Adelstitel kann man kaufen. Aber Geld muss man haben.«

Tante Terra nickte zufrieden und machte einen Strich auf ihrer Liste. Amalia gehörte zu den geladenen Gästen.

»Oh, Gerta, ich kann's kaum erwarten, all die amerikanischen Geldsäcke zu sehen. Du weißt gar nicht, was für ein Glück du hast, bei deiner Tante zu leben. Du musst es als ein soziales Forschungsprojekt betrachten …«

Natürlich war Amalia entzückt von dem Gedanken, mit dem amerikanischen Geldadel an einem Tisch zu sitzen. Als sie anrief, langweilte sie sich gerade in der stickigen Wohnung einer adligen Großtante im Regierungsviertel St-Honoré.

»Meine Familie schaudert es vor diesen Leuten. Neureich, sagen sie. Ohne Manieren.«

Gerta lachte. »Und meine Tante ist von deinen adligen Verwandten ganz fasziniert. Sie sagt, dass alle Amerikaner diese Adelstitel lieben.«

»Oh, dann könnte ich doch meinen Cousin mitbringen? Deine Tante wird begeistert sein, wetten? Er kann ja durchaus gute Manieren vortäuschen. Außerdem wird er ja mal der Marquis de Turennes sein.«

Gerta kicherte, weil der künftige Marquis sie an das Picknick im eiskalten Park in Lausanne erinnerte, an den Champagner und das Haschisch und den Rauswurf aus dem verhassten Pensionat.

»Stell dir mal vor, Gerta«, redete Amalia weiter. »Ich hab ein herrliches Atelier gefunden. Am Rive Gauche, gar nicht weit von dir, in einem Hinterhof an der Rue des Fossés Saint-Bernard. Man geht durch ein großes Tor und steht vor dem verwunschensten Hinterhaus, das du dir nur denken kannst. Und eine Menge Künstler hab ich kennen gelernt. Mein göttlicher Cousin ist mit dem halben Café du Dôme befreundet. Weißt du, der Boulevard Montparnasse ist auch eine amerikanische Kolonie. Aber eine ganz andere als diese reiche Kolonie deiner Tante.«

Das glaubte Gerta ihr nur zu gern. Und sie fragte sich, ob ihr die bunte Künstlerwelt nicht doch besser gefallen hätte als ihr schönes, reiches und oberflächliches Leben im Palais am Quai d'Orléans.

Und sie verkniff sich die Bemerkung, dass sie dieser Welt des Reichtums schon überdrüssig war. Was blieb zu wünschen, wenn man alles bekam?

Kronleuchter strahlten in den Empfangssälen über der Seine, weiße Lilien verströmten ihren betäubenden Duft; die Tafel war mit Damast und Cloisonnéporzellan und Kristallgläsern gedeckt. Elfenbeinfarbene Rosenblüten lagen zwischen den Tellern. Eis klirrte in den Champagnerkübeln.

Und Tante Terra huschte ein letztes, ein allerletztes Mal in Gertas Boudoir.

»Ich hatte noch eine Idee«, entschuldigte sie sich jedes Mal wieder, wenn sie hereingeflattert kam, und jedes Mal fand die Tante noch eine Locke oder Falte im Stoff, die nicht richtig fiel.

Jetzt wand sie ein goldenes Samtband nach griechischer Art um Gertas Stirn.

»Das gibt den nötigen Hauch Originalität!«

Gerta unterdrückte ein entnervtes Stöhnen.

Aber sie musste zugeben, dass ihre Tante Geschmack besaß – oder jedenfalls die Fähigkeit, Menschen mit Geschmack für sich arbeiten zu lassen.

Terra Frank trug eine Abendgarderobe von Suzanne Talbot, einen goldenen Strohturban mit einem blauen, durchsichtigen Schleier und einen Mantel aus hauchdünner zart bestickter blauer Gaze über einem weißen Seidenkleid. Der Schmuck – Ringe, Armbänder, Anhänger, Hutnadel – war besetzt mit Smaragden und Rubinen. Mehr denn je glich sie einem exotischen Vogel.

So ganz anders als Onkel James, der sich – tadellos korrekt in der Uniform seines weißen Smokings – in die Bibliothek zurückgezogen hatte, um sich einen Martini zu mixen.

Jetzt musterte er seine Damen und lächelte.

»Ihr macht ja ein Theater, als sollte die Kleine bei Hofe eingeführt werden. Dabei kommen doch bloß dieselben alten Knacker, mit denen wir uns schon unser halbes Leben langweilen müssen.«

Tante Terra schüttelte so heftig den Kopf, dass das Silber klimperte. »Du kannst es dir leisten, die reichsten Menschen der Welt als Langweiler und alte Knacker zu bezeichnen. Weil du selbst einer bist. Du hast keine Ahnung, mein lieber James, wie sehr dich ein ziemlich großer Teil der Welt um diese Art von Langeweile beneidet.«

Es war nicht zu übersehen, dass Onkel James seine Freude an solchen Wortwechseln hatte. Wenn Tante Terra scharfzüngig wurde, schimmerten seine Augen wie die einer Meerkatze.

»Jedenfalls bin ich stolz auf meine kleine Nichte.« Onkel James entblößte perfekte Zähne, als er lächelte. »So, wie du aussiehst, wirst du hundert Davenports das Herz brechen.«

»Wenn sie so sind wie dein Onkel und das Gehirn eines großen Esels haben …«

Tante Terra schnappte sich eine Champagnerflöte von einem schweren Silbertablett, das ein livrierter Diener ins Musikzimmer trug, wo eine Jazzkapelle – Schwarze im weißen Smoking – die ersten Improvisationen anstimmte.

Wenig später fühlte Gerta sich überrollt von einer Flut aus lächelnden Masken, Wolken von Parfüms und berühmten Namen. Hier die dicke Mrs Vanderbilt, dort die mausgesichtige, schrill gekleidete Peggy Guggenheim.

Erst, als sie Amalia hereinkommen sah, konnte Gerta wieder lächeln, ohne sich zu verstellen. Amalia hatte das Kunststück fertig gebracht, die auffallendste Person im Raum zu sein, obwohl sie von allen am wenigsten Geld hatte.

An ihrem üppigen Körper klebte ein hautenger Schlauch. Über und über mit weißen Federn besetzt, erinnerte er an die Mode der frühen Zwanziger. Zum Charleston-Stil passten gefährlich hohe Stilettos, eine überlange Zigarettenspitze und über dem wuscheligen, blonden Haar ein hauchdünnes Netzkäppchen.

»Amalia! Du siehst fantastisch aus! In welchem Museum hast du das denn ausgegraben?«

»Auf dem Speicher meiner Großtante in Saint Germain.« Amalia hielt Gerta an beiden Schultern fest. »Mensch, Gerta, und du siehst aus wie eine leibhaftige Golddukate!«

Amalia merkte überhaupt nicht, dass sie die Aufmerksamkeit sämtlicher Anwesender auf sich zog.

»Ich möchte dir meinen Cousin vorstellen. Charles hofft, vielleicht eine reiche Erbin aufzutreiben, die ihm sein grässliches graues Schloss in der Normandie renoviert. Wenn ich nur daran denke, fange ich schon an zu frieren.«

Charles hatte glasige Augen von seinem Haschisch und

trug eine knallrote Fliege zum rehbraunen Jackett. Aber seine Verbeugung war formvollendet und seine Stimme voll tönend.

»Amalia untertreibt natürlich. Es ist kein Schloss. Sondern eine Stein gewordene Katastrophe. Und die Dame meines Herzens müsste sich damit arrangieren können, dass ich mich im tiefsten Grunde nicht wirklich für Frauen interessiere. Und was den alten Kasten in der Normandie betrifft, werde ich ihn eines Tages in eine Kommune verwandeln. Alles Eigentum wird sowieso sozialisiert.«

Mrs Vanderbilt mit ihren großen Ohren gab ein Zischen der Empörung von sich.

Tante Terra segelte auf ihre Besucher zu und rief sehr laut: »Comtesse! Und der Marquis de Turennes!«

Daraufhin verhielten sich die amerikanischen Bankiers und ihre Frauen so, wie Tante Terra es vorhergesehen hatte: Sie stürzten sich auf Amalia und Charles im Adelsglanz.

»Die Kleider riechen nach Mottenkugeln, scheußlicher Gestank«, sagte eine tiefe Frauenstimme direkt neben Gertas Ohr. »Aber sie haben Stil. Das ist die Dekadenz der europäischen Oberklasse. Unmöglich, sie zu kopieren.«

Die tiefe Stimme gehörte zu einer Dame, die ihr schwarzes Haar streng aus der Stirn zurückgekämmt und im Nacken zum Knoten gefasst hatte. Eine Frisur, die ihre Nase vorspringen ließ.

»Sie müssen Helena Rubinstein sein!«

»Sie haben mich wohl an meiner Riesengummer erkannt? Nein, nein, nicht erschrecken. Meine Nase und ich, wir hatten sechzig Jahre Zeit, uns aneinander zu gewöhnen. Sie müssen Gertas Nichte sein. Grüne Augen, rotes Haar, zarte Gestalt. Sie würden ein perfektes Modell abgeben.«

Helena Rubinstein war eine der erfolgreichsten – und mächtigsten – Frauen der Welt. Mit ihrem Kosmetikkonzern bestimmte sie über die Gesichter von Millionen. Aber Gerta fand, dass sie freundlich, fast bescheiden wirkte.

Ihr Begleiter, der sich als Edward Titus vorgestellt hatte, lächelte hinter einer Wolke aus Pfeifenrauch mit seinen Augen.

»Meine Frau ist sehr klug und sehr, sehr reich. Aber im Herzen ist sie immer eine gute, jüdische Hausfrau geblieben, die am liebsten über gutes Essen nachdenkt.«

»Ich liebe die jüdischen Frauen. Kennen Sie keine, die Sie mir vorstellen könnten?«

Gerta drehte den Kopf und blickte dem Mann in die Augen, dem die Stimme gehörte. Er war groß, gut gebaut, sandblond. Er sah wie ein Tennisspieler oder Segler aus, wie eine zwanzig Jahre jüngere Version von Onkel James, seriös, zuverlässig und auf eine schwer zu bestimmende Weise zutiefst amerikanisch. Ostküste.

Als er Gertas Hand ergriff, war der Händedruck jedoch nicht so fest, wie sie erwartet hätte.

»Sie müssen die berühmte Nichte sein.« In die blauen Augen schlich sich ein kleines Lächeln ein. »So, wie ich Ihre Tante Terra kenne, haben Sie auch schon eine Menge von mir gehört. Ich bin Jonathan Davenport.«

Irgendetwas lag in seinem Tonfall, das Gerta provozierte. Vielleicht war es die Selbstverständlichkeit, mit der er annahm, dass sie von seiner Aufmerksamkeit entzückt sein müsste.

Ein bisschen zu selbstgefällig, war ihr erster Eindruck.

»Davenport?« Gerta legte die Stirn in Falten, als müsse sie angestrengt nachdenken. »Davenport, Davenport … den Namen hab ich schon mal gehört. Ich weiß nicht … wurden wir uns irgendwann mal vorgestellt?«

Er lächelte, und Gerta fiel auf, dass seine Gesichtszüge sanft, fast mädchenhaft wirkten, wenn er lächelte.

»Wussten Sie eigentlich, dass Ihre Augen grüne Funken

versprühen, wenn Sie lügen, Miss Pohorylle? Man hätte Ihnen keine Perlen umhängen dürfen. Ich würde zu Smaragden raten. Die passen besser zu einer Katze. Ich habe von Mister President gehört, dass ich das Vergnügen habe, Ihr Tischherr zu sein.«

»Jonathan!« Tante Terra legte ihm schmeichelnd ihre Hand auf den Arm. »Gefällt Ihnen meine hübsche Nichte?«

»Madam, sie hat Ihren Charme geerbt.«

»Jonathan!«, drängte sich Mrs Vanderbilt dazwischen. »Sei doch ein lieber Junge und hol mir ein Glas Champagner. Und dann sei so gut und setz dich ein bisschen zu einer alten Frau. Ich muss unbedingt hören, wie es meiner alten Freundin geht, deiner Mutter. Ist es wahr, hat sie einen Palazzo in Venedig gekauft? Und dann muss ich dir von meiner entzückenden Lizzy erzählen, sie sieht immer noch aus wie dieser kleine Engel, als den Lenbach sie gemalt hat …«

»Der entzückende kleine Engel ist siebenunddreißig Jahre alt und unverheiratet«, giftete Tante Terra leise in Gertas Ohr.

Jonathan schenkte Gerta ein schnelles, bedauerndes Lächeln, während er sich von Mrs Vanderbilt abführen ließ. Gerta wendete sich den anderen Gästen zu, und bis das Souper serviert war, hatte sie Jonathan Davenport längst vergessen.

Aber beim Dinner, bei Coquilles de Cervelles au Gratin und Merlans à la Berci sollte er sich als amüsanter Unterhalter erweisen, und ihr gefiel, dass sein Lächeln etwas Verstohlenes hatte, so als schleiche es sich wider Willen ein.

Außerdem stellte er keine lästigen Fragen nach Mädchenpensionaten oder Provinzstädten namens Leipzig. Und er verzog keine Miene, als ihn eine von Amalias Hummerscheren an der Schläfe traf. Er sagte kein Wort, als ihre Kaffeetasse während ihres temperamentvollen Gefuchtels über die Hose seines Smokings flog. Und er lächelte über Amalias Taktlosigkeiten.

»Kosmetik ist natürlich nur was für alternde Frauen«, sagte sie zu Helena Rubinstein. »Junge Frauen verschönt sie nicht, und bei alten ist sowieso nichts mehr zu machen.«

Helena Rubinstein lachte. »Na, so viel Taktlosigkeit hat schon wieder Stil. Vielleicht warten Sie einfach noch ein paar Jahre, dann sprechen wir uns wieder.«

»Einverstanden«, entgegnete Amalia übermütig. »Aber jetzt nehmen wir uns erst mal den Nachtisch vor.« Im nächsten Moment war sie vom Sitz aufgesprungen und stürzte sich auf das Kunstwerk aus Zuckerguss.

Sie nahm die Freiheitsstatue, pflückte den Kopf ab und steckte ihn in den Mund.

»Mach schon, Charles, du isst die Feuerfackel!«

In Tante Terras Augen stand das blanke Entsetzen.

Aber dann rettete die exzentrische Peggy Guggenheim die Situation, indem sie lachend über den Tisch rief: »Was für ein herrliches Spiel! Geradezu surrealistisch! Ich will den Eiffelturm!«

Mrs Vanderbilt streckte die plumpen Finger nach Notre-Dame aus, und schon war die reinste Zuckergussorgie im Gang. Als schließlich alle klebrige Finger hatten und lachten, schien es Tante Terra den allermeisten Spaß zu machen.

»Terra ist, wie sie ist«, sagte Jonathan Davenport leise zu Gerta. »Sie findet immer das gut, was die Mehrheit gut findet. Aber dabei ist sie ein herzensguter und großzügiger Mensch. Über solche Schwächen muss man hinwegsehen können, finden Sie nicht? Oder sind Sie so ein selbstgerechter kleiner Besserwisser, eine Figur aus englischen Romanen?«

Gerta, die sich eigentlich vorgenommen hatte, so garstig wie nur möglich zu Jonathan Davenport zu sein, musste lachen. »Sie sind ganz schön unverschämt.«

»Das will ich doch hoffen. Und deshalb möchte ich mit Ihnen ein Tänzchen machen.«

»Jetzt?« Gerta deutete zur Tafel, wo sich livrierte Diener von Fauchon anschickten, die Bombe Glacée zu servieren.

»Wann sonst? Jetzt haben wir den Salon für uns allein!«

Später kam es ihr so vor, als wäre sie nur im Traum durch den Ballsaal mit seinen Spiegelwänden geschwebt. Jonathan Davenport, mehr als einen Kopf größer als sie, führte sie sicher und sanft und hielt dabei so viel Abstand, dass sie es bedauerte.

Doch er hatte Gespür für den Rhythmus, und die Jazzkapelle schien es anzufeuern, für einen guten Tänzer zu spielen, sie wurde schneller und lauter, und bald war die Tischgesellschaft aufgelöst, der Saal in ein Tollhaus verwandelt.

Irgendwann wurde Gerta von Charles, dem künftigen Marquis, aufgefordert, dessen Hände schamlos über ihren Rücken glitten. Aber sie wusste, dass es ihm nichts bedeutete, und deshalb berührte es auch nichts in ihr.

Jonathan stand inzwischen mit verschränkten Armen außen, am Rand der Tanzfläche; er beobachtete sie, und als sie sich neben ihn stellte, lächelte er auf diese etwas ironische Art, die ihr immer besser gefiel.

Erst im Morgengrauen plumpste sie ins Bett, beschwipst vom Champagner und vom Jazz, und sie musste sich eingestehen, dass ihre Tante gar nicht Unrecht hatte: Jonathan war attraktiv.

»Das ist vielleicht ein Mist!«

In der Dunkelkammer der DEPHOT studierte Bandi die Fotos, die er am Nachmittag zum Trocknen aufgehängt hatte. Es waren Fotos von Umbo, dem Starfotografen der Agentur.

Und Bandi gefiel nicht, was er darauf sah.

Nichts zu ahnen von den fallenden Linien, den stürzenden Horizonten, die er an den Filmen von Dsiga Vertov so bewunderte. Keine Andeutung des streng konstruierten Bildaufbaus, den die russischen Künstler nach Berlin gebracht hatten.

Umbos Aufnahmen waren stechend klare Dokumente, die den mühsamen Alltag deutscher Hausfrauen in der Rezession zeigten. Aber Umbo nahm immer denselben Standpunkt ein: den des distanzierten Betrachters.

Nicht weit genug weg und nicht nah genug dran.

Bandi hatte in seinen endlosen Stunden als Gehilfe in der Dunkelkammer eine Schule des Sehens durchgemacht. Während Tausende von Metern Film durch seine Finger glitten, hervorragende und weniger gute, hatte er seine eigene Theorie zur Fotografie aufgestellt.

Wirklich gute Fotos mussten die Welt aus einem ganz neuen Blickwinkel zeigen, mussten dem Betrachter das Gefühl geben, etwas Bekanntes auf ganz neue Weise zu sehen, ein Abenteuer des Auges zu erleben.

»Wenn man dich so ansieht, könnte man dich glatt für einen Philosophen halten«, spottete Kalle, der Chef der Dunkelkammer, dem Bandi zur Hand ging. »Zerknittert genug siehste dafür ja aus.«

»Ich finde, dass Umbos Fotos ziemlich eintönig sind.«

»Bist du vielleicht Kunstkritiker?«

»Du wirst es schon noch erleben«, sagte Bandi zwischen den Zähnen. »Eines Tages bin ich der größte Fotograf der Welt.«

Kalle schlug ihm lachend auf die Schultern. »Wenn er nichts hat, aber Größenwahn besitzt er. Los, Junge, geh mir lieber neue Handschuhe holen, und vergiss den großen Fotografen.«

Die wirklich wichtigen Diskussionen in der DEPHOT fanden hinter verschlossenen Türen statt.

Als das Licht der Straßenlaternen auf der Friedrichstraße glänzte, hatte sich der Chef der Agentur mit dem Textredakteur Ladislaus Glück eingeschlossen. Wie jeden Abend ließ er sich bei einem Glas Scotch Bericht erstatten.

»Und er macht wirklich alles, was man ihm sagt?«

»Alles. Wie eine Schweizer Präzisionsuhr.«

»Und morgens kommt er pünktlich? Und bringt Kohlen? Ohne mich zu betrügen?«

»Kein Gramm zu wenig, keine Minute zu spät.«

Simon Guttmann ging drohend auf Ladislaus Glück zu.

»Du würdest mich doch nicht belügen?«

»Simon! Willst du mich beleidigen? Im Übrigen frag ich mich, wie lange du dieses miese Spiel noch weiter treibst? Du sperrst den Jungen in der Dunkelkammer ein, und dabei ist er von den Jüngeren vielleicht unsere größte Hoffnung.«

Guttmann schnippte die Asche seines Zigarillos ab, bevor er den nächsten damit anzündete. »Reg dich nicht so auf, du Anwalt der Schwachen. Alles bloß Erziehung. Das Jüngelchen ist mir zu selbstbewusst. Hat mir gar nicht gefallen, dass er in mein Büro gestürmt ist. Nicht mal Umbo wagt so etwas. Bevor ich mir das *Jingele* vornehme, soll er mal von seinem Größenwahn runterkommen.« Der Homunkulus verschränkte die Hände im Rücken und trat zum Fenster, wo er ins nächtlich glitzernde Berlin hinausblickte. »Bandi hat ein Riesentalent. Aber auch viel zu viel Chuzpe.«

Ladislaus Glück seufzte. »Als hättest du die in seinem Alter nicht auch gehabt.«

Schnell wie eine Raubkatze drehte Guttmann sich um und lächelte sein schmales, sparsames Lächeln.

»Genau deshalb, mein Freund, genau deshalb.«

Spät am Abend betrat Bandi seine Mansarde – und stöhnte.

Tüll vor den Fenstern, rosa Steppdecke über dem Bett, Alpenglühen über dem Sofa. Und wohin man auch sah, Tiegel, Haarsprays, Haarspülungen, Shampoos, Lockenwickler. Aber immerhin: Seitdem Lisa bei ihm eingezogen war, die im Köpenicker Friseursalon Zeidler arbeitete und nach Feierabend Privatkunden frisierte, bekam Witwe Pollock ihre Miete.

»Da bist du ja«, kam es von dem kleinen Kohlenherd in der Nische, der die Mansarde auf fast schon ungesunde Temperaturen wärmte. »Frau Meyer hat abgesagt. Ihr Kind hat die Masern. Da dachte ich, wir können es uns ein bisschen nett machen. Hab Schnitzel gekauft.«

Bandi, der seinen Magen knurren hörte, trat neugierig zum Herd, wo zwei dicke Scheiben im Bratfett aufzischten.

»Hast du Geld?«, knurrte Lisa.

Widerwillig griff Bandi in seine Hosentasche und kramte die Pfennige hervor, die er für die Kohle bekommen hatte. Eigentlich hatte er geplant, mit dem Geld wenigstens auf ein Zuckerwasser ins Romanische Café zu gehen. Die Freunde würden ihn dann schon nicht verdursten lassen. Aber wieder einmal hatte Lisa ihm einen Strich durch die Rechnung gemacht.

Seit Wochen hatte er sein Hauptquartier nicht mehr von innen gesehen. Lisa hasste seine ungarischen Freunde.

»Du bist ein richtiger Hausdrache«, murmelte Bandi.

In Lisas drallen Wangen blitzte ein Grübchen.

»Das will ich doch hoffen.«

»Wie darf ich das verstehen?«

Bandi blickte sie von der Seite an. Im Grunde, dachte er, verstand er viel zu wenig von ihr. Da sie fast ihre gesamte Freizeit auf der quietschenden Matratze verbrachten, hatten sie kaum einmal Gelegenheit, sich kennen zu lernen.

»Ich hab zu Hause erlebt, was passiert, wenn eine Frau kein Drache ist.« Lisa sagte es mit völlig unbeteiligtem Gesicht, so als ginge es sie nichts an. »Dann bezieht sie Prügel.«

Bandi rief sich in Erinnerung, was er über ihre Familie wusste: Lisas Vater, ein Nachtwächter, führte ein strenges Regiment über seine sieben Kinder. Ganz am Anfang ihrer Beziehung, als Lisa einmal zu spät nach Hause gekommen war, hatte sie ihm hinterher die roten Striemen gezeigt. Die Prügel hatten seine Schuldgefühle geweckt und sein Schicksal bestimmt: Danach war sie mit ihren Habseligkeiten bei ihm eingezogen.

»Der dritte Hinterhof, das reinste Irrenhaus. Meine Mutter war bloß ein Schatten ihrer selbst. In seiner Nähe hat sie nicht gewagt, den Mund aufzumachen. Mir wird es nie so gehen wie Mutter. Ich werde immer mein eigenes Geld verdienen.«

Als wollte sie den Entschluss unterstreichen, knallte sie die Teller auf den Tisch und klatschte die Schnitzel darauf.

»Der alte Zeidler hat mir erst heute gesagt, dass ich eine Riesenbegabung zum Frisieren habe. Immer mehr Kundinnen fragen nach mir. Wenn ich genug Geld für schicke Klamotten zusammengespart habe, kann ich vielleicht in so einem schicken Salon am Ku'damm anfangen. Was es dann wohl für herrliche Trinkgelder gibt …«

Bandi schob sein Schnitzel über den Teller. »Da bleibt also mein Geld. Die Dame spart für neue Klamotten.« Er sah, dass aus dem Schnitzel Blut rann, und warf es angewidert in die Pfanne zurück. »Willst du meine Meinung hören? Das Einzige, was eine Frau können muss, ist Kochen.«

»Und ich hab gedacht, dass du so fortschrittlich bist. Alle Menschen Brüder! Und für die Frauen gilt das nicht? Du hast gesagt, du liebst Frauen mit eigenem Willen.«

Bandi grinste. »Vor allem im Bett.«

Obwohl er die Müdigkeit in allen Knochen spürte und die Frustration über seinen Misserfolg ihn lähmte, hatte die freche Göre mit dem runden Gesicht sein Verlangen geweckt.

Bandi schob den Teller weg und streckte die Hand nach ihr aus. »Komm!«

In aller Seelenruhe schnitt sich Lisa ein Stück des missratenen Schnitzels ab, schob es sich in den Mund und erwiderte seinen Blick.

»Komm!«, wiederholte Bandi mit drohend erhobener Stimme, und als sie nicht hörte, ging er zu ihr. Seine Hände griffen nach ihrem Haar und zogen sie nach hinten, er küsste sie fest und fordernd, und dann packte er das kreischende, sich sträubende Mädchen und warf es aufs Bett.

»So«, sagte er und blickte auf sie hinunter.

Und dann hörte er ihr perlendes Lachen.

»Du Monster, komm her!«

Und schon nestelten ungeduldige Finger an seiner Hose, dann lag er über ihr und erstickte mit seinem Körpergewicht jede ihrer Regungen. Eine Hand hielt ihren Mund zu. Er spürte das warme, weiche Fleisch unter sich, und er vergrub das Gesicht zwischen ihren Brüsten und berauschte sich an seiner Lust.

Am nächsten Tag hatte Bandi in der Dunkelkammer mit den Glasplatten der Ermanox-Kamera zu kämpfen. Die überwiegende Mehrheit der DEPHOT-Fotografen arbeitete noch mit dem sperrigen Gerät aus dem Jahr 1925. Die Ermanox war beweglicher als die alten 18/24-Holzkameras, die ein Fotograf mit dem altmodischen Blitz betätigen musste. Aber gegen die kleine Leica war sie ein Fossil, dachte Bandi.

Er konnte nicht verstehen, warum die Fotografen der DEPHOT nicht allesamt den neuen, schnellen Apparat benutzten, der seiner Meinung nach die Fotografie revolutionieren würde: Man kam schnell und unbemerkt ganz nah dran ans Geschehen. Aber die Kollegen verachteten die Leica, weil auch Amateure sie bedienen konnten, hielten sie für neumodischen Firlefanz, eine Bedrohung ihrer hohen Kunst.

Dabei war die Ermanox viel zu sperrig für schnelle Fotos nahe am Geschehen. Und die altmodischen Glasplatten mussten in einem mühsamen Prozess mit Speziallösung entwickelt werden.

Wieder einmal wurde es spät und später, und wieder einmal musste Bandi die Hoffnung begraben, noch zu seinen Freunden vom Romanischen Café zu kommen. Längst fehlten ihm die erregten, politischen Debatten, die großmäuligen Ankündigungen, mit denen Hitler und seine Anhänger von Deutschlands Boden gewischt wurden und die gegen alle Vernunft irgendwie doch das Gefühl vermittelten, man könnte etwas, wenigstens ein ganz klein bisschen was dafür tun, den Vormarsch der Nazis in Berlins Innenstadt aufzuhalten. Seit Anfang des Jahres wurden die Braunhemden immer dreister und begannen, sich regelmäßig in kleinen Grüppchen auf dem Kurfürstendamm zu zeigen, um Passanten anzupöbeln. In den Außenbezirken kam es immer wieder zu Straßenschlachten. Doch Bandi las nur in der Zeitung darüber. Um sich an den Kämpfen zu beteiligen, fehlte ihm die Zeit.

Als Bandi schließlich von Kalle entlassen wurde, in seinen zerschlissenen Mantel schlüpfte und sich zum Gehen wandte, waren die Redaktionsräume der DEPHOT dunkel und verlassen; die Schreibmaschinen der Sekretärinnen mit Plastikhauben abgedeckt. Auf einer Fensterbank stand eine leere Rotweinflasche. Es stank nach kaltem Rauch. Nur durch die Glastür vom Büro des Homunkulus fiel noch ein Lichtschein. Bandi stieß verächtlich die Luft aus, wie jedes Mal, wenn er an seinen Chef dachte, und beschleunigte, während er an der Tür vorüberging, seinen Schritt.

»So eilig, mein Freund?«

Die schneidende Stimme Simon Guttmanns erreichte Bandi, als er schon fast im Treppenhaus stand.

»Könnten Sie ein paar Minuten für mich erübrigen?«

Widerwillig trat Bandi in die Redaktion zurück. Die Augen des Homunkulus glitzerten bernsteinfarben, als er eine autoritäre Handbewegung machte, mit der er Bandi in sein Büro winkte.

»Ich warte schon länger auf eine Gelegenheit, mich ein bisschen mit Ihnen zu unterhalten, mein Freund.«

Aus dem Mund dieses Mannes hörte sich das wie eine Drohung an, fand Bandi, und er spürte, wie seine Schultern kaum merklich heruntersanken. Er stand vor dem Schreibtisch und wusste nicht, wohin mit seinen Händen. Simon Guttmann, an dessen dunkelblauem Anzug wieder sämtliche Knöpfe fehlten, ließ sich in seinen Stuhl fallen, kreuzte die Füße auf dem Tisch und verschränkte die Hände hinter dem Kopf, während er mit aufmerksamem Blick Bandi musterte, der seinerseits sehnsüchtig hinaus ins glitzernde, unendlich ferne Berlin blickte.

Guttmann hatte ihm nicht einmal einen Sitzplatz angeboten.

»Sie wollen Fotograf werden? Vielleicht, weil Sie glauben, damit so reich und berühmt zu werden wie Erich Salomon?«

Für einen Sekundenbruchteil fühlte Bandi sich ertappt; den glitzernden Augen seines Chefs konnte es nicht entgangen sein.

»Schnell verdientes Geld ist das nicht. Salomon sagt selbst, dass er einen unaufhörlichen Kampf um sein Foto führt. Wie ein Jäger auf dem Anstand wartet er geduldig, um zum Schuss zu kommen. Man muss sich gegen die Bürokratie verteidigen, die Polizei und die Wächter; gegen schlechte Lichtverhältnisse und die große Schwierigkeit, Fotos von Personen zu machen, die sich bewegen. Man muss den genauen Augenblick abwarten, in dem sie sich nicht bewegen. Dann muss man mit der Zeit kämpfen, denn jede Zeitschrift hat einen Redaktionsschluss, dem man zuvorkommen muss. Vor allem muss ein Bildberichterstatter von unglaublicher Geduld sein und niemals nervös werden; er muss auf dem Laufenden sein, was die Ereignisse betrifft, und zur rechten Zeit wissen, wo sie sich abspielen. Wenn nötig, muss er allerlei Listen anwenden, selbst wenn sie ihm nicht immer zum Erfolg verhelfen.« Guttmann machte eine kurze Pause. »Dass Sie Listen entwickeln können, bezweifle ich keinesfalls, mein Freund. Aber ich frage mich, ob Sie die nötige Geduld haben?«

Bandi, der seine Chance witterte, zwang sich zur Ruhe. Er würde nicht mit irgendwelchen Bekenntnissen und Gelübden herausplatzen, die ihm auf der Zunge lagen. Er würde seine Antwort geben, indem er das Schweigen aushielt, Guttmanns Blick standhielt – und so seine Geduld unter Beweis stellen.

Es war genau die richtige Reaktion.

Um Guttmanns Mund spielte das sparsame Lächeln, das für die berühmtesten Fotografen die größte Auszeichnung war.

»Gut, gut, mein Freund. Zumindest bemühen Sie sich um Geduld. Das ist ein Anfang. Also werde ich Ihnen eine weitere Chance geben. Allerdings zu veränderten Konditionen. In den nächsten Wochen werden Sie es nicht wagen, eine Leica auch nur anzurühren. Sie nehmen hiermit vorlieb.«

Damit erhob sich Guttmann und schleppte aus einer Ecke die alte Holzkamera mit Stativ und horizontalem Sucher herbei.

18/24-Format.

»Ich weiß genau, was Sie jetzt denken, mein Freund. Sie wollen mit der Leica arbeiten. Sie wollen beweglich sein, wendig, schnell, Sie wollen sechsunddreißig Aufnahmen in Folge machen, wollen mich an Lorants Thesen zur Fotoreportage erinnern und von den großen Serien in der *Berliner Illustrirten Zeitung* schwärmen. Ja, ich kenne Sie genau, mein Freund. Aber ich sage Ihnen was: In der Hand eines versierten Fotografen, sagen wir, in der Hand von Felix H. Man, ist die Leica ein kleiner Wunder-Apparat. Nah dran, unauffällig, ganz wunderbar. Aber ein teuflisches Gerät, wenn ein naiver, ungarischer Hitzkopf damit einfach so draufhält und glaubt, er würde eine neue Kunst erfinden, indem er sich und die Kamera den Prügeln der Polizei aussetzt. Schmonzes, sage ich. Sie müssen erst mal lernen, was ein Bildaufbau ist, eine Kad-rie-rung. Es gibt unendlich viele Möglichkeiten, ein Bild zu machen, aber nur einen Bildausschnitt, ein Kadre.« Dies betonte er mit rollendem R, was seine Aufregung unter Beweis stellte. »Die Grundlage der Fotografie ist das Kadre. Was will ich zeigen? Wie will ich es zeigen? Und so Leid es mir tut, mein Freund, – das lernt man mit der guten, alten Holzkamera am besten.« Guttmanns Augen nahmen vor Sarkasmus einen grünlichen Schimmer an. »Weil sie für Ungeduld nämlich einfach zu langsam ist. In den nächsten Tagen erwarte ich nichts anderes von Ihnen, als dass Sie sich mit dem Bild und seinem Aufbau befassen. Und keine schnell hingehuschten, russischen Anspielungen. Es genügt nicht, die Kamera schief zu halten, um Kunst zu machen. Bedienen Sie sich unserer Bibliothek. Lesen Sie. Und dann fangen Sie an, eigene Bilder zu machen. Denken Sie dabei immer daran, dass der Fotoapparat keine kalte Mechanik sein muss. Wie bei der Feder des Schriftstellers hängt alles davon ab, wer sie hält. Überdies könnten Sie daran denken, mir einen neuen Laufburschen zu schicken. Einen Ihrer ungarischen Saufkumpane? Und jetzt, mein Freund, will ich Sie nicht länger aufhalten. Einen schönen Feierabend!«

Das, so wusste Bandi aus Erfahrung, war nicht etwa ein guter Wunsch, sondern ein Befehl.

Und er beeilte sich, ihn zu befolgen, indem er fluchtartig das Büro verließ.

An diesem Abend trat Bandi endlich einmal wieder in bester Stimmung auf die Friedrichstraße hinaus. Keiner konnte ihn dafür verantwortlich machen, dass er nicht von der Arbeit nach Hause zurückkehrte: Seine Füße trugen ihn von ganz allein in Richtung Kurfürstendamm, zum Romanischen Café.

Gilles, der dicke Franzose mit den schwarzen Locken, schlug ihm zur Begrüßung kräftig auf die Schulter.

»Lange nicht gesehen, *mon ami*. Dachte schon, du würdest niemals wiederkommen …«

»Frauengeschichten …«

Gilles lachte. »Was glaubst du wohl, was ich dachte. Soll ja ein hübsches Ding sein, diese Lisa. Das wurde schon alles ganz ausführlich diskutiert. Ohne dich ist es hier so öde geworden, Bandi. Diese Herrschaften sind ein bisschen trocken.«

Bandi ließ den Blick von Tisch zu Tisch schweifen, sah die Gäste mit ihren selbstmitleidigen Gesichtern, vermutlich Studenten oder Schriftsteller, die noch niemand druckte. Die Letzteren trugen sehr bedeutungsvolle Mienen, die sie hinter raschelnden Zeitungen verbargen.

»Wo sind denn meine Leute?«

Bandi sehnte sich nach seiner Clique, die ihm sonst so oft auf die Nerven ging. Aber ihre Art von Lärm, dachte er, war einer krakeelenden Lisa in jedem Fall vorzuziehen. Wenn er heute Nacht – ohne Geld und mit Fahne – in die Schönhauser Allee zurückkehrte, würde er eine Szene erleben, so viel war sicher.

»Deine Leute?« Gilles zog die Augenbrauen hoch. »*Tiens*, du kommst wohl wirklich nicht viel raus in letzter Zeit. Deine Freunde sind am Lustgarten. Kundgebung gegen die Nazis, die da aufmarschieren. Finde ich gut, dass so viele Deutsche gegen Hitler demonstrieren.«

»Meine Freunde sind Ungarn. Es sind Juden.«

»Schon gut, schon gut. Reg dich nicht gleich so auf. Wozu

kann ich dich einladen, Bandi? Wir müssen doch die Rückkehr des verlorenen Sohnes feiern!«

Es dauerte nicht lange, und Bandi war in eine Diskussion mit einem Studentenpärchen vertieft, das Schulter an Schulter in einer Ecke saß. In ihren schwarzen Kleidern und mit den blassen Gesichtern sahen die beiden erschreckend jung aus.

»Hitler ist natürlich schon eine Gefahr«, verkündete das Mädchen, und Bandi hätte ihr gern in die Wange gekniffen, wo sich ein Grübchen zeigte. Er liebte Frauen mit Grübchen. Vermutlich, kam es ihm in den Sinn, weil auch seine Mutter diese Grübchen hatte. Mit schlechtem Gewissen dachte er daran, dass er ihr endlich mal wieder würde schreiben müssen. Julia Friedmann würde so stolz auf ihn sein, wenn sie erfuhr, dass er jetzt vielleicht die Chance bekam, einen respektablen Beruf zu ergreifen. Sie hatte immer gehofft, er könnte Rechtsanwalt oder Professor werden und seiner Familie zu dem Glanz verhelfen, den sie ersehnte.

»Wir brauchen diesen Hitler als Partner«, dozierte das kommunistische Mädchen weiter. »Hitler wird der Partei zum Sieg verhelfen! Wir müssen den Nazis zur Macht verhelfen, damit in einer dialektischen Wende unser Traum von Sowjetdeutschland endlich verwirklicht wird.«

Bandi seufzte. Er brauchte mehr Whiskey, um die großen Worte auszuhalten. Natürlich war er ein Sympathisant der Kommunisten. Aber dies hier ging zu weit.

»Hitler als Partner? Das ist ein Teufelstanz.«

»Offizielle Linie der Partei«, erklärte sie blasiert. »Die neue Linie des Genossen Stalin.«

»Genosse Stalin«, ergänzte ihr Freund, »hat erkannt, dass jedes Mittel recht sein muss, um den Umsturz zu verwirklichen. Unser erstes Ziel muss sein, die Republik der Barone zu stürzen. Wenn wir Hitler dazu brauchen – dann mit ihm. Abrechnen können wir mit den Faschisten später.«

»Hoffentlich nicht zu spät.« Bandi leerte sein Glas.

Schon im NSDAP-Programm von 1920 war nachzulesen, was Hitler über die Juden dachte, und zwar gleich im vierten Absatz: »Staatsbürger kann nur sein, wer Volksgenosse ist. Volksgenosse kann nur sein, wer deutschen Blutes ist, ohne Rücksichtnahme auf Konfession. Kein Jude kann daher Volksgenosse sein.«

Bandi wurde bei diesem Gedanken kalt, und mit einer Ausrede stand er auf und verabschiedete sich.

Das nächste Glas würde er lieber in besserer Gesellschaft trinken – mit sich selbst.

Er schreckte erst wieder hoch, als ihn jemand an der Schulter rüttelte. Verschlafen blickte er in das schmale Gesicht seines Freundes und Bewunderers, Chim. Ganz offensichtlich war er heute Abend einmal nicht betrunken, denn sein dunkles Haar lag glatt am Kopf an. Chim hatte das Gehirn eines Mathematikers oder Talmudgelehrten und das Trinkvermögen eines irischen Boxers.

Jetzt waren seine Wangen gerötet von der Kälte, und er ließ sich in einen Stuhl plumpsen.

»Puh, da draußen ist was los. Zwanzigtausend Nazis im Lustgarten, halb Neukölln auf den Beinen.«

»Wie kann das sein? Die SPD behauptet doch wohl, dass die Nazis längst bezwungen sind?«

Chim stieß verächtlich die Luft aus und suchte den Blick des Kellners. Anscheinend konnte er es nicht erwarten, dass seine Haare endlich vom Kopf abstehen würden.

»Weißt du, Bandi, manchmal macht mir das Angst. Es sind zu viele von ihnen, zu viele.«

»Und die Kommunisten«, sagte Bandi etwas spitz, »haben nichts Besseres zu tun, als mit ihnen gemeinsame Sache zu machen. Ist das vielleicht geschickt?«

»Lass die Partei aus dem Spiel, Bandi.«

Er hob die Hände. »Schon gut, schon gut. *Schalom.*«

»Da draußen war was los, sag ich dir. Massenschlägerei. Bin froh, dass ich meine Haut gerettet habe. Ehrlich, zum Auswandern, Bandi. Wenn es so weiterläuft, mach ich's wie meine Freundin Chaja und geh nach Palästina. Orangen pflücken. Aber ich hasse Orangen. Und die Sonne kann ich auch nicht leiden.«

»Da hätte ich 'ne bessere Idee«, sagte Bandi, dem unvermittelt Guttmanns Worte einfielen. »In der DEPHOT suchen sie einen Laufburschen. Die meiste Zeit in der Dunkelkammer. Da erwischt dich kein Sonnenstrahl, Chim. Und es ist eine Chance. Mit etwas Glück kannst du Fotograf werden.«

»Du willst mir deinen Job geben? Und was ist mit dir?«

Chim, der Sohn eines bekannten polnischen Publizisten, riss die Augen auf. Chim lebte von Monatsschecks und hatte Bandi mehr als einmal zum Mittagessen eingeladen, wenn dieser schon befürchtet hatte, verhungern zu müssen.

»Nicht mehr mein Problem.« Bandi ließ sich jede Silbe auf der Zunge zergehen. »Ich bin jetzt Fotograf.«

Trotz eines bösen Streits mit Lisa, in deren Verlauf ein Teller, eine Vase sowie ein Spiegel zu Bruch gegangen waren, was zu neuen Tränenausbrüchen geführt hatte (»Sieben Jahre Unglück! Und das ist ganz allein deine Schuld, Bandi!«), war er am nächsten Morgen pünktlicher denn je in der DEPHOT und hatte auch die Kohleneimer nicht vergessen.

Wie jeden Morgen brühte er den Kaffee für die ganze Redaktion auf, diesmal war reichlich da, und er konnte die Ration großzügig bemessen, und dann ging er mit einem großen Becher der schwarzen Suchtbrühe in die kleine Abstellkammer, die sein Chef »Bibliothek« nannte. In den nächsten Tagen tauchte er nur zum Kaffeeholen wieder auf.

Bandi, der nicht eine einzige Stunde im Vorlesungssaal der Hochschule für Politik verbracht hatte, seit er in Berlin gestrandet war, las mit einer Wissbegierde, die an Wut grenzte. Er las über Nadar und Charles Nègre, die frühen Meister der Fotografie, er las die Schriften von Man Ray und Moholy-Nagy und entdeckte in der avantgardistischen Zeitschrift *La révolution surrealiste* die Aufnahmen, die Eugène Atget bis zum Ersten Weltkrieg von einem menschenleeren Paris gemacht hatte. Sie faszinierten ihn.

Stillleben von Hinterhöfen, Passagen und Ladengeschäften, verewigt mit einer 18/24-Kamera mit Blasebalg, genau demselben Fossil, das der Homunkulus ihm überlassen hatte. Bandi erkannte die sorgfältige Wahl der Bildausschnitte und begann sich für diese so genannte Kadrierung zu interessieren.

Er blätterte in den schweren Bildbänden der Bibliothek, studierte, wie Caravaggio den Bildrahmen sprengte, indem er Details darüber hinausweisen ließ, studierte die Bildbegrenzungen, die Rembrandt wählte oder Van Gogh oder Kasimir Malewitsch und Rodschenko. Er eignete sich die Theorie des Goldenen Schnittes an, um sie gleich darauf wieder zu verwerfen.

Nur sein Freund Chim konnte ihn aus der Arbeitswut herausreißen, in den seltenen Momenten, wenn er dem strengen Regiment Kalles entronnen war und sein schmales, blasses Gesicht durch den Türspalt steckte.

»Ein Kaffee, bitte, Bandi. Nur fünf Minuten. Ich werde sonst verrückt.«

Nach genau fünf Minuten verabschiedete Bandi sich eilig wieder zu seinen Büchern.

Wann immer Ladislaus Glück in diesen Tagen den Fehler machte, Bandis Weg zur Toilette zu kreuzen, wurde er um weitere Lektüretipps gebeten. Simon Guttmann hielt die Glastür fest verschlossen, ließ aber ausrichten, Bandi möge gefälligst die Bibel der modernen Fotografie lesen, das Fotobuch *Die Welt ist schön* von Albert Renger-Patzsch.

Und nach einer Woche fühlte Bandi sich der Holzkamera gewachsen und schleppte sie hinunter in die Straßen Berlins.

Passanten rissen gutmütige Witze über den »Volltrottel«, der sich mit dem umständlichen Apparat unter den blattlosen Bäumen am Ku'damm zu schaffen machte.

Kinder umlagerten ihn neugierig und steckten einen Finger in den Mund, und selbst ein Grüppchen schwatzender Damen, das möglicherweise auf dem Weg zum Nachmittagstee im Hotel Adlon war, blieb stehen, um seine Anstrengungen zu beobachten. Zu seiner großen Verärgerung brach ein hübsches, eingebildet wirkendes junges Mädchen im weißen Wollmantel in lautes Gelächter aus.

»Blöde Gans«, murmelte er, und in diesem Moment sah er wieder das Gesicht der Bürgerstochter aus Leipzig vor sich, die giftig funkelnden Augen, deren Lider sich unter seinem Kuss senkten. Ärgerlich versuchte er dieses Bild wegzuschieben, das Bild einer jungen Dame, der er noch eine Ohrfeige schuldete.

Mit einer ihn selbst erstaunenden Geduld überhörte er den Spott der Passanten und rückte und drehte so lange am Sucher, bis er genau den Ausschnitt des Kurfürstendamms eingefangen hatte, den er haben wollte. Die hohen schwarzen Limousinen, ein Stück Asphalt, die kahlen Bäume. Ein Bild, in dem er hoffte, die stimmungsvolle Leere des Eugène Atget einzufangen.

Später, kurz vor Sonnenuntergang, schleppte er die Kamera in die Friedrichstraße, wo ein Juwelier gezwungen war, sein Geschäft aufzugeben. »Total-Auflösungs-Ausverkauf!« verkündeten riesige Lettern über dem Schaufenster. »Wir akzeptieren jedes nur mögliche Angebot!«

Am nächsten Morgen – er hatte Chim dazu überredet, die Kohlen zu holen und ihm eine kleine Vermittlungsprovision zu geben – stand Bandi in aller Frühe auf dem Mühlendamm. So unauffällig wie nur möglich platzierte er die große

Kamera in einem Hofeingang und nahm ein Sturmlokal der SA auf. Mit Bedacht wählte er den Bildausschnitt so, dass man links davon einen Tabakladen, rechts davon eine Suppenküche als Zeichen des Berliner Alltags sah. Mitten im kleinbürgerlichen Berlin prangten die Hakenkreuze an der Fassade und dazu ein Spruchband: »Tod der Reaktion«, womit Hindenburg und Papen gemeint waren.

Das Agitationslokal der KPD, das er am nächsten Morgen genauso heimlich im 14. Bezirk Berlin-Neukölln aufnahm, war nur halb so groß. Doch die Plakate konnten sich durchaus mit denen der Nazis messen. »Arbeiter!«, rief eines davon. »Schützt die Sowjetunion!«

Am Wochenende hatte er Kreuzschmerzen vom Schleppen des schweren Holzstativs. Aber er scheuchte Chim aus dem Bett, der sich die Nacht um die Ohren geschlagen hatte. Anschließend hetzte er den stöhnenden Freund durch die Dunkelkammer, bis sie es geschafft hatten, die Glasplatten in einer umständlichen Prozedur zu entwickeln.

Am Montag stand Bandi stolz vor dem Schreibtisch des Homunkulus, der die Abzüge lange betrachtete.

»Schön, schön«, knurrte Simon Guttmann schließlich. »Sie sind auf keinem schlechten Weg, mein Freund.«

Ladislaus Glück strahlte, als hätte man ihm böhmische Knödel serviert. Aber es war das kurze, schmale Lächeln Guttmanns, das Bandis Herz erwärmte.

»Die Fotos haben Seele. Wenn Sie viel und hart an sich arbeiten, mein Freund, dann könnte man vielleicht fast so was wie Talent bei Ihnen erkennen.«

»Fast?«, platzte Ladislaus Glück heraus. »Du machst den Jungen mit einer Opa-Kamera zum Gespött? Er bringt diese Aufnahmen heim? Wo man die ganze zerrissene Seele Berlins erkennt? Und du sagst, er hat vielleicht fast so was wie Talent?«

»Genau so habe ich mich ausgedrückt«, unterbrach Guttmann scharf. »Dafür, dass man mit der alten Tante keine Bewegungen abbilden kann, hat er es geschafft, viel Stimmung einzufangen. Aber so weit ich sehen kann, ist keins der Bilder auch nur ansatzweise mit denen von Atget zu vergleichen, den er schamlos kopiert hat. Also, die Fotografie hat er damit keineswegs neu erfunden.« Guttmanns Augen glitzerten hinter der dicken Brille. »Aber genau das will er doch, nicht wahr? Den Bildjournalismus neu erfinden. Ich sag Ihnen was, mein Freund. Alle guten Geschichten handeln von Menschen, nicht von Dingen. Deshalb gehen Sie zurück in die Bibliothek. Und dann nehmen Sie die Ermanox und versuchen Ihr Glück mit der Porträtfotografie. In genau einer Woche erwarte ich Ergebnisse. Und bis dahin: schönen Feierabend!«

Woraus genau bestand der Charme von Paris?

Gerta saß in einem Straßencafé am vornehmen Quai de Gesvres und fragte sich, was den Reiz der geliebten Stadt ausmachte.

Paris, dachte sie, hat dieselbe Eleganz, die auch Amalia besitzt. Mühelos, die Konventionen verachtend, von einem etwas nachlässigen, unangestrengten Charme.

Während sie an ihrem Kaffee nippte, die Einkaufstüten aus der Rue de Rivoli neben sich, blickte Gerta nachdenklich über den Platz mit dem steinernen Brunnen und seinen Sphinxen, mit der Aussicht über den Quai und mit den *Flics*, die eine Limousine kontrollierten, selbst sie sehr schick, mit ihren blauen Uniformen.

Fast drei Monate lebte Gerta jetzt schon in Paris, und sie war noch frisch verliebt in die Stadt: der steile Fußpfad zu Sacre-Cœur mit seiner strahlend weißen Kuppel, der weite, weite Blick über die Schieferdächer und Kirchtürme, das Panthéon, die Oper, die Boulevards und der Eiffelturm mit seinem rostigen Charme.

Überhaupt war es das Abgenutzte, Patinierte, das die Stadt so elegant wirken ließ. Alter Adel eben. Stein bröckelte, Eisengitter rosteten oder hatten einen grünen Glanz angesetzt.

Gerta liebte die grünen Kioske mit den eisernen Verzierungen, die an Spitzenborten erinnerten, die grünen Litfasssäulen mit den Löwenköpfen, die schönen Jugendstil-Eingänge zur Métro, alles beleuchtet von den gebogenen Laternen, die ein goldenes Licht verströmten, nicht so grell, sondern behutsam, als wollten sie die Stadt und die Nacht nicht stören.

Dann natürlich begeisterte sie die Welt der Eleganz und Mode. Aber Gerta liebte auch die alltäglichen Straßenszenen, die Cafés mit ihren roten und blauen und gelben Markisen und die kleinen Obsthändler, die auch billigen Rotwein verkauften. An den Quais entlang der Seine bewunderte sie die Stände der Bouquinisten, wo man Bücher kaufen konnte, die Tante Terra geringschätzig als »Pornographie« bezeichnete.

Gerta machte es neugierig, auch wenn sie es nicht wagte, eins der Bändchen anzusehen. Aber sie bewunderte die Stiche von Gustave Doré und die Karikaturen von Daumier.

Wenn die Sonne schien, ging sie manchmal über den Pont St-Louis zum Park vor Notre-Dame hinüber, setzte sich unter die Kastanie mit ihrer winterkahlen Krone und machte nichts anderes, als die Passanten zu beobachten, die Bourgeois, die ihre Möpse spazieren führten, die Studenten der Sorbonne, die hungrig ihre blassen Gesichter in die Sonne streckten.

Einmal sah sie ein Liebespaar, das sich leidenschaftlich küsste. Es war ein wunderbares Bild, das sie gern gezeichnet hätte. Aber sie wusste, dass ihre Vorstellung schöner bleiben würde als die Abbildung auf dem Papier.

Die Frau trug einen schwingenden, kurzen Mantel und warf ihr schwarzes Haar zurück, während der Mann, überrascht sie zu sehen, nach einem Moment des Zögerns die Hände in ihrem Rücken vergrub und sie an sich presste.

In diesem Moment wünschte sich Gerta, ihr Verehrer Jonathan Davenport könnte dieselbe Leidenschaft entwickeln.

Seit drei Monaten führte er sie regelmäßig aus, und die Abende mit ihm waren immer unterhaltsam und lustig.

Aber er blieb stets auf Abstand bedacht.

Dieser Abstand, dachte sie, scheint zur Welt der Reichen zu gehören.

Man benutzte das Geld, um dicke Mauern und getönte Scheiben und Heerscharen von Personal und Lieferanten zwischen sich und die wirkliche Welt zu schieben. Und man blieb sich auch untereinander fern.

Nicht ein einziges Mal hatte Gerta gesehen, dass Onkel James die Tante umarmt oder geküsst hatte, während ihre eigenen Eltern doch manchmal sogar Händchen hielten.

Das Ehepaar Frank wahrte Abstand.

Und so machte Jonathan es auch mit ihr.

»Es muss wunderbar sein, wenn man Künstler ist«, sagte Gerta. »Paris hat so viele Bilder, die ich gern festhalten würde.«

Sie nippte am Wasser, das zum Café Crème gereicht wurde, und betrachtete die Lichtschleier, mit denen die Abendsonne die kahlen Bäume umsponnen hatte. Es war ihr gelungen, Jonathan dazu zu überreden, mit ihr zum Rive Gauche zu schlendern, ans linke Ufer der Seine, ins berühmte und schäbige Künstler-Viertel, wo Amalia hauste und das Tante Terra als »völlig inakzeptabel« bezeichnete.

Sie saßen in der Closerie des Lilas, einem Café an der Avenue de l'Observatoire, nahe dem Jardin du Luxembourg.

»Wenn man sich's leisten kann«, entgegnete Jonathan. Ein ironisches Lächeln spielte um seinen Mund, und Gerta sagte sich, dass es diese Ironie war, die ihn anziehend machte – und ihn gleichzeitig von ihr entfernte.

»Ich habe immer gern Karikaturen gezeichnet«, erklärte sie ihm. »Aber ich hab nicht genug Talent.«

»Talent ist Fleiß. Du musst eben an dir arbeiten.«

Sie lachte. »Typisch amerikanisch. Ihr glaubt immer, dass alles machbar ist, wenn man nur will.«

Wieder glänzte die Ironie in seinen Augen. »Da hast du ja schon eine ganze Menge von uns verstanden.«

»Kannst du eigentlich niemals ernst sein?«, fragte sie ärgerlich.

»Ich denke, das Leben ist ernst genug«, erwiderte er belehrend.

»Du musst es ja wissen«, entgegnete sie schärfer als beabsichtigt. »Ist schon eine ernste Sache, all dieser Luxus und Reichtum.«

Unvermittelt erwachte er aus seiner kultivierten Trägheit, schnellte vor, und sie sah den Zorn in seinem Blick.

»*Ma petite*, hat man dir eigentlich erzählt, dass ich meine Brüder alle im Weltkrieg verloren habe?«

Gerta starrte ihn entsetzt an.

»Ich war der Jüngste, das Nesthäkchen der Familie, das Muttersöhnchen, wie meine vier Brüder spotteten.« Er rührte in seiner Kaffeetasse, die leise klirrte, weil es nichts mehr zu rühren gab.

»Sie waren richtige Hitzköpfe, unser Schuss irisches Blut, den meine Mutter gern verleugnet. Ein falsches Wort, und du hattest eine Faust im Gesicht. Jeden Sommer, wenn wir in unserem alten Haus auf Long Island waren, veranstalteten sie Wettrennen und Ruderkämpfe und boxten und fischten.« Er schwieg einen Moment. »Natürlich haben sie sich darum geprügelt, wer als Erster in den Krieg zieht.«

»Mein Gott, Jonathan, das hab ich nicht gewusst. Es tut mir Leid.«

Er blickte ihr in die Augen. »Du kannst doch nichts dafür. Und Deutschland war nicht allein schuld am Weltkrieg.«

Er stand auf und lächelte schon wieder. »Na, komm, Kleines, nun mach nicht so ein trauriges Gesicht. Das ist alles lange her. Was hältst du davon, wenn wir zum Bahnhof Montparnasse spazieren? Das tut uns beiden gut.«

Gerta nickte. Sie war gerührt, dass er sich ihr anvertraut hatte, und zugleich ein bisschen beschämt. Gemeinsam schlenderten sie über den Boulevard Montparnasse. Jonathan war in Schweigen versunken, und Gerta überlegte, was sie sagen konnte, um ihn aufzuheitern. »Wenn du die freie Wahl hättest, was würdest du am liebsten machen?«

Ein geistesabwesendes Lächeln spielte um seine Lippen. »Ich würde Kunstgeschichte studieren. An der Sorbonne. Und manchmal würde ich nach Italien reisen, nach Florenz. Viel lesen, viel Rotwein trinken, glücklich sein. Und im Sommer Ferien in meinem Schloss in der Provence machen, mit einer schönen Frau wie dir.«

Gerta lächelte. »Sehr charmant. Aber das könntest du doch alles haben. Du könntest dich morgen an der Sorbonne einschreiben. Und übermorgen ein Schloss in der Provence kaufen. Wir leihen uns einfach das Automobil von Onkel James und brausen los.«

»Ich hab von Träumen gesprochen, nicht von der Realität.«

»Du willst nicht mit mir fahren?«

Er lachte. »Was würde wohl dein Onkel James sagen, wenn ich morgen nicht zur Arbeit käme?«

»Der wäre begeistert! Er beschwert sich, dass du niemals Urlaub nimmst. Weißt du, was er über dich sagt? Dass du ein alter, puritanischer Arbeitsesel bist.«

»Nun, seit ich deinen Onkel kenne, hat er noch keinen Tag Urlaub genommen. Vielleicht sind alle Amerikaner so, alle erfolgreichen Amerikaner. Wir verstehen nichts von der vornehmen Dekadenz des alten Kontinents.«

»Ich bin weder vornehm noch dekadent.«

»Und ich kann es mir nicht leisten, Urlaub zu machen. Ich werde auch nie ein Schloss in der Provence kaufen. Ich habe das Pech, dass der Krieg mich zum einzigen Erben gemacht hat. Dem muss ich mich stellen. Das bin ich meinen Brüdern schuldig. Das Mindeste, was ich für sie tun kann, ist, dass ich den Familienbesitz erhalte und ihm Ehre mache.«

Schade, dachte Gerta. Der träumende Jonathan hatte ihr äußerst gut gefallen.

Inzwischen waren sie am Bahnhof Montparnasse angekommen. Überall auf dem Straßenkunstmarkt war ein Gefeilsche und Gedränge, die Leute fassten sich am Ellenbogen, fuchtelten durch die Luft oder stritten um Geld.

»*Mademoiselle!*«, rief ein Maler mit schwarzer Kordhose und Schlapphut. »Sie werden es nicht wissen, aber Sie sind ein Typ, um den sich alle Maler reißen!«

Jonathan lächelte. »Dass der ein Typ ist, scheint mir unbestritten. Hoffentlich wendet er auf seine Kunst genauso viel Sorgfalt wie auf sein künstlerisches Aussehen. Allein dieser Schlapphut ...«

Gerta stellte mit Bedauern fest, dass er sich schon wieder in seine Ironie flüchtete. Der kurze Moment der Nähe war vorbei.

»*Mademoiselle,* ich wünschte, ich dürfte Sie malen!«

Gerta fror, und sie wollte nach Hause. Aber es lag etwas in den kobaltblauen Augen des Malers, das direkt ihr Herz erreichte.

Vielleicht war es etwas von dieser wirklichen Welt, nach der sie sich sehnte und von der sie viel zu wenig wusste.

Der Mann sah aus, als brauche er das Geld, als müsse er Kohlen kaufen oder eine warme Mahlzeit.

Sie blieb stehen.

»*Mademoiselle,* ich mache einen guten Preis. Ihr Verlobter

wird Ihnen das Bild sicher schenken. Wer hätte nicht gern das Porträt einer schönen Frau?«

»Er ist nicht mein Verlobter.«

Das Lächeln des Malers wurde so breit wie seine Staffelei. »Dann wird er es bestimmt.«

»Möchtest du das?«, fragte Jonathan leise.

Als sie nickte, zückte er sein Portemonnaie und bekam den Gesichtsausdruck, den Gerta »Bankiersblick« nannte.

»Nur fünfzig Franc, *Monsieur*.«

»Unsinn. Zwanzig sind zu viel.«

»Ich bitte Sie, *Monsieur*. Ich bin kein Sonntagsmaler. Vierzig.«

»Fünfundzwanzig, und keinen Franc mehr!«

»Jonathan, sei nicht so geizig!«, fuhr es Gerta heraus. »Ein Kaffee im Ritz ist teurer! Und hier willst du feilschen!«

Jonathan gab nach, ein Schemel wurde vor der Staffelei aufgestellt, und Gerta setzte sich, wobei sie ihre Knöchel kreuzte, wie sie es im Pensionat gelernt hatte.

»Viel zu brav!«, schimpfte der Künstler. »Sie haben hübsche Beine und dürfen sie zeigen. Das Kinn etwas höher! Und diese Fransen raus aus der Stirn! Sie haben eine hohe, schöne Stirn, *Mademoiselle*, und sollten sie nicht verbergen.«

Aus den Augenwinkeln konnte Gerta sehen, wie Jonathan von einem Fuß auf den anderen trat.

Der Maler hatte sich über seiner Staffelei aufgebaut und zeichnete, ohne den Blick von ihrem Gesicht abzuwenden. Es lag etwas erschreckend Intensives in seinem Blick. Schnell und sicher kratzte der Stift übers Papier.

»Grüne Augen, wie eine Meeresgöttin. Still, nicht bewegen. Eine Meeresgöttin im Sturmwind.«

Der Maler pfiff vor sich hin, ganz seiner Staffelei zugewandt, und warf Gerta nur hin und wieder einen kurzen, prüfenden Blick zu. Jonathans Unrast wurde so stark, dass sie sich auf Gerta übertrug.

»Wenn du dich ein bisschen umsehen willst«, sagte sie, »dann geh nur.«

»Still, hab ich gesagt. Rühren Sie sich nicht.«

»Dann geh ich wohl wirklich mal besser. Ich störe ja nur.«

Jonathan schlenderte, die linke Hand in der Jackentasche, über den Straßenmarkt.

»Hunger«, sagte der Maler, und Gerta erschrak.

»Ich, äh, kann Ihnen etwas Geld geben. Ich hab heute erst mein Taschengeld gekriegt.«

Als er lächelte, legte sich sein ganzes Gesicht in Falten.

»Sie sind es, die Hunger haben, *Mademoiselle*. Der Hunger spricht aus Ihrem Blick. Ein Blinder könnte es sehen. Sie hungern nach Leben, *Mademoiselle*. Aber Sie wissen es nicht. Dieser blutleere amerikanische Gentleman, mit dem Sie verlobt sind, wird es Ihnen nicht schenken. Kein Leben, keine Liebe.«

»Wir sind nicht verlobt!«, protestierte Gerta. »Und er ist nicht blutleer!«

»Nein? Was ist er denn? Das ist keiner, der seine Gefühle zeigt. Er wird sich Ihnen niemals öffnen. Sie haben keine Chance, ihm nahe zu kommen. Er kann nicht mal was dafür. Man hat ihn so erzogen.«

Gerta wusste, dass der Maler Recht hatte. Aber sie wollte es nicht hören. »Er ist der perfekte Gentleman.«

»Das ist es ja eben! Ein Gentleman – aber kein Mann! Er braucht eine leichtherzige, unkomplizierte Frau, die sein Leben mit Kindern und Hunden und Chaos lebendig macht. Das sind Sie nicht. In Ihnen schlummert etwas anderes. Sie haben eine Leidenschaft fürs Leben, Sie müssen sich ganz verschwenden können, sonst werden Sie nicht glücklich sein.« Er winkte sie heran. »Kommen Sie, schauen Sie. Vielleicht sehen Sie dann, wer Sie selber sind.«

Als sie die Leinwand betrachtete, wurde sie stumm.

Denn das, was sie sah, konnte man auf keinen Fall als

Porträt bezeichnen. Sie sah wilde, verschobene Flächen, ein riesiges, grünes Auge, das aus ihrer Brust ragte, und einen von der Figur gelösten, scharlachroten, sinnlichen Mund, der dem ihren auf eine merkwürdige Weise glich, aber doch ein Eigenleben führte.

Das Porträt hatte nichts mit ihr zu tun, dachte sie, und im selben Moment flüsterte ihr eine leise Stimme ein: Aber es zeigt dein Wesen. Dein künftiges Wesen. Eine wache, sinnliche Frau.

»Mögen Sie es, *Mademoiselle?*« Der Maler hatte den Pinsel beiseite gelegt und beide Hände auf den schwarzen Kordsamthosen abgestützt.

»Nicht mal so schlecht«, ließ sich Jonathans Stimme vernehmen. »Nicht mal so schlecht. Erinnert mich an was, das ich schon mal gesehen habe. Nicht übel, das.«

Er stand so dicht hinter Gerta, dass sie die Ausstrahlung seines Körpers spürte. Wie sehr hätte sie sich gewünscht, dass er die Chance genützt, sich beiläufig an sie gedrückt hätte, nur eine kurze, gestohlene Berührung lang.

»Zweifellos haben Sie da eine sehr verführerische Dame auf eine sehr besondere Weise dargestellt.« Jonathan hatte seine Geldbörse gezückt. »Nur schade, dass es mit dieser jungen Dame hier so gar nichts zu tun hat.«

Der Maler nickte grimmig in sich hinein, während er das Bild in einer Pappröhre verschwinden ließ.

»Genau das meine ich, *Mademoiselle*. Er sieht Sie nicht. Sie haben es selber gehört!«, raunte er ihr zu.

»So ein Verrückter«, sagte Jonathan, als sie außer Hörweite waren. »Aber das gehört bei diesen Künstlern zum Geschäft. Sie müssen sich als Verrückte darstellen. Man nennt es Image.«

Die Wiederentdeckung von Heinrich Zille als Fotograf war Stadtgespräch in Berlin. Zille, berühmt als Lithograph und

Zeichner, als Chronist des Berliner »Miljöhs«, hatte zu Beginn des Jahrhunderts Dokumentaraufnahmen gemacht, die erstaunlich modern wirkten.

Es waren die einfachen Menschen der Hauptstadt, die Zille immer wieder ablichtete, die Kinder und Arbeiter, die Alten und Armen. Am besten gefiel Bandi eine Fotoserie von Frauen, die im Grunewald Holz sammelten, weil sie kein Geld für Kohlen hatten.

»Hast du eine Offenbarung?«, fragte Ladislaus Glück, als er Bandi eines Abends über eine Fotoreportage von Zille gebeugt fand, die in der *Berliner Illustrirten* veröffentlicht worden war.

»Diese Fotos lassen mich nicht los. Sie sind so – eindringlich. Ich verstehe nicht, weshalb. Man blickt den Frauen nicht ins Gesicht. Man sieht sie nur von hinten oder von der Seite. Aber man hat das Gefühl, ihnen ganz nah zu kommen.«

Glück lächelte.

»Es liegt daran, dass Zille diese Menschen so gut kennt und dass er sie respektiert. Er weiß und versteht, dass den Frauen ihre große Armut peinlich ist. Deshalb verzichtet er darauf, ihr Gesicht abzubilden. Und das macht er mit so viel Zärtlichkeit, dass der Betrachter das Gefühl bekommt, sie auch zu empfinden. Man spürt die Scham durch Zilles Zartheit!«

Bandi kaute auf seiner Unterlippe. »Zille nimmt sich ganz zurück. Er kommentiert mit der Kamera überhaupt nicht.«

»Das ist dokumentarische Kunst. Dokumentarfotografie ist umso besser, je mehr der Fotograf von sich selber absieht. Das abgebildete Objekt rückt in den Vordergrund, nicht der Mann mit der Kamera.«

Bandi nahm sich vor, dies zu beherzigen.

Am Kurfürstendamm waren die Bäume vom ersten Frühlingsgrün umschleiert; junge Damen aus gutem Hause führten Unter den Linden die neueste Mode spazieren; englische Fräuleins schoben Kinderwagen mit Babys in weißen Rüschen durch Parks; der Portier, der das Adlon bewachte, blinzelte mit der Andeutung eines Lächelns in die Sonne; in der Schönhauser Allee spielten Kinder barfuß in den Hinterhöfen, alte Frauen, bis zu den Schuhspitzen ganz in Schwarz, lachten am Straßenrand, und sogar in den langen, langen Schlangen der Arbeitslosen, die vor den Ämtern anstanden, sah man hin und wieder ein Lächeln, eine Hoffnung aufblitzen.

Bandi fotografierte sie alle wie ein Süchtiger:

Menschen, Menschen, Menschen.

Und Freitagnacht stand er mit dem stillen Chim in der Dunkelkammer und entwickelte die Abzüge. Er hatte den Freund mit einer Flasche schottischen Whiskey bestochen, die sie nach und nach leerten, während die Fotos fertig wurden.

Chim standen die Haare vom Kopf ab, als er die ersten Abzüge betrachtete. »Das hast du wunderbar gemacht, Bandi. Man sieht den ganzen Gegensatz der beiden Welten von Berlin. Die Reichen – und die Armen. Der Januskopf Berlin!«

Chims knochige Philosophenfinger schoben die Bilder über den Tisch, ordneten sie um und wieder um, und schließlich war es wie die Montage eines kommunistischen Films von Eisenstein: Reich gegen Arm, luxuriöser Müßiggang gegen die erzwungene Langeweile der Arbeitslosen, Kinder in Rüschenweiß gegen die schwarz gekleideten Alten.

»Das nennt man Dialektik, Bandi.«

Vergnügt prostete Bandi dem Freund mit der Flasche zu. »Genau so leg ich das dem Homunkulus vor!«

»Wie redest du bloß! Du hast keinen Respekt vor ihm!«, empörte sich Chim. »Herr Guttmann hat das nicht verdient.«

Bandi lachte. »Mach dir um den mal keine Sorgen. Der hat Haare auf den Zähnen.«

»Du hast wirklich keinen Respekt. Vor nichts und niemandem. Nicht mal vor dir selbst.«

Simon Guttmann sagte nicht viel, als er Bandis Fotos sah.

Er zündete sich einen Zigarillo an, griff zum Telefon und ließ sich vom Fräulein in der Vermittlung mit Gundi Hecht verbinden, die in ganz Berlin berühmte Redakteurin des *Welt-Spiegel*.

»Ich hätte hier eine Reportage von einem neuen Talent«, hörte Bandi seinen strengen Arbeitgeber sagen. »Er zeigt den Kontrast zwischen Arm und Reich in den Straßen. Titel: der Januskopf Berlin. Um ehrlich zu sein«, Guttmanns Augen wurden schmal, »es ist nicht die Neuerfindung des Fotojournalismus. Aber durchaus brauchbar …«

In der Pause, die sein Chef machte, um Gundi Hecht zu Wort kommen zu lassen, hatte Bandi das Gefühl, die ganze Welt würde stillstehen, so aufgeregt war er.

Wenn er tatsächlich seine ersten Fotos verkaufte, wäre der größte Schritt geschafft: Alles andere würde sich daraus ergeben. Mit klopfendem Herzen lauschte er dem Gespräch.

»Den üblichen Satz«, hörte er dann den Homunkulus sagen, und es sickerte nur ganz langsam in sein Bewusstsein, dass man anscheinend schon bei den Honorarverhandlungen angelangt war.

Hatte es wirklich geklappt?

War er jetzt Fotograf?

»Gemacht, dann fünfhundert.«

Bandi wagte kaum zu atmen.

Fünfhundert Mark, das wäre das Monatsgehalt eines einfachen Beamten. Oder ein Besäufnis mit Chim und seinen Freunden im »Romanischen«. Und ein Geldgeschenk für seine Mutter in Budapest. *Und* es wäre eine Leica, der erste, eigene Fotoapparat.

»Glückwunsch«, sagte der Homunkulus, nachdem er

aufgelegt hatte. »Es ist kein Doktor-Salomon-Honorar. Aber Sie werden im *Welt-Spiegel* gedruckt. Das ist ein guter Start.«

Bandi musste seine ganze Beherrschung aufbringen, um dem Homunkulus nicht um den Hals zu fallen und ihn zu küssen.

Für diesen Augenblick hatte sich alles gelohnt: die Flucht aus Budapest, die Armut in Berlin, die langen Stunden in der Dunkelkammer, das Kohleschleppen und auch die Mühsal des Lernens mit der alten Holzkamera.

Er war Fotograf.

Foto: André Friedmann.

Tante Terra hatte zu einem »intimen kleinen Dinner« eingeladen, von dem eine Leipziger Familie einen ganzen Monat hätte leben können. Es gab Seeteufel, gefüllte Wachteln, Trüffel, Fasanenbrust, Crème brulée und erlesene Weine: Montrachet, Clos-Vougeot, Vosne-Romanée, Chateau-Yquem, Haut-Brion.

In den ersten Wochen war Gerta von dieser Schwelgerei fasziniert gewesen, aber nun langsam ging es ihr auf die Nerven.

Eier mit Spinat wären ihr lieber gewesen.

Aber sie wusste, dass Tante Terra mit diesen Einladungen um ihr gesellschaftliches Ansehen kämpfte. Nach und nach war Gerta klar geworden, dass Terra Frank keineswegs so selbstverständlich in den Kreis der reichen Amerikaner gehörte, wie sie ihre Nichte gern glauben machen wollte.

Aus irgendeinem Grund schien sie genauso ein Außenseiter zu sein, wie es ihre Eltern in Leipzig waren. Tante Terra gehörte in keinen gesellschaftlichen Kreis wirklich hinein. Sie war nicht in New York aufgewachsen und hatte kein Sommerhaus in Long Island oder Cape Cod kennen gelernt.

Wie Sophia Pohorylle stammte sie aus Prag.

Gerta wusste zu wenig über ihre Großeltern, als dass sie wirklich hätte sagen können, aus welchem Milieu sie stammten. Es hieß, sie wären reich gewesen; der Konsul hatte mit der Mitgift ihrer Mutter seine Fabrik ausgebaut und modernisiert.

Aber Gerta hatte ihre Großeltern niemals kennen gelernt, und inzwischen waren sie längst tot. Sie war nie in Prag gewesen und wusste nicht einmal, wie ihre Mutter mit Mädchennamen hieß.

Sie hatte auch nie darüber nachgedacht.

Gab es an ihrer Herkunft irgendeinen Makel?

Einen Makel, der auch sie – Gerta – betraf und von dem sie nichts ahnte?

Wenn es so war, dann störte sich Jonathan daran nicht. Er ignorierte die jungen Misses Vanderbilt trotz ihrer feinen Herkunft und konzentrierte seine ganze Aufmerksamkeit auf sie, Gerta.

Er legte ihr die feinsten Häppchen vor und sorgte dafür, dass ihr Glas niemals leer wurde. Aber obwohl sie so dicht nebeneinander saßen, dass ihre Knie sich hätten berühren können, berührten sie sich nicht. Es war Jonathan, der sich entzog, und als sie wie unabsichtlich sein Knie mit dem ihren streifte, zog er seines sofort beiseite.

Gekränkt wandte sich Gerta ihrer Nachbarin zu. Die Dame hieß Anaïs und war eine dunkle Schönheit mit übergroßen Augen und einem bordeauxroten Samtkleid mit Puffärmeln, das an orientalische Kissenbezüge erinnerte.

Jede andere Frau hätte darin wie ein Diwan ausgesehen, dachte Gerta. Doch an Anaïs wirkte es apart.

Anaïs, so wusste sie aus den Erklärungen ihrer Tante, war die Ehefrau eines leitenden Angestellten von Onkel James, dem gut aussehenden Hugh Guiler.

All die amerikanischen Bankiers, dachte Gerta mit einem Anflug von Langeweile, sehen auf die gleiche Weise gut aus, so als hätte man das perfekte Original immer wieder verdoppelt.

Mit ihrem Aussehen einer Lotosblüte passte Anaïs allerdings genauso wenig in die Riege der perfekten Ehefrauen wie Terra Frank. Ihr Teint war blass und makellos, ihre Augen schillerten dunkel und golden.

Gerta wusste nicht genau, wie sie mit dieser seltsamen Frau reden sollte, und deshalb sagte sie das Erste, was ihr gerade einfiel.

»Anaïs ist ein wunderschöner Name.«

»Oh, den Namen verdanke ich meiner Herkunft. Ich bin halb Spanierin, halb Französin, aber in Amerika aufgewachsen, und dieser Name passt überall.«

Mit ihren schillernden Augen blickte Anaïs zu ihrem Mann hinüber, Hugh, der in ein Gespräch mit Onkel James vertieft war. Dann wandte sie sich sehr leise wieder an Gerta.

»Ich nenne Hugh jetzt meinen kleinen Magnaten. Er hat nämlich ein neues Büro von den Ausmaßen eines Ateliers. Das ganze Bankgebäude ist großartig. Ich warte oft im Konferenzsaal auf ihn, dessen Wandgemälde New York aus der Vogelperspektive zeigen, und dann habe ich das Gefühl, dass die Macht New Yorks bis hier herüberreicht.«

»New York würde ich auch gern mal sehen.«

Jonathan musste es aufgeschnappt haben, denn er nickte ihr zu und lächelte.

»Ich bin sicher, New York würde dich auch gern kennen lernen.«

Dann wandte er sich wieder höflich Madame Rubinstein zu, die von ihrer Dauerfehde mit Elizabeth Arden berichtete.

»Elizabeth Arden hat diesen fantastischen neuen Schminkkoffer herausgebracht«, sagte Gerta ganz leise zu Anaïs. »Ich liebe diese bunten Lidschatten. Was halten Sie davon?«

»Und was halten Sie von Orgien?«

Schockiert riss Gerta die Augen auf. Sie sah, dass die Augen von Anaïs glitzerten. Es musste ihr ein teuflisches Vergnügen bereiten, die wohlerzogene Unterhaltung zu karikieren.

Während Gerta diese unglaubliche Frage noch verdaute, wirkte Anaïs so unberührt, als mache sie ganz normal Konversation.

»Mein Cousin Eduardo sagt, die Sinnlichkeit sei in meinem Körper verborgen«, fuhr Anaïs im Plauderton fort, als würde sie über ihren Vorgarten sprechen. »Eines Tages wird sie sich zeigen, gesund und voll.«

Gerta gelang es, die Gabel zu ihrem Mund zu balancieren, ohne dass der Reis herunterfiel. Auch dies hätte Madame Véron im Pensionat eindeutig nicht als Smalltalk gebilligt … Diese Anaïs war offenbar sehr besonders – vielleicht verrückt.

»Würden auch Sie gern einmal an einer Orgie teilnehmen?«

Gerta überlegte einen Augenblick, bevor sie antwortete. »Ich habe noch keine Orgien erlebt«, sagte sie schließlich. »Und was man nicht kennt, kann man sich auch nicht wünschen.«

Anaïs lachte, perlend wie Champagner.

»Sie hören sich an wie mein kleiner Magnat. Sie betrachten das Leben logisch. Aber vielleicht klammern Sie sich auch nur an die Logik, weil Sie Angst vor dem haben, was darunter lauert? Vielleicht haben Sie in Wahrheit die gierigsten, sinnlichsten Wünsche und wissen gar nichts davon?«

Mit funkelnden Augen hob sie ihr Rotweinglas und nippte daran, ohne den Blick von Gerta abzuwenden.

»*Cheerio*. Man feiert keine Orgien bei klarem Verstand. Man betrinkt sich vorher.«

Vermutlich ist sie wirklich verrückt, dachte Gerta. Eine Schriftstellerin, hatte Tante Terra in diesem gewissen Tonfall bemerkt, als sie die Gästeliste durchgesprochen hatten. Ihr Mann verdient zu viel, sie langweilt sich in ihrer Villa in Louveciennes, sie will im Mittelpunkt stehen. Aber Hugh, ihr Mann, ist ziemlich nett.

Es war verwirrend. Gerta war noch nie einer Frau begegnet, die keine Scheu davor hatte, ihre geheimsten Sehnsüchte auszudrücken. Tante Terra hätte das Wort »Orgie« niemals auch nur in den Mund genommen.

Und Gerta besaß zwar vage Vorstellungen von erfahrenen Händen, die über seidige Körper glitten, aber diese waren der gängigen Literatur entliehen, jener Literatur, die Madame Véron als passend erachtet hatte. *Sturmhöhe* von Emily Brontë war in der Pensionatsbibliothek noch das Leidenschaftlichste gewesen.

»Ich bin noch nie einem Menschen wie Ihnen begegnet«, sagte sie ehrlich. »Ich hab noch nie so ein Gespräch geführt.«

»Oh, meine Ärmste. Und dabei leben Sie doch in Paris. Ganz Paris redet über nichts anderes als die nächste Orgie. Wer treibt es mit wem? Zu zweit, zu dritt, zu viert? Es gibt Künstlerkneipen, wo man jeden Abend einen anderen abschleppen kann. Manche Mädchen bleiben auch lieber unter sich. Mir scheint, Sie müssten mal ein bisschen aus dem Haus gehen.«

Gerta seufzte mit einem Seitenblick zu ihrer Tante.

»Ein ziemlicher Drache, was?«, fragte Anaïs verschwörerisch. »Vielleicht wird es Sie trösten, wenn ich Ihnen sage, dass es mir auch nicht so viel besser geht. Ich bin auch in meiner Villa eingesperrt. Früher hat meine Mutter mich bewacht, heute halten mich Hugh und mein Therapeut gefangen. Aber ich werde ausbrechen. Ich werde mir das Vergnügen holen, und sei es in der Literatur. Ich lebe alles aus, wenn ich schreibe. Ich werde meine Orgien feiern.«

Einem plötzlichen Impuls folgend, flüsterte Gerta: »Eigentlich will ich gar keine Orgie. Mir würde schon genügen, wenn Jonathan mich endlich mal küsst.«

Anaïs lachte.

»Da haben Sie sich einen schweren Brocken vorgenommen. Ich fürchte, Jonathan Davenport ist für solche Extravaganzen genauso wenig zu haben wie mein kleiner Magnat, Hugh Guiler. Diese Männer sind nett, charmant, reich – und völlig unnahbar.«

Anaïs tauchte den Löffel in die Crème brulée, und ihre Zunge schnellte über ihre Lippen, spitz wie die einer Katze.

»Da könnten Sie genauso gut einen Eiswürfel lieben. Nur dass ein Eiswürfel wenigstens irgendwann schmilzt.«

»Gut, dass du kommst, Darling.«

Tante Terra trug einen Seidenkimono und saß mit einem Gesichtsausdruck im Frühstückszimmer, der an den eines Jägers erinnerte: fertig zum Abschuss.

»Ich bin extra aufgestanden, um dich zu sehen. Ich dachte, wir könnten endlich mal ein bisschen reden.«

Ein Stöhnen unterdrückend, bediente sich Gerta an Rührei und Brötchen. Sie hatte schlecht geschlafen. Anaïs spöttische Worte über Jonathan den Eiswürfel waren ihr noch lange durch den Kopf gegangen. Sie wäre am liebsten allein gewesen, aber es hatte keinen Sinn, der Tante auszuweichen.

Man sah ihr an, wie entschlossen sie war, dieses Gespräch zu erzwingen, das ihr ganz offensichtlich am Herzen lag.

»Ganz Paris redet darüber, wie oft man dich mit Davenport sieht. Madam Vanderbilt kocht vor Wut, sie ignoriert sogar meine Einladungen. Ihr kleiner Engel wird wohl noch länger nach einer passenden Partie suchen müssen. Ich hab euch gestern beobachtet, ihr seid wirklich ein schönes Paar.«

»Ich weiß nicht, ob wir ein Paar sind.«

Tante Terra beachtete ihren Protest überhaupt nicht. Sie nippte am Kaffee, ohne Gerta aus den Augen zu lassen. »Hat er schon einmal irgendeine, äh, Andeutung gemacht?«

»Wovon redest du nur?« Unter dem Tisch verdrehte Gerta vor lauter Ungeduld die Füße.

»Das weißt du ganz genau, Darling. Du hast wirklich gute Chancen, die Ehefrau eines der reichsten Männer Amerikas zu werden. Gerta Davenport. Nun, den Namen müsste man vielleicht doch ändern. Greta Davenport?«

»Das kann nicht dein Ernst sein«, stöhnte Gerta.

»Erinnert zu sehr an die Garbo, stimmt. Lass mich überlegen. War nicht dein zweiter Vorname Anna? Da haben wir's. Ann Davenport, das klingt gut.«

»Tante, ich hab keine Ahnung, was Jonathan von mir will. Ja, er ist nett und charmant. Aber das ist alles.«

»Und das ist nicht genug?« Terra Frank wirkte schockiert. »Wenn man dann noch seinen Reichtum hinzunimmt…«

»Mir ist ganz egal, wie reich der Mann ist, den ich mal heirate. Ich will nur, dass wir uns lieben.«

Es waren die schlechte Nacht und das grelle Morgenlicht, die Gerta so störrisch machten.

»Reichtum und Liebe sind kein Widerspruch. Sag bloß, dass dir Jonathan nicht gefällt?«

Gerta kam sich vor, als wäre sie der Inquisition in die Hände gefallen. Lustlos stocherte sie in ihrem Rührei herum. Die Tante fragte so bohrend, dass es vermutlich klüger war, zu antworten, wenn sie ihre Ruhe haben wollte.

»Jonathan sieht gut aus, und ich mag ihn, wirklich. Es ist nur, er ist so zurückhaltend.«

»Wie darf ich das verstehen?«

»Ich glaube, er sieht mich nicht als Frau! Na ja, er versucht nicht, mich zu küssen oder so was. Er berührt mich nicht mal.«

»Aber umso besser. Dann meint er es wirklich ernst.

Meine Nichte, eine Davenport… Jonathan stammt aus einer zutiefst puritanischen Familie. Gerade, wenn er dir nicht zu nahe tritt, ist es ein Zeichen, dass er ernste Absichten hat.«

Gerta warf die Gabel auf den Tisch. Das Gespräch begann ihr auf den Geist zu gehen.

»Und was ist mit mir? Interessiert dich überhaupt nicht, was ich will? Ich würde nie einen Mann heiraten, von dem ich nicht mal weiß, wie er küsst. Man muss sich lieben, sagt meine Mutter.«

»Die muss ja wissen, wovon sie spricht. Man sieht, was dabei rausgekommen ist. Die Ehefrau eines – Tischlersohns.«

Tante Terras Augenbrauen hatten sich zu einer scharfen Linie zusammengezogen. »Vermutlich hast du mit deiner Mutter gemeinsam, dass du zu viele Romane liest. Glaubst du vielleicht, dass man aus Liebe heiratet? Die Ehe ist ein bürgerlicher Vertrag. Und man ist gut beraten, wenn man sich einen Partner sucht, der ihn erfüllt. Jonathan wird dich glänzend versorgen. Die besten Hotels, die schönsten Autos, die ganze Welt steht dir offen, dir wird jeder Wunsch erfüllt.«

Gerta schwieg einen Moment. Dann sagte sie leise, so leise, als spräche sie mit sich selbst: »Ist das Leben nicht langweilig, wenn man keine Wünsche mehr hat?«

Amalia träumte davon, an der École des Beaux Arts aufgenommen zu werden und Kunst zu studieren. Sie hatte sich bereits bei einem Professor vorgestellt. Mit einem Anflug von Neid hörte Gerta den begeisterten Reden ihrer Freundin zu. Sie gingen an den Quais unten spazieren, wo das Gras noch vom Raureif silbern glänzte. Mit der ersten Märzsonne hatten die Kastanien vor Notre-Dame grüne Knospen bekommen. Man ahnte den Frühling, aber er war noch nicht wirklich da.

»Du weißt wenigstens, was du willst«, sagte Gerta.

»Das macht mein Leben nicht einfacher. Ich wünschte, ich hätte so reiche Verwandte wie du, keine Sorgen, keine Arbeit und einfach so ein bisschen Zeit zum Leben.«

Gerta wusste, wie hart Amalia an sich arbeitete. Sie verbrachte ganze Tage mit ihren Skulpturen, war für niemanden ansprechbar, ging nicht aus, aß manchmal nicht einmal, bevor ein Werk nicht genau ihrer Vorstellung entsprach. Aber sie lebte von der Hand in den Mund, denn ihr geiziger Onkel, der Herzog, schickte ihr kaum genug Geld für die Monatsmiete. Ihre eigenen Eltern waren so verarmt, dass sie bei ihm wohnen mussten.

Trotzdem fand Gerta, dass ihre Freundin etwas hatte, das viel wichtiger war als alles Geld dieser Welt: inneren Reichtum.

»Es muss wunderbar sein, wenn man Künstler ist. Du hast deine Vorstellung davon, wie etwas aussehen soll, und du bist fähig, sie zu gestalten.«

Amalia lachte. »Bloß gelingt mir das meistens nicht.«

»Dafür wirkst du aber ziemlich zufrieden.«

»Bist du es vielleicht nicht?«

Gerta überlegte einen Moment und seufzte.

»Natürlich geht's mir gut. Was für ein Glück, dass wir aus dem Pensionat geflogen sind und hier sein können. Unser erster Frühling in Paris! Nur leider, ich hatte es mir anders vorgestellt. Eigentlich hab ich auch nicht so viel mehr Freiheit als im Pensionat. Ich muss zu allen Mahlzeiten erscheinen, und Tante Terra kontrolliert, was ich anziehe.«

»Du armes Kind.« Amalia musterte sarkastisch ihr neues, eierschalenfarbenes Chanel-Kostüm. »Mir kommen die Tränen vor Mitleid, wenn ich dich anschaue.«

Amalia trug ein Tweed-Ensemble, das Gerta nun schon seit drei Wintern kannte. Ihre Taktlosigkeit tat ihr Leid.

»Weißt du, Geld und schöne Kleider sind auch nicht alles. Ich finde es langsam ziemlich langweilig. Und jetzt fängt Tante Terra auch noch mit diesem Heiratsmarkt an. Sie sieht mich schon als Frau von Jonathan Davenport.«

Amalia bückte sich nach einem Kieselstein und schleuderte ihn über die Seine. Er hüpfte dreimal übers Wasser, bevor er unterging. »Ich finde ihn eigentlich ziemlich nett. Er hat so was Ruhiges, Verlässliches. Außerdem sieht er blendend aus. Vielleicht ist die Idee deiner Tante gar nicht so schlecht.«

Als Gerta zum Palais am Quai d'Orléans zurückkehrte, wartete Tante Terra schon ungeduldig mit einem Paket in der Halle. Ein Bote hatte es gebracht. Es war in rotes Papier eingeschlagen und fühlte sich merkwürdig schwer an.

»Von Jonathan«, sagte die Tante. »Mach schnell auf.«

Neugierig riss Gerta das rote Papier auf und brachte einen Fotoapparat zum Vorschein, eine Leica, das modernste, was es gab.

»Damit du deine Bilder von Paris machen kannst«, stand in Jonathans großer Schrift auf dem Kärtchen, das er dem Geschenk beigefügt hatte. »Du weißt ja: Es genügt nicht, zu träumen. Man muss einfach anfangen, den Traum zu verwirklichen.«

Bandi fand, dass sein Leben voller Versprechen war.

Es war Frühling in Berlin, die Luft so weich wie Seide, und auch die politische Ordnung schien wieder ins Gleichgewicht zu kommen.

Reichspräsident von Hindenburg war im zweiten Wahlgang am 10. April 1932 mit überwältigender Mehrheit wieder gewählt worden. Drei Tage später erließ er ein Verbot von SA und SS, und die Kampfverbände verschwanden aus dem Stadtbild Berlins. Die Sozialdemokraten feierten den Sieg über Hitler, der mit 36, 8 Prozent der Stimmen weit hinter den Erwartungen zurückgeblieben war. Es war ein heiterer Frühling in Berlin: keine Straßenschlachten mehr, dafür reichlich Sonne.

Auch Bandi gehörte zu den Menschen, die lächelnd durch die Straßen gingen.

Von seinem ersten Honorar hatte er sich die ersehnte Leica gekauft. Mit der Leidenschaft des Liebhabers wusste Bandi alles über die Kleinbildkamera, die Oskar Barnach, ein Spezialist für Präzisionsgeräte, in den Forschungslabors der Leitz-Werke in Wetzlar entwickelt hatte. 1925 war die Kleinbildkamera auf der Leipziger Messe ausgestellt worden und hatte seither ihren Siegeszug angetreten. 1931 hatten 50000 Apparate das Werk in Wetzlar verlassen. Mit der Leica wurde die Fotografie für die Massen möglich.

Obwohl traditionelle Fotografen lieber weiter umständlich mit Stativ und Blitzlicht hantierten, hatten die Mitarbeiter der DEPHOT die Vorzüge der Leica erkannt. Felix H. Man, Kurt Hubschmann und Fritz Goro verwendeten die Kleinbildkamera mit ihren Wechselobjektiven und den Filmen, mit denen man sechsunddreißig Bilder ohne Unterbrechung belichten konnte.

Diese neue Technik bewirkte eine Revolution der Bilder. Es wurde möglich, schnell und unauffällig zu fotografieren, und man konnte die Menschen mitten im Leben überraschen.

Bandi studierte den Bildband, den Dr. Erich Salomon im letzten Jahr herausgegeben hatte: *Berühmte Zeitgenossen in unbewachten Augenblicken*. Salomon war etwas Sensationelles gelungen: Er hatte die großen Häupter der Welt in ihrer Privatsphäre abgebildet.

Einer seiner berühmten Triumphe war die Aufnahme der »Großen Sechs«, als er Briand, Lord Cushendum, Hermann Müller, Scialoga, Hymans und von Schubert beim Frühstück im Genfer Hotel Beau Rivage erwischt hatte.

Selten zuvor hatte man Politiker so privat gesehen. Als

das Foto 1929 in der *Berliner Illustrirten Zeitung* veröffentlicht worden war, hatte es einen Skandal – und eine Sensation bedeutet, vergleichbar nur der Aufnahme von Friedrich Ebert in der Badehose, 1925, die große Wellen geschlagen hatte.

Das Publikum war süchtig nach diesen Bildern, weil sie erstmals »die da oben« menschlich machten. Die Mächtigen in privaten Momenten zu zeigen, das war ein Akt der Demokratie.

Bandi wusste die Arbeit Salomons zu schätzen – doch er ging ihm noch nicht weit genug. Der Altmeister der Fotografie war ihm zu sehr Gentleman, zu distanziert. Man musste noch viel rücksichtsloser werden, dachte er. Nichts war so aufregend wie die Wirklichkeit.

Es gab Journalisten in Deutschland, die seine Ansicht teilten, wie zum Beispiel Egon Erwin Kisch. Am meisten bewunderte Bandi seinen ungarischen Landsmann, Stefan Lorant. Ein schneller Aufstieg hatte Lorant 1930 an die Spitze der *Berliner Illustrirten* befördert, die zur Zeitungsgruppe der Brüder Ullstein gehörte und bei einem Preis von 25 Pfennig eine Auflage von 1,95 Millionen Exemplaren erreichte.

Für dieses moderne Massenblatt hatte Stefan Lorant neue Regeln aufgestellt, die das Wesen des Fotojournalismus verändern sollten. Bis dahin war das Ziel eines Fotografen das »einmalige Bild« gewesen: Fotos von Orten, wo die Öffentlichkeit keinen Zutritt hatte. Politik-Konferenzen, Strafprozesse, Kasinos, die Welt der Reichen. Oftmals wurden diese Fotos retuschiert oder kurzerhand gestellt.

Die Leica und Stefan Lorant setzten dem ein Ende.

Alle gestellten Fotos waren seit 1930 bei der *Berliner Illustrirten Zeitung* verboten. Auch die Retusche wurde nicht gern gesehen. Man wollte die Wirklichkeit zeigen, nackt und pur.

Und es wurden nicht länger nur Einzelfotos gedruckt, sondern Foto-Reihen, Geschichten aus der Alltagswelt.

Überall in den Massenblättern, so auch der *Münchener Illustrierten Presse*, wurden die Menschen von nebenan abgebildet, eine Entwicklung, die von Deutschland ausging und langsam auch auf die Hauptstädte Europas übergriff. Die Menschen wollten sich selbst als ihre Helden sehen, als Feuerwehrleute, Eisenbahner, Fabrikarbeiter, Straßenkünstler.

Oder auch als Opfer: Man zeigte Mieter, die aus ihren Häusern rausgeschmissen wurden, weil sie aufgrund der Krise nicht mehr imstande waren, ihren Mietzins zu bezahlen. Man fotografierte Gefangene. Und Hausfrauen, die aus dem Kleingarten ihr Gemüse verkauften, sich als Fahrradwärterin oder Wäscherin, als Hofsängerin oder Schnürsenkelverkäuferin verdingten, nur um ihre Familien über die schlechten Zeiten zu bringen.

Man zeigte die ungeschminkte Wahrheit, und dieser realistische Stoff wurde verkauft und verschlungen!

Die Menschen fühlten sich endlich ernst genommen.

»Sie müssen den Lesern immer das Gefühl geben, dass Sie einer von ihnen sind. Machen Sie es wie Heinrich Zille! Suchen Sie sich ein Thema, das Sie selber berührt. Wenn Sie dieses Thema gefunden haben, mein Freund, werde ich Ihnen die künstlerischen Grundsätze erklären. Und jetzt gehen Sie raus in die Welt!« Schon wedelte Simon Guttmann, der sehr schnell ungeduldig wurde, herrisch mit der Hand. »Lassen Sie sich hier erst wieder blicken, wenn Sie ein Thema gefunden haben!«

Es war Lisa, die Bandi schließlich auf die Idee brachte.

»Es wird immer schlimmer zu Hause.« Lisa, sonst hart im Nehmen und nicht besonders mitteilsam, saß am Holztisch und hatte das Gesicht in den Händen verborgen. »Nun hat noch Klein-Erich die Arbeit verloren. Noch ein Maul mehr, das zu stopfen ist. Und dabei war Mutter so stolz! Ein Werkzeugmacher! Ein Handwerker! Einer, der was darstellt! Nun ist er doch bald Geselle gewesen. Und jetzt entlassen!«

Bandi legte die Hand auf ihre Schulter, um sie zu trösten, und bewirkte, dass sie hemmungslos zu weinen anfing.

»Er ist doch so jung! Nicht mal zwanzig. Wenn man so jung ist und schon die Arbeit verliert, wie soll man da noch hoffen?«

Während Bandis Finger ihren verspannten Nacken massierten, ratterte es unentwegt in seinem Gehirn. Ein Plan begann zu reifen.

Er würde über Jugend-Arbeitslosigkeit berichten.

»Im Januar gingen 900 000 Jugendliche stempeln, im März wuchsen ihnen weitere 130 000 zu. Das bedeutet, elf Prozent aller Schulabgänger finden keine Arbeit.«

Simon Guttmann nahm die Füße vom Schreibtisch und beugte sich konzentriert nach vorn.

»Was heißt das konkret? Wovon leben die Jugendlichen?«

»Die Hälfte hat Anspruch auf Arbeitslosenversicherung oder Wohlfahrtsrente«, dozierte Bandi, der sich die Fakten über Nacht noch angeeignet hatte. »Wer nie gearbeitet hat und wessen Vater oder Mutter Arbeitslosenrente bezieht, bekommt gar nichts. Das gilt für neunzig von hundert der jugendlichen Erwerbslosen.«

»Das nennt man Gerechtigkeit«, murmelte Guttmann. »Gutes Thema, Herr Friedmann. Es lohnt sich, mit Ihnen zu arbeiten, auch wenn Sie größenwahnsinnig sind. Jetzt werde ich Ihnen zeigen, wie eine Bildreportage aufgebaut sein muss. Damit Sie auch wirklich der größte Fotograf der Welt werden.«

Wenn Bandi verlegen wurde, ließ er es sich jedenfalls nicht anmerken.

Sie gingen zu dem großen Drehordner, wo die berühmtesten Reportagen der DEPHOT-Fotografen ordentlich abgeheftet waren, Belegexemplare, mit den großen Namen der Agentur, Umbo, Felix H. Man, Erich Salomon. Bilder, auf die Berlin wartete, die täglich von Millionen verschlungen wurden, Bilder, die eine ganze Epoche dokumentierten und auch den riesigen Schritt, den die Entwicklung des Fotojournalismus im vergangenen Jahrzehnt gemacht hatte.

Bandi betrachtete das alles mit einem Stich von Eifersucht. Denn der Homunkulus hatte es schon richtig erkannt. Eigentlich sollte es nur einen einzigen, großen Fotografen geben – ihn.

André Friedmann.

Trotzdem war es interessant, den Fortschritt der Fotografie zu sehen: In den frühen zwanziger Jahren gab es noch die unscharfen, verwischten Aufnahmen ohne Stativ, die gestellten Porträts, und dann, je näher man der Gegenwart kam, das überrumpelte Leben.

»Das Wichtigste ist, dass Sie ein zentrales, symbolisches Foto finden. Der Betrachter muss darin die These erkennen, ohne dass er dafür dreißig Jahre die Kabbala studiert haben muss. Mit einem Wort – er muss es leicht und auf Anhieb erkennen.«

Bandi versuchte sich einzuprägen, welche Aufnahmen die berühmten Vorbilder jeweils als Zentralfoto ausgesucht hatten.

»Das Zentralfoto muss aus dem Leben gegriffen sein. Auf keinen Fall irgendeine ehrgeizige Inszenierung, Herr Friedmann! Erfindung ist hier unerwünscht.«

»Ich hasse inszenierte Bilder.«

»Wenn ich Ihre Meinung hören will, werde ich Sie fragen. Also, weiter. Sie zeigen eine Situation aus dem Alltag, die fast jeder irgendwie kennt. Damit es nicht langweilig wird, müssen Sie einen neuen Blick finden, eine frische Perspektive. Das Alltägliche muss in ein Licht rücken, das man nie zuvor gesehen hat. Die Grundlage jeder guten Reportage ist eine gründliche Recherche. Die besten Ideen kommen aus der Beschäftigung mit der Wirklichkeit. Am besten, Sie fangen gleich an, sich damit zu befassen!«

Bandi klapperte sämtliche großen Arbeitsämter Berlins ab und entschied sich schließlich für das aus seinem eigenen Bezirk. Er reihte sich ein in die langen Schlangen der jungen Leute, die bis auf die Straße reichten. Er belauschte die Gespräche, studierte die Gesichter der Hoffnungslosen, er unterhielt sich mit den Vermittlern im Amt. Mit der Zeit wurde sein Gesicht so bekannt, dass sich niemand mehr über ihn und seine Kamera wunderte.

Die Leica half ihm dabei, das Misstrauen der Arbeitslosen zu überwinden. Der handliche Apparat ließ die Fotografie zu einer schnellen Sache werden, man musste nicht mit Stativen hantieren oder die Menschen in die richtige Position kommandieren. Dadurch stellte sich die Leica nicht als technisches Hindernis, nicht als Einschüchterung zwischen die Menschen und den Fotografen. Die Arbeitslosen nahmen Bandi bald kaum noch zur Kenntnis und merkten gar nicht, wenn sie fotografiert wurden.

Tim, ein Fünfzehnjähriger aus der Schönhauser Allee, war schließlich der Erste, dessen Vertrauen er gewann und der ihm erlaubte, ihn in seinem Alltag zu begleiten.

»Es wird so eng zu Hause«, vertraute sich ihm Tim eines Tages an. »Vater hat keine Arbeit, Mutter nicht und meine Brüder auch nicht. Wir haben doch nur zwei Zimmer. Jetzt fängt Vater an, zu prügeln. Seine Nerven sind gereizt, Mutter will ihn verlassen, er trinkt. Schrecklich, es ist schrecklich.«

Bandi wusste, dass er auf der richtigen Fährte war, als Tim ihm erlaubte, mit zu ihm nach Hause zu kommen und die Familie zu fotografieren. Fürs Foto hatte man ein Spitzendeckchen aufgelegt und den Sonntagsstaat an, doch die Gesichter sprachen für sich, die Familie konnte das Lächeln nicht durchhalten, und die kleine, wunderbar unauffällige Leica mit ihren sechsunddreißig Bildern fing erbarmungslos die Langeweile, die Traurigkeit, die Verbitterung ein.

Tim und seine Brüder träumten davon, dem häuslichen Elend und Vaters Spazierstock zu entkommen.

Aber auch dann hatten sie keine Hoffnung auf ein gutes Leben: Wer zu Hause rausflog, konnte auf dem Wohlfahrtsamt die Unterstützung für Alleinstehende beantragen. Wenn dem Antrag stattgegeben wurde, bekam man acht Mark fünfzehn wöchentlich, wovon fünf Mark für Schlafstellenmiete abgingen. Billiger war nur noch das Obdachlosenasyl.

Bandi fotografierte Tims Weg zum Wohlfahrtsamt und sein Bett im Schlafsaal des Asyls, eine schmale Pritsche, eingepfercht zwischen sechs mal sechs anderen.

Bandi begleitete Tim, wenn er mit seinen Leidensgenossen im Park herumlungerte, bis man ihn fortjagte, und er fotografierte ihn in seiner Clique, mit der er pokerte und andere, verbotene Dinge machte, über die er nicht redete. Niemand störte sich an der Leica, die immer und immer wieder klickte.

Und Bandi war natürlich auch dabei, wenn Tim jeden Morgen wieder Hoffnung schöpfte, jeden Morgen wieder sein Fahrrad vor einem der großen Zeitungshäuser abstellte, um auf die Verteilung der Stellenangebote zu warten.

Als Bandi Hunderte von Fotos bei seinem Freund Chim in der Dunkelkammer abgeliefert und fünf Wochen jeden Sonntag zusammen mit ihm entwickelt hatte, war er zufrieden. Aber bevor er sich an die Auswahl der Fotos machte, ging er mit einer ungewöhnlichen Bitte zu Ladislaus Glück.

»Ich brauche Ihre Hilfe.«

»Ganz was Neues!« Glück klemmte die Daumen hinter die Hosenträger. »Was ist es diesmal?«

»Ich brauche eine Stelle.«

»Gefällt es dir bei uns nicht? Ich dachte, du hast deine Chance.«

»Ich brauche die Stelle für Tim. Für einen Fünfzehnjährigen, den ich seit Wochen fotografiert habe.«

»Mein Junge, du bist Fotograf, nicht Sozialarbeiter.«

»Tim hat mir sein Vertrauen geschenkt. Durch ihn ist mein Thema menschlich geworden. Ich bin verpflichtet, ihm zu helfen.«

Ladislaus Glück verdrehte die Augen und seufzte. »Junge, Junge. *Jingele*. So Gott will und der Wind ist still, hast du eine lange, lange Laufbahn vor dir. Was meinst du, wen du alles noch fotografieren wirst, wie viel Elend du noch sehen wirst. Wenn du glaubst, du könntest alle retten, die du fotografierst, wirst du bald dein letztes Foto gemacht haben.«

»Bitte. Er nimmt jede Arbeit an.«

Vier Tage später konnte Bandi einem vor Freude grinsenden Tim erzählen, dass er als Zeitungsausträger bei der *Berliner Illustrirten* anfangen könne.

In langen Nächten mit Chim machte Bandi sich daran, eine Vorauswahl der Fotos zu treffen. Sie würden mit Nahaufnahmen der hoffnungslosen Gesichter vor dem Amt beginnen. Und mit der langen Schlange aus Fahrrädern vor dem Arbeitsamt aufhören.

Dazwischen entfaltete sich der traurige Kosmos der jungen Arbeitslosen, die mit der Arbeit und dem Hoffen schon aufhören mussten, bevor sie überhaupt nur angefangen hatten.

»Wahnsinn, Bandi.« Der sonst so verschlossene Chim fuhr sich immer wieder mit beiden Händen durch die zerrauften Haare. »Das sind ganz einfach Wahnsinnsbilder. Du bist so verdammt nah dran. Wenn man das ansieht, kriegt man das Gefühl, einer von denen zu sein.«

»Gib auf deine Wortwahl acht, guter jüdischer Sohn. Was

würde deine Mutter sagen, wenn sie das Wort verdammt hört?«

Und dann riss ihn Bandi überschwänglich in die Arme.

»Ich liebe dich, Chim! Komm, lass uns einen saufen gehen.«

Bandis Reportage zur Jugendarbeitslosigkeit wurde von Stefan Lorant gekauft und in der *Berliner Illustrirten Zeitung* abgedruckt. Am Tag, als die Reportage auf dem Titel prangte, war Bandi der glücklichste Mann von Berlin. An jedem Kiosk, an dem er vorbeikam, blieb er stehen und beobachtete die Käufer, ob sie seine Reportage lasen. Er konnte sich nicht daran satt sehen, als sie es taten. Bandi hätte ihnen am liebsten zugerufen, dass er der Fotograf war.

Foto: André Friedmann.

Er konnte es nicht oft genug lesen.

Aber es kam noch besser: In der DEPHOT gingen Anrufe ein, kleinere Redaktionen wollten die Reportage nachdrucken.

Auf dem Lohnzettel standen tausend Mark, und Bandi fühlte sich reich. Er lud die Mitarbeiter der DEPHOT zu Schampus ein, schenkte dem Homunkulus neue Jackettknöpfe und Ladislaus Glück eine Kiste Zigarren. Für sich selbst suchte er neue Stiefel aus, wobei er wehmütig an seine Mutter in Budapest dachte. Er kritzelte fünf Zeilen auf einen Briefbogen der DEPHOT, der sehr vornehm wirkte, und legte hundert Mark hinein.

Und dann feilschte er mit einem alten, jüdischen Juwelier tagelang um eine schwere Goldkette für Lisa.

»Oh, Bandi! Soll das eine Fessel sein? Willst du mich binden?«

»Sieh es doch einfach als das, was es ist«, sagte Bandi unbehaglich. »Ein kleiner Dank für unsere gemeinsame Zeit.«

Ihre Finger krallten sich um die Kette.

»Was willst du damit sagen?«

Bandi wollte nicht brutal sein, wollte ihr nicht wehtun. Er liebte sie nur nicht.

»Nichts«, brummte er, »gar nichts.«

Von hinten umschloss er ihren Bauch mit den Händen und spürte den warmen Druck ihrer Hüften an seinem Leib.

Er wusste, dass alles zwischen ihnen schief lief.

Sie wollte ihn heiraten. Er wollte keine feste Bindung, misstraute den Frauen und ihrem Klammergriff.

Frauen erinnerten ihn an Tintenfische: Erst versprühten sie süßes Gift und blendeten ihr Opfer – und dann wurde man in ihren Fangarmen liebevoll zerdrückt.

In der großen Werkhalle der Möbelfabrik Pohorylle war der Betrieb für ein paar Minuten fast zum Stillstand gekommen. An den großen Drehbänken standen die Männer in ihren blauen Arbeitsanzügen und diskutierten. Überall auf dem Boden lagen wie Schnee die bedruckten Zettel herum.

»Es nimmt kein Ende mit den Sorgen.«

Wieder und wieder las Konsul Pohorylle das Flugblatt der Christlichen Gewerkschaften Deutschlands, das jemand in der Fabrik unbemerkt verteilt hatte.

Es wendete sich gegen Menschen wie ihn.

Gegen Kapitalisten, die Leute auf die Straße setzten.

Wenn er den Fortbestand seiner Fabrik nicht gefährden wollte, würde er gezwungen sein, Arbeiter zu entlassen, viele Arbeiter, fast die Hälfte der Belegschaft. Die Geschäfte gingen schlecht. Die Wirtschaftskrise hatte auch den Mittelstand getroffen, niemand kaufte seine hochwertigen Möbel.

Aber der Konsul befand sich in einem Gewissenskonflikt, denn er war nicht nur Kapitalist, sondern auch Katholik.

Und ein guter Christ konnte es in diesen Zeiten nicht auf sich nehmen, Menschen in die Arbeitslosigkeit zu entlassen.

Vor zwei Tagen, am 14. Juni, hatte das Kabinett des neuen Kanzlers von Papen eine neue Notverordnung zur Wirtschafts- und Sozialpolitik verabschiedet. Sie würde die Lebensbedingungen von Arbeitslosen dramatisch verschlechtern. Die monatliche Unterstützung wurde drastisch verringert, die Betreuungszeit der Arbeitslosenversicherung von zwanzig auf sechs Wochen verkürzt.

Das würde 5,6 Millionen Arbeitslose in Deutschland ins tiefste Unglück stürzen.

Wer jetzt die Arbeit verlor, würde hungern müssen.

Konsul Pohorylle ging mit schweren Schritten durch die Sägespäne, die überall den Boden der Fabrik bedeckten. Er blickte in die Gesichter der Arbeiter, und in den Gesichtern sah er die Lebensgeschichten. In der Ecke hobelte der junge Schröder, gerade dreiunddreißig, Vater geworden, ein Eichen-Türblatt. Der alte Weber, vierundsechzig und seit Menschengedenken in der Firma, nahm Maß mit einem Gesellen. Minz, der Lehrbub, kehrte eine Ecke aus. Und er sah noch viele, viele andere mehr, die er persönlich kannte, die er persönlich eingestellt hatte und die er nun persönlich dem sozialen Elend würde überantworten müssen.

In dem Flugblatt stand, dass die Kürzung bis zur Hälfte der bisherigen Unterstützung ausmachen konnte:

»Nach Abzug der drückenden Kosten für die Miete verbleiben bei einem Satz von 55 Pfennig pro Familienmitglied durchschnittlich 29 Pfennige pro Person zur Bestreitung des Lebensunterhaltes. Für Kleidung, Beleuchtung und Heizung bleibt nichts übrig, keinerlei Kulturbedarf kann gedeckt werden.«

Er verfluchte den Vertrag von Versailles, der Deutschland mit seinen unverantwortlichen Reparationsforderungen ins wirtschaftliche Unglück gestürzt hatte. Das ohnehin schwer verschuldete Land konnte die zusätzlichen finanziellen Bürden nicht verkraften. Die Gebietsabtretungen belasteten die Wirtschaft ohnehin schon genug. Und in der Bevölkerung war von Anfang an der Kriegsschuldartikel einhellig und empört abgelehnt worden, der Deutschland die alleinige Schuld am Weltkrieg zuwies.

Was für ein Unglück würde daraus wieder entstehen?

Wenn er an die Zukunft dachte, sah er eine schwarze Wand.

Dann spürte er, wie sich von hinten Schritte näherten, drehte sich um und blickte Faulhaber, seinem Prokuristen, ins Gesicht. Faulhaber war ein kluger Kopf, doch der Konsul mochte ihn nicht. Sein Haar klebte mit Pomade befestigt am Scheitel.

»Man sollte mit diesen Aufwieglern kurzen Prozess machen«, sagte er mit einem Blick auf das Flugblatt.

Der Konsul seufzte. »Es ist die Not, die diese Menschen treibt.«

»Wenn sie nicht auf die Juden und die Bolschewiken hören würden, was eigentlich auf dasselbe hinauskommt, dann wäre Deutschland eine starke Nation. Jedenfalls, sowie ich denjenigen schnappe, der den marxistischen Unsinn hier verteilt hat, werde ich dafür sorgen, dass er es bitter bereut.« Faulhaber straffte sich. »Den prügle ich eigenhändig, bevor ich ihn rauswerfe.«

»Das lassen Sie wohl besser.« Der Konsul bedachte ihn mit einem scharfen Blick. »Hier wird niemand geprügelt, und wer rausfliegt, bestimme immer noch ich.«

Für einen Augenblick verwandelte sich Faulhabers Gesicht in eine böse Fratze, doch dann machte er beflissen einen Diener.

Der Konsul sah, was für ein hässliches Lächeln es war, als sein Prokurist zu ihm sagte: »Grüßen Sie die, äh, gnädige Frau von mir.«

Später sollte er noch lange darüber nachdenken.

»Gute Nachrichten!« Sophia klang fröhlich. Sie trug zum Abendessen ein langes, grünes Seidenkleid, das ihre Schultern freigab. Wolken aus schwarzem Haar türmten sich auf ihrem Kopf. Der Konsul lächelte. Der Anblick seiner schönen, eleganten Frau munterte ihn nach dem harten Tag ein bisschen auf. Dann sah er, dass sie einen Brief in der Hand hatte.

»Unsere Gerta scheint sich verliebt zu haben!«

Jetzt brauchte er doch einen Schluck. Dringend. Er schenkte sich nach. Sophia blickte ihn zugleich besorgt und liebevoll an, sagte aber nichts, und das war einer der Gründe, weshalb er sie nach all diesen Jahren immer noch liebte.

»Verliebt? Sie ist doch noch viel zu jung dazu!«

Sophia lachte. »Man ist nie zu jung, um sich zu verlieben.«

Der Konsul war sich nicht sicher, ob es an der Anstrengung des Tages oder am Cognac lag, den Sophia ihm als Aperitif gereicht hatte, aber er spürte plötzlich einen Stich in der Magengegend.

»Schreibt sie, dass sie ihn liebt?«

»Hm, nein. Der Brief ist von Ruth – oder besser gesagt Terra, wie sie sich jetzt nennt. Unsere Gerta scheint vor lauter Einladungen gar nicht so viel Zeit zu haben. Aber Terra schreibt voller Begeisterung. Es scheint ein sehr umworbener junger Mann zu sein. Aus allerbester Familie. Davenport. Jonathan Davenport. Bankierssohn.«

»Hm, hm«, machte der Konsul und fragte sich, was für ein Gesicht es wohl sein würde, in dem er am liebsten jetzt sofort seine kräftige Faust gelandet hätte. Im nächsten Moment fuhr er wie elektrisiert aus dem Sessel hoch.

»Davenport? Bankierssohn?«

Sophia blickte erschrocken von dem Brief auf, an dem sie sich allem Anschein nach kaum satt sehen konnte.

»Lass mal sehen. Terra hat so eine schreckliche Handschrift, die reinsten Hieroglyphen. Warte, doch, Davenport. Richtig.«

Er ließ sich in den Sessel zurücksinken. »Die Davenports sind unglaublich reich. New Yorker Großbank. Immobilien.«

Sophias Hand, die das Blatt hielt, fing an zu zittern. »Himmel! Dann hat sie doch nicht übertrieben? Ich dachte, es wäre typisch Terra, ein bisschen dick aufgetragen ...«

Für einen Augenblick ließ der Konsul den Gedanken zu, dass es wahr sein könnte. Ein Märchen. Gerta würde nach New York gehen und die Ehefrau eines Bankiers werden. Sie wäre versorgt und – wichtiger noch – weit weg von diesem Europa, für das er die schlimmsten Befürchtungen hegte.

Eine Sorge weniger.

Aber dann holte die Realität ihn ein. »Ein Davenport heiratet eine Astor, vielleicht eine Vanderbilt – aber bestimmt keine Gerta Pohorylle aus Leipzig.«

Sophia nagte an ihrer Unterlippe. »Gerta ist sehr schön.«

»Schönheit ist auch nicht alles. Menschen müssen zueinander passen. Wir sind, hm, nun wirklich nicht unvermögend. Aber das«, er musste sich räuspern, »ist eine Dimension von Reichtum, die den unseren weit übertrifft.«

Sophia kam näher und setzte sich neben ihn. Er war umhüllt von ihrem Duft, einem diskreten, geheimnisvollen Parfüm.

»Mein Lieber«, sagte sie sanft. »Ich weiß, dass es schwer für dich ist. Das Töchterlein als Frau zu sehen, das ist für jeden Vater schwer. Aber wenn sie ihn wirklich liebt, dann sehe ich kein Problem, gar keins, glaub mir.«

»Mir ist viel wichtiger, dass er sie auch wirklich liebt!«

»Mach dir nicht so viel Sorgen, alter Mann.« Sie strich ihm liebevoll über die Stirn. »Wenn unsere Gerta liebt, wird sie auch zurückgeliebt. Ich hoffe nur, dass sie es wirklich tut. Weißt du, ich denke, ich werde ihr schreiben. Vielleicht könnten wir sie besuchen kommen und uns den jungen Mann mal anschauen.«

»Hm«, machte der Konsul ohne jede Begeisterung.

Sie lächelte. »Stell dich nicht so an, alter Brummbär. Es stört dich ja nur, dass so ein reicher Ami deine Fabrik nicht übernehmen wird. Du hättest gern einen Mann, der in die Hände spuckt und das Geschäft weiterführt.«

Der Konsul schwieg. Seine Frau wäre sehr verwundert gewesen, hätte sie seine Gedanken gekannt. Er fühlte sich so müde in letzter Zeit. Immer öfter dachte er daran, die Fabrik einfach zuzumachen. Mit ihrem Vermögen, das in einem Schweizer Bankenschließfach ruhte, konnten sie sich eine Villa im Tessin oder auf Capri oder vielleicht sogar in Amerika kaufen, weit weg von diesem Deutschland.

»Vielleicht hast du Recht«, sagte er schließlich. »Vielleicht sollten wir uns den jungen Mann erst mal ansehen, bevor wir den Antrag auf Todesstrafe stellen.«

Er zog sie zu sich, und als er ihre Lippen auf seiner Stirn und ihre Hände in seinem Nacken spürte, konnte er für einen Moment die drückenden Sorgen und Ängste vergessen.

Paris roch nach Frühling.

Gerta sog den Geruch der Kastanienblüten in sich ein, als sie zur Île de la Cité hinüberspazierte, an den langen Seitenschiffen von Notre-Dame vorbei und dann zum Vogelmarkt auf der Place Louis-Lépine.

Auf dem Platz mit seinen vergoldeten Laternen gab es eine Lindenallee; über den Dächern der sandgelben Polizeipräfektur, die an einen Palast erinnerte, flatterte die Trikolore. Es gab viereckige Lieferwagen mit der Aufschrift »Oisillerie«, Vogelhandlung, und es gab Volieren, Pavillons und Blumenstände.

Auf einer kleinen Bank im Schatten entdeckte Gerta eine

junge Frau. Ihre Beine waren sittsam übereinander geschlagen, schwarze Locken fielen über den gebeugten Kopf. Sie sah aus wie ein Bild aus Madame Vérons Pensionat, nur dass ihre Kleidung nicht dazu gepasst hätte: ein rosarotes Gewand mit Spitzenkragen und Samtjäckchen, dazu riesige Korallen-Ohrringe.

Am auffallendsten aber war, dass die junge Frau so versunken und besessen in ein rotes Buch hineinschrieb, dass sie ihre Umgebung gar nicht wahrzunehmen schien.

Irgendwann hob sie schließlich doch den Kopf, und Gerta blickte direkt in die schillernden Augen von Anaïs Nin.

»Ah, noch eine Bankierswaise!«, rief Anaïs. »Mein kleiner Magnat ist zum Brunch mit Ihrem Onkel. Kommen Sie doch, setzen Sie sich zu mir, Schwester im Geiste.«

Gerta war erfreut, Anaïs Nin wieder zu sehen, und setzte sich zu ihr auf die Bank.

»Störe ich nicht?«

»Ich schreibe nur Tagebuch. Und das wollen mir sowieso alle austreiben. Mein Analytiker sagt, es hält mich vom Leben ab. Aber es ist eine Sucht. Dieses Tagebuch ist mein Kif, mein Haschisch, meine Opiumpfeife. Es ist für mich Droge und Laster. Statt einen Roman zu schreiben, lehne ich mich mit diesem Buch und einer Feder zurück und schwelge in Spiegelungen und Brechungen.«

Gerta dachte, dass es ihr genauso erging. Sie liebte es, die Welt neu für sich zu erschaffen. Seit Jonathan ihr die Leica geschenkt hatte, streifte sie oft durch die Stadt, um die Bilder einzufangen, die ihr gefielen. Anaïs, in ihrem malerischen Aufzug, hätte sie gern fotografiert.

»Sie haben ein schönes Kleid an«, sagte Gerta.

»Finden Sie? Ich wähle ganz bewusst diesen unmöglichen Stil. Ich liebe auffallende Kleider, die mich von anderen Frauen unterscheiden. Kleider stützen mein Selbstbewusstsein, das durch meine ganze Mädchenzeit schwer darunter gelitten hat, dass ich die abgelegten Kleider tragen musste, die mir meine Tanten aus Kuba schickten. Ich musste in amerikanische Schulen gehen mit Kleidern, die für die Tropen gemacht waren, aus pastellfarbenen Seiden, die oft so von der Sonne mitgenommen waren, dass der Stoff brach, gerade während einer Party oder Schulfeier.«

»Ich hätte gern solche exotischen Seiden gehabt«, sagte Gerta. »Ich komme aus der Provinz, aus Leipzig. Bei mir war alles immer sehr brav und sehr bieder.«

»So bieder wirken Sie auch wieder nicht. Man merkt Ihnen an, dass Sie auf eine sehr teure Schule gegangen sein müssen. Sie versuchen, es zu verbergen, aber das gelingt Ihnen nicht. Sie sind eine typische höhere Tochter. Und ich«, Anaïs gähnte, »ich bin ein alter Säufer. Fühle mich, als ob ich immer noch betrunken wäre. Es war eine lange Nacht an einem weinfleckigen Tisch in einem Café in Clichy. Das ist schon etwas anderes als die Cafés auf Montparnasse. Dort bekommt man Papier mit dem Briefbogen des Cafés zur Verfügung gestellt, um zu schreiben, weil all diese Emigranten, die sich auf Montparnasse herumtreiben, Künstler und Schriftsteller sind. Sie benutzen die Cafés als Salon und Arbeitszimmer. Clichy ist echter. Man geht ins Café, um zu trinken, nicht um zu arbeiten. Hugh trank Mineralwasser, ich nahm Rotwein. Ich liebe diese langen Nächte mit Gesprächen, das Warten auf die Morgendämmerung, wenn die elektrischen Lampen in den Straßen gelöscht werden. Aber ich hasse den Morgen danach. Kommen Sie, spazieren wir doch über den Vogelmarkt.«

Es gab Kanarienvögel, Papageien und Enten, es gab Grünfinken und Sperlinge, die so reglos in ihren Käfigen verharrten, als wären sie tot. Dass sie es nicht waren, erkannte man nur daran, dass sie hin und wieder den Kopf schief legten.

Gerta taten die Vögel Leid, Gefangene, auf Lebenszeit.

»Es sind die Männer, die sehnsüchtig und liebevoll nach den kleinen Vögeln schmachten. Warum müssen sie die Tierchen erst einsperren, um sie zu bewundern?«

Anaïs lachte leise gurrend. »Sie sehnen sich nach den Vögeln, wie sie sich nach uns sehnen. Sie wollen uns in Käfigen halten. Das heißt nicht einmal, dass sie uns nicht lieben würden. Sie lieben uns einfach am meisten, wenn wir bunt und schön und poussierlich gegen die Gitterstäbe flattern.«

Gerta musste unwillkürlich an Jonathan denken. Er war auch so ein Mann, der einen kleinen Vogel aus sicherem Abstand beobachten und sein Vergnügen daran haben würde. Der Vogel durfte wild mit den Flügeln schlagen – solange sie nur beschnitten waren. Onkel James hielt es genauso. Und Tante Terra spreizte für ihn das bunte, glänzende Gefieder und zwitscherte und trällerte.

»Für Hugh bin ich auch nur so ein kleiner, bunter Gefangener«, sagte Anaïs traurig. »Ich hatte noch keinen Mann gehabt, als ich ihm begegnete, damit er mich einfangen und einsperren konnte. Ein zweites Mal würde ich diesen Fehler nicht machen. Ich würde mich nicht wieder in den Käfig sperren lassen. So luxuriös er auch sein mag, man ist und bleibt gefangen.«

Gerta war erschrocken über dieses Bekenntnis. Sie hatte die beiden jungen und schönen und verwöhnten Menschen für ein glückliches Paar gehalten. Sie hatten alles, was andere sich wünschten. Und es schien doch nicht genug zu sein.

»Ich hätte gedacht, dass Sie sich lieben. Hugh hängt doch mit den Augen an Ihnen.«

»Mit den Augen schon. Aber nicht mit dem Gehirn. Er versteht überhaupt nicht, was in mir vorgeht, wie sehr ich mir die unbedingte Freiheit wünsche. Kommen Sie, meine Liebe, lassen Sie uns hier verschwinden. Ich möchte zum Rive Gauche hinübergehen, da kann man freier atmen. Vermutlich verstehen Sie gar nicht, wovon ich rede. Sie leben so dahin, in einer Welt der Empfindsamkeit, und träumen die Träume, die man Ihnen gestattet. Mir ging es auch so, man träumt, und man glaubt zu leben. Dann liest man ein Buch wie *Lady Chatterley*, und man entdeckt, dass man nicht lebt, sondern in einem Winterschlaf versunken ist.«

»*Lady Chatterley?*«

»Oh, ich sehe, ich muss Ihnen weiterhelfen. D. H. Lawrence, der Autor, hat mich aufgeweckt, hat mir geholfen, aus meinem schönen Gefängnis auszubrechen. Es erzählt die Liebe einer Dame zu ihrem Wildhüter, die Geschichte einer Leidenschaft des Körpers und der Seele. Es handelt von Sex.«

Gerta zuckte schon bei dem Wort zusammen. Es stand eindeutig nicht auf der Liste der erlaubten Wörter. Junge Damen wussten, dass es so etwas gab. Aber in der Öffentlichkeit hatten sie nicht darüber zu reden. Es gehörte in eine andere Welt, die Welt der verschlossenen Türen. Aber Anaïs sprach es laut und ungeniert aus, während sie auf die Quais am linken Ufer zugingen.

»Sie müssen erotische Literatur lesen. In Amerika habe ich das auch nie getan. Damals war ich mit meiner Ehe noch zufrieden. Aber hier entdeckte ich diesen ganzen Kosmos, den man uns vorenthält. Wenn Sie anfangen zu lesen, werden Sie wissen, wovon sich zu träumen lohnt. Kaufen Sie diese kleinen Romane, die man bei den Bouquinisten bekommt, an den Quais. Mir hat es sehr geholfen. Als ich mit der Lektüre begann, war ich noch unschuldig, aber als ich sie alle gelesen hatte, war mir kein sexuelles Abenteuer mehr unbekannt. Manche waren gut geschrieben, andere nur informativ, wieder andere sensationell und unvergesslich. Ich hatte mir im Studium der Erotik meinen Grad erworben.«

Gerta betrachtete die langen Reihen grüner Stände mit

neuem Interesse. Tante Terra hatte ihr stets verboten, die kleinen Bücher und Postkarten anzusehen.

Vermutlich, dachte sie, gab es ein einfaches Rezept: Man musste nur alles anders machen, als Tante Terra es vorschreiben wollte – und schon würde man das Leben entdecken.

Anaïs lächelte zufrieden, als sie Gertas neugierigen Blick bemerkte. »Diese Bücher belebten meine Vorstellung von Paris, die bis dahin rein literarisch gewesen war. Sie öffneten mir die Augen und Sinne, sie schärften meine Beobachtung so, dass mir nun die *maisons closes* auffielen, die Viertel mit den roten Laternen, die Prostituierten auf den Boulevards, die Bedeutung geschlossener Vorhänge am helllichten Tag, die Stundenhotels, die Rolle der Pariser Friseure und die Tatsache, dass man Liebe und Vergnügen voneinander trennen kann. Ich liebe meinen kleinen Magnaten, aber das heißt auf keinen Fall, dass ich ihm treu bleiben muss.«

Gerta begann zu ahnen, wie groß und wie bunt diese Welt war, die jenseits ihres Käfigs auf sie wartete.

»Ich möchte diese Bücher gern kennen lernen. Erzählen Sie mir mehr davon.«

»Sie finden darin alles, was Sie wissen wollen, in allen Varianten. Manche sind illustriert, in Farben, manche Bücher im Stil des 18. Jahrhunderts, andere im zeitgenössischen Stil. Sie zeigen Stiefel, Peitschen, schwarze Strümpfe, Alkoven, Spiegel an der Decke, Gucklöcher in den Wänden, die unerschöpflichen Variationen erotischer Erfahrung.«

Gerta wusste nichts von Spiegeln, Strümpfen, Peitschen. Aber sie wollte es wissen, war begierig darauf.

Mittlerweile hatten sie die Place St-Michel erreicht. Kleine Restaurants mit roten Markisen und eisernen Wintergärten reihten sich entlang des Boulevards, Efeu wuchs aus Kübeln, und die altmodischen Laternen, die sich über das Pflaster bogen, erinnerten an die Zeit des Gaslichts, die so lange her zu sein schien und doch erst vor wenigen Jahren zu Ende gegangen war.

»Jetzt ist es nicht mehr weit«, sagte Anaïs. »Ich möchte Ihnen die schönste Buchhandlung von Paris zeigen. Sie gehört meiner Freundin Sylvia Beach. Sie hat ein großes Herz und wenig zahlende Kundschaft. Sie schenkt und gibt den Schriftstellern alles. Im Augenblick bewahrt sie Henrys Manuskript für ihn auf.«

»Henry?«

Die Art, wie Anaïs den Namen aussprach, weckte in Gerta den Verdacht, dass sich mehr dahinter verbergen könnte als eine oberflächliche Bekanntschaft.

»Henry Miller schreibt an einem tausendseitigen Buch, in dem alles enthalten sein soll, was in anderen Büchern ausgelassen wird. Ich versuche, Ihnen ein paar Seiten zu borgen, die er bei Sylvia liegen hat. Allerdings wacht sie über Henrys Manuskript wie eine Tigerin, obwohl sie ihn sicher auch verabscheut. Henry ist kein D. H. Lawrence. Der war ein Romantiker und wollte Körper und Seele vereinen. Henry hält sich an die primitiven Instinkte. Gefühle haben in seinen Büchern keinen Platz. Er ist wie ein mythisches Tier. Was er schreibt, lodert auf, ist reißend, chaotisch, verräterisch und gefährlich. Alles ist weggewischt: Heuchelei, Angst, Kleinlichkeit, Falschheit. Er gebraucht die erste Person und wirkliche Namen; er verabscheut Ordnung und Form und verwirft die Erfindung überhaupt. Er schreibt so ordnungslos, wie unser Leben ist, auf mehreren Ebenen zugleich. Seine Obszönitäten ermüden mich, diese Welt aus ›Scheiße, Fud, Schwanz, Bastard, Hure‹, aber ich vermute, dass die meisten Menschen so reden und so leben.«

Gerta wurde von diesen Worten derartig aus der Fassung gebracht, dass sie glaubte, sich verhört zu haben. Aber die Frau an ihrer Seite wirkte, als wäre dieser Wortschatz ganz normal. Anaïs hatte ein völlig unbewegtes Gesicht und ging mit forschen Schritten voraus.

Inzwischen waren sie vom Boul' Mich in kleine Seitenstraßen abgebogen, eng, heruntergekommen – aber äußerst malerisch. Es war das Quartier Latin, das Studentenviertel im Umkreis der berühmtesten Pariser Universität, der Sorbonne.

»Sylvia Beach wird Ihnen gefallen. Sie war auch mal ein empfindsames Mädchen, Pfarrerstochter, dreizehn Generationen puritanischer Geistlicher. Was kam dabei heraus? Jetzt lebt sie mit einer Frau zusammen, mit Adrienne Monnier. Und beide leben für die Literatur.« Anaïs hakte sich freundschaftlich bei ihr ein, und Gerta roch das süße Parfüm, das sie trug. »Vorhin sprachen wir von Kleidern. Hab ich Ihnen erzählt, wie das Kleid meiner Träume aussehen würde? Ich träume davon, mich in ein ganz und gar durchsichtiges Gewand zu hüllen und darin über die Rue de Rivoli zu spazieren ... Sind Sie dabei? Machen Sie mit?«

Gerta versuchte es sich vorzustellen. Zwei junge Frauen, die in durchsichtigen Gewändern über die berühmte Einkaufsstraße flanierten – und vermutlich von den Flics verhaftet werden würden.

Es war ein Skandal, und es war herrlich.

»Shakespeare and Company« stand auf dem giftgelben Ladenschild. Im Schaufenster der Buchhandlung hing ein Schild »Rare Books«, seltene Bücher, von den Fensterrahmen blätterte die grüne Farbe ab. Über dem Eingang blickte der Dichter William Shakespeare würdevoll auf die Besucher hinunter.

While thy books do live
And we have wits to read
And Praise to give
Thou art alive still.

Anaïs lächelte. »Ihr deutscher Landsmann, der Dichter Rilke, wünschte sich, er könnte so einen kleinen Buchladen kaufen und zwanzig Jahre mit einem Hund davorsitzen. Mir geht es genauso, ich würde gern Sylvias Leben führen, mit einem Buchladen an der Seine, in Paris.«

Damit zog sie Gerta ins Innere, eine schummrige Höhle mit dunklen Deckenbalken, an die Regale voller Bücher stießen. Golden glänzten die Buchrücken im Licht eines Kronleuchters aus Kupfer. Überall lagen Papiere und literarische Zeitschriften. Auf einer Chaiselongue, die mit zerschlissenem Goldbrokat bezogen war, ruhte eine Frau mit heller Samthose und einer großen bunten Krawatte. Ihr kastanienbraunes Haar war straff aus dem Gesicht gebürstet, ihre blasse Haut ohne Make-up.

Anaïs warf ihr eine Kusshand zu. »Sylvia Beach ist Hüterin des Feuers im Dienste der Kultur, Hohepriesterin der neuen Religion der Literatur. Henry sagt, sie hat ein Wunderland der Bücher.«

Sylvia Beach, die nach Gertas Schätzung etwa Mitte vierzig sein mochte, legte einen Stapel Papiere aus der Hand.

»Ich lese gerade die neuen Seiten von *Im Wendekreis des Krebses*. Es ist total, kraftvoll, jedes Wort trifft ins Mark. Es ist großartig.«

Anaïs strahlte. »Seine Seiten über Ekstase sind die glühendsten Seiten, die ich je gelesen habe. Ein Höhepunkt ekstatischer Literatur. In jeder Zeile spürt man den Hunger nach Erfahrung. Ein Land der Laster und Leidenschaften. Aber ich bin unhöflich, ich habe euch nicht vorgestellt.«

Sylvia begrüßte Gerta mit kräftigem Händedruck und gewinnendem Lächeln.

»Kommt nach hinten, ich mache einen Tee.«

Bücher, Bücher, Bücher, an denen sie vorübergingen, bis sie ein Hinterzimmer erreichten, wo ein Tisch neben einem großen Kohlenofen stand. Wasser zischte im Kessel, und

Sylvia goss den Tee auf. Gerta war fasziniert von der Offenheit und Freundlichkeit, mit der Sylvia Beach sie aufgenommen hatte. Diese Atmosphäre hatte sie in ihren Träumen von Paris herbeigesehnt. Die Atmosphäre der Freiheit. Und nun fand sie sie hier, auf dieser kleinen amerikanischen Insel inmitten des Quartier Latin.

Überall im Hinterzimmer hingen Fotografien an den Wänden, Porträts der Meister der modernen Literatur: Walt Whitman, Edgar Allan Poe, James Joyce, Joseph Conrad, Ezra Pound, D. H. Lawrence, Sherwood Anderson.

Es waren gute Fotos, dachte Gerta, als Anaïs und Sylvia sich – zwischen Bücherstapeln – zum Tee hinsetzten und wie ein intellektuelles Liebespaar wirkten: die Lotosblüte und die kantige Puritanerin.

»Ich möchte, dass Gerta sich mit der modernen Literatur vertraut macht. Mit der erotischen Literatur«, sagte Anaïs. »Sie hat ein Schweizer Pensionat besucht. Daraus ergeben sich gewisse Lücken, was ihr Wissen über die wesentlichsten Dinge des Lebens betrifft. Ich dachte, Henrys Manuskript könnte ihr da einen gewissen Nachhilfeunterricht verschaffen.«

Sylvia schaute skeptisch.

»Ist Henrys Text nicht ein bisschen stark für den Anfang?«

»Literatur ist nun mal Übertreibung, Dramatisierung.«

Anaïs drehte sich zu Gerta um, die das Porträt von James Joyce bewunderte, den berühmten Autor von *Ulysses*, der auf dem Foto, das gerahmt an der Wand hing, überhaupt nicht wie ein Rebell, sondern eher wie ein sanfter Gelehrter aussah.

»Oh, da bewundern Sie Sylvias besonderen Schützling. Sie hat sich ruiniert, nur um *Ulysses* drucken zu können, hat Jahre ihres Lebens in das Manuskript gegeben, und er hat den Vertrag mit ihr gebrochen und die Rechte nach Amerika verkauft.«

»So ist das Leben«, seufzte Sylvia und bedeutete Gerta, am Tisch Platz zu nehmen. Sie lachte nervös auf, um gleich darauf das Gesicht zu verziehen, als werde sie von einem Migräneanfall heimgesucht. »Ich werde nie vergessen, wie manche seiner Textpassagen mich damals schockiert haben. Ich war noch genauso unerfahren, wie Sie es heute sind. Ich denke da an eine Passage des *Ulysses*, an ›Molly Bloom‹.«

In sich versunken schloss sie die Augen und zitierte: »Ich hatte oft das Gefühl als müsste ich ihn von oben bis unten abküssen und der nette junge Stift so unschuldig den nähm ich gern mal in den Mund wenn niemand guckte als wenn er drum bäte dass man ihn saugt …«

Anaïs lachte entzückt auf. »Unter uns Schriftstellern gibt es eine Konkurrenz in Extravaganzen. Wir heizen uns gegenseitig an. Wir schreiben über Sadismus, Masochismus, Cocteau, Drogen, Irrenhäuser, weil wir starke Farben lieben, aber wenn wir im Café sitzen, reden wir über Alltägliches.«

Gerta verstand nicht genau, worum es eigentlich ging. Sie wusste nur, dass sie diesen Augenblick aus ganzem Herzen genoss, die Fotos, das geistreiche Gespräch, den starken, süßen Tee, das schummerige Licht und Sylvias Lächeln.

Und die Verlockung, mehr über diese quälenden Sehnsüchte zu erfahren, die sie in Mondnächten heimsuchten, über diesen wilden Schmerz der Leere, den Jonathan bei ihr hinterließ, über den Taumel, den Rausch, der sie beim Kuss des Fremden in Leipzig mit sich fortgerissen hatte; sie wollte mehr wissen, über ihren Körper, über all die Möglichkeiten, zu sein, zu leben.

»Ich kann Ihnen das Manuskript unmöglich mit nach Hause geben«, sagte Sylvia Beach entschuldigend. »Das wäre ein schrecklicher Vertrauensbruch gegenüber Henry Miller. Aber Sie dürfen jederzeit kommen und sich auf meine Chaiselongue drüben legen und so lange lesen, wie Sie nur wollen.«

»Willkommen in der Familie. Damit wären Sie in den Kreis von Sylvias Schützlingen aufgenommen.« Anaïs fuhr mit ihren korallenroten Fingernägeln so zart über Gertas Unterarm, dass sich ihre Flimmerhärchen aufstellten. »Dann kann Ihre erotische Bildung ja beginnen. Am besten, Sie fangen gleich an.«

»Die ersten Seiten liegen drüben.« Sylvia nickte. »Nehmen Sie Ihre Tasse mit, und lesen Sie, so lange sie wollen. Es wird doch keine Kundschaft kommen.«

Die kleinen, scharfen Zähne von Anaïs blitzten, als sie lächelte. »Und wir werden uns inzwischen auch amüsieren.«

Gerta spürte die Spannung, die zwischen den beiden Frauen in der Luft hing, und sie merkte, wie sie neugierig wurde. War auch das eine Möglichkeit der Liebe, von der sie nichts ahnte?

Gespannt griff sie nach dem Manuskript von Henry Miller, *Im Wendekreis des Krebses*, ein Abenteuer tat sich vor ihr auf, ein fernes Land war zu erobern, das Land der Laster und Leidenschaften.

Ein Glück, dass es Champagner gab.

Nur weil ihre Tante ihm so regelmäßig zusprach und morgens ihren Kater ausschlief, konnte Gerta in der Frühe unbeobachtet aus dem Haus entwischen.

Zwischen den Studenten, die zur Sorbonne drängten, hastete sie über den Boul' Mich und übers Kopfsteinpflaster der Gässchen im Quartier Latin, bis sie das schrillgelbe Schild aufleuchten sah und unter Shakespeares Blick ins Ladendunkel schlüpfte.

Nach einer Weile war Gerta ein vertrauter Anblick für die Besucher des Bücherwunderlands in der Rue de l'Odéon.

Man begrüßte sie wie eine alte Bekannte. Ein paar freundliche Worte mit Sylvia Beach, dann griff sie nach Henry Millers Manuskript, verzog sich in einen einsamen Winkel und las und staunte.

Es war eine neue Welt, eine Welt des Augenblicks und der Oberfläche, der Wirklichkeit und des Sex in all seinen Spielarten, erzählt in einer ganz neuen Sprache, die sich echt und unmittelbar anhörte, aus einem Leben gegriffen, das hart und schonungslos war und voller Obszönitäten.

Nie zuvor hatte Gerta so etwas gelesen, und manche Sätze trieben ihr die Röte ins Gesicht.

Manchmal, wenn Sylvia Beach an ihr vorüberkam und der Duft ihres herben Parfüms sie streifte, dann sah sie das kleine Lächeln im Gesicht der berühmten Buchhändlerin.

»Meine Welt ist es ja nicht, diese Welt aus Schmutz und Männerbegierde. Ich bin froh, dass ich mich nur mit Adriennes Passionen befassen muss. Aber diese Sprache hat Sprengkraft, meine Liebe. Lesen Sie alles, machen Sie sich frei.«

Manchmal in diesen Tagen kam es Gerta so vor, als würde sie sich zwischen zwei Welten bewegen: hier das reiche puritanische Milieu am Quai d'Orléans. Und dort die Freizügigkeit des Rive Gauche, wo alles erlaubt war.

Mit Erstaunen stellte Gerta fest, dass auch ihr Körper in ganz eigener Weise auf das reagierte, was sie bei Henry Miller las. Das Lesen erregte sie.

Sie fühlte sich erhitzt, feucht, seltsam fasziniert von der krassen Darstellung körperlichen Begehrens, sie trug Sätze mit nach Hause, um die später, in den warmen Nächten, ihre Gedanken und mehr noch ihre Sinne kreisten, und sie wiederholte stumm und entzückt die unflätigen, verbotenen Wörter, *Möse, Pint, ficken*.

Je mehr Gerta las, desto öfter ertappte sie sich dabei, wie sie anfing, sogar die Nutten aus Henry Millers Roman zu beneiden. Diese Frauen waren verkommen, krank, besoffen, arm, aber sie wussten, was Begehren war.

Sie lebten.

Gerta las, staunte, ekelte sich, blätterte zurück, las weiter, fieberte, lachte, hoffte, wünschte und begehrte.

Und als sie Mitte Mai die letzten Seiten des *Wendekreis* zu Sylvia Beach auf den Ladentisch legte, war das kleine Mädchen aus dem Pensionat von Lausanne gestorben.

Es war eine Kunst, in einen Sportwagen einzusteigen, ohne dabei zu viel Bein zu zeigen. Aber Gerta schaffte es mühelos. Wenn sie im Schweizer Pensionat nicht das Geringste gelernt hatte, das ihr wichtig erschien – im Benimm war sie gut geschult.

Gewandt glitt sie in den grauen Bugatti mit den rostroten Ledersitzen, und sie genoss ihr kleines Geheimnis, während der Sportwagen am rechten, dem vornehmen Ufer der Seine entlangschoss. Die Dämmerung tauchte alles in ein gläsernes Blau. Die alten, grauen Häuser waren vergoldet, überall glänzte etwas unter den letzten Strahlenfingern der Sonne, die so gierig nach der Stadt griffen, als könnten sie sich nicht von ihr trennen.

Jonathans Hand umschloss den Knüppel der Gangschaltung, und Gerta fiel auf, wie schmal sein Handgelenk war. Sie schloss die Augen und versuchte sich vorzustellen, wie es wäre, wenn seine Hand über ihr Seidenkleid glitt und unter dem kühlen Stoff diese zehrende Hitze erzeugen würde. Unter dem Stoff, unter dem sie nichts trug, nicht einmal einen Hauch von Unterwäsche.

Dies war ihr Geheimnis, und es ließ sie lächeln.

Die Seide war sehr dünn, sie spürte, wie das Leder gegen ihre Schenkel drückte. Ein Schauer lief ihr den Rücken hinunter.

»Ist dir kalt?«, fragte Jonathan besorgt.

»Oh, nein, nein.« Sie musste ein wildes Lachen unterdrücken. »Alles bestens.«

Rechts von ihnen glitzerte das Hotel de Crillon in seiner Festbeleuchtung wie ein Luxusdampfer. Aber Jonathan bog nicht auf den Parkplatz ein. Er bog nach links ab, Richtung Eiffelturm.

»Eine Überraschung«, sagte er mit einem kleinen Lächeln und parkte den Bugatti bei der École Militaire.

Für einen Moment überlegte Gerta, ob die samtige Nacht ihn nicht verführen könnte, sie endlich zu berühren. Vielleicht sollte sie selbst einfach nach seiner Hand greifen und sie im Schutz der Nacht an sich drücken, sodass er ihre Nacktheit spürte. Ihre Brüste, die sich nackt unter der Seide abzeichnen würden, wenn sie die Stola abwarf, und dann natürlich sein Erstaunen, seine Gier, wenn sie sich an ihn drängen würde, nichts als die Seide zwischen sich und seinen suchenden Fingern, die sie erkunden würden, sanft und fest und sicher und die tiefen Sehnsüchte stillend.

Natürlich geschah nichts von alledem.

Gerta zog die Stola enger um ihre Schultern, als sie auf den Eiffelturm zugingen, der im grauen Licht der Abenddämmerung noch mächtiger, noch faszinierender wirkte. Ein Gewirr der Stahlstreben, die sich unendlich weit in die Höhe streckten, so hoch und so weit wie das Begehren, das Gerta zwischen ihren Schenkeln spürte.

Der Platz war leer, eine Papiertüte wehte und wirbelte über den Asphalt. Die Aussichtsplattform war längst geschlossen, und die Touristen trieben sich auf Pigalle herum.

»Wir essen im Jules Verne«, erklärte Jonathan.

»Aber man bekommt nie einen Platz, sagt Tante Terra!«

Jonathan lächelte nur und gab dem livrierten Liftboy erst einen Wink und dann ein Trinkgeld.

Das berühmte Restaurant auf der zweiten Plattform schwebte wie ein Luftschiff über Paris. Von allen Tischen hatte man einen herrlichen Blick über die Stadt und die Seine, der Abendhimmel hatte sich violett gefärbt, und die goldenen Lichter von Paris verwandelten alles in ein Märchenreich.

Wie er nicht anders erwartet hatte, bekam Mr Davenport sofort einen Tisch. Er bestellte Champagner, Perrier-Jouet, der ihre Zunge kitzelte. Für einen verrückten Moment malte Gerta sich aus, wie es wäre, wenn Jonathan die Flasche nehmen und ihr Champagner in den Ausschnitt gießen würde.

Es würde eisig sein und schockierend. Erregend. Allein die Vorstellung trieb prickelnde Wellen über ihre Haut.

»Wir kennen uns schon eine Weile«, sagte Jonathan in ihre Fantasien hinein. »Und immer noch trägst du den falschen Schmuck. Du brauchst grüne Steine, für deine Katzenaugen. Nun schau, ich hab dir das Passende mitgebracht.«

Das Samtkästchen war von Fouquet.

Es klappte in Jonathans Händen auf, und das Kerzenlicht auf dem Tisch brach und spiegelte sich im Widerschein von Diamanten und Smaragden.

Jonathan schob den Stuhl zurück, stand auf und legte ihr das Collier um den Hals. Der Verschluss klickte. Die Berührung der Steine hinterließ einen kalten Abdruck auf ihrer Haut.

Das Collier war wild, gefährlich, in seiner sprühenden Schönheit. Nie zuvor hatte sie einen solchen Schmuck gesehen, nicht bei ihrer Mutter und nicht bei Terra Frank. Überwältigt strich Gerta über die kühlen, kostbaren Steine.

»Jonathan. Das kann ich nicht annehmen.«

»Ich schließe mal daraus, dass es dir gefällt.« Jonathan grinste. »Du kannst es gleich morgen Abend anziehen.«

Zufrieden probierte er den russischen Kaviar, den ihm der *Maître* auf einem Silberteller darbot, und nickte mit der Miene des Kenners.

»Wir werden morgen Abend im Ritz zusammen dinieren.

Meine Mutter, du und ich. Es sollte eine Überraschung zu deinem Geburtstag sein.« Er nahm sein Weinglas und prostete ihr zu. »Ich kann gar nicht sagen, was ich schöner finde. Das Collier oder deine Augen. Ich glaube, Letzteres.«

Erst als Jonathan sie später mit seinem Bugatti vor dem Palais am Quai d'Orléans abgesetzt hatte und ihr zum Abschied fröhlich zuwinkte, fiel Gerta auf, dass sie vor Freude über Jonathans schöne Überraschung ihre eigene Überraschung vergessen hatte. Kichernd schloss sie die schwere Tür des Palais auf und stolperte in den Eingang. Offenbar hatte sie doch etwas zu viel Wein getrunken.

Sie war allein im Haus, Tante Terra war aus zum Bridge, Onkel James auf einer Tagung, die Dienstboten hatten Ausgang, bis auf den *Concierge*, der seine Loge nur zum Pferderennen verließ und aufgrund einer Kriegsverletzung so gut wie gar nichts hörte. Gerta beschloss, ihr eigenes Fest zu feiern.

Sie schwankte durch die leeren, verwinkelten Gänge des Palais, holte sich eiskalten Champagner aus der Küche und verriegelte dann sorgfältig die Tür zu ihrer Suite.

Mit einem Glas Dom Pérignon setzte sich Gerta auf die Fensterbank und sah zu, wie die Lichter über der Seine funkelten. Sie schleuderte die Pumps von ihren Füßen und tänzelte zum Grammophon, um eine Platte aufzulegen, und summte leise mit.

Sie wiegte sich im Takt der Melodie und nippte an ihrem Glas, als sie mitten in einem kreisenden, schwebenden Wirbel ihr eigenes Bild im Spiegel erblickte.

Sie hielt inne.

Sie sah eine ekstatische junge Frau mit rotem Haar, das schon zu lange nicht mehr geschnitten war und sich über den Schultern ringelte. Das kleine, bordeauxrote Samtkleid ließ schlanke Fesseln und hohe, feste Brüste erkennen.

Gerta stellte sich vor, wie dieses Bild auf Jonathan wirken

würde, und sie kicherte leise, als sie den Ärmel über die linke Schulter rutschen ließ, sodass mehr von ihrer nackten Haut zu sehen war, die im Licht des Kronleuchters einen sanften Schimmer angenommen hatte. In einem Zug trank sie ihr Champagnerglas aus und schleuderte es aufs Bett. Dann bog sie den Kopf zurück und öffnete ihre Lippen halb, so, als böte sie ihren Mund zum Küssen dar.

Die Frau im Spiegel war verführerisch.

Jonathan würde sich nicht beherrschen können, würde zu ihr kommen, sie in seine Arme schließen und an sich pressen, und dann würde seine Zunge quälend zart an ihrem Hals entlanggleiten und weiter hinunter, und seine Hände, hart und sanft zugleich, würden an dem Samtkleid zerren und reißen, bis es nachgeben und zu Boden gleiten würde.

Gerta riss am Stoff, bis er raschelnd über ihre Beine glitt und hinabfiel und ihren nackten Leib freigab, schlank, fest, mit kleinen Brüsten und schmalen Hüften, hell und glatt. Und dann spürte sie die Hände, die Fingerkuppen, wie sie die Kontur ihrer Brüste nachzeichneten, hinunter zu ihrem Bauch flossen, über die Linie ihrer Hüften hinwegstrichen, Kälte und Hitze und Schauer erzeugend, und sie bog den Kopf noch weiter zurück, und die Hand glitt zwischen ihre Beine, strich mit den Fingernägeln über die Innenseiten ihrer Schenkel, wo sie unerträglich sanft über das weiche Fleisch kreiste und einen betäubenden Schwindel erzeugte, und als es fast nicht mehr auszuhalten war, fuhr diese Hand dann zwischen ihre Schenkel, wo eine ziehende Sehnsucht war, und liebkoste sie dort unten, tastend, stärker, tiefer, reibend, bis ein Finger, ein Schlangenfinger, den Weg fand und irgendwo tief in ihr ein Zittern auslöste, das Gerta den Schweiß auf die Schläfen trieb und sie aufs Bett sinken ließ, wo sie mit ausgebreiteten Armen und schillernden Kreisen vor den Augen schwer atmend liegen blieb.

Es waren ihre Hände gewesen, ihre Finger. Doch in ihrer

Fantasie waren es Männerhände gewesen, schlank und stark, die sie lockten, verführten und sich auflösen ließen in einem Feuerwerk. Und dann wurde ihr plötzlich klar, dass sie im Augenblick der höchsten Lust ein Gesicht vor sich gesehen hatte. Doch es war nicht Jonathans Gesicht. Es war das Gesicht des fremden Mannes aus Leipzig.

Sie fragte sich, wie er wohl hieß?

Und sie dachte, dass Robert zu ihm passte.

Gerta hatte Stunden mit Tante Terra im Ankleidezimmer verbracht, zwischen Bergen aus Abendkleidern und Kostümen. Jedes Mal, wenn Gerta kurz davor war, im Jähzorn alle Kleider aus dem Fenster zu werfen, tröstete sie sich mit dem Gedanken an Anaïs und deren Traum vom durchsichtigen Kleid.

Vielleicht sollte sie ein durchsichtiges Kleid tragen, um Mrs Davenport zu schockieren?

Während sie heimlich über diese Vorstellung lachte, probierte Gerta um des lieben Friedens willen alles an, was Terra Frank ihr an den Leib hielt. Schließlich entschied man sich für ein grünes Seidenkleid, das perfekt zu Jonathans Smaragden passte.

Und es passte zur Eleganz des Ritz mit seinen Marmorböden und Palmen und den hochmütigen Gesichtern feiner, reicher Damen.

Der goldbetresste Empfangschef führte sie unter vielen Verbeugungen zum Restaurant L'Espadon; die erlesene Küche war berühmt in ganz Europa. Eine Harfenspielerin saß in ihre leise, wehmütige Musik versunken; an den Tischen mit blitzendem Silber und erlesenem Kristall dinierte die Crème de la Crème der europäischen Gesellschaft.

Jonathan lächelte ihr zu. Und dann schaute sie in die Augen einer hageren Dame, die ein altes Tweedkostüm trug und dazu kostbare Perlen.

In ihrem Flittergewand fühlte Gerta sich neureich und billig.

Doch den stahlblauen Augen von Mrs Davenport war nichts abzulesen, weder Missbilligung noch irgendeine andere Regung. Sie ergriff Gertas Hand und quetschte sie mit kräftigen Fingern.

»Ich freue mich, Sie kennen zu lernen, meine Liebe.«

Gerta nickte beklommen. So hatte sie sich Jonathans Mutter nicht vorgestellt. Seinen Charme musste er von seinem Vater geerbt haben.

Mrs Davenport war mindestens eine Handbreit größer als ihr Sohn. Sie wirkte wie eine Frau, die Hunde liebte und im Pferdestall nicht davor zurückschrecken würde, selber die Mistgabel zu schwingen. Sie schritt wie ein General zum Tisch, und Gerta folgte ihr und Jonathan mit gemischten Gefühlen. Das versprach ja ein wunderbarer Abend zu werden. Vielleicht hätte sie ihren 21. Geburtstag besser mit Amalia gefeiert.

Ihre Laune sank, als zum Aperitif nicht etwa Champagner aufgetragen wurde, sondern Prunier. Mineralwasser! Jonathan kam ja aus einer puritanischen Familie, erinnerte sie sich, und vermutlich trank man in diesen religiösen Kreisen nichts. Doch Gerta hatte gehofft, ein Glas Champagner könnte ihre Zunge lösen und das Gespräch ein bisschen leichter fließen lassen.

Wenn sie in das stahlharte Gesicht von Mrs Davenport blickte, verschwanden alle Worte aus ihrem Gehirn. Die Konversation kam immer wieder ins Stocken, und Gerta war froh, als der erste Gang aufgetragen wurde.

Allerdings nur, bis sie sah, worum es sich handelte.

Schnecken in Petersiliensauce.

Gerta konnte nur daran denken, dass sie als Kind immer auf die Schalen der Schnecken geklopft und vor Entzücken gelacht hatte, wenn sich tatsächlich die beiden zarten Fühler zeigten.

»Das kann ich nicht essen.«

Mrs Davenports Augen verrieten nur zu deutlich, dass sie eine solche Ziererei bei ihren eigenen Kindern niemals geduldet hätte. »Aber Sie haben doch nichts dagegen, wenn Jonathan und ich uns daran gütlich tun?«

»Oh, bitte. Ich nehme inzwischen gern ein Stück Brot!« Gerta wollte schon nach dem silbernen Körbchen greifen, als sie bemerkte, dass Mrs Davenport die linke Augenbraue hob.

»Beten Sie zu Hause vor dem Essen nicht?«

Hastig zog sie die Hand zurück und faltete sie im Schoß, was wiederum falsch war, denn es wurde erwartet, dass sie nach Jonathans und Mrs Davenports Fingern griff und sie drückte, während das Tischgebet gesprochen wurde.

Gerta spürte, wie langsam die Wut in ihr aufstieg. Am liebsten hätte sie am Tischtuch gezogen und das ganze widerwärtige Menü samt Schnecken und Prunier auf den Boden gekippt.

»Ich denke, die Poularde de bresse wird Ihnen besser zusagen«, verkündete Mrs Davenport vor dem zweiten Gang mit strengem Blick. »Oder sind Sie etwa – Vegetarierin?«

Gerta schüttelte stumm den Kopf, was für die nächsten zwanzig Minuten ihr einziger Gesprächsbeitrag blieb. Mrs Davenport erzählte von ihrer stürmischen Überfahrt und diversen Streitereien mit französischen Liftjungen, Zimmermädchen, Chauffeuren und Friseusen, während sie immer wieder kurz, aber besitzergreifend über Jonathans Hand strich.

»Waren Sie schon mal in Amerika?«, fragte sie dann völlig unvermittelt.

»Leider nicht«, beeilte sich Gerta zu sagen. »Aber ich würde das Land schrecklich gerne kennen lernen.«

»Ich glaube, Amerika würde ihr gefallen, Mutter«, sagte

Jonathan eifrig. Offenbar hatte er seine Schlagfertigkeit in Gegenwart seiner Mutter verloren und sich ganz auf die Rolle des braven Sohns festgelegt. Jedenfalls überließ er fast die ganze Konversation seiner lauten Mutter, die jetzt schon wieder in Gertas Ohr trompetete.

»Fahren Sie auf keinen Fall mit einem dieser französischen Schiffe. Diese französischen Bediensteten sind eine Zumutung. Launen, als wären sie Künstler. Man muss sich bedanken, wenn man nur sein Frühstücksei bekommt.«

»Äh, ja?«

»Nehmen Sie einen englischen Reeder. Oder einen Amerikaner. Übrigens ist Ihr Akzent nicht schlecht. Dafür, dass Sie eine Deutsche sind, meine ich.«

Die Serviette entglitt Gertas Hand.

»Nun, Sie haben sich Ihre Nationalität nicht ausgesucht«, sagte Mrs Davenport unerwartet großzügig, während der Ober einen Servierwagen mit Desserts herbeirollte.

»Wenn die Länder sich versöhnen, müssen sich auch die Menschen versöhnen. Die Bibel mahnt uns zum Verzeihen.«

Um ihren schmalen Mund spielte eine Bewegung, die man mit etwas gutem Willen als ein Lächeln hätte deuten können. Mrs Davenport legte eine Hand mit kurz geschnittenen Nägeln auf Gertas Arm.

»Mein nächstes Ziel ist Deauville. Ich möchte, dass Sie mich mit Jonathan dort besuchen kommen.« Wieder tätschelte sie Jonathans Hand, der Gerta verlegen zulächelte.

Inzwischen bestellte Mrs Davenport – ohne sich nach den Wünschen ihrer Gäste zu erkundigen – drei Portionen Mousse au Chocolat beim Ober, dann nickte sie Gerta herablassend zu, so, wie sie auch dem Personal zunickte.

»Sie dürfen Ihre Eltern mitbringen. Damit wir uns ein wenig beschnuppern können …«

Am Quai d'Orléans hatte Tante Terra ungeduldig gewartet. In einen seidenen Kimono gehüllt, nippte sie an ihrem Glas Dom Pérignon, während sie sich Bericht erstatten ließ.

Natürlich sah Gerta sich gezwungen, kleine Korrekturen zu machen. Sie ließ die Schnecken unerwähnt und behielt auch für sich, dass sie Mrs Davenport für ein wenig herrschsüchtig hielt.

Es war kein Lügen, dachte sie, sondern nur Verschweigen.

»Ich wusste, dass du mich nicht enttäuschen würdest!«, rief Tante Terra entzückt. »Gleich morgen plündern wir das Konto von deinem Onkel James und kaufen die passende Strandgarderobe. Deauville ist das mondänste aller Strandbäder. Am liebsten würde ich euch begleiten. Was für ein Jammer, dass dein Onkel James so ein schrecklicher kleiner Puritaner ist und niemals Urlaub macht! Aber wir werden uns schadlos halten. Und sein Geld mit vollen Händen ausgeben! Komm, darauf genehmigen wir uns ein Schlückchen, Darling! Könntest du wohl so lieb sein und nach einer neuen Flasche klingeln? Wie schnell diese Flaschen immer leer sind ... sie scheinen immer kleiner zu werden.«

Kurz vor Mitternacht riefen ihre Eltern aus Leipzig an, um zu gratulieren. Gerta konnte sich vorstellen, wie viel Überredungskunst es ihre Mutter gekostet haben musste, ein Ferngespräch nach Paris durchzusetzen.

Konsul Pohorylle hasste das Telefon, hielt es für eine neumodische Version von Teufelswerk.

Folgerichtig klang er zwar gerührt, aber knapp:

»Ich wünsche dir alles, was du dir selber wünschst! Und dass du keine Dummheiten machst! Sonst komme ich dich holen!«

Damit war er schon weg, und Gerta vermisste seine Nähe.

Sie sehnte sich nach ihrem Vater, wünschte sich, von ihm in den Arm genommen zu werden. Als Kind hatte sie immer gekichert, wenn er sie kurz, aber heftig an sich drückte, wie es seine Art war.

Jetzt schien er so unendlich weit entfernt zu sein.

»Wie die Zeit verfliegt!«, rief dann als Nächstes ihre Mutter in den Hörer. »Eben noch warst du noch mein kleines Wiegenkind. Und jetzt bist du schon eine richtige junge Dame!«

Gerta hatte den Eindruck, dass die Fröhlichkeit ihrer Mutter gezwungen klang, etwas schwang darin mit, etwas, das sie nicht kannte.

Etwas Müdes.

»Geht es dir gut, Mutter?«

»Aber ja, ich bin manchmal nur so träge, liege viel im Bett. Ich glaube, im Volksmund nennt man das Faulheit, oder?«

Gerta erzählte von Jonathan und seinem Geschenk und dem Abend im Ritz, von Mrs Davenport und der Einladung nach Deauville.

»Sie sagte, es wäre schön, wenn ihr mich dort besuchen kommt.«

Am anderen Ende der Leitung war nur ein Knacken zu hören. Diese Einladung schien Sophia Pohorylle so zu überraschen, dass es ihr die Sprache verschlagen hatte.

Ein weiteres Knistern, dann war sie wieder dran.

»Mein liebes Kind. Das hört sich an, als könnte etwas Ernstes daraus werden. Deshalb will ich dir eine Frage stellen. Und sag es mir ehrlich. Liebst du diesen jungen Mann?«

»Ich, äh, mag ihn sehr. Er sieht gut aus.«

»Das hab ich nicht gefragt, Gerta. Ich will wissen, ob du ihn liebst? Und ich will eine ehrliche Antwort haben. Dein Vater steht neben mir. Er will es auch wissen. Er hört mit.«

»Was ist das? Ein Verhör?«

»Werde bitte nicht frech, Gerta. Liebst du ihn oder nicht?«

Verwirrende Bilder, die Gerta vor ihrem inneren Auge sah. Jonathan, wie er sie aufzog und mit ihr scherzte, wie er mit ihr tanzte, sicher und gewandt. Seine Trauer, als er von seinen Brüdern und von seinen Träumen sprach. Dass er ihr die Leica geschenkt hatte, damit sie ihr Paris fotografieren konnte. Und dann wieder diese Distanziertheit, das Bankierslächeln, die Worte des Malers am Montparnasse.

Liebte sie Jonathan?

Wenn sie ehrlich war – sie wusste es nicht.

»Du weißt gar nicht, was Liebe ist. Hab ich Recht?«

Sophia Pohorylle klang trotz ihrer Erregung und trotz des Rauschens in der Leitung wieder liebevoll und sanft.

»Liebe ist, wenn du ohne den Menschen nicht leben kannst. Wenn es der Mensch ist, den du vermisst, wenn er nicht bei dir ist. Der Mensch, dem du immer wieder verzeihen kannst. Der dich zum Lachen bringt und verletzen kann. Ein Mensch, der zu dir steht und dich nicht beim ersten Problem im Stich lässt. Der Mensch, der wie ein Magnet für dich ist, der dich anzieht und berührt.«

Gerta war tief gerührt von der Zärtlichkeit, die in den Worten ihrer Mutter mitschwang. Es war ganz deutlich zu spüren, dass sich darin ein Geheimnis verbarg, etwas, von dem sie nichts ahnte.

Gertas Mund wurde trocken.

Was wusste sie eigentlich von der Frau, die sie aufgezogen hatte und die für sie der nächste Mensch war, den es auf der ganzen Welt für sie gab?

Und dann redete Sophia Pohorylle weiter, und der Moment war vorüber, und Gerta dachte wieder an Jonathan und an ihre eigenen Probleme und die Frage, was Liebe eigentlich war.

»Sei sicher, dass du diesen Jonathan liebst, bevor du ihm etwas versprichst, das du nicht halten kannst«, sagte ihre

Mutter. »Und wenn es Liebe ist, dann zögere nicht. Liebe muss man festhalten. Sie ist das Wichtigste, was es im Leben gibt.«

Noch lange, nachdem die Verbindung durchtrennt war, hielt Gerta den Telefonhörer in der Hand.

Doch dann kam Onkel James nach Hause, und wieder knallte ein Champagnerkorken, und Tante Terra setzte sich an den Flügel und spielte Cole Porter, sentimental und mit Pedal und ohne allzu viele Fehler zu machen, und Onkel James brachte einen Toast aus, als Terra ihm später von Deauville und Mrs Davenport erzählte.

Und vergessen war Sophia Pohorylle mit all ihren Warnungen und Geheimnissen und ihrem Glauben an die Liebe.

Gerta würde reisen, und man stieß fröhlich darauf an.

Wenige Tage später saß Gerta im Salon und las heimlich im *New York Herald*, der Tageszeitung von Onkel James. Sie hatte sie im Flur gefunden und aus purer Neugier mal hineingeschaut. Die Lektüre war weitaus spannender, als sie angenommen hatte.

Und das, obwohl es sich um Politik handelte.

Natürlich hatte man ihr im Pensionat eingepaukt, dass junge Damen sich nicht für Politik zu interessieren hätten. Aber schon damals hatte sie das für dummes Zeug gehalten.

Gerta suchte keinen offenen Streit mit Tante Terra, die sofort einen schmalen Mund bekam, wenn die Rede auf die Politik oder auf Deutschland kam. Und sie vertraute auch Jonathan nicht an, wie sehr sie sich für das Geschehen in ihrer Heimat interessierte.

Besser, sie verfolgte ihre Interessen heimlich.

Sie wollte mehr lesen, mehr wissen.

Und deshalb zwang sie sich neuerdings jeden Morgen, früh genug ins Frühstückszimmer zu kommen, damit sie rasch die Zeitung nehmen konnte, bevor der Onkel auf die Idee kam, sie fürs Büro einzustecken.

Wenn man einmal mit dem Zeitungslesen begonnen hatte, dachte Gerta, konnte es zur Sucht werden.

Die Nachrichten aus der Heimat waren ungeheuerlich.

Reichskanzler Papen hatte das SA-Verbot außer Kraft gesetzt. Seither gab es fast täglich Schießereien zwischen Kommunisten und Nazis in Berlin. Es herrschte Bürgerkrieg in der Hauptstadt. Die Gewalt weitete sich aus, erfasste ganz Deutschland und sollte am 17. Juli 1932 einen traurigen Höhepunkt erreichen, den »Altonaer Blutsonntag«.

Tausende von SA- und SS-Leuten waren provozierend durch die kommunistischen Hochburgen in Hamburgs Arbeitervierteln marschiert, was in einem Blutbad endete. Achtzehn Menschen starben im Kugelhagel von Kommunisten und Nazis.

Der *New York Herald* berichtete über dies alles in einem distanzierten, nüchternen Ton. Aber Gerta spürte, wie ihre Hand zitterte, als sie die Meldungen las. Die Bilder der Toten riefen die Bilder aus Leipzig wach, die Bilder der wehrlosen Frau auf der Demonstration und wie sich ihr Mund verzerrt hatte, als sie unter den Hieben der Nazis zusammengebrochen war.

Man konnte nur hoffen, dass die Braunen gestoppt wurden.

Aber es sah nicht danach aus. Denn bei der neuen Reichstagswahl am 31. Juli konnten die Nazis einen großen Wahlerfolg verbuchen. Ihr Versprechen von »Arbeit und Brot« sowie bürgerkriegsartige Zustände im ganzen Land brachten ihnen 37,4 Prozent der deutschen Wählerstimmen.

Und damit hatten sie zwar nicht die Mehrheit, waren jedoch mit Abstand die größte Partei.

Eine Nachricht, die Gerta tief aufwühlte und empörte.

Sie verachtete diese Leute so, wie es auch ihre Eltern zu Hause in Leipzig taten. Der Konsul, als Katholik und Mitglied der Zentrum-Partei, schätzte sie nicht, hielt sie in seiner drastischen Ausdrucksweise für »wild gewordenes Lumpenpack«. Sophia Pohorylle sprach von »diesen verblendeten Menschen«.

Aber niemand nahm sie wirklich ernst.

Immerhin zeigte ein alter Mann an der Spitze der Republik noch Weitsicht: Am 13. August 1932 sollte sich Reichspräsident Hindenburg weigern, Hitler zum Kanzler zu ernennen. Er könne es »vor seinem Gewissen und seinen Pflichten dem Vaterlande gegenüber nicht verantworten … die Regierungsgewalt ausschließlich der nationalsozialistischen Bewegung zu übertragen, die diese Macht einseitig anzuwenden gewillt« sei.

Während die konservativen Kräfte in Deutschland den Kurs der Republik zu halten versuchten, wurde die Lage der Wirtschaft in dramatischer Weise schlechter. Nach der zweiten Notverordnung des Reichskanzlers Papen vom 4. September wussten Millionen Arbeitslose in Deutschland nicht mehr, wovon sie ihr Brot für den nächsten Tag kaufen sollten.

Gerta las das alles, doch obwohl es sie entsetzte, war sie selbst am Quai d'Orléans unendlich weit von dieser Wirklichkeit entfernt.

Sie dachte an Rosie und ihre Brüder, die vielleicht nichts zu essen hatten, und auch an die Arbeiter in der Fabrik ihres Vaters.

Aber es blieb ein hilfloser Versuch.

Man kann sich die Not vorstellen, dachte sie. Aber das fiel schwer aus der Ferne und wenn man Champagner dabei trank.

Tante Terra bewies eine gewisse Meisterschaft in der Kunst, die düsteren Nachrichten aus ihrem Leben auszublenden. Sowie sie den Salon betrat, legte Gerta hastig die Zeitung beiseite. Bei Tisch wurde nur über das Wetter und die kleinen und größeren Skandälchen der High Society geplaudert. Dann zogen sich die Herren bei Zigarren zu jenen Diskussionen zurück, an denen Gerta brennend gern teilgenommen hätte.

Aber wie die Konvention es verlangte, blieb sie mit der Tante und den Damen und Gesprächen zur neuesten Mode bei süßem Likör im Salon zurück.

Letzten Endes jedoch sollte die Politik auch ins Leben von Terra Frank eingreifen und ihre Pläne verändern.

Konsul Pohorylle telegrafierte, dass er es angesichts der chaotischen Verhältnisse in Deutschland nicht verantworten könne, nach Deauville zu reisen. Er wolle bei seiner Fabrik bleiben, da er fürchtete, dass sich die Unruhen bis nach Leipzig ausweiten und auch seine Arbeiter erfassen könnten. Onkel James kabelte zurück, dass es seines Erachtens die richtige Entscheidung sei.

Am 12. September, als die Regierung der Weimarer Republik beschlossen hatte, den Staatsnotstand auszurufen und die nächste Wahl nach frühestens sechzig Tagen anzusetzen, scheiterte dies an einer Kette von Schlampereien, unter anderem daran, dass Reichskanzler Papen eine wichtige Aktenmappe vergessen hatte.

Der Reichstag wurde aufgelöst, die Neuwahl schon für den 6. November angesetzt.

Noch am selben Abend klingelte das hohe, schwarze Telefon in der Diele hoch über der Seine.

»Ich kann auch nicht kommen«, erklärte Sophia Pohorylle. »Ich kann deinen Vater in dieser Situation nicht im Stich lassen. Er selbst weiß es nicht. Aber ich weiß, dass er mich braucht.«

»Ist es so schlimm?«

»Mach dir keine Sorgen, mein Schatz, es wird alles gut.

Wir haben einen vernünftigen Staat mit vernünftigen Gesetzen. Irgendwann muss diese Rezession auch wieder aufhören.«

»Du klingst so müde, Mami.«

»Mir fehlt nichts. Und jetzt geh und ruf deine Tante Terra. Ich will, dass sie dich an meiner Stelle begleitet. So wie ich sie kenne, wird Deauville sie begeistern. Die Hauptsache ist, du bist dir über deine Gefühle für Jonathan im Klaren.«

War sie das?

Gerta hoffte, dass sie es in Deauville herausfinden würde.

Deauville, das war Silber und Gold, das Flimmern des Sandes und Flirren des Lichts, Diamantenglitzern über dem smaragdblauen Meer. Deauville war das Seebad von Paris, einer der feinsten Treffpunkte der feinen Gesellschaft, ein Fischerdorf und drei riesige Luxushotels mit Golfplatz, dem berühmtesten Casino Europas und einer Pferderennbahn.

Und Deauville war eine Flut aus Bildern, die Gerta im Sucher ihrer kleinen Leica sah.

Am liebsten hätte sie immerzu fotografiert.

Mrs Davenport hatte sie ins Normandy eingeladen, das beste der weltberühmten Grandhotels, am muschelbleichen Strand von Deauville.

Wenn es Arbeitslosigkeit gab, Armut und Nazis, dann war das alles in einer anderen Welt.

Sogar Tante Terra war sprachlos über den verschwenderischen Luxus ihrer Suite, die eine Terrasse zum Meer hatte und die sanfte Linie der Côte Fleurie überblickte.

Und sie war entzückt von Mrs Davenport, die sie gleich am ersten Abend zum feierlichen Diner eingeladen hatte.

Diesmal gab es keine Schnecken, sondern Seezunge, und Tante Terra sorgte dafür, dass die Konversation nicht eine Sekunde ins Stocken kam. Sie lächelte, plauderte, schwirrte – und gab Mrs Davenport in allen Punkten Recht.

Ihr Charme wirkte Wunder.

Mrs Davenport erhob keine puritanischen Einwände, als Jonathan eine Flasche Pouilly-fumé bestellte, und als ihr dann eine weißrussische Prinzessin ihre Aufwartung machte und Tante Terras Augen vor Ehrfurcht zu glänzen begannen, ließ Mrs Davenport sich zu einer unerwarteten Freundlichkeit herab.

»Es war ein ganz entzückender Abend. Ich habe Ihre Gesellschaft sehr genossen.« Dann streifte sie Gerta mit einem viel sagenden Blick. »Ihre Nichte ist ja nicht ganz so gesprächig.«

Am nächsten Morgen erwachte Gerta früh, griff nach ihrer Leica, schlich sich aus dem Hotel und spazierte den Sandstrand hinunter ans Meer. Sie wollte Fotos von der Landschaft im ersten Licht machen. Es war ein stürmischer Morgen. Ihr duftiges, weißes Sommerkleid flatterte um ihre Schenkel, die Tüllschärpe ihres Strohhuts wehte im Wind, und über dem Grandhotel Normandy, einer Zuckerbäckerfantasie in Weiß, hing ein dunkelblauer, dramatischer Himmel.

Gerta beschloss, dass die Fotos warten mussten. Sie schnürte ihre Sandalen auf und ließ sie mit der Kamera an der Düne zurück. Ihre Füße stippten zarte, verwegene Tupfer in den Sand. Sie hatte den Strand allein für sich.

Die letzten Meter rannte sie.

Das Wasser glänzte aufgepeitscht, grün, mit weißen Wirbeln aus Gischt. Gerta schürzte ihren Rock, spürte die prickelnde Kälte des Wassers, hielt ihr Gesicht in den Salzwind, dessen Macht ihr den Atem verschlug, und wollte tanzen vor Glück.

Dann riss der Himmel auf, und die Sonne schlug eine Bahn aus einem so funkelnden Licht über die Wellen, dass Gerta den Horizont nicht mehr sehen konnte. Sie schloss die Augen, breitete beide Arme aus, ihr Rocksaum fiel platschend ins Wasser und sog sich voll mit Nässe, und sie balancierte im Sturmwind über dem Meer, geschüttelt, getragen und glücklich.

Der Hut machte sich von ihren Haaren los und raste wirbelnd durch die Lüfte, sie lachte, ihr Haar löste sich und flatterte über ihren Schultern im Wind, der ihr Sandkörner ins Gesicht schlug, scharf, beißend, lebendig.

Gerta bohrte ihre Zehenspitzen in den Sand und drehte eine kleine Pirouette, und als sie die Augen wieder öffnete, sah sie die kalkweißen Füße mit den blassen Nägeln im Sand und darüber die sorgsam aufgekrempelten, weizengelben Hosenbeine, eine Hand, die ihr den verlorenen Hut reichte, die Krempe voll Sand, und hoch darüber Jonathans Gesicht.

»Du siehst so fröhlich aus.«

In einem plötzlichen Impuls streckte sie beide Hände nach ihm aus. Ein kurzes Zögern, dann ergriff er sie. Gerta roch sein Rasierwasser. Sie wollte ihr Gesicht an seinen Hals drücken, wollte ihn näher an sich ziehen, näher, noch viel, viel näher, aber seine Arme ließen es nicht zu.

Er hielt sie auf Abstand und strich ihr zärtlich übers Haar, so, wie man ein Kind tröstet. Dann seufzte er, und sie sah, dass bei diesem Seufzen sein Adamsapfel tanzte.

»Komm. Wir gehen zum Hotel zurück. Ich könnte ein Riesenfrühstück gebrauchen.«

Sie umschlang seine Finger mit den ihren, bevor er sie loslassen konnte, und dann zerrte sie ihn mit sich, an der schmalen Linie aus Schaum entlang, wo das Meer auf den Sand trifft.

Der Wind stemmte sich ihnen entgegen und presste sein sandfarbenes Haar flach gegen seinen Kopf.

Jonathan musste seine Stimme erheben, um das Rollen und Tosen der See zu übertönen.

»… beeilen. Wird Gewitter geben.«

Sie lachte prustend los.

»Los, wir machen ein Wettrennen, ja?«

Mit beiden Händen griff sie nach ihrem Strohhut, um ihn auf dem Kopf festzuhalten, und dann spritzten ihre langen Beine durch den Sand, sie war immer schon eine gute Läuferin gewesen, doch Jonathan, dessen Sportsgeist erwachte, war größer und schneller. Als er sie überholte, schaffte sie es ganz knapp, ihn von hinten zu packen, und während ihr seine Füße Wasser und Sand ins Gesicht spritzten, klammerte sie sich in seinem Leinenjackett fest, bis sie zusammen stürzten und sich lachend überschlugen.

Er hatte sich über sie gerollt. Für einen kurzen Moment schloss sie die Augen und hoffte, dass er sie küssen würde.

Aber er stützte sich auf den Armen ab und stemmte sich hoch.

»So bin ich früher mit meinen Brüdern immer um die Wette gerannt.« Er lächelte verlegen.

Dann schwang er sich mit einer eleganten Drehung herum und setzte sich neben sie in den Sand. Er umschlang mit den Händen seine Knie und blickte übers Meer, als könne er es nicht ertragen, ihr in die Augen zu sehen.

Vielleicht, dachte sie, will er mir jetzt sagen, dass es mit uns nichts wird. Wahrscheinlich ist Mrs Davenport nicht sehr angetan von mir.

»Ich versuche schon seit Wochen, darüber zu sprechen. Warte immer auf den richtigen Augenblick. Auf die richtigen Worte. *Oh God!*« Jonathan sah sie unbehaglich an. Seine Hand wühlte aufgeregt im Sand.

Der Moment hing in der Schwebe wie ein Pendel, das sich zur einen oder andern Seite neigt. Gerta spürte, wie ihr Herz klopfte.

»Ich will dich heiraten, Gerta«, sagte er dann leise.

»Sechs Millionen Arbeitslose in Deutschland«, titelten die Berliner Zeitungen. Dreißig Millionen waren es weltweit, der Kampf ums Überleben war Alltag geworden. Jeden Tag gab es neue Programme, wie man Arbeit beschaffen, Arbeit verteilen oder wenigstens die Statistiken zur Arbeitslosigkeit verbessern könnte.

Und jeden Tag wurden die Schlangen vor den Ämtern Berlins länger.

Im Oktober begleitete Bandi mit der Leica eine Gruppe von Arbeitslosen, die sich organisierte, um den Rauswurf eines Kameraden aus seiner Wohnung zu verhindern. Die deutschen Bürokraten nannten es beschönigend »Exmission«.

Jetzt, so knapp vor dem unerbittlich nahenden Winter, drohten Tausende obdachlos zu werden, weil sie die Mietgroschen nicht mehr zahlen konnten. Jeden Tag gab es neue Schlagzeilen, und auch die DEPHOT dichtete mit.

»Fünfhundert Erwerbslose gegen Exmission«, schrieb Ladislaus Glück über ein Foto, das Bandi honorarfrei für die *Rote Fahne* aufgenommen hatte. Es sollte die Entschlossenheit der Menschen zeigen, am Überleben festzuhalten.

Während Ladislaus Glück, den Bleistift hinters Ohr geklemmt, reißerische Schlagzeilen vor sich hin murmelte, musste Bandi an etwas anderes denken. Ein Satz ging ihm nicht aus dem Kopf, den der »Exmittierte«, ein freundlicher Herr mit dem Gesicht eines Buchhalters, sehr leise zu ihm gesagt hatte, so leise, als würde er sich seiner eigenen Worte schämen:

»Früher war ich Kontorist. Heute bin ich nur noch ein Arbeitsloser. Wissen Sie, was für eine Degradierung das ist?«

Aber von solchen feinen Unterscheidungen wollte Ladislaus Glück nichts wissen.

»Jetzt werden wir noch die Arbeitslosen in Klassen und Schichten unterteilen? Geh fort, Bandi!«

Damit setzte sich der altgediente Textredakteur wieder an die hohe schwarze Olympia-Schreibmaschine und haute, von einer Wolke aus Tabak umgeben, in die Tasten:

Gestern sollte der arbeitslose Karl Barth aus der Wörther Straße 30 exmittiert werden. Die Hauswirtin, eine verwitwete Pfarrersfrau, äußerte: »Sie sollten mehr Mehlsuppe essen, dann würden Sie auch Ihre Miete bezahlen können.«

Barth sollte auf die Straße. Vor dem Haus in der Wörther Straße 30 erschienen zur festgesetzten Exmissionsstunde annähernd 500 Erwerbslose. Die Exmittierung wurde verschoben. Der arbeitslose Barth erhielt in der Zwischenzeit eine neue Wohnung zugewiesen. Die anwesenden Arbeitslosen übten praktische Solidarität und trugen die Sachen ihres Kameraden zu dessen neuer Wohnung.

Bandi selbst hatte unterdessen mit seinem schlechten Gewissen zu kämpfen, denn während er über das Elend der Massen berichtete, verdiente er daran nicht schlecht.

»Wenn Sie über Leprakranke berichten«, tröstete ihn Erich Salomon, »dann müssen Sie auch nicht gleich die Lepra kriegen, mein Bester. Sie müssen lernen, die Distanz zu halten.«

Salomon war es, der Bandi auf den Geschmack an gutem Essen und teuren Restaurants brachte.

»Wer jeden Tag dem Elend ins Gesicht blickt, muss sich manchmal einen kleinen Abstand dazu schaffen.«

Immer öfter schlenderten der Star der DEPHOT und ihr blutjunger Anfänger zusammen Unter den Linden entlang, um in der Bar des Hotel Adlon einen Cognac zu trinken. Dort hörte Bandi von seinem berühmten Vorbild alles über dessen große Fotos und auch über die Eifersüchteleien in der Fotoagentur. Wenn dann die Rechnung kam, genoss es Bandi, die Zeche für Dr. Salomon zu übernehmen; es gab ihm das Gefühl, auch schon ein ganz Großer zu sein.

Überhaupt zerrann ihm das Geld, das er mit seinen kleineren und größeren Aufträgen verdiente, wie durch Zauberei zwischen den Fingern. Nach wie vor ging er ins Romanische Café und schmiss dort immer wieder Runden für alle. Sowie er das Romanische betrat, brachen seine ungarischen Revoluzzerfreunde in entzücktes Johlen aus, und sie bestellten den Gin gleich in Flaschen. Als sein Freund Chim einmal bemerkte, dass er von einem eigenen Fotoapparat träumte, gab er ihm ohne große Worte das nötige Geld für eine eigene Leica. Und als ein verstoßener Kommunist aus gutem Hause ihn um fünfzig Mark anbettelte, sagte er auch zu diesem Herrn von Lützow nicht Nein.

»Du wirfst mit dem Geld um dich, als wärst du ein reicher Mann«, maulte Lisa, als er wieder einmal angetrunken und mit leeren Taschen nach Hause kam.

»Wohltätigkeit ist eine jüdische Pflicht.«

»Als ob du ein Jude wärst!«

Verwirrt blickte Bandi auf. Zufällig sah er sich selbst dabei im Spiegel. Er sah einen äußerst verwunderten Mann.

»Ja, was bin ich wohl sonst?«

Er spürte, wie sie kaum merklich auf Distanz ging. Eben noch hatte ihre Hüfte seine Lenden berührt, jetzt war sie einen Millimeter entfernt.

»Ich dachte, du bist Ungar.«

»Ungarischer Jude, um genau zu sein.«

»Aber die Juden«, setzte Lisa an, doch dann fing sie einen Blick von ihm auf und verstummte. Bandi war halb erleichtert, dass sie nicht zu Ende gesprochen hatte, und halb war er es nicht.

Vielleicht wäre die Trennung leichter geworden, wenn sie es gewagt hätte, weiterzureden. Es mochte ja sein, dass er sich zu keiner Religion bekannte. Aber wenn man sein Volk beleidigte, verstand er überhaupt keinen Spaß.

»Wenn du doch nur ein bisschen sparen könntest«, sagte

Lisa jetzt. »Wenn du nur nicht dein ganzes Geld irgendwelchen armen Schluckern schenken würdest ... Witwe Pollock hat mir erzählt, dass im Vorderhaus bald eine süße Dreizimmerwohnung frei wird. Knothe hat die Arbeit bei der Bahn verloren. Entweder geht er freiwillig oder wird exmittiert.«

Voller Abscheu beobachtete Bandi, wie ihre Augen bei diesem Gedanken glänzten.

»Du glaubst also, dass ich vom Unglück anderer profitieren will? Ist das die Meinung, die du von mir hast?«

»Nnnein, das meine ich nicht. Ich dachte doch nur. Es wäre doch schön, jetzt, wo du so gut verdienst. Ich dachte doch, vielleicht könnten wir mehr Platz gebrauchen, ich meine, Bandi, so was Kleines ...«

»Ich bin Jude, vergiss das nicht. Dein Kind wäre Halbjude.«

»Ach, wo doch die Halbjuden sogar fast schon Volksgenossen sind.«

Nur der Gedanke, dass sie nicht wusste, was sie sagte, hielt Bandi davon ab, ihr mit der offenen Hand ins Gesicht zu schlagen.

Er verachtete sie für ihre Dummheit. Und dennoch begehrte er sie immer wieder, wollte er ihr üppiges, weiches Fleisch in seinen Händen spüren, ihren süßen Duft genießen und die begehrlichen Blicke der Männer, wenn sie mit wackelnden Hüften über die Straße ging.

In einer Mischung aus Zorn und Begierde packte er sie, warf sie einfach aufs Bett und nahm sie mit einer Wucht und einem Tempo, das ihn aufstöhnen ließ.

Später, als sein Rausch allmählich verflogen war, lag er auf dem Rücken neben ihr und blickte zur Decke, angeekelt von sich selbst. Während er darüber nachdachte, wie er sich entschuldigen könnte, spürte er, wie ihre Fingerkuppe zärtlich über seine Nase strich.

»Ich liebe dich, Bandi«, sagte sie leise. »Und du liebst mich. Meinst du nicht doch, wir sollten das amtlich machen?«

Im nächsten Augenblick war er hellwach.

»Lisa, ich bin Fotograf. Ich kann nicht heiraten.«

Das kitzelnde Streichen ihrer Finger ließ nicht nach.

»Natürlich kannst du, Dummerchen, du willst nur nicht. Sag, Bandi, bin ich dir nicht schön genug?«

»Du bist wunderschön, Lisa.«

»Na siehst du. Und ich dachte, vielleicht könnten wir es doch schön miteinander haben. Was meinst du, Bandi, wenn du vielleicht nur ein- oder zweimal so einen kleinen Auftrag annimmst, so ein schönes Auto zu fotografieren oder mal einen Filmstar für die Ufa, dann könnten wir vielleicht wirklich diese Wohnung nehmen und trotzdem noch im Adlon essen gehen.«

»Lisa, ich bin Künstler, kein Werbefritze.«

Im nächsten Moment saß sie über ihm, und er spürte ihre warmen, weichen Schenkel an seinem Leib, sah ihre großen, vollen, wunderschönen Brüste und das kleine Muttermal an der linken, und dann glitt ihre Hand nach unten und rieb ihn, und er spürte, wie er sich ihr entgegenbog, und dann schloss er die Augen und überließ sich ihrem Rhythmus, dem Schaukeln ihrer Brüste, dem Druck ihrer Schenkel, dem Suchen und Tasten ihrer Hände und der Wildheit, mit der sie ihn beherrschte, bis sich alles Denken auflöste.

»Es wird alles gut, Lisa«, sagte er leise. »Alles wird gut.«

Bandi schmiegte sich in die Samtpolster und sah durchs Fenster, wie die flache, norddeutsche Landschaft mit ihren Reetdachhäusern und Warften am Schnellzug Berlin–Kopenhagen vorüberglitt, düster und platt, aber wie geschaffen für dramatische Fotos mit den schroffen Wolkengebilden, die darüber hinwegzogen, und dem raschen Wechsel von Licht und Schatten über dem vom Wind flachgedrückten Gras auf den Weiden.

Er reiste erster Klasse, und er fand es herrlich. Das polierte Holz und die gedämpfte Stille im Abteil, der duftende Kaffee, den man ihm servierte, die Zigarre danach. Er war auf dem Weg nach Kopenhagen, um dort Leo Trotzki zu fotografieren.

Es kam ihm immer noch unglaublich vor.

Zur Verblüffung der Weltöffentlichkeit hatte der berühmte Gegner Stalins sein Exil verlassen, eine der Prinzeninseln, anderthalb Stunden vor Istanbul. Sämtliche europäischen Staaten und auch die USA hatten sich geweigert, ihm ein Visum zu erteilen. Nun hatte er eine Einladung nach Kopenhagen erhalten, sollte dort einen Vortrag vor Studenten halten.

Die Gerüchte überschlugen sich: Würde Trotzki von dort aus zum Schlag gegen Stalin ausholen und den roten Diktator stürzen? Die ganze Weltpresse würde anreisen, um Trotzki zu hören. Und Deutschland wurde von André Friedmann vertreten.

Gerade für Berlin hatte das Schicksal Trotzkis eine besondere Brisanz. Denn es gab eine dramatische Wende in der deutschen Politik: Beim Streik der Berliner Verkehrsbetriebe im November hatten sich die Kommunisten unter der neuen Linie Stalins zum ersten Mal mit den Nazis verbündet.

Damit hatten die Kommunisten ihre Unschuld verloren, dachte Bandi voller Zorn. Wer den Nazis die Hand reichte, machte sich mitschuldig, wenn sie an die Macht kamen. Er hielt Stalin für einen gewissenlosen Diktator – und hatte nicht zuletzt deshalb eine heimliche Sympathie für dessen Widersacher Trotzki.

Deshalb freute er sich doppelt über die fast schon unglaubliche Kette von Zufällen und Schlampereien, durch die alle deutschen Redaktionen versäumt hatten, einen Fotoreporter zum Auftritt Trotzkis zu schicken. In letzter Minute gab es hektische Bemühungen, den Fehler wettzumachen. Aber wer als Fotograf einen Namen hatte, war anderswo eingesetzt. Und so kam es, dass der Homunkulus letztlich ihn, Bandi, ausgewählt hatte, um ihn auf die Reise nach Kopenhagen zu schicken.

Die Fahrtkosten und Spesen übernahm der *Welt-Spiegel*, und seine dankbare Auftraggeberin Gundi Hecht hatte ihm die Tickets für die erste Klasse besorgt. Nur eins besaß er nicht: das Visum, das er als Ungar für die Einreise nach Dänemark brauchte.

Doch in seinem Kopf hatte er einen kompletten Plan, und außerdem war er nicht umsonst vom listenreichen und eleganten Erich Salomon beraten worden. Bandi trug seinen besten dunklen Anzug, auf Hochglanz polierte Schuhe und hatte sein wildes Haar flach an den Kopf gekämmt und mit Brillantine befestigt. Wenn er in den kleinen Spiegel über der Hutablage blickte, entdeckte er einen jungen Ungarn aus gutem Hause, einen Flaneur, einen Dandy, einen reichen Erben, der sorglos durch Europa reiste.

Bandi grinste.

Jede Sekunde dieser Reise würde ein großes Abenteuer sein, das hatte er sich selbst versprochen.

Zum ersten Mal fühlte er sich wie das, was er immer hatte sein wollen: ein Reporter.

Er vertrat die deutsche Öffentlichkeit bei einem Ereignis im Ausland. Er allein würde Zeuge sein, wenn Geschichte geschrieben wurde. Alle, die sich für die Revolution in Moskau interessierten und heimlich am Genossen Stalin zweifelten oder litten, würden nun auf die Hafenstadt in Skandinavien blicken.

Und er, Bandi, würde das Auge dieser Menschen sein.

Stunden später weckte ihn ein scharfes Rucken. Der Zug

hielt an und blieb einfach stehen, mitten in der flachen Weite.

»Die Grenze«, sagte der Schaffner im Vorübergehen.

Bandi kontrollierte sich im Spiegel, strich mit beiden Händen die Haare glatt, legte seine Papiere zurecht und wartete ab, die Hände im Schoß gefaltet, das Gesicht mit unbeteiligter Miene zum Fenster gewandt, ein vollkommen argloser, junger Mann, der nichts zu befürchten oder zu verbergen hatte.

Als die Zöllner zu seinem Abteil kamen und seine Dokumente verlangten, hatte er jedes Deutsch vergessen. Er zwang sich, das Gesicht des jüngeren Beamten nicht zu beachten, der die Papiere mit einem Stirnrunzeln entgegengenommen hatte.

»Das Visum?«

Bandi stellte in trägem Tonfall, der seiner ganzen Verstellungskunst bedurfte, eine Gegenfrage auf Ungarisch.

»Sie benötigen ein Visum!«, wiederholte der deutsche Zöllner, und sein dänischer Kollege nickte bestätigend.

Dann redeten sie auf Deutsch über die Bestimmungen, die vor allem vom Deutschen streng ausgelegt wurden.

Niemand hätte vermutet, dass Bandi jedes Wort verstand. Er war völlig hinter seiner Maske verschwunden.

In herablassendem Tonfall ließ er einen ungarischen Wortschwall ab, der deutlich machen sollte, dass es nun genug war mit den Schikanen und vorbei mit seiner Geduld.

Der dänische Schaffner, ein älterer Mann, wollte einlenken.

»So wichtig ist es auch wieder nicht.«

»Ohne Visum darf er nicht einreisen«, beharrte der junge Deutsche mit dem Übereifer des Anfängers.

Als ihm klar wurde, wo die Probleme lagen, griff Bandi auf sein letztes Mittel zurück. Mit verärgerter Eleganz, die er sich von Erich Salomon abgeschaut hatte, griff er nach seiner ledernen Aktentasche und holte ein Dokument heraus, das in ungarischer Sprache abgefasst war und einen würdevollen Eindruck machte.

»Diplomat«, verkündete er in gebrochenem Deutsch und überreichte den staunenden Männern das Papier mit einer Vorsicht, als ob es sich um Pergament handelte.

Sie taten so, als würden sie es ernsthaft studieren, nickten bedeutungsvoll, blickten sich verlegen in die Augen, gaben das Papier hastig zurück, salutierten und verschwanden.

Erst zehn Kilometer hinter der Grenze fuhr sich Bandi mit beiden Händen erleichtert durchs Haar und fing an zu lachen.

Das Dokument, das ihn als Diplomaten auswies und das er geistesgegenwärtig eingesteckt hatte, war eine sentimentale Erinnerung an seine alte Heimat und seine Vergangenheit, an ein Rendezvous mit einem brünetten Mädchen in Budapest, das er einmal zu lieben sich eingebildet hatte.

Es handelte sich um die Speisekarte von »Kertezs gutbürgerlichem Restaurant«.

Kopenhagen im kalten, klaren Herbstlicht war eine bezaubernde Stadt, eine Augenweide für jeden Fotografen. Aber Bandi dachte gar nicht daran, auch nur ein Bild zu machen. Er schlenderte durch die Straßen mit ihren gepflegten bunten Häusern und an den Kais des Hafens entlang, wo er die kleine Seejungfrau bewunderte. Nach den Krawallen und Straßenschlachten von Berlin war es geradezu erholsam, sich in Kopenhagen aufzuhalten.

Der Himmel war von einem lichten, fast durchsichtigen Blau, und als die Sonne über der See unterging, ließ sie die Fischerboote golden aufglänzen. Aber diese Schönheit war nicht der Grund, weshalb Bandi an den Kais herumlungerte. Er beobachtete die dänischen Arbeiter, die Schiffe entluden und ausbesserten.

Als er genug gesehen hatte, trat er den Rückzug an. Bandi hatte sich eine gepflegte kleine Pension ausgesucht, in der Nähe des Kopenhagener Sportpalastes, wo Trotzki morgen, am 27. November, seine Rede vor den Studenten halten sollte.

»Was die alle mit diesem Trotzki haben?«, wunderte sich Frau Sörensen in ihrem charmant akzentuierten Deutsch. Die Professorenwitwe, die ihre Pension mehr zum Zeitvertreib führte, servierte Bandi Tee und Buttergebäck am weißen Kaminofen ihres Salons. »Wollen Sie etwa auch diesen Aufrührer sehen?«

Bandi sagte kein Wort davon, dass sich das Gesicht Europas verändern würde, wenn Trotzki seine Jünger sammeln und den Genossen Stalin bezwingen könnte.

»Von wollen kann keine Rede sein«, erwiderte er gleichmütig. »Es ist mein Beruf. Ich muss Fotos machen.«

Mit einem leisen Klirren zerknackte der Kandis im Tee, während Frau Sörensen ihren Gast erstaunt musterte. Ihm wurde klar, dass er einen Fehler gemacht, sich verraten hatte.

»Ein Fotograf? Ich hab gar keine Kamera gesehen.«

Natürlich waren die seriösen, die alteingesessenen Fotografen mit ihren großen Kastenkameras aus ganz Europa angereist, schwerfälliges Gerümpel, das sich kaum verbergen ließ. Diese Herren Hof-Fotografen hausten nicht in einer Pension, sondern logierten in den Luxushotels mit ihren Bars und Gerüchten.

Bandi wollte keinen Kollegentratsch hören, und er wollte auch nicht als Fotograf erkannt werden. Denn er hatte seine eigenen Pläne für den morgigen Tag.

»Eigentlich bin ich nur Dilettant. Es ist nur so ein kleines Gerät, eine Leica. Ich arbeite auch nur für eine kleine Zeitung, ein Berliner Studentenblatt.«

Frau Sörensen lächelte versöhnt. Sie hatte kein Herz für

Aufrührer und Presseleute, aber durchaus für hungrige Studenten, und als Bandi den Teller mit Butterkuchen geleert hatte, musste er nicht lange auf Nachschub warten. Später, als das Abendessen für die Pensionsgäste aufgetragen wurde, bekam er das dickste Stück vom kross gebratenen, dampfenden Schinken auf den Teller.

Auch die Pensionsgäste, ergraute, akademische Mitarbeiter des Zoologischen Instituts, diskutierten die Ankunft Trotzkis dem Gast zuliebe auf Deutsch. Bandi hörte aufmerksam, jedoch mit möglichst gleichgültigem Gesichtsausdruck zu.

»Es heißt, dass er mit einem französischen Filmregisseur reden will, um seine Gedanken in ganz Europa zu verbreiten.«

»Nein, nein, man sagt, er wird mit einem Rundfunkmann aus den Vereinigten Staaten sprechen.«

»Jedenfalls ist sein Vortrag erst am Abend.«

»Abwarten, ob es dazu kommt. Man sagt, dass die Agenten Stalins in der Stadt sind. Vermutlich wird er den Sportpalast gar nicht erreichen. Sie werden ihn vorher umbringen.«

»So räumt ein Gesindel das andere aus dem Weg.«

»Mein Verehrter, als Gesindel möchte man ihn denn doch nicht bezeichnen.«

Bandi, dem klar wurde, dass er in dieser Runde nichts Neues erfahren würde, zog sich bald zurück, um an seinem großen Tag frisch und ausgeruht zu sein.

Am Sonntag verbreitete sich das Gerücht in der Stadt, dass Leo Trotzki seinen Vortrag zum Thema »Die Bedeutung der Russischen Revolution« auf Französisch, Englisch und Deutsch vorbereitet hatte, um möglichst viele Menschen Europas damit zu erreichen. Aber der kleine Mann blieb den ganzen Tag unsichtbar, und als er dann doch noch vor dem

Sportpalast erschien, begleitete ihn eine Eskorte von zweihundert Polizisten. Es war unmöglich, zu fotografieren. Die Polizisten schützten Trotzki wie ein lebendiges Schild. Das dänische Königshaus würde es als Schande betrachten, wenn Trotzki in Dänemark ermordet würde.

Die Kontrollen am Eingang zum Sportpalast waren genau und langwierig. Die Ordnungshüter ließen sich den Inhalt aller Taschen zeigen, und sie waren auch nicht zimperlich damit, verdächtige Personen in Handschellen abzuführen.

Auch den Fotografen wurde der Zutritt zum Sportpalast verweigert. Aus sicherer Entfernung konnte Bandi beobachten, wie einer nach dem anderen zurückgeschickt wurde. Franzosen, Spanier, Belgier. Vertreter der großen europäischen Zeitungen, die nur alte Bilder von Trotzki würden drucken können.

Bandi lächelte.

Während er an einem Gitter lehnte und Rauchkringel in die kalte Luft pustete, weidete er sich an der Empörung seiner distinguierten Kollegen. Innerlich lachte er über ihre aufgeblähten Assistenten, die ihre schweren Kastenkameras mit den Stativen vergeblich zu den Sperren schleppten.

»Beschneidung der Pressefreiheit!«

»Skandalös!«

Bandi konnte sich nur darüber freuen. Je weniger Bilder, desto weniger Konkurrenz.

Er vermutete, dass die Polizei die Fotografen zurückwies, weil ihre Kameras ein Sicherheitsrisiko darstellten. Die Kästen waren groß genug, um Gewehre darin zu verstecken.

Hinzu kam, dass ein guter Redner wie Trotzki wohl kaum auf die Anwesenheit von Fotografen erpicht war, da sie mit ihren Blitzlichtern jede Rede störten und unterbrachen.

Bandi wartete in aller Ruhe ab, wie seine Kollegen in den schwarzen Anzügen sich empörten und mit diplomatischen Konsequenzen drohten. Niemand hätte ihn für einen ihrer Kollegen gehalten. Niemand beachtete ihn.

Er trug Cordhosen, alte Stiefel und einen dunkelblauen Seemannspullover, so wie die Arbeiter, die er gestern im Hafen beobachtet hatte. Die Leica war in seiner Hosentasche verborgen.

Nach einer Viertelstunde sah er die Gelegenheit kommen, auf die er wartete. Eine Gruppe von Arbeitern schleppte Stahlrohre herbei, genau in die Richtung, wo Bandi die Rednertribüne vermutete. Nicht zu schnell und nicht zu langsam löste er sich von seinem Beobachterposten und packte am Ende eines Stahlrohres an, als hätte er in seinem Leben nichts anderes getan.

Und es sollte sich als Volltreffer erweisen.

Bandi gelangte direkt unter die Bühne, von wo er sehen konnte, wie sich die erwartungsvollen Massen draußen drängten. In einem unbeobachteten Moment glitt er mit katzenhafter Geschmeidigkeit unter den Sicherheitsabsperrungen hindurch – und befand sich in der allerersten Reihe, genau vor dem Rednerpult, in der besten möglichen Ausgangsposition, die man sich an diesem Abend nur verschaffen konnte.

Dies, so hatte Erich Salomon ihm eingeschärft, war die bedeutendste Leistung eines Fotografen: sich die beste Stellung zum Objekt zu verschaffen.

Bandi spürte, wie eng es war, wie sich die Menschen drängten, wie Neugier und Angst in der Luft lagen, Neugier auf Trotzki und Angst vor einem Attentat.

Die aufgeregte Menge wogte um Bandi herum, ohne ihn zu berühren. Er stand da, wie auf einer Insel, vollkommen ruhig und konzentriert. Seine Anspannung war so stark, dass er Trotzkis Ankunft spürte, bevor dieser die Bühne betrat. Es war ein kleiner Mann, eher unscheinbar, aber seine Wortgewalt war riesengroß.

Trotzki schwieg, bis es im Sportpalast mit den Tausenden von Menschen ganz still geworden war.

Und dann, als ein grelles Licht sein Gesicht dramatisch aus der Dunkelheit aufglänzen ließ, hämmerte er seine Worte los:

»Erstens, warum hat diese Revolution überhaupt stattgefunden? Und zweitens, hat die Revolution die Probe bestanden?«

Er wütete und tobte, reckte die Fäuste zum Himmel, klagte die Sowjetunion, klagte Stalin an, rang um Atem, schlug in wildem Zorn aufs Rednerpult.

Und Bandi mit seiner kleinen, unauffälligen Leica machte jede Bewegung des großen Trotzki mit. Er fotografierte und fotografierte, und dann wechselte er den Film und drückte wieder und wieder auf den Auslöser, in dem Bewusstsein, dass diese Fotos von großer Bedeutung sein würden.

»Sie haben mich genau verstanden!«, schrie der Homunkulus in den Hörer. »Wollen Sie das Foto – oder wollen Sie es nicht? Wenn nein, lege ich jetzt auf.«

Der Homunkulus fluchte und schmeichelte und stritt in sieben verschiedenen Sprachen. Mit einem Wort: Er verhandelte. Die Glastür ins Allerheiligste stand offen, und Bandi konnte zusehen, wie sein Chef mit dem Telefonhörer auf und ab ging, mit den Fingern unsichtbare Linien durch die Luft zog und mit englischen, italienischen, französischen, spanischen, ungarischen, polnischen und tschechischen Zeitungen verhandelte. Die deutschen Zeitschriften von Ullstein bis Mosse hatten alle gekauft.

Bandi lümmelte in einem Stuhl und ließ sich von Lilli, der hübschesten Sekretärin, mit Kaffee und Stullen bedienen. Seine Füße hatte er hochgelegt, und all seine Glieder schmerzten.

Das Hochgefühl, in allen bedeutenden Zeitungen

Europas gedruckt zu werden, konnte er noch gar nicht richtig auskosten. Dazu war er noch viel zu müde.

Alle in der DEPHOT hatten ihm gratuliert. Bei Umbo klang es zu überschwänglich. Neidisch, dachte Bandi und beschloss, es als Kompliment zu nehmen. Ladislaus Glück strahlte. Der Homunkulus hatte ihn kurz, aber fest in die Arme genommen. Und sogar Erich Salomon ließ sich dazu herab, die Handschuhe abzustreifen und Bandi auf die Schulter zu klopfen, für seine Verhältnisse schon emotionaler Überschwang.

»Gar nicht so schlecht, für den Anfang.«

Bandi konnte sich leicht ausrechnen, dass er ein gemachter Mann war. Aus allen Ländern Europa flossen ihm Provisionen zu, und unter jedem Abdruck würde nicht nur die DEPHOT, sondern auch sein Name stehen.

Er grinste bei dem Gedanken, dass auch seine Mutter dies womöglich sehen würde, wenn die Fotos in Ungarn erschienen. Vermutlich würde sie es für eine Verwechslung halten.

Sie glaubte ohnehin nicht, dass ihr geliebter Sohn – dem sie trotzdem misstraute – das Geld, das er ihr regelmäßig nach Ungarn schickte, auf anständigen Wegen erwarb. Immer wieder erhielt er Briefe mit bohrenden Fragen und Verdächtigungen und flehenden Bitten, das Gesetz zu achten. Briefe, die Bandi halb erbittert und halb lächelnd las. Julika Friedmann war so misstrauisch wie die sowjetische Geheimpolizei – und so liebevoll, wie es nur eine jüdische Mutter sein konnte.

Er zerknüllte ihre Briefe, ließ sie unbeantwortet und schickte kommentarlos neues Geld.

Jetzt würde er es sich sogar leisten können, den reichen Sohn zu spielen und eine Summe zu senden, mit der sie eine Schiffspassage nach New York bezahlen konnte, wo ihre Schwester lebte.

Denn der Homunkulus verkaufte und verkaufte.

Erst am späten Abend legte er den Hörer aus der Hand. Von Erschöpfung war ihm nichts anzusehen. Man sagte in der DEPHOT, dass er nichts mehr genoss als allergrößten Druck, weil alles andere ihn nur unterforderte.

Er kramte in seinem zerbeulten Jackett, fischte einen Zigarillo aus den Tiefen, legte die Füße auf den Tisch und winkte Bandi zu sich herein.

»Glückwunsch, Herr Friedmann. Das ist der erste Schritt zum Erfolg. Wenn Sie so weitermachen, schaffen Sie es vielleicht eines Tages wirklich noch, ein guter Fotograf zu sein.«

Wenn er lächelte, wurde das Gesicht des Homunkulus von tausend Runzeln durchzogen.

»Haben Sie heute Abend schon etwas vor?«

Schlafen, wollte Bandi sagen, unterdrückte es aber noch.

»Dann gehen wir zwei doch mal rüber ins Adlon. Wo steht geschrieben, dass dieser verrückte deutsche Jude Salomon die Bar und Sie gepachtet hat? Der alte Guttmann wird Ihnen zeigen, was ein richtiger Whiskey ist. Und dann unterhalten wir uns mal ein bisschen unter Männern.«

Es wurden so viele Gläser Glenfarclas, Scottish Malt, dass Bandi irgendwann den Überblick verlor. Es grenzte an Zauberei, dass er dabei nicht betrunken wurde. Der Trick, so hatte ihm der Homunkulus erklärt, bestehe darin, immer mit Soda zu trinken.

»Zu einem guten Whiskey gehört gutes Wasser.«

Bandi war erstaunt, wie viel Charme sein exzentrischer Chef versprühen konnte. Trotz seines überaus schäbigen Aussehens hatte ihn der Portier vor der Drehtür mit größter Ehrerbietung begrüßt. Jeder andere wäre mit einem Tritt auf die Straße befördert worden, hätte er sich in diesem dunkelblauen, zerbeulten und zerknitterten Jackett ohne Knöpfe auch nur in die Sichtweite des Luxushotels gewagt.

Aber es war dieses gewisse Etwas in der Haltung von Simon Guttmann, diese gelassene Selbstsicherheit, die dem Portier mehr ins Auge stach als die verkommene Kleidung, und so ließ er den Homunkulus nicht nur ein, sondern machte auch noch einen Diener, der fast bis zum Bürgersteig hinunterreichte.

Mit derselben nachlässigen Eleganz saß der Homunkulus jetzt am Tresen und fragte Bandi nach seiner Vorgeschichte und Familie, nach Julia Friedmann und seinen Hoffnungen aus.

Ganz zuletzt kam er auf Lisa zu sprechen.

»Tun Sie mir den Gefallen, hören Sie auf einen alten Mann. Diese Frau wird Ihnen kein Glück bringen. Lieben Sie sie?«

Bandi rutschte unruhig auf seinem Barhocker herum. Er machte ein verlegenes Geräusch.

»Ich kann die Antwort nicht hören. Ja – oder nein?«

»Ich, äh, weiß nicht?«

Das strenge Gesicht des Homunkulus wurde von Lachfältchen zerknittert.

»Was ein Glück, *Jingele*. Das heißt, Sie lieben sie nicht. Wenn Sie eine Frau lieben, werden Sie es wissen. Haben Sie je den Talmud studiert?«

»Also, meine Mutter wollte, dass ich es mache. Ich, äh, hatte nicht den Kopf dafür. Wir mussten dem Rabbi seine Lieblingszigarren aus Wien kommen lassen, sonst hätte er mich vermutlich rausgeschmissen. Es hätte der *Mamme* das Herz gebrochen.«

Der Homunkulus bedachte ihn mit einem schnellen, sarkastischen Grinsen. »Sie lieben Ihre Mutter. Das können Sie sich bloß noch nicht eingestehen. Hinter all Ihrem Gehabe verbirgt sich das, was Sie eigentlich sind. Ein guter jüdischer Junge, ganz wie Ihr Freund Chim.«

Bandi, den nichts mehr beleidigte als dieser Gedanke,

wollte aufbrausen, doch der Homunkulus hob die Hand und schnitt ihm damit das Wort ab.

»Nach dem Talmud lehrt Rav Yehuda, dass vierzig Tage vor der Geburt eines Jungen der Name der Frau vom Himmel verkündet wird, die er eines Tages heiratet. Das ist die Frau, die für dich bestimmt ist, *Jingele*. Sie ist dir beschert. Heirate nie, niemals, bevor du diese Frau gefunden hast.«

Bandi nahm einen großen Schluck Whiskey, da ihm talmudische Diskussionen ein Gräuel waren. Er verschluckte sich, und der Homunkulus klopfte ihm auf den Rücken.

»Man sagt, dass Gott sich nach Abschluss der Schöpfung ausschließlich damit beschäftigt, die richtigen Ehen zu stiften. Also lass dir Zeit. Du wirst die Richtige finden. Und diese Lisa ist es nicht, mein Sohn.«

Benebelt vom Whiskey hatte Bandi das Gefühl, er würde Simon Guttmann doppelt sehen. »Woher wollen Sie das wissen?«

»Ich werde dir einen guten Rat mitgeben. Weißt du, was deine persönliche Zahl ist? Dein Name ergibt die Quersumme vier. Du musst eine acht suchen.«

Bandi war schlagartig nüchtern. »WAS?«

Der Homunkulus seufzte. »Vielleicht werden sich dir die Geheimnisse der Kabbala eines Tages noch erschließen, mein Freund. Um auf einer ganz banalen Ebene zu sprechen: Jedem Buchstaben ist eine Zahl zugeordnet. Die Quersumme dieser Zahlen ergibt die Zahl deines Namens. Deine Zahl ist vier. Du bist zielstrebig, lernbegierig, aber leider auch stur und zu schnell von Erfolgen anderer beeindruckt. Was du brauchst, ist eine Acht. Eine Kämpferin, die Strategie, Plan und Halt für dich verkörpert. Merk dir das.«

Bandi verdrehte die Augen zum Himmel.

»Oder merk es dir nicht. Tu, was du nicht lassen kannst. Ich hab gepredigt und werde mich nicht wiederholen. Und jetzt noch einen Whiskey! Dann bringen wir dich zurück zu deinem Flintenweib und hoffen, dass es ihr nicht gelingt, dich vor den Altar zu schleppen. Es wäre ein Fehler, mein Freund! Ein schrrecklicher Fehlerrr! Sie soll einen Kleinbürger und Nazi heiraten. Und du wartest auf die Frau, die für dich bestimmt ist.«

Im Novemberregen verwandelte sich Paris in eine Symphonie aus Grau. Ein Bleihimmel senkte sich über die Stadt, die Schieferdächer glänzten schwarz von der Nässe. Der endlose Regen, der auf die Straßen hinunterprasselte, hinterließ kleine Seen auf den prachtvollen Plätzen, und am Rive Gauche riss er Dreck und Abfall aus den Gässchen mit sich, bevor er gurgelnd in den Abflüssen verschwand.

Limousinen pflügten sprühend durch die Pfützen am Quai Montebello, ihre Scheinwerfer warfen goldene Lichtkegel übers Wasser der Seine. Gerta zog ihren Burberry-Trenchcoat enger um ihren Körper und wich einem Sturzbach aus, der aus einer Regenrinne über den Bürgersteig schwappte.

Sie war auf dem Weg zu Amalia, und während sie sich durch das Unwetter kämpfte, verwünschte sie sich dafür, kein Taxi genommen zu haben. Gerta hatte das Bedürfnis, mit Amalia zu sprechen. Es ging um Jonathan. Seit einigen Wochen befand er sich auf einer Geschäftsreise durch Amerika, und Gerta war beunruhigt darüber, dass sie ihn nicht wirklich vermisste. Musste eine Braut sich nicht nach ihrem Zukünftigen sehnen?

Aber bei den kurzen Telefonaten über den Atlantik, bei denen die Leitung knisterte und knackte, hatte sich keine echte Nähe eingestellt. Jonathan klang nett und unverbindlich. Und das wurde für Gerta zunehmend zu einem Problem.

In den ersten Wochen nach Deauville war sie noch ganz berauscht von dem Triumph gewesen, dass er ihr einen Heiratsantrag gemacht hatte. Einen umschwärmten Junggesellen wie ihn zu diesem Schritt gereizt zu haben war für jede junge Dame ein großer Erfolg.

Aber nun war der Triumph verflogen, und die Wirklichkeit hatte sie wieder. Während Gerta einem Milchwagen auswich, der rumpelnd um die Ecke bog und sie mit Schmutzwasser bespritzte, dachte sie an den Kuss von Deauville, mit dem sie ihr Eheversprechen besiegelt hatten. Viel zu kurz, um eine schöne Erinnerung zu sein. Denn kaum hatten ihre Münder sich gefunden, hatte Mrs Davenport sie mit Trompetenstimme unterbrochen:

»Ach, hier steckt ihr zwei Turteltauben.«

Gerta seufzte, als sie daran dachte. Wenn sie Jonathan heiratete, bekam sie seine Mutter gleich mit.

Über diesem trüben Gedanken hatte sie die Rue des Fossés-St-Bernard erreicht, und als sie schließlich vor der Tür zu Amalias Atelier im Hinterhof stand, war sie völlig vom Regen durchweicht. Sie klopfte an die Tür und musste lange warten, bis sie endlich Schritte näher kommen hörte.

»Ja?«, fragte Amalia mürrisch durch die Tür.

»Ich bin 's. Ich wollte auf einen Kaffee reinschauen.«

»Da konntest du dir ja keinen besseren Zeitpunkt aussuchen. Weißt du eigentlich, wie viel Uhr es ist?«

»Elf«, sagte Gerta fröhlich. »Offizielle Besuchszeit.«

Der Schlüssel drehte sich im Schloss, während Amalia etwas Unwilliges murmelte. Es war völlig eindeutig, dass Gerta sie aus dem Bett geschmissen hatte. Ihr Haar war zerrauft, sie trug einen Frotteebademantel, und am Hals hatte sie einen roten Fleck.

»Psst«, machte sie und deutete zu der Empore über dem Atelier, wo sie ihre Matratze liegen hatte. »Wir sind nicht allein.«

Gerta riss die Augen auf. »Ist da – ein Mann?«

Amalia lachte. »Nein, ein Alligator. Na, komm schon rein.

Du siehst ja völlig durchnässt aus. Wir machen dir erst mal was Heißes, damit du dich von innen wärmst.«

Die Wärme umhüllte Gerta wie ein schützender Mantel. Der Kohlenofen im Atelier bullerte, Kaffee dampfte in einer Tasse, und sie hatte auf Amalias Befehl hin ihre nassen Kleider ausgezogen und zum Trocknen vor den Ofen gehängt.

Sie unterhielten sich flüsternd, während man von der Empore hin und wieder ein Schnarchen hörte.

Als sie ganz sicher war, dass der Besucher oben schlief, traute Gerta sich, die Frage der Fragen zu stellen. »Amalia, äh, ich meine, habt ihr es denn schon gemacht?«

Amalia war in lautes Gelächter ausgebrochen.

»Was glaubst du wohl, was wir hier tun? Lorenzo ist so heiß, du kannst es dir nicht vorstellen. Manchmal liebt er mich die ganze Nacht. Stell dir mal vor, er hat es fünf Mal hintereinander gebracht!«

Gerta war angemessen beeindruckt.

»Und was macht er so – beruflich?«

»Glaubst du, danach hab ich ihn gefragt? Um ehrlich zu sein, Schätzchen, ich weiß nicht mal, wie er mit Nachnamen heißt. Und ich fürchte, es ist mir auch piepschnurzegal.«

Gerta starrte die Freundin ungläubig an. Auf einmal kam sie sich albern vor. Sie wollte mit Amalia über die Frage sprechen, was Liebe war – und die hatte Sex mit jungen Männern, von denen sie nicht einmal den Namen kannte.

»Es lohnt sich nicht, intimer zu werden. Ich schmeiß ihn sowieso bald wieder raus. Diese Künstlertypen sind alle gleich. Nie haben sie Geld, dafür einen Riesenhunger. Der frisst mir den Kühlschrank leer, ohne mir einen Centime dazuzugeben.«

Gerta klappte den Mund auf und wieder zu.

»Ich wollte mit dir über Jonathan reden«, sagte sie dann ein bisschen kläglich.

Amalia, die ihre Kaffeetasse mit beiden Händen umklammert hielt, zog die Augenbrauen hoch. »Legst du jetzt wieder die alte Schallplatte auf? Du weißt nicht, ob du ihn liebst und ob du mit seinem Geld und dem alten Drachen zurechtkommst, den er als seine Mutter bezeichnet?«

Als Gerta nickte, stöhnte Amalia entnervt. »Mann, wenn ich das gewusst hätte, wär ich nicht an die Tür gegangen. Wie oft haben wir das jetzt schon durchgekaut? Ich sag dir was – Geld ist ganz schön wichtig, wenn man keins hat. Und die große Liebe kannst du dir gleich aus dem Kopf schlagen. Das sind alles nur bourgeoise Hirngespinste.«

Von oben auf der Empore war etwas zu hören, das wie ein Stöhnen klang. »Wo bleibst du denn?« Die Stimme klang so rauchig wie aus einem Nachtclub in Pigalle.

Gerta kicherte. Das alles war so absurd, und es half ihr, mal die eigenen Sorgen zu vergessen, in denen sie sich manchmal einfach verrannte. »Fünf Mal?«, fragte sie.

»Wie?« Amalia schaute verwirrt.

»Hat er es wirklich fünf Mal gemacht?«

»Da kannst du drauf wetten. Wir sind auch noch lange nicht fertig. Aber ich sag dir, Gerta, das hat nicht das Geringste mit Liebe zu tun. Es ist eine Art angenehmer Sport. Wenn es ums Heiraten geht, sind ganz andere Sachen wichtig. Dein Jonathan ist gebildet, aufmerksam, er hat den Respekt vor Frauen von seiner Mutter gelernt, und er schwimmt auch noch im Geld. Wo, zum Teufel, ist dein Problem? Wenn er dich zu Tode langweilt, suchst du dir einfach einen netten Liebhaber.«

»Du bist unmöglich, Amalia.«

»Ich weiß.«

Amalia kicherte, und Gerta stimmte in ihr Gelächter ein.

»Die meiste Angst hab ich vor Mrs Davenport«, sagte Gerta, als sie sich wieder gefangen hatte. »Sie ist derartig herrschsüchtig, das kannst du dir nicht vorstellen.«

»Ach, ich kenne den Typ«, sagte Amalia lässig. »Mit der kannst du leicht fertig werden. Hunde, die bellen, beißen nicht. Red mit ihr über Pferde und gieß ihr einen ordentlichen Whiskey ein, dann kannst du sie um den Finger wickeln.«

»Aber sie trinkt doch nicht…«

»Blödsinn. Die säuft wie ein Loch, aber nur, wenn es keiner sieht und wenn sie hinterher behaupten kann, man hätte sie dazu genötigt. Glaub mir, meine Großtante Augusta ist derselbe Typ.«

»Vielleicht solltest du Jonathan heiraten?«, rutschte es Gerta heraus. Es war als Witz gemeint, und deshalb war sie irritiert, als sie sah, wie Amalia die Augenbrauen zusammenzog.

Für einen Moment war es sehr still im Atelier.

»Sei bloß nicht dumm und lass ihn dir durch die Finger gleiten«, sagte Amalia dann schließlich ernst. »Ein Jonathan ist mehr wert als zwanzig Lorenzos. Ich wäre froh, wenn ich so jemanden hätte.«

Der Januar 1933 verflog mit Schneefall und Arbeit. Bandi hatte seine kleineren und größeren Aufträge. Lisa war ausgefüllt von ihrer Arbeit im Salon Zeidler. Bandi fiel auf, dass sie sich weniger stark schminkte und mehr auf ihr Deutsch achtete. Auch kamen Hochzeit und Wohnung im Vorderhaus nicht mehr zur Sprache. Die beiden begegneten sich so selten, dass ihnen kaum Zeit zum Streiten blieb, denn Bandi verbrachte immer öfter seine Abende mit Chim, der ihn in die Kunst des Schachspiels eingeführt hatte. Während sie stundenlang über dem Brett brüteten, vergaßen sie sogar, die Politik zu diskutieren und sich über die Tatsache aufzuregen, dass Reichskanzler von Schleicher Mitte Januar die Auflösung des Reichstages und schon wieder Neuwahlen für den Herbst beschließen wollte, was der greise Hindenburg jedoch verhinderte. Die Berliner verfolgten es ohne größere Anteilnahme, es hatte schon so viele Wahlen gegeben, man war es einfach müde geworden.

Wenn man sich überhaupt über irgendetwas aufregte, dann über den »Osthilfeskandal«, die Veruntreuung staatlicher Gelder für hoch verschuldete ostpreußische Rittergüter. Enge Freunde Hindenburgs und das Staatsoberhaupt selbst waren scharfer Kritik ausgesetzt, und Schleicher hatte bisher nichts unternommen, um den Präsidenten zu verteidigen.

Bandi interessierte sich nicht besonders für die Probleme der deutschen Junker und hielt sich in Diskussionen zurück. Das Leben verlief geordnet und ruhig, fast schon zu ruhig für seinen Geschmack. Dabei hätte er sich darüber besser nicht ärgern sollen.

Denn es standen Ereignisse bevor, die sein Leben und das Leben Millionen anderer für immer verändern sollten.

Ab Mitte Januar nahmen die Großgrundbesitzer und die monarchistischen Deutschnationalen den Reichskanzler Schleicher unter Beschuss. Man unterstellte ihm staatssozialistische, ja agrarbolschewistische Absichten. Und Papen drängte darauf, dass man sich mit Hitler verständigen müsse.

»Eine gefährrrliche Entwicklung«, orakelte Simon Guttmann, in Tabakwolken gehüllt. Aber niemand wollte ihm Gehör schenken, selbst in der DEPHOT nicht.

Dann, überraschend, wurde am 29. Januar 1933 die Regierung Schleicher per Misstrauensvotum gestürzt.

Niemand wusste, wer die Regierung übernehmen sollte.

Und was war mit Hitler?

Das Gesicht des Homunkulus wirkte grau, stundenlang blickte er aus dem Fenster, die Arme im Rücken verschränkt.

Wohin steuerte die Republik?

Verzweifelt wartete man an diesem 29. Januar auf Nachricht aus dem Reichstag, sah bis in den frühen Morgen die Lichter in den Fenstern des Reichspräsidentenpalais brennen, wusste, dass die Berater wild diskutierten, und der Homunkulus sagte düster voraus, dass Hindenburgs »Kamarilla« vermutlich einen Ruck nach rechts, hin zu Hitler befürworten würde.

»Vielleicht wird ja alles doch gut«, sagte Bandi, der vom Schachbrett aufblickte. »Wenn Hindenburg das Misstrauensvotum ignoriert, kann Schleicher geschäftsführend im Amt bleiben.«

»Wenn das Wörtchen wenn nicht wär«, erwiderte der Homunkulus grimmig, »dann wär das Leben nicht so schwer.«

Die Stunden schlichen dahin, langsam und lähmend. Natürlich war ein Fotograf vor dem Reichstag postiert, aber auch er hatte nichts Neues zu berichten, als er weit nach Mitternacht für einen kurzen Bericht in die DEPHOT kam.

Alle Kollegen harrten in der Agentur aus, niemand wollte nach Hause gehen. Bandi kochte pechschwarzen Kaffee und vertiefte sich wieder in seine Schachpartie, während Ladislaus Glück etwas völlig Unvorhergesehenes tat und – obwohl strenger Nichtraucher – den Homunkulus um einen Zigarillo bat. Zu jeder vollen Stunde, wenn es Nachrichten gab, drehte Umbo den Rundfunkempfänger auf, doch es gab nichts Neues.

»Dies sind historische Stunden«, murmelte der Homunkulus ein ums andere Mal. »In diesen Stunden wird sich das Schicksal Deutschlands entscheiden.«

»No, was für ein Hang zum Melodrama.« Ladislaus Glück versuchte zu lächeln, doch das Lächeln erreichte seine Augen nicht. »Wir haben schon so viele Regierungen gehabt. Wir werden auch die neue überleben.«

Als das Morgenlicht am 30. Januar 1933 in die Redaktionsräume der DEPHOT fiel, war es so fahl wie die Gesichter ihrer Mitarbeiter. Man hing in den Stühlen, hatte über hölzernen Lehnen geschlafen oder war im Stehen eingenickt. Die Spannung war inzwischen mit Händen zu greifen. Aber das lag nicht nur daran, dass alle Zeitungen Deutschlands das Ereignis erwarteten und dafür Fotos brauchten.

Es lag an etwas, das Bandi viele Jahre später eine Vorahnung nennen sollte.

Um Viertel nach elf läutete ein Botenjunge. Er brachte Aufnahmen von Erich Salomon, der vor dem Reichspräsidentenpalais postiert war und auf Neuigkeiten lauerte. Mit den Filmen hasteten Chim und Bandi zu Kalle in die Dunkelkammer und entwickelten die Negative. Man erkannte eine Gruppe dunkel gekleideter Herren, angeführt von Franz von Papen. Die Herren schritten durch die Ministergärten auf das Reichspräsidentenpalais zu, wo sie von Hindenburg erwartet wurden.

Was dann hinter verschlossener Tür besprochen wurde, erfuhren Bandi und Chim, kurz nachdem die Filmstreifen zum Trocknen aufgehängt waren. Jemand, vermutlich der Homunkulus, hatte den Rundfunkempfänger so laut gestellt, dass die Stimme des Nachrichtensprechers in die Dunkelkammer drang.

In den Mittagsnachrichten verkündete der Drahtlose Dienst als Spitzenmeldung:

»Der Reichspräsident hat Herrn Adolf Hitler zum Reichskanzler ernannt und auf dessen Vorschlag die Reichsregierung, wie folgt, neu gebildet …«

Bandi und Chim blickten sich sprachlos an, während die Liste der Minister verlesen wurde, darunter die Nationalsozialisten Wilhelm Frick und Hermann Göring.

»Heute Nachmittag, um siebzehn Uhr, findet die erste Kabinettssitzung statt.«

Sie ließen alles liegen, gingen in die Redaktionsräume. Dort war alles still. Ladislaus Glück hatte das Gesicht in beiden Händen vergraben, der Homunkulus stand starr am

Fenster und blickte auf sein Berlin hinaus. Bandi konnte die Depression fast körperlich spüren. Niemand sagte etwas, als er mit Chim den Raum betrat, niemand tobte, niemand klagte.

Die Stille war unerträglich.

Später wusste Bandi nicht, wie er den Tag überstanden hatte. Das Schweigen, die Erstarrung war in jede Faser seines Körpers vorgedrungen. Nur die Routine hielt ihn in Bewegung, hielt alle Mitarbeiter der DEPHOT in Bewegung. Fotos kamen von Erich Salomon, die Hitler umringt von Bewunderern zeigten. Hitler auf dem Weg in den Reichstag. Hitler auf dem Weg zur Macht.

Binnen Minuten war das Foto hundert Mal verkauft. Aber niemand konnte sich freuen, natürlich auch Erich Salomon nicht. Man verrichtete seine Arbeit, bis in den letzten Redaktionen Andruck war, bis die Nachricht ganz Deutschland erschüttern oder begeistern würde. Dann zog man sich die Jacken über und machte sich erschöpft auf den Weg. Niemand schlug vor, ein Gläschen zu trinken, niemand hatte Lust zu debattieren.

Alle bewegten sich so schwerfällig, als hätten sie eine Tonne Blei auf den Schultern.

Nichts wurde besser durch das Versprechen des konservativen Vize-Kanzlers Papen: »Was wollen Sie denn. Ich habe das Vertrauen Hindenburgs. In zwei Monaten haben wir Hitler in die Ecke gedrückt, dass er quietscht.«

Niemand glaubte daran, auch Bandi nicht, der so gelähmt war, dass er es nicht einmal schaffte, nach Hause zu gehen und sich auszuschlafen. Er dachte an das Wahlprogramm der NSDAP vor mehr als zehn Jahren: Der Jude kann kein Volksgenosse sein. Er ging ins nächste Café um die Ecke, und hier erfuhr er, wie das andere, ihm fremde Berlin die Nachricht bewertete. Man prostete sich zu und trank. Gerüchte kursierten, ab neunzehn Uhr würde die SA aufmarschieren, ein Fackelzug am Brandenburger Tor.

Müde folgte Bandi den Leuten, zu müde sogar, um nach der Leica zu greifen. Was er sah, mochte er nicht im Bild festhalten.

Die SA hatte ihre Sturmlokale verlassen und sich zusammen mit Stahlhelm und NS-Kampfverbänden in einem schauerlichen Lichterzug vor der neuen Reichskanzlei aufgestellt. Dort sollte sich zu später Stunde Hitler auf dem Balkon zeigen.

Natürlich gelangte Bandi nicht in die vorderen Reihen. Er legte auch keinen Wert darauf. Er zog sich die Kappe tief ins Gesicht und schlug den Mantelkragen hoch, um sich die Rede des kleinen Mannes mit den fettig wirkenden Haaren anzuhören. Die Lautsprecher ließen seine Worte hallen. Dabei hätte der böhmische Gefreite gar keinen Lautsprecher gebraucht.

Denn obwohl Hunderte von Männern vor dem Balkon standen, war es gespenstisch still, als Hitler zu sprechen begann.

»SA! SS! Heil!«, rief er in die Stille.

»Heil!«, schallte es zurück.

Hitler sprach erst weiter, als es wieder still geworden war.

»Die große Zeit ist jetzt angebrochen. Deutschland ist nun erwacht. Die Macht haben wir nun in Deutschland gewonnen. Nun gilt es, das deutsche Volk zu gewinnen. Ich weiß es, meine Kameraden, es ist euch wohl oft schwer gefallen, wenn ihr meintet, es müsse nun doch ein Wandel kommen, und er kam nicht und immer wieder …«

Bandi trat noch einen Schritt weiter in die Dunkelheit zurück. Er hielt sich so still und unauffällig, dass er fast mit der Mauer verschmolz, die ihm Deckung gab, während er der seltsamen Rede zuhörte, die inhaltlich für ihn keinen Sinn ergab.

»Es muss weiter gekämpft werden!«, schrie Hitler mit großer Geste, als würde er etwas Bedeutsames sagen. »Es geht nicht, ihr dürft nicht handeln, ihr müsst gehorchen, ihr müsst euch fügen, ihr müsst euch biegen oder euch zu Zwang beugen. Heil!«

Die Menge reagierte nicht etwa mit Befremden auf das Kauderwelsch, sondern mit Begeisterung.

»Heil!«, schallte es. »Heil! Heil!«

Und dann begannen die Männer, das Horst-Wessel-Lied zu singen: *Die Fahnen hoch, die Reihen fest geschlossen …*

Sobald er unauffällig verschwinden konnte, trat ein sehr nachdenklicher Bandi den Rückzug an.

Später sollte er von sich sagen, er sei an diesem Tag erwachsen geworden.

Weit nach Mitternacht kehrte Bandi zurück in seine Mansarde. Leise trat er ein. Lisa lag schon im Bett; sie schnarchte leise. So vorsichtig wie möglich, legte er sich neben sie, ohne sich die Mühe zu machen, seine Kleider auszuziehen.

Aber so leise er auch sein mochte, mit dem Instinkt der Frauen erwachte sie dennoch.

»Bandi?«

»Schlaf weiter«, sagte er sanft.

»Wo kommst du her?«

»Hab mir die Nazis bei ihrer Siegesfeier angesehen.«

Sie blinzelte verwirrt.

»Die SA hat Grund zum Feiern. Hitler ist Kanzler. Das weißt du doch, oder?«

»Ach das. Alle sagen, dass es nichts zu bedeuten hat. Hitler ist nur die Pappnase. Das Sagen haben die Junker.«

Bandi entschloss sich dazu, doch wenigstens Hose und Strümpfe auszuziehen. »Würde ich selbst vielleicht glauben, wenn ich die Stimmung heute Abend nicht erlebt hätte. Hitler redet einen unglaublichen Stumpfsinn, man versteht überhaupt nicht, worum es eigentlich geht. Aber es ist nicht, was er sagt, sondern wie er es sagt. Dieser dämonische Mensch kann die Massen begeistern, hat sie förmlich in der Hand.«

Lisa stöhnte. »Es ist spät. Ich muss morgen arbeiten. Ist doch alles kein Grund, ein Bohai zu machen.«

Er schloss kurz die Augen, verzweifelt über ihr mangelndes Kombinationsvermögen.

»Ich bin Jude, Lisa. Ich will mit Hitler nichts zu schaffen haben. Es kann bedeuten, dass ich Deutschland verlassen muss.«

»Machst du Witze?«

Nein, Lisa, dachte er grimmig. Es ist mir vollkommen ernst. Er schnürte seine Schuhe auf und legte sich schweigend ins Bett, wo ihn ihr Duft umhüllte, das Parfüm des Abschieds.

Der Abend wollte und wollte kein Ende nehmen. Die Gespräche plätscherten langweilig dahin, eintöniger Smalltalk zum Wetter in New York und den Hochzeiten und Skandälchen in den Strandvillen der Hamptons.

Es war ein Dinner, das Tante Terra zur Feier von Jonathans Rückkehr aus Amerika gab, und so sehr sich Gerta auch gefreut hatte, Jonathan am Tag davor wieder zu sehen, war sie gereizt, weil ausgerechnet heute Abend eine Party in Amalias Atelier stattfand, ihr Geburtstagsfest, auf das sie sich seit Wochen gefreut hatte. Immer wieder schweiften ihre Gedanken ab in die Rue-des-Fossés-St-Bernard, und sie versuchte sich vorzustellen, wie die Künstler des Montparnasse in dem Hinterhof ihren Spaß hatten: Auch Anaïs war eingeladen und wollte versuchen, Henry Miller mitzubringen.

Sie dagegen saß hier fest und langweilte sich zu Tode. Auch Jonathan hatte sich inzwischen in eine endlose Diskussion mit ihrem Onkel über Aktienkurse verstrickt. Gerta gähnte.

Kaum war die Tafel aufgehoben und die Herren hatten sich ins Raucherzimmer verzogen, schützte sie Kopfschmerzen vor und zog sich in ihre Zimmer zurück.

Während Gerta auf ihrer Fensterbank saß, in den Nachthimmel starrte und ihren Träumen nachhing, verstrich die Zeit. Bald konnte sie zusehen, wie der amerikanische Geldadel das Palais verließ und in die Limousinen stieg. Die Puritaner beendeten ihre Feste, wenn die Künstlerpartys begannen.

»Komm bloß nicht vor elf Uhr«, hatte Amalia ihr geraten.

Aber so, wie es aussah, würde Gerta nirgendwohin gehen, denn Jonathan gehörte nicht zu den Gästen, die sich unten von Onkel James verabschiedeten. Vermutlich hatten die beiden noch etwas zu besprechen. Gerta wusste, dass sie unmöglich aus dem Haus schleichen konnte. Wenn sie Pech hatte, lief sie Jonathan direkt in die Arme.

Aber sie wusste auch, dass es genauso unmöglich gewesen wäre, ihn zur Künstlerparty einzuladen, von der Amalia scherzhaft gesagt hatte: »Wir lassen 's krachen! Das wird 'ne richtige Orgie.« Schade, dass Jonathan so steif war.

Sie merkte, dass sie Durst hatte, und schlüpfte in den Gang hinaus.

Der Weg zur Küche führte an der Bibliothek vorbei, und als sie gedämpfte Stimmen hörte, blieb sie stehen. Es waren die Stimmen von Jonathan und Onkel James: Sie hatten sich mit Portwein und Zigarren zurückgezogen. Was kann an Aktien nur so interessant sein, dachte Gerta belustigt, und dann hörte sie ihren Namen.

»Gerta ist wie ein ungezähmtes Fohlen. Ihr fehlt der Schliff«, sagte Jonathan gerade. »Meine Mutter war nicht besonders glücklich über meine Wahl. Andererseits ist sie sehr reizvoll – für die Tochter eines Klitschenfabrikanten.«

»Wenn sie nach ihrer Tante kommt«, erwiderte Onkel James, »entwickelt sie sich zu einer temperamentvollen Stute. Ich hab mich mit Terra keinen Tag meines Lebens gelangweilt.«

»Aber Gerta hat einen ziemlich eigenen Kopf.«

»Da gibt es ein sicheres Mittel, mein lieber Jonathan. Ich rate zu Zuckerbrot – und Peitsche.«

Als Jonathan selbstgefällig lachte und Onkel James in dieses Gelächter einfiel, konnte Gerta spüren, wie der Zorn sie in einer heißen, brennenden Woge überflutete. Am liebsten wäre sie in die Bibliothek gestürmt, um den Herren zu sagen, was sie davon hielt.

Aber dann sprach Onkel James weiter.

»Natürlich kommt sie aus keiner so guten Familie. Aber das wird sie gefügig machen. Du musst sie nur manchmal daran erinnern, wo sie herkommt. Funktioniert bei Terra bestens.«

»Aber wird sie auch den gesellschaftlichen Anforderungen gewachsen sein? Wird sie meine Söhne erziehen können?«

»Stellen Sie Ihre alte Nanny ein, und überlassen Sie den Rest Mrs Davenport.«

Jonathan lachte. »Eine gute Idee. Die beiden werden sich schon miteinander arrangieren. Ein Adelstitel wäre zwar auch nicht schlecht gewesen, aber immerhin bringt Gerta ein bisschen frisches Blut mit ein. Unsere guten alten Familien können einen Schuss gesunder Primitivität gebrauchen …«

Gerta zitterte vor Wut. Sie hatte genug gehört.

Sie vergaß den Durst, vergaß alle Versprechungen, alle Manieren und alles, was sich gehörte.

Gesunde Primitivität?

Gut, wenn es das war, was Jonathan und ihr Onkel glaubten, würden sie schon sehen, was sie davon hatten.

Wilde Musik dröhnte durch die Rue-des-Fossés-St-Bernard. Bunte Laternen schmückten den Hinterhof, und Männer mit glasigen Augen und Frauen in hautengen Kleidern drängten sich in Amalias Atelier.

Jemand spielte Josephine Baker auf dem Grammophon, süßliche Rauchwolken schwebten im Schummerlicht, und wenn die Musik erstarb, fanden sich gierige Münder, drängten sich nackte Arme um Männerhälse, bevor die nächste Nummer mit ihrem lasziven Sog die Tanzenden in ihren Takt zog.

In ihrem goldenen Vionnet-Kleid zu den goldenen Riemchenpumps war Gerta viel zu elegant. Die Mädchen trugen kurze Fantasiekostüme in schreienden Farben, die Männer ließen verwegen die Hemdenkragen offen stehen, manche trugen Baskenmützen oder Bärte, und alle bemühten sich um wilde, magische Blicke. Billiger Schmuck glitzerte an schlanken Hälsen, eine Flut von Düften, Körpern, samtigen Augen wogte durch den Raum.

Gerta schob sich an Händen, Beinen, Leibern vorüber, sie spürte Finger an ihrem Rücken, an ihrem Hintern, an ihren Schenkeln entlanggleiten, Männer flüsterten ihr Unverständliches ins Ohr und verschwanden wieder.

Gerta drängte sich zur improvisierten Bar, ein Türblatt auf zwei Schemeln, wo billiger Sancerre aus dem Supermarkt und Pernod ausgeschenkt wurden. Sie hielt sich an einem Glas Weißwein fest, während verliebte Pärchen an ihr vorbei zur Tanzfläche schwankten und Amalias Cousin, der Marquis, ihr eine Haschischzigarette anbot. Sie nahm sie und zog daran.

»Ich musste zu Hause abhauen«, sagte sie ihm. »Ich ersticke da noch. Die nehmen mir die Luft mit ihren faden Konventionen.«

Er lachte gackernd und verdrehte die Augen. »*Très bourgeois.*«

Gerta nickte. Während sie der lasziven Stimme Josephine Bakers zuhörte, begann ihr Fuß im Takt zu wippen, der Wein und das Hasch gaben ihr das Gefühl zu schweben: gesunde Primitivität.

Nach dem zweiten Glas Sancerre versuchte sie sich Jonathan unter den Tanzenden vorzustellen, Jonathan mit seinen unprimitiven, steifen Oberhemden.

Sie lachte.

Überall saßen, standen und lagen ineinander verklammerte Pärchen, küssend, rangelnd, schmusend, versunken, streitend, die Leiber tanzten ein Ballett der Liebe.

Niemand kümmerte sich um sie, niemand musste höflich sein, jeder schien in erster Linie das zu tun, wozu er gerade Lust hatte. Jonathan, dachte sie mit einem sparsamen Lächeln, während sie am dritten Glas Wein nippte, hätte diese Party nach spätestens fünf Minuten verlassen.

Und dann endlich entdeckte sie Amalia, die zwischen den Gästen umherschwirrte und unermüdlich Wein nachschenkte. Sie trug einen Greta-Garbo-Hut, der ihre Blässe betonte und ihr Gesicht wie eine Maske wirken ließ. Der Hut stand in einem malerischen Kontrast zu ihrem Abendkleid, das zart wie Spinnweben war und unter dem sich ihre fülligen Formen abzeichneten.

Irgendwann hatte Amalia sich zu Gerta durchgekämpft, ihre Weinflasche hielt sie liebevoll im Arm wie ein Kind.

»Viel Wein ist das Geheimrezept für eine gute Party. Wenn man will, dass was los ist, muss man die Leute betrunken machen. So, dass sie es nicht merken. Oder so tun können, als merkten sie es nicht. Dann können sie sich nachher rausreden, man hätte sie reingelegt und sie wären völlig unschuldig.«

»Oh, Amalia!« Gerta musste lachen. Sie roch Amalias Fahne.

»So sind die Regeln. Was ist mit dir? Soll ich dich auch ein bisschen betrunken machen? Langweilst du dich?«

»Fang jetzt bloß nicht an wie Tante Terra und schleppe einen netten jungen Mann an, der das Pech hat, mich unterhalten zu müssen. Mir geht's bestens. Ich bin einfach abgehauen. Jonathan ist aus Amerika zurück und führt Herrengespräche mit meinem Onkel.«

»Na, da hast du's hier lustiger!«, rief Amalia. »Deinen Jonathan hättest du übrigens ruhig mitbringen können. Hier gibt's Mangel an gut aussehenden Männern.«

Damit war sie schon wieder irgendwo im Gedränge verschwunden, und Gerta sah nur noch den wippenden Hut.

Jemand hatte das Klavier erobert, brachte das Grammophon zum Schweigen, und die Gäste brachen in johlenden Beifall aus. Es war der künftige Marquis de Turennes, er hatte glasige Augen, in seiner Jackentasche steckte eine Champagnerflasche und in seinem Mund eine Zigarette, und er übertönte alles, indem er in die Tasten hämmerte.

»*You're the Cream in my Coffee.*«

Er wurde entmachtet, jemand anderes stellte Josephine Baker wieder laut. Und ehe Gerta begriff, was sie tat, hatte sie sich ins Gewühl der Tänzer mitreißen lassen. Es war heiß, die Luft dampfte, die Leiber verschmolzen mit der Musik, und Gerta spürte, wie ihr Kleid schweißnass an ihr klebte. Drei junge Männer umgaben sie, feuerten sie an, sagten Anzüglichkeiten.

Gerta verlor sich im Tanz, wiegte sich in den Hüften, schüttelte ihr Haar auf, das sich vom Schwitzen in Löckchen kringelte, vergrub beide Hände darin und zuckte im Rhythmus, ließ sich tragen und treiben von der wilden Musik und den gierigen Blicken, die ihren Körper abtasteten, sie sah selbst ihre Brustwarzen, die sich unter der Seide abzeichneten, ihre schmalen Hüften, die zur Musik kreisten, und Gerta dachte, vom Wein und vom Tanz berauscht, dass sie noch nie in ihrem Leben etwas so genossen hatte wie die Bewunderung der Verehrer, die sie völlig in ihren Bann gezogen hatte. Sie schloss die Augen, stellte sich vor, wie Männerfinger über die Seide glitten, die an ihrer Haut klebte.

Noch während sie diesen Träumen nachhing, spürte sie eine kühle Hand auf ihrer Stirn. Sie erschrak. Es war die Hand von Anaïs, und Anaïs lachte.

»So schreckhaft, *ma petite*! Sie sind ja ganz verschwitzt. Kommen Sie.« Damit zog sie Gerta von der Tanzfläche. »Ich will Sie jemandem vorstellen, den wir beide verehren. Er ist schon ganz begierig, seine begeisterte Leserin endlich kennen zu lernen.«

Henry Miller sah ganz anders aus als der Rebell, den sie sich vorgestellt hatte. Sie war enttäuscht. Vielleicht hatte sie sich den erotischen Helden vorgestellt wie den Mann aus Leipzig, den sie Robert nannte. Dunkel, aufregend, ungestüm, piratenhaft.

Henry Miller dagegen war um die vierzig, hatte silbriges Haar und trug eine Nickelbrille unter dem hellen Schlapphut. Er sah aus wie ein Lohnbuchhalter, etwas heruntergekommen. Seine Augen waren blau, sie lächelten kühl.

»Das ist also die Nichte des großen Magnaten. Anaïs hat mir viel von Ihnen erzählt. Freut mich, dass mein Buch Ihnen gefällt.« Sein Englisch hatte einen sehr starken, amerikanischen Akzent. Er nippte an einem Glas Pernod, ohne sie aus den Augen zu lassen. »Sind Sie Schriftstellerin?«

Sein Blick war so erwartungsvoll, dass Gerta am liebsten genickt hätte. Aber sie war zu ehrlich dafür. Sie verneinte.

»Eine Malerin?«

Wieder war sie gezwungen, den Kopf zu schütteln.

»Studentin?«

»Lügen Sie ihm doch irgendwas vor, damit er zufrieden ist«, sagte Anaïs. »Als ich ihn kennen lernte, hab ich ihm auch nicht die Wahrheit gesagt. Ich sagte, ich wäre Bauchtänzerin.«

Henry lachte, und Gerta dachte schon, die Frage wäre vom Tisch. Aber der Amerikaner mit den harten Gesichtszügen war so leicht nicht aus dem Konzept zu bringen.

»Also, junge Dame, vertrauen Sie mir Ihr Geheimnis an. Was machen Sie in diesem Leben?«

»Ich, äh«, begann Gerta zu stammeln und hasste sich dafür. »Ich, ich bin in Paris.«

»Nun, das sehe ich. Und?«

Da, wo sonst ihr Gehirn war, sah Gerta nur ein schwarzes Loch. Was machte sie mit ihrem Leben? Um ehrlich zu sein, sie wusste es nicht. Sie tat, was man ihr sagte. Amüsierte sich oder gab sich jedenfalls den Anschein, amüsiert zu wirken. Sie kaufte schöne Kleider, ging ins Theater und in feine Restaurants, sie würde Jonathan heiraten – jedenfalls hatte sie das bis heute Abend noch gedacht.

Und sie fotografierte manchmal, zum Zeitvertreib. Aber genau genommen machte sie – nichts.

Nichts. Echote es in ihrem Kopf. Nichts.

Du machst nichts mit deinem Leben. Du wartest darauf, dass du geheiratet wirst. Aber das konnte sie dem Amerikaner mit seinen scharfen Augen doch unmöglich sagen.

»Henrys Manuskript liegt jetzt beim Agenten«, lenkte Anaïs das Gespräch in eine andere Richtung. »Die ganze Welt wartet darauf, dass es endlich gedruckt wird. Sie weiß es nur noch nicht.«

Henry entblößte beim Lachen kräftige weiße Zähne.

»Eines Tages wird er sehr berühmt sein. Und ich werde stolz darauf sein, Henry Miller gekannt zu haben. Und Sie, Gerta, gehören zu den Bewunderern der ersten Stunde.«

»Aber damit hat das deutsche Fräulein meine Frage noch immer nicht beantwortet. Was machen Sie mit Ihrem Leben?«

»Nichts«, sagte Gerta schlicht und war überrascht, wie leicht sie es auf einmal aussprechen konnte. »Ich mache nichts.«

Henry Miller nickte in sich hinein. »Eine höhere Tochter, die sich ins Künstlerparadies verirrt. Alice im Wunderland. Hören Sie, meine Liebe. Fragen Sie sich, ob es da nicht einen Traum gibt, irgendwo tief in Ihnen, etwas, das Sie sich wirklich wünschen. Sie vertändeln Ihr Leben, wenn Sie diesen Traum nicht finden.«

Gerta dachte an die kleine Leica, an die Fotos, mit denen sie sich als ihr Hobby beschäftigte und die nach und nach immer besser wurden, erste Ansätze eines eigenen Blicks verrieten.

»Ich träume davon, Fotografin zu werden«, sagte sie schnell und dem Impuls folgend.

Miller betrachtete sie mit neuem Interesse. »Ich glaube, dass der Fotografie dieses Jahrhundert gehört. Man dokumentiert die Wirklichkeit mit ihren atemberaubenden Veränderungen. Das zwanzigste Jahrhundert ist das Jahrhundert der Fotografie.«

»Ihr Buch hat mich an die Fotografie erinnert. So dem Augenblick, dem Leben entrissen, echt, nicht gestellt.«

»Man braucht keine Fiktion, wenn die Wirklichkeit so aufregend ist. Sie sind Deutsche, *right*? Ich habe auch deutsche Wurzeln. Haben Sie mitbekommen, dass dieser Hitler jetzt Reichskanzler ist? Was sagen Sie dazu?«

Gerta starrte ihn an. Es kam ihr so vor, als würde die Zeit zu Eis gefrieren. Das konnte nicht stimmen, musste ein Scherz sein.

Ein schlechter Scherz, dachte sie. Dieses Lumpenpack – in Deutschland an der Macht?

»Oh, Sie wissen es gar nicht? Nun, es kam wohl auch für die Deutschen überraschend. Ich hab es in der BBC gehört. Die alte Regierung wurde gestürzt, und Hindenburg hat Adolf Hitler zum Reichskanzler ernannt. Der Alte wird wohl ein bisschen senil. Im Sommer hat er genau das noch verweigert. Aber diesmal haben anscheinend seine Berater gewonnen. Hitler hat in Berlin die Macht übernommen. Das war vor wenigen Stunden.«

Ihr Mund fühlte sich ganz taub an. Sie hatte im *New York Herald* über das Misstrauensvotum gegen Schleicher gelesen, aber der amerikanische Korrespondent in Berlin hatte die Verhältnisse wohl nicht ganz richtig eingeschätzt. Mit keinem Wort war in dem Artikel von Hitler als Kanzlerkandidat die Rede gewesen.

Sie dachte an das langweilige Dinner, mit dem der Abend vergangen war: Hatte sich in diesen Stunden das Schicksal ihres Heimatlandes entschieden – und niemandem war es wert gewesen, dazu auch nur ein Wort zu verlieren? Die Bankiers mussten es doch wissen. Ihre Geschäfte wurden doch von Politik bestimmt.

»Niemand kann im Moment die Lage einschätzen«, erklärte Henry Miller. »Es hat einen Fackelzug der SA in Berlin gegeben, und die britischen Skeptiker von der BBC befürchten nicht viel Gutes für Ihr Land. Auf der anderen Seite kann die Lage sowieso nicht mehr so viel schlechter werden, *right?*«

Gerta dachte an die Schläger am Leipziger Bahnhof, an die brutalen Tritte und Hiebe und daran, wie binnen Sekunden ihr Bild von der heilen Welt aus seinem Rahmen gestürzt war.

»Oh doch, sehr viel schlechter. Wenn die Nazis an der Macht sind, kann man nur das Schlimmste befürchten. Die sind zu allem fähig. Die machen kurzen Prozess mit ihren Gegnern.«

»Seien Sie nicht zu niedergeschlagen. Es gab so viele Wahlen in Deutschland. Fast ein halbes Dutzend in einem einzigen Jahr, *right*? Auch dieser Spuk wird bald wieder aufhören.«

»Trinken Sie lieber noch ein Gläschen!«, mischte Anaïs sich mit glitzernden Augen ein. »Schlechte Nachrichten sind ein Grund mehr, nur noch für die Ekstase zu leben. Die kleine Dosis, die gemäßigte Liebe, die Halbschatten lassen mich kalt. Henry und ich fahren in die Rue Blondel, zu Henrys Huren. Sie kommen doch mit? Es wird Sie dort schon keiner fressen!«

Gerta kam es unwirklich vor, dass wirklich sie es war, sie, Gerta Pohorylle, die beschwipst in einem Taxi saß und durch das nächtliche Paris glitt, um ein Bordell aufzusuchen. Aber alles war unwirklich: die hässlichen Sätze, die sie von Onkel James und Jonathan gehört hatte. Und die Tatsache, dass Hitler jetzt angeblich Reichskanzler war – und sich niemand besonders darüber aufregte, jedenfalls nicht hier, in Paris.

Links von sich spürte sie das harte, knochige Knie von Henry Miller, rechts die weichen Hüften von Anaïs, und durch ihre betrunkene Wahrnehmung tanzten und hüpften die Lichter an der Seine.

»Gesunde Primitivität«, sagte sie und musste einen Schluckauf unterdrücken.

»Ich hätte nie gedacht«, kicherte Anaïs, »dass ich dieses Wort in meinem Leben an einem einzigen Abend mal so oft zu hören kriegen würde.«

»Man kann es nicht oft genug hören«, sagte Henry. »Es sind die einzigen deutschen Wörter, die ich nie mehr vergesse.«

Die Rue Blondel war eine kleine, schmale Gasse, so schmal, dass sich die schiefen Häuser fast berührten. Ein roter Lichtschein fiel übers Kopfsteinpflaster. Die rote Laterne hing über einer Haustür mit dem Schriftzug *No 32*.

Anaïs bezahlte den Taxifahrer, und Henry räusperte sich. »Die Damen, hier wären wir.«

Während Gerta auf die Haustür starrte und sich wunderte, warum die Zahl 32 so seltsam vor ihren Augen verschwamm, wurde sie von Anaïs untergefasst.

»Dieses Paris kennen Sie schon aus Henrys Roman. Wir dachten, Sie sollten es selbst hautnah erleben.«

»Gesunde Primitivität«, bestätigte Gerta und wurde durch die Schwingtür geschoben.

Auf den ersten Blick wirkte es wie ein Café, mit Bistrotischen und Eisenstühlen. Es war verqualmt und laut, Männer tranken und johlten. Die Frauen – waren nackt.

Fassungslos starrte Gerta auf die braune Haut der Mulattin, die sie begrüßte und zu ihrem Tisch wies. Sie sah die spitzen Brüste mit den großen Brustwarzen, die schmalen Hüften, die schlanken Fesseln. Es war eine schöne, junge Frau, und sie schien es zu genießen, dass die Blicke über sie hinwegglitten wie gierige Hände. Sie trug nichts außer einem Paar sehr hoher, roter Sandalen, und durch ihren Nebel aus Staunen und Alkohol schwor sich Gerta, dass sie genau solche Schuhe wollte, spitz und rot und hoch.

Dann drückte man ihr ein Glas billigen Sekt in die Hand, und sie trank, während Anaïs den Arm um ihre Schulter legte.

»Schauen Sie nur, wie viele Spielarten von Schönheit es gibt. Ich kann mich nicht satt sehen daran.«

Eine sehr dicke Frau mit wogendem, hängendem Busen kam an den Tisch, eine Zigarette hing ihr aus dem Mundwinkel, und Anaïs bedeutete ihr, sie möge sich setzen, und schenkte ihr Champagner ein. Die dicke Frau war schön, dachte Gerta. Schön und voll und prall. Sie fuhr sich lasziv mit den eigenen Fingern über die Brüste, und Henry rückte an seinem Hut.

»Wir möchten, dass Sie dieser Kleinen zeigen, was die Liebe ist.«

»Sicher.« Die Hure, die auf Gerta wirkte, als wäre sie einer spanischen Oper entstiegen, eine Carmen ohne Korsett, lächelte.

»Wir zeigen Ihnen sechsundsechzig Arten der Liebe.«

Henry Miller, mit schiefem Lächeln, stritt um den Preis

wie ein Viehhändler, und Gerta hatte das Gefühl, ihn doppelt zu sehen, ihn und sein schiefes Lächeln und seinen schiefen Hut.

Anaïs zahlte, dann winkte die dicke Frau eine zarte, blonde Elfe herbei, und die beiden gingen durch eine Hintertür voraus zu einer Treppe. Gerta starrte auf die bleistiftdünnen Absätze, die Strumpfbänder, unter denen Fleisch hervorquoll, und sie bekam Angst. Nur weg hier – flüsterte eine Stimme in ihr.

Aber die andere Stimme siegte, die Stimme der Neugier.

»Es ist nur ein Spiel«, flüsterte Anaïs. »Nur ein lustiges Spiel für Erwachsene.«

Gerta hatte erwartet, dass ein Mann hinzukommen würde. Doch als sie das Zimmer betreten hatten, klein wie ein Kästchen und mit rotem Samt ausgekleidet, schloss die dicke Frau die Tür.

Im gedämpften, lachsrosa Licht erkannte Gerta ein Bett mit einem schweren roten Baldachin und einen großen Spiegel.

Die Kehle wurde ihr eng, der Sekt verwandelte die Welt in einen Taumel.

»Sechsundsechzig Arten der Liebe! *Voilà!*«

Damit band sich die dicke Frau ein Glied aus rosa Gummi um die Hüften, und die Vorstellung begann.

Gerta hatte befürchtet, es könnte ekelhaft werden, gemein, hässlich oder abstoßend. Doch eigentlich war es wie ein Theaterstück, faszinierend, fremd, erregend. Die beiden Frauen kicherten dabei, zeigten die verschiedenen Positionen. Liebe im Taxi, Liebe, wenn man sich kein Hotelzimmer leisten kann. Es war wie ein Bilderreigen im Bett.

»Liebe, wenn die Geliebte schläft.«

Zart drängte sich die dicke Frau an ihre blonde Elfe heran und schob das Gummiglied sanft in sie hinein und wiegte sie von hinten zärtlich damit wie ein Kind.

Gerta spürte, wie ihr heiß wurde, es war die Zartheit, die sie erregend fand, und sie lachte, um ihre Nervosität zu überspielen. Anaïs schenkte ihr mit funkelnden Augen mehr Sekt nach, und ein paar Tropfen spritzten dabei über Gertas Brüste, kalt und erregend, und sie biss sich auf die Lippen, um nicht aufzuschreien.

Sie sah, wie die blonde Elfe die Augen schloss und sich im schneller werdenden Rhythmus ihrer Verführerin bewegte, sie sah die Schweißperlen, die auf dem Rücken des zarten Mädchens perlten, sah, wie sich ihr Mund öffnete, wie ihre Lippen anzuschwellen schienen, und im nächsten Moment war der Zauber vorbei, die Anspannung wich, es wurde Theatervorstellung, die Frauen lachten, Anaïs klatschte, und Henry Miller räusperte sich merkwürdig rau.

Für einen wahnwitzigen Augenblick wünschte Gerta, sie könnte sich auf das niedrige Bett werfen, sie würde ausgezogen, das Kleid würde ihr vom Leib gerissen, und dann würde sie sich den sechsundsechzig Verlockungen der Liebe ergeben.

Aber nicht im Spiel und nicht mit einer Frau.

Sie stellte sich das Gesicht vor, sein Gesicht, das harte, dunkle Gesicht und den Spott, der in seinen Augen glitzerte, während er sich über ihr niederließ und in sie gleiten würde, zart und hart, bis sie sich seinem Rhythmus öffnete und ganz ergab.

Als Anaïs sie in den Arm kniff, war die Vison vorüber.

»Die Kleine ist total blau«, hörte sie Anaïs durch dicke Watteschichten sagen. »Und ich muss zurück nach Louveciennes. Was für ein Jammer, dass Hugh sich die Stadtwohnung nicht mehr leisten kann. Tja, *ma petite*, der Dollarkurs ist schuld, wenn ich Sie in diesem Zustand nach Hause bringen muss.«

»Die kriegt einen heißen Kaffee, und dann wird sie schon wieder«, sagte Henry Miller. »Vielleicht bekommt sie ein bisschen Ärger. Aber dafür hat sie endlich mal was vom Leben gesehen.«

»Gesunde Primitivität«, hörte Gerta sich selber sagen. Und dann schlief sie einfach ein.

»Wenn so etwas noch einmal passiert, schicke ich dich zurück nach Leipzig.«

Mit üblen Kopfschmerzen saß Gerta am Frühstückstisch und ließ Tante Terras Strafpredigt über sich ergehen. So schlimm wie an diesem Morgen hatte sie sich in ihrem Leben noch nicht gefühlt. Schon der Geruch des Kaffees verursachte ihr Übelkeit.

»Ich könnte dich prügeln, ganz egal, wie alt du bist. Wie kannst du uns so etwas antun? Ich wage gar nicht, mir vorzustellen, was Jonathan dazu sagen würde, wo du dich rumtreibst. Natürlich wirst du ihm nichts davon erzählen. Ein junges Mädchen, das sturzbetrunken nach Hause torkelt. Dein Vater hätte viel strenger mit dir sein müssen.«

»Weißt du, wie Jonathan über mich redet?«, begehrte Gerta auf. »Er sagt, ich bin ein Fohlen auf der Weide. Man muss es im Zaum halten. Mit Zuckerbrot und Peitsche.«

»Wenn ich an dein unmögliches Verhalten von gestern denke, muss ich sagen, ich gebe ihm Recht. Ich rate ihm zur Peitsche.« Und dann blitzte die Neugier in Tante Terras Augen auf. »Woher weißt du das?«

Gerta machte eine vage Geste. »Ich hab gehört, wie Jonathan und Onkel James sich unterhalten haben. Das war sehr erhellend. Im Übrigen werde ich mir das mit der Verlobung noch einmal gut überlegen. Vielleicht sollte Jonathan besser eine von diesen blutleeren Adligen heiraten.« Sie merkte, wie ihr die Zornesröte ins Gesicht stieg. »Weißt du, was er an mir schätzt?«

Tante Terra sah sie überrascht an.

»Na, alles, hoffe ich.«

»Meine gesunde Pri-mi-ti-vi-tät!« Sie stellte ihre Tasse so heftig ab, dass der Kaffee überschwappte.

Tante Terra lachte. »Aber Kind, reg dich doch nicht so auf. Du musst wirklich noch viel lernen.« Sie legte ihr den Arm um die Schultern. »Soll ich dir mal ein wichtiges Geheimnis verraten? Männer sind ein bisschen dumm. Und man darf nicht alles so ernst nehmen, was sie sagen. Sie wollen sich nur wichtig machen. Gesunde Primitivität – na und? Hauptsache, sein Bankkonto ist gesund.«

»Tante Terra!«, rief Gerta entrüstet, aber sie merkte, dass sie über die Scharfzüngigkeit ihrer Tante doch lachen musste.

»Im Übrigen kann ich dir verraten, dass du nicht die Einzige bist, die heute Morgen Kopfschmerzen hat. Die Herren haben gestern zwei Flaschen Portwein geleert. Und da sagt man so manches – wie du selber weißt.« Tante Terra machte eine bedeutungsvolle Pause. »Ich frag mich schon, warum du bei deiner unrühmlichen Heimkehr von sechsundsechzig Positionen der Liebe geredet hast?«

Gerta blickte erschrocken auf, aber dann sah sie, dass ihre Tante zwinkerte.

»Ich denke, das sollte ich auch nicht ernster nehmen als du deine gesunde Primitivität, oder?«

Gerta nickte. Da musste sie der Tante Recht geben. Und immerhin hatte sie ihre kleine Rache schon gehabt.

Auf dem Weg zur DEPHOT blieb ein schlecht gelaunter Bandi immer wieder stehen, um die Schlagzeilen der Zeitungen zu lesen. In Anbetracht der Situation waren sie erstaunlich unaufgeregt. »Hitler-Papen-Kabinett«, titelte das SPD-Blatt *Vorwärts*. »Feine Leute und drei Nazis – Kabinett des Großkapitals«.

Andere Zeitungen waren noch zurückhaltender. Die Empörung der Presse hielt sich in Grenzen. Man konnte den Eindruck gewinnen, dachte Bandi, dass die NSDAP eine Partei wie jede andere und Hitler ein ganz normaler Kanzler war.

Die Fotos zeigten Hitler. Aber man ahnte auf diesen Fotos nichts von dem entflammenden Aufwiegler, der zwar nur Unsinn von sich gab, dies jedoch mit der Dramatik eines großen Redners und mit einer Energie, die ans Dämonische grenzte.

»Acht Wochen, und die Nazis sind geliefert«, verkündete ein Ladenbesitzer. »Hitler hat keine Mehrheit in Deutschland. Brünings Katholiken und Papens Großgrundbesitzer werden ihn schon in Schach halten.«

Überall in Berlin wurden ähnliche Kommentare laut, und doch hatte sich das Stadtbild über Nacht verändert. Nein, die Nazis hatten keine Mehrheit in der Stadt. Aber sie hatten Fahnen. An allen wichtigen Orten waren die Flaggen mit dem Hakenkreuz gehisst, und mit ihren dramatischen, blutroten Farben beherrschten sie das Bild.

Vor der DEPHOT angekommen, nickte Bandi dem Pförtner zu – und machte unwillkürlich einen Schritt zurück. Der Mann trug SA-Uniform und erwiderte grinsend Bandis Blick.

In der Agentur waren Diskussionen im Gange.

»Eine schlimme Sache.« Der Homunkulus warf klagend einen Arm in die Luft.

»Die Deutschen sind nicht so dumm, diesen Hitler an der Macht zu lassen«, widersprach Erich Salomon mit seiner kultivierten Stimme. »Es ist ein Kulturvolk. Dieser Barbar ist ja nicht einmal der deutschen Grammatik mächtig. Er wird niemals das Land der Dichter und Denker lenken.«

»Ich wollte, dieser verrückte deutsche Jude hätte Recht«, murmelte der Homunkulus mehr zu sich selbst. »Aber ich fürchte, dass er Unrecht hat. Weil er Hitlers Genie für die Massenwirksamkeit unterschätzt.«

»Drei Monate«, beharrte Salomon. »Allerhöchstens.«

Mit solchen Diskussionen, die sich immer wieder im

Kreis drehten, verging der halbe Tag. Man erwartete mit Spannung, was aus der neuen Reichskanzlei zu vernehmen sein würde, es hieß, dass Hitler mit dem katholischen Zentrum verhandelte, und die Fotografen der DEPHOT wechselten sich in mehreren Schichten in der Wilhelmstraße ab.

Aber der Tag verging so grau und zäh wie schon die Tage davor, und als Bandi sich auf den Heimweg machte, war Hitlers Herrschaft auf schleichende Weise schon Realität geworden. Im Rundfunk sprach man vom »Kabinett Hitler« – so als hätte es nie ein anderes gegeben.

Allerdings hörte man auch, dass die ersten Redakteure schon um ihre Posten bangten, und die von Bandi verehrte Gundi Hecht vom *Welt-Spiegel* hatte am Nachmittag einen Heulanfall erlitten und sich beim Homunkulus telefonisch ausgeweint.

»Sie werden uns alle rauswerfen!«, hatte sie so laut geschluchzt, dass man es durch den Hörer hörte.

»Du arbeitest in einem liberalen, jüdischen Verlag«, wollte der Homunkulus sie beruhigen.« Die Gebrüder Mosse sind deine Verleger, selber Juden. Warum sollte man dich rauswerfen?«

Bis zum Abend war es in der DEPHOT sonderbar still.

Bandi hatte das Gefühl, ganz Berlin sei im Schock erstarrt.

Man musste abwarten, was nun kommen würde.

Als es dann kam, geschah es schneller, dramatischer und beunruhigender, als selbst der Homunkulus es vorhergesehen hätte. Die Belegschaft der DEPHOT hatte sich im Allerheiligsten versammelt, wo die Glastür neuerdings für alle offen stand. Man trank den Morgenkaffee und hatte sich auf einen weiteren Tag des Abwartens eingestellt, als ein Botenjunge in die Redaktion stürmte.

Er kam von Salomon.

»Der Reichstag ist aufgelöst! Der Reichstag ist aufgelöst!«

In einer einzigen Bewegung knallte der Homunkulus die Tasse auf den Tisch, fingerte einen Zigarillo aus seinem zerbeulten Jackett und fummelte am Rundfunkempfänger herum. Es rauschte, und dann ertönte die hektische Stimme eines Reporters.

»Der Reichskanzler hat vom Reichspräsidenten erwirkt, dass der Reichstag aufgelöst wird. In der präsidialen Notverordnung heißt es, dass sich die Bildung einer arbeitsfähigen Mehrheit als nicht möglich herausgestellt hat. Die Neuwahlen zum Reichstag sind für den 5. März angesetzt.«

Bandi konnte spüren, wie sich das Grinsen der Erleichterung auf seinem Gesicht ausbreitete. »Damit hat er sich selber erledigt. Hitler wird nie vom deutschen Volk gewählt werden.«

Mit einer wütenden Handbewegung brachte ihn der Homunkulus zum Schweigen.

»Blödsinn. Völliger Blödsinn. Hitler hat jetzt alle Möglichkeiten, den Wahlkampf zu beeinflussen. Ihr werdet es schon sehen. Dieser Mensch weiß sehr genau, was er macht. Ein grrrroßer Fehler, ihn zu unterschätzen. Er wird seine Wahl herbeizwingen. Und dann bleibt er die nächsten zwanzig Jahre an der Macht.«

Damit drehte er mit seinen dicken Fingern am Rundfunkempfänger. Es hieß, Reichskanzler Hitler würde eine Regierungsproklamation an das deutsche Volk im Rundfunk verlesen.

»Im Rundfunk, nicht vor dem Reichstag, wie es üblich ist! Das sagt schon alles«, murmelte der Homunkulus. »Damit hat er sehr deutlich ausgedrückt, was er vom Parlament und von der Republik und ihren Gebräuchen hält. Diese Republik wird abgeschafft. Hitler wird alle Register der Manipulation ziehen. Heute fängt es an. Als Kanzler hat er den Rundfunk in der Hand.«

Die gesamte Belegschaft drängte sich im Allerheiligsten, um Hitler anzuhören. Bandi hatte das Gefühl, dass die Rede sich nicht so sehr von der Ansprache an die SA unterschied. Eine dramatische Rede, die wenig sagte, aber virtuos mit Ängsten und Emotionen spielte und deutschlandweit ausgestrahlt wurde. Nur der Bayerische Rundfunk, der sich als einziger Sender Deutschlands schon seit Tagen der Nazi-Propaganda verweigerte, brach diese Übertragungen immer wieder ab.

Hitlers Rede wurde eine Abrechnung mit der deutschen Demokratie: Die Weimarer Republik hätte ihren Bürgen vierzehn Jahre Zerrissenheit beschert, materielles Elend und nationale Erniedrigung über das Volk gebracht, nun aber sei man im Willen zur nationalen Erhebung der nationalen Volksgemeinschaft vereint.

Und das heißt: ohne uns, dachte Bandi bitter, während sein Blick über Chim und Erich Salomon und Ladislaus Glück und die hübsche Lilli und Umbo und den Homunkulus glitt. Ohne Gundi Hecht, ohne Stefan Lorant, ohne die Brüder Ullstein, ohne Mosse, ohne Bruno Cassirer, ohne Albert Einstein, ohne Elisabeth Bergner und ohne all die Tausende, die Berlins und damit Deutschlands Kultur zu einem entscheidenden Teil geprägt hatten.

Ohne Juden.

Die Nazis hatten von Anfang an ein Deutschland ohne Juden gewollt. Es gehörte zum Kern ihrer Überzeugungen, für jedermann nachzulesen, seit mehr als einem Jahrzehnt stand es so im zweiten Absatz des NSDAP-Programms.

Das wusste auch der Homunkulus. Seine Stimme klang rau, und er nahm auf seine ganz besondere Weise Haltung an, als er sich, die linke Hand in der Jackentasche, vor seinen Mitarbeitern in Positur stellte.

»Wenn ich in die Zukunft sehe, dann sehe ich Bitteres. Unsere Zukunft wird ohne Deutschland sein. Ich weiß nicht, was für eine Zukunft das für Deutschland bedeutet. Ich weiß aber, dass hier in diesen Räumen, und mit Ihnen, meine Freunde, mit Ihrem Einsatz, mit Ihrer Chuzpe und Ihren Kameras, die Keimzelle für etwas gelegt wurde, was das Gesicht der Welt verändern wird. Hier, und mithilfe dieses verrückten deutschen Juden«, sein Blick ruhte fast zärtlich auf den versteinerten Zügen Erich Salomons, »ist der moderne Fotojournalismus geboren worden. Sie haben eine neue Kunst erfunden, die Kunst der Dokumentation des Wirklichen. Bald werden die Zeitschriften der ganzen Welt erkennen, was hier, in den Räumen der DEPHOT, geleistet wurde. Und jetzt werden wir wohl bald auseinander gerissen, auf einer langen Reise in die Nacht.«

Er kramte nach einem Zigarillo, seine Hand zitterte.

»Ich war nicht immer so freundlich, wie ich es gern gewesen wäre. Und ich konnte«, er unterbrach sich mit einem Hüsteln, »häufig die Gehälter nicht zahlen. Aber was wir hatten und haben, das ist Talent und Leidenschaft.«

Er blickte all seinen Mitarbeitern ins Gesicht.

»Dieser wird nach Ungarn gehen, jener nach Holland, nach Paris, England oder Amerika. Aber jeder von Ihnen wird die DEPHOT im Herzen tragen, die Erinnerung an unsere große Zeit in einer großen, wunderbaren Stadt, die uns für vierzehn goldene Jahre die Illusion einer deutschen Freiheit gegeben hat. Das, Freunde, ist meine Proklamation an diesem dunklen Tag. Nehmt Abschied, und behaltet unser Berlin im Herzen, das lebendige, freie Berlin. Dann geht in die Welt, und bringt ihr die Bilder, nach der sie verlangt. Diese Welt wird eure Fotos brauchen! Vergesst den verrückten alten Guttmann nicht ganz, und glaubt ja nicht, ich wüsste nicht, dass ihr mich Homunkulus nennt. Und wenn der Spuk vorbei ist, meine lieben, geliebten Frrreunde, falls dieser Spuk je vorübergeht, woran ich leider fast nicht glaube, dann treffen wir uns auf einen Whiskey in New

York, vielleicht in Palästina und vielleicht, ganz vielleicht auch wieder hier, in Berlin! Dann reden wir über die vergangenen Zeiten! Und jetzt wollen wir uns betrinken! Ruft im Adlon an, bestellt eine Kiste Glenfarclas. Und dann: *Lechaim!*«

TEIL 3

1933

Die Märzsonne malte blasse Quadrate aufs Parkett. Der Konsul trat zum Fenster und zog die Vorhänge zu; das Schlafzimmer seiner Frau versank im Dämmerlicht.

»Lass nur«, sagte sie müde. »Die Sonne stört mich nicht. Ist so schön, dass endlich Frühling wird.«

Er drehte sich nicht zu ihr um.

Er starrte die Vorhänge an, Seide mit Maiglöckchenmuster, ein Detail, das ihm nie aufgefallen war und jetzt absurd erschien.

Seit Monaten lag Sophia nun meistens im Bett, geschwächt und unfähig, auch nur einen Teller Brei zu sich zu nehmen. Die Schatten unter ihren Augen waren längst ein vertrauter Anblick geworden, dunkle Halbmonde.

»Eisenmangel«, hatte der Arzt immer wieder diagnostiziert, nach langen und umständlichen Untersuchungen, die stets vom selben, ratlosen Schulterzucken begleitet waren.

»Eisenmangel, Erschöpfung. Möglicherweise eine Form der Anämie. Viel Obst, viel Gemüse, viel Schlaf.«

Vergeblich hatte der Konsul seiner Köchin befohlen, ganze Tabletts voller Südfrüchte und Salate anzurichten. Trotz der Vitamine und obwohl Sophia ihre Tage fast nur noch schlafend verbrachte, war keinerlei Besserung eingetreten.

Sie wurde immer blasser.

»Ich würde so gern nach Paris«, hörte er sie zu seinem

Rücken sagen, und er blinzelte, bevor er sich umdrehte und die Hände im Rücken verschränkte, als könnten sie ihn stützen.

Um sie herum, auf den Kissen, waren Fotografien ausgebreitet, die Gerta ihnen geschickt hatte. Sie zeigten Paris, wie sie es sah. Mit der kleinen Leica, die Jonathan ihr geschenkt hatte, war es ihr gelungen, den Zauber der Stadt einzufangen. Der Konsul war überrascht gewesen, ihr Talent darin zu erkennen. Die Fotos hatten einen ganz eigenen Blick, der ihre Liebe zu Paris spiegelte. Es war ihr gelungen, all die kleinen Details festzuhalten, deren Summe letztendlich den Charme der Stadt ausmachten: die rostenden Brückengitter, die bröckelnden Fassaden, die eleganten Markisen.

Aber am häufigsten betrachtete Sophia Pohorylle eine Porträtfotografie von Jonathan und seiner Mutter, die bei ihr auf dem Nachttisch stand.

Mrs Davenport hatte sich mit kerzengeradem Rücken auf einem Samtstuhl fotografieren lassen; mit Tweedkostüm und Hut. Jonathan, hinter ihrem Stuhl, hatte beide Hände auf ihre Schultern gelegt, behutsam, respektvoll, doch auch besitzergreifend.

»Die beiden«, sagte Sophia nachdenklich, »erinnern mich an König Edward und seine Mutter. Die wirken, als hätten sie eine sehr starke Bindung. Es wird nicht leicht für Gerta werden. Außerdem sind sie ein bisschen leblos, alle beide.«

»Ach, das liegt vielleicht an der Pose. Der Konsul lächelte und schaute auch auf das Foto.« Also – so schrecklich ist die Mutter gar nicht«, meinte er dann.

»Dein Wort in Gottes Ohr«, entgegnete Sophia. »Herbert, wir müssten es schaffen, nach Paris zu fahren. Eine Tochter braucht ihre Eltern, wenn sie Verlobung feiert.«

»Bei der Hochzeit wirst du dabei sein«, sagte er sanft. »Die Hochzeit ist doch erst im Sommer. Bis dahin bist du wohlauf und gesund und die schönste Schwiegermutter, die man je auf einer Hochzeit tanzen sah.«

Er tat, was er konnte, um seinen eigenen Worten glauben zu können. Aber ihr Blick entmutigte ihn. Ihr Blick war verhangen und traurig und ehrlich.

»Natürlich.« Ihre Hände umklammerten die Bettdecke. »Aber ich wünschte dennoch, du könntest dich überwinden, allein zur Verlobung zu fahren.«

Er stöhnte.

Ohne dich hat alles keinen Zweck, hätte er sagen wollen. Aber die Worte bildeten sich nur in seinem Kopf und fanden nicht den Weg zu seiner Zunge. Es fiel ihm leichter, über Praktisches zu sprechen als über Gefühle.

»Die Zeiten sind zu schwierig, Sophia. Die Fabrik braucht mich. Ich will verhindern, dass auch nur irgendein Nazi dort Fuß fasst. Meinen Leuten hab ich gesagt, wer der Partei beitritt, muss mit seiner sofortigen Entlassung rechnen.«

Ihr Lächeln gab ihr die alte Schönheit zurück.

»Du bist ein mutiger Mann. Das warst du schon immer.«

»Ach, was heißt mutig? Es gibt sowieso nur zwei oder drei Kandidaten, die ich in Verdacht hätte.«

»Prokurist Faulhaber?«

»Aber er weiß, wie ich denke, und hütet seine Zunge.«

Trotzdem fragte er sich in langen, schlaflosen Nächten, von wem die schmutzigen, anonymen Briefe stammten, die in unregelmäßigen Abständen immer wieder eintrafen und das Gefühl einer unbestimmten Bedrohtheit bei ihm hinterließen.

Wenn er an dessen hässliches Lächeln dachte, hatte er schon seinen Prokuristen in Verdacht, fand es jedoch so ungeheuerlich, dass er dem lieber nicht nachgehen wollte, bevor er nicht Beweise vorliegen hatte.

Der Konsul glaubte inzwischen nicht mehr daran, dass Hitler ein vorübergehendes Phänomen bleiben würde. Zu was er fähig war, hatte man im Wahlkampf gemerkt: Über den Volksempfänger war unablässig Radiopropaganda verbreitet worden, und eine böswillige Verordnung »zum Schutz des deutschen Volkes« hatte alle Zeitungen verboten, die den Nazis nicht ins Konzept passten. Nach dem Reichtagsbrand waren viele Kommunisten verhaftet worden und Hunderte ins Exil gegangen. Die SA setzte alte Leute unter Druck, den Nazis ihre Stimme zu geben. Das katholische Zentrum, dem der Konsul angehörte, war schweren Repressionen ausgesetzt. Und trotz alledem hatte Hitler bei der Wahl am 5. März, den er selbst zum »Tag der erwachenden Nation« erklärte, doch nur 43,9 Prozent der Wählerstimmen gewonnen und verfügte damit nicht über die absolute Mehrheit.

Aber er blieb an der Regierung, und man würde ja sehen, was als Nächstes kam und wozu er noch fähig war.

Der Konsul hegte die schlimmsten Befürchtungen.

»Man sagt, dass bald ein Aufschwung kommt. Dann wird der Nazispuk vorbei sein«, erklärte er seiner Frau wider besseres Wissen. Er wollte sie nicht mit seiner Düsternis belasten.

Sophia blickte ihn skeptisch an. »Es sei denn, Hitler schreibt sich den Aufschwung auf die eigenen Fahnen. Aber ich wollte nicht über Politik mit dir reden. Es geht um Gerta. Ich finde, du solltest zu ihrer Verlobung fahren. Es ist doch zu traurig, wenn sie sich wie ein Waisenkind fühlen muss.«

»Nun übertreib mal nicht. Es gibt ja noch deine Schwester. Die ersetzt zehn Mütter und Väter mit ihrem Energieüberschuss.«

Dem Konsul war natürlich bewusst, dass er sich überwinden und nach Paris reisen müsste. Er hatte schließlich nur eine Tochter, und die verlobte sich nur einmal im Leben. Aber schon bei dem Gedanken, den feinen Pinkeln des amerikanischen Geldadels gegenübertreten zu müssen, erwachten in ihm Fluchtinstinkte.

Er war ein einfacher Mann, sein Englisch dürftig, und sein Vater, der Tischler, hatte ihn zwar darauf vorbereitet, wie man eine Möbelfabrik ordentlich führt. Aber von der guten Gesellschaft und ihren Spielregeln wusste er nichts und wollte er auch nichts wissen.

Als Sophia lächelte, sah er das Verständnis in ihrem Blick.

»Wenn es zu schlimm für dich ist, musst du dich nicht zwingen«, sagte sie leichthin. »Wenn es so ist, muss ich mich einfach überwinden, bis zur Hochzeit gesund zu werden. Ich hätte nur diesen Davenport so gern mal unter die Lupe genommen. Ich hoffe so sehr, dass es der Richtige für sie ist.«

»Warum sonst sollte sie sich mit ihm verloben wollen?«

»Typisch männliche Logik. Aber so simpel wie ihr Männer sind wir Frauen nicht. Ich mache mir immer noch Sorgen. Wenn ich sie am Telefon habe, spricht sie zwar freundlich von ihm. Aber es klingt trotzdem merkwürdig distanziert.«

»Das liegt bestimmt nur an diesem technischen Apparat!«

Wie die meisten Männer hasste der Konsul das Telefon und konnte nicht verstehen, weshalb seine Frauen so süchtig danach waren. Er selbst bellte nur eine Anweisung in den Hörer und legte dann so schnell wie möglich wieder auf.

»Vermutlich werde ich alt«, sagte Sophia. »Alte Mütter machen sich immer Sorgen.« Ein wehmütiges Lächeln spielte um ihre Lippen. »In letzter Zeit muss ich so oft an meine Mutter denken. Es gab da einen Satz, den sie immer sagte. Kleine Kinder, kleine Sorgen. Große Kinder, große Sorgen.«

Der Konsul dachte, dass auch Sophia für ihn war wie ein Kind und dass er sich die größten Sorgen um sie machte. In einem plötzlichen Impuls ging er zum Bett, ergriff ihre Hände und küsste die Finger der Reihe nach.

Verlass mich nicht, hätte er gerne gesagt.

Aber er brachte es nicht über die Lippen.

»Die Liebe«, hörte er Sophia flüstern, »ist ein Geschenk. Hoffentlich findet Gerta ihre Liebe und kann sie annehmen. Sonst wird sie niemals glücklich werden.«

Gerta ließ sich mit ihrer Leica durch die Straßen des Rive Gauche treiben, vorbei an den Cafés mit den runden Bistrotischen und den Stühlen aus Rohrgeflecht. Sie fotografierte das Schieben und Drängen der Obsthändler mit ihren Karren, die Schäbigkeit der Mansarden unter den Schieferdächern.

Flüchtlinge aus Deutschland hatten sich hier angesiedelt.

Natürlich wusste jeder in Paris vom Schicksal der deutschen Emigranten, die seit Hitlers Regierungsübernahme in einem endlosen Strom von München, Hamburg, Berlin und anderen deutschen Städten über die Grenzen kamen. Doch sowie die Rede darauf kam, fand Tante Terra schnell einen Weg, das Thema zu wechseln, so als wäre etwas Peinliches daran, etwas, das einen Schatten auf die eigene Existenz werfen könnte.

Auf ihrem Weg zum Café du Dôme, wo sie Amalia treffen wollte, hörte Gerta immer wieder, wie sich Menschen auf Deutsch unterhielten, ältere Herren mit randlosen Brillen, die wie Gelehrte aussahen, Damen in Tweedkostümen und junge Leute, von denen man nicht wissen konnte, ob sie an der Sorbonne studierten oder Flüchtlinge waren.

»So oder so, sie gehen bald zurück«, sagte Tante Terra immer. »Das Pack, das sich Regierung nennt, wird bald wieder stürzen. Jede Regierung ist in den letzten Jahren nach ein paar Monaten gestürzt. Dem Hitler wird es auch nicht anders ergehen. Wartet ab, schon 1934 wird kein Mensch mehr wissen, wer dieser Hitler überhaupt war. Und diese ängstlichen Flüchtlinge werden ihre Koffer packen und nach Frankfurt und Berlin und Bad Homburg gehen und die Pariser Zeit wie das größte Abenteuer ihres Lebens betrachten.«

Gerta hatte das Gefühl, dass die Tante irgendwie zu viele Worte machte, zu überstürzt redete, so als wolle sie sich selbst damit überzeugen. Onkel James grunzte dann nur und raschelte mit der Zeitung, und Gerta fiel auf, dass sein sonst so glattes Gesicht für Momente ganz zerklüftet wirkte.

Während sie sich jetzt die Rue Mouffetard hinunterdrängte und die Marktstände mit der überwältigenden Vielfalt aus Blumen, Muscheln, Broten, Weinen fotografierte, dachte sie über die deutschen Flüchtlinge nach.

Es hieß, sie seien Kommunisten oder Juden oder beides, und Gerta hatte in ihrem ganzen Leben weder Kommunisten gekannt, noch Juden. Viele dieser Flüchtlinge waren Künstler, Schriftsteller, Maler, Philosophen, und das umgab sie für Gerta mit einer geheimnisvollen Aura, einem romantischen Glanz.

Im *New York Herald* hatte sie auf den Kulturseiten gelesen, dass Paris sich zur zweiten deutschen Hauptstadt entwickelte, zur Hauptstadt der Kultur und Avantgarde.

Mit diesen Gedanken hatte sie das Café erreicht, das die Kreuzung am Boulevard Montparnasse beherrschte. *Le Dôme* verkündete die champagnerfarbene Schönschrift mit schwingenden Schleifen. Platanen warfen Schatten. Gerta ging an den Tischen vorüber und hielt Ausschau nach Amalia, die sie jedoch nirgendwo entdeckte. Schließlich suchte sie sich einen möglichst abseits gelegenen Tisch aus, um auf die Freundin zu warten.

Gerta fühlte sich unbehaglich. Mit Kaschmir-Twinset und Perlenkette passte sie nicht so recht ins Künstlermilieu. Am Nebentisch wurde sie mit befremdeten Blicken gemustert. Dort hielten sich bärtige Männer an ihren Pernods fest und diskutierten mit kauendem amerikanischem

Akzent über Literatur, Stierkämpfe und »neureiche Hohlköpfe«, zu denen sie Gerta wohl zählten.

Sie hoffte, dass Amalia bald kommen würde.

Ungeduldig rührte Gerta in ihrer Schale mit dem Milchkaffee, knabberte an ihrer *Tartine* und versuchte, trotz der fast greifbaren Abneigung, die ihr von den Nebentischen entgegenschlug, ein unbeteiligtes Gesicht aufzusetzen. Man nahm ihr den Reichtum übel, vermutete sie. Man hielt sie für eine *Bourgeoise*, die sich an den falschen Ort verirrt hatte. Und einerseits war es ja auch so.

»Du siehst aus wie ein nachdenklicher Buddha!«

»Und ich hatte nicht mehr damit gerechnet, dass du in diesem Jahrzehnt noch kommen würdest, Comtesse!«

Amalia verzog entschuldigend das Gesicht. »Ist doch nur eine halbe Stunde! Und gerade, als ich losgehen wollte, kam die Concierge, und –«

»Genau. Und dein Kanarienvogel hat plötzlich die Masern gekriegt. Sag, willst du was trinken?«

Natürlich wollte sie. Eine *Fine à l'eau*, einen Brandy mit Soda. Starke Getränke am helllichten Tag gehörten zum guten Ton auf dem Montparnasse, dachte Gerta, wie man am Nebentisch eindrucksvoll beobachten konnte.

Amalias Augen waren Gertas Blick gefolgt.

»Der mit dem Bart, der so ein bisschen gefährlich aussieht, ist Ernest Hemingway.«

»Ach ja? Ein Freund von Sylvia Beach. Gerade der hat mich die ganze Zeit so finster angestarrt. Er mag mich nicht.«

»Er mag deinen Reichtum nicht. Hemingway hat immer reiche Frauen. Das kann er ihnen nicht verzeihen.«

Wie immer versprühte Amalia so viel gute Laune, dass die Augen aller Männer – auch Hemingways – bewundernd an ihr hingen. Aber sie ignorierte diese Blicke.

Manchmal hatte Gerta das Gefühl, die sichtbare Welt sei für Amalia gar nicht wirklich da.

Unermüdlich versenkte sie sich in ihre Kunst, und inzwischen hatte sie die Förderung eines berühmten Professors an der École des Beaux Arts bekommen. Der Kunstprofessor wollte sie ab dem Herbst in seine Klasse aufnehmen, und seitdem war Amalia noch sprühender und noch schriller gekleidet.

Heute trug sie einen Turban aus orangefarbener Seide zu einem roten Gewand, einem Kaftan.

»Was macht die junge Braut?«, fragte sie über den Rand ihres Glases hinweg.

Gerta seufzte. »Die junge Braut ist entnervt.«

»Macht der Bräutigam Ärger?« Amalia grinste.

»Ach, den Bräutigam seh ich kaum. Aber die ganzen Vorbereitungen sind fürchterlich.«

Wenn sie allein daran dachte, wollte Gerta nur noch müde die Augen schließen. Die letzten Monate kamen ihr vor wie ein Albtraum. Tante Terra hatte sich mit der Energie eines Generals in die Planung gestürzt.

Hundert Gäste bei der Verlobungsfeier im Hotel de Crillon, achthundert Gäste bei der Hochzeit.

Die High Society von New York würde anreisen und ganze Etagen in den Luxushotels von Paris in Beschlag nehmen. Außerdem war Tante Terra bestrebt, die Gästeliste um große Namen aus Kunst und Adel zu bereichern und *bohèmiens* wie Matisse durch Schecks und Komplimente zu bestechen. Wenn ein scheues Malergenie wie Matisse zur Hochzeit kam, so das Kalkül, würde das sämtliche Kunstsammler unter den Guggenheims zur Reise über den Atlantik bewegen.

»Tante Terras Gästeliste ist erschlagend«, stöhnte Gerta, »und ich wette, dass die klangvollen Titel einiger Junggesellen aus dem Hochadel für die Mütter unverheirateter Töchter einfach unwiderstehlich sind.«

»Wie Mrs Vanderbilt mit sämtlichen Töchtern?«, fragte

Amalia boshaft. »Jetzt, wo deine Tante meinen Cousin Rupert eingeladen hat, könnte er doch eine gute Partie machen.«

»Erstens kennst du die Töchter von Mrs Vanderbilt nicht. Eine hässlicher als die andere …«

»Erstens kenne ich sie doch. Zweitens ist Rupert kurzsichtig. Und drittens zu eitel, um eine Brille aufzusetzen …«

»Und ich dachte, er ist Kommunist und will sein Schloss in der Normandie sowieso sozialisieren?«

»Prinzipien sind dafür da, dass man sie notfalls verwirft.«

»Und außerdem hab ich gar nicht gewusst, dass dir Geld so wichtig ist …«

»Weil du selbst genug davon hast. Wir Adelsdämchen sind dazu erzogen worden, auch mal praktisch zu denken. Was nützt dir ein klangvoller Name, wenn du keinen Zaster hast?«

Gerta stöhnte über den Pragmatismus ihrer Freundin. »Heiraten ist jedenfalls anstrengender als alles andere, was ich je erlebt habe.«

»Eine Ehe auszuhalten ist vermutlich noch anstrengender«, erwiderte Amalia mit einem Unterton von Schadenfreude. »Aber mit Jonathan hast du wirklich einen Glückstreffer gelandet. So freundlich. Mir gefällt auch, dass er so zurückhaltend ist. Hat so was Jungenhaftes. Irgendwie süß.« Sie machte eine bedeutungsvolle Pause. »Und so reich.«

»Kannst du eigentlich auch mal an was anderes denken?« Gerta schloss entnervt die Augen. »Für eine *bohème* bist du ganz schön konservativ.«

»Du darfst nicht vergessen, dass blaues Blut in meinen Adern fließt.« Amalia schleckte etwas von ihrem Finger ab. »Da hat man 's gern ein bisschen komfortabler.«

Gerta lachte. »Mal angenommen, du hättest sein Geld. Was würdest du damit machen?«

Amalia blickte verträumt über den Boulevard Montparnasse. »Ich hätte gern ein Schloss in Südfrankreich, wo ich das wunderbare Licht der Provence für meine Bilder nutzen könnte. Ich würde nur noch den besten Champagner trinken, Lanson oder Bollinger, und ich würde nach Florenz und nach Rom reisen, um meinen Kunstverstand zu bilden.«

»Sonderbar.« Gerta spürte eine Gänsehaut am Arm. »Genau dasselbe hat Jonathan auch gesagt. Fast genau mit denselben Worten. Genau das wäre sein Traum.«

»Dann muss man ihn nur noch dazu bringen, den Traum auch umzusetzen. Und du versprichst mir, dass du ihn schön brav heiratest und dein Jawort gibst. Verdammt, sonst komme ich nie in ein Schloss in Südfrankreich ...«

Ein paar Tage später trafen sie Jonathan unvermutet früh in Tante Terras Salon an, wo er schon ungeduldig mit seinem Lederhandschuh auf die Sofalehne schlug.

»Guten Abend, *Mesdames*. Ich dachte, wir könnten eine kleine Landpartie machen.« Er lächelte Amalia zu. »Schön, dass du mitkommst. Ich hab eine Überraschung für Gerta. Bekanntlich kann es ja nie schaden, wenn die beste Freundin die Pläne des Mannes gutheißt.«

»*Wenn* sie sie gutheißt«, entgegnete Amalia. »Männer sind nicht gerade sehr talentiert, wenn es um Überraschungen geht.«

Jonathan lächelte, ohne ihr die Frechheit übel zu nehmen.

»Ich wollte nach Meudon hinaus. Also, holt eure Mäntel und Hüte, und dann geht's los.«

In dicke Wollschals eingemummt, brausten sie in dem Bugatti durch die Märzsonne, die wie Goldflitter über dem Bois de Boulogne hing. Jonathan trug eine Fahrerbrille aus Leder und summte eine Melodie, während der kleine, flache Wagen durch die Wälder schoss und der Wind an ihren Schals zauste.

Amalia hing von hinten mit beiden Armen über der Lehne und machte Witze, die Jonathan immer wieder zum Lachen brachten. In den wenigen Momenten, wenn sie einmal still war, nahm sie einen Schluck aus einer der Champagnerflaschen, die Jonathan in einem Weidenkorb mitgebracht hatte.

Schließlich drosselte er das Tempo, und der Wagen kroch an einer Sandsteinmauer entlang bis zu einem Tor, dessen Flügel weit geöffnet waren. Eine kiesbestreute Auffahrt wand sich zwischen Rasenflächen hügelaufwärts.

Vergnügt pfeifend setzte Jonathan den Blinker.

»Was tun wir hier?«, fragte Gerta.

»Gibt's noch Schampus?«, unterbrach Amalia fröhlich. »Ich liebe diesen Dom Pérignon!«

Während der Bugatti die Auffahrt hinauffuhr, wurde ein Herrenhaus sichtbar. Fenster glänzten in der Abendsonne, rot, als würden sie brennen. Ein Springbrunnen vor dem Portal versprühte kleine Regenbogen, und zwei Türme rahmten die Fassade ein.

»Willkommen in Montmorency, meine Damen. Ich hoffe, dass Sie sich in Ihrem künftigen Domizil wohl fühlen werden.«

Das also war die Überraschung?

Für einen Augenblick verschlug es Gerta die Sprache, und sogar Amalia wurde still.

Gerta betrachtete die schöne, aber beschädigte Fassade, die ungepflegten Rasenflächen, die zersprungenen Fenster.

Amalia hakte sie unter, lächelte betont fröhlich, zog sie mit sich, und dann folgten sie Jonathan ins Haus. Die Eingangshalle mit ihren schwarzen und weißen Marmorfliesen war so groß wie ein Tennisplatz. Es gab Gesellschaftsräume mit zerschrammten Parkettböden und bröckelnden Stuckdecken. Sie spazierten durch Bibliothek, Speisezimmer, Damenzimmer, Herrenzimmer und zuletzt in den Salon, der über einen See hinausblickte, im letzten Abendlicht schimmernd wie ein dunkler Spiegel.

»Es erinnert mich an das Schloss meiner Großmutter«, sagte Amalia. »Natürlich war es viel größer als dieses Haus. Aber ähnlich charmant. Meine Großmutter«, wandte sie sich erklärend an Jonathan, »war eine russische Großherzogin.«

Für eine Sekunde, die Gerta sehr genau zur Kenntnis nahm, sah ihr amerikanischer Bankier höchst ehrfürchtig aus.

»Die Einrichtung: Louis Quinze«, verkündete Amalia in einem Gutsherrenton, der keinen Widerspruch duldete. »Aubusson-Teppiche natürlich. Und Sèvres-Porzellan.«

Gerta trat an ein Fenster, blickte in den Park hinaus und fühlte sich sehr verloren.

»Ich zeig euch die Schlafzimmer.« Jonathan sagte es mehr zu Amalia als zu ihr, da sie sich offensichtlich nicht genug für das riesige alte Haus begeistern konnte. »Genug Platz für Gäste und einen ganzen Stall gesunder Söhne, will ich meinen.«

»Oder Töchter«, sagte Gerta leise zu sich selbst.

»So viel Platz hätte ich mir zu Hause gewünscht«, sprudelte Amalia immer weiter. »Wir sind neun Kinder. Aber so viel Platz hatten wir nie. Ich liebe große Familien …«

Gerta hatte den Atem angehalten, da sie befürchtete, den Schatten auf Jonathans Gesicht zu sehen, wenn er an seine gefallenen Brüder dachte. Aber jetzt strahlte er Amalia an und schien nur sie allein zu sehen.

»Wenn es so ist, wirst du auch mal viele Kinder haben.«

»Pah, ich werde nie heiraten.«

»Das sagen sie alle. Warte nur, bis der Richtige kommt …«

Eins der Schlafzimmer überbot das andere, es gab herrliche Ausblicke über den Park und stilvolle alte Marmorkamine.

Aber alles war riesig und ungemütlich, dachte Gerta.

»Dein Zimmer«, sagte Jonathan und führte sie zu einer Suite, die sich zu einer großen Steinterrasse öffnete.

»Und wo schläfst du?«

»Am anderen Ende des Flurs.«

Alles war so weit, so leer, dachte Gerta, und ihre Stimmen hallten. Außerdem hatte sie immer gedacht, dass sie ihr Zimmer mit Jonathan teilen würde, wenn sie verheiratet waren.

»Dann schlafen wir nicht in einem Bett?«

Einen Moment lang betrachtete Jonathan sie mit völligem Befremden. »Du kannst Fragen stellen«, sagte er in einem Ton, der sie verstummen ließ.

Schon jetzt graute es Gerta vor diesem Haus mit seinen kalten Zimmerfluchten, ihr graute vor den langen Tagen, die sie hier allein verbringen würde, während Jonathan in der Bank war.

Allein mit sich und dem Personal.

Ohne Anaïs Nin, ohne Shakespeare & Company, ohne Henry Miller und das Licht über der Seine, ohne die Cafés am Straßenrand, ohne das Spektakel der Passanten, ohne den Glanz und den Charme von Paris.

Und ohne die Fotomotive für ihre Leica.

Was konnte man hier draußen schon fotografieren?

Die Natur vielleicht, dachte Gerta trübe. Aber sie brauchte Menschen und Geschehnisse, um sie abzubilden.

Gerta konnte sich nicht vorstellen, in einem Rudel Hunde die Gesellschaft zu finden, die ihr die Nähe von Menschen, von Paris ersetzte. Amalia, dachte sie, würde besser in Jonathans Lebenstraum passen. Sie würde ein halbes Dutzend Spaniels und ein Dutzend Pferde halten und mit ihrer Bildhauerei glücklich sein.

Für Amalia war es leichter, Einsamkeit auszuhalten, weil sie als Bildhauerin nicht nur auf die äußeren Bilder angewiesen war. Sie konnte aus dem Inneren schöpfen, wenn sie allein mit sich war.

»Du bist so still, Gerta.«

Jonathan legte behutsam seine Hand um ihre Taille.

»Wie gefällt es dir?«

Sie musste etwas sagen, irgendetwas, das wenigstens nicht ganz gelogen war.

»Es ist… erstaunlich. Ich wünschte, ich hätte die Leica mitgenommen. Ich würde es gern fotografieren. Es ist alles so schön heruntergekommen. Der romantische Charme der Ruinen.«

Jonathan hörte die Ironie in ihren Worten gar nicht – oder gab jedenfalls vor, es nicht zu tun.

»Ich wusste, dass es dir gefallen würde. Wir werden ein perfektes Leben haben. Ein perfektes Haus, eine perfekte Frau. Da fehlen nur noch die perfekten Kinder. Kommt, Mesdemoiselles, wir trinken den Champagner aus.«

Während Gerta hinter Jonathan und der plappernden Amalia die geschwungene Treppe ins Foyer hinunterging und die Schritte durch die Leere knallten, kam ihr der Gedanke, dass sie sich nie zuvor in ihrem Leben so einsam gefühlt hatte.

Sie war eine perfekte junge Frau und würde den perfekten Mann heiraten, um in einem perfekten Haus die perfekten Kinder großzuziehen.

Na wunderbar, dachte sie mit einem Anflug von Sarkasmus.

Was mehr konnte man vom Leben erwarten?

Wenn die Hölle einen Namen hätte, dachte Bandi, würde sie Hotel Lhomond heißen.

Eine kleine Armee aus Wanzen marschierte über die schmuddelige Blümchentapete, die von der Wand klaffte. Ansonsten gab es in der Dachkammer noch einen Spind, ein fleckiges Waschbecken und einen Spiritusbrenner zum Kochen.

Sofern sie Zutaten hatten, korrigierte sich Bandi, dessen Bauch vor Hunger schmerzte. Er lag entkräftet im Bett und hörte angewidert dem Geschrei zu, das aus der Rue Lhomond zu ihm heraufdrang.

»*Vache!*«, keifte eine Frau. »Blöde Kuh!«

Es musste eine Französin sein, vermutlich Hotelwirtin. Die als Kuh bezeichnete Dame kreischte in einer Sprache zurück, die Bandi für Polnisch oder Russisch hielt. Er hätte inzwischen mühelos in sieben Sprachen fluchen können. Die schäbigen Hotels waren voll gestopft mit armseligen Emigranten aus Italien, Polen, Russland, Deutschland, Ungarn, England und arabischen Ländern. Neben Hotels waren nur die kleinen Läden, die Bistros und Bäckereien noch in französischer Hand.

In dem kleinen Bistro in der Rue Lhomond hatten sie gestern Abend ihre letzten Francs verprasst. Es hatte ein paar Krüge rubinroten *Vin ordinaire* und dazu ein Baguette gegeben, dick und knusprig, und seither besaßen sie nichts mehr. Nicht einen Sou.

Zum Frühstück hatte es den letzten Rest aufgewärmten Kaffee gegeben. Und ansonsten – nichts mehr. Danach war Bandi wieder ins Bett zurückgekrochen. Auf diese Weise sparte er wenigstens seine Kräfte, und der Hunger wurde nicht so unerträglich.

Jetzt hoffte er auf die Rückkehr seines Freundes Chim und zählte, um sich die Zeit zu vertreiben, die Wanzen, die an der Wand herunterkrabbelten. Chim, der in seinem gebildeten Elternhaus bestes Französisch gelernt hatte, sollte einen Freund seines Vaters kontaktieren, der eine Fotoagentur für Porträtaufnahmen betrieb und ihnen möglicherweise zu ein paar Aufträgen verhelfen konnte.

Dies war ihre einzige Hoffnung.

Die Mitarbeiter der DEPHOT waren in alle Winde zerstreut, Dr. Salomon in Holland, Simon Guttmann in Zürich und Ladislaus Glück in Amerika, Stefan Lorant in England.

Auch niemand sonst konnte ihnen helfen.

Die Krise der polnischen Wirtschaft hatte Chims Eltern, die einen Verlag für religiöse jüdische Literatur besaßen, an den Rand des Ruins getrieben. Und Julia Friedmann, deren Schneideratelier überhaupt nicht mehr lief, zählte jede Münze für die Schiffspassage in ihr Land der Hoffnung, Amerika.

Bandi dachte zurück an die langen Wochen, die er mit Chim zu Hause in Pest verbracht hatte. Zusammen mit Chim war er von Berlin aus nach Hause geflüchtet, als sich abgezeichnet hatte, dass die Nazis nach dem Reichtagsbrand damit beginnen würden, Linke und Juden zu verhaften.

Aber die Zeit zu Hause war für Bandi ein noch schlimmerer Albtraum gewesen als das Berlin der Nazis oder das Hotel Lhomond. Denn Familie Friedmann hatte vor dem wohlerzogenen Chim ihr Bestes gegeben, um sich selbst und Bandi in ein schlechtes Licht zu setzen.

Vor allem seine Mutter, die ihn mit fanatischer Liebe verfolgte, hatte ihn mal wieder aufs Äußerste blamiert.

Jetzt noch stieg Bandi die Röte in die Wangen, als er daran dachte, dass die winzige Julika Friedmann ihn vor Chims Augen verprügelt hatte. Weil er nach einer Sauftour durch die Spelunken von Pest die »Internationale« im Hausflur geschmettert hatte.

»Dieses Elend von einem Sohn! Genügt ihm nicht, dass er schon einmal von der Geheimpolizei verhaftet wurde. Jetzt schreit er es in die Welt hinaus. Kommunist!«, kreischte Julia Friedmann, während sie auf ihn eindrosch.

»Chim ist der Kommunist!«, protestierte Bandi.

»Und wenn er Kommunist ist! Er ist ein guter Sohn! Er weiß, was er seiner Mutter schuldig ist! Während ich ein verkommenes Pack in die Welt gesetzt habe, das nicht mal weiß, wie man das Wort Respekt buchstabiert. Da! Da! Und da!«

Hinterher hatte er sich bei ihr beschwert.

»Ich bin erwachsen. Du sollst mich nicht mehr prügeln!«

»Pah, und du sagst mir, was ich soll? Wenn du es wie dein Vater machst und säufst und hurst, statt zur Synagoge zu gehen, werd ich dich auch noch prügeln, wenn du vierzig bist!«

Chim fand das Spektakel lustig und freute sich an jedem der Temperamentsausbrüche. Er beherrschte die Kunst, jedes Lächeln sofort aus seinem Gesicht zu wischen, wenn die reizbare Julia Friedmann ihn anblickte. Sie tätschelte ihn dann.

»Ein ernster junger Mann. Daran könnte sich der Filou, dieser Schlemihl von einem Sohn mal ein Beispiel nehmen.«

Aber Bandi war nicht der Einzige, mit dem Julia Friedmann ihre Händel hatte. Als Vater Deszö Friedmann eines Morgens erst um fünf Uhr mehr als nur leicht angesäuselt nach Hause kam, hatte Julia ihn empfangen, indem sie das halbe Kücheninventar nach ihm warf, bis die empörten Nachbarn klopften und drohten, sich einzumischen. Da hatte die kleine, vor Zorn vibrierende Frau nach dem großen Topf mit dem *Tscholent* gegriffen und auf ihren Mann gezielt. In blinder Panik war Deszö Friedmann aus dem Fenster gesprungen und hatte sich beide Beine gebrochen.

»Ich liebe dich doch so«, flennte Julia und küsste die Hände ihres Mannes, der mit verrenkten Gliedern auf dem Pflaster lag und in den Mond starrte, als könne er sein Pech kaum fassen.

Ein vor Wut zitternder Bandi hatte seinem Freund Chim mitgeteilt, dass sie am nächsten Morgen abreisen würden.

»Ehrlich, ich halte die *Mischpoche* nicht mehr aus. Wir schießen in den Wind.«

Es gab ohnehin keine Arbeit, weder in Buda noch in Pest, und niemand wartete auf zwei junge Nachwuchsfotografen. Bei langen Spaziergängen war in ihnen der Gedanke gereift, ihr Glück in Paris zu versuchen.

»Aber wenn die Nazis auch nach Paris kommen?«, hatte der etwas ängstliche Chim gefragt.

»Na und?« Für Bandi war es eine klare Sache. »Immer noch lieber die Nazis als meine Mutter.«

Und nun waren sie hier, in den düsteren Straßenschluchten des Quartier Latin, eingeklemmt zwischen Panthéon und Rue Mouffetard. Man blickte in ein lepröses Grau, auf das ein ständiger Nieselregen fiel. Und leider stellte sich heraus, dass auch in Paris kein Mensch auf zwei junge Fotografen gewartet hatte. Alle Emigranten aus Deutschland, dachte Bandi, mussten sich darauf geeinigt haben, Fotograf zu werden.

Es gab immer mehr Emigranten, seit die Nazis am 1. April bewiesen hatten, zu was sie fähig waren: Während des »Geschäftsboykotts« unter der Leitung von Julius Streicher hatten SA und SS jüdische Geschäfte und Kanzleien beschmiert und verwüstet mit der Parole: »Deutsche! Wehrt euch! Kauft nicht bei Juden!« Läden waren zertrümmert, ihre Inhaber beleidigt, geprügelt und teils sogar umgebracht worden. Die vielen mutigen Deutschen, die trotz der SS- und SA-Spaliere die jüdischen Geschäfte besucht hatten, waren von den Nazis geschlagen, bespuckt und als Verräter gebrandmarkt worden. Auf internationalen Druck hin war der »Geschäftsboykott« widerrufen worden, aber seitdem packten noch mehr Menschen aus Deutschland die Koffer, um ihre Heimat traurigen Herzens zu verlassen.

Die linken oder jüdischen Flüchtlinge waren zumeist Intellektuelle. Diese Journalisten und Kritiker, Künstler und Professoren hatten in Paris keinen Broterwerb. Viele konnten nicht einmal Französisch. Aber jeder von ihnen glaubte, eine Leica bedienen zu können und ein Auge für Bilder zu haben. Und deshalb wurden alle großen Pariser Magazine, von *Vu* bis *regards*, von hoffnungsvollen Talenten überrannt. Auch Bandi und Chim hatten versucht, dort vorstellig zu werden. Aber über die Portiersloge waren sie nicht hinausgekommen.

Sie würden verhungern, dachte Bandi, drehte sich zur Seite und schlief am helllichten Tag ein.

Er wurde von verführerischen Düften geweckt. Chim rieb dicke Scheiben Baguette mit Knoblauch ein. Auf dem Tisch stand eine Rotweinflasche, für Bandi der herrlichste Anblick der Welt.

»Hattest du Glück? Haben wir Aufträge? Wenn du das geschafft hast, geh ich sogar mit dir in den Tempel ...«

»Ich bezweifle, ob du den noch mal von innen siehst.« Chim kaute genießerisch einen Schluck Wein. »Allerdings haben wir möglicherweise etwas Zeit gewonnen. Hast du schon mal vom SDSE gehört? Schutzverband Deutscher Schriftsteller im Exil?«

»Die Kommunisten-Clique. Kantorowicz, Arthur Koestler, Egon Erwin Kisch, Gustav Regler, Bodo Uhse.«

»Genau. Da war ich heute.«

»Du warst was?« Zornig knallte Bandi die Rotweinflasche auf den Tisch. »Du solltest dich nicht um deine verdammte Partei kümmern, sondern um Aufträge!«

»Und genau das hab ich getan. Du kannst morgen anfangen. Als Tellerwäscher im Hotel de Crillon. Man nennt es *plongeur*, auf Französisch.«

Bandi nahm einen großen Schluck aus der Rotweinflasche und genoss die Wärme, die sich in ihm ausbreitete.

»Wieso Tellerwäscher?«, fragte er bedrohlich ruhig.

»Ich habe einen englischen Schriftsteller beim SDSE getroffen, der als Tellerwäscher hier lebte. Jetzt hat dieser junge Mr George Orwell überraschend einen Scheck einer reichen Tante in Suffolk bekommen. Er war höchst erfreut, *delighted*, als ich ihm sagte, dass wir seinen Job übernehmen. Zum Dank hat er mir das Brot und den Rotwein spendiert. Morgen um Viertel nach sechs kannst du dich beim Personalchef melden.«

»Wieso eigentlich ich?«, fragte Bandi. »Wieso bin ich es, der Tellerwäscher werden muss?«

»Weil ich Französisch kann. Du wirst es im Hotel ganz nebenbei lernen und für unseren Unterhalt aufkommen. Ich laufe jeden Tag durch Paris und werde Arbeit für uns finden. Und jetzt solltest du schlafen gehen. Du musst pünktlich sein.« Damit griff Chim nach der Rotweinflasche und grinste. »Und nüchtern, bitte. Auf dein Wohl, mein Freund! *Santé*.«

Am nächsten Morgen schleppte Bandi sich in die Rue Lhomond hinaus, wo die Fenster schwarze Quadrate waren und die Fassaden in der Morgendämmerung verschlafen aussahen.

Vor der Métro-Station an der Place Monge drängten sich die Arbeiter, die schlecht gelaunt in den Tag fuhren. Rempelnd und drängelnd verschaffte Bandi sich einen Platz im überfüllten Abteil; der brodelnde Gestank von zu vielen Menschen, Schweiß und Knoblauch drehte ihm den Magen um.

An der Place de la Concorde stieg er wieder aus. Der Eiffelturm hüllte sich in ein Kleid aus Dunst. Junge Männer hasteten zur École Militaire. Das Hotel de Crillon mit seiner Fassade aus dem achtzehnten Jahrhundert erinnerte an einen Palast, respektabel und auch ein bisschen furchterregend. Bandi reihte sich ein in die lange Schlange von Arbeitern, die sich vor dem Dienstboteneingang befand.

Man führte ihn in ein schäbiges Büro, wo er vom Personalchef ins Kreuzverhör genommen wurde.

»Bringen Sie irgendwelche Qualifikationen mit? Haben Sie schon mal als Tellerwäscher gearbeitet?«

Bandi schwadronierte einfach los.

»Ich hab in Budapest gearbeitet, im besten Hotel von Buda und später in Berlin, im Adlon, wissen Sie«, radebrechte und schwindelte er in seinem holprigen Französisch, das er mit den Händen unterstützte. »Das Adlon ist das beste Hotel in Europa.«

»Idiot.« Der *Chef du personnel* bedeckte die Augen mit seiner Hand. »Erstens. Niemand kann sich mit dem Hotel de Crillon messen, niemand auf der ganzen Welt. Und zweitens sind Ihre Hände viel zu weiß für einen Tellerwäscher. *Tiens*, jetzt die wahre Version, bitte.«

Bandi kam ins Stottern.

»Na ja, ich bin Fotograf. Komme aus Ungarn. Hab in Berlin gearbeitet, musste aber fort, wegen der Nazis. Wir suchen Aufträge. Bis wir die kriegen, muss ich Geld verdienen.«

»Ah, *artiste?*« Das Gesicht des Personalchefs hellte sich auf. »Ich liebe Künstler! Und wissen Sie auch, warum? Weil sie immer glauben, sie könnten eines Tages von ihrer Kunst leben. Könnten mir kündigen, he, he. Glauben Sie mir, mein Freund, jeder *plongeur* in diesem Hotel ist ein verhinderter Künstler. Und noch nie hat mir einer gekündigt. Ja, ich sehe, dass Sie für diese ehrenvolle Arbeit geboren sind.« Mit sarkastischer Höflichkeit fügte er hinzu: »Wenn Sie mir dann folgen möchten.«

Mit finsteren Gedanken trottete Bandi dem Franzosen hinterher. Eine Wendeltreppe schraubte sich in Kellergewölbe; Bandi fühlte sich an ein Bergwerk erinnert. Es war dunkel und heiß und eng, überall drängten sich Menschen, die schnell und mit lauten Stimmen einer geheimnisvollen Choreographie folgten.

Sie gingen an Küchen und Kühlräumen vorüber und bogen dann in einen entlegenen Gang, wo es stiller wurde und noch dunkler. Eine letzte Treppe führte in einen weiteren Keller, dessen Decke so niedrig war, dass Bandi nicht aufrecht stehen konnte.

»So, mein junger Künstler. Dies hier wird Ihr Atelier sein. Sie sind zuständig für das Essen der höheren Angestellten. Sie werden sauber machen, was durch diesen Aufzug ankommt. Wenn Sie sich gut anstellen, dürfen Sie morgen sogar das Tageslicht erblicken und den Speisesaal oder die Cafeteria aufräumen. Wenn nicht… werde ich Sie ohne Honorar entlassen. Später wird Gaston zu Ihnen kommen, der Chefkellner, Ihr Vorgesetzter. Stellen Sie sich gut mit ihm. Und jetzt Adieu, mein Freund. Wir werden uns erst am Tag Ihrer Kündigung wieder sehen. Das heißt, vermutlich am Sankt Nimmerleinstag.«

Er lachte meckernd und warf die Tür hinter sich zu.

»Mistkerl«, fluchte Bandi und machte sich mit dem Mut der Verzweiflung über die gewaltigen Geschirrberge her.

Um halb fünf, als Bandi seine schweren Stiefel seit Stunden ausgezogen hatte, da sie ihm beim endlosen Stehen die Zehen abdrückten, wünschte er sich, nie geboren worden zu sein. Der Schweiß lief ihm übers Gesicht und über die gespülten Teller. Alle Knochen taten ihm weh. Als er kurz davor war, sich einfach auf den Boden zu werfen, flog die Tür auf, und ein Mann mit harten Zügen starrte ihn an, als wolle er ihm die Kehle durchschneiden.

»Ich bin der *Maître d'hotel*, aber es reicht, wenn du mich Gaston nennst. Los, Schuhe an, Jacke an, beweg deine Füße. Die erste Probe hast du bestanden, ich werd dir jetzt deinen neuen Arbeitsplatz zeigen.«

Gaston hastete durch ein Gewirr aus Korridoren und Treppen voraus und stieß mit dem Fuß eine Tür auf. Bandi blickte in einen riesigen Saal, der an die Erschaffung der Welt erinnerte. Und zwar in der Zeit, bevor Gott auf den Plan getreten war.

Dutzende von Tischen, mit Müllhaufen bedeckt.

Gaston lächelte, als er Bandis Gesichtsausdruck sah.

»Das hier ist die Cafeteria. Lass dich hier niemals blicken, solange sich noch Gäste hier aufhalten! Hörst du? Die würden ja einen Kulturschock kriegen, wenn sie so einen Hampelmann sehen. Dort sind die Müllsäcke. Geschirr kommt auf Tabletts. Du hast Feierabend, wenn alles fertig ist. Ich warne dich, *Maquereau*. Ein Krümelchen irgendwo, und ich werde dich so in den Hintern treten, dass du auf dem Bauch schlafen musst. Also mal ran!«

Als Bandi den letzten Rest Rührei abgekratzt, den letzten Teller aufs Band gestellt, den letzten Tisch abgewischt hatte, war er so müde, dass er kaum noch merkte, wie seine Hände sich bewegten. Seine Füße brannten und schmerzten in den viel zu schweren klobigen Stiefeln, deren Sohlen durchgelaufen waren. Er ließ sich in einen Stuhl fallen. Als Gaston hereinkam und ihn derart in den Seilen hängen sah, feixte er nur.

»Halb zehn, *Maquereau*, Feierabend. Alles sauber?« Prüfend fuhr der bärbeißige Franzose mit dem Zeigefinger über einige Tische. »Gut. Du bist nicht gerade das, was man einen hellen Kopf nennt. Aber als Müllmann kannst du dir Ehre machen. Zur Verpflegung: Es gibt zwei Liter Rotwein täglich, außerdem stellt das Hotel dein Essen. Hier, dein Lohn!« Er knallte fünfundzwanzig Franc auf den Tisch. »Ein Franc davon geht an mich. Deine persönliche, private Lebensversicherung. Also bis morgen, du Künstler und *Maquereau*.«

Eine Stunde später lag Bandi auf seinem Metallbett, war zu müde, um auch nur die Hand gegen die Wanzen zu erheben, und beinahe zu müde, um nach der Rotweinflasche zu greifen. Er hatte unterwegs zwei Flaschen Wein, zwei Stück herrlichen, fetten Gruyère-Käse und zwei Baguettes gekauft, seine letzten Heldentaten des Tages, und als Chim ihm die Tür geöffnet hatte, war er ihm mitsamt dem Essen fast entgegengefallen.

Jetzt, nach einem halben Liter guten Rotweins und einem herrlich knusprigen Stangenbrot, ging es beiden schon viel besser.

»Ich brauche neue Schuhe«, sagte Bandi in die Dunkelheit, da sie zu pleite für Kerzen oder Petroleum gewesen waren und ihr Hotel nicht über Strom verfügte. »Es ist ein Höllenjob. In den alten Stiefeln kann ich das nicht durchhalten. Mir fallen vor lauter Schmerzen ja die Füße ab.«

»Dann bete mal zu dem, an den du nicht glaubst. Von welchem Geld sollen wir Stiefel kaufen? Dein Lohn reicht gerade mal für Miete und Essen.«

Bandi stöhnte. »Wir könnten doch zur Pfandleihe gehen.«

»Gute Idee. Und was sollen wir versetzen?«

Bandi dachte an das Letzte, was ihn von einer Berufsperspektive als Tellerwäscher trennte. An seine Leica.

»Wir könnten zu Crédit Municipal gehen und unsere Kameras versetzen.«

Von Chims Bett kam nur ein Stöhnen.

»So schlimm ist es auch wieder nicht«, sagte Bandi, um sowohl den Freund als auch sich selbst zu trösten. »Wir verkaufen sie ja nicht. Wenn wir Aufträge kriegen, lösen wir sie wieder aus.«

»Du verstehst mich nicht«, sagte Chim sehr leise.

»Wie sollte ich nicht? Meinst du, mir tut es nicht Leid?«

»Sie sind schon weg.«

»Wie?« Bandi blinzelte in die Dunkelheit.

»Ich hab dich gestern angelogen. Mr George Orwell hat mir nicht einen Sou gegeben. Ich hab die Kameras versetzt. Wir brauchten das Geld für die Miete in diesem miesen Schuppen. Madame Monce hätte uns sonst auf die Straße gesetzt. Von dem, was übrig war, hab ich Brot und Wein gekauft.«

Bandi stieß das einzige Wort aus, das ihm einfiel: »*Maquereau.*«

Dann ließ er sich hoffnungslos auf seine Pritsche fallen.

Am Boul' Mich blühten die zartesten Blüten, die Gerta je gesehen hatte: Die Bäume trugen keine Blätter, sondern nur dieses Meer aus blassestem Blauviolett, unwirklich schön und schwerelos vor dem Hintergrund der champagnerfarbenen Häuser. Es waren chinesische Blauglockenbäume, hatte Jonathan ihr erklärt, der sich für Botanik interessierte. Man nannte sie auch *Pawlowna tomastosa* oder auf Englisch *Princess Tree*, denn sie waren benannt nach Anna Pawlowna, der russischen Zarentochter.

Gerta holte ihre Leica aus der Tasche und fotografierte die blassblauen Glocken, die sich zu lösen begannen und zu Boden schwebten, Blütenschnee.

»Wunderschön«, murmelte sie, während sie wieder und wieder auf den Auslöser drückte und den ganzen Film verbrauchte. Paris war ein immer währendes Fest für die Augen, sie konnte nicht genug sehen, nicht genug Bilder in das kleine, magische Quadrat ihrer Leica bannen.

Wenn sie fotografierte, hatte Gerta das Gefühl, selbst über die Welt zu bestimmen. Alles, was existierte, gab es dann nur noch für sie und ihren Sucher und die Linse. Sie wählte aus und traf die Entscheidungen über das, was wichtig war – oder nicht.

Was man über den Rest ihres Lebens nicht unbedingt sagen konnte. Es blieben nur noch ein paar Tage bis zur Verlobungsfeier im Hotel de Crillon, und Tante Terra hatte die Regie übernommen. Der Wirbel am Quai d'Orléans war nicht auszuhalten, dachte Gerta, der endlose Strom von Lieferanten und Putzmachern, vor allem aber die flirrende Nervosität, die Terra zum wandelnden Zündsatz machte. Ein falsches Wort – und sie explodierte.

Gerta hatte einen Vorwand gefunden und sich verdrückt.

Bei Shakespeare & Company wurde renoviert, und sie wollte helfen. In der kleinen Buchhandlung rückten keine Handwerker an, sondern Sylvia Beach griff selbst zum Pinsel, kletterte mit entschlossenem Blick auf ihre Leiter und nahm dankbar jede Hilfe an.

Streichen war eine Arbeit, bei der man nicht viel denken musste und trotzdem viel Ergebnis sah, fand Gerta. Sie freute sich am Glanz der frisch gekalkten Wände, und es lenkte sie ab von ihren Ängsten. Sie hatte mehr Angst vor der Verlobung, als sie zugeben wollte. Der Gedanke, sich lebenslänglich zu binden und auf dem Landsitz zu versauern, schnürte ihr die Kehle zu.

Während sie bei ihrem Weg durchs Quartier Latin ihr Gesicht in der Maisonne badete und die Blicke der Studenten auf sich zog, fragte sich Gerta, warum es ihr nicht gelingen wollte, diesen leisen Misston zum Verstummen zu bringen.

Gerta hoffte, in der Buchhandlung auf andere Gedanken zu kommen. Doch als sie in die schäbig-gemütliche Dunkelheit eingetaucht war, wurde ihr sehr schnell klar, dass die Stimmung im Wunderland der Bücher nicht gerade zum Besten stand.

Noch bevor sie ins Hinterzimmer gehen konnte, um ihr Chanel-Kostüm gegen eine fleckige Arbeitshose auszutauschen, entdeckte sie Sylvia mit leerem Gesicht auf der Chaiselongue mit dem zerschlissenen Goldbrokat. Sie hatte ihr Kinn auf den Fäusten abgestützt und blickte in eine unbestimmte Ferne.

»Es ist furchtbar«, sagte sie mit einer Stimme, die sich anhörte, als müsse sie Tränen unterdrücken. »Der Tag gestern wird in die Geschichte eingehen als ein Tag der Barbarei.«

Behutsam setzte sich Gerta neben die Buchhändlerin, die in den letzten Wochen zu einer Freundin geworden war.

»Sie haben Bücher verbrannt. Zwanzigtausend Bücher. Die Werke der Weltliteratur wurden von Flammen zerfressen in Berlin. Du hast nichts gehört?«

Gerta schüttelte den Kopf, ihre Kehle wurde trocken. In den letzten Tagen hatte sie nicht einmal mehr die Zeit gehabt, im *New York Herald* zu lesen. Tante Terra verplante jede freie Minute und weigerte sich ohnehin, die Politik und Adolf Hitler überhaupt noch zur Kenntnis zu nehmen.

»Überall in Deutschland brannten Bücher, die meisten in Berlin. Joseph Goebbels hat sie in die Flammen geworfen. Weißt du, was er dazu sagte? Es seien Werke der *Dekadenz*, der *Volksverhetzung*, der *jüdischen Arroganz*.«

»Oh Gott«, sagte Gerta tonlos.

»Gott kann auch nichts dafür. Dies ist einzig und allein Menschenwerk.« Sylvia Beach sah über Nacht verändert aus, älter, härter, entschlossen. »Es ist ein Angriff auf alles, an das ich glaube. Sie haben Brecht verbrannt und Heine und die beiden Brüder Heinrich und Thomas Mann und Theodor Wolff, Else Lasker-Schüler und Carl Zuckmayer. Damit haben die Nazis ihr wahres Gesicht gezeigt.«

Gerta dachte an die schrecklichen Bilder aus Leipzig zurück und sagte sich, dass sie dieses Gesicht schon lange kannte. Wer so auf eine wehrlose Frau eindreschen konnte, befand sich jenseits jeder Menschlichkeit. Wie betäubt saß sie da und lauschte den Worten ihrer Freundin.

»Es muss schauerlich gewesen sein, eine Feststimmung wie bei den Scheiterhaufen der Inquisition. Nur, dass sie keine Menschen verbrannten, sondern den menschlichen Geist. Nach einer hasserfüllten Rede von Goebbels wurden die Bücher zu Feuersprüchen in die Flammen geworfen. Der erste Feuerspruch hieß: ›Gegen Klassenkampf und Materialismus, für Volksgemeinschaft und idealistische Lebenshaltung! Ich übergebe den Flammen die Schriften von Marx und Kautsky‹. Danach kam der zweite Ruf, nach dem die

Werke von Heinrich Mann, Ernst Glaeser und Erich Kästner auf den Scheiterhaufen geschleudert wurden. Der Rundfunk hat es den ganzen Morgen wieder und wieder berichtet. Ich kann es auswendig wiedergeben. Es ist das Schrecklichste, was ich je gehört habe.«

Nie im Leben hätte Gerta geglaubt, dass die burschikose amerikanische Buchhändlerin so mutlos werden könnte. Als sie nach Sylvias Hand tastete, war sie eiskalt.

»Man muss etwas tun«, sagte Gerta.

»Was könnte man tun?«, fragte Sylvia aufbrausend.

Gerta starrte zur Wand, mit den Fotografien der großen amerikanischen Schriftsteller. Sie fragte sich, was die Autoren dazu sagen würden, dass man die Werke ihrer Kollegen den Flammen übergab. Sie dachte an die deutschen Flüchtlinge, die sie im Quartier Latin gesehen hatte, an die gelehrt wirkenden Herren, an die Gerüchte, dass viele dieser Menschen die kulturelle Elite Deutschlands darstellten – und die Kultur ihres Landes vermissten.

Eine Idee stieg in ihr auf. »Man könnte eine Leihbibliothek für die deutschen Flüchtlinge einrichten. In dieser Bibliothek könnten die verbrannten Bücher stehen. Was verbrannt wurde, sind die wichtigsten Werke der deutschen Literatur. Wäre es nicht sinnvoll, sie bei Shakespeare & Company ausleihen zu können? Es wäre ein Zeichen und eine Verbeugung vor den deutschen Flüchtlingen.«

Es war einen Augenblick still in der Buchhandlung. Dann legte Sylvia Beach, die große Buchhändlerin, die Hohepriesterin im Tempel der Literatur, einen Arm um Gerta.

»Ich denke, es könnte gehen. Wir müssen nur den Platz dafür finden. Ich denke«, und damit sprang sie auf, so energiegeladen wie ehedem, und zeigte zum Durchlass ins Hinterzimmer, »wir beginnen mit dieser Wand. Hier beginnt die Bibliothek der Verbrannten Bücher.«

»Aus dem Weg, ihr Idioten!«, brüllte Gaston. »Platz da!«

Das Hotel de Crillon pulsierte in einem Höllenrhythmus, in dem Bandis Denken und Fühlen sich auflöste.

Alle zwei Stunden gab es einen neuen Aufruhr, den die Kellner und *plongeurs* einen *coup de feu* nannten. Mit Schreien, Scheppern und Krachen, mit Flüchen, Gerenne und Pannen wurden Frühstück, Mittagessen, Kaffee und Abendessen für zweihundert vornehme Gäste serviert.

Aber so fein die Speisezimmer auch sein mochten, mit ihren Damasttischdecken und Rosensträußen und dem Silberbesteck – die Küche war alles andere als fein.

Niemals hätte Bandi sich träumen lassen, wie schmutzig eine Hotelküche war, in der Dutzende von Männern schufteten und schwitzten. Finger, die eben noch durch pomadisiertes Haar gestrichen waren, schoben Chateaubriands dekorativ zurecht oder richteten Steaks an, die Sekunden zuvor noch auf dem von Seifenlauge, Gemüseabfall und Wein verdreckten Boden gelegen hatten. Kellner wuschen sich das verschwitzte Gesicht über Waschbecken mit sauberem Geschirr, den Köchen triefte ihr Schweiß in die Suppe, und in den Brotbehältern hatten sich Kakerlaken eingenistet.

Bandis Arbeit bestand darin, die Anweisungen der Kellner zu befolgen, die ihre Anweisungen durch die Aufzugschächte brüllten. Hafergrütze oder Hummer, Butterröllchen oder Beignets mussten angerichtet werden – Dutzende von Kilometern waren dann zwischen Aufzugsschacht und Küche zurückzulegen, man rempelte sich an, wurde beschimpft, von Gaston, den Kellnern, den Köchen, rannte hin, hetzte zurück und durfte dabei nicht einmal ein Stückchen Zucker verlieren, da Gaston sonst rücksichtslos zuschlug. Diese Stoßzeiten waren ein solches Höllentheater, dass Bandi nicht einmal dazu kam, sich selbst für sein übles Los zu bemitleiden. Und dann war schlagartig alles vorbei.

Pause.

Man rauchte, man trank, und Gaston schmetterte Arien aus Rigoletto. Wenn keine Kellner in der Nähe waren, verwandelte sich der *Maître d'hotel* in einen umgänglichen Mann.

»Schon gut, du bist nicht prinzipiell ein *Maquereau*«, hatte er am zweiten Abend versöhnlich zu Bandi gesagt. »Nur wenn du Dummheiten machst. Oder wenn ein anderer Kellner zuhört. Ist guter Ton im Hotel, den *plongeur* schlecht zu behandeln. Du darfst es nicht persönlich nehmen, hörst du?«

Während der Rotwein in erstaunlichem Tempo seinen dicken Hals hinunterfloss, dessen Adamsapfel beim Schlucken hüpfte, war Gaston beinahe zutraulich geworden. Er hatte von seiner Mutter in Marseille erzählt, der er all sein Geld schickte.

»Die einzige Frau, der ich vertraue, mein Sohn. Ein kluger Mann sollte keiner Frau trauen außer seiner Mutter.«

»Da kennen Sie meine Mutter schlecht.«

»Deine Mutter liebt dich. Jede Mutter liebt ihren Jungen. Die Weiber dagegen nutzen dich nur aus. Also spricht nichts dagegen, sie auch auszunutzen. Flachlegen – jederzeit. Aber wenn's an die Francs geht, hört die Freundschaft auf. *Maman* spart auf eine Auberge. Dann bin ich unabhängig. Mein eigener Chef.«

In der nächsten Sekunde schrillte eine Glocke, Mittagessen, und Gaston verwandelte sich wieder in das großkotzige Raubein.

»Los, *Maquereau*. Oder willst du Arbeiterdenkmal spielen?«

Bandi konnte sich überhaupt nicht vorstellen, wie Gaston mit seinen rüpelhaften Manieren im Speisesaal bei Harfenklang zu den Tischen schreiten würde, um der High Society zu servieren.

»Die Kellner sind große Künstler«, vertraute ihm Valenti

an, ein dünner, blonder *plongeur* aus Mailand, der auf eine Zukunft beim Theater hoffte. »Sie beherrschen das Rollenspiel ganz perfekt. Eben noch brüllen sie dich an, dass ihr Kopf ganz rot wird. Dann winkeln sie den Ellenbogen an, legen sich die Serviette über den Arm, heben das Kinn und gleiten stolz wie Schwäne durch den Saal. Wer weiß, wenn es mit dem Theater nicht klappt, hab ich vielleicht auch eine Zukunft als Oberkellner.«

»Ich stopf gleich deinen Kopf in den Schacht, du Ratte«, tönte Gaston. »In zwei Sekunden wird Abendessen serviert. Los, Klappe halten und stramm stehen am Aufzug, ihr beiden Deppen. Aber ein bisschen plötzlich, wenn ich bitten darf.«

In den Pausen saß Bandi mit leerem Blick am Tisch, rauchte, trank und versuchte, die Welt und sein Schicksal zu vergessen.

Hin und wieder dachte er an die DEPHOT zurück und an die großen, viel versprechenden Zeiten mit seiner Leica, meistens aber formte sich Lisas üppiger Leib vor seinem inneren Auge, und in Gedanken zeichnete er mit Fingern und Lippen ihre runden Konturen nach, während er sich gierig in ihr versenkte. Doch Lisa, die seine überstürzte Abreise nach Ungarn mit einem »Na, dann mach 's mal gut« hingenommen hatte, gab es nur noch in seiner Fantasie.

Und wie er zugeben musste, war sie in der Fantasie vielleicht sogar am schönsten.

Am Ende dieser Woche, Freitagnacht um zwei, torkelte Bandi trunken vor Müdigkeit zurück in die Rue Lhomond. Er warf Chim die Münzen auf den Tisch und schleppte ihn mit sich hinunter ins schäbige Bistro der Madame Monce, wo die Arbeiter des Quartier Latin sich um ihren Wochenlohn soffen.

»Mir tun die Füße weh«, murrte Bandi. »Die Schmerzen kann ich nur im Vollrausch vergessen.«

»Sauf lieber nicht zu viel«, warnte Chim. »Morgen gehst du Stiefel kaufen.«

»Ich dachte, wir hätten kein Geld?«

Chims unschuldiges Gesicht verzog sich zu einem Grinsen. »Madame Monce kann ruhig mal auf die Miete warten.«

»Ich sehe, du kapierst es noch. Das müssen wir feiern. Wird Zeit, Chim, dass du lernst, wie man sich voll laufen lässt.«

Ein Vorsatz, den auch die anderen Gäste des Bistros befolgten. Wer in diesen Zeiten noch etwas Geld übrig hatte, trug es gleich an die Theke, über der ein Plakat pappte mit der Aufschrift:

Crédit est mort.

Die sonst so streitsüchtigen Arbeiter mit ihren verlorenen Träumen und Hoffnungen waren nach zwei, drei Krügen billigen Rotweins im Zustand der Glückseligkeit.

Man schunkelte, man beschimpfte die Nazis, man grölte die *Marseillaise*, und irgendwann fand sich Bandis Hand auf dem üppigen Hintern von Madame Monce wieder, die erst entzückt kreischend protestierte und ihm dann mit einem nassen Handtuch schmerzhaft auf die Finger schlug.

Wie sie zurück in ihre Mansarde gekommen waren, wussten weder Bandi noch Chim, als sie am Samstagmittag erwachten.

»Ich hab die Gebete verpasst«, klagte Chim.

»Besser, du verpasst die Gebete, als du verpasst dein Leben. Was ist? Sollen wir Stiefel kaufen – oder nicht?«

»Mich wirst du am *Schabbes* in keinen Laden bringen. Aber kauf auch wirklich diese Schuhe. Keinen Blödsinn, hörst du?«

»Jawohl, *Mamme.*«

Lachend schlug Bandi die Tür hinter sich zu und trat in seinen freien Tag hinaus.

Ein zartblauer Himmel schwebte über Paris. Die Luft war kalt und klar und schön. Straßenkehrer schwangen ihre langen Besen aus Hanfbündeln, als wollten sie die letzten Reste des Winters wegfegen. Die Passanten lächelten. Viele schleppten große Einkaufskörbe, aus denen Baguettestangen hervorragten.

Bandi überlegte, die Rue de Seine mit ihren kleinen Läden hinunterzubummeln und sich dort nach Stiefeln umzusehen. Aber dann sagte er sich, dass der Markt an der Rue Mouffetard vermutlich eher seinem Geldbeutel entsprechen würde. Er schlenderte an den Ständen mit Pilzen, geschälten Orangen und abgezogenen Kaninchen vorüber, beobachtete, wie alte Frauen um Karotten und Kartoffeln feilschten und müde Pariser mit Baskenmützen und zerschlissenen Jacketts ihre Einkäufe in Zeitungspapier wickeln ließen.

Überall gab es Blumen zu kaufen, Veilchen zu einem Franc, und Bandi fragte sich, wer in dieser brodelnden Menge von Arbeitern und Emigranten dafür wohl Geld übrig hätte.

Aber das Wunder geschah, die Veilchen wurden gekauft, von den Parisern, aber auch von den Emigranten, den Ungarn, den Arabern, den Deutschen. Es war ein Tag, der danach verlangte, dass man einen Veilchenstrauß kaufte.

Nur Bandi hatte kein Geld dafür.

Und niemanden, dem er Veilchen schenken konnte. Keine Freundin, keine *légitime*, mit deren Schönheit und Charme die Kumpels im Hotel immer prahlten. Sie neckten ihn, wenn er zugeben musste, dass er nicht einmal eine Affäre hatte.

Etwas melancholisch blieb er vor einem Stand mit Malaga, Burgunder, Whiskey, Crème de menthe und Portwein stehen. Zwei Franc für eine kleine Flasche Chartreuse, dachte er sehnsüchtig. Aber er hatte Chim versprochen, vernünftig zu sein.

Berauscht von seiner eigenen Standhaftigkeit riss er sich los, drängte sich durch die Menge und hörte einer Zigeunerkapelle zu, während seine Augen über den Markt stromerten und an Gesichtern, Händen, Äpfeln, Salaten hängen blieben. Es hätte ihn in den Fingern gejuckt, den Markt an der Rue Mouffetard zu fotografieren, die Stände mit ihren farbstrotzenden Auslagen und den Hunger in den Blicken der Menschen.

Aber die Leica hing am Nagel in der Pfandleihe am Boulevard de Port-Royal, und er hatte andere Sorgen, als nach Motiven Ausschau zu halten. Was er suchte, waren Stiefel. Bei einem Russen, der illegal von der Schubkarre Trödel verkaufte, wurde er fündig. Ein paar prachtvolle gebrauchte Lederstiefel, wie gemacht für seine Plattfüße. Doch der Alte wollte fünfzehn Franc.

»So viel hab ich nicht. Ich geb dir neun.«

»Dann geh barfuß«, knurrte der Russe.

Deprimiert ließ sich Bandi weitertreiben. Bald kam er an dem Künstlermarkt am Bahnhof Montparnasse vorüber. Überall Bilder, gute Bilder. Madame Monce hatte voll patriotischem Stolz damit geprahlt, dass in Paris fünfzigtausend Künstler lebten.

Keine gute Nachricht für Bandi und Chim. Es würde nahezu unmöglich sein, hier eine Karriere als Fotograf zu machen.

Irgendwo entdeckte Bandi einen Schusterladen, wo schwere Lederstiefel ausgestellt waren, fünfzig Franc das Paar. Er drückte die Nase gegen die Scheibe, sodass sie einen Fettfleck hinterließ.

Es war aussichtslos. Ganz und gar aussichtslos, dachte er in diesem Moment der Verzweiflung.

Nie, niemals würden sie fünfzig Franc zusammenbekommen. Geschweige denn das Geld, um die Leicas wieder aus dem Pfandhaus auszulösen.

Der Traum, ein berühmter Fotograf zu werden, war in weite Ferne gerückt.

Bandi nahm Abschied von den Stiefeln, steckte die Hände in die Taschen und schlurfte weiter, niedergeschlagen und entmutigt von dem Wissen, dass in sechzehn Stunden der Speiseaufzug des Crillon auf ihn wartete.

Vielleicht würde er nie wieder als Fotograf arbeiten können. Vielleicht würde er für den Rest seines Lebens ein Tellerwäscher und Sklave sein, Abschaum der Menschheit, *plongeur*.

Bandi wusste kaum noch, wie es sich anfühlte, wenn er ein Foto von sich gedruckt sah. Manchmal zog er den alten Koffer unter seiner Pritsche hervor und betrachtete die Zeitungsausschnitte, die er aus Berlin gerettet hatte. Foto: André Friedmann. Es waren Dokumente eines anderen Lebens, einer anderen Zeit, so kam es ihm vor. Und nach und nach verblasste die Erinnerung an die Zeiten, als er selbst noch der verwöhnte Gast im Luxushotel Adlon, Unter den Linden, gewesen war, zusammen mit Dr. Erich Salomon in seinen perfekt geschnittenen Anzügen. All das war vorbei.

An dem Platz, wo die Boulevards Montparnasse und Raspail sich kreuzen, blieb Bandi erstaunt stehen. Das siebenstöckige Gebäude vor ihm mit den Stuckverzierungen und dem Runderker erinnerte ihn an Berlin, an den neuen Kurfürstendamm, an den Glanz von gestern. Er sah die schwingende Leuchtschrift *Café du Dôme* und die leuchtend rote Markise. Darunter breiteten sich Rohrsessel und runde Marmortische wie Pilze über den Bürgersteig aus.

Hübsche Mädchen mit übermäßig geschminkten Lippen hielten Ausschau nach reichen Verehrern, streckten den Passanten ihre schlanken Fesseln entgegen. Ein hagerer Mann mit randloser Brille kritzelte wie besessen auf eine Serviette; ein Säufer stierte in seinen Pernod. Ältere

Herren mit Zigarren, augenscheinlich Juden, blätterten in der *Frankfurter Zeitung*. Bandis Blick blieb an zwei Männern hängen, die ihn an das Romanische Café erinnerten, an die Atmosphäre von inoffizieller Redaktionskonferenz. Der eine Mann war blond, ein Dandy, sehr groß und mit einem riesigen Kopf, der ihm ständig vom Hals zu kippen schien. Der andere war dunkel, braungebrannt und schnurrbärtig.

Die beiden schnitten mit den Händen durch die Luft, als würden sie streiten.

Und Bandi fühlte sich, als wäre er heimgekehrt. Dies war der Ort, den er ersehnt hatte. Ein paar Quadratmeter Berlin, mitten in Paris. Er hatte sein Romanisches Café zurück, sein Hauptquartier, seine Heimat.

Eine Sekunde dachte er noch an Chim, der ihm ihr Geld anvertraut hatte. Dann sagte er sich, dass schließlich er es war, der im Crillon die Teller waschen musste.

Hatte er nicht wenigstens einen Café Crème verdient?

Nur einen, beruhigte er sein Gewissen. Nur einen einzigen.

Die Neugier trieb ihn in die Nähe der Männer, die wie Amerikaner wirkten. Er tat so, als sei er ganz in seine Gedanken vertieft, während er sich einen Tisch aussuchte, auf den Kellner wartete und dem Gezänk der beiden Männer lauschte.

Mit seinem Schulenglisch konnte Bandi immerhin so viel verstehen, dass der Blonde einen französischen Akzent hatte und vermögend war, was man an seiner perfekt lässigen Kleidung, aber auch an seiner Haltung ablesen konnte. Der braungebrannte Schnurrbart stöhnte in amerikanischem Kaugummi-Slang über die Last der Kinder, die er zu ernähren hatte, und über die Frauen.

Beide Männer tranken Whiskey mit Wasser. Der Kellner mit dem pomadisierten Mittelscheitel – der Bandi so geflissentlich übersah, als habe er den *plongeur* gerochen – beeilte sich, stets ihre Gläser nachzufüllen.

»Henri«, hieß der dünne Blonde.

»Hem«, der Schnurrbart.

Die Männer stritten um eine Frau, die anscheinend Berlioska hieß, einen Erdbeermund hatte und aus Clichy stammte.

»Du hast schon zwei Frauen!«, rief der Blonde.

»Eine davon ist meine Ex.«

»Und wie viele Geliebte hattest du in Afrika?«

»Du bist nur neidisch, Henri. Weil dir die Malaria damals alles versaut hat. Wo hast du gejagt? Elfenbeinküste?«

»Hem, du benimmst dich wie ein betrunkener Rüpel.«

»*Good*, aber ich bin nicht total verrückt. Ich genieße den Frühling in Paris, während du morgen nach Deutschland abreist, um dir die Faschisten aus nächster Nähe anzusehen. Was willst du in Berlin? Steht das in deinem Kommunistenblatt, dass man dort hinreisen soll? *L'Humanité?* Die Kommunisten wandern bei Hitler ins Konzentrationslager. Um das zu wissen, muss man kein Parteiblättchen lesen.«

»Wer soll schon ahnen, wer ich bin. Ich pflege das Bild des Sohns aus gutem Hause. Vater Textilfabrikant. Student in Cambridge. Völlig harmlos. Blond. Ich steige im Adlon ab. Kein Mensch wird mich für einen Kommunisten halten.«

»*Good*. Aber sag mir doch, was du dort willst? Surrealistische Fotos von Adolf Hitler machen?«

»Ich bin kein Surrealist. Ich bin Super-Realist. Ich friere die Bewegung ein und rufe damit ganz neue Eindrücke hervor.«

»So ein Schwachsinn!«, entfuhr es Bandi.

Er hielt nichts von der allzu künstlerischen Fotografie. War die Wirklichkeit nicht spannend genug? Bandi war von Egon Erwin Kisch beeindruckt, der mal gesagt hatte: »Nichts ist erregender als die Wahrheit.« So hatte es der Homunkulus gelehrt, so war das Klima der Zeitungen in Berlin, in jener großen Zeit der deutschen Republik, die nun zu Ende war. Man hatte die Wahrheit gezeigt, ohne Filter, ohne Verkünstelung, ohne zu viel Streben nach künstlerischer Selbstverwirklichung.

Der beste Fotograf trat hinter der Wahrheit zurück.

»Die Wahrheit ist das beste Bild!« Um seinen Worten Nachdruck zu verleihen, knallte Bandi seine Kaffeetasse auf den Tisch. »Was soll der Super-Realismus in der Fotografie?«

Erst ein paar Sekunden später fiel ihm auf, dass die beiden Männer mit ihren vom Whiskey glasigen Augen ihn verblüfft betrachteten. Schnurrbart war der Erste, der sich wieder fing.

»*Good*«, sagte er zu Bandi. »Besser hätte ich es diesem Schnösel auch nicht geben können. Surrealist, pah. Soll er malen, nicht fotografieren. Ich glaube, wir könnten uns verstehen, mein Freund. Kommen Sie doch rüber. Trinken Sie ein Glas mit uns.«

Bandi zögerte. Er musste noch zum Konsum-Laden gehen, Beaune aus dem Sonderangebot und Brot und Käse für Chim kaufen.

»Um ehrlich zu sein, guter Freund«, sagte der blonde Surrealist. »Sie sehen nicht wie ein Fotograf aus, der sich vor Aufträgen kaum retten kann. Aber Sie scheinen wenigstens zu wissen, was Super-Realismus ist. Das zeichnet Sie, ich muss es leider bekennen, vor der Mehrheit meiner Landsleute aus. Hem hat Recht, kommen Sie. Der Whiskey geht auf meine Rechnung. Und übrigens, ich bin Henri Cartier-Bresson.«

»Ernest Hemingway.«

Bandi schluckte. »Wer?«

»Nenn mich Hem. Das ist einfacher.«

»Hemingway? Sie haben *Farewell to Arms* geschrieben.«

Eine Augenbraue zuckte belustigt in die Höhe. »Wenn du es sagst, wird es wohl stimmen.«

Der Roman, der mit der Grausamkeit des Weltkrieges abrechnete, war ein Erfolg auf der ganzen Erde geworden, hatte sich in fünf Monaten fast eine halbe Million Mal verkauft.

»*Good*, jetzt wäre nett, wenn du uns auch deinen Namen verraten könntest. Aber ich warne dich. Kein Kulturgeschwafel über Literatur. Sonst geb ich dir ein Autogramm, und du kannst Leine ziehen. Also. Wie heißt du?«

»André Friedmann«, stotterte Bandi etwas verwirrt.

Die meisten Künstler, denen er bisher begegnet war, hatten am liebsten nur über sich selbst geredet. Oder waren überhaupt nicht ansprechbar, so etwa der unnahbare Thomas Mann im Romanischen Café von Berlin. Ernest Hemingway dagegen wirkte hemdsärmelig und kumpelhaft.

»Aber meine Freunde nennen mich Bandi.«

»Wo kommst du her? Dein Akzent ist grauenhaft. Um ehrlich zu sein, kannst du so gut wie kein Englisch.«

»Franzose kann er auch nicht sein«, merkte Henri Cartier-Bresson an. »Dafür sind seine Manieren zu schlecht.«

»Ich bin aus Budapest. Aber ich hab mal eine Weile in Berlin gelebt.« Bandi versuchte ein bisschen anzugeben. »Wenn Sie mal im Adlon wohnen, grüßen Sie den Cocktailmixer von mir. Er soll Ihnen einen Whiskey im Stil von Homunkulus mixen.«

Henri Cartier-Bresson saugte nachdenklich an seiner Unterlippe, die genauso voll war wie die Oberlippe. Eine kleine Irritation in den aristokratischen, ebenmäßigen Zügen. »Den Namen hab ich schon mal gehört.«

Bandi spürte die vertraute Sehnsucht, wenn er an den kleinen Mann in seinem zerknitterten blauen Anzug dachte. Er vermisste die lebendigen Augen, den scharfen Spott, sogar die kabbalistischen Weisheiten des verrückten Juden.

»Bürgerlich heißt er Simon Guttmann.«

»Der Großmeister!«, rief Henri. Obwohl er kaum älter sein konnte als Bandi, umgaben Lachfalten seine Augen. »Gründer der DEPHOT. Sie kannten ihn?«

Bandi musste sich räuspern. »Er war mein Chef.«

»Ein guter Mann«, knurrte Hem.

»Du kennst ihn auch?«

»Bevor ich wahnsinnig genug war, mir mein Leben damit zu verderben, dass ich Bücher schreibe, bin ich Journalist gewesen. Reporter beim *Daily Star*, Toronto. Später Korrespondent in Paris. Ich meine, da sollte ich wissen, wer Simon Guttmann ist. Hervorragender Journalist. Hat den Ruf, die besten Leute der Besten zu finden, damit sie für ihn arbeiten!« Er blickte Bandi nachdenklich an. »Das rückt dich in ein neues Licht.«

Die Gläser klirrten, und Bandi spürte den honigweichen Geschmack guten Whiskeys, den er seit Monaten vermisste. Ein wohliges, warmes Gefühl durchströmte ihn.

»Ich war sein Laufbursche«, erklärte er. »Hab Kohlen geschleppt. Und Fotos entwickelt. Dunkelkammergehilfe. Aber ich wollte immer Fotograf werden. Viele Ungarn sind gute Fotografen. Nehmen Sie Moholy-Nàgy. Der Homunkulus hat mir eine Chance gegeben. Zuletzt konnte ich meine Bilder ganz gut verkaufen. Trotzki in Kopenhagen. War eine gute Sache.«

Hemingway betrachtete ihn beinahe ehrfürchtig. »Das Bild hab ich gesehen. Erstaunlich.«

»Trotzki«, wiederholte Henri Cartier-Bresson abfällig. »Dieser Verräter. Aber richtig, die Aufnahmen waren gut. Das muss ich zugeben. Für wen arbeitest du jetzt?«

»Nun mal langsam. Der Junge braucht erst mal'ne Grundlage, bevor du ihm Löcher in den Bauch fragst.« Damit bestellte Hemingway drei weitere Gläser, unterbrach sich aber gleich: »Ach was, bring uns besser gleich eine Flasche.

Dazu eine Flasche Selters, hörst du. Kein Perrier. Selters.« Er wandte sich wieder an Bandi: »Einer der Tricks, die man kennen muss. Guten Whiskey trinkt man nur mit Selterswasser.«

»Der Homunkulus kennt den Trick auch.«

»Ach so?«

Die Flasche kreiste, und während Bandi immer wärmer und die Welt immer goldener wurde, entlockten die beiden Männer ihm jedes Geheimnis. Bald wussten sie, dass er keine Freundin hatte und mit einem klugen Polen in einer Dachmansarde wohnte. Sie wussten vom Hotel de Crillon, und Hem erzählte melancholisch, wie er einst in Paris zähneknirschend von den Schecks seiner ersten Frau Hadley gelebt hatte. Henri Cartier-Bresson sah immer freundlicher und mitfühlender aus. Und schließlich gestand Bandi, der im Suff jeden Stolz vergaß, dass sie kein Geld für neue Schuhe hatten. Und auch keins, um die Leica einzulösen.

Hem kramte in seiner Hosentasche. Er zog zwei zerknitterte Hundert-Franc-Scheine heraus.

»Da! Aber nicht zum Verprassen.« Dann wechselte er einen schnellen Blick mit Henri Cartier-Bresson und zog die Hand mit den Geldscheinen wieder zurück. Bandis Hoffnung schwand.

»Sorry, wir machen es anders. Henri wird uns sowieso verlassen, weil er morgen Früh um fünf an der Gare de l'Est seinen Zug ins Naziland nimmt. Wir beide nehmen lieber eine gute Flasche Whiskey und machen ein paar Besorgungen. Erst die Stiefel, dann die Kameras.«

Henri Cartier-Bresson verneigte sich schwankend. Oder war er selbst es, der alles nur noch schwankend wahrnahm, fragte sich Bandi. Als er aufstand, wäre er beinahe wieder umgefallen. Aber Hemingway, ein Schrank von einem Mann, zog ihn einfach mit.

»Wenn du Journalist sein willst, musst du saufen können. *Cheerio*, Henri. Viel Spaß bei den *Germanias*. Sie sollen fantastische Mädchen haben.«

»Haben sie«, grölte Bandi vergnügt, und das Bild von Lisas drallen Schenkeln und Brüsten flammte vor seinen Augen auf. »Frauen, die wie Statuen sind. Nur schön weich.«

»*Good, good,* Bandi. Jetzt halt die Klappe, und komm mit. Halt, vorher nimm noch ein Schlückchen aus der Flasche.«

Arm in Arm wie alte Kumpane schwankten sie den Boulevard Montparnasse hinunter, während Henri Cartier-Bresson sich ein Taxi rief und zum Abschied seinen Panamahut schwenkte.

»Wir sehen uns im Sommer. Das Dôme ist mein Stammcafé. Dann bring ich super-realistische Bilder aus Berlin mit, dass dir die Ohren wackeln werden, Bandi.«

»Hoffentlich schneidet dir Hitler die Ohren nicht ab«, knurrte Hemingway und zog Bandi mit.

Als er am nächsten Morgen, einem Sonntag, von einem Schwall kalten Wassers geweckt wurde, konnte Bandi nicht glauben, dass dieser dröhnende Kopf zu ihm gehörte. Allein das Vogelgezwitscher, das durchs geöffnete Fenster hereindrang, löste schon kleine Explosionen unter seiner Kopfhaut aus. Als er verzweifelt blinzelte, holte Chim gerade zu einer Ohrfeige aus.

Stöhnend erhob sich Bandi aus den Kissen.

»Nicht schlagen, Massa. Das verkrafte ich nicht.«

»Also mach, dass du aus dem Bett kommst. Du hast genau vier Minuten. Dann musst du aus dem Haus sein, wenn du nicht zu spät kommen willst.«

Dieser Gedanke ließ Bandi senkrecht im Bett stehen. »Mein Gott, Gaston wird mich schächten.«

Ein zufriedenes Lächeln breitete sich auf Chims Gesicht aus.

»Also ist es besser, wenn du dich beeilst.«

Während er linkisch mit seinen Hosen kämpfte, bemerkte Bandi das Chaos im Zimmer. Zwei leere Whiskeyflaschen, umgestürzte Gläser, zwei Paar neue Wandspiegel – und zwei Leicas, die wie Jagdtrophäen an den Bettpfosten aufgehängt waren.

Mit diesem Bild kam die Erinnerung zurück. Es war kein Traum gewesen. Hemingway hatte die Leicas aus dem Pfandhaus ausgelöst. Ernest Hemingway, der nicht über seine Bücher sprechen wollte. Sein neuer Freund aus Amerika. Genannt Hem.

Verwundert hörte Bandi ein Schnarchen, sah Chim mit dem Spirituskocher hantieren und Kaffee aufbrühen. Das Schnarchen kam vom Bett. Hemingway lag auf Chims Pritsche, voll bekleidet und die Knie angewinkelt wie ein Baby.

Chim grinste, als er Bandi den dampfenden, starken Kaffee überreichte.

»Würg's runter. Und was Hem betrifft, hat er darauf bestanden, bei uns zu übernachten. Er kann den falschen Glanz des Ritz nicht mehr ertragen. Es hat ihn sentimental gemacht. Er hat um die alte Kammer in der Rue Cardinal-Lemoine geweint. Und um Hadley, seine erste Frau. Ich glaube, er musste ein Kopfkissen unter ihren Hintern schieben, wenn er guten Sex haben wollte. Nie wieder hat er eine Frau getroffen, die ein Kissen unterm Hintern brauchte. Deshalb hat er noch mehr geweint.«

Bandi stöhnte. So betrunken wie gestern Nacht war er noch nie im Leben gewesen. Und das wollte was heißen. Er erinnerte sich an nichts von dem, was Chim erzählte, glaubte jedoch sofort, dass jede Silbe stimmte.

Zögernd schnupperte er am Kaffee. Allein der Geruch verursachte ihm schon Brechreiz.

»Runter mit dem Zeug. Und dann mach, dass du loskommst.«

»Ich bin unrasiert.«

»Willst du, dass Gaston dich rasiert, wenn du zu spät kommst?«

»Bin schon weg. Und gib Hem einen guten Kaffee aus, falls er jemals wieder von den Toten aufersteht.«

Fluchend stolperte Bandi durch die Rue Lhomond, befürchtete in der Métro mehrfach, sich übergeben zu müssen, hatte mit Schwindel zu kämpfen, wankte jedoch pünktlich durchs Ziel und tappte in der Schlange der Arbeiter durch den Hintereingang ins Crillon.

»Meine Güte. Eine Visage wie der lebende Tod«, sagte Gaston zur Begrüßung. »Das fehlt mir noch, du Esel. In zwei Stunden gibt's hier *coup de feu*. Verlobungsfeier. *Haute volée. Americains.* Irgendwelche reichen Amerikaner hauen ihr Geld auf den Kopf. Und Marcel, dieser Trottel, hat sich ausgerechnet heute krank gemeldet. Du musst für ihn einspringen, Champagner aus dem Keller nach oben schaffen. Also hab bitte die außerordentliche Güte und bring dein Äußeres auf Vordermann.«

Bandi starrte Gaston nur an. Der Franzose verströmte eine nervöse Energie, die in ihm Übelkeit erregte.

»Bist du in ein Wodkafass gefallen, oder was?« Gaston schien mit sich zu kämpfen, ob er wütend sein sollte oder amüsiert. »Dich werden wir schon auf Vordermann bringen. Los, zu den Waschbecken, bevor ich dich in den Arsch trete.«

Bevor Bandi wusste, wie ihm geschah, hing sein Kopf unter einem Strahl kalten Wassers, und alles Husten und Spucken und Um-sich-Schlagen half ihm nichts, aus dem eisernen Griff Gastons gab es kein Entkommen.

»So. Das hier ist ein Rasiermesser. Benutz es bitte. Dann werde ich dir einen Kaffee bringen, *à la Marseillaise*. Und wenn du danach nicht funktionierst, werden wir ein paar Tritte ausprobieren. Die werden dich schon auf Trab bringen.«

Nach der Rasur und dem Kaffee fühlte sich Bandi fast

wieder wie ein Mensch. Keine Minute zu früh. Die Glocke schellte, Rufen wurde laut, Frühstück. Der erste *coup de feu*, der Horror begann.

Zwei Stunden später hing er mit ausgestreckten Beinen in einem Stuhl und nippte an dem Rotwein, den das Hotel jedem *plongeur* zur Verfügung stellte. Gaston hielt ihm einen Vortrag.

»Du wirst diesen Wagen in den Eiskeller fahren und den Champagner nach oben bringen, ins Kellnerzimmer. Wag es bloß nicht und lass dich in der Nähe des Saals blicken. *Mon Dieu*«, seufzte Gaston. »Wenn diese *Americains* für ihre geschmacklose Verlobungsparty bloß nicht solche Mengen von Champagner bestellt hätten. Dann müsste ich keinen *Maquereau* anstellen.« Er trat vor Bandi und schob sich so nah vor ihn, dass sein Gesicht verschwamm. »Ich warne dich, keine Dummheiten, klar?« Dann zog er sich sehr langsam wieder zurück und warf eine rotblaue Jacke auf den Tisch.

»Hier, diesen Fetzen zieh an. Pagen-Uniform. Musste dieser Idiot von Marcel auch ausgerechnet heute krank werden. Wehe, du benimmst dich daneben!«

Aber Bandi dachte gar nicht daran, auch nur einen halben Schritt mehr zu machen, als von ihm verlangt wurde. In seiner Erschöpfung machte er genau das, was Gaston ihm befahl, verkleidete sich sogar ohne allzu großes Murren als goldbetresster Lackaffe. Dann machte er sich ans Werk.

Nachdem er den dritten Wagen voller eisgekühltem Champagner wohlbehalten aus dem Eiskeller nach oben transportiert hatte, lächelte der *Maître d'hotel* ihm zufrieden zu. Ein schmales, rasches Lächeln, das einer Ordensverleihung gleichkam.

»Gute Arbeit, *Maquereau*.«

Bandi zuckte nur mit den Schultern. Er musste zurück in den Keller. Mit der Stumpfheit eines Automatenmenschen verrichtete er seine Pflicht und ließ sich von niemandem aufhalten, nicht einmal von Gaston, seinem Chef.

Während er den Wagen wieder in Richtung des Aufzugs schob, hörte er Stimmen und gedämpftes Lachen aus dem Saal. Um elf Uhr hatte der Empfang begonnen, und der Champagner zeigte Wirkung.

Für Bandi würde es ein grässlicher Tag werden, doch er tröstete sich mit dem Gedanken an seine Leica und an das dicke Trinkgeld, von dem er diesmal seinen Teil bekommen würde.

Amerikaner waren für ihre Großzügigkeit bekannt.

»Vanderbilt!«

»Astor!«

»Guggenheim!«

»Kandinsky!«

Alles was Rang und Namen hatte, in der amerikanischen Kolonie von Paris, defilierte an Gerta und Jonathan vorüber.

Es sollte ein Frühlingsfest werden, in der Stimmung eines beschwingten Wiener Walzers. Unter Tante Terras strengem Blick war der Saal des Hotel de Crillon mit Frühlingsblumen ausgeschmückt worden. Narzissen, Tulpen und Krokusse blühten auf den Tischen und in den Fenstern, und die strahlenden Farben wetteiferten mit den bunten Seidenkleidern der Damen. Man sah eine verschwenderische Vielfalt der teuersten Roben. Chanel, Madame Vionnet, Poiret und ein Aufmarsch von riesigen Hüten, der an die Bilder der Rennbahn von Ascot erinnerte. Madame Vanderbilt und ihre Töchter bildeten eine Prozession der Pastellfarben, Rosa, Lila, Blassblau.

Mitglieder des europäischen Hochadels waren im Cut erschienen und machten den reichen Töchtern Komplimente. Die Künstler, Matisse und Braque, kultivierten den malerischen Schlapphut-Charme des Montparnasse, während Kandinsky in seinem Anzug wie der Schalterbeamte einer Bank aussah. Die Mitglieder der französischen Bourgeoisie trugen das schmale, rote Bändchen der Legion d'Honneur, ehrwürdige Professoren der Sorbonne das purpurne Band der Palmen der Akademie. Peggy Guggenheim schwebte in einem golddurchwirkten Traum von Paul Poiret herbei und küsste Gerta links und rechts auf die Wange.

»Sie werden noch lernen, *darling*, dass man mit Ehemännern den meisten Spaß haben kann.« Sie blinzelte Jonathan zu. »Mit den Ehemännern anderer Frauen.«

Jonathan hob sein Kinn und lächelte sein Bankierslächeln, das ihn seit Beginn des Empfangs nicht im Stich gelassen hatte. Gerta hasste ihn für dieses Lächeln, denn sie selbst kam sich vor wie eine Heuchlerin. Am liebsten hätte sie fluchtartig den Saal verlassen, und sie war sicher, dass ihr eigenes Lächeln gekünstelt wirkte und dass jeder sie durchschaute.

Unruhig zupfte sie an ihrem Kleid herum, einem meergrünen Traum aus Seide mit perlenbesticktem Überkleid. In ihrem hochgesteckten Haar war eine Perlenkette befestigt, und an ihrem Hals funkelten Jonathans Smaragde.

»Eine entzückende Braut«, rief Helena Rubinstein. »Vielleicht sollte ich Ihnen einen Vertrag anbieten.«

»Mein Vertrag mit ihr ist exklusiv«, erklärte Jonathan lächelnd.

Mrs Davenport, die in ihrem roten, wallenden Samtgewand wie der Papst persönlich aussah, blickte stolz auf ihren Sohn herunter.

Während Gerta den Töchtern einer venezianischen Prinzessin zunickte, suchte sie mit den Augen den Saal nach Amalia ab. In ihrem bunt bestickten Kaftan zog sie die Augen aller reichen amerikanischen Männer über fünfzig auf sich, und Gerta hatte beobachtet, dass auch Jonathans Blick sich verengte, wenn Amalia in sein Blickfeld tanzte.

Tante Terra schwirrte vorbei. Libellenartig sauste sie zwischen den Grüppchen herum, hielt sich an einer Champagnerflöte fest und genoss den gesellschaftlichen Erfolg, die Anwesenheit der Superreichen von der Park Avenue und ihren Stolz darauf, dass niemand es gewagt hatte abzusagen, was auf die gesellschaftliche Macht der Davenports zurückzuführen war. Sie gehörten zu den alteingesessenen großen Familien der USA.

Dann machten Hugh Guiler und Anaïs Nin ihre Aufwartung. Anaïs, die in ihrem Seidenkimono an eine Geisha erinnerte, war der erste Gast außer Amalia, den Gerta mit echter Freude begrüßte.

»Jetzt haben Sie Ihren kleinen Magnaten«, flüsterte Anaïs. »Auch Henry lässt seine Glückwünsche ausrichten. Sie sind jetzt Mitglied im Wachsfigurenkabinett. Ab jetzt werden tausend Augen Sie beobachten. Aber man kann lernen, mit diesem so wenig intensiven Leben zufrieden zu sein.«

»Soll das ein Glückwunsch sein?«

»Nur eine Warnung. Noch sind Sie nicht verheiratet, meine Süße. Noch gibt es einen Schritt zurück. Sie müssen nicht meinen Fehler nachmachen. Ich wünschte, man hätte mich über die Ehe aufgeklärt, bevor ich sie einging.«

Damit verschwand Anaïs im Gedränge und überließ Gerta sich selbst und ihren Gedanken.

Jonathan stand neben ihr und war doch so weit entfernt. Gerta hätte es beruhigend gefunden, wenn er kurz ihre Hand gedrückt hätte, aber eine angehende Mrs Davenport musste wohl in der Lage sein, auch allein den gesellschaftlichen Konventionen zu genügen. Verstohlen blickte Gerta zu ihm hinüber.

Er war höflich, er lächelte, sein Anzug war makellos. Er war der perfekte Ehemann.

Aber war er es auch für sie?

Der Saal begann sich zu drehen, ihr Herz schlug viel zu schnell, und ihr wurde schwindlig.

In Panik blickte sie zu Jonathan hinüber. Er stand da wie eine Festung, wie die Fundamente der Wall Street, fest und sicher und von kalter Eleganz.

Sie fuhr sich mit der Hand an den Hals und hatte plötzlich das Gefühl, dass das schwere Smaragdcollier ihr die Luft abschnürte. »Hilfe!«, flüsterte sie heiser. »Ich kann das nicht!«

Ehe sie wusste, was sie tat, drängte sie sich durch den Saal, vorbei an erstaunten, irritierten Gesichtern, die auf sie zubrandeten und sich zu dem verwandelten, was sie waren.

Leere, austauschbare Masken.

In der Halle holte sie tief Luft und überlegte einen Moment. Sie wollte allein sein, nachdenken. Da sie nicht wusste, wo die Damentoilette war, hastete sie in die Richtung, von der ihr am sichersten schien, dass Jonathan und Onkel James sie dort nicht finden würden. In einen düsteren Flur, ganz am Ende der Halle.

Bandi konnte in letzter Sekunde ausweichen.

Die aufgelöste junge Frau im grünen Seidenkleid kam so knapp um die Kurve geschossen, dass er den Wagen mit aller Kraft zur Seite reißen musste. Eine Flasche fiel zu Boden und zerbrach, Champagner schäumte über den dicken, roten Teppich.

»Können Sie nicht ein bisschen besser Acht geben?«, fragte er in seinem gebrochenen Französisch. Dann ging er verärgert in die Knie, sammelte die Scherben ein und murmelte auf Deutsch: »Diese neureichen, amerikanischen Ziegen – zu dumm, um geradeaus zu gucken.«

»Was fällt Ihnen ein?«, kam es in glasklarem Deutsch zurück.

Erstaunt blickte er auf und sah den Seidensaum, die grüne

Spitze, die Kontur von weichen, perfekt geformten Beinen, den flachen Bauch und hohe, kleine Brüste, bis sein Blick an ihrem Mund hängen blieb, einem schönen Mund.

Ein Mund, den man gern küsste.

Und dann traf ihn ein zorniger Blick aus grünen Augen.

Die kleine Hexe aus Leipzig, dachte er verblüfft.

Im ersten Moment hatte Gerta geglaubt, dass es ein Irrtum sein müsse.

Leipzig, dachte sie. Die Nazis, die Frau, der Fotograf.

Der *Fotograf*? Was machte er in diesem Hotel? Und warum trug er die alberne Pagen-Uniform, die überhaupt nicht zu ihm passte und an Ärmeln und Knöcheln zu kurz war? Erst, als er aufstand und spöttisch fragte: »Sind Sie immer so stürmisch?«, bemerkte sie, dass sie ihn schon eine Weile angestarrt hatte. Ja, es war wirklich dieser unverschämte, unverschämt attraktive Mann, der sie am Leipziger Bahnhof geküsst hatte. Aber er schien sie nicht wieder zu erkennen – jedenfalls konnte man seinem belustigten Blick nichts dergleichen ablesen.

Du Mistkerl, dachte sie mit plötzlicher Wut. Du hast mich einfach vergessen. Und sie beschloss, so zu tun, als ob auch sie ihn nicht kannte.

»Ihr Deutsch ist wirklich ausgezeichnet, aber an Ihren Manieren müssen Sie noch ein bisschen arbeiten«, sagte sie so hochmütig sie konnte, aber ihre Stimme zitterte ein wenig.

Bandi sah die Tränenspur in ihrem Gesicht, die so gar nicht zu ihrer ganzen Aufmachung passte. Es war wie die Irritation auf einem sehr guten Foto, die kleine Missstimmung, die alles in ein anderes Licht rückt, die ein Bild interessant macht. Er hätte sie gern gefragt, warum sie geweint hatte, und war selbst überrascht über diese plötzliche Regung.

»Was macht der *Maquereau* mit dem Champagner?«, gellte es aus dem Kellnerzimmer. »Wo bleibt die Pflaume?«

Sie wischte sich mit einer unwirschen Geste über die Augen und hob das Kinn. »Natürlich werde ich den Schaden ersetzen«, verkündete sie herablassend. »Mr James Frank wird die Unkosten übernehmen. Setzen Sie es auf die Rechnung. Er ist mein Onkel.«

»Moment mal«, wollte er sagen. »Warten Sie.«

Aber sie hatte sich schon umgedreht und ließ ihn einfach stehen. Und er hatte nicht einmal gefragt, wie sie hieß.

»Zum Teufel!«, stöhnte Gaston, als er die zerbrochene Flasche sah, und überhäufte ihn mit einem Schwall aus Schimpfwörtern. Er hatte sich gerade so richtig warmgeflucht, als er innehielt und Bandi besorgt ins Gesicht blickte.

»Was ist los, du Esel? Willst du mir hier umkippen?«

»Ich muss den Namen dieser Frau wissen.«

»Bis du jetzt völlig übergeschnappt? Du musst das doch aufschreiben. Sie muss den Schaden ersetzen.«

»Darum geht es gar nicht. Ich schulde ihr was!« Bandi lächelte. »Eine Ohrfeige.«

»Hör mal, du verdammter Narr. Wenn du dich nicht gleich in Bewegung setzt, dann geb ich dir die Ohrfeige, und zwar eine, an die du dich noch lange erinnerst. Kapiert?«

»Ich kenne sie von früher.« Bandi fühlte sich, als hätte er eine Erscheinung gehabt.

»So, so, der *Maquereau* ist nicht nur ein großer Künstler. Er hat auch noch exzellente Kontakte in die feinste Gesellschaft.«

Bandi ordnete zerstreut die Flaschen auf dem Servierwagen. »Sagt dir der Name James Frank etwas? Das ist ihr Onkel.«

Gaston stieß die Luft aus und machte einen Schritt zurück. »*Tiens.* Wenn sie die Nichte von James Frank ist, dann feiert sie heute Verlobung. Sie wird mit einem *Americain* verlobt. Bankier. Davenport. Du fährst gerade ihren Champagner spazieren.«

Komischerweise spürte Bandi einen kleinen Stich, als er das hörte. Unwillig schob er den Servierwagen weiter.

Gertas Hände zitterten.

Er hatte sie nicht erkannt. Sie dachte an ihn, träumte von ihm, schlief in Gedanken mit ihm und war sogar eifersüchtig. Und er hatte ihr Gesicht einfach vergessen.

Das hast du von den Träumereien, beschimpfte sie sich. Und jetzt gehst du schön brav in den Saal zurück, zu dem Mann, der dich heiraten will und wenigstens weiß, wer du bist.

Dann schritt sie so gefasst wie möglich durch die Tür zum Saal. Sie spürte, wie die Gäste sie anstarrten, und als sie aufblickte, sah sie in all die vielen Gesichter, die ihr neugierig oder betreten entgegenschauten. Tante Terra schien nicht gerade erfreut.

Es war Onkel James, der die Situation rettete. Behutsam umfasste er ihren Ellenbogen und führte sie gemessenen Schrittes wie ein Brautvater zurück zu Jonathan.

Im Saal war es still, so als würde man auf eine Erklärung warten. Jonathan streichelte ihr ermutigend über den Arm.

»Entschuldigung«, sagte Gerta und bemühte sich um ein Lächeln. »Es war nur die Aufregung, mir war ein bisschen schlecht.«

Die Gäste erwiderten das Lächeln, wohlwollend und verständnisvoll, schließlich war man selbst einmal jung – oder wäre es jedenfalls gern einmal gewesen.

»Man heiratet ja auch nur einmal«, sagte jemand.

»Wieso denn nur einmal?«, fragte Peggy Guggenheim. »Ich finde es immer wieder sehr amüsant.«

Erleichtert hörte Gerta, wie einige Gäste lachten, und stimmte nach einem Moment selbst mit ein.

Paris leuchtete orange im Schein der Laternen; der Eiffelturm warf seine rollenden Signale über die Stadt, und Bandi hätte überall sein wollen, nur nicht hier, und er hätte mit jedem der Passanten tauschen mögen, die ihm entgegenkamen, so hoffnungslos und verhärmt ihre Gesichter auch sein mochten.

Er steckte die Hände in die Taschen und hasste die kühle Abendluft, die ihm ins Gesicht schnitt. Erst als er in der Métro saß und durch die Dunkelheit ratterte, ging es ihm etwas besser.

Es war ein Höllentag gewesen. Sein Kopf schmerzte. Er glaubte, immer noch das Klappern von Tellern, das Brüllen der Köche und Kellner zu hören, *Chateaubriand aux pommes sautés! Ça marche*. Aber lauter noch hallte in seinem Kopf die durchdringend helle Stimme der kleinen Hexe aus Leipzig:

»An Ihren Manieren müssen Sie noch ein bisschen arbeiten.«

Es war derselbe arrogante Ton wie damals am Leipziger Bahnhof, und er dachte ein bisschen wehmütig an die Zeit, als er so voller Hoffnung und Ehrgeiz gewesen war und alles möglich schien.

Die Begegnung mit der kleinen Hexe damals hatte ihm Glück gebracht. Es war der Beginn seines Aufstiegs als Fotograf gewesen.

Und jetzt war er Tellerwäscher.

Übellaunig drückte er die Nase ans Fenster der Métro und spürte, wie kalt es war.

In der Rue Lhomond empfing ihn ein würziger Geruch. Er seufzte. Für heute hatte er genug vom Essen. Er wollte kein Essen mehr sehen.

Aber der klapprige Tisch war für ein Festmahl gedeckt, mit Papiertischdecke in rotweißem Karo. Eine Flasche Saint Émilion Grand Cru war entkorkt, Knoblauchbaguette verströmte seinen Duft, und Endiviensalat, Leberpastete und Radieschen waren auf Tellern appetitlich angerichtet.

Chim schritt feierlich zum Tisch und goss jedem ein Glas von dem Saint Émilion ein.

»Grund zu feiern. Erstens haben wir die Leicas zurück. Zweitens sind wir es Hem schuldig, auf sein Wohl zu trinken. Ich soll dich von ihm grüßen. Drittens hab ich Neuigkeiten, die dich freuen werden.« Chim hob sein Glas, und das Flackern der Kerze auf dem Tisch spiegelte sich in seinen Pupillen wider. »*Lechaim.*«

»*Santé*«, erwiderte Bandi aus Prinzip.

»Du kannst keine jüdischen Trinksprüche mehr?«

»Bist du meine Mutter?«, fragte Bandi zurück.

»*Schalom, schalom,* Bandi. Setz dich erst mal. Was sagst du zu meinem Essen? Vom Markt in der Rue Mouffetard. Die Leberpastete war im Angebot. Hem hat sie mit mir ausgesucht. Du, der versteht was vom Genießen.«

Bandi zwang sich dazu, wenigstens mal zu kosten. Er war es Chim schuldig, der sich so viel Mühe gegeben hatte. Aber es fiel ihm schwer, alles fiel ihm schwer.

Er fühlte sich sonderbar verlassen.

»... begeistert«, drang Chims Stimme durch die Watte, er blickte auf und sah die Erwartung im Gesicht des Freundes.

»Begeistert?«, fragte er zerstreut zurück.

»Sag mal, hörst du mir überhaupt zu? Ich hab dir gerade erzählt, dass ich Hem unsere Arbeitsproben gezeigt habe. Er hat sie angesehen. Er hat sich Zeit dafür genommen. Ich sage dir, dass er ganz hingerissen war.«

»Hingerissen?«

»Och, Bandi, bist du ein Papagei oder was? Er will uns bei Gelegenheit einem Freund von sich vorstellen, Lucien Vogel. Der Begründer des Magazins *Vu*. Weißt du, was das bedeutet? *Vu* ist so berühmt wie die *Berliner Illustrirte*. Wenn wir an Vogel rankommen könnten, wären wir gemachte Männer.

Außerdem hat mir Hem eine Empfehlung für den Chef von *regards* gegeben. Na ja, Hem hält leider nicht so viel von den Kommunisten. Aber wäre halt mein persönlicher Traum, für eine kommunistische Illustrierte zu fotografieren. Die Verbindung von Utopie und Wirklichkeit. Jedenfalls gibt 's endlich mal ein bisschen Hoffnung, Bandi.«

»Sicher.« Bandi schob ein Radieschen von links auf dem Teller nach rechts auf dem Teller. »Das wäre ja ganz schön.«

»Ganz schön?« Chims Augen funkelten hinter der Brille. »Ich öffne dir die Tür nach ganz Paris? Und der Herr sagt, es ist ganz schön?«

»Was erwartest du?«, brauste Bandi auf. »Erwartest du, dass ich dich küsse? Dann rasier dich erst besser.«

Chim ließ langsam die Gabel sinken. Er starrte Bandi an.

»Sag mal, stimmt was nicht mit dir?«

»Nichts. Äh, alles. Mir geht 's bestens, danke.«

»Ist ja auch kaum zu übersehen. Du bist nur so blass wie ein verdammtes Stück Papier. Was ist los, Bandi?«

Das Radieschen wanderte wieder auf dem Teller. »Nichts. Nichts ist los.«

»Manchmal hilft es, wenn man redet.«

»Hartnäckiger jüdischer Maulesel. Du wirst ja doch keine Ruhe geben, bis du es aus mir rausgekitzelt hast.«

Chim lächelte, und auf eine befremdende Weise fühlte sich Bandi an den Rabbi erinnert, der ihn vor vielen Jahren auf die *Bar Mitzwa* vorbereitet und auch immer mit diesem wissenden Lächeln angesehen hatte.

»Es ist diese Frau.«

Chim legte sich geziert die Hand über die Augen. »Oh, nein. Nicht diese Lisa. Ich werde diese Kammer nicht mit dieser grässlichen Lisa teilen. Will sie etwa kommen?«

Bandi brauchte einen Augenblick, um überhaupt zu begreifen, dass Chim von Lisa sprach, seiner Freundin in Berlin, die er schon fast vergessen hatte.

»Unsinn, ich rede von der kleinen Hexe aus Leipzig. Sie hat mir Glück gebracht. Und eine Ohrfeige gegeben.«

Chim blinzelte verwirrt. »Jedenfalls eine kluge Frau.«

»Eine verdammte höhere Tochter. Deutsche. Jedes Mal, wenn ich sie sehe, behandelt sie mich mit dieser verdammten Herablassung. Ich weiß nicht mal, wie sie heißt. Nur, dass sie sich heute verlobt hat. Mit irgend so einem reichen Amerikaner. Sie hat sich bei uns verlobt, im Hotel, ich bin ihr im Flur begegnet. Ist ja auch egal, was geht's mich an.«

Bandi brach hilflos ab und griff nach dem Radieschen. Er wusste selbst nicht, was er eigentlich sagen wollte.

»*Alewaj*.« Chim schenkte ihnen Wein nach. »Das hört sich ja ziemlich ernst an. Da kriegen wir ja richtige Schwierigkeiten.«

Chim drückte Bandi das Glas in die Hand. »Jetzt trink schon. Ein Blinder würde ja sehen, dass die Kleine dir völlig den Kopf verdreht hat. So kenne ich dich gar nicht.«

»Hörst du mir nicht zu? Ich sage dir, sie ist verlobt.«

»Das ist die schlechte Nachricht. Die gute Nachricht ist, dass sie nicht verheiratet ist. Du sagst, sie hat im Hotel gefeiert? Dann müssen sie dort ihren Namen wissen und sicher auch ihre Adresse. Der Rest ist ganz einfach. Du lauerst ihr auf und setzt deinen Charme ein. Eigentlich«, stöhnte Chim, »sollte ich dir bei so einer Gemeinheit gar nicht helfen. Du wirst ihr ja sowieso nur das Herz brechen.«

Auf dem Servierwagen, den eins der Hausmädchen ins Zimmer schob, prangte ein riesiger Strauß mit fünfzig rubinroten Rosen. Daran befestigt war ein Billett von Jonathan.

Gerta las lächelnd. Jonathan schrieb von Liebe und Sehnsucht, und sie wollte ihm gern glauben.

Vielleicht würde ja nach der Hochzeit alles besser werden.

Marie-France hob die silbernen Deckel von den Speisen, und der Duft von Rührei und gebratenem Speck und frischem Kaffee durchzog das Zimmer.

Bevor Gerta sich darüber hermachen konnte, klopfte ein anderes Mädchen an die Tür.

»Telefon, *Mademoiselle*. Ferngespräch. Ihre Frau Mutter.«

Gerta schob das Tablett beiseite, sprang aus dem Bett und hastete ins Arbeitszimmer ihres Onkels, wo das große schwarze Ungetüm mit der goldenen Wählscheibe auf sie wartete. Es rauschte und knackte, und dann war Sophia Pohorylle dran.

»Gerta, mein Kind!«

»Mama! Wie geht's dir?«

Am Telefon war es eine Sekunde still, und Gerta merkte, wie sehr sie sich nach ihrer Mutter sehnte.

»Wie geht es dir?«, fragte Sophia Pohorylle zurück, und Gerta bemerkte durchaus, dass die Mutter ihrer Frage auswich. Ging es ihr schlechter? »Du bist die Hauptperson. Du hast dich verlobt. Erzähl mir, hörst du? Ich will alles wissen über euer schönes Fest. Ohne Rücksicht auf Verluste. Ist mir egal, was dein Vater zur Telefonrechnung sagt.«

Und Gerta erzählte. Sie erzählte so begeistert, dass sie beinahe selbst geglaubt hätte, eine glückliche junge Frau zu sein. Sie erzählte von ihrem Kleid und dem herrlichen Menü, dem Champagner, den Weinen. Sie erzählte von Mrs Vanderbilt und Peggy Guggenheim und Amalia und ihrem Cousin, der den ganzen Abend mit der kleinen Laura Vanderbilt geflirtet hatte, ohne ihr in die Augen zu sehen, sie erzählte vom Hotel de Crillon und von den Juwelen an den Schwanenhälsen der Damen. Nur von ihrer Panik und von dem Zusammenstoß mit einem jungen Kellner erzählte sie nicht.

Sophia Pohorylle seufzte.

»Wir müssen deinem Onkel James dankbar sein, dass er

das alles bezahlt. Dein Vater ist sehr bedrückt wegen des Geschäfts, auch wenn er nie ein Wort sagt. Er denkt, ich weiß nichts davon. Aber dieser Hitler hat im März ein Gesetz verabschiedet, das ihn von jeder parlamentarischen Kontrolle entbindet. Man nennt es Ermächtigungsgesetz. Otto Wels hat als Einziger dagegen gestimmt, im Namen der Sozialdemokraten. Wir sind alle sehr besorgt, was jetzt hier auf uns zukommt. Umso besser, dass du in Sicherheit bist.«

»In Sicherheit?«, fragte Gerta, etwas verwirrt, zurück.

Es knisterte in der Leitung, die Antwort ließ auf sich warten.

»Du hast sicher gehört, dass es für die jüdischen Mitbürger hier sehr schwer geworden ist?«

»Wie könnte ich nicht?« Gerta dachte an die schrecklichen Nachrichten von Geschäftsboykott und Bücherverbrennung.

»Familie Hertz verlässt kaum noch das Haus, sagt man. Professor Ullmann hat sich für Tage und Nächte in der Bibliothek eingeschlossen. Andere planen ihre Auswanderung.«

Gerta kannte die Menschen nicht persönlich, da Pohorylles kaum gesellschaftliche Kontakte pflegten. Aber natürlich hatte sie immer wieder von den großen jüdischen Familien Leipzigs gehört. Es war für sie schwer vorstellbar, dass der braune Spuk schon so tief in den deutschen Alltag eingedrungen war und auch vor den Menschen ihrer Heimatstadt nicht Halt machte.

»Jedenfalls bin ich froh, dass du weit weg von hier bist«, sagte ihre Mutter jetzt. »Unser schönes Deutschland ist ein schreckliches Land geworden.«

In seinem besten Anzug lehnte Bandi an seinem freien Tag über dem grünen Eisengeländer des Pont St-Louis. Sein

Haar war gestriegelt und mit Pomade an den Kopf geklebt. Seine Stiefel hatte Chim auf Hochglanz gewienert und ihm außerdem sein letztes, weißes Hemd geliehen.

Bandi blickte zu dem champagnerfarbenen Palais hinüber und fragte sich, ob er wahnsinnig war. Er, ein *plongeur*, ein Exilant, ein Träumer, lauerte ausgerechnet hier einer kleinen, hochmütigen Hexe auf.

Das silberne Lichtflirren über der Seine, der vornehme Glanz der Île Saint-Louis, die Stille in den Straßen, der Reichtum, das alles schüchterte ihn ein.

Und für eine Sekunde Feigheit wünschte er sich, er hätte die Adresse niemals herausgefunden.

Für Gaston war es eine leichte Übung gewesen, die Anschrift von Mr James Frank zu ermitteln. Seit er von Bandis privaten Sehnsüchten wusste, hatte sich der bärbeißige *Maître d'hotel* in einen Freund verwandelt.

Die französische Liebe zur *amour fou*, vermutete Bandi.

Er konzentrierte sich wieder auf das Kommen und Gehen am Eingang des Palais. Eine elegante, dunkle Schönheit, die Mrs Terra Frank sein musste, kam heraus. In Begleitung von zwei Schoßhündchen, die Augen von einer riesigen Sonnenbrille geschützt, stieg sie in eine Limousine mit Chauffeur, einen wunderbaren, silbrig schimmernden Delage.

Es war ein unfassbarer Luxus, in dem die kleine Hexe sich bewegte. Sie hieß Gerta Pohorylle.

Der Name hatte nicht unbedingt Musik, fand Bandi, aber er passte irgendwie zu ihr.

Als die Limousine an ihm vorüberglitt, ging Bandi hinter einer Eisenlaterne in Deckung. Besser, nicht von Terra Frank gesehen zu werden: Er musste, trotz seines besten Anzugs, wie ein Landstreicher wirken.

Eigentlich wusste er selbst nicht genau, warum er hier eigentlich stand, sich befremdeten Blicken aussetzte und dabei auch noch so aufgeregt war.

Manchmal handelte man, ohne die eigenen Beweggründe zu kennen, dachte er. Dass der Verstand sich einschaltete, kam erst hinterher. Es war der Instinkt, mit dem man die wirklich wichtigen Entscheidungen traf, im Leben wie in der Fotografie. Auch wenn er auf den Auslöser drückte, wusste er oft erst hinterher, warum er genau diesen Blickwinkel ausgewählt hatte und nicht irgendeinen x-beliebigen anderen, der auch möglich, aber falsch gewesen wäre.

Wenn er also hier stand, hatte er vermutlich Gründe dafür, philosophierte Bandi.

Die riesige Eichentür ging auf, als würde sie an unsichtbaren Fäden gezogen. Der Umriss einer schlanken Frau wurde sichtbar, und als sie aus dem Schatten des Flurs ins Sonnenlicht trat, brannte ihr rotes Haar wie ein Scheiterhaufen.

Eine Sekunde kam es Bandi so vor, als würde die ganze Welt für ihn angehalten.

Und dann ging er auf sie zu, nicht zu hastig, aber doch schnell genug, damit sie ihm nicht wieder entwischen würde.

Als er ihr in die Augen sah, war alles vergessen, was er sich zurechtgelegt hatte, all die Vorwände und Ausreden.

Bandi sah, dass sie einen kleinen, braunen Punkt im linken Auge hatte, einen Farbklecks, der im Grün schwamm und von dem er den Blick nicht abwenden konnte.

Im ersten Moment hatte er einen Funken in diesen Augen aufblitzen sehen, Freude, hatte er glauben wollen. Aber jetzt musste er zusehen, wie sie katzenhaft schmal wurden. Er brauchte einen Augenblick, bis er begriff, dass sie zornig war.

»Haben Sie sich verlaufen?«, fragte sie mit hochgezogenen Augenbrauen. »Wenn Sie den Lieferanteneingang suchen, der ist rechts um die Ecke.«

Instinktiv machte Bandi einen Schritt zurück.

Diese Hexe!

»Wenn Sie mir jetzt bitte aus dem Weg gehen könnten«, verlangte sie schneidend. »Ich bin in Eile.«

Bandi, der das aufbrausende Temperament seiner Mutter geerbt hatte, musste für einen wahnwitzigen Augenblick seine ganze Selbstkontrolle aufbringen, um sie nicht am Genick zu packen wie eine Katze und sie zu schütteln.

»Bei unserer Begegnung in Leipzig haben Sie mir besser gefallen«, erwiderte er kühl.

»Stehen Sie mir im Weg, um mich zu beleidigen?«

»Ich wollte Sie um einen Termin bitten«, entgegnete er sanft.

Sie streckte ihr Kinn in die Höhe und wirkte so kampflustig, dass es ihn zum Lachen reizte.

»Aus welchem Grund sollte ich Zeit für Sie haben?«

»Ein Grund könnte sein, dass ich auf Sie warten werde. Ich bin am Samstag im Café du Dôme. Ab mittags. Kennen Sie das Dôme? Ein Künstlertreff am Boulevard Montparnasse.«

Ein arrogantes Schulterzucken. »Wer kennt es nicht?«

»Dann werden Sie kommen?«

Einem plötzlichen Impuls folgend, griff er nach ihrer Hand und zog sie zu sich heran.

Er spürte, wie weich und wie zart ihre Haut war, und während er seinen Kopf darüber beugte, tauchte er ein in den schwachen Zitronenduft, der sie umhüllte, und berührte mit den Lippen ihren Handrücken.

Und dann riss sie ihre Hand zurück, und für einen Moment befürchtete er, sie könnte ihn wieder schlagen.

»Wo haben Sie Ihre Manieren gelernt? In der Métro? Ein Gentleman küsst die Luft, nicht die Haut. Aber was kann man von einem Hotelpagen auch erwarten?«

»Genau genommen«, sagte er friedlich, »bin ich Fotograf.«

»Was immer Sie sein mögen – Sie haben mich jetzt lange genug aufgehalten.«

Das Tuckern eines Motors drang in sein Bewusstsein, und er sah, wie sie den Kopf umdrehte. Es war der Delage mit der elegant gekleideten Frau, die empört zu ihnen herüberstarrte.

»Jetzt haben Sie es geschafft, mir meinen Spaziergang zu verderben«, zischte Gerta wütend. »Jetzt wird sie mich zurück ins Haus zitieren.«

Ihre Augen sprühten wild und grün wie die See im Sturm.

»Werden Sie kommen?«, fragte er hastig.

»Das werden Sie ja sehen.«

Tante Terra rührte in ihrer Teetasse, dass das Porzellan klirrte, und ihr Fuß wippte ungeduldig auf und nieder, während sie Gerta im Salon die Leviten las.

»Nimm dich nur in Acht«, warnte sie leise. »Gib Acht, dass du so kurz vor der Hochzeit nicht noch einen Fehler machst.«

»Was kann ich dafür, wenn dieser Idiot mich anspricht?«

»Verkauf mich nicht für blöd. Ich hab gesehen, wie er deine Hand geküsst hat. Und wie ein Idiot sieht er überhaupt nicht aus.«

»Er ist aber einer.« Gerta warf unwirsch ihr Haar zurück.

»So? Dann kennst du ihn also doch? Sieh mal einer an.«

Gerta stöhnte. »Wenn du es genau wissen willst, er ist Page im Crillon. Der Idiot hat mich mit seinem Servierwagen fast über den Haufen gerannt. Er wollte sich dafür entschuldigen.«

Tante Terras Augen wurden schmal.

»So? Und nur, damit er sich bei dir entschuldigen kann, hast du ihm verraten, wo du wohnst.«

»Einen Teufel hab ich getan!«

»Werde bloß nicht noch frech! Irgendjemand muss ihm

schließlich die Adresse verraten haben. Außerdem bin ich nicht blind. Ich hab genau gesehen, wie du ihn angeschaut hast. Man könnte fast sagen – wie ein verliebtes Mondkalb.«

Ehrlich erstaunt riss Gerta die Augen auf. Aus Wut darüber, dass er sie vergessen konnte, hatte sie sich schließlich alle Mühe gegeben, reserviert zu erscheinen. Aber es war offensichtlich keine besonders überzeugende Vorstellung gewesen.

»Ich glaube, ich war eher kühl zu ihm.«

»Du warst so zornig, dass du fast aus der Haut gefahren wärst. Man wird nicht so zornig, wenn ein Mensch einem gleichgültig ist. *Darling*, deine Tante hat schon ein paar Jahrzehnte Erfahrung mit dem Leben. Glaub nicht, dass du ihr so leicht was vormachen kannst.«

»Ich hab mich über die Belästigung geärgert, das ist alles. Was sollte mich an so einem – Landstreicher interessieren?«

Tante Terras Lächeln war ohne jede Freundlichkeit.

»Dieser Landstreicher, wie du ihn nennst, sieht exotisch aus. Er ist attraktiv, groß, hat ein charmantes Lächeln.«

»Trotzdem interessiert er mich nicht mehr als der Dreck unter seinen Fingernägeln«, gab Gerta schnippisch zurück.

Viel später lag Gerta allein auf ihrem Bett. Sie wollte sich in Erinnerung rufen, wie er sich über ihre Hand gebeugt und sie geküsst hatte. Die flüchtige Berührung seiner Lippen hatte sie verwirrt.

Sie streifte die Bettdecke beiseite, weil ihr das Zimmer auf einmal viel zu heiß erschien. Sie betrachtete ihren Körper, der sich unter dem Negligé aus blauer Seide abzeichnete.

Es müsste wundervoll sein, wenn sein Mund nicht nur ihre Hand streifte, sondern ihren ganzen Körper erforschte und eine Spur aus Feuer hinterließ.

Bei dem Gedanken, dass er sie wiedersehen wollte, lächelte sie. Er hatte sie also doch erkannt, der junge Mann, den sie Robert genannt hatte.

Sie wusste nicht einmal, wie er mit richtigem Namen hieß. Aber gerade in diesem Geheimnis, dachte sie, lag ein besonderer Reiz. Es würde ein Fremder sein, der auf sie wartete.

Jemand, den sie noch nicht in einen Rahmen gestellt hatte. Jemand, der noch für alles offen war und auch ihr die Chance gab, sich zu öffnen, sich in einem neuen Licht zu zeigen.

Hin und wieder hatte sie die Befürchtung, dass Jonathan nur das naive Mädchen aus Leipzig in ihr sah, das wie ein staunendes Kind in Paris gestrandet war.

Doch inzwischen hatte sich so viel verändert, in der Politik wie auch in ihrem Leben, und es machte sie traurig, dass sie ihrem Verlobten nichts davon mitteilen konnte.

Jonathan wusste nichts von Shakespeare & Company, von ihrer Lektüre im *New York Herald* und ihrer Verachtung für die Nazis. Und er konnte nicht einmal ahnen, mit welcher Leidenschaft sie mittlerweile fotografierte.

Vielleicht, dachte sie, würde sie sich mit dem Fremden auch über die Fotografie unterhalten können. Und darüber, was ihn nach Paris verschlagen hatte. Als Kellner!

Am Samstagvormittag wusste Gerta immer noch nicht, ob sie den Fremden wirklich treffen würde.

Vielleicht, dachte sie kokett. Vielleicht auch nicht.

Und sie fand es schön, das selbst entscheiden zu dürfen.

Sie lächelte ihrem Spiegelbild zu. Ihr Haar bauschte sich in einer Wolke um ihren Kopf, und das Grün ihrer Augen wurde mit einer Spur Lidschatten von Helena Rubinstein noch leuchtender.

»Wohin gehst du?«, fragte Tante Terra misstrauisch.

»Nur schnell zu Amalia rüber«, sagte Gerta obenhin. »Ich war schon so lange nicht mehr in ihrem Atelier.«

Falls sie sich doch entschied, ins Dôme zu gehen, dachte Gerta, würde der Besuch bei Amalia ihr ein Alibi geben. Sie konnte sich darauf herausreden, die Freundin besucht zu haben, falls jemand auf die Idee kam, unbequeme Fragen zu stellen.

»Die kleine Comtesse?« Tante Terra lächelte fein. »Ganz Paris redet darüber, dass ihr Cousin sich die älteste Vanderbilt angelt, den kleinen Lenbach-Engel, der auf die vierzig zugeht und ihm ein paar Millionen mitbringen wird.«

»Rupert ist in Ordnung«, sagte Gerta, die es nicht leiden konnte, wenn Tante Terra über ihre Freunde herzog.

Dieser giftige Tratsch war es, den sie an der so genannten guten Gesellschaft am meisten verabscheute.

»Jedenfalls ist er arm wie eine Kirchenmaus.«

»Immerhin ist er ein Marquis.«

»Tja, aber von einem Adelstitel kann man sich heutzutage auch keinen Pelzmantel kaufen. Grüß die kleine Comtesse von mir. Sie wird schon auch noch den passenden Ehemann finden.«

An der Seine klappten die Bouquinisten die Rollläden ihrer Stände auf oder fegten die Straße. Gerta streckte das Gesicht in die Sonne und schlenderte zur Rue des Fossés-St-Bernard. Neben dem Hofeingang, der zu Amalias Atelier führte, gab es einen Laden mit der Reklame »Science de vie«. Als sie es zum ersten Mal las, hatte sie angenommen, es bedeute »Wissenschaft vom Leben«: Man könnte hier erfahren, wie man glücklich wird.

Doch es war eine Fachbuchhandlung für Botanik.

Sie ging durchs Tor in den Hof; zwischen dem Kopfsteinpflaster spross Löwenzahn. Amalias Atelier hatte den für Paris so typischen, etwas nachlässigen Charme.

Überall standen zierliche Eisenmöbel, die Amalia signalrot lackiert hatte. Aus einem alten Weinfass wucherte Efeu an der Fassade hoch. Eine Katze döste auf dem Fußabtreter. Die Tür war leuchtend rot gestrichen, und es duftete nach starkem Kaffee.

Gerta brauchte nicht anzuklopfen, denn Amalia hatte sie durch die hohen Fenster kommen sehen.

»Tür ist auf«, rief sie. »Komm rein.«

Jetzt, im Frühling, war das Atelier auf dem Montparnasse bei weitem nicht mehr so kalt und unfreundlich wie noch im Winter. Amalia hatte dem Schimmel an den Wänden den Garaus gemacht und alles in einem zarten Vanilleton gestrichen.

Überall standen Staffeleien und Leinwände, Steinblöcke und Tonfiguren in den verschiedensten Stadien ihrer Vollendung. Es gab Kopien der alten Meister aus dem Louvre und wilde Farborgien, wie Gerta sie niemals zuvor gesehen hatte.

»Woran arbeitest du?«

Amalia strich sich mit beiden Händen die Locken aus dem Gesicht und stöhnte theatralisch.

»An diesem Klotz da!«

Gerta kam näher, konnte aber nicht mehr als einen rohen Stein erkennen.

»Es wird ein weiblicher Akt. Mein erster. Schau!« Amalia breitete eine Reihe von Blättern auf dem Boden aus, und Gerta erkannte die zierliche Frau mit dem Kirschmund, den übergroßen Augen und den kleinen, perfekt geformten Brüsten.

»Das ist doch Anaïs.«

Amalia lächelte.

»Ich wusste gar nicht, dass ihr euch so nahe steht.«

Gerta spürte einen Stich von Eifersucht; sie empfand es als kleinen Verrat, dass die beiden Frauen sich ohne ihr Wissen angefreundet hatten.

»Mich wundert, dass sie so was macht. Ist Hugh gar nicht sauer, wenn sie sich nackt porträtieren lässt?«

»Hugh Guiler ist ein aufgeklärter Mann. Die Bankiers sind heute nicht mehr so konservativ wie dein Onkel.«

»Jonathan würde bestimmt nicht erlauben, dass ich mich nackt malen lasse.« Leider, fügte sie in Gedanken hinzu.

»Nein? Hast du ihn gefragt?«

Gerta starrte die Freundin an. Der Gedanke war so absurd, dass ihr keine passende Antwort einfiel.

»Wie dem auch sei. Die Zeichnungen sind wunderschön. Anaïs wird bestimmt begeistert sein.«

»Das will ich doch hoffen. Willst du Kaffee?«

Ohne die Antwort abzuwarten, zog Amalia ihren Malerkittel aus und ging mit ihrem entschlossenen Stechschritt zu der Ecke, wo ein Spiritusbrenner und zwei wackelige Rattansessel standen, die Tante Terra aus dem Wintergarten ausgemustert hatte.

Gerta setzte sich, während Amalia den *Arabique* servierte.

»Also, was willst du, Gerta?«

»Woher weißt du, dass ich was von dir will?«

»Weil ich dich kenne. Außerdem ist es nicht glaubwürdig, dass du an einem strahlenden Samstag hier reinkommst, um meine Skulpturen zu besichtigen. Also, was gibt's?«

»Das ist eine lange Geschichte.«

»Dann erzähl sie mir. Willst du Milch? Warte, ich mach sie dir heiß, dann schmeckt der Kaffee besser.«

Gerta war dankbar, dass sie der Freundin nicht in die Augen sehen musste, während sie ihr alles erzählte. Dass sie den Mann aus Leipzig wieder getroffen hatte und überlegte, ins Café du Dôme zu gehen; dass sie sich darauf freute, ihn zu sehen, und es zugleich aber auch fürchtete.

Als sie fertig war, hatte Amalia jeden Gedanken an Milch und Kaffee vergessen und sich angriffslustig vor ihr aufgebaut.

»Du willst mir also erzählen, dass du deine Hochzeit aufs Spiel setzt, indem du einem Hotelpagen hinterherläufst?«

»So kann man das auch nicht sagen. Immerhin hat er vor meinem Haus gewartet, nicht ich vor seinem. Außerdem ist er kein Hotelpage, nicht wirklich. Er ist Fotograf.«

Sie dachte an die Demonstration in Leipzig und wie mutig und entschlossen der Fremde damals gewesen war. Sie wünschte sich auch ein wenig von seinem Mut und seiner Entschlossenheit. Wenn es mehr solche Menschen gäbe, dachte sie, würde Tante Terra vielleicht noch Recht bekommen und die Nazis würden ein Spuk sein, der binnen Monaten wieder vergessen sein würde.

»Alle Tellerwäscher sind verkannte Künstler«, sagte Amalia schnippisch. Seit sie an der École des Beaux Arts aufgenommen war, hatte sie eine gewisse Überheblichkeit entwickelt. »Hast du schon mal ein Foto von ihm gesehen? Was weißt du überhaupt von ihm? Nicht mal seinen Namen, oder? Also, ich weiß nicht, Gerta. Ist dir vielleicht der Frühling zu Kopf gestiegen? Du hast einen wunderbaren Verlobten. Er sieht gut aus, ist charmant und klug, aufmerksam und dann auch noch reich. Und du willst ihn schon hintergehen, bevor du überhaupt seine Frau bist?«

»Ich hintergehe ihn doch nicht direkt.«

Amalias Augen wurden schmal: »Nein? Du hintergehst ihn nicht? Dann hast du ihm wohl erzählt, dass du ins Dôme gehst, um einen wildfremden Mann zu treffen, der dich geküsst hat?«

Gerta fühlte sich ertappt. Eigentlich war es ja noch gar kein Verbrechen, einen Mann im Café zu treffen. Verdächtig wurde es nur dadurch, dass sie es heimlich tun wollte.

»Ich fürchte, das wird zu verwirrend für dich«, sagte

Amalia. »Du packst das nicht, die Fäden in der Hand zu behalten. Es wird dir entgleiten. Ich rieche förmlich, dass es Ärger gibt.«

»Ich will doch gar nichts mit ihm anfangen. Ich will einfach nur einen Kaffee mit ihm trinken. Das ist alles.«

»Das glaubst du selber nicht.«

Gerta lachte nervös.

»Hör mal«, sagte Amalia. »Du hast einfach Panik. An deiner Stelle hätte ich sie auch. Du fürchtest dich vor der Hochzeit, und das ist der Grund, warum ein wildfremder Mann dir auf einmal so attraktiv erscheint. Das ist ganz normal, diese Angst. Aber es wäre ein Fehler, dem jetzt nachzugeben. Du willst in drei Monaten heiraten. Lass diesen Unfug.«

»Wieso bist du plötzlich so spießig?«, fragte sie spitz. »Ich hatte den Eindruck, dir geht's ziemlich gut mit deinen Affären.«

»Ich bin aber nicht du, Gerta. Und ich habe auch nicht vor zu heiraten. Wenn man sich entschlossen hat zu springen – muss man springen. Alles andere ist Blödsinn.«

Mit einem Blick auf die Aktzeichnung der nackten Anaïs dachte Gerta, dass die Schriftstellerin bestimmt eine bessere Ratgeberin gewesen wäre. Von ihr hätte sie bestimmt den Rat erhalten, den sie sich erhofft hatte.

Sie hatte erwartet, die Absolution erteilt zu bekommen. Stattdessen hielt die Freundin ihr eine Moralpredigt, die sie verwirrte. Dann musste sie sich eben allein entscheiden.

Und sie wusste auch schon, wie.

Bandi saß um Punkt halb zwölf im Café Rotonde, wo er den besten Platz belegt hatte, gleich vorn am Trottoir. Von hier konnte er alle Passanten beobachten, die ins Dôme gingen. Er freute sich darauf, sie zu beobachten, wenn die kleine Hexe ihn dort suchen würde – und nicht fand. Seine kleine

Rache für die Kälte, mir der sie ihn behandelt hatte. Und wenn sie dann hektisch nach ihm Ausschau hielt und Panik bekam, würde er lässig über den Boulevard Montparnasse geschlendert kommen.

Er hatte nicht den geringsten Zweifel daran, dass sie kommen würde. Bisher war noch jede Frau gekommen, mit der er sich verabredet hatte.

Bandi überraschte den Kellner, indem er ein Prunier bestellte, Mineralwasser. Man kannte ihn schon gut genug am Boulevard Montparnasse, um eher mit Rotwein oder Whiskey zu rechnen. Aber er wollte einen klaren Kopf behalten.

Während Bandi hoffte, Gertas schmale Gestalt auftauchen zu sehen, konnte er es nicht lassen, mit den hübschen Pariserinnen zu flirten. Am meisten liebte er die mit den schräg ins Gesicht gezogenen Baskenmützen. Bandi war so gut gelaunt, dass er sogar einen jungen Orthodoxen anlächelte, der im langen blauen Mantel zu irgendeinem Gebetsraum hastete. Es war Samstag, *Schabbes*.

Nach dem ersten Glas Prunier, um zwölf, schloss Bandi für einen kurzen Moment die Augen. Er spürte, wie ihm ein bisschen flau wurde. Jetzt würde sie bestimmt gleich kommen, dachte er und ging im Kopf noch einmal durch, wie er das Gespräch beginnen würde.

Woher kam sie? Was machten ihre Eltern? Was tat sie in Paris? Was liebte sie, was hasste sie? Was aß sie gern, was nicht? War sie als Kind gern Schlitten gefahren? Vermisste sie Deutschland? Mochte sie Rotwein?

Warum wollte sie heiraten?

Bandi hatte im Hotel nach langen Zechrunden mit Kellnern und Zimmerkellnern herausgefunden, dass die Mutter des Verlobten im Crillon wohnte. Natürlich hatte sie nicht geahnt, dass tausend unsichtbare Augen jeden einzelnen ihrer Schritte verfolgten. Bandis Kollegen und Kundschafter hatten beobachtet, wie sie über das Personal schimpfte, wie kleinlich ihre Trinkgelder ausfielen, mit welcher Ruppigkeit sie ihre Zofe in der riesigen Suite herumschickte, und sie waren stumme Zeugen gewesen, als Jonathan Davenport seiner Mutter die Aufwartung machte.

Ein allzu beflissener Sohn, der sich gegen seine tyrannische Mutter nicht durchsetzen konnte.

Ja, Mutter, amen, Mutter. Sicher, Mutter.

Mit diesem Mann würde sie niemals glücklich werden. Nicht sie, nicht diese scharfzüngige, kleine Hexe, die einen Mann brauchte, der dazu fähig war, ihr mit Entschlossenheit entgegenzutreten. Er lächelte bei dem Gedanken an ihre Widerspenstigkeit.

Aber nach und nach sollte ihm das Lächeln vergehen.

Um Viertel vor eins streiften Bandis Augen nicht mehr nur zufällig über die Straße. Er suchte sie systematisch ab.

Um zehn nach eins überlegte Bandi, ob er hinübergehen und Champagner bestellen sollte.

Doch er blieb bei einer weiteren Flasche Prunier, bis vierzehn Uhr. Dann sagte er sich, dass sie vermutlich Mittagsschlaf hielt.

Umso hübscher und frischer würde sie für ihn sein.

Um fünfzehn Uhr gab er seinen Tisch im Rotonde auf und ging über die Straße ins Dôme.

Bandi spürte eine Wut, die er sich nicht erklären konnte. Eine Wut, die sich mit Angst mischte.

Noch nie hatte ein Mädchen ihn versetzt. Bisher war es höchstens andersherum gewesen.

Bald verblasste die Frühlingssonne über den Dächern von Paris, und die Häuser, die einen Pastellschimmer angenommen hatten, verhüllten sich in blassem Grau.

Bandi las raschelnd in einer kommunistischen Zeitung, nur um sich darüber derart zu ärgern, dass es ihn von düsteren Gedanken ablenkte. Angewidert schob er seinen Kaffee beiseite. Und bestellte trotzig eine Flasche Champagner.

Nach drei Gläsern hörte er das Scharren eines Stuhls neben sich auf dem Asphalt. Endlich war sie da. Nun, wo er schon angetrunken war. Er richtete sich im Stuhl auf, zwang sich dazu, sich umzudrehen – und blickte einem grinsenden Amerikaner ins vierschrötige Gesicht.

»*Good*«, sagte Ernest Hemingway. »Mir ist auch nach einem Gläschen. Dabei kannst du mir erzählen, warum du so trüb aus der Wäsche schaust. Danach gibt es ein paar Nachrichten, die dich interessieren könnten.«

Bandi sah mit einem Gefühl der Resignation dabei zu, wie Hem sich den Champagner ins Glas goss, den Kopf in den Nacken legte und es dann hinunterkippte, wobei sein Adamsapfel hüpfte.

»Uhh«, machte er. »Was für ein Weibergesöff. Was dagegen, wenn ich mir inzwischen einen Pernod bestelle? Du musst mir gar nichts erzählen. Deine Visage und dieses Zeug hier erzählen schon die ganze Geschichte. Liebeskummer?«

»Ach was«, wiegelte Bandi ab. »Von Liebe kann überhaupt keine Rede sein.« Nur von Aberglauben, ergänzte er stumm. Dass sie nicht kommt, dachte er, wird mir Unglück bringen.

»Ich dachte, du hast keine Weibergeschichten.«

»Hab ich auch nicht«, knurrte Bandi. »Das ist was anderes.«

Hemingway machte ein gurgelndes Geräusch, das sich wie ein Seufzen anhörte, aber Bandi fragte sich, ob es nicht in Wahrheit Gelächter war.

»Es ist wirklich was anderes. Du verstehst das nicht.«

Der Schriftsteller blickte schweigend in sein Glas, mit einem Gesichtsausdruck, der alles und nichts bedeuten konnte. Aber die Spitzen seines Schnurrbarts zitterten.

»Wie lange kennst du sie?«

»Äh, na ja, insgesamt vielleicht – eine halbe Stunde.«

Hemingways Gesicht blieb völlig unbewegt.

Bandi bedeckte die Augen mit seinen Händen und versuchte, sich ihr Bild hervorzurufen, ihr Lächeln, die Tränen, die Grübchen. Er schüttelte unwillig den Kopf.

»Ich benehme mich wie ein Idiot.«

»Das will ich nicht sagen. Du benimmst dich wie ein ganz normaler Verrückter, der sich verliebt hat.« Hem schnippte mit dem Finger in die Luft. »Noch zwei Pernod! Wird dir gut tun. Das Weibergesöff hier, das sie Schampus nennen, kann der *Maître* irgendwelchen Mädchen bringen.«

Er deutete mit dem Kinn auf zwei junge Frauen in einfachen Kleidern. Sie tranken Wasser und unterhielten sich in deutscher Sprache. Als ihnen der Champagner gebracht wurde, erhellten sich ihre Gesichter, als hätte jemand das Licht angeknipst, und dann wurden sie ehrfürchtig, da der *Maître* ihnen offensichtlich erklärte, dass Ernest Hemingway ihr Gönner war.

»Die beiden sind doch auch ganz nett. Sollen wir sie zu uns rüberwinken?«

Bandi merkte selbst, wie ihm das Gesicht entgleiste. Das Letzte, was er jetzt brauchen konnte, waren hochtrabende Gespräche mit netten jüdischen Mädchen.

»*Allright.*« Hem lächelte. »Du hoffst, dass sie noch kommen könnte. Wie lange wartest du schon?«

»Seit Mittag«, erwiderte Bandi stumpf.

»Dann vergiss es. Sie kommt nicht mehr.«

»Sie muss kommen.«

»Sie *muss* gar nichts. Und dieses Zeug hier kann Tote wecken. *Cheers.*«

»*Cheers*«, erwiderte Bandi automatisch.

»*Good.* Du bist ein attraktiver Mann, und die Mädchen da drüben würden dich bei lebendigem Leib verschlingen. Was hat diese geheimnisvolle Person, das die nicht haben?«

Bandi musste lachen. »Erstens ist sie eine hochmütige Ziege. Und zweitens kein gutes, jüdisches Mädchen.«

»Mit anderen Worten: Sie ist unerreichbar.« Hemingway lächelte. »Keine Liebe ist so groß wie die, die man nicht erreicht. Was glaubst du wohl, warum die meisten großen Liebesgeschichten nicht gut ausgehen? Hast du schon mal Achtzigjährige gesehen, die nach sechzig Jahren Ehe und acht Enkeln noch Händchen halten?«

Bandi blickte über den Boulevard Montparnasse, der inzwischen die letzten Farben eingebüßt hatte. Der Lampen-Anzünder schlurfte vorbei und steckte die gläsernen Kugeln an, die Paris in sein goldenes Licht tauchten.

»*Good*«, sagte Hemingway. »Du machst einen Fehler mit diesem Mädchen. Aber jetzt lass uns über Geschäftliches sprechen, bevor ich zu betrunken dazu bin.« Er beugte sich vor. »Ich hab einen Job für dich. Genug, um dir einen Anfang zu ermöglichen. Maria Eisner ist eine alte Bekannte. Du müsstest sie aus Berlin kennen, sie hat bei *Atlantis* gearbeitet. Erstklassige Frau, kennt deinen alten Freund Guttmann und war sofort dazu zu überreden, ihm zu telegrafieren und Referenzen einzuholen. Sie hat eine Fotoagentur, sehr klein, aber fein.«

Endlich wurde Bandi aus seiner Teilnahmslosigkeit gerissen. »Der Homunkulus? Wo steckt er denn?«

»In Zürich. Lässt dir ausrichten, du sollst ein guter Junge sein, gute Fotos nach der alten Berliner Methode und ihm keine Schande machen. Sobald er kann, wird er nach Paris kommen. Außerdem soll ich dich an den Treffpunkt in der Fifth Avenue erinnern. Kurz gesagt, du kannst dich übermorgen bei *Alliance Photo* vorstellen. Rue Froideveaux. Und verkauf dich nicht unter Preis. Maria Eisner ist ein zäher Knochen.«

»Mit anderen Worten – eine jüdische Frau.«

»Wunderbar!«, rief Amalia und ließ sich in einen der bunt gemusterten Sessel des Herrenhauses in Meudon fallen. »Die Einrichtung wirkt wie eine einzige Jazzparty.«

Jonathan schob beim Lächeln die Unterlippe vor.

Er hatte Gerta genau in dem Moment bei Amalia aufgestöbert, als sie ins Dôme hatte aufbrechen wollen. Natürlich hatte Tante Terra ihn zu Amalia geschickt. Wie ein kleines Tier musste sie gewittert haben, dass Gerta etwas im Schilde führte. Und Jonathan hatte, ohne es zu wissen, all ihre Pläne durchkreuzt, indem er Amalia und sie in seinen Bugatti verfrachtet und nach Meudon chauffiert hatte.

Und jetzt besichtigten sie ihr künftiges Zuhause.

Es sah aus wie im Hotel. Perfekt, aber kalt. Sitzgruppen, Sessel mit Löwenfüßen, Karos an der Decke, lebensgroße Figuren von schwarzen Frauen.

»Es war nicht leicht, Pierre Patout für die Inneneinrichtung zu gewinnen. Er stattet lieber Passagierschiffe aus. Er hat die L'Atlantique und die Normandy gestaltet. Die Île de France aber war sein Meisterstück. Ich wollte, dass unser Zuhause denselben Stil bekommt.«

Eine Überraschung, für die Gerta ihn hätte würgen können. Das Einzige, was ihr an dem Haus gefallen hatte, war sein verwunschener Charme gewesen.

Sie hatte sich vorgestellt, die Wände streichen und renovieren zu können. Und nun hatte er ihr alles aus der Hand genommen – und unter einer Decke aus Luxus erstickt.

»Besonders schön ist der Treppenaufgang. Patout hat ihn mit Marmor verkleidet, die Glasintarsien stammen von Lalique. Die Marmorsäulen sind eine originalgetreue Kopie der Säulen auf der Île de France. So wie hier ist auf dem Schiff der Aufgang gestaltet, der zum Speisesaal der ersten Klasse führt.«

Natürlich war der Art-Déco-Stil wunderschön. Aber alles wirkte so künstlich, so ausgedacht. Wenn sie schon in so einem großen Haus leben müsste, dachte Gerta, hätte sie es lieber selbst eingerichtet, mit alten Teppichen und abgewetzten Ledersesseln und Hunden, die vor dem Kamin dösten.

In diesen Museumsräumen konnte sie sich keine Hunde vorstellen, keine Kinder, eigentlich überhaupt keine Menschen.

Lebendiges war hier nur ein Störfaktor.

»Patout orientierte sich an den Maßstäben der Pariser *Exposition des Arts Décoratifs et Industrielles Modernes*, der Weltausstellung für Design von 1925. Damals wurde für die französische Inneneinrichtung eine neue Linie entwickelt, Art Déco. Dekorativ und ornamental. Für unser Haus hat Patout ausschließlich teure und exotische Hölzer verwendet«, dozierte Jonathan, während sie die Treppe hinaufgingen. »Er legte Wert auf kostbare Materialien wie Chagrinleder und Haifischhaut.«

Amalia lauschte wie ein Kind, dem man Märchen erzählt.

Gerta dagegen hoffte nur eins: dass Jonathan endlich den Mund halten würde.

Sie interessierte sich nicht für affektierte Geschwätzigkeit. Sie wollte zurück ins schäbig-charmante Paris, ins Leben auf dem Montparnasse, ins Dôme, sie wollte dem Fremden in die Augen blicken, den sie Robert nannte, sie wollte wissen, wie er wirklich hieß und wie es war, wenn man als Berufsfotograf arbeitete. Sie wollte erfahren, was aus seinen Leipziger Fotos geworden war und weshalb er nach Paris hatte flüchten müssen. Und sie wollte seine Hand auf ihrer Schulter und in ihrem Nacken spüren und geküsst werden, für einen schwindelnden, wunderbaren, unvergesslichen Moment.

»Die 450 luxuriösen Kabinen der Île de France wurden von den verschiedensten Einrichtern in verschiedensten

Stilrichtungen ausgestattet. Individuell – und doch dem Gesetz des Art Déco unterworfen. Ich wollte dasselbe Prinzip für unsere Schlafzimmer. Auch, wenn wir natürlich ein paar weniger haben.«

Er lachte, etwas selbstgefällig, wie Gerta fand.

»*Voilà!* Das Schlafzimmer meiner künftigen Frau!«

Gerta spürte Amalias Hand in ihrem Rücken, die sie vorwärts schob. Und obwohl sie mit Grässlichem gerechnet hatte, wurden ihre Befürchtungen doch noch übertroffen.

Eine moderne Récamière verlor sich auf einem riesigen hellen Teppich. Die Wände waren mit wild gemusterten Tapeten bespannt, das Bett eine einsame Rüschenbastion.

»Der Entwurf ist Ruhlmanns Prunk-Schlafzimmer für den *Salon des Artistes Décorateurs* von 1928 nachempfunden. Ein exquisites Beispiel für Handwerkskunst und Geschmack, das den Modernismus mit Frankreichs Tradition verknüpft, indem in den Möbeln von heute die eleganten Linien der Vergangenheit aufgegriffen werden.«

Während Amalia immer näher an Jonathan heranrückte und sich mit affektierten Kommentaren aufzuspielen begann, ging Gerta – um einen Wutausbruch zu unterdrücken – zum Erker und blickte über den Park hinaus.

Sie dachte an den Fremden im Dôme und fragte sich, ob er immer noch auf sie warten würde?

Oder war er nach Hause gegangen?

Sie stellte sich vor, dass er in einer Künstlermansarde am Rive Gauche wohnte, irgendwo hoch unterm Dach. Sie war schäbig, aber gemütlich eingerichtet. Er pflanzte Kräuter in Tontöpfe, trank Rotwein, wann es ihm passte, er pfiff auf die Konventionen und machte nur das, was er wollte.

Er lebt, dachte sie voller Neid.

Und dann drehte sie sich zu Amalia und Jonathan um.

Sie bemerkte, wie sich für eine Sekunde – und während

sie über eine Frisierkommode aus Rosenholz diskutierten – Amalias und Jonathans Finger berührten.

Und sie glaubte zu sehen, wie es knisterte.

»Ich werde dich noch vermissen, *Maquereau*!«

Gaston blickte über den Tisch, wo leere Rotweinflaschen stramm standen wie kleine Soldaten. Nicht etwa das billige Gesöff, das vom Hotel gestellt wurde. Sondern die Schätze, die der Oberkellner für sich zur Seite geschafft hatte: Montrachet, Vosne-Romanée, Meursault, Nuits-Saint-Georges.

Etwa zum dreißigsten Mal stellte Gaston dieselbe Frage:

»Erzähl mir noch mal, wie er reagiert hat, als du gekündigt hast?«

Bandi grinste. Er schenkte ihnen beiden nach. Und dann wiederholte er die Worte des Personalchefs.

»Noch nie hat ein Tellerwäscher die Frechheit besessen, mir zu kündigen. Aber warten Sie nur, Sie kommen schon wieder zurück. Sie werden darum betteln, wieder *plongeur* sein zu dürfen.« Bandi hob die Stimme, um den Ton des Personalchefs nachzumachen. »*Tiens*, er glaubt, er ist wirklich ein Künstler.«

»Du bist ein guter Kumpel, *Maquereau*.« Mit einem Rest von kultivierter Schauspielerei schmeckte Gaston dem Meursault nach, bevor er den teuren Tropfen hinunterkippte wie Schnaps.

»Jetzt hast du deinen Traum verwirklicht, und *Maman* wartet immer noch auf unsere Kneipe in Marseille. Hoffentlich schaffe ich es noch, bevor sie stirbt, *Maquereau*. Ich möchte sie so gern hinter ihrem eigenen Tresen sehen.«

»Du wirst es schon schaffen.«

»Und wenn du ein berühmter Fotograf bist, kommst du mich dann mal besuchen?«

»Bei meiner Ehre«, versprach Bandi feierlich.

Nur, dass es nicht so leicht sein würde, im Paris des Jahres 1933 ein berühmter Fotograf zu werden.

»Ersparen Sie bitte sich und mir Ihre Lügenmärchen«, hatte Maria Eisner geschnarrt, als sie ihn in der Fotoagentur *Alliance* begrüßte. Es war ihre Privatwohnung, mit deutschen Möbeln voll gestopft, ihrem letzten Besitz, den sie aus Berlin nach Paris gerettet hatte. Man sagte, dass sie eine der Ersten gewesen wäre, die von der Gestapo nach dem Reichtagsbrand verhaftet worden wäre.

»Ich weiß sowieso alles über Sie. Der Homunkulus hat mir kein Detail erspart. Dass Sie sich auf Ihren Charme verlassen. Die Hartnäckigkeit, mit der Sie sich jeder Routinearbeit widersetzen.«

Ihre unlackierten Fingernägel hatten ungeduldig auf dem Schreibtisch herumgetrommelt. Es war ein Damensekretär.

»Damit wir eins gleich klarstellen. Ich hab nicht die Großzügigkeit des Homunkulus. Bei mir werden Sie mit Ihren kleinen Tricks auf Granit beißen. Ich werde Ihnen sagen, was Sie tun, und Sie werden jede meiner Anweisungen ausführen. Haben wir uns verstanden?«

Als Bandi in ihre Augen blickte, dachte er, dass er nie zuvor so einen kalten Glanz in Frauenaugen gesehen hatte. Aber Maria Eisner galt als vorzügliche Fotografen-Agentin, wenn man sich mit ihrem spröden Charme arrangieren konnte. Und auf eine schwer zu erklärende Weise erinnerte sie ihn sogar an Simon Guttmann.

»Nun kommen wir zur Frage Ihres Gehalts. Hier gibt es keinerlei Verhandlungsspielraum. Sie sehen ja selbst, dass ich gezwungen bin, meinen Salon als Büro zu verwenden. Aber ich verstehe was von meinem Gewerbe, und Sie sind ehrgeizig und haben Talent. Es wird also bald aufwärts gehen, wir werden Erfolg haben. Es ist nur eine Frage der Zeit, dann zahle ich mehr. Sie werden wöchentlich drei

Reportagen machen und bekommen einen Vorschuss von tausendeinhundert Franc, Material und Spesen zahlen Sie.«

Bandi überschlug es hastig. Material und Spesen würden ihn, grob gerechnet, fünfhundert Franc kosten. Blieben sechshundert übrig – gemessen an seinem Gehalt als *plongeur* ein Vermögen.

»Es gibt genug Fotografen in Paris, die auch umsonst arbeiten würden. Wir sind eine junge Agentur und müssen jonglieren. Aber das haben Sie ja schon beim Homunkulus gelernt. Insofern ist die DEPHOT eine gute Schule.«

Bandi bekam eine merkwürdige Sehnsucht, als er dieses Wort hörte, Sehnsucht nach der DEPHOT, dem Homunkulus – und Berlin, seinem Berlin, der pulsierenden Hauptstadt, reich an Einwanderern und Kultur, eine Metropole, die er sich mit der Leica erobert hatte und die nicht von den Nazis beherrscht wurde, eine wunderbare Stadt, wo er mit Guttmann gearbeitet und mit Erich Salomon im Hotel Adlon getrunken hatte, um nachts in den weichen Armen Lisas seinen Trost zu finden.

Die schöne, mollige Lisa war keine scharfzüngige Hexe aus gutem Hause, die ihn verspottete und sitzen ließ. Er spürte, wie es ihm wieder einen Stich gab, als er an die langen Stunden im *Dôme* dachte.

»Was schaust du so trübsinnig aus der Wäsche, *Maquereau*? Ich dachte, wir wollten feiern? Das ist ein Fest, hörst du, keine Beerdigung.«

»Sag, Gaston, verstehst du die Frauen?«

Gaston lachte ein betrunkenes Lachen. »Bin ich Gott?«

»*Merde*. Schenk mir Wein nach.«

»*Santé*. Auf die Fotos und auf Marseille.«

»Und darauf, dass alle Weiber der Welt verdorren!«

»Dann wäre die Welt aber langweilig, *Maquereau*.«

Bandi versuchte die Gläser erneut zu füllen, aber es kam

nichts mehr. Er griff zu dem Karton mit Gastons Schätzen und schob eine Flasche Mouton-Rothschild zu seinem Freund über den Tisch, der sie trotz seines volltrunkenen Zustands noch mit vollendeter Grazie öffnete und fachkundig daran schnupperte.

»Allein diese Blume«, schwärmte er verzückt.

»Das ist das teuerste Besäufnis meines ganzen Lebens.«

»Wenn du mich in meiner Kneipe in Marseille besuchst, werd ich dir noch bessere Tröpfchen vorsetzen. Hier zahlst du den Namen. Ich kenne Weinberge, *Maquereau*, da kommst du ins Schwärmen …«

Bevor Gaston sein Lieblingsthema erörtern konnte, wurde er jäh unterbrochen. Die Tür vom Kellnerzimmer flog auf, und die beiden Zechkumpanen sahen voller Entsetzen dem Hoteldirektor ins Gesicht, der auf die Armee aus Flaschen starrte und dann den Blick abwandte und so tat, als ob er nichts bemerkt hätte.

»Tag der Wunder«, murmelte Bandi.

»Meine Herren. Darf ich Ihre kleine Orgie unterbrechen?«, fragte der Direktor mit sarkastischer Höflichkeit.

Gaston hatte Haltung angenommen wie ein Elitesoldat, was er ja auch einmal gewesen war.

»*A votre service.* Zu Diensten, *Monsieur*.«

»Ich suche diesen jungen Aufschneider. Einen unserer *plongeurs*, der sich anscheinend als Fotograf ausgibt.«

Bandi spürte, wie sein Herz klopfte.

Was konnte passiert sein? War sein Traum von der Arbeit als Fotograf doch noch zerplatzt? Oder war in Ungarn jemand gestorben?

»Da haben Sie Glück«, sagte Gaston mit mühsam beherrschter Zunge. »Der junge *Maq*-, äh, Herr steht neben mir.«

»Dann haben Sie Besuch«, erwiderte der Hoteldirektor, und Bandi sah die Verblüffung in Gastons Gesicht, als sich der Hoteldirektor vor ihm, Bandi, doch tatsächlich verneigte.

Hinter dem Direktor tauchte, einer Vision gleich, eine Gestalt in Wolken aus weißer Seide im Türrahmen auf.

Und dann blickte er in sehr grüne Augen.

»Sie stinken wie ein Weinfass«, sagte die junge Dame.

Gerta wäre ihm am liebsten einfach um den Hals gefallen. Aber sie hatte ihren ganzen Stolz überwinden müssen, um ihm hinterherzulaufen.

Und nun ist er betrunken, dachte sie ärgerlich.

Genau genommen hätte sie es ohne die Unterstützung von Anaïs Nin und Henry Miller niemals geschafft, ihren Mut zusammenzunehmen und einfach ins Crillon zu gehen. Die beiden warteten mit einem Taxi draußen vor dem Hotel. Sie waren gemeinsam in der Oper gewesen, und in der Pause hatte Gerta, die sich seit Tagen mit der Erinnerung an das verpasste Rendezvous quälte, bei einem Glas Champagner alles gebeichtet.

Dass sie nur ein paar gestohlene Stunden wollte, irgendwo in einem Café. Dass sie es ihr Leben lang bedauern würde, wenn sie ihn nicht wenigstens für ein paar Stunden kennen lernte.

»Wenn Sie meinen, dass es Sie glücklich macht«, hatte Henry Miller mit Zigarette im Mundwinkel genuschelt, »dann gehen Sie hin, und holen Sie sich dieses Glück.«

»Aber ich weiß doch gar nicht, wo ich ihn finde.«

»Arbeitet er nicht in diesem Hotel?«, hatte Anaïs gefragt. »Das liegt doch gleich um die Ecke.«

»Ich kann ihm doch nicht einfach hinterherlaufen.«

»Wollen Sie ihn oder nicht?« Anaïs hatte heftig ihren Arm gepackt. »Das müssen Sie selber wissen.«

»Okay«, hatte Henry Miller mit seinem amerikanischen Pragmatismus die Diskussion beendet. »Wir lassen die Oper sausen und fahren zu dem Hotel. Die ›Traviata‹ kann man immer wieder sehen. Begierde und Lust sind einmalig.«

Es handelt sich nicht um Begierde und Lust, hatte Gerta protestieren wollen. Aber dann hatte sie sich eingestehen müssen, dass es vielleicht sogar stimmte.

Es war nicht die Sehnsucht nach Gesprächen über Fotografie und Exil, sondern etwas ganz anderes, was sie aus dem Glanz der Kronleuchter hinaustrieb in die Pariser Nacht, in ein Taxi, in ein Hotel und dann ins Zimmer des Direktors, den sie mit einer Mischung aus Herablassung und Schmeichelei dazu überredet hatte, sie in den Dienstbotentrakt zu begleiten.

Und jetzt stand sie dem jungen Mann gegenüber und hätte am liebsten gehabt, dass er sie an sich zog und die Lippen auf ihren Mund drückte und sie küsste, bis ihr der Atem wegblieb.

Sie hörte, wie es in ihren Ohren summte.

War das Begierde?

Küss mich, befahl sie dem Fremden stumm.

Aber er küsste sie nicht.

Er stand nur da und starrte sie an.

Hoffnungslos besoffen, dachte sie.

»Ich sehe schon«, sagte sie schnippisch, »dass man mit Ihnen heute Abend nicht reden kann.«

»Wollen Sie das? Reden?«

»Was glauben Sie, warum ich hier bin?«

»Am Samstag hatte ich nicht den Eindruck, dass Sie viel Wert darauf gelegt haben, mit mir zu reden.« Seine Stimme klang nicht betrunken, nur kühl. »Sie haben mich versetzt.«

»Dann hab ich meine Meinung vielleicht geändert?«

»Was, wenn ich es auch getan habe?«

Gerta spürte, wie ihr das Blut in die Wangen schoss.

Ohne ein Wort streifte sie sich die Handschuhe über, als wollte sie wieder gehen. Seine Augenbrauen zogen sich zusammen. Er machte einen Schritt auf sie zu.

Gerta lächelte.

»Nun? Haben Sie Ihre Meinung geändert?«

»Na ja, ich … Nein«, stotterte Bandi.

Gerta wusste selbst nicht, woher ihre Kühnheit kam. Aber als sie seine Augen sah, schwarz und glänzend wie Kirschen, und die Haarsträhne, die ihm verwegen ins Gesicht fiel, wuchs in ihr das Bedürfnis, ihn zu berühren. Und sie hörte sich fragen:

»Samstag? Selber Ort, selbe Stunde? Elf Uhr, im *Dôme*?«

»Nein, warten Sie. Wir sehen uns jetzt. Sie sind hier. Ich bin es auch. Setzen Sie sich doch.«

Sie dachte an Anaïs und Henry, die im Taxi warteten, und sie dachte an Tante Terra, die nie von dieser Eskapade erfahren durfte. Sie wähnte Gerta schön brav in der Oper »La Traviata«. Sie schüttelte den Kopf.

»Ich muss gehen. Also im Dôme, am Samstag?«

Sie konnte seinem Gesicht ansehen, wie er überlegte. Er schien Berechnungen anzustellen, Mühe zu haben, einen klaren Gedanken zu fassen, und dann lächelte er plötzlich.

»Wir machen einen Spaziergang«, verfügte er. »Kennen Sie den Friedhof Montparnasse?«

Als sie verneinte, wurde sein Lächeln noch breiter.

»Eine Bildungslücke. Samstag, elf Uhr. Ich hole Sie ab.«

»Unmöglich! Meine Tante würde mich umbringen! Wir müssen uns irgendwo treffen.«

Fieberhaft dachte sie nach. Dann kam ihr eine Idee:

»Bei Shakespeare and Company. Elf Uhr.«

Als sie gehen wollte, packte er ihren Arm, und sie spürte die Hitze, die durch ihre Adern schoss.

Einen Moment hoffte und fürchtete sie, er würde sie an

sich ziehen und küssen. Aber dann lösten sich seine Finger wieder.

»Ich werde da sein«, sagte er sanft.

Um Viertel vor elf stand Bandi vor dem Schaufenster von Shakespeare and Company und betrachtete sein Spiegelbild in den auf Hochglanz gewienerten Scheiben.

Sein Haar war mit Pomade zurückgekämmt, und vom ersten Vorschuss der *Alliance Photo* hatte er sich eine neue Lederjacke gekauft. Zwischen seinen Händen zerdrückte er einen Strauß Maiglöckchen vom Markt in der Rue Mouffetard. Er hatte es ausgekostet, endlich auch zu den Glücklichen gehören zu dürfen, die am Samstag einen Franc für Blumen ausgaben.

Und während er von einem Fuß auf den anderen trat und in die Morgensonne blinzelte, die ihn blendete, redete er sich ein, dass er kein bisschen aufgeregt war.

Um sich abzulenken, dachte er an das Gespräch mit Chim, den er die ganze Nacht hindurch bei Rotwein wachgehalten hatte.

»Mir scheint, du bist dabei, dich zu verlieben«, hatte Chim mit gerunzelter Stirn gesagt. »Wenigstens könntest du bedenken, dass sie eine Deutsche ist.«

»Sie hat es sich nicht ausgesucht«, hatte Bandi erwidert. »Und nicht alle Deutschen sind Nazis. Außerdem bin ich nicht die Spur von verliebt in die kleine Hexe.«

»So? Und warum hab ich dann auf die Sitzung vom Hilfskomitee verzichtet? Ich dachte, es geht um Liebeskummer!«

»Wen rettest du jetzt schon wieder, Chim?«

»Leute wie mich selbst. Juden, die nach Frankreich flüchten. Während der Herr seine Karriere plant und Frauen schöne Augen macht, sind andere Teile der Welt damit beschäftigt, den deutschen Emigranten die Einreise nach Frankreich zu erleichtern.«

»Du würdest dich besser um die Verlängerung deiner eigenen Aufenthaltsgenehmigung kümmern. Wir müssen uns auf der Polizeipräfektur melden.«

Chim hatte nur geseufzt. »Da hast du auch wieder Recht. Sich um die Sorgen anderer Menschen zu kümmern ist ein wunderbares Mittel, um sich von eigenen Sorgen abzulenken. Jedenfalls, wenn du meinen Rat hören willst – schlag dir diese Gerta aus dem Kopf. Du machst den Eindruck, als ob es ernst werden könnte. Aber du kannst dabei nur verlieren.«

Während Bandi versuchte, sich auf die Buchtitel in der Auslage von Shakespeare and Company zu konzentrieren, musste er sich eingestehen, dass Chim vielleicht sogar Recht hatte.

Nervös trat er von einem Fuß auf den anderen, unfähig, sich auf das zu konzentrieren, was er im Schaufenster sah, bis er es schließlich aufgab und sich umdrehte und in Richtung Seine blickte, in die Richtung, aus der sie kommen würde.

Falls sie kam.

Von ihrem Beobachtungsposten aus konnte Gerta jede seiner Bewegungen studieren. Sie kicherte selbstzufrieden, als sie sah, wie er den Maiglöckchenstrauß von einer Hand in die andere schob, sein Gewicht vom linken auf den rechten Fuß verlagerte und sich immer wieder nervös übers Haar strich.

Sie hatte den Heimvorteil im Bücherparadies für sich und kostete ihn aus. Eine Stunde vor der Zeit war sie im Hinterzimmer von Shakespeare and Company eingetroffen. Zusammen mit der vor Lachen prustenden Sylvia Beach hatten sie einen Stuhl hinter ein Regal geschoben und Bücher beiseite geräumt, damit Gerta ungesehen auf die Straße blicken konnte.

Wenn es darum ging, einen Mann ein bisschen zu foppen, war Sylvia eine wunderbare Mitverschwörerin.

Nun, während die große Wanduhr der Zahl elf immer näher rückte, spürte Gerta allerdings, dass sie selbst immer nervöser wurde. Auch ihre Hand glitt unbewusst immer öfter über ihr Haar, das sie in Wasserwellen hatte legen lassen. Oder sie strich die Falten ihres Plisseerocks glatt. Sie war ganz in Weiß gekleidet, so als wolle sie wirklich zu einem Tennismatch, wie sie Tante Terra vorgeschwindelt hatte.

Sie fühlte sich fast ein wenig gemein, als sie die Bestürzung in seinem Gesicht sah, während die Glocke von St-Sulpice elf Uhr schlug. Vermutlich fürchtete er, sie würde ihn wieder versetzen.

Gut so, dachte sie. Eine Frau muss sich rar machen.

Trotzdem war es jetzt an der Zeit, ihr Spielchen zu beenden.

Bevor sie zum Tisch ging und nach ihren weißen Handschuhen und der elfenbeinfarbenen Lederhandtasche griff, hielt sie noch ein letztes Mal inne.

Sie war eine Verräterin, sie hinterging Jonathan und Tante Terra, die ihr nur Gutes getan hatten. Es ist nur ein Spaziergang, versuchte sie sich zu beruhigen. Ein heimlicher Spaziergang, setzte sie hinzu.

Und dann sah sie, wie Sylvia Beach von ihrem Kontorbuch aufblickte, in das sie mit sorgenvollem Gesicht vertieft gewesen war, und ihr aufmunternd zunickte.

Sylvia fand es gut, dass sie über den Tellerrand der reichen American Colony hinausblickte und sich für einen Spaziergang mit einem Fotografen der deutschen Exilgemeinde traf.

»Du kannst doch nur was übers wahre Leben lernen«, hatte sie gesagt und jeden Einwand damit fortgewischt. Was sollte schon groß passieren?

Vielleicht würde sie ein paar schöne Stunden erleben und dabei einen Blick in eine andere Welt tun können, und dann würde sie in das Palais ihrer Tante und zu ihrem Verlobten zurückkehren, und alles würde so sein, wie es immer gewesen war.

Mit diesem Gedanken streifte sie die Handschuhe über, griff nach ihrer Handtasche, warf einen letzten prüfenden Blick in Sylvias Spiegel, nickte dem Bild zu, das sie darin sah, warf Sylvia eine Kusshand zu und drückte sich durch die Hintertür und ein Gässchen hinaus ins Freie, um dann mit raschen Schritten – damit sie es sich nicht doch noch anders überlegte – ihrem kleinen Stück vom Glück entgegenzugehen.

»So passen Sie doch auf. Sie zerquetschen ja die schönen Blumen noch in Ihren groben Pranken.«

Bandi fuhr erschrocken herum. Er fühlte sich tapsig wie ein Bär, als die helle, schnippische Stimme an sein Ohr drang, aus einer ganz anderen Richtung, als er es erwartet hatte.

»Wenn die Blumen für mich sind, geben Sie her!«

Ihre grünen Augen blitzten, als sie die Hand nach seinen Maiglöckchen ausstreckte. Dies war nicht ganz die romantische Begrüßung, die er sich erwartet hatte.

Er verstand, wie es einem Bären erging, der nach den schönen Honigwaben tastete – und plötzlich von einem summenden Bienenschwarm umzingelt wurde.

Ehe er sich wehren konnte, hatte er ein paar hilflose Silben gestammelt und ihr die Blumen mehr überlassen als überreicht.

»Man müsste sie in Wasser stellen. Wie können Sie nur so ungeschickt sein?«

Bandi war zwischen zwei Impulsen hin und her gerissen: in den Angriff übergehen – oder flüchten. Stattdessen blieb er stehen und starrte sie an.

Während sie missbilligend den Kopf schüttelte, dass sich rot leuchtende Haarsträhnen aus ihrer sorgfältig ondulierten Frisur lösten, musterte er sie. Sie war ganz in Weiß gekleidet, wie eine feine junge Dame auf einem alten Porträt in Sepia.

Das Weiß verlieh ihr einen Hauch von Unschuld und doch wieder nicht. Es stand in einem aufregenden Gegensatz zu ihren wild schimmernden Augen mit den kleinen, braunen Punkten darin. Ihre Taille war so schmal, dass er gern die Hand um sie gelegt hätte.

Stattdessen nahm er sich endlich zusammen und griff nach ihrer Hand, um sie zu küssen.

Natürlich versuchte sie, ihm die Hand zu entziehen.

Aber das bestärkte nur seine Entschlossenheit, sie festzuhalten. Alles, was sich entzog, übte den stärksten Reiz auf ihn aus.

Seine Finger schlossen sich fest um ihr Gelenk, und dann führte er ihre Hand mit einer provozierenden Langsamkeit an seinen Mund und blickte ihr dabei spöttisch in die Augen.

Er kostete den Zorn aus, den er darin aufblitzen sah.

Dann drückte er seine Lippen auf ihre Haut, und als ihn der schwache Zitronenduft umfing, musste er seine ganze Disziplin aufbringen, um mit der Hand nicht gleich die Frau an sich zu ziehen.

Gertas Herz klopfte. Fast kam es ihr so vor, als wäre ihr ganzes Denken und Fühlen auf diesen einen Punkt ihres Körpers konzentriert, auf die Stelle, wo er sie gerade geküsst hatte. Es war so eine sonderbare Leere in ihrem Kopf. Nimm dich zusammen, befahl sie sich selbst, und Bandi, der für eine Sekunde geglaubt hatte, in ihrem Blick die Verwirrung zu sehen, die er sich erhofft hatte, schaute jetzt in Augen, die kühl wie Kieselsteine glänzten.

Immerhin hatte sie die Hand nicht fortgerissen.

Er war erfahren genug, um zu wissen, dass dies ein erster kleiner Sieg war. Normalerweise löste dies ein Gefühl des Triumphs bei ihm aus. Er wartete darauf, dass es sich auch diesmal einstellen würde, doch es blieb aus.

Er beobachtete, wie sie unsicher ihre Hand an die Hüfte legte, als müsse sie sich vergewissern, dass sie zu ihr gehörte.

Und nun konnte er doch lächeln.

»Wir müssen da rüber«, sagte er und wies mit dem Kinn in Richtung Luxembourg. Die Tatsache, dass keine schnippische Antwort kam, nahm er mit Erleichterung zur Kenntnis.

»Ich bin übrigens André«, sagte er beiläufig, während sie die Rue de Vaugirard überquerten. »André Friedman. Aber meine Freunde nennen mich Bandi.«

»Oh.«

Aus einem Grund, den er sich nicht deuten konnte, schien sie enttäuscht. Er sah, dass sie etwas sagen wollte, sich aber dann auf die Lippen biss und schwieg.

»Gefällt der Name Ihnen nicht?«

»Oh, nein. Doch.« Sie lächelte nervös. »Ich hatte gedacht, Sie würden anders heißen. Robert, vielleicht.«

»Auch ein schöner Name«, sagte er höflich. »Aber nicht meiner. Tut mir Leid.«

Die Spitzen des Eisenzauns, die den Luxembourg umgaben, glänzten in der Sonne wie goldene Speere.

Eine starke Sonne, Mittagssonne.

Obwohl sie erst wenige Meter gegangen waren, begann Gerta schon zu schwitzen. Und es war ein Fehler gewesen, ihre neuen Schuhe anzuziehen; das Leder scheuerte an ihren Fersen.

Dann musste dieser Bandi einem Passanten ausweichen und streifte kurz ihren Arm. Ein kleiner Stromschlag.

Doch er ging wieder auf Abstand, und sie spürte, wie das unsichtbare Band der Wärme an Temperatur verlor.

»Bandi«, sagte sie mehr zu sich selbst.

Ein kurzer, etwas belustigter Blick. Seine buschigen, schwarzen Augenbrauen zogen sich hoch, und die Augen wurden schmal und seine Lippen so breit, dass dieses Lächeln das ganze Gesicht beherrschte.

»Ein ungewöhnlicher Name.« Trotzdem fand sie, dass ihr eigener Name, Robert, viel besser zu ihm passte. »Bandi klingt exotisch.«

Er lachte, ein etwas heiseres Lachen. »Für eine Deutsche – vielleicht. Bei uns in Ungarn ist es ganz gebräuchlich. Die Koseform von Endre, André. Meine Mutter hat mich so genannt.«

»Sie sind Ungar?«

»Wie man 's nimmt. Ich war es mal.«

»Ihr Deutsch ist sehr gut.«

»Viele Ungarn sprechen deutsch«, sagte er vage.

Dann zog er sie am Ärmel zur Seite, damit sie einem Blinden aus dem Weg ging, der sich mit seinem Stock mühsam über den Bürgersteig tastete.

Und wieder dieser kleine Stromstoß.

Vergeblich versuchte sich Gerta auf das zu konzentrieren, was Bandi ihr im Plauderton mitteilte. Die Anziehungskraft dieses jungen Mannes war überwältigend und verwirrte ihre Gedanken.

Sie muss sich langsam an mich gewöhnen, dachte Bandi. Hin und wieder würde er sie wie versehentlich streifen. Und dann würde sie schon selbst seine Nähe suchen, den Abstand zwischen ihnen verringern müssen, bevor er weitere Schritte unternahm.

Inzwischen war er fast sicher, dass es dazu kommen würde. Er ahnte es, roch es, spürte es. Er hatte genug Erfahrung als Verführer und kam sich plötzlich schäbig vor deshalb.

Dennoch genoss er es in vollen Zügen, neben einer jungen Dame herzugehen, die neidische Blicke anderer Männer auf sich zog. Sie war keine auffallende Schönheit, nicht billig aufgemacht, aber sie hatte etwas an sich, das Männer gern betrachteten.

Waren es die roten Haare? Das elegante Kostüm, schlicht und teuer, auffallend, hier, auf dem ärmlichen Montparnasse?

Oder waren es ihre Augen?

Es konnte an ihren Bewegungen liegen, dachte er. Fließend und anmutig. Der Gedanke kam ihm, dass sie vermutlich als Kind Ballett getanzt hatte wie jede höhere Tochter, und als er sie danach fragte, bestätigte sie es, ein bisschen gekränkt, wie ihm schien, so als wäre ihr die gute Erziehung peinlich.

Verstohlen betrachtete er die feine Linie ihres Nackens und stellte sich vor, wie es wäre, sie mit der Zunge nachzuzeichnen.

Die Sonne stand hoch und stechend über der Stadt, und er sah die winzigen Schweißtropfen auf ihrer Stirn. Sie hob die Hand und schirmte die Augen gegen das grelle Sonnenlicht ab.

Die kleine Geste rührte ihn.

Sie schien ihm so verletzlich zu sein, als könne sie unterm Sonnenlicht schmelzen. Ihre weiße Haut ließ ihn an Eis denken, Vanilleeis, sanft und sahnig. Sie weckte in ihm ein Bedürfnis, das er eigentlich lächerlich fand:

sie zu beschützen.

Während sie auf eine Lücke zwischen den Droschken und Limousinen warteten, um den Boulevard Montparnasse zu überqueren, hakte er sich kurz bei ihr ein.

Sie ließ es geschehen und lächelte. Er sah, dass sie

kleine, weiße Zähne hatte. Man konnte sie wirklich vorzeigen, dachte Bandi.

Ihm ging durch den Kopf, dass es nur wenige Schritte wären bis ins Café du Dôme und dass Hem oder Chim dort vielleicht saßen, und für einen flüchtigen Moment spielte er mit dem Gedanken, sie den Boulevard hinaufzuführen, bis zur nächsten Kreuzung, und dort ein bisschen mit ihr anzugeben. Aber während er ihre zarte Gestalt musterte und schließlich bei ihren Riemchenpumps hängen blieb, die vielleicht für einen Abendempfang gemacht waren, aber nicht für einen ausgedehnten Spaziergang, kam er sich billig und gemein vor.

Du bist ein Filou, beschimpfte er sich selbst.

Sie war nicht die Art von Frau, die man benutzte, um bei seinen Freunden anzugeben. Oder wenn, dachte er mit einem feinen Lächeln, dann jedenfalls nicht auf die plumpe Art.

Er sah, dass der Stoff ihres Kostüms an ihrer Haut zu kleben begann. Die Sonne brannte auf dem Asphalt, es war viel zu heiß, der Himmel nicht blau, sondern grau, aufgeladen, stickig.

»Wir sind gleich da«, erklärte er knapp.

Sie traten durch einen kleinen Durchlass in der Mauer und standen auf dem Friedhof Montparnasse. Eine Straße führte an den Gräbern vorüber; auf einem Schild las Gerta: Avenue du Nord. Der Friedhof war nicht schattig und mit Rhododendren bepflanzt wie in Deutschland. Auf engstem Raum reihte sich Grab an Grab.

»Ein seltsamer Ort für ein Rendezvous«, murmelte sie.

»*Haben* wir ein Rendezvous?«, fragte er mit einem Unterton von Spott.

»Es heißt auch nichts anderes als Verabredung.«

»Aber in Paris hat es einen anderen Beigeschmack…

Erlauben Sie, dass ich den Fremdenführer spiele und Sie zum Grab von Charles Baudelaire führe? Sie kennen doch Baudelaire? *Die Blumen des Bösen?*«

Zum Glück hatte sie das Buch bei Sylvia Beach schon in den Händen gehabt, dachte Gerta. Der Dichter, der Haschisch besang, gehörte natürlich nicht zu den Auserwählten, die Zugang in Madame Vérons Pensionatsbücherei gefunden hatten.

»*Les fleurs du mal*«, korrigierte sie arrogant. »Wo wir doch schon in Paris sind, könnten Sie ruhig französisch sprechen.«

Leider wurde ihre schnippische Antwort in der Wirkung dadurch beeinträchtigt, dass Gerta auf eine unebene Stelle trat und mit dem Fuß umknickte.

Blitzschnell war seine Hand da und fing sie auf.

Sie blinzelte, um nicht weinen zu müssen. Ihr Knöchel schmerzte.

»Setzen wir uns einen Moment«, sagte Bandi sanft.

Seine Hand ruhte auf ihrer Hüfte, als er sie zu einer Bank führte.

»Strecken Sie mal das Bein aus.«

Er kniete vor ihr nieder und löste behutsam die Riemchen ihrer Pumps. Es war wie ein Streicheln, als der Schuh sich löste.

Und dann musste Gerta einen Schrei unterdrücken.

Das Leder war an ihrer Ferse festgeklebt, und mit dem Schuh löste sich die Haut in Fetzen ab.

»Durchgescheuert«, sagte Bandi überflüssigerweise. Seine Fingerspitzen glitten über ihre Haut und lenkten sie vom Schmerz ab. Es war ein prickelndes Gefühl, das sie nicht kannte.

»Sie haben so zarte Haut. Sie müssen darauf achten. Wie können Sie nur mit solchen Stöckelschuhen rumlaufen?«

Er zupfte vorsichtig die Hautfetzen ab, und Gerta schloss dankbar die Augen.

Dann hatte er aus einem Stofftaschentuch einen Verband improvisiert, den er behutsam über ihre Ferse legte, bevor er den Schuh wieder darüber streifte.

»So kann ich nicht gehen. Ich humple ja.«

»Dann müssen Sie sich eben auf meinem Arm abstützen.«

Der Stolz wollte ihr eingeben, das Angebot schroff zurückzuweisen. Aber ihr Sinn für Realität war stärker. Sie wusste, dass es unklug gewesen wäre, seine Hilfe abzulehnen.

Während sie die Avenue entlanghumpelte, gewöhnte Gerta sich an die Nähe seines Körpers. Die festen Muskeln unter dem Jackett, seine kraftvollen Schritte, die er um ihretwillen verkürzte.

»Verraten Sie mir doch, warum Sie mir ausgerechnet diesen Friedhof zeigen wollten?«

»Weil ich eines Tages auch an einem solchen Ort begraben sein werde. Auf einem Friedhof für die Berühmten.«

Angeber, dachte sie und wollte ihm den Arm entziehen. Dann besann sie sich rechtzeitig noch darauf, dass er sie ja stützte.

»Das soll wohl ein Witz sein.«

»Ich mache niemals Witze. Ich werde der berühmteste Fotograf der ganzen Welt und ein Vermögen verdienen. Ich habe alles, was man zum Erfolg braucht, Talent und Charme und, viel wichtiger noch, Ausdauer und Zähigkeit und Geduld. Starren Sie mich nicht so an. Sie werden es schon erleben.«

Gerta fand ihn wirklich größenwahnsinnig. Aber charmant.

»Haben Sie denn überhaupt schon mal ein Foto verkauft?«

Er lachte. »Aber sicher. Sie haben mir Glück gebracht.«

Sie dachte an ihre Begegnung zurück. »Die Fotos dieser armen zusammengeschlagenen Frau in Leipzig sind gedruckt worden? Ich hab sie nirgends gesehen. Und dabei hab ich in alle Zeitungen geschaut …«

Sie unterbrach sich, hatte viel mehr gesagt, als sie vorgehabt hatte, das Gefühl, sich verraten zu haben.

»Nein«, sagte er ernst. »Diese Fotos waren doch zu hart. In solcher Härte will man die Realität nicht sehen. Noch nicht. Ich bin sicher, das wird sich ändern. Die Menschen werden sich erst noch daran gewöhnen müssen, dass Fotografen die Zeugen aller Verbrechen dieser Erde sind und alle Scheußlichkeiten festhalten, die ein Mensch dem anderen zufügt. Die Fotos von damals habe ich immer im Kopf behalten. Sie wurden leider nie gedruckt, haben mir aber den Weg geöffnet. Zu Abdrucken in der *Berliner Illustrirten Zeitung*, dem *Welt-Spiegel*, der *Roten Fahne*. Überall, eigentlich. In allen großen Zeitungen und Zeitschriften Deutschlands, nur nicht in der Hugenberg-Presse. Mein Chef hat die rechten Zeitungen boykottiert, was uns manchmal teuer zu stehen kam. Jetzt arbeite ich für eine kleine Agentur, die von einer deutschen Exilantin geführt wird. Ich verdiene nicht viel, aber es wird sich ändern.« Er packte sie fester. »Umdrehen. Schaun Sie nach links.«

Gerta machte im Reflex, was er verlangte – und umklammerte im nächsten Moment panikartig seinen Arm.

Er lachte.

In das Grabmal war eine Totenmaske eingearbeitet, sie trat plastisch aus dem Stein hervor, mit grünlicher Patina überzogen. Das Gesicht sah echt und unheimlich aus, wie ein Kopf in schillernder Verwesung.

Bandi führte sie näher zu dem Stein, und sie sah, dass das Gesicht des Mannes in Wahrheit freundlich wirkte.

Sein Name war Jean Pierre Barruel, geboren am 22. 12. 1730, sein Todesdatum verwittert und verwischt, so als wäre er niemals gestorben. Gerta spürte, wie trotz der Hitze eine Gänsehaut an ihrer Wirbelsäule hinunterkroch.

»Müssen wir zu Gespenstern werden, wenn wir sterben?«, fragte sie ihn. »Ich wäre lieber ein fröhlicher Geist.«

Er drückte ihre Hand. »Mir wäre lieber, Sie bleiben ein lebendiger Geist.«

»Ich hab Ihnen in Leipzig geholfen, Sie sind mir was schuldig. Jetzt müssen Sie mir was versprechen«, sagte sie. »Falls wir uns noch kennen, wenn ich sterbe, dann müssen Sie mich zu einem fröhlichen Geist machen. Ich will kein Gespenst werden.«

»Was für ein Unsinn. Warum sollten Sie sterben?«

»Jeder stirbt, oder? Wenn ich sterbe, will ich ein fröhlicher Geist sein. Verstanden? Und jetzt möchte ich Sie um einen Gefallen bitten. Könnten Sie neben dem Grabmal da knien?«

Sie sah die Verwirrung in seinem Blick, und sie lächelte.

»Ich möchte Sie gern fotografieren.«

Damit öffnete sie die Handtasche und holte ihre Leica heraus, die sie fast immer dabeihatte.

Er starrte sie an.

Gerta prüfte den Sonnenstand. »Da links, bitte.«

Er blickte von ihr zur Leica und wieder zurück.

»Links und knien, wenn 's möglich ist.«

»Sie wollen mich – fotografieren?«

»Ich möchte mich an diesen Moment erinnern, genau. Im Übrigen ist es meines Wissens nicht verboten, einen Fotoapparat zu besitzen. Die Fotografie ist mein Hobby. Ich wäre Ihnen sehr dankbar, wenn Sie jetzt links von diesem Grabstein niederknien könnten. Es ist ein wunderbares Motiv.«

Bandi schaute sie lange an, bevor er schließlich gehorchte.

»Noch ein bisschen weiter nach links, danke.«

Sie drückte auf den Auslöser, und sie fand, dass er durch den kleinen Sucher noch dunkler, noch verwegener und noch attraktiver aussah.

Man sieht die Essenz im Sucher, dachte sie. Die Kamera blickt genauer hin als das Auge.

Und sie drückte erneut auf den Auslöser.

»Sie müssen näher ran kommen«, hörte sie ihn dann sagen. »Sie sind viel zu weit weg. Das wird eine Postkarte, kein Foto.«

»Was?« Stolz auf ihr schönes Motiv stritt in Gerta mit der Neugier eines Anfängers, der dazulernen will.

»Kommen Sie näher an mich ran. Und näher an diese Gruselvisage. Man muss so nah wie möglich ran ans Objekt.«

Sie blickte zur Sonne.

»Da krieg ich die Schärfe nicht.«

»Na und? Eine kleine Unschärfe schadet überhaupt nichts. Sie macht das Foto realistischer. Man sieht, dass es nicht im Atelier aufgenommen wurde, sondern zu den Bedingungen der Wirklichkeit. Also kommen Sie! Mindestens fünf Schritte näher. Weiter nach rechts. Genau. Und jetzt versuchen Sie mal, mich hinter diesem Gruselgrabstein ins Bild zu kriegen, so, genau.«

Sie drückte ab, wieder und wieder.

Als der Film durchgelaufen war und sie ihn zurückspulte, stand Bandi auf und klopfte sich den Sand von der Hose.

»So was ist mir ja noch nie passiert«, sagte er. »Wissen Sie eigentlich, dass die meisten Fotografen es hassen, fotografiert zu werden? Berufskrankheit. Wir sind kamerascheu.«

»Oh, und selber nehmen Sie sich das Recht, andere Menschen nach Lust und Laune zu knipsen?«

»Fotografieren, nicht knipsen. Außerdem wissen wir natürlich ganz genau, was man mit so einem Foto alles anstellen kann.« Er grinste. »Und es macht viel mehr Spaß, das Objekt rumzuschubsen als sich selber dirigieren zu lassen.«

»Na, da haben Sie ja mal was dazugelernt, dank meiner.«

»Ich weiß immer nicht so genau, ob ich Sie würgen oder küssen soll«, hörte sie ihn mit einer sonderbar tiefen Stimme sagen. »Würgen wäre angebracht. Küssen ist mir lieber.«

Mit der Schnelligkeit eines Raubtiers umfasste er ihren Rücken und drückte sie an sich. Sie flog gegen seine Brust, konnte sich nur knapp mit dem Gesicht an seinem Hals verbergen, und er presste sie so fest an sich, dass ihr die Luft wegblieb.

Und dann umfassten behutsame Finger ihr Kinn, wurde sein Gesicht ganz groß und verschwamm vor ihren Augen, und sie sah, wie sein Blick sich verengte, wie seine Lippen einen Moment über ihr verharrten, bevor sie ihren Mund suchten, berührten, sich lösten, wieder fanden; und als seine Zunge ihren Weg in ihren Mund fand, sank ihr Kopf nach hinten, und sie schloss die Augen, bevor sie diesen Schwindel wieder fühlte, den Veitstanz im Kopf, diese verrückte Umnachtung, die die Welt ins Schwanken brachte.

Als Bandi schließlich von ihr abließ, schaute er auf sie hinunter, und nichts schien ihm mehr so, wie es zuvor gewesen war. Er sah ihren leicht geöffneten Mund und trat einen halben Schritt zurück.

Zum ersten Mal im Leben war er schüchtern. Staunend sah er, wie seine Hand durch die Luft glitt und sanft die Kontur ihrer Wange nachzeichnete.

Bandi zog sie stumm mit sich, zu einer Bank, und sie setzten sich, ohne etwas zu sagen. Jedes Wort, dachte er, würde die Ewigkeit des Augenblicks zerstören.

Ihre Finger waren zart und schmal und passten gut in seine große Hand. Ihre Knie berührten sich. Die Sonne, dachte er, war merkwürdig heiß, die Luft schwül, der Himmel grau. Vielleicht würde es Gewitter geben.

Er hatte sie nichts von alledem gefragt, was er sie fragen wollte. Und doch hatte er das Gefühl, mehr über sie zu wissen, als man mit Worten herausfinden kann. Worte, ging es ihm durch den Kopf, sind oft nur dazu da, sich zwischen die Menschen zu stellen.

Er sah, dass ihr Kostüm feucht an ihr klebte. Er spürte ihr Knie an seiner Wade, sie war viel kleiner und zarter. *Mignonne*, dachte er zärtlich.

In diesem Augenblick hatten sie keine Geschichte und keine Zukunft. Sie lebten ganz und gar in der Gegenwart.

Dann schrillte ein Pfeifen durch die Stille. Noch ein Pfeifen. Mittagszeit, der Friedhof wurde geschlossen. Ein Wärter in blauer Uniform suchte die Wege ab, um die Besucher hinauszuwerfen.

»Eine schreckliche Vorstellung, hier eingesperrt zu sein«, sagte Gerta und brach damit das Schweigen.

Bandi hielt sich gerade noch davor zurück, ihr mit dem Finger über die Nasenspitze zu stippen.

»Immerhin wären wir beide dann allein.«

»Allein mit den Toten.«

»Als wären die nicht sowieso unsichtbar bei uns.«

»Du bist ein Dichter«, sagte sie.

»Dann sind wir beim Du?

Sie nickte, und schweigend einigten sie sich darauf, dass sie aufstehen würden, und verließen den Friedhof so, wie sie gekommen waren, über die Avenue du Nord.

»Wir könnten was essen gehen«, schlug Gerta vor, die auf einmal furchtbar hungrig wurde. Sie sah, wie Bandi die Stirn runzelte, und beschloss, ihm die Entscheidung abzunehmen.

»Ich dachte an die Closerie. Da ist es schön schattig. Und sie liegt sowieso auf dem Weg. Du musst dir keine Sorgen um die Rechnung machen. Ich lade dich ein.«

»Ich soll mich von einer Frau einladen lassen?«

»Kleiner Dank dafür, dass ich dich knipsen durfte.«

»Fotografieren heißt das!«

Erst als sie im Schatten der Markise saßen und auf das Denkmal des Marschall Ney blickten, dachte Gerta daran, dass sie hier mit Jonathan gesessen hatte, als er ihr von seiner Trauer um die gefallenen Brüder erzählte. Es lag erst wenige Monate zurück, aber es kam ihr wie eine Ewigkeit vor. Und sie fragte sich, ob es sie stören würde, wenn er jetzt überraschend hier vorbeikommen und sie beim Rendezvous mit einem gut aussehenden Fremden erwischen würde.

Die Antwort war klar und erschreckend.

Nein.

Sie bestellten Austern und tranken Sancerre, der so kalt war, dass das Glas beschlug.

Während sie die Austern schlürften, schwiegen sie.

Während sie die zweite Flasche Sancerre leerten, redeten sie.

Bandi fragte sie nach Jonathan und ihren Eltern und Leipzig und dem Pensionat und nach dem Leben im Palais am Quai d'Orléans. Sie fragte ihn nach Ungarn und seinen Eltern, nach der Fotografie und auch danach, wieso er nach Paris gekommen war.

Er erzählte ihr von Berlin und von Chim und ihrer Flucht.

»Jetzt müssen wir eben in Paris bleiben, bis der Spuk vorbei ist. Auch nicht das schlechteste Los.« Er lächelte. »Trotzdem werden wir unser Bestes dazu tun, dass man wieder frei entscheiden kann, wo man wohnt.«

Er erzählte ihr von der Ausländerpolizei und den Kakerlaken in seinem Hotel und davon, dass es auch rechte Franzosen gab, solche, die Juden und Kommunisten und Ausländer gar nicht gern in Frankreich sahen.

»Zum Glück sind das nur Ausnahmen.«

Gerta blickte durch seine Augen in eine Welt, die sie nicht kannte. Sie fand, dass diese Welt viel anstrengender war als die ihre – aber auch viel bunter und aufregender.

Natürlich fragte sie ihn nach anderen Frauen.

»Es gibt keine außer dir«, antwortete er, und da wusste sie, dass er schon viele Frauen gehabt hatte, und sie ärgerte sich darüber, dass es sie störte.

Als er sie fragte, ob sie Jonathan liebe, war sie nicht einen Moment versucht zu lügen. Es mochte am Sancerre liegen, oder an der Gewitterstimmung des Himmels über Paris, jedenfalls konnte sie nicht anders, als die Wahrheit zu sagen.

»Er ist einfach ein guter Freund.«

Bandis Gesicht wurde so ernst, wie sie es noch nicht gesehen hatte. Jede Andeutung eines Lächelns war aus seinen Zügen gelöscht, als er sagte:

»Dann darfst du ihn nicht heiraten.«

»Die Hochzeit ist festgesetzt. Tante Terra hat Hunderte von Gästen eingeladen und Tausende von Dollars ausgegeben.«

»Das ist kein Grund.« Er klang streng.

Sie kicherte. »Bist du eifersüchtig?«

»Eine Hochzeit ist etwas sehr Ernstes. Der Talmud sagt, dass Gott seine Zeit seit der Schöpfung damit verbringt, die Ehen zwischen den Menschen zu stiften.«

»Talmud?«, fragte sie, im ersten Augenblick verständnislos. Dann erinnerte sie sich an den Religionsunterricht. Sie starrte ihn an: »Bist du Jude?«

»Ist das schlimm?«

Sie suchte nach den richtigen Worten. Natürlich war es nicht schlimm. Aber sie hatte noch nie einen Juden kennen gelernt. Sie hatte gewusst, dass in manchen Häusern in Leipzig Juden wohnten, und hatte immer brav den Professor

Ullmann gegrüßt, einen liebenswerten Herrn mit grauer Löwenmähne, der in einer Nachbarstraße lebte und hingebungsvoll seine Rosen pflegte. Darüber hinaus war Gerta niemals einer der jüdischen Familien von Leipzig begegnet. Im Pensionat hatte es auch keine jüdischen Mädchen gegeben.

Sie wusste, dass Hitler den Juden nur Böses unterstellte, doch sie hatte darin nie einen Sinn gesehen, genauso wenig wie ihre Mutter und ihr Vater. Sie wusste, dass viele der deutschen Flüchtlinge in Paris vermutlich Juden waren, dass es Schriftsteller und Philosophen und Musiker unter ihnen gab.

»Einstein«, sagte sie leise. »Er ist Jude. Ich glaube, der Maler Max Liebermann ist auch Jude. Der Chirurg Ferdinand Sauerbruch. Und der Filmregisseur Ernst Lubitsch.«

»Hast du ein Problem damit?«, beharrte Bandi.

»Hast du eins?«

Er sah aus, als wolle er aufbrausen, doch dann lächelte er.

Sie strich sanft mit der Fingerkuppe über die Stelle, wo sich das Grübchen zeigte, wenn er lächelte.

»Ich denke, du bist ein Mensch«, sagte sie ernst. »Das ist alles, was zählt. Außerdem hast du es dir ja nicht ausgesucht.«

»Dasselbe denke ich über dich. Die Deutschen haben Hitler die Macht ergreifen lassen. Dafür könnte ich alle Deutschen hassen. Aber ich weiß, dass es nicht richtig wäre. Es gibt die anderen, es gibt das gute Deutschland. Das ist ein wunderbares Land.« Sie bemerkte, dass er den Wein auf einmal ziemlich hastig trank. »Ich sehne mich oft nach Berlin, nach meinem Deutschland. Berlin war für mich die aufregendste Stadt der Welt, Paris und Budapest in einem. Traurig, dass ihr Deutschen es euch wegnehmen lasst.«

»Soll das ein Vorwurf sein?«

»Ich denke, die Deutschen müssten sich wehren.« Er machte ein Gesicht, als wollte er noch mehr sagen, unterließ es aber dann. Er blickte ihr in die Augen. »Jetzt bist du hier, und ich bin hier, und das Schicksal hat uns beide zusammengeführt. Wir sollten uns die Zeit nicht mit Politik verderben. Sie vermiest uns sowieso schon unser ganzes Leben.«

Gerta spürte einen Schauer ihren Rücken hinabrieseln, als er in einem plötzlichen Impuls aufstand, sich neben sie setzte und den Arm um ihre Schulter legte. Sie roch seinen herben, männlichen Duft, sie spürte seinen Arm, schwer und muskulös, und sie hatte das Gefühl, als müsse es so sein, als gehörten ihre Körper immer schon zusammen.

Die Luft war stickig und aufgeladen, ihr Atem ging schwer. Sie sah, wie Bandis Wangen glänzten, eine zweite Haut aus Schweiß über den dunklen Bartstoppeln.

Als die Sonne im grauen Himmel versank und rote Streifen über der Avenue de l'Observatoire hinterließ, bestellten sie Kaffee, um nüchtern zu werden.

»Ich muss bald gehen«, sagte Gerta widerwillig. »Sonst glaubt mir Tante Terra nie, dass ich nur bei Sylvia Beach war.«

Eigentlich ist es eine Schande mit dieser Lügerei, dachte sie. Aber mit ihrem übertriebenen Misstrauen hatte die Tante sie selber dazu getrieben.

»Wenn du jetzt gehst, sehen wir uns wieder?«

Ihre Kehle wurde eng. »Ich will viel lieber bleiben.«

Der Kellner brachte die Schalen mit dem Milchkaffee, und im selben Moment, als er vor ihnen auf dem Tisch abgestellt wurde und mit seinem Duft eine Ahnung von Nüchternheit verströmte, fing das Donnergrollen an. Kurz danach zerteilte ein Blitz den Himmel. Die Luft war schwefelgelb, dann wurde es dunkel.

Der Platzregen knallte so heftig auf die Stadt herunter,

dass die Markise sie nicht schützen konnte und Bandi und Gerta nass bis auf die Haut wurden, ehe sie das Innere des Lokals erreichten.

Hand in Hand rannten sie die wenigen Meter durch den Regen, durch eine Zeit jenseits der Zeit, durch eine nasse, einsame Welt, die nur ihnen allein gehörte.

Als der Kellner schnell die Tür hinter ihnen schloss, fingen sie an zu lachen.

Ihre Gesichter glänzten vom Wasser, und Bandi zog sie in seine Arme, seine Wärme.

»Wir müssen warten, bis der Regen aufhört.«

»Vielleicht hat dein jüdischer Gott ja die Hand im Spiel.«

»Wenn es ihn gibt – bestimmt!«

Als das Gewitter weitergezogen war und nur noch ein sanfter Regen fiel, gingen sie eng umschlungen die Avenue de l'Observatoire hinunter. Bandi atmete ihr Parfüm, den schwachen Zitronenduft, der sich mit dem Geruch der nassen Erde mischte; Regen raschelte in den Blättern der Platanen. Bandi spürte ihren feuchten Körper warm und nah an seinem Leib und strich mit dem Finger über ihre Wange, die sich kühl und glatt wie eine Perle anfühlte.

Es war noch eine Viertelstunde bis zum Quai d'Orléans, eine Viertelstunde, die ihnen noch blieb.

»Meine Tante wird schreien, wenn sie mich so sieht.«

»Der Regen war an allem schuld.«

Dann hatten sie den Jardin de Marco Polo erreicht. Das Tor quietschte, als sie den Park betraten. Zentauren und nackte Nymphen aus Stein trugen die Weltkugel im Springbrunnen. Auf dem Wasser tanzte der Regen sein Ballett. Sie gingen die Allee hinunter, zum Palais du Luxembourg. Entlang der Kieswege, auf denen sich das Wasser sammelte, standen Skulpturen, die immer wieder ein Paar abbildeten – ein Liebespaar, einen Krieger und seine Frau.

Gerta spürte Bandis sehnige Finger, die ihre Schulter umfassten, und wünschte sich, diese Finger könnten unter ihr Kostüm gleiten, könnten sie erforschen und erhitzen, und sie musste husten, damit er nicht merkte, wie schwer ihr das Atmen auf einmal fiel.

Allmählich hörte der Regen auf. Eine schwarze Taube kreuzte, mühsam auf einem Bein humpelnd, ihren Weg.

»Ob es Unglück bringt?«, fragte Gerta.

Bandi bekam eine Gänsehaut.

»So darf man nicht denken. Schlechte Gedanken ziehen Schlechtes an. Gute Gedanken ziehen Gutes an.«

»Ich denke an den Regen«, sagte sie. »Daran, dass der Regen eine Melodie hat. Hörst du, wie die Bäume singen?«

Hand in Hand standen sie da und bewunderten das Palais du Luxembourg. Palmen umgaben den Springbrunnen aus honigfarbenem Stein und schmückten auch den Palast.

Über den Palmwipfeln sah Gerta die Spitze des Eiffelturms, ein Obelisk aus Eisen, irgendwo in einem verwunschenen Garten.

Alles war leer und verlassen.

Nur ein alter Mann im Trenchcoat stand traumverloren in der Ferne, so reglos, dass die Tauben ihn umflatterten, als würde es ihn gar nicht geben. Vielleicht gab es ihn auch nie, denn als Gerta noch einmal hinsah, war niemand mehr da.

Gerta zog Bandi mit sich die Stufen hinunter, hin zu dem riesigen Wasserbecken mit seiner glänzenden Wasserfläche.

Und auf einmal fühlte sie sich wie die Frau des steinernen Kriegers. Sie wollte tanzen und zum Himmel singen, wollte Wein und Liebe und Rausch.

Ehe sie wusste, was sie eigentlich tat, hatte sie ihre Pumps abgestreift, der schmerzende Fuß war längst vergessen, und dann glitt sie über die steinerne Balustrade und planschte ins Wasser und streckte die Hand nach Bandi aus.

»Komm!«

Vom schwindenden Licht umflossen, glich sie einer Nymphe, dachte Bandi. Sie konnte eine Statue sein, ein Trugbild. Sie war die Frau, die er mehr als alles andere begehrte.

Sie tapste durchs Wasser und juchzte und tanzte, eine Irre, eine Fruchtbarkeitsgöttin, eine Elfe, ein Kind.

Bandi sah, wie sie durchs Wasser hüpfte, wie sich ihr Rock mit Wasser vollsog, wie ihre Augen leuchteten, grün, gefährlich.

Er hielt sich nicht damit auf, die Schuhe auszuziehen.

Er sprang ins Wasser, fühlte die prickelnde Kälte und zog ihren Körper an sich. Unter dem nassen Stoff spürte er ihre Brüste und ein Rauschen in seinen Ohren, während sein Mund ihr Gesicht, ihren Hals erkundete und sie dann küsste.

Sie sah das Verlangen in seinen Augen.

»Ich kann dich nicht gehen lassen«, sagte er heiser. »Komm. Ich wohne nicht weit von hier. Bist du bereit?«

Sie spürte, wie sie nickte, wie sie alles vergaß, was ihre Welt ausmachte, Jonathan und Tante Terra, die Pflicht und die Verlobung, und ihr freier Wille wurde fortgerissen in einem Wirbel aus wilder Sehnsucht.

»Ich bin bereit.«

Zitternd vor Kälte und vor Erregung hasteten sie die Stufen in Richtung Boul' Mich hinauf. An der Steinmauer umarmte sich ein Pärchen.

Das Mädchen saß auf der Steinmauer, der Junge stand vor ihr, umfasste ihre Hüften. Sie hatte den Kopf an seiner Schulter geborgen, als suche sie Trost. Dabei war es vermutlich umgekehrt, war sie es, die ihn tröstete, und Gerta dachte an den steinernen Krieger und seine Frau.

Als sie an dem Pärchen vorübergingen, kreuzte sich Gertas Blick mit dem des Mädchens, und sie lächelten sich zu, für eine Sekunde, das wissende Lächeln der Verschwörer.

Lächeln der Liebe.

Sie hatten den Park verlassen und gingen durch die Rue Soufflot aufs Panthéon zu. Die Kuppel, vom blassen Grau des Regenhimmels, ließ sie an die Götter der Antike denken, Dramen von Liebe und Macht und Hass und Verrat, von Engelssturz.

Ihr wurde kalt.

In diesem Augenblick kam ihr die Erkenntnis, dass ab heute alles anders sein würde. Sie war im Begriff, eine alte Haut abzulegen, und sie hatte keine Ahnung, wie gut die neue Haut sie schützen würde. Sie konnte nur wissen, was sie möglicherweise hinter sich ließ. Jonathan? Tante Terra? Das Palais am Quai d'Orléans?

Vielleicht wird es den Weg zurück nicht geben, dachte Gerta, staunend, zitternd, von unbestimmter Furcht erfüllt, und sie machte noch einen Schritt nach vorn und noch einen, immer weiter voran, ihrer neuen Haut entgegen.

Der Mann an ihrer Seite musste gespürt haben, wie sie zögerte, und drängte sie behutsam weiter. Gerta fühlte sich geborgen im Bannkreis seiner Anziehung, der stärker war als alle Bedenken. Was kommen würde, wusste sie nicht. Sie wusste nur, dass es groß war und unbekannt, ein unerforschter Kontinent, dessen Bedrohungen und Schönheiten sich im Nebel verhüllten.

Die Leuchtreklame einer Brasserie war rosa schimmernd in einer Pfütze gespiegelt; letztes Regenwasser tropfte die Rinnen hinunter, platschte von den Markisen auf die Straße.

Regen in der Großstadt, dachte Gerta.

Sie schmiegte ihre Hand in die von Bandi, die stark und viel größer als die ihre war und auch ein bisschen schwielig.

Bald, dachte sie, würden diese Hände ihren Körper berühren und erkunden und neu gestalten. Der Gedanke beunruhigte sie und machte sie so glücklich, dass sie hätte hüpfen können.

Sie blickte scheu zu ihm hinüber.

Scharf und klar umrissen zeichnete sich sein Profil vor dem Abendhimmel ab. Für ihn stand viel weniger auf dem Spiel, sagte sich Gerta. Er war ein Mann; niemand würde ihm verübeln, wenn er ein Mädchen nahm; er beging keinen Verrat, hatte mit keinem Erdbeben zu rechnen, würde nicht Tante Terra in die Augen blicken müssen.

Und am wenigsten wagte sie daran zu denken, was Jonathan sagen würde, wenn er von diesem Fehltritt erfuhr.

Dennoch war es nicht das, was ihr den Hals eng werden ließ.

Es war eine ganz andere Angst.

Der Mann an ihrer Seite hatte schon viele Frauen gehabt.

Aber für sie war es das erste Mal.

Er musste ihr den Gedanken angesehen haben. Er zog sie näher zu sich, und es war ihr, als dampfe sein nasser Körper vor lauter innerer Wärme. Dann bogen sie in eine Gasse ein, Rue Lhomond, und die Häuser wurden mit jedem Schritt kleiner, schmaler und ärmer.

Nur ein einziges Haus war mit Balkons und Stuckaturen verziert, ein Haus, wie Gerta es kannte, aus ihrer Welt, ihrem Paris.

»Die Polizeipräfektur«, sagte Bandi mit einem spöttischen Lächeln. »Hier muss ich mich jede Woche melden.«

»Wieso das?«

»Weil ich Ausländer bin.«

»Ich doch auch.«

»Aber du bist reich und gern gelittener Gast. Ich bin nur ein armer Emigrant. Muss versuchen, vor der Polizei eine würdige Rolle zu spielen. Sonst weist man mich aus Frankreichs Grenzen. Ich muss nachweisen, dass ich genug Geld habe, um meinen Lebensunterhalt zu bestreiten, ohne dass ich einer geregelten Arbeit nachgehen darf. In diesen schlechten Zeiten darf kein Ausländer einem Franzosen Lohn und Brot wegnehmen.«

»Aber da ist ja gar kein Ausweg. Was machst du denn da?«

»Oh, es gibt Möglichkeiten. Ich kann vorzeigen, dass ich freiberufliche Aufträge habe, was natürlich nicht stimmt. Oder ich kann beweisen, dass ich Geld von meiner Mutter kriege, was genauso wenig stimmt. Sie hat selber keins übrig.«

»Du bist doch aber noch hier. Wie geht das dann?«

»Ganz einfach. Ich mache das, was alle machen. Ich erfinde Märchen. Wir Flüchtlinge helfen uns aus. Es gibt da so einen Tausend-Franc-Schein, den irgendwer mal irgendwann von einem reichen Freund bekommen hat. Der Schein kreist durch alle Hotels vom Montparnasse und wird regelmäßig zerknittert und wieder aufgebügelt, damit kein Beamter misstrauisch wird. Man nimmt den Schein, zeigt ihn auf der Polizeipräfektur vor, kriegt seinen Stempel und reicht ihn an den nächsten Flüchtling weiter. Es gibt immer einen Weg, das sag ich dir. Wenn einem keiner hilft, kann man sich immer noch selber helfen.«

Gerta hätte nicht zu sagen gewusst, wie viele Stockwerke das Hotel Lhomond nun eigentlich hatte. Es stand am Hang; Fenster und Türen waren ein einziges Durcheinander; die Perspektiven verschoben wie auf einem Bild von Picasso; viele Fenster mit Brettern vernagelt; jede Farbe an der Fassade abgeblättert.

Nie zuvor wäre Gerta in den Sinn gekommen, dass ein Mensch, ein zivilisierter Mensch, mit dem sie Umgang hatte, von dem sie lernen konnte und zu dem sie eine tiefe

Nähe empfand, an einem so abstoßenden Ort hausen könnte.

Dies war die Hässlichkeit der Welt, die Bilder des Henry Miller, roh, unschön, ehrlich.

Dies war die Wirklichkeit der Flüchtlinge, deren Leben sie sich in ihren romantischen Fantasien so wunderbar vorgestellt hatte. Hier wohnten die Künstler und Gelehrten, die Hitler und seine Anhänger aus Deutschland vertrieben hatten. Das Hotel Lhomond war ein Asyl der Gestrandeten und Menschen, die von besseren Welten träumten.

Hotel Sehnsucht, dachte sie und wusste nicht, ob sie dem gewachsen war.

»Es sieht furchtbar aus«, hörte sie Bandi sagen. »Aber das Zimmer ist ganz in Ordnung. Du musst keine Angst haben.«

Gerta betrachtete das schreckliche Haus und kämpfte mit sich. Sie wollte vorschlagen, dass sie in ein Hotel gehen könnten, ins *Ritz* zum Beispiel, und dass sie zahlen würde für die Nacht. Aber dann spürte sie, wie beschämt er plötzlich wirkte. Der starke, schöne Mann an ihrer Seite hatte sich in einen Bettler verwandelt, einen Bettler, der all seine Schätze vor einem Kind ausbreitet, und das Kind weist sie hochmütig zurück.

»Ist doch ganz egal, wie es aussieht«, sagte sie leise, stellte sich auf die Zehenspitzen und gab ihm einen Kuss auf die stachelige Wange. »Hauptsache, wir sind zusammen. Wenn wir zusammen sind, können wir uns das alles schönzaubern. Wir stellen uns vor, dass wir ein schönes Hotel betreten. Guter Zauber wirkt.«

Bandi kam es so vor, als wäre er aus der Zeit gefallen, in eine Zwischenzone, wo alles möglich war und wo der Traum eine Gestalt annahm, die Gestalt einer Zauberfrau.

Während sie die Treppe hinaufging, sah er, wie ihre spitzen Absätze auf den Stufen schwankten und wie sie über den Abfall hinwegschritt, als handele es sich um die Teppiche auf den breiten Stufen des Hotel de Crillon. Er konnte ahnen, wie schmal ihre Fesseln waren, zarte Glieder flossen unter dem nassen Stoff dahin.

Er schämte sich für alles.

Die schäbigen Wände, die Ausdünstungen von gekochtem Kohl und menschlichen Exkrementen, die fehlenden Geländer, die Treppenstufen, die immer schmaler und steiler wurden.

Er hatte Angst davor, ihr die schäbige Mansarde zu zeigen und damit das ganze Ausmaß seiner Armut. Er fürchtete sich vor dem Moment, wenn er das Entsetzen in ihren Augen sehen würde, und er schämte sich dafür, dass der Ort ihrer ersten Liebe sie mit Abscheu erfüllen müsste: eine Absteige mit Feldbetten und Kakerlaken. Und vielleicht würde auch Chim noch dort sitzen und sie mit seiner Gegenwart beglücken. Für die Liebe brauchte man keine Zeugen, dachte Bandi, auch wenn es die engsten Freunde waren. Zwar hatte er Chim in seine Pläne eingeweiht und ihm von seinem Rendezvous erzählt. Aber niemals hätte er zu hoffen gewagt, dass sie mit ihm kommen würde.

Bandi kam sich wie ein Betrüger vor, der die Prinzessin in seine schmuddelige Höhle entführt. Und gleichzeitig wollte er sie am liebsten über seine Schulter werfen und in genau diese Höhle schleppen. Er hatte gespürt, dass sie noch unberührt war.

Ihre Berührungen waren voller Leidenschaft, jedoch ohne jegliche Berechnung. Er lächelte, als er an den Eifer dachte, mit dem sie ihn küsste. An die Röte, die sich über ihre Wangen gebreitet hatte, als er wie unabsichtlich ihre Brust berührt hatte. Ganz gewiss hatte sie noch nie einen Mann gehabt.

Bandi hatte noch nie mit einem Mädchen geschlafen, für das er der Erste war. Er dachte an Lisa und an die vielen anderen in Berlin und Budapest, deren Körper er erforscht und deren Gesichter er vergessen hatte, oftmals auch ihre Namen.

Diese Frau war anders.

Er würde es sein, der ihr zeigte, was die Liebe war; es lag in seinen Händen, ob er sie dafür öffnen könnte.

Er durfte sie nicht nehmen, er musste sie verführen.

Und insofern, dachte er, war es auch für ihn ein erstes Mal.

Auf dem letzten Treppenabsatz zögerte sie.

Er sah den Widerstreit der Gefühle in ihrem Gesicht, las die Panik, den Fluchtinstinkt in ihren Augen. Noch könnte sie gehen, dachte sie vermutlich, noch könnte sie zu ihrer Tante flüchten, zurück in ihre behütete Welt, in das Palais an der Seine und zu ihrem reichen Langweiler von einem Verlobten.

Er konnte sie verstehen. Aber zugleich nahm er es ihr übel. Er baute sich auf der Treppe auf, um breiter zu wirken und ihr die Flucht zu verbauen. Er sah, wie ihre Hand sich um das Täschchen spannte, wie sie überlegte, ob sie sich nicht an ihm vorbeidrängen und die Treppe hinunterrennen und fortlaufen könnte, vor ihm und vor der Liebe.

Ehe er wusste, was er tat, stand er vor ihr. Sie machte einen Schritt zurück, bis sie mit dem Rücken an der Wand stand. Er legte seine Hände links und rechts neben ihre Schultern an die kalte Mauer, und sie schien zwischen seinen Händen kleiner zu werden, klein und zart wie ein Mädchen.

Sie konnte ihm jetzt nicht mehr entkommen, dachte er mit grimmiger Befriedigung und schob sich noch näher an sie heran. Er lächelte, als sie die Augen schloss, als könne sie die Wirklichkeit, ihn, einfach ausblenden.

Guter Zauber, dachte er, lässt auch Menschen verschwinden. Aber nicht ihn.

Er behielt seine Hände an der Wand, während er sich zu ihr hinunterbeugte und seinen Mund auf ihre Lippen drückte.

Sie würde schon spüren, dass er Wirklichkeit war.

Er beobachtete, wie ihre Lider flatterten, als er den Druck seiner Lippen verstärkte, und dann, als ihr Mund sich öffnete und ihre Zunge weich wurde, schloss auch er die Augen, ihre Finger suchten seine Brust, seinen Hals, und er zog sie an sich, behutsam, innig, bevor ihre Lippen einen wilden und zärtlichen Kampf austrugen, einen Kampf ohne Sieger.

»Komm«, sagte er rau.

Dann öffnete er die Tür für sie und schob sie sanft vor sich her in die Dachkammer, seine Schmuddelhöhle, das Liebesnest.

Gerta blickte in ein Meer aus Kerzen.

Lichter züngelten zur Decke, wogten, flackerten und verzauberten die Mansarde mit ihrem goldenen Glanz.

Sie hatte mit schäbigster Armut gerechnet und blickte stattdessen in eine geheimnisvolle Märchenkammer.

Die Fenster waren mit dunklem Stoff verhängt. Es gab einen kleinen Tisch mit Rotweinflaschen, Käse und Baguettes.

Und inmitten der Lichter schwebte ein breites Bett, unwirklich wie ein Wolkenschiff, der Welt entrückt.

Sie blickte zu Bandi und sah ihm an, dass er genauso erstaunt war wie sie. Dann machte er drei Schritte ins Zimmer. Die Kerzen verwandelten sein Gesicht in eine goldene Maske.

»Das hat Chim gemacht. Er ist ein großer Zauberer. Und ein liebenswerter Spinner.«

Bandi schaute um eine Ecke und zog einen schüchternen jungen Mann daraus hervor.

Er blinzelte, von seinem Zauber wie geblendet. Es waren kluge Augen, dachte Gerta, die hinter den Brillengläsern glitzerten.

»Mein Freund Chim«, stellte Bandi ihn mit ulkiger Förmlichkeit vor. »Und dies ist Gerta Pohorylle.«

Sie sah, dass Chim seinen abgetragenen Anzug mit einem verwegenen Halstuch aufgeputzt hatte, rot, mit weißen Punkten.

Seine Augen funkelten vergnügt.

»*Mademoiselle*, Sie legen sicher keinen Wert darauf, mit mir Konversation zu machen. Wie der Zufall es will, bin ich gerade auf dem Weg aus dem Haus. Vergesst nicht, die Kerzen rechtzeitig auszublasen. Es besteht immer Feuergefahr unter dem Dach.«

»Chim«, stöhnte Bandi, und Gerta hörte die Zärtlichkeit in seiner Stimme. »Red nicht so geschraubt.«

»Ich hab einen Termin bei Jacques Salomon. Vermutlich komm ich nicht vor morgen Früh zurück. Diese Nazibande raubt uns allen noch den Schlaf. Wir machen eine Zeitung, um an der Sorbonne darüber aufzuklären, Bücherschänder und Judenhasser. Aber bitte schön, ich möchte Sie nicht mit diesen Details langweilen. Ich wünsche einen schönen Abend, *Mademoiselle*. Bandi, rechne nicht mit mir. Wenn wir fertig sind, penne ich vermutlich bei Jacques auf dem Sofa.«

»Oh, ich muss sowieso gleich nach Hause.« Gerta merkte selbst, wie hoch und geziert ihre Stimme auf einmal klang. »Ich möchte Ihnen keine Umstände machen.«

Chim lächelte fein.

»Gewiss. Davon bin ich überzeugt.«

Er beugte sich über ihre Hand, um sie mit leiser Ironie zu küssen. Dann blinzelte er Bandi zu und löste sich in Luft auf, ganz der große Zauberer, dachte Gerta, und die Tür klappte so leise hinter ihm zu, als hätte sie sich gar nicht bewegt.

Chim musste den ganzen Nachmittag geschuftet haben, dachte Bandi. Die Bodendielen glänzten; die Fenster, durch die sonst grell das Licht einer Straßenlaterne einfiel, waren mit Dunkelkammerstoff verhängt; die schmalen Pritschen zum Liebesbett zusammengestellt. Die Kerzen, für die ihre Ersparnisse draufgegangen sein mussten, täuschten mit ihrem Glanz über die Schäbigkeit der Dachkammer hinweg.

Die flackernden Flammen warfen Schatten über Gertas Wangen; sie sah glücklich aus. Aber er bemerkte auch, dass sie zitterte und wie durchnässt sie immer noch war. Das Kostüm klebte an ihrer Haut, ihr Haar an ihren Wangen.

»Möchtest du dich abtrocknen?«, fragte er.

»Ich hab nichts anderes zum Anziehen mit.«

»Du nimmst ein Hemd von mir. Hier. Geh in die Ecke dahinten, trockne dich und zieh dich um. Dann essen wir.«

»Schaust du auch nicht hin?«

»Ich würde dir schon nichts abgucken. Nein, versprochen.«

Tatsächlich gelang es ihm, der Versuchung zu widerstehen. Er stellte sich vor, wie sie die Haken und Ösen ihres Kostüms löste, wie ihre schönen Brüste, ihre geschwungenen Hüften im Kerzenlicht schimmerten … Schnell schob er den Gedanken beiseite. Besser, er zog sich selbst etwas Trockenes an. Vor dem kleinen Rasierspiegel strich er sich übers Haar. Sein Lächeln gefiel ihm nicht wirklich.

Das Lächeln eines Verführers und Betrügers, dachte er mit einem Anflug von Selbstverachtung.

Wenn er sie jetzt nahm – was kam danach?

Er wusste, was es bedeutete, einer jungen Dame wie ihr die Unschuld zu nehmen. Für ihre Kreise war Unberührtheit vor der Ehe ein wichtiges Kapital. Eigentlich würde er sie heiraten müssen, wenn er sie jetzt tatsächlich an sich band.

Aber was für ein Versprechen war das schon?

Sollte er sie an ein Leben in Armut binden?

Eine höhere Tochter würde niemals seine Frau werden.

Außerdem, dachte er sarkastisch und sah unwillig zu, wie sein Lächeln kühn und verwegen wurde, hatte er gar nicht vor, seine Freiheit zu opfern für den Rausch einer Liebesnacht. Er bekam die Liebe umsonst, von so vielen Frauen.

Und noch während er es dachte, schämte er sich dafür.

Seine Scham verstärkte sich noch, als sie um die Ecke kam. Sie verschwand in seinem karierten Hemd wie ein kleines Mädchen. Ihre Locken ringelten sich von der Nässe, ihre Wangen, rund und sanft, erinnerten ihn an die eines Kindes. Er stellte sich vor, wie sie einen Teddybär im Arm trug. Wenn er ein Gentleman wäre, dachte er voller Unruhe, müsste er ihr einen Mantel geben und sie vor die Tür setzen.

Aber er konnte es nicht. Er wollte sie viel zu sehr.

Bandi schob sie sanft zum Tisch, zog den Stuhl für sie zurück und wartete, bis sie sich gesetzt hatte. Mit einem sanften Plopp öffnete er die Rotweinflasche, Saint Émilion Grand Cru. Der Wein schimmerte rubinrot in den Gläsern, dann schnitt er das Baguette für sie auf und zerteilte den Camembert in Häppchen.

»Es ist wunderschön bei dir«, sagte sie leise. »Viel schöner als im Ritz oder so. Es kommt mir vor wie eine Kulisse aus ›La Bohème‹. Genau so hab ich mir das Leben von einem Künstler immer vorgestellt. Einem Künstler in Paris.«

Bandi lachte. Aber nicht über ihren kleinen Witz, wie sie glaubte. Sondern über ihre Naivität.

Sie ahnte ja nichts von der Härte dieses Lebens und vom Hunger nach Essen und Erfolg und Geld, und sie wusste nicht, wie gern er die malerische Kulisse im Pariser Hotel Lhomond gegen eine schöne Suite im Hotel Adlon in Berlin, seinem Berlin von ehedem, eingetauscht hätte.

Er griff nach einem Stück Käse und schob seine Hand

über den Tisch hinweg zu Gertas Mund. Erstaunt blickte sie ihn an. Er sah unwillig, wie sie die linke Augenbraue hob, für ihn ein Blick, in dem der ganze Hochmut der Bürgerstochter sichtbar wurde.

»Iss«, befahl er knapp.

Er sah, wie sie unwillig die Stirn runzelte, überlegte. Seine Hand wich nicht einen Millimeter zurück, und schließlich, als ihr klar wurde, dass er nicht nachgeben würde, senkte sie die Augen und öffnete gehorsam den Mund. Er schob den Käse hinein und sah zufrieden, wie ihre schönen Lippen sich darum schlossen. Sie kaute. Es schien ihr zu schmecken.

Selbstzufrieden pflückte er sich ein Stück Weißbrot ab, als der Zitronenduft ihres Parfüms ihn streifte. Er blickte auf, sah die weißen Finger vor seinem Mund, das Stück Käse darin.

»Iss«, befahl sie mit derselben Knappheit.

Er lächelte. »Ich denke gar nicht daran«, hatte er sagen wollen.

Doch er nahm den Käse und schluckte.

Sie fütterten sich, bis nichts vom Käse übrig war und nichts vom Brot und nur noch ein Rest vom Wein.

»Jetzt haben wir alles aufgegessen«, sagte sie. »Wenn dein Freund zurückkommt, ist nichts mehr für ihn übrig.«

»Mach dir um Chim nicht so viel Sorgen. Wenn der mit Jacques Salomon zusammensitzt, werden das immer lange Nächte, Arbeit, Zigarettenrauch, Diskussionen. Die beiden denken gar nicht ans Essen. Die glauben, sie müssten die ganze Welt retten. Alle Armen dieser Erde, ganz Europa und seine Kultur, alle deutschen Juden.«

»Ich mag deinen Freund«, sagte sie. »Er ist nett. Und er hat Recht. Ich finde gut, dass wenigstens ein paar Leute was gegen die Nazis machen.«

»Worte, alles nur Worte.« Bandi winkte ab. »Worte gegen Fackelmärsche und Knüppel und Gewehre. Was werden ein paar Worte schon gegen Schwadronen von Nazis ausrichten?«

»Viel«, sagte sie ernst. »Wer Nein sagt, macht doch schon einen Anfang.«

»Gutes Kind, du bist reichlich weltfremd.«

Das Thema wurde Bandi zu düster, und er spürte, wie der ohnmächtige Zorn in ihm entbrannte, den er gewaltsam unter Verschluss hielt. Natürlich erzürnte ihn zu sehen, was in Deutschland geschah und was er in Ungarn unter Miklós Horthy bereits erlebt hatte. Der Faschismus eroberte Europa. Und er selbst wurde von einem Land zum anderen getrieben, ohne jede Wahl.

Natürlich musste man etwas dagegen tun.

Aber er glaubte mehr an die Macht der Waffen.

Und wenn es diese Möglichkeit nicht gab, konnte man die Herzen der Massen viel eher mit Bildern erreichen als mit Worten. Ein Foto, das die Gewalt der Nazis aufzeigte, würde viel eher wahrgenommen werden als ein gelehrter Aufsatz, den niemand verstand. Er, Bandi, würde solche Fotos machen können. Wenn man ihm nur endlich die Chance dafür gab …

Er schenkte ihr den letzten Wein ein. Vielleicht würde sie ein bisschen lockerer werden, wenn sie ihn noch trank. Politische Diskussionen führte er mit Chim schon oft genug. Mit dieser hübschen jungen Dame hier hatte er ganz andere Pläne.

Sie legte die Hand auf das Glas.

»Halt! Ich hab noch nie so viel getrunken!«

»Wetten, dass du schwindelst?«

»Na ja, Champagner vielleicht …«

Er sah, wie groß und wie rund ihre Augen waren. Ihre Haut schimmerte in einem rötlichen Farbton, von der Wärme, den Kerzen, dem Wein. Sie sah so hinreißend aus – und so jung.

Ein Rest von Anstand übermannte ihn.

Vielleicht war es das Gerede über Politik, das ihn an seine moralischen Prinzipien erinnert hatte. Jedenfalls verwandelte er sich auf einmal doch in den guten jüdischen Sohn von Julika Friedmann, entschlossen, die Unschuld in Mädchengestalt zu retten, indem er sie hinausekelte.

»Wie steht's?«, fragte er mit gekünstelter Fröhlichkeit. »Ist *Mademoiselle* jetzt satt? Das Kostümchen getrocknet? Dann ziehen wir dich an und bringen dich zu deiner Tante zurück.«

Er hätte sich ohrfeigen können für das, was er sagte.

Der kostbare Moment würde unwiederbringlich vorübergehen, sie würde sein Leben verlassen und in ihre Welt zurückkehren, auf Nimmerwiedersehen. Er verfluchte seinen Anstand.

Warum musste ein Mann bei einer Jungfrau nur solche verdammten Skrupel haben?

Doch als er aufblickte, sah er in ihren Augen nichts als starre Wut. Ihr Mund war angespannt und trotzig.

»Das passt dir wohl gerade. Mich erst hierher locken und dann den guten Ritter spielen und mich wieder loswerden wollen. Das Kind nach Hause schicken, was? Das machst du nicht mit mir! Wenn's hier ein Kind gibt, dann bist das höchstens du.«

Sie stand auf, kam zu ihm. Sie streckte beide Hände nach ihm aus. Er sah, wie voll ihre Lippen waren, roch die Süße ihrer Haut. Sie griff nach seinen Händen und zog ihn zu sich hoch. Er stand so dicht vor ihr, dass er ihren Atem spürte. Als sie jetzt tief Luft holte, öffnete sich der Spalt in ihrem Hemd und gab den Ansatz ihrer Brüste frei, die sanft, fest und verlockend unter dem Stoff schimmerten.

Sein schlechteres Ich wollte das Hemd von ihren Schultern reißen, sie auf den Boden drücken, sich über sie werfen und sie einfach nehmen. Sie bestand ja fast darauf.

Heftig zog er sie an sich. Sein Atem beschleunigte sich. Doch als er ihr Zittern spürte, verflog sein Zorn und löste sich in etwas Unbekanntem auf, das ihn ängstigte. Es war ein seltsames Gefühl, eine Furcht. Er musste sie halten, spüren, in der Umarmung eins werden mit ihr, sie beschützen, vor sich selbst, vor ihm, vor der Liebe.

In der nächsten Sekunde gelang es ihr, sich aus seinen Armen zu winden, ihre Finger in seinem Hals zu vergraben. Es waren starke Finger, die Finger einer Klavierspielerin. Er konnte sich nicht wehren, als sie seinen Kopf zu sich herunterzog, und dann traf sein Mund ihre Lippen, und es gab keine Beherrschung mehr und keinen Gedanken, sie vor irgendetwas zu beschützen.

Gemeinsam taumelten sie zum Bett.

Er lag über ihr, stützte sich auf den Händen ab, ohne sie zu berühren. Über sein Gesicht züngelten die Lichter der Flammen. Sie blickte in seine Augen, die sie in seinen Bann zogen.

»Wenn ich dich lieben würde«, sagte er ernst, »würden wir jetzt aufhören.«

»Du liebst mich. Und ich will nicht, dass du aufhörst.«

Sie spürte, dass ihr Herzschlag gegen den Stoff des Hemdes pulsierte, das er ihr geliehen hatte. Die Haut über ihrem Herzen war so dünn.

Sie dachte an nichts mehr von alledem, was sie bei Henry Miller gelesen hatte. Begierde, Sex, obszöne Worte, das alles war vergessen. Eigentlich dachte sie überhaupt nichts mehr, stellte sie fest. Da war so eine Leere, wo sonst die Gedanken waren, und was sie steuerte, war etwas aus ihren Tiefen, das sie so nicht kannte. Es musste ein Instinkt sein, ein geheimes Wissen der Frauen.

Dieses Wissen ließ sie ihre Hand heben und zart mit dem Fingernagel über die Haut an seinem Nacken fahren, so sanft, dass sie kaum die Haut streifte, sondern die feinen Flimmerhärchen. Sie sah, dass sich an seinem Hals eine Gänsehaut bildete. Sein Mund wurde schmaler, fest, ein Strich.

Sein Blick war konzentriert, seine Augen wurden dunkel.

Er löste sich von ihr, stand mit einer Geschwindigkeit auf, die sie erstaunte und erregte.

»Steh auf«, sagte er, und seine Stimme klang heiser.

Sie blickte zu ihm auf.

»Ich hab gesagt, du sollst aufstehen.«

Obwohl ihr schwindlig war, tat sie, was er sagte.

Er lächelte.

»Zieh dich aus.«

Instinktiv fuhr ihre Hand an den Hemdkragen, eine Bewegung, für die sie sich schämte, die Reaktion des kleinen Mädchens, das sich nicht zeigen will.

Sie hatte geglaubt, sie würde zum Ausziehen unter die Bettdecke schlüpfen, hatte gedacht, sie könnte dabei angezogen bleiben, gewissermaßen. Das Hemd war eine schützende Hülle.

»Mach die Knöpfe auf. Ich will, dass du dich für mich ausziehst.«

Ihre Finger glitten hinunter, zum ersten Knopf. Sie war erstaunt darüber, wie schwer er sich lösen ließ. Dann erst bemerkte sie, dass es an ihren Fingern lag. Sie zitterten.

Ein Ruck, und der Knopf sprang auf, ein Spalt durchteilte das Hemd, sie sah, dass seine Zunge über seine Lippen glitt.

»Weiter«, befahl er ihr.

Den nächsten Knopf zu öffnen war noch schwerer.

Unter dem Hemd verbarg sich für ihr Gefühl viel Haut; es gab zu viel, dass er sehen konnte, nicht sehen sollte und doch sehen sollte. Sie wollte sich ihm zeigen, und sie hatte Angst davor.

Als der Knopf aufgesprungen war, nickte er.

»Schieb 's über die Schultern hinunter.«

Sie zögerte, atmete tief. Dann schloss sie die Augen und riss die linke Seite ihres Hemdes hinunter. Sie wusste, dass er nun ihre Brust sah, nur die linke. Das Schlucken fiel ihr schwer.

»Nicht so schnell«, sagte er. »Mach es langsamer.«

Sie konnte die Augen nicht öffnen. Sie wusste, dass ihr die Schamesröte ins Gesicht gestiegen war und dass er es bemerken würde. Aber sie tat, was er verlangte. Ihre Kehle wurde ihr eng, als ihre Finger den Stoff berührten. Für eine Sekunde glaubte sie, ihr würde schwarz vor Augen, als sie das Hemd behutsam hinunterschob, sich entblätterte wie eine Blume.

»Mach die Augen auf.« Seine Stimme klang tief.

Sie sah, dass sich sein Gesicht verändert hatte. Es war noch markanter und dunkler. Seine Zähne blitzten im Kerzenlicht, als er lächelte.

»Du bist sehr schön. Schau dich an.«

Sie blickte an sich hinunter, sah ihre milchweiße Haut, die kleinen, runden Brüste.

Darunter war sie verhüllt.

»Den nächsten Knopf. Und lass die Augen auf, bitte.«

Immer weiter glitt das Hemd hinunter, und mit jedem Knopf ging ihr Atem schwerer, während der Mann ihr gegenüber immer regungsloser wurde.

Ihr Bauch war flach. Der Bauchnabel rund.

Die letzten Knöpfe. Sie hatte nichts darunter an.

»Komm«, sagte er sanft.

Seine Hände glitten durch die Dunkelheit, um ihr zu helfen, seine Finger streiften den Stoff hinunter, sein Atem, heiß und stoßweise, war an ihren Schultern, ihren Wangen, ihrem Haar, und dann fiel das Hemd, ein leichter Luftzug, kühl wie ein Streicheln, und sie stand nackt vor ihm.

Eine Frau.

»Mein Gott, bist du schön«, sagte er heiser.

Kerzenlicht tanzte über ihre nackte Haut. Mit begehrlichen Blicken tastete er ihren Leib ab, zeichnete die Linie ihres schlanken Halses, die Schultern, die Brüste nach. Er sah, wie ein Schauder sie überlief, als sein Blick noch tiefer glitt, wie ihre Hände zuckten, als wollten sie ihre schönsten Stellen vor ihm verbergen.

Er hatte das Gefühl, etwas überaus Kostbares zu erblicken.

Einen Körper, den kein Mann vor ihm so gesehen hatte. Haut, die niemand vor ihm berührt hatte. Ein Wesen, das allein ihm gehören, das er mit seinen Fingern, seinem Geschick, seiner Beherrschung und Langsamkeit so berühren würde, dass ihm die Liebe gefiel. Er wollte sie süchtig machen nach seiner Liebe.

Behutsam, um sie nicht zu erschrecken, trat er zu ihr.

Doch er musste sich zur Sanftheit zwingen.

Er pustete in ihr Haar.

Dann fasste er hinein, hinten im Nacken, wo es voll und aufgeplustert über den Rücken fiel. Im Kerzenlicht schimmerte es sienarot, wie auf einem Bild der Alten Meister. Er griff in die glänzende Flut, hob sie an und ließ sie durch seine Finger gleiten. Ihr Haar war weich und federleicht.

Er musste sein Hemd ausziehen, um ihr die Angst vor seinem Körper zu nehmen, er wollte, dass sie ihn anschaute, sich an ihn gewöhnte, er wollte, dass alles mit Vorsicht geschah.

Der Stoff löste sich von seinem Hals und gab seine Haut frei, die im Kerzenlicht schimmerte wie Bronze. Seine Schultern waren sehr breit. Gerta sah die Muskeln an seinen Oberarmen, die schwarzen Härchen, die sich vom Handgelenk über die Haut ausbreiteten wie krisseliger Schmuck. Seine Brust war flach und nur in der Mitte behaart. Auch sein

Bauch war flach, über dem Hosenbund bildete er eine Mulde.

Körper wie diesen hatte sie in Kunstbüchern betrachtet; dachte an die Engel des Michelangelo in der Sixtinischen Kapelle.

Gerta hätte sich gewünscht, dass er die Hose ausziehen würde, war neugierig, wie er darunter aussah, auf das letzte Geheimnis, jenes, das sich ihr auch aus den Büchern von Henry Miller nicht erschlossen hatte.

Amalia und sie hatten oft darüber Witze gemacht, hatten versucht, den Lehrern zwischen die Beine zu schauen und zu sehen, wie groß das Ding sein mochte, da unten.

»Du ziehst deine Hose gar nicht aus?«, fragte sie.

Er lächelte.

»Du bist ja ein seltsames Mädchen. Jetzt noch nicht. Wir haben Zeit.«

Sein Duft umfing sie, als er sie in die Arme schloss, und zum ersten Mal spürte sie seine Haut, diese Männerhaut, zart, irgendwie, und trotzdem fest, ganz anders als die ihre. Eine glatte Hülle für die festen Muskeln.

Die Härchen an seiner Brust kitzelten sie, und sie kicherte.

»Ich will dich so sehr«, hörte sie ihn flüstern. »Aber wir müssen alles ganz langsam machen.«

Als Nächstes spürte sie seine Fingerspitzen an ihrem Hals, wie sie zart hinunter zu den Schulterblättern glitten. Dann fuhren sie kreiselnd über ihren Hals, und ihr ganzer Körper erbebte, während jeder Nerv ihrer Haut hoffte und zitterte, er würde als Nächstes berührt werden.

Und dann glitten seine Hände an ihren Brüsten hinunter, umkreisten die Brustwarzen, kreiselten über ihren Bauch, der unter seiner Berührung neu erfunden wurde, als ein fühlendes Wesen, dessen Hitze bis an die verborgensten Stellen zwischen ihren Beinen strömte. Und schließlich fanden seine Hände streichelnd und tastend hinunter, schoben ihre Schenkel auseinander und ihre Finger beiseite, die sich schützend vor ihre intimsten Stellen legen wollten, und dann streichelte er sie, verstärkte den Druck und zog sich zurück und glitt abermals zwischen ihre Beine, in einem Rhythmus, den allein er vorgab und der sie schwindlig werden ließ und eine unbekannte Sehnsucht erzeugte, sie hörte sich stöhnen, während er sie an den Haaren festhielt, mit der Zunge in ihren Mund eindrang und sie dabei weiter zwischen den Beinen streichelte, bis sie ganz weich wurde und sich ihm entgegenstreckte und ihr Wille und ihr Widerstand in einer Hitze verschwanden und einer Betäubung, die sie nie zuvor empfunden hatte.

Ihr war heiß, ihr war kalt, und sie wollte immer mehr.

Bandi nahm sie in die Arme und trug sie zum Bett.

Das Licht der erlöschenden Kerzen züngelte golden über ihr Gesicht. Sie war so schön, dachte Bandi benommen, und nun gehörte sie ihm. Ich bin ihr erster Mann, ging es ihm wieder und wieder durch den Kopf, und dann war er bei ihr und legte sich über sie, vorsichtig, damit sie sich an das Gewicht seines Körpers gewöhnte, und noch nicht nackt, um sie nicht zu erschrecken.

Er sah die Furcht, die ihre Pupillen groß werden ließ, und strich ihr zart über die Wange und über den Hals.

»Vertrau mir«, flüsterte er. »Überlass alles mir.«

Er senkte sich mit seinem ganzen Gewicht auf sie, und als sie leise stöhnte, versenkte er seinen Kopf an ihrem Hals.

Es hatte wieder zu regnen begonnen, es tropfte und prasselte aufs Dach, während eine Kerze nach der anderen zischend erlosch und die Dunkelheit sie umarmte.

Er presste die Lippen auf den Mund dieser schönen, jungen Frau, während seine Finger ihren Körper erforschten, und schob erneut die Hände zur Seite, die sich schon wieder vor ihre intimsten Stellen geschoben hatten, und dass sie sich so ein bisschen wehrte, erregte ihn noch mehr.

Ihm wurde schwindlig, und für eine Sekunde kam er in Gefahr, jede Vorsicht aufzugeben und sich dem Ansturm seiner Begierde hinzugeben; sie kurzerhand zu nehmen.

Bandi hielt ihr Handgelenk fest, während seine Finger sich den Weg in ihre Mitte suchten, er fühlte, wie weich sie schon war, weich und offen für ihn, und als er sie streichelte, umklammerte sie seine Hand, als wolle sie sich festhalten, sich schützen vor dem Abgrund, in den er sie stürzte.

»Nicht«, flüsterte sie heiser.

»Doch«, sagte er lächelnd in ihr Ohr, und sie bewegte sich unter ihm hin und her, ein Spiel, ein letztes Aufbegehren, und dann ergab sie sich seiner lockenden Liebkosung, dem Locken seiner Finger, dem Ansturm und Rückzug, und schließlich wand sie sich nur noch, und ganz am Ende spürte er ihr Zucken.

Sie murmelte etwas, das er nicht verstand, bäumte sich auf und fiel ermattet zurück.

Behutsam glitt Bandi von ihr herunter, um seine Hosen auszuziehen. Er merkte, dass seine Finger zitterten, als er den Stoff an seinen Schenkeln herunterstreifte.

Nie zuvor hatte ihn etwas so viel Beherrschung gekostet wie diese Momente, und jetzt begehrte er sie wie keine Frau vor ihr.

»Halt dich an mir fest«, sagte er, und sie schlang die Arme um ihn, erfüllt von einem Vertrauen, das sein Innerstes berührte.

Er wusste, dass er ihr wehtun würde, und es ließ ihn schaudern, doch es würde nur ein Moment sein, ein kurzer, reißend schlimmer Moment, und danach wäre sie frei für ihn und die Liebe.

»Im ersten Moment ist es furchtbar«, sagte er leise. »Aber nur ganz kurz, dann ist alles vorbei.«

Und damit drang er in sie ein.

Ein kurzer Schrei, der ihn mehr schmerzte, als wäre es sein eigener gewesen. Sie lächelte unter Tränen, die er vorsichtig wegküsste. Er war umfangen von ihr, und er blieb still in ihr liegen, bis sie weich wurde, sich entspannte, und dann begann er sich behutsam in ihr zu bewegen, bis sie seinem Rhythmus folgte, sich mit ihren Fingernägeln in seinem Rücken vergrub, stöhnte, schneller und schneller atmete, und irgendwann vermischte sich die Hitze ihrer Leiber, als wolle sie alles verschmelzen, was sie trennte.

Er stöhnte, als das Seil riss, mit dem er sich selbst zurückgebunden hatte, und der Sturm trug sie beide mit sich fort, zu einem neuen Ufer, das sie beide nur für sich erfunden hatten, für sich und den Augenblick, der jetzt alles war, was zählte.

»Es war so schön«, sagte Gerta und lauschte dem Klang ihrer Stimme nach, die im Raum schwebte. Sie hörte sich anders an als sonst, voller, weicher, weiblicher.

»Ich hätte nie gedacht, dass es so schön sein würde. Auch der Regen auf dem Dach war schön. Regen in Paris, das ist eine Melodie der Sehnsucht.«

Sie drehte sich zu ihm um, lächelte in die Dunkelheit.

»Und jetzt weiß ich endlich, wie die Kinder in die Welt kommen. Jetzt kann ich es öfters machen.«

Er fasste nach ihrem Ohr, zog daran. »Aber nur mit mir.«

Gerta seufzte, und damit brach die Wirklichkeit ein.

Sie wollte nicht darüber nachdenken, was in Wahrheit kommen würde, wenn sie aus ihrem Traum erwachte. Mit dem Tag drohte das, was man Realität nennt. Sie wollte nicht an Tante Terra denken und nicht an Jonathan, der sich hinter Konventionen und Spott verschanzte und sich nie so schenken würde wie der Mann, der jetzt und hier an ihrer Seite lag.

Gerta wollte ihren seligen Schwebezustand nicht aufgeben. Die Liebe war reine Gegenwart.

Jetzt war sie hier und bei ihm.

Sein Atem streifte ihren Nacken, heiß und schwer. Seine Hand ruhte auf ihrer Hüfte, er atmete regelmäßig, beruhigend. Die Dunkelheit, die sie schützte, war schön schwer wie Samt.

Hier hatte sie Glück gefunden.

Sie wollte dieses Glück nicht loslassen, noch nicht die Insel außerhalb der Zeit verlassen.

Morgen, dachte sie, werde ich gehen. Morgen werde ich zu Tante Terra gehen und zu Jonathan, und nie wird irgendjemand davon erfahren, was heute Nacht geschah. Ich werde mir eine Lüge ausdenken, und ich werde diesen Augenblick in mir verschließen, an einem heiligen Ort, den niemals jemand betreten darf.

Diese Nacht, diese wunderschöne Nacht, wird mein Geheimnis bleiben.

Gerta lächelte in die Dunkelheit, und sie spürte dabei, dass ihr eine einzelne Träne aus dem Auge lief, eine Träne der Freude und der Trauer, so schön und so schmerzlich und so vergänglich wie dieser Augenblick hier.

»Vielleicht sollten wir jetzt damit anfangen«, sagte sie in die Stille.

»Womit?«, fragte er schläfrig.

Ihr Lächeln wurde breiter.

»Damit, es öfters zu machen.«

Ein Ruck, und er hatte sich von ihr gelöst. Sie fühlte den kalten Luftzug an ihrer Haut. Sein Körper, der sich von ihr trennte. Aber nur, um im nächsten Moment über ihr zu liegen. Sie spürte, dass auch er lächelte.

Das Morgenlicht war grau und griesig.

Bandi griff neben sich – und fasste ins Leere.

Es dauerte einen Augenblick, bevor er wusste, wonach er überhaupt suchte. Ihre Decke war noch warm, er glaubte sie noch in der Mulde seines Körpers zu spüren; aneinander geschmiegt waren sie eingeschlafen, sich haltend und bergend wie Kinder.

Der Tag mit seinen Geräuschen drang jetzt durch die Dachfenster ein. Man hörte einen Milchkarren durch die Rue Lhomond rumpeln, irgendwo kurbelte jemand das Eisengitter vor seinem Schaufenster hoch.

Bandi richtete sich in den Kissen auf, und als er es endlich schaffte, der Welt ins Gesicht zu sehen, blickte er in Gertas Augen.

Er las alles darin.

Die Heimlichkeit, mit der sie ihn hatte verlassen wollen, die Furcht vor der Heimkehr an den Quai d'Orléans und den Folgen, und dann erkannte er noch etwas in ihrem Blick, das ihm das Schlucken schwer machte.

In ihrem Blick lag etwas Endgültiges.

»Du willst gehen?«, gelang es ihm zu fragen. In irgendeiner anderen Ebene seines Bewusstseins vermerkte er sachlich, dass sich seine Stimme rau und fremd anhörte.

Sie blickte ihm stumm in die Augen, und er starrte auf den irritierenden braunen Pigmentfleck darin.

»Wie kannst du einfach so gehen? Warum hast du mich nicht wenigstens geweckt?«

Sie bückte sich, um die Riemchen ihrer Pumps zu schließen.

»Ich wollte dich nicht stören«, sagte sie von da unten, und es hörte sich an wie erstickt.

»Wohin gehst du jetzt?«

»Nach Hause, nehme ich an.«

Bandi strich sich das Haar aus dem Gesicht, das ihm störend in die Augen fiel und ihn ärgerlicherweise zu Tränen reizte.

»Sehen wir uns wieder?«

Langsam knöpfte sie ihre Kostümjacke zu. Er sah, dass ihre Hände zitterten. Es dauerte eine Ewigkeit, bis sie antwortete. Sie wandte sich ab, und in der hellen Morgensonne erkannte er, wie schön und klar gezeichnet ihr Profil war.

»Du musst mich wohl quälen?«, fragte sie leise und wich dabei seinem Blick aus.

Bandi kam es so vor, als würde die Welt ein bisschen blasser werden. Das Morgenlicht diesiger, die Mansarde grau.

»Ich will nicht, dass du mich verlässt«, hörte er sich sagen und staunte darüber: Nie zuvor hatte er einer Frau so etwas gesagt.

»Von wollen kann keine Rede sein. Ich muss gehen.«

Seine Lippen suchten nach Wörtern, und sie fanden sie nicht.

»Bleib«, sagte er schließlich.

»Ich muss zurück. Das hast du immer gewusst. Wir haben es beide gewusst. Ich werde heiraten. Ich kann Jonathan nicht verletzen und meine Tante nicht und, ach.«

Er sah, wie ihr die Tränen kamen, sie verdrehte zornig die Augen und wandte sich von ihm ab.

»Ich dachte, wir könnten uns dieses Theater ersparen. Wir hatten eine schöne Zeit, und jetzt kehrt jeder von uns in sein Leben zurück. Du musst in deine Fotoagentur, ich zu meinem künftigen Mann. Jeder hat seine Pflicht zu erfüllen. Ein Versprechen, das man gegeben hat, muss man halten«, erklärte sie kühl.

»Ah, so ist das also. Du hast ein Abenteuer gebraucht. Na, wenn es so ist, dann sollst du dein Abenteuer haben.«

Er sah, wie ein rotes Licht vor seinen Augen aufflammte, und im nächsten Moment sprang er aus dem Bett. In sinnloser Wut riss er ihr die Handtasche und das lächerliche Höhere-Töchter-Kostümjäckchen von den Schultern, ein Knopf sprang ab, noch einer, und sie schrie auf.

»Gut so«, murmelte er grimmig, packte sie, warf sie aufs Bett und sich selbst auf sie drauf.

Er war zu allem bereit, und dann würde man schon sehen, wohin sie ging und wohin nicht.

Und dann sah er die Angst und die Verletzung in ihren Augen, und seine Wut fiel von ihm ab.

Behutsam strich er ihr mit dem Zeigefinger über die Wange, im Morgenlicht sah er den zarten Flaum auf ihrer Haut.

»Nicht böse sein«, flüsterte er. »Es ist so schwer, dich gehen zu lassen.«

Als er die Tränenspur auf ihrer Wange sah, verfluchte er den Tag und sich selbst dafür.

Wenn sie gehen wollte, musste er sie gehen lassen.

Konnte er allen Ernstes verlangen, dass sie ihren Wohlstand und ihre Familie, ihren Verlobten und die Welt der Grandhotels und Haute-Couture-Schneider aufgab, um zu einem ungarischen Flüchtling in eine schäbige Dachmansarde zu ziehen, für die er kaum die Miete aufbringen konnte?

Und wollte sie es denn überhaupt? Oder war es nur die Begierde des Augenblicks, der ihn sie festhalten ließ?

Halt sie, befahl ihm eine innere Stimme.

Ein Satz seiner Mutter fiel ihm ein: Wenn das Glück kommt, hatte Julia Friedmann immer gesagt, muss man ihm einen Stuhl bereitstellen. Es ist ein so seltener Gast.

Bandi wischte den Gedanken beiseite. Er ließ Gerta los.

Er löste seinen Blick von ihrem Mund, von ihren Augen, und er löste seinen Körper von dem ihrem, der so voller Versprechen unter ihm lag. Er stand auf und ging zum Fenster, blickte über den Square Vermonduze und bis hinunter in die Rue Mouffetard, wo die Gemüsehändler schreiend und fluchend ihre Marktstände der Kundschaft anpriesen.

»Wenn du gehen musst, geh«, sagte er leise und ohne sich zu ihr umzudrehen. »Aber dann geh bitte, schnell.«

Er hielt die Luft an, weil er fürchtete, hören zu müssen, wie sie aufstand, und weil er hoffte, sie würde es nicht tun.

Für einen Augenblick war es ganz still.

Dann hörte er die schnellen, leisen Schritte, glaubte, ein Schniefen zu hören, und hoffte es vielleicht nur, und dann, als er sich gegen seinen Vorsatz doch umdrehte, sah er nur noch, wie die Tür zuklappte.

Sie war fort.

Die Sonne brach durch den Morgendunst und ließ die Seine am Quai d'Orléans wie Diamantenstaub glitzern. Auf der Ecke, im Schatten der Bäume, wo man zu Notre-Dame hinüberblickt, blieb Gerta stehen und schöpfte Atem, um sich zu beruhigen, denn sie war so hastig gelaufen, als müsste sie verhindern, dass sie doch noch umkehrte und zurücklief, in seine Arme.

Verstohlen betrachtete Gerta das champagnerblasse Haus ihrer Tante. Es sah genauso aus wie immer und trotzdem ganz verändert. Es hatte den Zauber verloren. Gerta sah zum ersten Mal, wie inszeniert der nachlässige Charme wirkte.

Bisher hatte sie die Île Saint-Louis samt ihrer würdigen Bewohner mit Hut und Handschuhen für ihre Welt gehalten. Aber seit gestern Nacht war sie nicht mehr so überzeugt, ob es wirklich die ihre war. Die Künstlerwelt übte eine magnetische Kraft auf sie aus.

Aber von Haus aus gehörst du hierher, rief ihre innere Gouvernantenstimme voller Empörung. Für dies hier hat man dich in dem teuren Pensionat erzogen; hier erfüllst du die Erwartungen, die alle in dich setzen, die Tante, Jonathan und auch der Konsul, der vermutlich vor Stolz auf deine gute Partie beinahe platzt.

Und dann wieder sah sie Bandis Augen vor sich, in dem Moment, als sie gesagt hatte, dass sie ihn verlassen würde: dunkel und lodernd und verletzt. Sein Rücken, den er ihr zugedreht hatte.

Unten, auf der Straße, war sie stehen geblieben und hatte hinauf zu seinem Fenster geschaut, überzeugt, dass er dort oben stehen und ihr nachblicken würde.

Aber die Fenster waren geschlossen gewesen, blinde Quadrate. Bis zum letzten Moment hatte sie gehofft, er würde hinter ihr herkommen und sie festhalten in seinen Armen, damit sie bei ihm blieb, in der Mansarde, Rue Lhomond. Aber wer sagte, dass sie nicht eine von vielen für ihn war, eine, die man liebte und lachend vergaß, sowie nur die Tür ins Schloss fiel. Sie musste plötzlich blinzeln, und das Palais vor ihr verschwamm. Der schöne Traum vom gestohlenen Glück war vorbei. Sie hatte ihre Stunden gehabt.

Jetzt musste sie der Wirklichkeit ins Auge blicken.

Gerta wagte nicht einmal daran zu denken, was ihr drohte, falls Tante Terra ihr Ausbleiben bemerkt haben würde. Sie beruhigte sich mit dem Gedanken, dass man in dem alten Palais tagelang nebeneinander herleben konnte, ohne sich zu begegnen.

Vielleicht hatte die Tante den Abend mal wieder mit Champagner oder Bridge verbracht, ohne auch nur eine Sekunde an ihre Nichte zu verschwenden. Wenn es so war, lag sie jetzt noch im Bett und pflegte ihren Kater. Und von Onkel James, der Gerta freundliche Gleichgültigkeit entgegenbrachte, war ohnehin kein Misstrauen zu erwarten.

Es wird schon gut gehen, beruhigte sich Gerta. Sie lächelte, als sie an Bandis Satz dachte: »Gute Gedanken ziehen Gutes an.«

Für den Moment kam alles darauf an, ob es ihr gelang,

unbemerkt in ihr Zimmer zu kommen. Denn der Zustand ihrer Frisur und ihres Kostüms war nur als verräterisch zu bezeichnen. Sie würde den Dienstboteneingang benutzen und zusehen, dass sie nur ja rasch über die Hintertreppe nach oben gelangte. Wenn sie ihre Räume erst einmal erreicht hatte, konnte sie nach dem Mädchen klingeln und Kaffee ans Bett bestellen, als ob alles ganz normal wäre.

Gute Gedanken genügen jedoch nicht immer, um Wunder zu bewirken. Auf dem letzten Treppenabsatz, als Gerta schon glaubte, es geschafft zu haben, verstellte die Köchin ihr den Weg.

»Madame erwartet Sie im Salon«, verkündete sie in einem Tonfall, in dem Sensationslust und Schadenfreude mitschwangen. »Mr Frank erwartet Sie ebenfalls. Er hat es versäumt, ins Büro zu fahren. Das hab ich in zwölf Jahren nur drei Mal erlebt.«

Unwillkürlich zog Gerta die Schultern hoch, während sie auf die Empfangsräume zusteuerte.

Sie verwünschte sich dafür, dass sie sich keine Ausrede zurechtgelegt hatte. Was sie jetzt gebraucht hätte, wäre eine ganz und gar erstaunliche Lüge, die so ausgefallen war, dass man damit alle überraschen und beschwichtigen konnte.

Aber sie hatte nicht einmal eine halbherzige Erklärung parat.

Beklommen strich sie ihr Haar und ihr Kostüm glatt, ein kläglicher Versuch, der alles nur noch schlimmer machte.

Dann ergab sie sich in ihr Schicksal und trat in den Salon.

Verachtung glitzerte in den Augenpaaren, in die sie blicken musste. Kein Gruß, kein Wort. Niemand bot ihr an, sich zu setzen.

Onkel James, wie immer im blauen Blazer mit Goldknöpfen, sah grau und zerknittert aus.

Tante Terras Mund zitterte, ihre Nasenflügel bebten. Sie wirkte über Nacht auf einmal gealtert.

»Entschuldigung«, stammelte Gerta. »Es war zu spät geworden, gestern. Ich musste bei Amalia übernachten.«

Es kam keine Antwort.

Nur ein kalter Blick von Tante Terra. Onkel James räusperte sich, als wollte er etwas sagen, verstummte dann aber. Er blickte mit unbehaglicher Miene an ihr vorbei.

»Wir haben gequatscht und Rotwein getrunken«, haspelte Gerta herunter. »Es ist spät geworden. Ich wollte euch nicht wecken. Nicht stören.«

»Wie rücksichtsvoll. Aus genau diesem Grund haben wir dich die ganze Nacht gesucht.« Tante Terras Stimme klirrte. »Wir mussten deine Freundin Amalia wecken lassen, um zu erfahren, dass du nicht bei ihr bist.«

Gerta spürte, wie ihr die Röte bis an die Haarwurzeln stieg. Sie hätte sich gern gesetzt, ihr Gesicht in den Händen vergraben oder sich an etwas festgehalten, vielleicht an einer Lehne, doch es gab nichts, woran sie sich festhalten konnte.

Schweigen sickerte kalt und giftig in den Salon.

Wenn doch endlich etwas passieren würde, dachte Gerta. Sollte die Tante losschimpfen, sollte der Onkel aufstehen und sie verprügeln. Es wäre schrecklich, aber wenigstens bald vorbei.

»Es tut mir Leid, wenn ich euch Kummer gemacht habe.« Gerta hörte selbst, dass ihre Stimme nur noch ein Flüstern war. »Wirklich, es tut mir Leid. Entschuldigung.«

Tante Terra betrachtete ihre Fingernägel, und der Onkel war nicht imstande, den Blick von seinen Schuhen zu lösen.

»In Wahrheit ist es so«, sprudelte es aus Gerta heraus, gar

nicht, weil es etwas zu sagen gab, nur weil das Schweigen so unerträglich war. »Ich wollte Amalia sehn und dann –«

»Schweig«, befahl Onkel James leise.

Es lag etwas Endgültiges in seinem Ton.

»Wir wollen gar nicht wissen, wo du warst«, ergänzte Tante Terra mit einer Verachtung, die ihr eine Gänsehaut über den Rücken jagte. »Es interessiert uns nicht, wo du dich zum Flittchen machst. Hoffentlich hast du es nicht noch geschafft, uns einen Bastard anzuschleppen. Wenn das der Fall ist, kannst du von mir aus ins Arbeitshaus gehen. Was uns betrifft, hast du bis auf weiteres Stubenarrest. Du kriegst dein Essen und wirst ansonsten keinen Laut von dir geben. Und wenn Jonathan kommt, benimmst du dich, als wäre gar nichts geschehen. Du wirst ihm kein Wort davon sagen, was gestern Nacht war. Und nun sieh, bitte, zu, dass du mir aus den Augen kommst, bevor ich mich noch vergesse.«

Das Tageslicht, das in breiten Streifen in die Bibliothek einfiel, wurde blasser. Bedächtig legte Konsul Pohorylle den Telefonhörer auf. Ihm war schwindelig. Er fühlte sich, als ob schwere Hände ihm die Luft abdrückten.

»Zu viel«, entrang es sich ihm. »Es wird zu viel.«

Für einen Augenblick blieb er am Schreibtisch sitzen, die Augen in seinen Handflächen verborgen. Alles um ihn herum kreiste, aber möglicherweise kam das Kreiseln auch aus ihm.

Terras Stimme tönte in seinen Ohren nach, viel zu hoch und schrill. Er hatte seiner überdrehten Schwägerin nie besondere Sympathie entgegengebracht. Unter dem atemlosen Wortschwall, mit dem sie ihn soeben aus Paris überschüttet hatte, waren auch die Reste von Sympathie begraben worden.

Er hatte fast Mitleid mit seiner Tochter.

Beim Gedanken an Gerta schloss er für eine Sekunde die Augen. Dann stützte er sich auf der Schreibtischplatte ab, erhob sich schwerfällig und ging zum Servierwagen mit den Cognacflaschen. Er trank niemals am helllichten Tag.

Aber besondere Umstände, dachte er, erfordern besondere Maßnahmen.

Der Cognac schimmerte bernsteinfarben im Glas. Er probierte einen Schluck, der ihn nicht wärmte, ging zum Fenster und blickte über den Park hinaus. Die Rhododendron-Büsche blühten, wild und strotzend, lila Blütenberge.

Normalerweise wurde er im Frühling von einer unbestimmten Vorfreude erfasst, von einer Erwartung, die in der Luft lag. Die Erwartungen, die er jetzt hatte, waren nur düster.

Nein, der Mai 1933 war kein Monat der Freude. Nie hätte er angenommen, dass sich die Lage – politisch und persönlich – in so raschem Tempo zum Schlechten wenden würde.

Unwillkürlich wanderte sein Blick zu dem Schubfach, wo er die letzten Drohbriefe aufbewahrte, antijüdische Schmähungen und Drohungen, die im Ton immer schärfer wurden. »Juda verrecke«, stand auf dem Brief, der gestern mit der Post gekommen war. Zeitweise hatte er die Schmähbriefe verbrannt; jetzt heftete er sie ordentlich ab, möglicherweise, sagte er sich, könnten sie eines Tages ein Zeugnis dieser dunklen Zeit abgeben.

Immer wieder sah er das Gesicht seines Prokuristen Faulhaber vor sich, der sich immer mit einem Unterton von Häme nach Sophias »wertem Befinden« erkundigt hatte. In seinen Augen hatte dann der Spott geglitzert – oder noch Schlimmeres?

Und es schien so, als wäre Faulhaber, der mit seinem Mittelscheitel und dem schmalen Schnurrbart wie eine Parodie Hitlers aussah, auf der Seite der Sieger. Der Konsul war längst nicht mehr davon überzeugt, dass die Nazis ein Spuk in der deutschen Geschichte bleiben würden.

Hitlers Regierung hatte im vergangenen Monat, nach dem Boykott der jüdischen Geschäfte, neue anti-jüdische Gesetze verhängt. »Nichtarische« Beamte wurden ohne Angabe von Gründen aus dem Staatsdienst entlassen, ausgenommen waren nur die jüdischen Kriegsteilnehmer und Hinterbliebene von jüdischen Gefallenen, eine Ausnahmeregel, die Reichspräsident Hindenburg durchgesetzt hatte. Als »nichtarisch« galt nach Gesetz vom 7. April 1933 jeder, der mindestens einen Großelternteil jüdischen Glaubens hatte.

Als Erstes hatte der liebenswürdige Professor Ullmann aus der Nachbarstraße sein Amt niederlegen müssen, der zwei Generationen Leipziger Studenten auf ihr Examen als Mediziner vorbereitet hatte. Man sagte, er habe gelächelt, als er seine Fachbücher einpackte. Aber zwei Tage nach der Entlassung hatte die Haushälterin seinen Leichnam gefunden, der an einem Strick im Keller baumelte.

Im Mai 1933 war das fürchterliche Gesetz erweitert worden: Von nun an wurden auch Angestellte und Arbeiter des öffentlichen Dienstes zum »Ariernachweis« gezwungen. Und es war nicht abzusehen, was noch kommen würde.

Der Konsul war erleichtert gewesen, seine Tochter in Sicherheit zu wissen, weit weg von Nazis und Ariernachweis. Er schenkte sich Cognac nach und ließ sich in seinen Schreibtischstuhl sinken.

Er fühlte sich, als rollte eine wütende Flut gegen alles an, was ihn und sein Leben und sein Glück einmal ausgemacht hatte. Er konnte Sophia nicht helfen und seiner Tochter nicht; er konnte nicht einmal sich selbst helfen. Sein bedeutendster Abnehmer, ein Großkunde aus dem Württembergischen, hatte ihm den Auftrag storniert. Auf seine verzweifelten Nachfragen hin hatte sein Geschäftspartner ihm schließlich betreten erklärt, es handele sich um eine Boykottmaßnahme, da die Fabrik mit jüdischem Geld finanziert worden sei. Sophias Mitgift.

Es musste Faulhaber sein, der dahinter steckte. Da er nicht nur in die NSDAP, sondern sogar in die SS eingetreten war, hatte der Konsul sich – als Katholik und Mitglied der Zentrumspartei – gezwungen gesehen, ihn zu entlassen. Vermutlich war es Faulhaber, der nun aus Rachsucht unter seinen Gesinnungsgenossen streute, dass Sophia Pohorylles Familie noch gar nicht so lange dem katholischen Glauben angehörte.

»Wir sprechen uns noch«, hatte Faulhaber drohend verkündet, als er sein Kündigungsschreiben entgegengenommen hatte. »Damit haben Sie einen Fehler gemacht, den Sie noch bereuen werden!« Ein verschlagenes Lächeln. »Grüßen Sie Ihre werte Frau von mir.«

Der Konsul trank noch einen Schluck und starrte verzweifelt aus dem Fenster.

Nun kam also zu all den Problemen noch Gerta hinzu, seine kleine Tochter, auf die er immer so stolz gewesen war.

Terra hatte ihm aufgebracht erzählt, dass sie über Nacht verschwunden war, und als er dies als Kinderstreich abgetan hatte, waren ihre Unterstellungen nur noch lauter geworden. Sie hatte sich sogar dazu hinreißen lassen, dass sie Gerta verdächtigte, sie könnte die Nacht mit einem fremden Mann verbracht haben.

Dann wieder beteuerte sie ihm, er solle sich keine Sorgen machen, alles würde vertuscht werden, die Hochzeit würde stattfinden, solange nur nicht noch ein Kind unterwegs war.

Die Stimme der Vernunft gab dem Konsul jetzt ein, das Telefonat mit Terra für sich zu behalten. Wenn er jetzt schwieg, würde seine Schwägerin schon dafür sorgen, dass diese Hochzeit stattfand und Gerta in Sicherheit war, weit, weit fort von den Schatten über Deutschland.

Außerdem würde er auf diese Weise Sophia schonen, die sich gar nicht mehr zu erholen schien.

Ihre Haut war wachsbleich. Ihre Augen wirkten jedes Mal noch größer, wenn er das Schlafzimmer betrat. Es verstörte sie zusätzlich, was im Frühling 1933 in Deutschland geschah.

Wie sie von all den schlechten Nachrichten immer wieder erfuhr, war ihm ein Rätsel. Er hatte alle Zeitungen im Haus verboten, um ihre Nerven nicht unnötig zu strapazieren. Aber vermutlich hatte sie ihre eigenen Quellen, über das Personal.

Der Konsul schaute zu dem Ölgemälde, das seinen Vater darstellte, und suchte dessen Blick, wache und gütige Augen. Er hoffte, eine Antwort darin zu finden, doch er fand sie nicht. Die Antwort, dachte er seufzend, muss ich selber finden.

Seit dem Telefonat mit Terra musste er in Betracht ziehen, dass Gerta in Paris womöglich unglücklich war und dass die ehrgeizige Terra sie in eine Ehe drängte, die seine Tochter nicht wollte. Er hätte gern mit Sophia darüber geredet, hatte jedoch Angst, dass sich ihr Zustand dadurch noch verschlechtern würde. Allein der Gedanke, er müsste sie verlieren, ließ ihm seinen Körper so schwer werden, als könnte er dessen Gewicht nicht tragen.

Er wollte alles tun, um Sophia zu schonen, aber dieses eine Mal war Gerta ihm noch wichtiger.

Der Vater in ihm siegte.

Er hatte keine andere Wahl, als seine Frau einzuweihen, die von Herzensdingen viel mehr verstand.

Gerta war so nervös, dass die Hand zitterte, mit der sie den Telefonhörer hielt. Der Stimme ihrer Mutter war anzuhören, wie besorgt sie war. Sie musste sie beruhigen, alles herunter spielen, durfte bloß nicht mit alledem herausplatzen, was sie ihrer Mutter so gern anvertraut hätte, wenn diese nur gesund gewesen wäre.

»Nichts ist passiert, gar nichts«, beteuerte sie, um dann von ihrem eigenen Wortschwall mitgerissen zu werden, einer Flut aus Versprechungen und Absichtserklärungen, die Sophia Pohorylle schließlich nicht ohne Schärfe unterbrach.

»Ich versteh nicht, warum du so viele Worte machst. Sag mir doch einfach nur, was los war.«

Es war der Tonfall, den Gerta noch aus ihrer Kindheit nur allzu gut kannte. Wenn die Mutter diesen Tonfall bekam, hatte es keinen Sinn, sich an Schwindeleien festzuklammern.

Es dauerte ein paar Sekunden, bis Gerta ihre Gedanken so weit geordnet hatte, dass sie die Geschehnisse in eine halbwegs verständliche Form kleiden konnte. Sie schwindelte kaum und verschwieg fast nichts.

»Lieber Himmel«, seufzte die Mutter, als Gerta fertig war. »Was für ein Durcheinander. Davon hat Terra deinem Vater kein Wort erzählt.«

»Es tut mir so Leid …«

»Spar dir die Entschuldigungen. Sag mir lieber, was ist das für ein junger Mann?«

Gerta musste einen Augenblick überlegen, bevor sie antworten konnte. Wie sollte man Bandi beschreiben?

»Er ist Fotograf. In einer Fotoagentur. Er ist nicht reich, weißt du. Aber er wird es noch weit bringen. Er sieht sehr gut aus, ist charmant, fantasievoll und zärtlich.«

»Ah«, sagte die Mutter wissend. »Liebt er dich?«

Gerta dachte an das leere Dachfenster, daran, dass er sie hatte gehen lassen, ohne ihr nachzusehen. Aber noch stärker war die Erinnerung an die Macht seiner Hände und Lippen, die Zartheit seiner Berührungen und den Zauber ihrer gemeinsamen Nacht.

»Ich weiß nicht.«

»Und du? Liebst du ihn?«

»Ich wünsche mir, in seiner Nähe zu sein.«

»Ach, Kind«, sagte die Stimme aus Leipzig.

Das machte Gerta nervös, und sie wurde von der nächsten Wortflut erfasst und weggespült. Sie hatte einen Erklärungsbedarf, vielleicht nicht einmal für ihre Mutter, sondern für sich selbst.

»Er kommt aus Ungarn, spricht aber deutsch. Er teilt sich ein Zimmer mit einem sehr netten Polen, Chim. Er ist in Budapest geboren, und seine Eltern sind Schneider. Und«, Gerta zögerte, da es ihr so fremdartig schien, »er ist Jude.«

Im Hörer war ein Geräusch zu hören, als würde die Mutter plötzlich die Luft einziehen.

»Du weißt, was in Deutschland mit den Juden passiert? Sie dürfen nicht mehr Beamte sein und nicht mehr im öffentlichen Dienst arbeiten, und ihre Geschäfte werden boykottiert. Tausende verlassen das Land, man schätzt, dass bis Ende des Jahres vierzigtausend Juden aus Deutschland fortgehen werden.«

Gerta ahnte, wie schlimm das alles war. Dennoch berührte sie der aufgewühlte Ton ihrer sonst so verhaltenen Mutter in eigenartiger Weise.

»Ich hab dir immer geraten, dass du dem Weg deines Herzens folgst«, hörte sie Sophia Pohorylle sagen. »Aber wenn er wirklich Jude ist, musst du dir genau überlegen, worauf du dich einlässt. Das wird ein schwerer Weg, mein Kind. Ich –«

Sie verstummte, und Gerta hatte das Gefühl, dass ihre Mutter ihr etwas Wichtiges verschwieg. Doch dann wurde sie wieder von ihrer eigenen Verzweiflung überwältigt.

»Mama, was soll ich bloß tun?«

Ein Rauschen in der Leitung, für eine Sekunde war die Dame von der Telefonvermittlung zu hören und dann wieder Sophia Pohorylle, deren sanfte Stimme Gerta so beruhigte, dass sie endlich mit dem Zittern aufhörte.

»Geh in dich. Versuch, deine innere Stimme zu finden und auf sie zu hören. Was kannst du mit Jonathan teilen, was gibt dir dieser andere Mann? Und dann entscheide dich.«

»Und wenn dieser Mann mich gar nicht liebt?«

Sophia Pohorylle seufzte. »Als gute Mutter müsste ich dir raten, nimm den leichteren Weg. Ich müsste dir sagen, nimm Jonathan und die Sicherheit, die er dir bietet. Aber jetzt, wo ich so viel Zeit habe, auf mein Leben zu schauen, bekomme ich einen anderen Blick auf die Welt. Das Einzige, was zählt, ist die Liebe. Wenn du also glaubst, dass du diesen jungen Mann liebst – dann nimm dein Herz in beide Hände und spring.«

Sophia Pohorylle zögerte einen Moment, bevor sie weiterredete. »Weißt du, ich hab einmal einen Fehler gemacht. Das war, bevor ich deinem Vater begegnet bin. Ich habe den Mann damals sehr geliebt. Aber ich bin der Stimme meines Herzens nicht gefolgt. Ich habe auf meine Eltern gehört, leider.«

»Das heißt – dass du Papa gar nicht liebst?«

Die Mutter lachte. »Kleiner Dummkopf. Natürlich liebe ich ihn, sehr sogar. Ich habe keinen Tag meiner Ehe bereut. Nur war damals alles ganz anders. Die erste Liebe bedeutet so viel.«

Es lag Zärtlichkeit in diesen Worten, dachte Gerta. Und noch etwas. Etwas sehr Trauriges.

»Man darf keinen zu engen Blick auf die Welt haben«, fuhr die Mutter fort, bevor Gerta dazu kam, ihr Fragen zu stellen. »Diese so genannten Klassenschranken bedeuten nichts mehr. Es zählt nur, was ein Mensch aus sich macht. Es geht um dein Leben, das viel zu schnell vorübergeht. Also geh hin, und folge der Stimme deines Herzens!«

Rastlos wanderte Bandi durch seine Dachkammer.

Immer wieder schweifte sein Blick zu dem zerwühlten Bett. Und dann, bevor er wusste, was er eigentlich tat, wühlte er sich in die Laken, in denen sie geschlafen hatte. Er wollte sie riechen, fühlen, spüren, er umarmte die Decke, stellte sich vor, es wäre sie, und drückte fest zu, aus Begehren und Zorn: Wie hatte sie ihn bloß verlassen können?

Es war doch immer er, Bandi, der still im Morgengrauen aus Betten schlich und die im Schlaf lächelnden Mädchen heimlich verließ. Und wurde er dabei überrascht, ging er trotzdem davon. Bandi kam zu den Frauen, wann er es wollte, und verließ sie auch dann. Er liebte sie in der Nacht und ging am Morgen, frei und unbekümmert.

Nun lag er in den Kissen und hätte am liebsten geweint.

Er wollte sie haben, jetzt und hier, es war eine Sehnsucht, die ihn schmerzte.

Er brauchte seine gesamte Kraft, um sich dazu zu zwingen, wieder aufzustehen. Rastlos räumte er Flaschen, Kerzen und Gläser auf und öffnete die Fenster, um Luft hereinzulassen.

Er konnte es kaum erwarten, dass Chim endlich nach Hause kam. Statt mit Jacques Salomon die immer gleichen Debatten zur Rettung der Welt im Allgemeinen und der Juden im Besonderen zu führen, sollte er sich lieber um ihn kümmern, um Bandi.

Aber der Freund ließ sich nicht blicken.

Irgendwann, als jede Spur von Gerta beseitigt war, jedes Haar von den Kissen entfernt, jeder Hauch von Zitronenduft von der Pariser Regenluft verweht, griff Bandi entnervt nach seiner Lederjacke, polterte die Treppen hinunter, kaufte im Bistro unten zwei Korbflaschen billigen Rotwein und ging zum prachtvollen Eckhaus an der Rue Vauquelin, dem einzigen Schmuckstück des Viertels, wo unten die Polizei residierte und oben Jacques Salomon.

Bereits im Entrée des Mietshauses waberte Bandi der Zigarettenqualm entgegen, und mit jedem Treppenabsatz wurden die Schwaden dicker, die Stimmen lauter. Salomons Wohnung musste sich in den inoffiziellen Versammlungsort zur Rettung der Welt verwandelt haben, dachte Bandi mit mildem Spott.

Weil die Tür zur Wohnung niemals abgeschlossen war, trat Bandi ein, ohne zu klopfen. Man konnte kaum atmen, so dicht waren die Rauchwolken. Und der Salon mit seinen Stuckdecken und verblichenen eleganten Sofas glich tatsächlich einem Debattierclub. Auf den Beistelltischen standen Kaffeekannen und Cognacflaschen. Sechs Männer lümmelten in den Sofas herum, aber man hätte glauben können, es wäre ein Auditorium von sechzig.

»Rabbi Zwi Kalischer«, verkündete Chim, »hat schon in der Mitte des vorigen Jahrhunderts ein Werk unter dem Titel *Drischat Zion* verfasst, in dem er beweist, dass es die Pflicht eines jeden Juden ist, an der Neubelebung des Heiligen Landes mitzuwirken.«

Bandi, der keine Ahnung hatte, worum es ging, stellte die Weinflaschen neben der Schreibmaschine ab, die wie ein Denkmal im Mittelpunkt der Versammlung stand.

Damit verschaffte er sich immerhin die Aufmerksamkeit von Jacques Salomon, einem schwarzlockigen Gelehrten von etwas schäbiger Eleganz, der ihm zunickte und mit dem Kinn auf einen Sessel wies. Sonst interessierte sich niemand für ihn und seine Weinflaschen. Man war viel zu tief in der Debatte.

»Es ist doch gar keine Frage«, verkündete ein Herr in mittleren Jahren, mit akkuratem Anzug in akkuratestem Deutsch. Seine Haare waren zurückgebürstet und ordentlich an den Kopf geglättet, seine dunklen Augen brannten. »Die moderne Lösung der Judenfrage besteht nach Theodor Herzl darin, dass die Juden nur dann wahrhaft freie Menschen werden können, wenn sie miteinander in ihrem eigenen Staat leben. Die einzig wahre jüdische Emanzipation ist ein unabhängiger Nationalstaat.«

Bandi begann zu verstehen, worüber man redete.

Der Besucher musste einer jener idealistischen Träumer sein, die daran glaubten, dass es eines Tages ein eigenes Land für die Juden geben könnte, ein neues, freies Land, in dem niemand verhöhnt, totgeschlagen oder ins Ghetto gesperrt wurde, nur weil er Jude war. Dieses neue freie Land sollte auf den staubigen Böden Palästinas entstehen, in der alten Heimat, dort, wo vor zweitausend Jahren der Tempel zerstört und das jüdische Volk von den Römern ins Exil getrieben worden war.

Den Gedanken vom jüdischen Nationalstaat nannte der Wiener Journalist Theodor Herzl einen »mächtigen Traum«.

Ein wahnwitziger Traum, dachte Bandi, und er spürte, wie eine Gänsehaut an seinem Arm hinunterlief, als er sich für eine Sekunde vorstellte, es könnte ihn wirklich geben, den jüdischen Staat, nach Jahrhunderten der Unterdrückung und Verfolgung, ein neues, freies Land, in dem Menschen wie Chim und Homunkulus und seine Mutter und seine Geschwister ihr Geschick selbst bestimmten.

Die Menschen, die von *Eretz Jissrael* träumten – Ärzte, Handwerker, Schriftsteller, Juristen – nannte man Zionisten.

»Schreib«, sagte Chim zu Salomon. »Hast du gehört, was Lichtheim gesagt hat? Genau so müssen wir das schreiben. Klug, schön – und allgemein verständlich.«

Salomon krempelte bedächtig seine Hemdsärmel hoch und setzte sich hinter das hohe schwarze Ungetüm, in das ein leeres Blatt Papier eingespannt war.

»Kannst du das wiederholen, Richard? Diktier mir, *Chaver*.«

Während der Mann namens Richard Lichtheim grübelnd

auf und ab ging, um sich an seine eigenen Worte zu erinnern, trank Bandi gemütlich ein Glas Rotwein und schenkte sich dann nach, da niemand außer ihm sich daran bedienen wollte. Das Gute an den Zionisten war, dass sie von ihrem Traum berauscht wurden.

Den Wein würde er ganz für sich allein haben.

»Wir entwerfen ein Flugblatt«, erklärte Chim ihm flüsternd. »Es soll an allen deutschen Universitäten verteilt werden, überall, wo noch jüdische Studenten sind. Die jüdischen Professoren wurden schon alle entfernt. Wir müssen die Leute aufrütteln, sie müssen Deutschland verlassen. Seit dem Geschäftsboykott und den neuen Gesetzen beginnt man es zu begreifen. Die Nazis machen Ernst mit ihrem Rassenwahn.«

»Du könntest ausnahmsweise mal deinem Freund helfen«, sagte Bandi. »Ich hab Liebeskummer.«

Chim löste die Hand von seinen Schultern. Bandi blickte in sein Gesicht und sah die Erschöpfung darin. Blass, teigig, Ringe unter den Augen. Kein Wunder, dachte er, wenn man sich die Nächte mit der Rettung der Welt um die Ohren schlug.

»Jetzt ist nicht der Moment für Liebeskummer«, zischte Chim, um sich gleich darauf wieder lautstark in die Debatte einzumischen. »Wir beziehen uns auf den Artikel von Robert Weltsch aus der *Jüdischen Rundschau*.«

Auch Bandi hatte natürlich von dem Kampfruf gehört, der vor ein paar Wochen erschienen war und in Deutschland sowohl Empörung als auch Begeisterung ausgelöst hatte: »Tragt ihn mit Stolz, den gelben Fleck!«

Gemeint war der Stern Davids, und Weltsch appellierte an die deutschen Juden, die Diskriminierung der Nazis dialektisch zu benutzen, um sich endlich zu ihrem Judentum zu bekennen, statt den Versuch zu machen, die deutschesten Deutschen zu sein.

Chim wandte sich an Salomon, der so angespannt hinter der Schreibmaschine saß, als könne er es kaum erwarten, das leere Blatt mit Wörtern zu füllen, gleichgültig mit welchen, Hauptsache solchen, die keine neue Debatte auslösen und das Papier in die Reihe der Blätter einreihen würden, die bereits zerknüllt auf dem Boden herumlagen.

»Der 1. April 1933, der Tag des Geschäftsboykotts durch die Nazis, so schreibt Weltsch, wird ein wichtiger Tag in der Geschichte der deutschen Juden, ja, in der Geschichte des ganzen jüdischen Volkes bleiben. Die Ereignisse dieses Tages haben nicht nur eine politische und wirtschaftliche, sondern auch eine moralische Seite. Der 1. April 1933 kann ein Tag des jüdischen Erwachens und der jüdischen Wiedergeburt sein. Das angegriffene Judentum muss sich zu sich selbst bekennen.«

»Dann bekenn dich zu mir«, sagte Bandi in die Pause.

»*Alewaj!* Kannst du nicht einmal ernst sein?«

»Wenn du alle deutschen Juden retten willst, kannst du genauso gut mich retten.«

Bandi schenkte sich Rotwein nach, ohne die verärgert-belustigten Mienen zu beachten, mit denen er von den Zionisten bedacht wurde.

»Dieser Verrückte wird ja doch keine Ruhe geben, wenn ich ihn nicht anhöre«, entschuldigte sich Chim resigniert bei seinen Freunden. »Also, was liegt an?«

»Sie ist weg.« Bandi hörte selbst, wie trostlos seine Stimme sich anhörte. »Sie ist einfach weggegangen, in ihr verdammtes *Palais* an der Seine. Sie sagte, sie wird nicht wieder kommen. Hat mich einfach angeschaut und gesagt, das war's.«

Richard Lichtheim seufzte.

Jacques Salomon zündete sich eine neue Zigarette an.

Bandi trank einen großen Schluck Rotwein.

»No?«, fragte Chim. »Was sollen wir dabei tun?«

»Wenn ihr fähig seid, einen jüdischen Staat zu erfinden, könnt ihr auch mir helfen. Es gibt immer einen Weg.«

»Wenn dir immerhin so viel klar ist, brauchst du uns ja eigentlich nicht. Könntest du jetzt bitte zulassen, dass wir unsere Arbeit machen. Es steht viel auf dem Spiel.«

»Verdammt!« Bandi sprang auf. »Für mich steht auch viel auf dem Spiel. Ich brauche HILFE!«

Einen Moment befürchtete Bandi, Chim würde ihn einfach rauswerfen. Aber dann sah er, wie die Züge seines Freundes doch noch weich wurden.

»Du wirst uns ja doch nerven, bis du dein Ziel erreicht hast, du verrücktes Maultier. Also, was willst du von uns?«

»Ein Orchester.«

Chim blickte hilflos zu seinen Freunden. »Da reißt er uns aus der Arbeit, besäuft sich vor unseren Augen, und was verlangt er? Ein Orchester. Noch einen Wunsch?« Chim rieb sich die Augen. »*No, fer wos* brauchst du ein Orchester?«

Richard Lichtheim mischte sich ein: »Wozu wohl? Das liegt doch auf der Hand. Um seiner Dame ein Ständchen zu bringen und sich mit Musik in ihr Herz einzuschleichen.«

»Und wo«, fragte Chim erschöpft, »sollen wir dieses Orchester, bitte schön, hernehmen?«

»Bitte«, sagte einer der eher schweigsamen, jüngeren Männer, die sich nicht so viel in die Debatte einmischten. »Ich bin Geiger, studiere Musik. Der da kann Mundharmonika spielen. Der den Kontrabass. Und ich hab gehört, dass Lichtheim Quetschkommode spielt?«

Richard Lichtheim nickte lächelnd.

»Gut, *Chaverim*. Die Frage des Orchesters wäre damit geklärt. Könnten wir uns dann dem Flugblatt zuwenden? Wir beginnen also mit Weltsch und seinem Ruf, den gelben Fleck mit Stolz zu tragen. Dann nehmen wir eine Passage aus dem ersten Flugblatt der Zionistischen Vereinigung für Deutschland von 1897. Der Zionismus in seiner heutigen

Gestaltung ist noch blutjung und zählt kaum fünfzig Jahre, als Grundidee ist er so alt wie das jüdische Volk, denn die Liebe zu Zion hat niemals aufgehört, im Herzen aller Juden zu leben. Die heutigen Zionisten suchen nur die alten Gefühle in neue Bahnen zu leiten, sie schaffen für uralte Gedanken neue Formen.«

Beruhigt wie ein Kind, das seinen Willen durchgesetzt hat, schlürfte Bandi an seinem Rotwein, überlegte, welches Lied man für Gerta spielen könnte und dass vielleicht die »Kleine Nachtmusik« richtig sein würde, mit Fiedel und Quetschkommode, bei Mondschein über der Seine.

Nur mit halber Aufmerksamkeit hörte er den Zahlen zu, die Richard Lichtheim vortrug. »1909 gab es zwanzig Aussiedler aus Deutschland in Palästina, zu Beginn des Jahres 1933 betrug die Zahl schon etwa sechzehnhundert. In den kommenden Monaten wird die Entrüstung über den Boykott und die Furcht vor der entfesselten Gewalt des Pöbels eine erhebliche Zunahme der Auswanderung, *Aliyah*, bewirken …«

Bandi, der sich nie sehr lange für Zahlen und Daten interessierte und vom Wein und dem vielen Zigarettenrauch benebelt war, drohte über diesen Ausführungen einzuschlafen.

Er wurde erst wieder wach, als Richard Lichtheim seine Stimme hob und Jacques Salomon in die Tasten der Schreibmaschine haute, dass sie klang wie ein Maschinengewehr.

»Aus dem Untergang des deutschen Judentums wird ein Segen für Palästina erwachsen. Zugleich bestätigt dies, was die jüdische Geschichte seit zweitausend Jahren lehrt: dass es für die Juden keine dauernde Heimat gibt, außer *Eretz Jissrael.*«

Für einen Moment war es still im Salon, und sogar in Bandi wurde eine innere Saite berührt. Chim wischte sich die Augen. Salomon applaudierte. Und Richard Lichtheim lächelte vergnügt.

»*Allez-hopp*. Wir wollen der Dame ein Ständchen bringen. Hoffentlich ist sie hübsch, *Chaver*! Ich möchte noch ein paar hübsche Frauen sehen, bevor es mich in die öde Wildnis Palästinas verschlägt.« Er lachte. »In unser neues, freies Land.«

Gerta erwachte vom Mondlicht.

Ihr Kopf schmerzte, Wörter und Sätze schwirrten durch ihr Gehirn, Drohungen, Versprechungen, Ungewissheiten, und ihr Körper war voller Sehnsucht.

Ich bin jetzt eine Frau, dachte sie, und nichts wird mehr so sein wie zuvor. Wie dumm sie gewesen war zu glauben, man könnte sich eine Nacht der Liebe zugestehen und daraus völlig unbeschadet hervorgehen – so, als ob nichts gewesen wäre.

Bevor sie ins Bett gegangen war, hatte Jonathan noch angerufen, um sich für morgen mit ihr zu verabreden. Sie wollten zur École des Beaux Arts gehen, wo Amalia mit anderen Kunststudenten ihre erste Ausstellung zeigte.

Als sie das Gespräch beendet hatte, war alles wieder auf Gerta eingestürzt, die Realität und die Erinnerung an die Nacht, die sie dem Leben gestohlen hatte, diese Nacht voller Zärtlichkeit und Zauber. Sie war eine Betrügerin.

Und sie war glücklich.

Vom Seufzen einer Geige wurde sie aus ihren Gedanken gerissen. Dann fielen andere Instrumente ein, eine Ziehharmonika, ein Kontrabass, eine Mundharmonika.

Es war eine fremdartige Musik, rhythmisch und mitreißend. »Bei mir biste scheen, ich kann dich verstehn.«

Gerta warf sich den Seidenmorgenmantel über die Schultern und trat neugierig ans Fenster.

Wind kam von der Seine und bauschte den Vorhang, der über ihren Arm strich. Die Nacht war kühl und glatt wie Seide. Die Sterne, achtlos verstreute Brillanten.

Die vier Musikanten unter ihrem Fenster blickten zu ihr hinauf, während sie den Takt auf den Boden stampften.

Gerta sah die Zähne der Männer, die im Mondlicht schimmerten, und dahinter das samtige Wasser der Seine und den gewaltigen Schatten von Notre-Dame.

Jeden Augenblick musste der Butler aus der Tür stürmen, um die Musikanten zu vertreiben, oder würde Tante Terra einen Eimer Wasser aus einem Fenster kippen.

Und dann erkannte sie ihn.

Er saß auf der Mauer über der Seine und schaute sie unverwandt an. Das Licht einer Laterne beleuchtete sein Gesicht, in dem sich kein Muskel regte.

Er blickte ihr einfach nur in die Augen, und sie ließ sich fallen in diese großen dunklen Seen.

Zuletzt war sie es, die den Blick senkte.

Sie machte einen Schritt zurück, schloss behutsam das Fenster und zog den Vorhang zu.

Die Musik verstummte fast im selben Augenblick und ließ ein tiefes Schweigen zurück.

Gerta warf sich aufs Bett und weinte. Und immer wieder meinte sie ihre Mutter sagen zu hören:

»Du musst der Stimme deines Herzens folgen.«

Bandi hatte die Augen nicht abwenden können, während sie das Fenster schloss. Er nahm jedes Detail in sich auf. Die Beuge ihres Ellenbogens, die Seide, die ihre Schultern umspielte, das rote Haar, glänzend und seidig, die langen Finger, die nach den Fensterflügeln griffen, um sie nach innen zu ziehen.

Mit einer müden Handbewegung bedeutete Bandi seinen Freunden, dass es genug war. Sie sollten aufhören zu spielen. Aufhören, Schluss, Ende. Er wollte keinen Takt mehr hören.

»Sie hat gelächelt«, sagte Richard Lichtheim hoffnungsvoll.

Bandi blickte ihn nur schweigend an.

»Na ja, vielleicht hat sie gelächelt«, korrigierte sich Lichtheim. »Es könnte ein Lächeln gewesen sein. Bei den Frauen weiß man nie genau …«

»Das war's«, fiel ihm Bandi stumpf ins Wort.

Lichtheim stellte sein Akkordeon ab und legte seinen Arm um Bandis Schulter. »Wenn sie es wert ist, lohnt es auch, um sie zu kämpfen. Und sie ist hübsch. Diese rothaarigen Frauen, ich werde sie in *Eretz Jissrael* vermissen.«

»Vergiss es, sie ist verlobt. Mit einem reichen Amerikaner.«

»Du gibst zu schnell auf, *Chaver*. Damit ein Traum wahr werden kann, muss man auch fest genug an ihn glauben.«

»Ach, was heißt schon Traum. Wir haben eine nette Nacht verbracht, die Nacht ist vorbei. Und das ist alles.«

Bandi kam es vor, als sei in dem Augenblick, als sie das Fenster schloss, in ihm selbst eine Tür zugefallen.

Dabei hätte er gar nicht sagen können, was er eigentlich erwartet hatte: Dass sie ihm eine Kusshand zuwarf, hinunterkam oder sich aus dem Fenster stürzte, in seine Umarmung hinein?

Er wollte sie dafür hassen, dass nicht mehr gekommen war. Aber er konnte es nicht. Er fühlte sich viel zu leer.

»Auf ins Hauptquartier«, sagte er zu seinen zionistischen Musikanten mit einer Munterkeit, die aufgesetzt klang. »Auf ins Rotonde, einen guten Roten trinken. Natürlich zahl ich.«

Die goldene Kuppel der École des Beaux Arts glänzte in der Nachmittagssonne über der Seine. Kunststudenten, ihre großen Zeichenmappen unter den Arm geklemmt, strömten ins Freie. Gerta ging vor Jonathan zu den Ausstellungsräumen des ersten Semesters hinauf.

Aber der Körper, der die Stufen hinaufstieg, gehörte einer anderen Frau. Und deren Haut sehnte sich nach den Berührungen eines anderen. Immer noch fühlte sich ihr Leib ganz sanft und ganz weich an, wie von einer Wolke getragen.

Gerta kam es so vor, als wäre sie aus der Welt gefallen. Während Jonathan witzige Bemerkungen machte, dachte sie, dass er eigentlich doch wirklich ganz nett war. Nur leider auch ganz fremd. Sie drehte sich zu ihm um. Jetzt, wo sie sich von ihm entfernt hatte, konnte sie wieder wahrnehmen, wie gut sein Gesicht geschnitten war und wie sein blondes Haar in der Sonne schimmerte, die durch die hohen Fenster ins Treppenhaus fiel.

Gerta schämte sich dafür, dass sie so tat, als wäre alles in Ordnung, obwohl überhaupt nichts mehr in Ordnung war. Nicht in ihr selber, und auch nicht am Quai d'Orléans. Sie hatte Tante Terra und Onkel James nicht mehr gesehen. Das Essen wurde ihr von Dienstmädchen aufs Zimmer gebracht. Und nur für den Termin mit Jonathan hatte man sie aus dem Stubenarrest entlassen.

In einem plötzlichen Entschluss hatte sie ihren eigenen Schmuck für den Nachmittag angelegt. Nicht die kostbaren Smaragde von Jonathan, nicht die Perlenkette von Tante Terra, sondern die Goldketten und Armbänder von zu Hause, aus Leipzig.

Und obwohl sie überhaupt nicht zu dem kleinen schwarzen Abendkleid passte, hatte sie auch nach ihrer Leica gegriffen und sie sich um den Hals gehängt. Voller Wehmut hatte sie den Film herausgeholt, den sie von Bandi auf dem Friedhof Montparnasse aufgenommen hatte. Eines Tages würde sie ihn vielleicht entwickeln lassen, dann, wenn sie es ertrug.

»Freut mich, dass du die Leica dabeihast«, sagte Jonathan fröhlich. »Genügt dir das Licht, um hier innen zu fotografieren?«

»Mal sehen, was sich ergibt.«

Jedes Wort, das sie an ihn richtete, war eine Anstrengung. Denn jedes Wort mehr, so empfand sie es, war eine Wahrheit weniger. Sie hatte ihn betrogen. Sie hatte mit einem anderen Mann geschlafen. Und am liebsten hätte sie es wieder getan.

Immer wieder blitzten die Erinnerungen an die Nacht auf, die Küsse, die Verschmelzung, das Fortgetragensein.

Sie wollte Bandi auf sich spüren, in sich spüren, ihre Nägel in seinem Rücken vergraben und ihre Zunge in seinem Mund.

Stattdessen ging sie immer einen Schritt vor Jonathan die Treppe hinauf und fragte sich, was sie hier eigentlich sollte.

Amalias Figuren waren in einem Saal ausgestellt, dachte Gerta, in dem schon die Genies vergangener Epochen ihre ersten Kunstwerke der Öffentlichkeit vorgeführt hatten, Renoir, Monet, Rodin. Eine Tradition, die hier niemanden einschüchterte. Jeder Künstler musste die Kunst neu für sich erfinden.

Ehrfürchtig betrachtete sie die Statue von Anaïs Nin, die Amalia geschaffen hatte. Sie bestaunte die verhaltene Kraft, die aus dem Stein sprach. Dies war keine Darstellung, es war eine Entblößung im besten Sinne: Gerta glaubte, das Wesen der Freundin in der Figur zu erkennen.

Immer wieder kniete sie davor nieder und fotografierte die Statue aus immer neuen Winkeln. Es strömte genug Sonnenlicht in den Saal, um jedes Detail festzuhalten, der Verschluss der Kamera klickte und klickte. Jedes Mal, wenn sie den Auslöser betätigte, fragte sie sich, was Bandi wohl dazu sagen würde, ob sie in seinen Augen wohl die richtige Perspektive wählte.

»Mach auch mal ein Foto von mir!«, rief Amalia jetzt. Gerta lächelte dankbar. Sie hatte es der Freundin hoch angerechnet, dass sie Tante Terra mit keiner Silbe verraten hatte, mit wem sie die folgenschwere Nacht verbracht hatte. Amalia hatte sie bei ihrer Ankunft in den Arm genommen und leise geflüstert: »Mach dir keine Sorgen, es wird alles gut!«

Gerta wechselte den Film aus und fotografierte die Freundin, die mit Jonathan plauderte. Gerta wollte Amalias inneres Leuchten, ihr flirrendes Wesen festhalten, die Locken, die ihr wirr ins Gesicht fielen, vom Sonnenlicht überflutet.

Und dann, kurz bevor sie auf den Auslöser drückte, um Amalias Gesicht neben dem von Jonathan festzuhalten, sah sie es.

Sie sah die Sanftheit, mit der Amalia zu Jonathan aufblickte. Und sie erkannte den Ausdruck von Sehnsucht und Hoffnungslosigkeit in seinen Augen. Der Moment verharrte in der Schwebe, bis Gerta auf den Auflöser drückte.

Sie hatte den Moment verewigt.

Und gesehen, dass die beiden sich liebten.

Nach der Ausstellung besuchten sie eine kleine bretonische Crêperie am Quai Malaquais. Es gab Natursteinwände und rotweiß karierte Tischdecken und gusseiserne Laternen mit Kerzen darin, die tief über den Tischen baumelten.

Sie bestellten Crêpes mit Räucherlachs, Zitrone und saurer Sahne, und die Damen tranken bretonischen Cidre aus schweren Keramiktassen, während Jonathan sich für Calvados entschied.

»Ich liebe dieses Ambiente«, erklärte er. »Es war schon immer mein Traum, einen Sommer in der Bretagne zu verbringen, in einem Sommerhaus am Meer.«

Gerta beobachtete, wie Amalia ihn über den Rand ihrer Tasse hinweg betrachtete. Sie glaubte, einen feuchten Schleier über den Augen der Freundin zu sehen.

»Was für ein Zufall«, sagte Amalia. »Ich träume davon, in der Bretagne ein Atelier zu mieten. Mich vom Wind ordentlich durchpusten zu lassen und mal darüber nachzudenken, ob meine Figuren nicht noch viel fließender werden müssen.«

»Deine Figuren sind wunderbar«, erwiderte Jonathan.

Amalia warf den Kopf zurück und lachte ein bisschen zu laut. Gerta sah, wie die Schatten über das Gesicht der Freundin tanzten.

»Sie müssen noch viel besser werden.«

»Du bist viel zu selbstkritisch.«

»Oh, nein. Vermutlich weiß immer nur der Künstler, was er sich vorgestellt hat und wie unendlich weit das Ergebnis hinter der Vorstellung zurückbleibt.«

Gerta spürte, wie eine merkwürdige Gereiztheit in ihr aufstieg, während sie hörte, wie die beiden Menschen sich unterhielten, die ihr so nahe standen.

Für eine Sekunde verspürte sie den Wunsch, die Köpfe der beiden zu packen und gegeneinander zu schlagen, bis sie selbst die Wahrheit erkannten, die sie sich nicht eingestanden, vermutlich ihr zuliebe, ihr, der Betrügerin.

»Südfrankreich«, sagte sie unvermittelt.

Zwei Augenpaare blickten sie verständnislos an.

»Ihr habt noch einen gemeinsamen Traum. Ihr träumt beide von einem Schloss in Südfrankreich. Schon vergessen?«

»Ach, das.« Amalia schob nervös ihr lockiges Haar hinters Ohr. »Wer träumt nicht davon?«

Gerta erkannte die Bestürzung in den Augen ihres Verlobten, sah, wie er etwas sagen wollte, das er sich jedoch verbot.

»Man muss an seine Träume glauben«, verkündete Gerta, und sie richtete es nicht nur an Amalia und Jonathan, sondern auch an sich selbst. Sie bewunderte Bandi dafür, dass er seinen Traum von der Fotografie lebte. Unwillkürlich griff sie nach der Leica. Es war beruhigend, den Apparat zu spüren, der sie daran erinnerte, dass es auch für sie den Traum gab, an den sich zu glauben lohnte.

Nicht aus einer behüteten Distanz heraus auf das Leben zu blicken, das dann irgendwo entfernt an einem vorüberzog, sondern sich dem Leben zu stellen, mit allen Chancen und allen Risiken, mit allen Reichtümern und Abgründen.

Während Gerta ihren Cidre leerte und der Kellner die Kerzen in den Laternen anzündete, weil sich die Dunkelheit über die Seine legte, nahm das Bild vor ihrem inneren Auge Gestalt an: Bandi, der unterm Fenster saß und sie anblickte, ernst, aufmerksam, in seiner ganzen Erscheinung eine einzige Frage.

Das Bild war so klar, dass es sie schmerzte.

Es versprach Leben, es war eine Möglichkeit.

Sie schluckte.

Wenn sie das Bild verdrängte, würde sie auch Jonathan um ein Bild und eine Möglichkeit betrügen, die er selber sah und sich nicht eingestand.

Und Amalia, die so tapfer war, sich nichts davon anmerken zu lassen, was sie für den Verlobten ihrer Freundin empfand.

Sie alle drei, die jetzt und hier um diesen Tisch saßen, waren Gefangene ihrer selbst und würden sich um ihr Leben betrügen.

Es war der Moment, an dem alles hing, der feine Grat zwischen Himmel und Erde, der alles trennte und alles vereinte: Ob dieser Moment an der Seine eine Möglichkeit für sie alle sein würde – oder eine verpasste Chance, der man vielleicht immer nachtrauerte und so das verpasste, was alles bedeutete: das Leben.

»Ich muss gehen«, sagte sie zu den Freunden.

Amalia und Jonathan blickten sie verständnislos an.

»Ich muss euch verlassen. Ich muss der Stimme meines Herzens folgen und zu dem Mann gehen, den ich liebe.«

Gerta konnte selbst nicht glauben, dass sie es war, die diesen Satz gesagt hatte. Aber er war gesagt, und er stand im Raum. Und die Decke fiel nicht herunter, und der Himmel stürzte nicht ein.

Die Sekunde verstrich, in der sie alles hätte zurücknehmen können. Eine Motte schwirrte ins Licht, ihr Schatten huschte über Jonathans Gesicht. Jede weitere Sekunde gab dem Satz noch weiteres Gewicht.

Mit einer merkwürdigen Distanziertheit beobachtete Gerta, wie Jonathans linke Hand zu seinem Hemdkragen fuhr und daran nestelte, so, als sei der Hals ihm eng geworden.

Er räusperte sich.

»Ich dachte, du liebst mich.«

»Ich liebe einen anderen.«

Für eine kleine Ewigkeit trafen sich ihre Blicke, und Gerta fühlte sich verloren in dem blassen Blau seiner Augen, die zu blass und viel zu entfernt für sie waren, nachdem Bandis schwarzes Funkeln sie verführt und bezaubert hatte.

Und dennoch musste sie sich bemühen, die Tränen zurückzuhalten. Sie sah Jonathan an, wie verletzt er war, und für einen Augenblick erkannte sie alles, was sie mit ihm verlor.

Aber es gab kein Zurück mehr.

»Also, ich muss dann jetzt.«

»Es ist nur der Alkohol«, sagte Amalia rasch und legte die Hand auf Gertas Arm; diese Hand war eiskalt. »Der Cidre ist dir in den Kopf gestiegen. Du weißt nicht, was du sagst.

Jonathan, du solltest zahlen. Wir müssen sie nach Hause bringen.«

Doch Jonathan starrte nur in seine offenen Hände.

Und Gerta sagte, was ihr noch zu sagen blieb.

»Ich werde gleich aufstehen. Dann werde ich den Wirt bitten, dass ich einen Anruf machen darf. Ich werde ein Taxi nehmen. Es hat keinen Sinn, mich zurückzuholen.«

Sie hörte, dass Jonathan ein Geräusch von sich gab, das wie ein Stöhnen klang. Dann bestellte er beim Kellner Calvados für sie alle. Er flüchtete sich in Praktisches.

Gerta wusste, dass man versuchen würde, sie in Freundlichkeit zum Bleiben zu bewegen. Sie hatte keine Wahl, als jede Brücke hinter sich abzubrechen.

»Ich hab eine Nacht mit diesem Mann verbracht. Vorgestern. Wir haben miteinander geschlafen. Es hat mir eine Welt eröffnet, die ich nicht mehr wieder verlassen kann.«

Das Schweigen, das sich im Anschluss an diese Eröffnung über sie alle senkte, konnte man nur als unbehaglich bezeichnen.

Amalia war es, die es schließlich brach.

»Ich glaube, ich gehe jetzt besser. Das geht mich nichts an.«

»Bleib«, befahl Jonathan mit einer Barschheit, die Gerta nicht von ihm kannte.

»Ich hab keine Geheimnisse«, stimmte sie ihm zu. »Wenn ich jetzt zu Bandi gehe, weiß es morgen sowieso jeder. Es tut mir Leid, Jonathan, dass ich dich enttäuscht habe. Verzeih mir, bitte.«

Der Kellner stellte den Calvados vor ihnen ab.

Gerta sah, dass Jonathans Mund zuckte und dass seine Hand zitterte, als er das Glas zum Mund führte.

Amalia trank zu schnell und blickte nach unten, als könnte sie alles ausblenden, wenn sie nur niemanden ansah.

»Du hast mit ihm geschlafen«, wiederholte Jonathan rau. »Und ich habe dich nicht angerührt, habe auf dich gewartet.«

»Du hast zu lang gewartet«, entgegnete Gerta. »Wie lange hab ich mich nach einem Kuss von dir gesehnt. Doch deine Welt ist eine andere als meine – ich weiß jetzt, dass ich einen anderen Mann brauche als dich.« Sie lächelte. »Ich würde mich freuen, wenn wir eines Tages Freunde sein könnten. Ihr werdet schon auch noch erkennen, was die Stimme des Herzens ist. Vielleicht müsst ihr bloß mal in euch hineinhören.«

Sie griff nach ihrer Abendhandtasche, und für einen Augenblick streifte sie der Gedanke, dass sie kaum Geld von zu Hause mitgenommen hatte, dass sie jetzt ohne Vermögen war, ohne Vergangenheit, sogar ohne ein Dach über dem Kopf.

Dann lächelte sie noch einmal.

»Ich wünsch euch beiden viel Glück.«

»Was gibt's?«, blaffte Bandi gereizt, als es gegen die Tür der Dunkelkammer klopfte, die eigentlich als Speisekammer in Maria Eisners Wohnung hätte dienen sollen. Er hasste nichts mehr, als bei der Arbeit gestört zu werden.

»Kann ich reinkommen, Herr Friedmann?«

»Wenn's sein muss«, gab Bandi zurück. Er legte keinen Wert auf die Störung, da er sich in die Arbeit vertieft hatte, um seinen Kummer zu vergessen. Aber er wollte auch nicht lügen. Im Augenblick lag kein Film im Entwickler, und nichts konnte verderben.

Die Tür ging auf, und das fahle Licht in der Diele ließ Maria Eisners Gesicht grau und abgezehrt aussehen.

»Telefon! Eine junge Dame. Sehr hartnäckig. Lässt sich beim besten Willen nicht abwimmeln.«

Bandi ging die Liste der kleinen *copines* durch, mit denen

er in den letzten Tagen angebandelt hatte. Keine einzige motivierte ihn dazu, in Maria Eisners improvisiertes Büro zu stürmen.

»Sagen Sie doch bitte, dass ich nicht da bin.«

»Bei dieser jungen Dame hätte es keinen Sinn. Und um ehrlich zu sein, Herr Friedmann, sie klingt so verzweifelt. Eine Deutsche.«

Für einen Augenblick stockte Bandi der Atem. Sollte es Lisa gelungen sein, herauszufinden, wo er jetzt war?

Aber dann kam ihm ein anderer Gedanke, und sein Herz begann wild zu hämmern.

»Wie redet sie?«

»Deutsch, wie ich schon sagte.«

»Was für ein Deutsch? Berlinerisch?«

»Oh nein, gewählt und schön, wie eine richtige Dame.«

Im nächsten Moment wurde eine verblüffte Maria Eisner zur Seite geschoben, und Bandi hechtete zum Telefon.

Wie sie es vereinbart hatten, wartete Gerta in einem Café am Pont-Neuf. Rote Kerzen schwammen in gläsernen Windlichtern, die mit Wasser aufgefüllt waren. Ganz Paris schien im Wasser zu schwimmen. Kurz nachdem sie die Crêperie und damit ihr bisheriges Leben verlassen hatte, begann es zu regnen.

Es regnete immer, dachte sie, wenn sie zu Bandi ging.

Gerta nippte an ihrem Café Crème und konnte kaum erwarten, dass er endlich kommen würde.

Sie starrte in die Dämmerung, in der alle Konturen verschwammen. Die Straßenbeleuchtung war noch nicht angestellt worden, um Paris vom Regengrau zu erlösen.

Auf dem Pont-Neuf küsste sich ein Liebespärchen unter dem Regenschirm. Er hielt den Schirm; sie fand Schutz darunter und suchte mit den Lippen seinen Mund. Sie küsste ihn vorsichtig, schüchtern beinahe, bis die Ampel umschaltete, ein grüner Lichtstrom sich über die Brücke ergoss und die beiden in die Welt zurückkehren mussten, die Welt außerhalb ihres Kosmos. Sie fassten sich an den Händen und blickten über die Seine, die in genau diesem Augenblick im Licht der Goldstrahler aufglänzte, die ein unsichtbarer Zauberer für sie angeschaltet hatte.

Die zwölf Laternen am Pont-Neuf strahlten so hell und glitzernd wie Wunderkerzen; die strahlendsten Lichter von Paris.

»Da bist du ja«, sagte seine Stimme; Gerta hob den Kopf.

Bandi stand an ihrem Tisch, durchnässt, keuchend, glücklich.

Er streckte beide Hände nach ihr aus, und sie spürte diesen kleinen Stromschlag, als ihre Fingerspitzen sich berührten, und dann versank sie in seiner wilden und heftigen Umarmung.

Als Bandi sie aus seinen Armen entließ, hatte die Melodie des Regens aufgehört. Stumm legten sie das Geld für den Kellner auf den Tisch und gingen in die Nacht hinaus, zum Pont-Neuf, wo die Laternen goldene Lichtbahnen über die Seine warfen, das Wasser dunkel und mystisch schimmernd wie Jade.

Bandi führte sie zu einer der steinernen Sitzbänke, die über dem Fluss thronten. Er zog seine Jacke aus, dann setzte er sich darauf und zog Gerta auf seinen Schoß. Die Bank war von eisernen Laternen flankiert, goldene Wächter für die Liebenden von Paris.

Schulter an Schulter blickten sie über die Steinbalustrade hinweg in die Nacht. Ihr rotes Haar glänzte, und er pustete hinein. Federleicht, schwerelos, flog es auf und schwebte im Abendwind.

Bandi wusste, dass er im Begriff war, einen Schritt zu tun, vor dem er sich immer gefürchtet hatte: Er war dabei, sich zu verlieben. Er schaute über die Seine.

Der Eiffelturm hatte sich in einen rötlichen Lichtschein gehüllt, als wolle er sich verkleiden. École des Beaux Arts und Louvre schimmerten hinter Baumkronen, das Licht war diskret, wie in einem Schloss, das sich zum Festball schmückt.

»Hier sind beide Seiten der Seine, von Paris, von der Welt vereinigt«, sagte Bandi, einfach, um irgendetwas zu sagen. »Der stolze Grand Bras mit seiner Pracht und der kleine Seine-Arm vom Rive Gauche.« Er stöhnte. »Mein Gott, was für ein romantischer Idiot ich doch bin.«

»Mir gefällt, dass die Seine ausgerechnet hier zusammenfließt«, sagte Gerta nachdenklich. »Gerade hier, vor dem Pont des Arts, vor Louvre und École des Arts. So, als ob alles in die Kunst mündet. Und dahinten sitzt Montmartre im Dunkeln und wartet auf uns.«

Bandi lächelte. »Auf uns?«, fragte er leise.

Mit den Fingerspitzen strich er ganz zart über ihren Nacken und erzeugte ein Kribbeln, das sie erbeben ließ. Sie griff nach seiner Hand und blickte in die hohe, kalte Kuppel des Nachthimmels über der Stadt, wo die Sterne glitzerten – jeder einzelne Stern ein Wunsch, der erfüllbar schien.

»Wir können nach Hause gehen. Ich habe Jonathan verlassen. Ich will bei dir sein, Bandi.«

In diesem Moment zogen die letzten Wolken fort, und der Vollmond glänzte über Paris, rund und gelb und voller Versprechen.

TEIL 4

1935–36

Rumschubsen willst du mich! Das ist alles, worum es dir geht! Deine blöden Machtspielchen an mir ausprobieren!

»Ich hab dich um ein Foto gebeten«, sagte Bandi so ruhig er konnte. »Das ist alles!«

»Foto! Der große Herr und seine Karriere! Das ist alles, was dich interessiert. Aber wer fragt nach mir? Vielleicht würde es mir ja auch Spaß machen, zu fotografieren. Aber in deinem Weltbild gibt es mich doch nur als – Objekt!«

»Du bist schön, obwohl du deine Haar so kurz abgeraspelt hast. Du siehst aus wie ein Star, wie Elisabeth Bergner. Und der Homunkulus hat mich extra darum gebeten, dass du Modell für mich stehst. Außerdem können wir uns ein richtiges Modell im Moment überhaupt nicht leisten.«

»Faule Ausreden. Als wäre nicht jedes Pariser Mädchen geschmeichelt, wenn man es bittet, Modell zu stehen. Dir macht's bloß Spaß, mich durch die Gegend zu dirigieren. Links, rechts, endlich der Boss sein! Und mich rumschubsen für deine verdammte Knipserei.«

»Fotografie heißt das.« Bandi schloss die Augen. Er hatte das Gefühl, als ob in letzter Zeit zwischen ihnen alles in die falsche Richtung lief. »Und von Rumschubsen kann keine Rede sein.«

»Es waren aber deine Worte! Schon vergessen?«

Ihre jungenhaft kurzen, rot gefärbten Haare standen ihr

vom Kopf ab. Sie erinnerte ihn an Rumpelstilzchen. Am liebsten hätte er sie gepackt und übers Knie gelegt.

»Deine Worte«, wiederholte sie triumphierend. »Der große Herr persönlich hat gesagt, dass es ihm *Spaß* macht, seine Objekte rumzuschubsen. Damals, auf dem Friedhof Montparnasse. Damals war alles ganz anders zwischen uns.«

»Kann man wohl sagen. Damals hast du auch noch wie eine hübsche junge Frau ausgesehen. Und nicht wie ein verkleideter Mann.«

»Ach ja? Damals hast du mich ermutigt. Hast dich noch von mir fotografieren lassen und mir Ratschläge gegeben. Aber dir hat natürlich nicht gepasst, dass der Homunkulus meine Fotos gelobt hat. Seither darf nur noch der große Herr fotografieren. Und ich bin nur das Objekt.«

»Das rumgeschubste Objekt«, sagte Bandi unschuldig. Er hatte der Pointe nicht widerstehen können.

Und dann zog er lieber schnell den Kopf ein, denn sie hatte nach der großen Schale mit den Äpfeln gegriffen und sie mit beiden Händen in die Luft gehoben wie eine Wurfscheibe. Jeden Moment würde sie an seinen Ohren vorüberzischen. Wenn er Glück hatte. Er war, dachte er, in seinem persönlichen Albtraum angekommen.

Szenen, wie daheim in Budapest. Sein Leben lang hatte er versucht, seiner Mutter und ihren Szenen zu entkommen – und inzwischen lebte Julia Friedmann weit weg, in New York; dank eiserner Sparsamkeit war sie am Ort ihrer Träume angekommen und hielt sich und seinen Bruder Cornell mit Näharbeiten über Wasser. Ihre Liebe konnte ihn nicht bis nach Paris verfolgen.

Doch in dieser Xanthippe namens Gerta, dachte er, hatte er sie wieder gefunden.

Bandi musste lächeln.

»Grins nur noch so überheblich! Idiot!«

Gerta war außer sich vor Zorn, als sie ihn auch noch lächeln sah. Am liebsten hätte sie ihm die Schale mit beiden Händen auf den eingebildeten Kopf gehauen. Aber sie schaffte es, sich zu beherrschen. Nein, sie würde ihm nicht den Gefallen tun, ihre Lieblingsschale auf seinem Schädel zu zertrümmern.

»Das Porzellan ist viel zu schade für deinen blöden Kopf.«

Gerta stellte die Obstschale beiseite, griff nach ihrem Mantel und zischte zwischen den Zähnen:

»Ich muss mal was anderes sehen als dich.«

Damit schlug sie die Tür hinter sich zu und verließ ihre gemeinsame Dachwohnung in der Rue Monge.

Vor ein paar Monaten noch waren sie stolz gewesen, endlich ihr eigenes Reich gefunden zu haben, ihr Liebesnest. Aber in letzter Zeit war alles nur noch schrecklich, dachte sie.

Ein dramatischer Herbsthimmel ergoss seine Farben über die Stadt. Das Abendrot ließ die Bäume im goldenen Laub glühen. Die vielen Schornsteine von Paris hoben sich dunkel von den Dächern ab; der Ruß der Kohleöfen stieg auf, es war kalt genug, um heizen zu müssen. Doch im Westen schimmerten die Wolken in sommerlichem Azurblau, Meeresstimmung, trügerisch.

Gerta marschierte mit schnellen, zornigen Schritten die Rue Monge hinunter. Auf der Place Monge wurde der Markt abgebaut, die Neonlampen ließen das verzierte Jugendstilschild zur Métro in den Abend leuchten. Totes Laub raschelte unter ihren Füßen, und sie trat es wütend aus dem Weg. In einer Pfütze spiegelte sich das Rosa des Sonnenuntergangs, doch ihr kam es so vor, als wolle die Schönheit des vergehenden Sommers sie nur verhöhnen.

Gerta fragte sich, wie alles zwischen ihnen hatte so schief laufen können. Vielleicht hatte es mit der ewigen Armut zu tun. Bandi hatte zwar seine Anstellung bei der Fotoagentur *Alliance*, und auch sie selbst konnte mittlerweile bei Maria Eisner arbeiten, wenn auch nicht als Fotografin, so doch als Sekretärin und Disponentin. Sie verhandelte mit Auftraggebern und machte die Korrespondenz der Firma. Es war zwar nicht ihr Traumberuf, verbesserte jedoch wenigstens ihr Einkommen.

Aber die Miete für ihre kleine Wohnung fraß das meiste auf. Es hatte in ganz Paris eine Welle von Mieterhöhungen gegeben, die den Armen das Leben noch schwerer machte. Und obwohl sie oft vierzehn Stunden am Tag dafür schufteten, stellte sich der wirkliche Erfolg auch für Bandi nicht ein. Hin und wieder kam ein Auftrag von einem der Magazine wie *Vu* oder *regards*, aber viel zu selten, als dass es genügt hätte, um sich einen Namen zu machen. Gerta selbst kam kaum noch zum Fotografieren, obwohl sogar der Homunkulus bei seinem Besuch aus Zürich ihre Fotos gelobt und ihr mit seinem rollenden R großes Talent bescheinigt hatte. Filme kosteten Geld, und das hatten sie nicht. Fotografieren kostete Zeit, und die hatten sie noch viel weniger.

Es gab Momente, in denen Gerta bedauerte, dass sie sich damals für Bandi entschieden hatte. Tante Terra und Onkel James hatten jeden Kontakt zu ihr abgebrochen und würden ihr mit keinem Pfennig aushelfen. Den Konsul in Leipzig wollte sie nicht bitten. Sie hatte lange genug die höhere Tochter gespielt. Es war ihr wichtig, ihre Unabhängigkeit zu beweisen, und sie hätte ungern eingestanden, dass es ihr nicht gelang.

In den kurzen Telefonaten nach Hause, die sie meistens von einem großen Hotel aus führte und viel zu teuer bezahlte, spielte sie die glückliche Frau, auch, um ihre Eltern nicht noch weiter zu beunruhigen. Sie wusste, wie schwer die politische und geschäftliche Situation in Deutschland auf dem Konsul lastete; er half der Fabrik sogar mit seinem Privatvermögen aus, und ihre Mutter wurde und wurde nicht gesund. Inzwischen bestand Anlass zu den schlimmsten Befürchtungen, da immer wieder neue Fieberschübe kamen. Der Mutter nun auch noch zu gestehen, wie erschöpft und arm sie selber war, hätte Gerta sich nicht getraut.

Inzwischen hatte sie das Panthéon hinter sich gelassen und bog ab; sie beschloss, endlich einmal wieder bei Shakespeare and Company vorbeizuschauen. Sie wusste kaum noch, wann sie Sylvia Beach zuletzt gesehen hatte, so viel Arbeit war alles gewesen. Und so wenig Ergebnis, dachte sie bitter.

Als sie in der Rue de l'Odéon noch einmal in den Himmel blickte, war die Wolkenlandschaft verändert, das dramatische Licht erloschen, waren die Farben blass und grau.

Bald würde es den ersten Winterregen geben und würde Paris in Nieselschleiern versinken. Gerta schauderte bei dem Gedanken.

»Du bist noch unter den Lebenden?«

Sylvia Beach kam ihr mit schnellen Schritten entgegen. Sie sah abgezehrt aus, beinahe hager, stellte Gerta mit einem Anflug von schlechtem Gewissen fest. Sie schämte sich dafür, dass sie so lange nicht mehr zu der alten Freundin gekommen war. Immer wieder Arbeit, zwischen Aufträgen und den Nächten in der Dunkelkammer für Bandi und seine Fotos. Zermürbende Streitereien, und dann am Wochenende die Versöhnungsfeste im Bett. Ein kleines Lächeln huschte über ihr Gesicht.

»Ich hätte viel eher kommen sollen. Wie geht's dir?«

Sylvias Umarmung war wie immer kurz und heftig.

»Ach, dieselbe alte Litanei. Mein Geschäft leidet fürchterlich unter dem Auszug der Amerikaner. Man sagt, dass ungefähr dreizehntausend gegangen sind, seitdem der Dollar so gefallen ist. Es scheint Mode zu werden, zu den amerikanischen Wurzeln zurückzukehren. Mein alter Freund James Joyce hat dafür mal wieder ein passendes Bonmot gefunden; anscheinend bereitet es ihm diebische Freude, mich mitten ins Herz zu treffen. Paris ist wie ich, sagt Joyce. Eine überhebliche Ruine oder, wenn man will, ein abgestürzter Zecher.«

Gerta musste lachen.

»Komisch, nicht wahr? Aber mir vergeht das Lachen. Meine Familie ruft mich nach Amerika zurück. Warum ich nicht einen schönen Laden in Kalifornien eröffne?«

Sylvia rieb sich die dünnen Arme unter der Strickjacke und lächelte dünn. »Manchmal denke ich, die Idee wäre nicht mal so schlecht. Ich würde wenigstens die Heizkosten sparen. So, und jetzt genug mit dem Gejammer. Komm nach hinten. Da kriegst du Tee, und eine Überraschung wartet auch auf dich.«

Aber Gerta war abgelenkt. Sie blickte auf einen Ständer, den sie noch nicht kannte. Es war ein Zeitungsständer, und daran waren Blätter befestigt, die sie auf dieser literarischen Insel niemals vermutete hätte: *New Masses*, *New Statesman* und *Red-Front*-Magazine, politische Blätter, teils der linken Richtung.

Es war ein Zeichen der Zeit, dachte Gerta.

Seit Mussolini in Äthiopien einmarschiert war, Hitler seine Macht in Deutschland verfestigt hatte und in Frankreich seit der Gründung der linken *Front populaire* ständige Unruhen herrschten und es zu bewaffneten Kämpfen mit der monarchistischen *Action française* und anderen rechten Organisationen kam, hatte sich das Klima in Paris verändert. In den Kaffeehäusern des Montparnasse debattierte kein Mensch mehr über Kunst oder Literatur; wer es versuchte, wurde als »Reaktionär« verschrien.

Man redete sich über Politik die Köpfe heiß, und immer mehr Künstler redeten nicht nur, sondern riefen zum Handeln auf. Im Sommer hatte es eine Massenveranstaltung gegeben, die André Gide und André Malraux organisiert hatten: Der »1. Internationale Schriftsteller-Kongress zur Verteidigung der Kultur« hatte weltweit Aufmerksamkeit hervorgerufen; zweihundertfünfzig Schriftsteller aus achtunddreißig Ländern reisten an, und von Boris Pasternak bis hin zu Robert Musil, Egon Erwin Kisch und Stephen Spender war alles versammelt, was in der linken Literatur Rang und Namen hatte.

»Bist du jetzt auch zu den Kommunisten übergelaufen?«, fragte Gerta etwas gequält.

»Oh nein. Das möchte ich nun nicht behaupten. Aber ich bemerke, dass Politik und Wirtschaftstheorie für die jungen Schriftsteller immer wichtiger werden. Man denke nur an Dos Passos oder Steinbeck. Die Zeiten des *l'art pour l'art* sind vorüber. Leider, möchte man sagen, wenn man an euer schönes Deutschland denkt. Im Übrigen verkaufe ich alles, was sich nur verkaufen lässt. Im Augenblick gehen die Memoiren der Fanny Hill noch am besten.«

Gerta lächelte. Es war ein Kunstwerk der erotischen Literatur, das jedoch weit hinter Henry Millers aufrührerischer Sprache zurückblieb. Sie folgte Sylvia ins Hinterzimmer, und als sie entdeckte, wer dort saß, entfuhr ihr ein kleiner Freudenschrei.

»Anaïs!«

»Gerta!«

»Gut siehst du aus! Eine richtige *garçonne*.«

»Und du bist noch dünner geworden.«

Anaïs war so zart in ihrem roten Samtkleid, so ätherisch, dass man sie kaum noch als lebendiges Wesen wahrnehmen konnte. Sie war keine Frau, nur ein Hauch mit riesigen Augen.

»*Mon Dieu,* es ist nicht so leicht, mit Henry zusammenzuleben. Hugh will mich ständig überreden, zu ihm nach Louveciennes zurückzukehren. Ich muss gestehen, dass es mich manchmal schon dahin zurückziehen würde. Ein warmer Ofen, Personal. Und der sanfte, gütige Hugh statt des willensstarken und reizbaren Henry. Wer weiß, vielleicht lasse ich den armen Hugh nicht mehr zu lange warten.«

Gerta wusste, dass ganz Paris über die wetterwendische Anaïs tuschelte. Mal wohnte sie bei ihrem Ehemann und mal bei Henry Miller, der mit June, einer schönen Amerikanerin, verheiratet war. Auch zwischen June und Anaïs, so wollte es der Klatsch, sollte sich eine Affäre angebahnt haben.

»Jedenfalls hab ich genug Stoff, um mein Tagebuch damit zu füllen. Jetzt, wo ich keinen Therapeuten mehr habe. Hugh wäre bereit, ihn wieder zu bezahlen. Aber ich weiß nicht recht; das Schreiben und Henry bekommen mir besser.«

Sylvia stellte eine Tasse mit dampfendem Tee vor Gerta ab, und sie setzte sich zwischen die beiden Freundinnen. Der Wind rüttelte am Laden, der kleine Ofen bullerte, und Gerta sagte sich, dass die Freundinnen und ihre Freundschaft viel wichtiger waren als die Männer. Die Männer kommen und gehen, dachte sie. Es sind die Freundinnen, die bleiben. Amalia fiel ihr ein, mit der sie sich noch besser verstand, seit diese ihr Liebesglück mit Jonathan gefunden hatte. Freundschaft ist ein Geschenk, sagte sich Gerta.

»Und wie geht's dir, *ma petite?*«

»Ach.« Gerta winkte ab. »Zwischen uns läuft alles schief. Der Herr ist der große Fotograf. Ich darf seine Post erledigen und seine Fotos entwickeln und mich außerdem noch für meine kurzen Haare beschimpfen lassen. Ach ja, und wollen wir nicht vergessen, dass ich natürlich auch den Haushalt erledigen darf. So ein großer Künstler kann sich doch unmöglich die Hände mit Putzeimer und Kochlöffeln schmutzig machen.«

»Du fotografierst überhaupt nicht mehr? Das ist aber ein Verbrechen bei deinem Talent.«

»Wie sollte das gehen?« Gerta rührte müde in ihrer Teetasse herum, der silberne Löffel schlug klirrend gegen deren Boden. »Wann sollte es gehen? Ich werde aufgefressen. In der Agentur komm ich vor lauter Arbeit kaum zum Atmen. Ich kann besser mit Kunden sprechen als Maria Eisner, deren Französisch nicht gut genug ist. Ich versteh was von Zahlen, sie nicht genug. Und dann braucht Bandi noch Hilfe in der Dunkelkammer. Wenn mal Geld übrig ist, verprasst er es im Dôme. Immerhin ist mir gelungen, die Besuche auf der Rennbahn abzuschaffen, die er sich im letzten Jahr angewöhnt hat. Dafür raucht er jetzt zwei Päckchen Gitanes am Tag, das muss man auch erst mal zahlen können.«

»Du solltest dich trennen.« Anaïs sagte es ganz ruhig.

»Wie bitte?«

»Lass ihn sitzen. Wenigstens für eine Zeit. Pack deine Sachen, zieh in irgendein Hotel. Lass ihn allein unglücklich werden. Ich kenne das alles. Henry lobt mein Talent auch nur so lange, bis es ihm bedrohlich wird. Kaum fange ich an, mehr zu schreiben als nur mein Tagebuch, wird er giftig. Dann gehe ich zu Hugh zurück. Das hilft.«

»Sie hat Recht«, mischte Sylvia sich ein. »Der Starfotograf ist eifersüchtig, weil du begabt bist. Solange er der große Zampano war, der dir alles erklären konnte, ist seine Welt in Ordnung gewesen. Aber seit deine Fotos in *regards* veröffentlicht wurden, hat er ein Problem, oder?«

»Ich glaube, am meisten hat ihn geärgert, dass sein Idol mich gelobt hat. Simon Guttmann war zu dieser Schriftsteller-Tagung in Paris, die Chim ja auch fotografiert hat. Da sind dem Homunkulus meine Fotos aufgefallen, und er hat sie gelobt. Noch am selben Abend ist Bandi in einer fürchterlichen Laune gewesen. Er wollte mich nicht mal mehr im Bett.«

»Typisch Mann«, stellte Sylvia fest.

»Typisch eingebildeter Künstler«, verbesserte Anaïs.

»Im Übrigen hab ich mich gewundert, warum du nicht auch fotografiert hast, auf dem Schriftstellerkongress.«

»Keine Zeit, leider.«

»Traurig genug. Schau mal die Bilder, da an der Wand.«

Gehorsam stand Gerta auf und betrachtete eine Reihe von Fotos, die sie noch nicht kannte: Aldous Huxley und Heinrich Mann, Anna Seghers und Ilja Ehrenburg.

»Sehr gut«, sagte sie. »Sehr intensive Porträts. Besser als die, die Chim für *regards* gemacht hat, muss ich sagen, obwohl ich den guten Shimmy wirklich liebe. Von wem sind sie?«

»Eine gute Freundin, die jetzt bei Adrienne wohnt«, sagte Sylvia mit einem Anflug von Bitterkeit, der Gerta überraschte und irritierte. »Gisèle Freund ist eine junge Jüdin aus Berlin. Wir haben sie aufgenommen und ihr sogar einen Ehemann verschafft, Monsieur Bloom, damit sie in Frankreich bleiben kann. Leider wurde die Ehe nie vollzogen. Sie schläft bei Adrienne …«

»Oh, Sylvia., das tut mir aber Leid. Wir drei sind ja die reinsten Unglückskrähen.«

Einen Augenblick lehnte die sonst so beherrschte Sylvia ihren Kopf an Gertas Arm.

»Aber du siehst ja, wie viel Talent sie hat. Wirklich ein sehr gutes Auge. Du würdest sie mögen.«

»Ich habe nicht vor, diese Dame kennen zu lernen«, erwiderte Gerta scharf.

»Lieb, dass du so treu zu mir bist. Aber soll ich dir was sagen? Das Schlimmste ist – ich mag sie auch. Man muss sie einfach mögen, ihren Scharfblick, ihren Witz. Ich wünschte, ich könnte sie hassen, aber es gelingt mir nicht.«

»Adrienne und du, ihr seid schon so lange zusammen. Dieses kleine Mädchen aus Deutschland wird euch doch nicht auseinander bringen«, sagte Anaïs.

»Das versichert Adrienne mir ja auch jeden Tag. Aber ich bin oft so mutlos, so erschöpft. Manchmal wird mir alles zu viel. Zu allem Überfluss ist Gisèle auch noch hübsch, auf so eine zierliche Art. Wenn ich dieses blühende, junge Gesicht sehe, schaue ich in den Spiegel und sehe, wie meine Haare grau werden, und frage mich, ob sich das alles gelohnt hat. Diesen Laden in Paris über Wasser zu halten, um in der Nähe von Adrienne zu sein. Ein Grund mehr, Gerta, meinen Rat zu befolgen. Es ist es niemals wert, die eigenen Träume für einen anderen Menschen zu begraben. Wenn er dich hindert, deinen Traum zu leben, dann verlass diesen Mann. Sonst stehst du eines Tages auch vor dem Spiegel, zählst deine grauen Haare und kommst zu dem Schluss, dich für das Falsche entschieden zu haben.«

»Shakespeare and Company war niemals falsch! Du hast so viele Schriftsteller aufgebaut und ermutigt!«

»Na ja«, Sylvia lächelte. »Man verliert einen Menschen und gewinnt einen anderen. Ich habe eine neue junge Autorin gefunden, sehr klug, sehr gewitzt und sehr die Tochter aus gutem Hause. Sie heißt Simone de Beauvoir und fühlt sich bei mir wie zu Hause. Aber ist das ein Trost für mich? Ich denke, dass meine Zeit früher oder später kommt und dass auch ich dann nach Amerika zurückgehe. Wer weiß, wann es so weit ist, aber der Tag wird kommen. Sieh dies als mein Vermächtnis an: Denk an dich, Gerta. Hab Mut zur Rücksichtslosigkeit! Geh in die Welt raus, und mach deine Fotos! Die Bedeutung der Liebe für das Leben wird im Allgemeinen überschätzt.«

In der Redaktion der kommunistischen Wochenzeitung *regards* herrschte das branchenübliche Chaos. Papiere und

Zeitungen türmten sich auf Schreibtischen, Telefone klingelten, Schreibmaschinen klackerten, erboste Schreie hallten durch Flure, Diskussionen waren im Gang, und wenn einer der beschäftigten Herren an den Schreibtischen Bandi nur erblickte, wandte er sich schnell ab, entweder der Kaffeetasse oder seiner Arbeit zu.

Vermutlich befürchteten die Herren Redakteure, er sei in ihre heiligen Hallen gekommen, um einen Auftrag zu schnorren, dachte Bandi finster. Eines Tages würden sie noch froh sein, wenn er sich dazu herbeiließe, für sie zu arbeiten …

Bandi ging an den Büros vorbei, die Hand betont lässig in seiner Anzugjacke und vor sich hin pfeifend, als könne es ihn gar nicht treffen, wenn keiner der Redakteure ihn zu sich hereinbat. Kurz vor Ende des Flurs, neben der Abstellkammer, klopfte er an eine der wenigen geschlossenen Türen.

»Draußen bleiben!«, rief es mit polnisch-deutschem Akzent. »Störung und Chefs sind unerwünscht.«

Bandi drückte die Klinke.

Es bereitete ihn immer noch Vergnügen, Chim in seiner ganzen Pracht als festangestellter Redakteur bei *regards* zu sehen. Letzten Endes hatten seine Kontakte zur Sozialistischen Arbeiterpartei und seine vielen Künstler- und Rettungskomitees ihm die Stelle bei dem kommunistischen, jedoch weithin angesehenen Wochenblatt eingebracht, das nicht nur im Inhalt revolutionär war, sondern auch in der Form. Das modernistische Schriftbild; das einfarbig blau oder grün hinterlegte Titelblatt; die schöne und gut platzierte Fotoreportage, wo der Name des Fotografen groß auf dem Titel prangte … es wäre ein Traum, dachte Bandi, dort eines Tages einmal seinen eigenen Namen zu sehen.

Regards war nicht immer so erfolgreich gewesen. Aber seit der Gründung der Front Populaire im Sommer 1934, als Sozialdemokraten und Kommunisten sich zur Volksfront vereinigt hatten, waren die Linken im Aufwind, und *regards* hatte eine Leserschaft gewonnen, die groß und betucht genug war, um neue Stellen für Redakteure zu rechtfertigen.

Seit Chim einen dieser begehrten Posten ergattert hatte, sah er aus wie frisch aus dem Ei gepellt. Im dreiteiligen Maßanzug hätte er auch zur *Frankfurter Zeitung* gepasst, dachte Bandi.

»Du weißt, dass ich dir nicht helfen kann. Es gibt keine Foto-Aufträge für dich«, sagte Chim zur Begrüßung. Seine Augen funkelten hinter den dicken Brillengläsern. »Es fällt gewissen Leuten hier im Haus schwer zu glauben, dass du für die Ullstein-Blätter arbeitest, obwohl die Nazis sie übernommen haben.«

Im August 1934 hatte Hitler die Brüder Ullstein gezwungen, ihre Zeitungen zu verkaufen und auszuwandern. Seither wurde unter anderem die *Berliner Illustrirte*, das große Glanzblatt zu DEPHOT-Zeiten, unter der Regie der Nazis gemacht. Bandi, dessen Name André Friedmann nicht sofort als jüdisch zu erkennen war, hatte darin Fotoreportagen über das Leben eines Boxers und eines Ballonfahrers veröffentlicht, um wenigstens seinen Anteil der Miete für die Rue Monge zahlen zu können.

»Heiligung des Lebens«, murmelte Bandi beschämt. »Du musst doch wissen, dass sechshundertvierundzwanzig Gebote und Verbote außer Kraft sind, wenn man überleben muss.«

»Komm mir bloß nicht noch damit! Der Talmud sagt nichts darüber, dass ein junger Schnösel im selben Blatt veröffentlichen sollte, das schmeichelhafte Großaufnahmen von Hitler, Göring und Goebbels zeigt. Ich nenne das Verrat, mein Lieber.«

»Du hast allerdings auch leicht reden. Deine Partei verhilft dir zu einem schönen Redakteursleben.«

»Ach, lassen wir den Richtungsstreit. Wir sind schließlich nicht auf einem Parteitag. Immerhin machst du einen erträglichen Eindruck.« Chim musterte ihn von oben bis unten. »Gut geschnittene, kurze Haare, Krawatte, Anzug, gewienerte Schuhe. Man könnte dich fast für einen zivilisierten Menschen halten.«

»Alles ihr Werk. Jeden Tag liegt diese Frau mir damit in den Ohren, dass es Kleider sind, die Leute machen. Komme mir vor, als wäre ich Gertas kleine Anziehpuppe. Meine Lederjacke hat sie in den Ofen geworfen, war höllisch, der Gestank. Wenn ich mal vergesse, meine Schuhe zu putzen, wirft sie mir das Putzzeug hinterher. Und neulich hat sie doch tatsächlich mit beiden Fäusten auf mich eingeschlagen, weil ich aus den Schuhen geschlüpft bin, ohne die Schnürsenkel zu öffnen. Mache alles kaputt, wirft sie mir vor. Sie hat mich, warte mal, ja, sie hat mich einen Lumpensammler und Schlappenflicker genannt, mit eingebauter Stolperfalle.«

Chim lachte. »Vielleicht sollte sie lieber Redakteurin werden. Immerhin hat sie einen großen Wortschatz.«

»Und ich hab geglaubt, eine Tochter aus gutem Hause an mich gebunden zu haben. Du glaubst gar nicht, was für Schimpfwörter die kennt, wenn ich mich nicht ordentlich anziehe. Ob die so was in ihren feinen Pensionaten lernen?«

»Ich fürchte, es ist angeboren. Aber es steht dir, Bandi. Du siehst nicht mal schlecht aus. Wie so ein Filmschauspieler.«

»Heute ist sie aus der Wohnung gestürmt. Nur, weil ich sie gebeten habe, Modell für mich zu stehen. Schon bin ich ein Menschenschinder, will sie nur rumschubsen. Angeblich will ich auch ihre Karriere behindern. Nicht auszudenken, was ich alles will. Dabei würde mir schon genügen, wenn ich ihr ein bisschen was bieten könnte. Ich würde so gern ein bisschen Erfolg haben, damit sie mal zufrieden ist.«

»Für Crillon und Ritz wird es so bald nicht reichen …«

»Ach, so was verlangt sie ja gar nicht. Aber mal ein Tanz im Nachtclub, im Bœuf sur le Toit oder so was … Die Armut macht sie ganz krank, Chim, auch wenn sie das nicht zugeben will. Sie fand es romantisch, als sie noch in ihrem Seinepalast gelebt hat. Jetzt sieht sie mal, was die Realität der Armut bedeutet. Und mich macht es fertig, dass sie so unzufrieden ist. Keine Ahnung, wie lang ich diese nörgelnde Frau noch ertragen kann. Aber ich kann sie doch nicht rauswerfen. Ist doch alles meine Schuld, dass sie bei mir ist und ihren ganzen Reichtum und alles aufgegeben hat. Hätte sie bloß ihren reichen Ami geheiratet … Und könntest du mal aufhören, ständig vor dich hin zu kritzeln? Das macht mich nervös.«

»Weißt du, ich hab über dich nachgedacht, Bandi. Erinnerst du dich an das, was der Homunkulus dir mal erzählt hat? Über die Liebe und seine kabbalistischen Rechenspiele?«

Bandi, der sein Gesicht in den Händen vergraben hatte, blickte auf. Er streckte die Beine aus, schloss die Augen und rief sich ins Gedächtnis zurück, was der Homunkulus ihm damals in Berlin, vor wenigen Jahren und doch vor Jahrhunderten, einmal eingeschärft hatte und wovon er natürlich auch Chim erzählt hatte:

»Deine Zahl ist vier. Du bist zielstrebig, lernbegierig, aber leider auch stur und zu schnell von Erfolgen anderer beeindruckt. Was du brauchst, ist eine Acht. Eine Kämpferin, die Strategie, Plan und Halt für dich verkörpert.«

Nun schob Chim ihm einen Zettel über den Tisch. Bandi erkannte, dass der Freund das hebräische *Aleph-Bet* für ihn aufgeschrieben und nach uralter Tradition jeden Buchstaben mit dem ihm entsprechenden Zahlenwert versehen hatte.

Der Name Gerta Pohorylle, in Zahlen übersetzt, ergab die Quersumme acht.

Bandi seufzte.

Er hatte niemals an solche Geschichten geglaubt, schon aus purem Trotz gegenüber seiner Mutter nicht.

»Was willst du mir damit sagen, Chim?«

»Oh, es liegt mir fern, mich in die Privatangelegenheiten meines besten Freundes einzumischen, und es macht mir nicht das Geringste aus, ihn leiden zu sehen. Deshalb muss ich ihn nicht davor warnen, dass er sein ganzes Glück aufs Spiel setzt, falls er jetzt aus Ungeduld einen Fehler macht.«

»Könntest du mal ein bisschen klarer werden?«

»Erinnerst du dich an den Talmud, den du nur dann zitierst, wenn er zufällig mal deinen Zwecken dient?«

Bandi dachte abermals an die Szene zurück, die ihn so sehr an diese hier erinnerte. Damals waren es die Augen des Homunkulus gewesen, die hinter seiner Brille geblitzt hatten. Damals, im Hotel Adlon und in ihrem schönen, glanzvollen Berlin, hatte er vom Talmud gesprochen und davon, dass vor der Geburt der Name der Frau ausgerufen wird, die man eines Tages heiratet.

»Du willst sagen, dass Gerta die Richtige für mich ist?«

Als Chim lächelte, zitterte sein Schnurrbart, den er sich neuerdings zugelegt hatte und der ihm etwas Dandyhaftes verlieh.

»Ich sage überhaupt nichts. Es liegt ganz und gar bei dir, wie du die Fakten interpretieren möchtest. Und jetzt wäre ich dir dankbar, wenn ich dich von hinten sehen dürfte. Die Arbeit ruft. Warte, noch eine Kleinigkeit. Ich finde, du solltest sie unbedingt heiraten.«

Das Getrappel der Hufe, ihr Wirbeln im Staub, die Rufe und Schreie der Zuschauer, das Wettfieber, der Schweiß auf dem Fell der nervösen, wunderschönen Tiere, die glasigen Augen der Spieler, die auf die Wettquoten starrten, die Hoffnung, das Bangen, das Glück, der Verlust: die Rennbahn von Longchamps, dachte Bandi, wäre immer eine Reportage wert gewesen.

Er konnte sich nicht satt sehen an allem. Die weit aufgerissenen Augen und Nüstern der Pferde, die Jockeys in ihren bunten Anzügen, die Rennstallbesitzer, die Reichen in ihrer ganzen Eleganz und Pracht und die Ärmsten der Armen, die ihre letzten Sous verwetteten und auf ihr Stückchen vom Glück hofften: Bandi konnte sich daran berauschen.

Jetzt beglückwünschte er sich dazu, dass er in die Métro gestiegen und über den Gare du Nord und durch die ärmsten und schäbigsten Viertel von Paris hinaus zur Rennbahn gefahren war. Chims Gequatsche von Hochzeit hatte ihn nervös gemacht. Alles machte ihn nervös. Doch hier auf der Rennbahn, wo die Nervosität sozusagen in der Luft lag, konnte er den eigenen Überdruck vergessen, konnte aufgehen im Hochgefühl der Angst und Anspannung der Zuschauer und Zocker.

Die Rennzeitung unter den Arm geklemmt und eine Flasche Wein in der Hand, drückte er sich zwischen den hölzernen Wettbuden herum und belauschte die Tipps der geübten Wetter.

»*Chèvre d'Or*«, sagte ein Mann mit südfranzösischem Akzent.

»Der Gaul ist beim letzten Mal gestolpert und hat mir die ganze Wette vermiest«, gab ein anderer Mann im Regenmantel zurück, dessen Gesicht unter einem großen Hut verborgen war. Der amerikanische Akzent und die Stimme kamen Bandi bekannt vor, und er bemühte sich, dem Mann ins Gesicht zu schauen.

»Hem!«, rief er aufgeregt.

»Wie bitte?«, gab der Mann erbost zurück. Er machte den Eindruck, als wäre er bereit, sofort zuzuschlagen wie ein gereizter Stier. Doch als er Bandi erkannte, breitete sich das berühmte Lächeln auf seinen Zügen aus, das Ernest Hemingway so liebenswürdig machte.

»*Good*, dich hier zu sehen, ist völlig in Ordnung. Hatte schon Angst, es ist einer von diesen Kulturschnöseln, die nichts Besseres zu tun haben, als auf mir herumzuhacken. Bin inkognito in Paris. Gibt ganze Schmähschriften in dieser Stadt, die über mich kursieren. Will keine Wut kriegen und hab beschlossen, unter falschem Namen in einem kleinen Hotel auf dem Montparnasse zu residieren, wo keiner von denen mich erkennt. Ich sei kalt und anti-intellektuell, meine Sprache ein Gestotter, und meine Figuren seien ohne Willen und Intelligenz, mich interessiere bloß die Handlung. Erscheint doch tatsächlich ein ganzer Essay über mich, unter dem Titel: ›Der dumme Ochse: Eine Studie über Ernest Hemingway‹. Diese dummen Ochsen, die sich als Kritiker ausgeben, gönnen mir bloß den Erfolg nicht. Inzwischen kriege ich zweihundertfünfzig Dollar für jeden Artikel im *Esquire*, gutes Geld, um meine Ladys zu ernähren. Aber reden wir nicht von denen, mein Junge. Freut mich so, dich zu sehen. Ich sehe, du hast ein gutes Gläschen? Wie wär's? Ein sicherer Tipp von deinem alten Freund Hem, und der kriegt dafür einen tiefen Zug an der Flasche?«

Sie tranken aus der Weinflasche und setzten nach langem und erregtem Debattieren schließlich doch auf *Chèvre d'Or*, bei einer Quote von 26 zu 1. Sie starrten auf die grünen Rasenflächen und die Hindernisse, sie beschworen Hufe, die sie nicht unterscheiden konnten, sahen Pferde und Reiter stürzen, Peitschen durch die Luft zischen, tranken die Flasche aus, riefen, johlten, wurden vom Rausch der Wetter angesteckt, als sie ihr Pferd an der Spitze erkannten, und bekamen es erst wirklich mit der Angst zu tun, als es Hürde um Hürde nahm und auf der Geraden lang gestreckt aufs Ziel zuraste, und dann, als tatsächlich *Chèvre d'Or* das Rennen machte, fielen sie sich in die Arme.

»Reich! Ich bin reich!«, schrie Bandi.

Zwischen den breiten Armen Hemingways wurde er beinahe zerquetscht.

»Du wirst noch viel reicher, wenn wir weitermachen. Aber jetzt gönnen wir uns erst mal ein Glas Champagner! Ist zwar ein Weibergesöff, aber manchmal trotzdem ganz gut trinkbar.«

An der Bar unter der Tribüne ließen sie sich Bollinger bringen, und Hemingway, der natürlich alles spendierte, erzählte Bandi voller Begeisterung davon, wie sein Roman *A Farewell to Arms* mit Gary Cooper in Hollywood verfilmt worden war und dass die Zukunft der Kunst sowieso im Film liege.

»Du musst früher oder später auch was mit Filmen machen, mein Junge. Meine Sache ist es nicht, ich bin ein guter, alter Schreiber. Aber mit deinem Auge, deinem Scharfblick, könnte was ganz Neues daraus entstehen. Hollywood hat unglaubliche Möglichkeiten. Man kann ein Riesenpublikum erreichen.«

Für einen Augenblick träumte Bandi davon, seinen Namen auf einem der Paramount-Abspänne zu sehen. Er dachte an die großen Kassenerfolge wie *Alice im Wunderland* im vergangenen Jahr und wie viel Geld und Erfolg damit zu machen wäre. Aber dann holte die Realität ihn ein, der Gedanke, dass selbst die Redakteure von *regards* sich verleugneten, wenn sie ihn nur hereinkommen sahen, und dass im Übrigen jeder vom Film träumte und die französische Filmindustrie nicht unbedingt auf einen dahergelaufenen Ungarn wartete, der kaum eine Referenz besaß, war nicht gerade ermutigend.

»Ich wär schon ganz zufrieden, wenn ich von meinen Fotos leben könnte.«

Hemingway, der mit Regenmantel und Hut wie ein Waldschrat aussah, musterte Bandi mit schmalen Augen.

»Wenn jemand in diesem Ton von Geldproblemen redet, muss eine Frau dahinter stecken. Raus mit der Sprache.«

Und obwohl Bandi es selbst schon nicht mehr hören

konnte, gehorchte er dem Freund. Er erzählte ihm alles, was er zuvor schon Chim anvertraut hatte, bis Hemingway statt eines Glases gleich zwei Flaschen Sancerre bestellte und ihm eine davon in die Hand drückte. Bandi, der erzählte und erzählte, hätte selbst nicht geglaubt, dass so viele bittere Worte aus ihm herausplatzen könnten, aber Hemingway war ein so guter Zuhörer, dass er nicht anders konnte, als seine bittere Verzweiflung zu offenbaren.

»Sieh mich an, Hem. Diesen geschniegelten Lackaffen hat sie aus mir gemacht. Meine Lederjacke verbrannt. Pferderennen verboten. Ich soll Karriere machen, berühmt werden, einen guten Eindruck hinterlassen, der gute Junge sein.«

»Sie ist nur eine Frau«, beruhigte ihn der Freund. »Du wirst sie los und findest eine neue. Noch bist du ja nicht verheiratet. Da sparst du dir die Alimentezahlungen, die mich an den Rand des Ruins treiben. Es gibt mehr Frauen auf der Welt als Sandkörner. Nichts gegen meine Pauline, ist schon so, dass sie mir gefällt. Aber trotzdem genieß ich einen guten Renntag mit einem guten Freund noch mehr. *Good*, mein Junge. Genug geredet. Die Rennen gehen weiter. Auf wen wollen wir unser sauer verdientes Geld als Nächstes setzen? Ich hätte da einen besonderen Tipp, ist ein Außenseiter, aber allerbeste Quote … Du weißt ja, der nicht wagt, der nicht gewinnt. Im Übrigen solltest du mal klarstellen, wer der Herr im Haus ist. Das vergessen die Weiber zu schnell.«

Mit ein paar dutzend Sätzen im Kopf stand Gerta vor der Wohnungstür und suchte nach dem Schlüssel. »Ich werde dich verlassen«, war der einfachste und überzeugendste Satz, wie sie fand. Aber in der engeren Wahl war auch: »Könntest du mir aus dem Weg gehen, bitte? Ich möchte packen.«

Bei unzähligen Tassen Tee hatten die Freundinnen ihr

Mut gemacht, diesen Schuft zu verlassen, der außer seinem Ego nichts kannte. Gerta würde an sich denken müssen, an ihren Traum von der Fotografie und dem selbstbestimmten Leben als Künstlerin.

»Ich werde dich verlassen«, murmelte sie vor sich hin, ihr neues Mantra, um sich Mut zu machen, während sie immer fahriger in ihrer Handtasche kramte, bis sie den Schlüssel aus den Tiefen herausfischte und gleich darauf feststellte, dass die Mühe überflüssig gewesen war. Der Feind hatte sich anscheinend in der Wohnung verschanzt: Es war nicht abgeschlossen. Merkwürdig – um diese Zeit war er sonst immer noch in der Fotoagentur. Gerta zuckte die Achseln. Umso besser!

Ein letztes Mal rief sie sich die Strategie in Erinnerung, die sie mit Sylvia und Anaïs ausgetüftelt hatte: keine großen Szenen, kein Geschrei; auf keinerlei Diskussionen einlassen. Mit ruhiger Entschiedenheit, die auf Bandi beängstigend wirken sollte, die Trennungsabsicht verkünden und dann kühl und entschlossen den großen Lederkoffer vom Schrank wuchten und packen, ohne sich seinen gekränkten Stolz und seine flehenden Bitten allzu sehr zu Herzen zu nehmen.

»Ich werde dich verlassen.«

Mit einem leichten Klacken öffnete sich die Tür, und sie stand mitten im *séjour*, ihrem Wohnzimmer unter dem Dach. Es duftete verführerisch nach Zitrone und Knoblauch; Kerzen waren angezündet. In einem Eiskübel standen Champagnerflaschen, echter Champagner, wie sie mit einem Blick bemerkte, nicht Sekt, und über dem Sofa lag, achtlos hingeworfen, ein Hauch von einem schwarzen Kleid. Sie machte ein paar Schritte darauf zu – es war das Kleid einer Frau.

»Oh, du miese Ratte«, fluchte Gerta zwischen den Zähnen, als sie ihre Rückschlüsse gezogen hatte. Jeder Ansatz von ruhiger Entschlossenheit war dahin, als sie ins Schlafzimmer stürmte, um Bandi mit irgendeiner Schlampe im Bett zu überraschen.

Völlig entgeistert starrte Bandi der Furie entgegen, in der er beim zweiten Hinsehen seine Freundin erkannte. Eine Sekunde dachte er noch, dass sie ihn an die Gemälde entfesselter Frauen erinnerte, die er im Louvre bewundert hatte. Dann ging alles so schnell, dass er nicht mehr dazu kam, sich ins Gedächtnis zu rufen, wie der Maler hieß. Gerta hatte sich über ihn geworfen, hämmerte mit ihren Fäusten auf ihn ein, wo sie nur traf, und biss ihn sogar in die Wange. Das ging zu weit, fand er, obwohl er sich niemals wehrte, wenn eine Frau ihn körperlich angriff …

»Jetzt reicht's mir aber, bist du völlig durchgedreht?«

Im nächsten Augenblick hatte er sie von sich heruntergeschüttelt und ihre Verwirrung über seine Gegenwehr dazu benutzt, sich über sie zu stemmen, ihre Handgelenke zu packen und links und rechts von ihrem Kopf aufs Bettlaken zu drücken. Sie keuchte, ihre Augen sprühten grünes Feuer, und Bandi, der sich so viel Mühe gegeben hatte, einen schönen Versöhnungsabend für sie beide zu zaubern, kam sich irgendwie dumm und lächerlich vor. Im Umgang mit Frauen, dachte er zornig, konnte ein Mann tun, was er wollte – am Ende war er immer der Blöde.

Er sah ihr vor Wut verzerrtes Gesicht. Diese feuersprühende Hexe sollte er heiraten? Er müsste ja wahnsinnig sein. Vermutlich hatte Chim Unrecht und Hem Recht: besser, er zeigte ihr mal, wer der Stärkere war.

Es kostete ihn seine ganze Kraft, sie zu bändigen, ohne ihr wehzutun. Er wollte nichts weiter, als ihre Hände dort unten genau so festzuhalten, dass sie ihn nicht schlagen konnte. Aber sie zappelte und strampelte, und als sie ihm dann auch noch ins Gesicht spuckte, musste er seine gesamte Selbstbeherrschung aufbringen, um sie nicht mit der offenen Hand ins Gesicht zu schlagen. Er hätte sie schütteln mögen.

»Bist du denn total verrückt geworden?«

»Du bist widerlich! Du kommst dir wohl ganz unwiderstehlich vor, was?«

Als sie sich wütend unter ihm wand, ohne seinem Griff zu entkommen, begann ihm die Sache beinahe Spaß zu machen:

Sie suchte Kampf – sie sollte ihn haben.

Er schob ihre Handgelenke über ihrem Kopf zusammen und hielt sie mühelos mit der linken Hand fest. Mit der rechten Hand begann er, ihr die Kleider vom Leib zu streifen.

»Lass mich los, du Schwein«, keifte sie, und das ließ die angestaute Wut in ihm hochschießen. Er zerrte den Rock rücksichtslos an ihr hinunter; man hörte den Stoff reißen. Ihre grünen Augen sprühten Funken. Bandi lachte bitter.

»Süß siehst du aus, wenn du wütend bist. Trotzdem solltest du dir überlegen, was du sagst.«

Ihre Handgelenke weiterhin fest umklammernd, fing er an, diesen widerspenstigen, zappelnden Körper mit Küssen zu bedecken. Sie fluchte, doch er sah sie so drohend an, dass sie verstummte. Nach und nach fing sie an, auf seine Küsse zu reagieren, und zum ersten Mal seit Wochen regte sich in ihm wieder Begehren.

Er hatte sie nicht mehr anrühren mögen, diese keifende Besserwisserin, die wie ein Mann aussah und ihm ständig neue Vorschriften machte. Aber heute Abend, wo sie erwartungsvoll unter ihm lag und er sich still an dem Wissen berauschte, dass er Hunderte von Francs in seinen Taschen hatte, übte sie auf einmal wieder den schon vergessenen Zauber auf ihn aus.

Sie war eine Frau, er ein Mann; und dieser simple Unterschied war es, der sie im Leben trennte und im Bett vereinte.

Gerta war betäubt von der heißen Zärtlichkeit, mit der er sie verschlang. Ihre Handgelenke schmerzten, ihre Arme, die für ihr Gefühl schon seit Stunden über ihren Kopf gehoben waren, taten ihr weh, und doch genoss sie es, ihm und seinen Lippen so ausgeliefert zu sein. Sie machte die Augen zu und stöhnte auf, als sein Mund mit ihren Brustwarzen spielte und seine Finger sie an den intimsten Stellen lockten, in sie hineinglitten und wieder hinaus und dann an den Innenseiten ihrer Oberschenkel entlang, und all das, während er sie immer noch festhielt, als hätte er sie erbeutet.

Es war eine ganz neue Erfahrung, Leidenschaft nicht auch zu geben, sondern ausschließlich zu empfangen. Ihr Körper bebte. Und sie wand sich unter ihm, nicht länger aus Zorn, sondern aus Erregung. Bandi strahlte eine Hitze aus, die auf sie übersprang, und seine Lippen und Fingerspitzen erzeugten Kälteschauer auf ihrer Haut. Groß, dunkel, stark war er über ihr; er roch nach Wein und Pferden und Gitanes, und er strahlte etwas Animalisches aus, während sein Atem immer schneller ging und seine Hitze sich mit ihrer mischte, bis er unerwartet in sie eindrang und sie mit schnellen, heftigen Stößen bis an diese Himmelslinie trieb, wo sie sich selbst nur noch schreien hörte.

»Was sollte das Theater?«, fragte er viel später, als er neben ihr lag und seine Zigarette in der Dunkelheit glühte.

»Ich dachte, du wärst mit einer Frau zusammen.«

»Wie bitte?«

Dies nun wieder kam für Bandi so überraschend, dass er den Arm unter ihrem Kopf wegzog, sich über sie beugte und ihr Gesicht studierte, eine schöne, starre Maske. Hatte die Frau sich vorgenommen, heute Abend einen Berserker aus ihm zu machen?

»Wie kommst du auf die verdammte Idee?«

Es dauerte einen Augenblick, bis sie antwortete. Sie wich

seinem Blick aus. »Das Kleid über der Sessellehne«, sagte sie, und er registrierte mit Befriedigung, dass es sich wenigstens ziemlich kleinlaut anhörte. »Und die Champagnerflaschen.«

Seufzend ließ er von ihr ab.

»Das sollte meine Überraschung für dich sein. Ich war beim Rennen, hab jede Menge Geld gewonnen. Komm mit rüber, dann zeig ich dir alles.«

In dem schönen, schwarzen Kleid mit den dünnen Trägern fühlte Gerta sich wie eine Verführerin. Es ist schon erstaunlich, dachte sie, wie teure Kleider eine Frau verwandeln können. Sie wirkte zart, aber an den richtigen Stellen gerundet.

Inzwischen hatte Bandi den Champagner geöffnet; sie hatten angestoßen, saßen zusammen auf dem Boden, und er fütterte sie mit Crabe mexicaine und Jakobsmuscheln.

Um sie herum lagen, gleich verwehten Blütenblättern, die vielen Geldscheine, die Bandi beim Rennen gewonnen hatte. Er hatte vor Stolz gelacht, als er die Noten über ihrem Kopf in die Höhe gehoben hatte, um sie dann herunterflattern zu lassen. Es war mehr Geld, als er mit Fotos je verdient hatte.

»Eigentlich hast du ja versprochen, nie mehr zum Rennen zu gehen«, protestierte sie der Form halber.

Er lächelte. »In dem Kleid siehst du aus wie eine Filmgöttin. Soll ich dir ein Geheimnis verraten? Ich hätte gute Lust, dir den Fummel vom Leib zu reißen.«

Sie ließ die Wimpern flattern. »Versuch das nur. Du wirst schon sehen, was du davon hast. Ich setz die Fingernägel ein, wenn du diesen Traum von einem Kleid zerstörst.«

»Na gut, dann trink noch was. Wir feiern heute uns beide.«

Sie schlürften Champagner, sie schlürften Muscheln, und irgendwann, und ohne dass Gerta später gewusst hätte, wie es dazu gekommen war, hatte Bandi auf einmal die Leica in den Händen.

Gerta kicherte beschwipst, Bandi kippte sein Glas mit eiskaltem Champagner in ihren Ausschnitt, und als sie prustend und lachend aufkreischte, blickte sie in die Kamera, das Blitzlicht blendete sie, und er drückte ab.

»Nicht bewegen«, befahl er mit einer tiefen Stimme, die so befehlsgewohnt klang wie in seinem Beruf üblich. Sie war angetrunken genug, um dem Befehl zu folgen.

»Bleib einfach liegen, und rühr dich nicht.«

Behutsam streifte er die Spaghettiträger über ihre Schultern hinunter und entblößte halb ihren Busen. Sie fröstelte, ein Frösteln der Erregung. Bandi griff nach der Kamera; wieder drückte er ab, und wieder wurde sie vom Blitz geblendet.

Es lag etwas Kaltes darin, ins technische Auge der Kamera zu blicken und zu wissen, wie unbestechlich sie einen sah.

Aber Gerta kannte die Kamera gut genug, um zu wissen, dass man sie trotzdem verführen konnte.

Die Arme über dem Kopf ausgestreckt, als ob sie gefesselt wäre, wand sie sich vor dem Objektiv; sie öffnete ihre Lippen halb und schloss halb die Augen; mit ihren Händen streifte sie das Kleid noch höher hinauf über ihre Schenkel, während die Linse sich immer wieder öffnete, der Auslöser klickte, der Blitz zuckte.

Gerta merkte, wie eine merkwürdige Erregung sie erfasste, als sie sich für die Leica und den Mann am Auslöser mit ihren Händen lasziv durch die Haare fuhr, mit den Fingern über ihre weiße Haut strich und schließlich zwischen ihre Schenkel, die sie weit für ihn öffnete, während Bandi knipste und knipste, bis der Film voll war und er die Kamera, heftig atmend, zur Seite legte und Anstalten machte, sie zu nehmen, so wie sie war, vom Champagner durchnässt und von sich selbst und ihrem Tanz mit der Kamera berauscht.

Sie fühlte sich verrucht und verführerisch wie die grell geschminkten Frauen aus Henry Millers Büchern, und sie wollte endlich auch einmal verwegen sein, weit über alle Grenzen hinaus.

Sie wollte eine Orgie, sie wollte den Rausch.

Ein Blick zu Bandi, und sie sagte heiser: »Probier doch mal was anderes.«

Langsam und provozierend löste sie sich aus seiner Berührung und drehte sich unter ihm auf den Bauch. Sie spürte, wie ihr Herz klopfte, und wusste selbst nicht so genau, was sie da tat, als sie jetzt flüsterte: »Ich will, dass du mich von hinten nimmst.«

Sie hörte seine Stimme dicht an ihrem Ohr. »Wie meinst du das?«, entgegnete er rau.

»Von ganz hinten. Oder traust du dich nicht?«

Sie wollte ihn herausfordern, und sie wollte es nicht, sie hatte Angst, und doch war die Neugier noch größer, sie war begierig danach, am eigenen Leib zu erleben, was Henry Miller in seinen skandalösen Texten beschrieb.

Es war mehr Kampf als Liebe, als er sie auf den Boden drückte und seine Finger in ihrem Rücken vergrub und von hinten in sie eindrang, erst zaghaft, dann entschlossen und so tief, dass es schmerzte und ihr ein lauter Schrei entfuhr.

»Ist es das, was du willst?«, keuchte er.

Und sie wollte, dass er weitermachte, und er tat es, stöhnend, während er sie um jede Besinnung brachte, von einem Wahnsinn ergriffen und ohne jede Zärtlichkeit und Scham.

Hinterher lag Bandi noch lange wach und starrte zur Decke. Seine Hand ruhte auf ihrer Schulter, und er lauschte ihrem ruhigen, gleichmäßigen Atem, der ihm verriet, dass sie schlief. Er betrachtete ihr kühles, ebenmäßiges Gesicht und konnte es nicht mit dem in Einklang bringen, wozu sie ihn eben verführt hatte.

Woher kannte sie so was überhaupt?

Es war ihm noch nie passiert, dass eine Frau ihn dazu eingeladen hatte, sie von hinten zu nehmen. Er hatte es nicht gewollt, doch sie hatte ihn dazu gebracht, und es hatte ihm gefallen, mit dem Körper gefallen, aber nicht mit dem Kopf.

Bandi liebte die Liebe, doch es gefiel ihm nicht, brutal zu werden. Und es hatte ihn erschreckt, die Blutspuren zu sehen, als die Besessenheit von ihm abgefallen war, mit der er sie genommen hatte. Er fühlte sich verstört und abgekühlt, und vielleicht berührte ihn am merkwürdigsten, dass Gerta im Schlaf so entspannt und zufrieden aussah, fast so, als ob sie lächelte.

Die Zeitung lag aufgeschlagen auf dem Bett, und der Konsul erkannte mit einem Blick, dass sie es schon gelesen hatte. Sophia schlief, aber sogar im Schlaf wirkte sie verkrampft. In den letzten Wochen hatte es schwere Fieberschübe gegeben, und der Arzt vermutete inzwischen, dass es sich um eine tödliche Erkrankung des Blutes handelte: Leukämie.

Über kurz oder lang würde er sie verlieren, dachte der Konsul, so, wie er alles verlor.

Die Macht der Nazis hatte sich in Deutschland längst verfestigt, Hindenburg war tot; der »Führer« ohne jeden Widerpart fest im Amt. Unter Adolf Hitler hatte sich das Reich in bisher ungekanntem Ausmaß verschuldet, damit aber nicht nur der Rüstungsindustrie zum Aufschwung verholfen, sondern mit Arbeitsbeschaffungsprogrammen den ausgehungerten Massen wieder Hoffnung und Brot gebracht.

Der Konsul gehörte nicht zu jenen, die davon profitierten; seine Einstellung als gläubiger Katholik und Zentrums-Mann war den Nazis bekannt, und sie dachten gar nicht daran, Möbel bei ihm zu ordern. Er hätte sie allerdings auch nicht beliefern wollen. Die Fabrik hielt sich mühsam über Wasser, nicht zuletzt, weil er immer wieder von seinem nicht unbeträchtlichen Privatvermögen zuschoss.

Dies alles wäre noch zu verkraften gewesen, aber er litt an dem Unglück der anderen, vor allem der deutschen Juden. Nach der Einführung des »Arierparagraphen« 1933 und nach dem Tod des Professor Ullmann hatten nach und nach immer mehr angesehene Leipziger Bürger, von denen zum Teil nicht einmal bekannt gewesen war, dass sie jüdischer Herkunft waren, ihr Amt verlassen müssen. Ärzte, Anwälte, Künstler und Journalisten wurden entlassen; Juden mussten ihre Mitgliedschaft in Vereinen und ihre Ehrenämter niederlegen; an den Universitäten waren sie nur noch ausnahmsweise zugelassen. Jüdische Bücher, Bilder, Theaterstücke und Kompositionen wurden überall systematisch entfernt; Straßen, die nach Juden benannt waren, umbenannt, so, als wolle man den in Jahrtausenden gewachsenen Beitrag der Juden zur deutschen Kultur und Gesellschaft einfach auslöschen.

Gestern dann, am 15. September 1935, war auf dem Nürnberger Parteitag unter anderem das »Gesetz zum Schutz des deutschen Blutes und der deutschen Ehre« verabschiedet worden. Der Konsul konnte den Absatz, der ihn am meisten in Zorn versetzte, schon auswendig zitieren:

Durchdrungen von der Erkenntnis, dass die Reinheit des deutschen Blutes die Voraussetzung für den Fortbestand des Deutschen Volkes ist, und beseelt von dem unbeugsamen Willen, die Deutsche Nation für alle Zukunft zu sichern, hat der Reichstag einstimmig das folgende Gesetz beschlossen, das hiermit verkündet wird: 1. Eheschließungen zwischen Juden und Staatsangehörigen deutschen oder artverwandten Blutes sind verboten. Trotzdem geschlossene Ehen sind nichtig, auch wenn sie zur Umgehung dieses Gesetzes im Ausland geschlossen sind.

Da Sophia nach den Auffassungen der Nazis eine »Volljüdin« war, musste er seine Ehe mit ihr als nichtig betrachten. Er hatte bisher nie geglaubt, dass Menschen tatsächlich vor Wut mit den Zähnen knirschten, hatte es für einen dummen Spruch gehalten. Jetzt musste er erleben, dass es kein Klischee war, sondern Ausdruck eines übermächtigen Zorns, den sein Vater mit seinen biblischen Kenntnissen vermutlich als »heiligen Zorn« bezeichnet hätte. Wenn er an die Nazis dachte, stockte sein Atem, seine Augen waren vom Hass verschleiert. Sie bedrohten alles, was ihm lieb und teuer war.

Behutsam, um sie nicht zu stören, trat der Konsul zum Bett seiner Frau. Sie flatterte mit den Lidern wie ein erschöpfter kleiner Vogel mit den Flügeln und sah ihn aus glanzlosen Augen an.

»Ich bin Katholikin«, sagte sie schwach.

Er setzte sich auf die Bettkante; die Matratze ächzte.

»Danach fragen die Nazis nicht.«

»Schon meine Großeltern waren nicht mehr religiös. Ich verstehe das gar nicht. Dies ist das zwanzigste Jahrhundert, Herbert. Es gibt Eisenbahnen und Flugzeuge, der Mensch umspannt den Globus mit seinen schnellen Verkehrswegen, man kann mit dem Telefon überall in der Welt anrufen, es gibt Zeitungen und Radio. Und sie machen Gesetze wie die Kosaken vor zweihundert Jahren.«

Behutsam strich er ihr das Haar aus dem Gesicht, das in den zehrenden Monaten der Krankheit jeden Glanz verloren hatte.

»Ich bin keine Jüdin, Herbert. Ich glaube an die Heilige

Römische Kirche. Wenn mich überhaupt etwas mit dem Judentum verbindet, dann denke ich, die Juden sollten eine nationale Heimstatt haben, ein eigenes Land, in *Eretz Jissrael*. Aber ich bin Deutsche, ich bin Katholikin, ich definiere mich nicht als Jüdin.«

»Du darfst dich nicht so aufregen«, sagte er sanft.

Der Konsul wusste, dass es den meisten Leipziger Bürgern, die nun als Juden bezeichnet wurden, genauso ging. Niemand hatte sie bisher als Juden betrachtet. Juden, das waren die Pelzhändler von irgendwo aus dem Osten, fremdartige Menschen, Exoten. Aber nicht die Kaufleute und Akademiker, nicht die Künstler und Angestellten, die in der Leipziger Gesellschaft längst aufgegangen waren und ihre Söhne für Deutschland auf den Schlachtfeldern des Weltkrieges hatten sterben lassen. Und wenn einige wenige von ihnen tatsächlich noch zur Synagoge gingen – wen störte es schon? Die meisten taten es ohnehin nur zu den hohen Feiertagen. Viele andere waren sogar engagierte Christen.

»Warum müssen uns diese Leute so quälen?«, fragte Sophia und schaute zur Decke. »Ich bin froh, dass ich nicht mehr lange lebe, Herbert. Dankbar, dass ich nicht erfahren muss, wie das noch alles weitergeht. Worauf läuft das hinaus? Was haben die mit uns vor? Mit uns Juden?«

Sie hustete; in den letzten Monaten und vielleicht überhaupt kaum je in ihrer langen Ehe hatte er sie so lange reden hören; ihr Atem reichte kaum, um die Worte zu tragen.

»Schon allein dieses Wort: Juden. Ich hätte nie gedacht, dass ich es je im Leben noch einmal benutzen würde. Ich bin Katholikin, wenn ich sterbe, will ich die heiligen Sakramente, versprichst du mir das?«

Er strich ihr zart über die Wange, spürte die Knochen, viel zu dicht unter der Haut.

»Uns werden sie niemals trennen. Und ich hab auch

meine Beschlüsse gefasst. Wir werden uns das hier nicht länger antun. Wir haben noch Vermögen in der Schweiz. Es ist nicht mehr überwältigend viel, aber genug, dass wir uns in Zürich zur Ruhe setzen können. Ich weiß doch, wie sehr du Zürich liebst.«

Sie suchte seinen Blick und drückte seine Hand. Die Hand fühlte sich eisig kalt an, merkte er erschrocken, und ihr Druck war nur sehr schwach.

»Du bist ein guter Mann, Herbert. Es ist ein schöner Plan. Ich hab den Zürichsee immer geliebt, diese schöne Stadt am See und dahinter die Berge, blaue Berge, blau wie die Sehnsucht.«

»Wir könnten ein schönes Haus mit Seeblick suchen. Mit einem kleinen Park, wo du auf den See und die Berge schauen kannst. Es gibt sehr gute Ärzte in Zürich. Dort«, sagte er bitter, »dürfen jüdische Ärzte ja noch praktizieren.«

»Ein sehr schöner Plan. Wie schön wäre es, die Berge noch mal zu sehen. Ich fand es immer viel schöner, auf die Berge zu schauen als von ihnen hinunterzusehen.«

Der Konsul musste den Blick abwenden, denn jetzt hatten zwei Tränen es geschafft, durchzudringen. Sie glaubte nicht an Zürich, das war klar. Sie glaubte, dass ihnen nicht einmal mehr diese Zeit blieb. Er war der Überzeugung, dass jeder Mensch über eine innere Uhr verfügt, die ihm seine Lebensspanne verkündet. Wenn sie glaubte, keine Zeit mehr zu haben, stimmte es wohl.

»Weißt du, Herbert, ich würde so gern mit dir im Café Odéon sitzen und später mit dir am Seeufer entlangspazieren. Vielleicht würde ein Geiger die ›Mondscheinsonate‹ spielen. So wie damals, weißt du noch, als ich dich begleitet habe?«

»Wie könnte ich es je vergessen?«

»Wir hatten ein gutes Leben, Herbert.«

»Es ist noch nicht vorbei.«

»Aber wir müssen an Gerta denken. Nach allem, was diese Nazis hier tun, muss sie die Wahrheit erfahren. Wir müssen ihr sagen, wer sie in Wahrheit ist.«

»Wir können sie doch nicht erreichen. In ihrer schäbigen Absteige hat das kleine Fräulein doch nicht mal Telefon.«

Es ärgerte den Konsul, dass Gerta sich weigerte, Geld von ihm anzunehmen. Hätte sie es doch getan, dachte er jetzt grimmig.

»Ich werde ihr schreiben, Herbert. Ich werde meiner Tochter beibringen, dass die Nazis mich zur Jüdin erklären und dass sie in diesem hässlichen, unmenschlichen Sprachgebrauch ein Mischling ersten Grades ist.«

Sie holte tief Luft und sagte schließlich mehr zu sich selbst: »Ich werde ihr die ganze Wahrheit schreiben.«

Sie strich Wortreihen durch und formulierte immer wieder neue Sätze, die ihr dann wieder zu banal erschienen und einen falschen Ton hatten. Aber gab es den richtigen Ton überhaupt, fragte sich Sophia, während sie am Bleistift sog und nachdenklich aus dem Fenster schaute.

Wie sagte man seiner Tochter, dass sie Halbjüdin war nach den Gesetzen der Nazis und Jüdin nach den alten Gesetzen? Und dass man ihr diese Herkunft verschwiegen hatte, weil man ihr keine Bedeutung zumaß, da man an die Gleichheit aller Menschen glaubte und daran, dass die Zeit des Judenhasses für immer vorüber sein würde?

Und wie sollte man seinem Kind dann auch noch erklären, dass es einen anderen Vater hatte als den, den es kannte – und liebte? Wie sollte sie Gerta erklären, dass sie die Tochter eines Prager Bohèmiens war, eines armen Malers, zu dem sie, Sophia, sich aus Standesdünkel damals nicht hatte bekennen können?

Die Bilder aus der Vergangen stiegen auf und zogen Sophia in ihren Bann. Sie sah das lachende Gesicht von

Milos vor sich, der sie mit sich durch die Prager Altstadtgassen zog und dann in einen Hauseingang, wo er sie zum ersten Mal küsste …

»Wenn ich dir dies alles heute erzähle«, schrieb Sophia viele Stunden später auf den Briefbogen aus Büttenpapier, »bitte ich dich zugleich darum, für immer Stillschweigen zu bewahren. Der Konsul hat dich sein Leben lang geliebt wie sein eigenes Kind, ja, sogar noch mehr als die meisten Väter ihre Kinder. Es würde ihn zutiefst verletzen, wenn er von dir erfährt, dass ich dir die ganze Wahrheit erzählt habe. Aber ich denke, du sollst dieses mein Geheimnis wissen, mein Kind, denn es wird dir vielleicht helfen, dich besser zu verstehen – und glücklich zu werden.«

Mauersegler schwirrten über die Dächer der Rue Monge mit ihren Mansarden und den unzähligen kleinen Schornsteinen. Der Geruch von Kohlefeuer und Herbstlaub lag in der Luft. Als die Sonne unterging, glänzten die Häuser von Paris pastellrosa, der Himmel war blass, beinahe weiß.

Gerta saß am Fenster und löffelte die Reste des Abendessens von gestern, Pfirsich mit Sahne, die letzten Leckereien, die sie sich von Bandis Wettgewinn noch leisten konnten. Das Geld rinnt einem nur so durch die Finger, dachte sie. Gerta konnte sich kaum noch daran erinnern, wie es gewesen war, ein sorgloses Leben zu führen, bei dem Geld überhaupt keine Rolle spielte, weil es davon im Überfluss gab.

Wenn sie den Kopf schief legte, konnte Gerta die Zwillingstürme von Notre-Dame erkennen. Es waren höchstens zwei Kilometer bis zu ihrem alten Zimmer am Quai d'Orléans, wo Tante Terra jetzt vielleicht auch auf die Kathedrale blickte, deren Stein im schwindenden Licht kalkbleich war und an Knochen erinnerte – zwei Kilometer und doch eine ganze Welt.

Aber auch, wenn Gerta in der kommenden Zeit kein Geld

für Räucherlachs und Pfirsich in Sahne hatte, sondern bestenfalls Baguettes mit Knoblauch und Butter bestreichen würde, zog sie nichts in dieses vergangene Leben im Vogelkäfig des Reichtums zurück. Sie war behütet, aber eingesperrt gewesen.

Hier hatte sie Freiheit.

Während die Sonne in einem letzten Glühen die Stadt aufglänzen ließ, schleckte Gerta die restliche Sahne vom Teller und blickte in die Fenster gegenüber, wo ein Pärchen zankte. Der Anblick erinnerte sie an ihre Magenschmerzen, und sie schaute lieber nach links über die Rue Monge, die bis weit zum Horizont führte. Aber das Gefühl der Bedrückung wollte nicht weichen.

Heute hatte sie die Agentur *Alliance* ausnahmsweise mal früher verlassen, als es sonst ihre Gewohnheit war: nur eine Stunde später als zum vertraglich vereinbarten Feierabend. Dennoch hatte Maria Eisner so irritiert die Augenbrauen hochgezogen, als wäre es ein Vergehen, wenn sie keine vier Überstunden machte. Alter Drache, dachte Gerta.

Sie brauchte Zeit für sich. Seit Wochen hatte sie sich endlich mal wieder mit Amalia verabredet. Eigentlich wollten sie die »Deutsche Freiheitsbibliothek« besichtigen, die unter der Leitung von Heinrich Mann am Boulevard Arago aufgebaut wurde, weil Sylvia bei Shakespeare and Company aus Platzgründen dieses Projekt nicht hatte verwirklichen können.

Jetzt wollte Gerta viel lieber über Bandi reden. Sie musste dringend mit einer Frau, der sie vertrauen konnte, über ihren Kummer sprechen.

Sogar in der Fotoagentur ging Bandi ihr aus dem Weg. Seit der Liebesnacht, in der er sie fotografiert hatte, war er merkwürdig abweisend zu ihr. Schon am nächsten Morgen hatte er ihr kaum in die Augen gesehen und war ohne ein weiteres Wort in aller Frühe zur Arbeit gegangen.

Seitdem waren sie sich kaum einmal begegnet, und geschlafen hatten sie auch nicht mehr miteinander.

Bandi war dauernd auf Reportage und richtete es so ein, dass er seine Nächte in der Dunkelkammer verbrachte. Er kam ins Haus, kurz bevor sie aufstand. Als Sekretärin und Disponentin war sie den normalen Arbeitszeiten verpflichtet.

Gerta verstand überhaupt nicht, was in ihm vorging.

Hin und wieder, wenn sie ihn im Wohnzimmer von Maria Eisner sah, wo ihr Arbeitstisch stand, blickte er seltsam bekümmert und auch sehnsüchtig zu ihr hinüber. Aber sowie sie aufschaute, wandte er sich ab.

Tagelang hatte sie darauf gewartet, dass er die Fotos von ihr entwickeln würde. Aber der Film, den er von ihr im verruchten Kleid so begeistert aufgenommen hatte, lag auf dem Küchentisch in der Rue Monge, ohne dass er ihn anrührte. Letzten Endes war sie selbst an einem Samstagnachmittag in die Dunkelkammer gegangen, um ihn zu entwickeln.

Die Fotos hatten sie erstaunt, ein bisschen befremdet und begeistert. Sie konnte kaum glauben, dass sie es sein sollte, die sich derart ungehemmt und auch erotisch in die Kamera streckte. Nie zuvor hatte sie so schöne Bilder von sich selbst gesehen. Man sagte ihr manchmal, dass sie ein schönes Gesicht habe. Aber sie selbst glaubte nicht wirklich daran. Diese Frau im schwarzen Kleid, in dem sie kaum sich selbst erkannte, war allerdings zweifellos schön – und mehr als das: begehrenswert.

Gerta hatte eins der Fotos über ihrem Nachttisch aufgehängt und die übrigen auf Bandis Seite des Bettes gelegt. Als sie aufwachte, war ihr Foto abgehängt, der übrige Stapel lag unbeachtet auf seinem Nachttisch, und er schnarchte wie ein kanadischer Holzfäller. Sinnlos, ihn zu wecken und ihm eine Szene zu machen. Wenn sie ihn mit Vorwürfen überschüttete, würde er dabei mit wachen Augen einfach weiterschnarchen. Sie vermutete, dass er erst im Morgengrauen ins Bett gefallen war, und er stank nach Alkohol.

Dass sie ihn so wenig verstand, machte sie ganz verzweifelt.

Für sie war es die aufregendste Nacht gewesen, die sie je mit ihm verbracht hatte, doch er schien es anders zu sehen. Es kam ihr so vor, als hätte er seither einen unbestimmten Zorn auf sie. Jedenfalls war er weiter von ihr entfernt als je zuvor.

Auch wenn sie niemals in das Palais am Quai d'Orléans zurückkehren wollte, war sie nicht mehr sicher, ob sie es mit Bandi schaffen würde. Es machte sie ganz mutlos, wenn sie sah, wie ihr Leben auseinander driftete. So ähnlich muss es sein, wenn Kontinente sich verschieben, dachte sie. Ein Riss tut sich auf und wird unaufhaltsam immer breiter.

Vielleicht würde Amalia einen Rat wissen. Sie verstand mehr von den Männern. Vielleicht würde sie ihr erklären können, was in Bandi vorging. Denn er weigerte sich, mit ihr zu sprechen, und stritt mit der Halsstarrigkeit eines Maulesels ab, dass er ein Problem mit ihr hatte.

»Ich hab viel zu tun«, fertigte er sie ab.

Und jedes Mal, wenn dieser Satz fiel, vertiefte sich der Graben zwischen den Kontinenten noch weiter.

»Herr Friedmann, hätten Sie mal eine Minute?«

Die schneidende Stimme Maria Eisners erreichte Bandi auf dem Weg zur Tür. Er wollte zur Place de la Contrescarpe, wo er mit Henri Cartier-Bresson verabredet war.

»Ungern«, sagte er.

»Sparen Sie sich Ihre Frechheiten, und kommen Sie her.«

Maria Eisner saß an dem kleinen Biedermeiersekretär in ihrem Wohnzimmer, den Gerta normalerweise als Bürozentrale gebrauchte. »Die Chefin«, wie sie Maria Eisner nannten, trug ein dunkelblaues Kostüm und wirkte streng und entschlossen wie immer. Bandi fragte sich, ob sie überhaupt lächeln konnte.

»Gerta ist heute früher nach Hause gegangen. Ich stelle fest, dass ihr Eifer deutlich abflaut. Diese Woche hat sie nur einen einzigen Auftrag für uns beschafft, und das, wo sie doch sonst einen geradezu kleinbürgerlichen Ehrgeiz an den Tag legt. Ist bei Ihnen was nicht in Ordnung?«

Bandi betrachtete die hageren Wangen der erfahrenen Agenturleiterin. Sie sah aus wie ein Mann, der sich ungeschickt als Frau verkleidet hat. Er mochte diesen herben Charme, und er wusste, dass sich hinter dem rauen Gehabe ein gutes Herz verbarg.

»Mir scheint alles ganz normal zu sein.«

»Das dürfte am durchschnittlichen Einfühlungsvermögen eines ganz normalen Mannes liegen. Wenn Sie das glauben, sind Sie taub und blind.«

Eigentlich hätte man lieber ihn mal fragen sollen, wie er sich fühlte, dachte Bandi. Er ging Gerta seit mittlerweile zehn Tagen nur noch aus dem Weg.

Es hatte ihn bedrückt, dass er in ihrer letzten gemeinsamen Nacht so dermaßen die Kontrolle über sich verloren hatte. Er war ein Mensch, kein Tier. Man sollte sich nicht hinreißen lassen. Er wusste, dass sie nichts dafür konnte, fühlte sich beschämt vor ihr.

Im Übrigen waren seine Heiratspläne in weite Ferne gerückt, seitdem man in Paris von den Nürnberger Gesetzen erfahren hatte. Er war Jude, sie deutsche Reichsbürgerin im Sinn der Nazis. Eine Ehe würde demnach als nichtig gelten. Gerta hatte das Thema nie angeschnitten; aber er würde sie nicht dem Risiko aussetzen, nach Recht ihres Heimatlandes »Rassenschande« zu begehen.

»Ich glaube, es ist die Politik, die ihr zu nahe geht.«

»So?« Maria Eisner betrachtete ihn neugierig. »Sie sollte es sich nicht zu sehr zu Herzen nehmen. Sie ist doch schließlich keine Jüdin.«

Bandi wusste selbst, dass er mehr über seine eigenen Probleme gesprochen hatte als über die von Gerta.

»Ich weiß wirklich nicht, was ihr sonst fehlen könnte.«

»Vielleicht fragen Sie einfach mal?« Maria Eisner wandte sich ihren Notizen zu und bedeutete ihm damit, dass das Gespräch beendet war. »Es kann einer Beziehung manchmal nützen, wenn man über Dinge spricht. Ich werde jedenfalls nicht dulden, dass die *Alliance* unter privaten Problemen zu leiden hat, Herr Friedmann. Ich ersuche Sie also dringend, Ihre Dinge in Ordnung zu bringen, wenn etwas nicht stimmt.«

Das Foto hieß *Derrière la Gare Saint Lazare*, Hinter dem Bahnhof Saint Lazare. Man sah Eisenspitzenzäune, davor eine riesige Pfütze, Reifen, die im Wasser schwimmen, am Zaun hing ein Werbebanner; es warb für eine Firma namens Railowsky.

Ein Mann mit Hut, zum Schatten verwischt, hastete durch die Pfütze, der Schatten spiegelte sich darin, und im Hintergrund, auf dem Dach des Bahnhofs, schwebte eine Uhr.

Es war eine fantastische, faszinierende Kombination aus Dokument und surrealistischer Malerei. Nie zuvor hatte Bandi ein solches Foto gesehen, es war eine neue Schule des Schauens, voller Genauigkeit, Witz und Esprit.

»Am besten finde ich, dass auf der Reklame auch noch der Name Railowsky steht. Das ist Malerei mit dem Fotoapparat.«

Henri Cartier-Bresson lächelte. »Die Fotografie ist eine unmittelbare Handlung; die Zeichnung ist eine Meditation.«

»Und dieses Foto enthält beides.«

»Ich habe mich nie für die Fotografie an sich interessiert,

sondern immer nur dafür, im Sekundenbruchteil die Emotion festzuhalten, die vom Sujet und der Schönheit der Form hervorgerufen wird.«

»Ich kann nur knipsen«, sagte Bandi mit tiefer Bewunderung zu seinem weltgewandten Freund. »Du kannst die Poesie der Fotografie in Worte fassen.«

»Die Poesie liegt in der Sache. Die Fotografie verlangt nach dem sehr besonderen Talent, in kürzester Zeit eine Tatsache zu erfassen und die visuellen Zeichen, die sie beinhalten. Man muss in einem einzigen Moment den Kopf, das Auge und das Herz öffnen. Zu fotografieren ist ein Lebensstil, eine *façon de vivre*.«

Für Bandi war es eine Offenbarung, Henri über Fotografie sprechen zu hören. Er selbst fotografierte aus dem Instinkt heraus. Er hatte sich manches angelesen und studierte natürlich alle Fotos in den großen Magazinen. Dennoch fehlte es ihm an einer künstlerischen Ausbildung, wie Henri Cartier-Bresson sie sich erworben hatte, indem er Malerei studierte.

»Mir fehlt das theoretische Wissen.«

»Dafür machst du wunderbare Fotoreportagen. Kennst du den Satz von Anatole France? Da ich nichts studiert habe, habe ich viel gelernt.«

Bandi lachte und winkte dem Kellner, ihnen eine Magnum-Flasche Sekt zu bringen.

Inzwischen hatte es zu regnen angefangen, und der Regen trommelte auf die Markise. Wassertropfen prasselten auf den Brunnen inmitten der Place Contrescarpe, die Nässe glänzte auf dem Kopfsteinpflaster, und die Fußgänger platschten durch Pfützen, wo sich das Licht der gusseisernen Laternen spiegelte.

Bandi hätte stundenlang hier sitzen und mit Henri reden können. Dieser freundliche, bescheidene Mann, der viel zuhörte, lächelte und bestätigend nickte, war einer der klügsten Menschen, denen er je begegnet war. Jetzt zündete er sich eine Pfeife an.

»Das Problem bei der Fotografie ist, dass man sich ständig entscheiden muss.« Für einen Moment verschwand sein aristokratischer Kopf in den Rauchwolken. »Jedes Mal ist es der entscheidende Augenblick, der über die Qualität eines Fotos entscheidet. Die Kunst liegt nur darin, im richtigen Moment auf den Auslöser zu drücken.«

»Mich fasziniert das Wort *snapshot*, das Lucien Vogel von *Vu* so gern benutzt«, sagte Bandi. »Der Schnappschuss wurde erst durch die Leica möglich. Ohne sie wäre jemand wie ich vermutlich nie Fotograf geworden.«

»Ohne den Schnappschuss könnte man das Leben nicht überrumpeln«, meinte Henri. »Die Leica hilft dabei. Und du bist der beste Fotoreporter, den ich kenne, Bandi. Wen interessiert es, dass du nicht studiert hast? Du hast den Blick für die Wirklichkeit. Deine Auffassung ist moderner als meine, sie unterscheidet sich noch stärker von der Malerei. Du bist ein richtiger Reporter, ein Wahrheitssuchender.«

Bandi zündete sich eine Gitanes an.

»Wir wären doch ein tolles Team. Du mit deinem malenden Blick. Chim mit seiner Einfühlsamkeit. Gerta mit ihrem Eigensinn. Ich mit meinen Reportagen. Wir könnten uns eines Tages zusammentun und eine Fotoagentur gründen, die so gut sein muss, dass die Redaktionen zu uns kommen und darum betteln, dass wir ihre Aufträge annehmen.«

Henris Augenlider flatterten, wie immer, wenn er nervös war. »Gar nicht so schlecht, Bandi. Gar nicht so schlecht.«

Henri lächelte, was Bandi noch enthusiastischer werden ließ.

»Wir gründen die beste Fotoagentur der Welt!«, sagte Bandi enthusiastisch. »Und ich weiß auch schon, wie sie heißt.« Lachend griff er nach der übergroßen Sektflasche, die vor ihnen stand. »MAGNUM!«

Während Bandi und sein Freund Henri auf die Zukunft anstießen und dabei immer vergnügter wurden, waren zwei Mädchen vom Nachbartisch auf sie aufmerksam geworden. Die kleinere war zart und dunkel, die größere blond und üppig. Sie ließ Bandi an Lisa denken, seine Lisa aus Berlin, die ihm das Leben so viel leichter gemacht hatte als diese rothaarige Hexe, die ihn verführte und wegstieß, immer wieder lockte und irgendwann zerstören würde.

Bandis Blick traf sich immer wieder mit dem der Blondine, und irgendwann schien es ganz natürlich, dass Bandi für sie und ihre Freundin ein Glas Champagner bestellte. Henri lächelte großzügig; der reiche Fabrikantensohn würde die Rechnung für alle bezahlen. Und obwohl er selbst den Männern zugeneigt war, hatte er niemals Einwände gegen die Gesellschaft schöner Frauen.

So dauerte es nicht lange, bis die Mädchen bei ihnen Platz genommen hatten, die grazile Dunkle mit den Rehaugen neben Henri; sie war eine holländische Baronin mit fein geschliffenen Manieren, und die beiden waren schnell in ein Gespräch über Fernreisen vertieft.

Die üppige Blonde setzte sich so dicht neben Bandi, dass er den Luftzug spürte; sie verströmte Sex, direkt und großzügig, und obwohl er es nicht vorgehabt hatte, konnte er nicht anders, als seine Hand auf ihr Knie zu legen; es fühlte sich warm und weich an, und von ihren Brüsten ging etwas Tröstliches und Beruhigendes aus.

Mit einer Frau wie ihr würde alles viel weniger kompliziert sein als mit Gerta, die es sogar schaffte, aus leidenschaftlichem Sex etwas zu machen, das ihn verhexte und irritierte, ihn die Kontrolle verlieren ließ und ratlos machte, wenn sie sich wie eine Prostituierte benahm. Er hatte den ganzen Unfug von der unberührten Tochter aus gutem Hause geglaubt. Inzwischen fragte er sich, wie viel Erfahrung sie *wirklich* hatte? Und nur diese Frage machte ihn schon eifersüchtig – irgendwie hatte er das Gefühl, auf sie reingefallen zu sein.

»Ich hab gehört, dass ihr über Fotos redet«, vertraute die Blonde ihm an, die sich Mara nannte. »Wir sind beim Film. Wenn du an die Zukunft denkst, musst du auch zum Film.«

Bandi glaubte ihr kein Wort. Jedes einigermaßen ansehnliche Mädchen auf dem Montparnasse arbeitete als Modell oder Künstlerin, schrieb Romane oder wollte zum Film.

»Im Augenblick«, sagte Bandi einschmeichelnd, »sehe ich die Zukunft eher in deinen Augen. Oder deinem Mund.«

Damit suchte sein Blick ihre Lippen; es war ein kleiner Flirt, weiter nichts, ein Abenteuer für ein paar Stunden, eine kleine Oase des Vergessens, bevor er zu der Frau zurückkehrte, die er mehr als jede andere begehrte und besitzen wollte. Eine schöne und schwierige Frau. Dies hier war etwas Süßes für zwischendurch. Nur dieses eine Mal, sagte er sich, und er wehrte sich nicht, als sie die Hände um sein Kinn legte und sein Gesicht an sich heranzog, um ihn zu küssen.

Das Bild brannte sich in ihre Netzhaut ein, unbestechlich, als wäre die Netzhaut ein Objektiv. Ein Mann küsste ein Mädchen. Ein Mädchen küsste einen Mann. Das Mädchen war blond und schön; der Mann war dunkel und schön. Gerta brauchte einen Moment, um zu begreifen, dass dieser Mann, der im Kuss versank, der Mann war, den sie liebte.

»Und wie er dich liebt«, hatte Amalia ihr versichert, als sie nach dem Besuch der »Deutschen Freiheitsbibliothek« durch Dunkelheit und Regen ins Quartier Latin gewandert waren.

Und jetzt stand sie da, unfähig, den Blick von dem Bild zu lösen, das alles in ihr zerstörte.

»Himmelhochjauchzend, zu Tode betrübt, glücklich allein ist die Seele, die liebt.«

Bandi summte leise das Schumann-Lied vor sich hin, während er die Treppen zu ihrer Wohnung hinaufging. Endlich einmal würde er sich trauen, Gerta wieder anzuschauen. Die hübsche blonde Mara aus dem Café an der Place Contrescarpe hatte ihm sein Selbstvertrauen wieder gegeben: Er war kein brutales Monster; er war ein ganz normaler Mann.

Behutsam hatte er sich aus Maras Armen gelöst, hatte sich ihre Adresse geben lassen, um sie nicht zu beleidigen, und war entschlossen, sie nicht wiederzusehen. Sie war ein liebes Mädchen, und er mochte den Duft ihres Haares und ihrer Haut, aber sie war eins dieser lieben Mädchen, von denen es viele gab. Ihr Kuss hatte nur sein Verlangen nach Gerta geweckt.

Er wollte mit ihr zusammen sein. Ohne Streit und Gewalt, ohne Fotos und zu viel Champagner, ganz normal und schön, so wie in den ersten Monaten ihrer Liebe. Er wollte sie voller Sanftheit lieben und hinterher in den Armen in den Schlaf wiegen.

Bandi öffnete die Wohnungstür; alles war dunkel.

»Schläfst du schon?«, fragte er leise in die Dunkelheit.

In letzter Zeit war er absichtlich so spät nach Hause gekommen, dass sie in der Regel schon eingeschlafen sein musste. Er hatte es vermeiden wollen, ihr in die Augen zu sehen. Doch heute war er voller Hoffnung.

»Gerta?«

Er schaltete das Licht ein; und als es aufleuchtete, wünschte sich Bandi, es hätte niemals Licht gegeben. Dann wäre ihm dieser Anblick erspart geblieben.

Die Wohnung war ein Trümmerfeld.

Alles, was sie besaßen, befand sich auf dem Fußboden, und zwar in zerschmetterter Form. Porzellanscherben, Papierfetzen, Essensreste, Nudeln aus Vorratsbehältern, Reiskörner, zerrissene Fotos und zerfetzte Kleidungsstücke, *seine* Kleidungsstücke.

Bandi blickte fassungslos umher.

Das Chaos wurde gekrönt von den Scherben, die einmal Gertas schönste Obstschale gewesen waren.

Dazwischen lagen, in tausend kleine Fetzen gerissen, die Fotos, die er von ihr gemacht hatte. Er erkannte es an einem Auge, das ihn anstarrte, einer halb entblößten Brust, die wie ein Puzzleteil im Chaos lag. Sie hatte es gründlich gemacht. Sie hatte alles zerstören wollen, was sie verband. Sogar das Bild ihres eigenen Körpers, diese schönen Fotos, die er liebte und die ihm unsagbar peinlich gewesen waren, da er sich für die Kälte schämte, mit der er die Frau abgelichtet hatte, die er doch liebte.

Oder zu lieben geglaubt hatte, verbesserte er sich selbst.

Bandi dachte an seinen Vater, der hilflos in den Mond gestarrt hatte, nachdem Julia Friedmann ihm das gesamte Inventar der Küche hinterhergeworfen und zuletzt mit dem Kochtopf voller *Tscholent* nach ihm gezielt hatte.

Ihm war schwindlig, er musste sich setzen.

Auf dem Sofa lag ein Zettel, in wilder, riesiger Schrift, die Gertas inneren Aufruhr verriet, und mit Tränen befleckt.

»Du bist mir widerlich«, las er mit einer Ruhe, die ihm selber unheimlich war. Er kam sich vor wie der Komparse in einem billigen Film. Er kramte das zerknüllte Päckchen Gitanes aus seiner Jackentasche und zündete sich eine an. Dann kniff er die Augen zu, die auf einmal schmerzhaft brannten, und er las alles, was ihm die kleine Hexe noch zu sagen hatte.

»Bring dein blondes Flittchen ruhig her, und schlaf mit ihr in unserm Bett. Aber vorher soll sie ein bisschen aufräumen. Ich will dich nie mehr sehen.«

In seinen Rauch und in tiefes Schweigen gehüllt, blieb

Bandi auf dem Sofa sitzen, bis die Zigarette zu Ende geraucht war.

Dann stand er abrupt auf.

Er würde sich beeilen müssen. Vielleicht saß die schöne Mara noch im Café an der Place Contrescarpe. Was für ein Idiot er doch gewesen war, sie sitzen zu lassen.

Sollte die rothaarige Hexe, die nicht einmal davor zurückschreckte, ihm nachzuspionieren, dorthin gehen, wo sie herkam: zum Teufel!

Er hatte genug von ihr; ein für alle Mal genug von ihren Launen und Tobsuchtsanfällen, von ihrer Herrschsucht und völlig ungezähmten Wildheit hinter der wohlerzogenen Fassade.

Diese Frau brauchte einen Krieger, keinen Mann.

Bandi versuchte, den Trümmerhaufen zu ignorieren, der ihre gemeinsame Wohnung gewesen war, und ging so behutsam zum Ausgang, als hätte er Furcht davor, irgendetwas zu stören.

Er ließ das Licht an und zog leise die Tür hinter sich ins Schloss. Dies war seine Art zu gehen.

Auf den Schnee war niemand vorbereitet.

Die Automobile rutschten über den Boulevard Saint-Germain, lange Schlangen bildeten sich vor den Verkehrsampeln; die Fußgänger schützten sich mit Schirmen vor der kalten Feuchtigkeit und versanken tief in ihren Mänteln.

In den Bäumen glitzerten Abermillionen winziger Sternchen, und die Straßenlaternen und Métro-Schilder trugen flache, weiße Häubchen. Als es dunkel wurde und die Lichter angingen, glänzte Paris orange und golden im Schnee.

Gerta war auf dem Heimweg. Nach Hause, dachte sie. Der Mensch gewöhnt sich schnell an neue Verhältnisse, vielleicht sogar zu schnell. Zu Hause, das war inzwischen Amalias Atelier in der Rue des Fossés-Saint-Bernard, wo der

Kohleofen bullern und behagliche Wärme verströmen würde; da Jonathan sich für den Abend angesagt hatte, würde es vermutlich ein kleines Festessen geben, Coq au Vin oder Elsässer Baeckeoffe, den Eintopf, den er so liebte. Amalia war nicht nur eine Künstlerin, sondern auch eine gute Köchin. Gerta lächelte. Seit sie bei der Freundin wohnte, war sie in Gefahr, pummelig zu werden.

Sie genoss, den Schnee unter ihren Schritten knirschen zu hören, da es sie an Leipzig erinnerte, und ging in Gedanken den Tag noch einmal durch. Robert Jungk hatte sie ein und dieselbe Seite fünfzehn Mal abtippen lassen. Immer wieder hatte er Stellen gefunden, die ihm nicht gefielen, und alles umgeändert. An Tagen wie diesen bedauerte Gerta, dass sie bei Maria Eisner gekündigt hatte. Aber es war ihr unerträglich gewesen, mit Bandi in derselben Agentur zusammen zu sitzen.

Über Jonathan und seine amerikanischen Freunde war sie einem jungen Autor namens Robert Jungk begegnet, der an einem Filmmanuskript für Hollywood arbeitete. Er hatte jemanden gesucht, der für ihn tippte, und durch ihre guten Empfehlungen aus der amerikanischen Kolonie war es nur eine Formfrage gewesen, ob sie den Job bekam oder nicht.

Seitdem durfte sie die Dialoge zu einem Film unter dem Arbeitstitel »Marie Walewska« schreiben. Die Arbeit war faszinierend und anstrengend; jeden Tag wurde das Ergebnis des Vortags verworfen und umgeschrieben.

Robert Jungk erzählte die tragische Geschichte der blonden polnischen Gräfin Maria Walewska, in deren Schönheit Napoleon sich verliebt. Er verspricht, Polen die Freiheit zu geben, wenn die verheiratete und treue Frau sich ihm schenkt. Auf Befehl des Königshauses Poniatowski und ihres Gatten gibt sie sich dem großen Kaiser hin; sie empfängt von Napoleon einen Sohn, Alexandre Walewski, und sie zerbricht daran.

Es war schön und anstrengend, für Robert Jungk zu arbeiten, dachte Gerta. Was sie für ihn tat, ging weit über die übliche Sekretariatsarbeit hinaus, und sie musste zugeben, dass es ihr immer mehr bedeutete, in seiner Nähe zu sein. Hin und wieder legte sich ganz leicht seine Hand auf ihre Schulter oder streifte sein Arm den ihren. Und immer wieder unterbrach er sich, während er ihr diktierte.

»Sagen Sie mal, Gerta, was meinen Sie als Frau? Was geht in der Walewska vor? Erklären Sie es mir.«

Die Beziehung zwischen Mann und Frau ist ein einziges Missverständnis, dachte Gerta. Die einfachsten Dinge musste sie Robert Jungk erklären. Zum Beispiel, dass männliches Begehren einer Frau zwar schmeichelt, sie aber nicht zwangsläufig verführt.

Einmal hatten sie den ganzen Nachmittag im Café de Flore verbracht und über die Liebe gesprochen. Und Gerta hatte die Tränen unterdrücken müssen. Denn so klug und charmant Robert Jungk auch sein mochte – dieser Mistkerl schlich sich beim Reden zurück in ihr Herz. Dieser Mistkerl namens Bandi, von dem sie kein Wort mehr gehört hatte.

War es zwischen ihnen auch nur ein Missverständnis gewesen?

Dass nichts von ihm kam, sollte wohl bedeuten, dass es vorbei war mit ihnen. Vermutlich, dachte sie resigniert, konnte ihm diese schöne, üppige Blondine etwas geben, das sie nicht besaß.

Gerta bedauerte jede Minute ihres Lebens, die sie ihm geschenkt hatte. Ein Fehler, dachte sie, während sie vorsichtig über die Straße ging, die von den Reifen der Automobile in eine rutschige Eisbahn verwandelt worden war. Bandi war der größte Fehler ihres Lebens gewesen.

Und sie hasste sich dafür, dass sie ihn trotzdem vermisste.

»Ich würde mich freuen, wenn die Damen mich noch ins Ritz begleiten würden.«

Jonathan tupfte sich bedächtig den Mund ab und nahm einen Schluck von dem kühlen, guten Retsina, den Amalia zum Moussaka, Hackfleischauflauf mit Auberginen, serviert hatte.

Ritz, Crillon, teure Restaurants, Nachtclubs und Diners: Die große Welt von ehedem hatte sie schneller wieder eingeholt, als sie für möglich gehalten hätte, dachte Gerta.

Nur in den ersten Tagen war es ein Problem gewesen, unter anderem, weil sie nichts zum Anziehen hatte. Aber Amalia besaß einen gesunden Sinn fürs Praktische, vermutlich ein Erbe aus Jahrhunderten von Landjunkern, und hatte nicht die geringsten Probleme damit, Geld von Jonathan anzunehmen.

So kam es, dass Gerta sich schneller wieder in den alten Bahnen bewegte, als sie sich jemals hätte träumen lassen. Sogar mit Tante Terra und Onkel James hatte es eine Versöhnung gegeben. Man konnte reden und kam miteinander aus. Die Höflichkeit ist eine Lebensversicherung, dachte Gerta.

Inzwischen fand sie es schon wieder ganz normal, bei Harfenmusik im Speisesaal des Crillon zu sitzen oder Tante Terra mit den unwahrscheinlichsten Hüten bei Wohltätigkeits-Galas zu entdecken und mit ihr über Mrs Vanderbilt zu lachen.

»Ich muss unbedingt deinen Eltern schreiben, dass du es geschafft hast, dich von diesem Stromer zu lösen, Gerta.«

»Oh nein, tu das nicht. Ich will sie nicht belasten.«

»Belasten? Sie werden entzückt sein.« Tante Terra hatte ihr mit dem Fächer einen leichten Klaps auf den Arm gegeben. »Wir werden schon einen jungen Mann für dich finden.«

Also war eigentlich beinahe alles so, wie es immer gewesen war, dachte Gerta, während sie spürte, dass Jonathan sie musterte.

»Robert Jungk will auch im Ritz sein. Ich glaube fast, er hat ein Auge auf dich geworfen.«

Gerta wurde rot. Es stimmte ja, dass auch ihr der junge, kluge Schriftsteller gefiel. Sie mochte seine Schüchternheit und seine guten Manieren, die so unaufdringlich blieben.

Aber jedes Mal, wenn er versuchte, ein bisschen weiter zu gehen, schob sich das Bild eines gewissen Mistkerls dazwischen. Und auch wenn sie die Eleganz und den Luxus zu schätzen wusste, dachte sie doch manchmal sehnsüchtig an ein Baguette und billigen Rotwein in der Dachwohnung in der Rue Monge.

Und es hatte sich in ihr Gedächtnis eingebrannt, wie Bandi die Geldscheine über ihren Kopf flattern ließ, lachend vor Glück und vor Stolz und vom Champagner betrunken.

»Er ist sehr nett«, sagte Gerta und spielte nervös mit ihrem Glas. »Aber ich bin noch nicht offen, ich brauche noch Zeit.«

»Die Zeit heilt alle Wunden«, sagte Jonathan mit seinem Bankierslächeln. »Du wirst schon sehen, dieser Lumpensammler ist bald vergessen. Du bist viel zu schade für ihn. *Alors.*« Er warf einen schnellen Blick auf seine Armbanduhr. »Wenn ihr euch noch ein bisschen frisch machen wollt, um uns Herren mit eurem Anblick zu beglücken, werde ich mich inzwischen dem Dessert widmen ...«

Wenn man sich einmal mit Religion befasst hat, dachte Bandi, fallen einem die alten Weisheiten in den unmöglichsten Momenten ein. Jetzt ging ihm ein Satz des greisen Rabbiners in Budapest durch den Kopf, der ihn damals auf seine *Bar Mitzwa* vorbereitet hatte:

»Frage nie einen Menschen nach dem Weg, der ihn kennt, denn danach wirst du dich nicht mehr verlaufen können.«

Der Satz beschäftigte ihn, seit er mit dem Packen begonnen hatte. Die Dachwohnung in der Rue Monge war ihm unerträglich geworden; überall spürte er Gerta und die Leere, die ihre Abwesenheit in den Räumen hinterlassen hatte.

Nicht ein einziges Mal hatte er die schöne Mara mit hierher gebracht, sodass sie sich inzwischen schon beschwerte. Aber es wäre ihm unerträglich gewesen, das Bett, das er mit Gerta geteilt hatte, mit einer anderen Frau zu entweihen.

Mara war tatsächlich beim Film, auch wenn sie bisher nur in Nebenrollen auftreten konnte. Aber sie hoffte auf mehr. Denn die französische Filmindustrie erlebte einen unerhörten Aufschwung. Anfang der dreißiger Jahre war aufgrund der Wirtschaftskrise ein Studio nach dem anderen zusammengebrochen. Nun, wo es die Elefanten der Branche nicht mehr gab, blühte die schöpferische Freiheit auf; es kamen neue Produzenten, die an künstlerische Filme glaubten, und Regisseure wie Max Ophüls und Jacques Feyder, Jean Renoir und Marc Allégret inszenierten kleine Meisterwerke, die Bandi bewunderte.

Nun träumte auch er vom Film.

Für den Anfang würde er schon damit zufrieden sein, Standfotos bei einer Produktion machen zu dürfen: Darsteller und Regisseure bei der Arbeit abzulichten. Aber seine Träume reichten natürlich noch weiter. Es müsste wunderbar sein, die Wirklichkeit nicht nur abzubilden, sondern auf Zelluloid neu zu erfinden!

Bandi warf seine Habseligkeiten in einen Seesack. Viel war ja nicht übrig geblieben, seitdem Gerta ihn verlassen hatte. Es war nun acht Wochen her, und Bandi kam es vor wie ein halbes Leben.

Er vermisste ihr Lachen, ihre Schimpfkanonaden, ihre verrückten Einfälle, und manchmal, wenn er selbst bemerkte, dass seine Schuhe schmutzig waren oder der Schlips nicht zum Anzug passte, wünschte er sich sogar die Bevormundung zurück, die kritischen Augen, mit denen sie seine Garderobe überwachte.

Gestern, dachte er, wäre es ihm nützlich gewesen.

Mara hatte ihm einen Termin beim Filmbeauftragten im Kulturministerium verschafft, der sich für seine Fotografien durchaus hatte erwärmen können. Aber Bandi waren die diskreten Blicke nicht entgangen, mit denen der elegante Franzose ihn gemustert hatte, und als er später in den Spiegel blickte, entdeckte er das Eigelb auf seinem Jackett.

Mit vagen Versprechungen war er entlassen worden; man würde ihn einigen Filmstudios als Standfotograf empfehlen, aber er solle nicht zu viel erhoffen, alles brauche seine Zeit.

Vielleicht, dachte er jetzt, war Erfolg tatsächlich nur die Frage des richtigen Auftretens und des richtigen Anzugs.

Er zwang sich dazu, sein bestes Hemd ordentlich zu falten, bevor er es in den Seesack legte. Die Möbel hatte er verkauft. Er würde bei zwei japanischen Freunden einziehen können, die er auf einer seiner Sauftouren durch Pigalle kennen gelernt hatte, bei denen er seinen Liebeskummer zu betäuben suchte.

Hiroshi Kawazoe und Seiichi Inouye hatten ihm nicht nur einen kleinen, aber gut bezahlten Job als Fotoredakteur im Pariser Büro der *Mainichi Press* beschafft; sie bewohnten auch eine grandiose Altbauwohnung in der Rue du Faubourg-St.-Honoré. Gegen eine eher symbolische Miete konnte er zwei elegant möblierte Zimmer übernehmen und würde die Wohnung hüten, wenn die beiden verreisten, was öfters vorzukommen schien.

Ein zufrieden stellendes Arrangement; er sparte viel Geld und war weit weg vom Montparnasse, der ihn doch nur an Gerta erinnerte. Mara lebte in einer hübschen kleinen Pension am anderen Ende der Stadt, am Hügel von Montmartre, zu Füßen von Sacre-Cœur und mit Blick auf deren kitschig-schöne Kuppeln.

Wenn es mit der Standfotografie nicht klappte, dachte Bandi, konnte er es machen wie seine neue Freundin – und Schauspieler werden. Mara versicherte ihm jeden Tag, dass sein Aussehen ihm eine große Karriere in Hollywood eröffnen könnte.

»Du bist ein Typ wie Erroll Flynn. Ein Exot. Du weißt gar nicht, was für ein Kapital du in deinem Aussehen hast.«

Manchmal keimte in Bandi die Frage, ob die schöne Mara dem äußeren Schein nicht doch zu viel Bedeutung beimaß. War es genug Lebensinhalt, sich an der eigenen Schönheit zu erfreuen?

Aber dann wieder konnte Bandi sich an ihrem statuengleichen Körper kaum satt sehen, an der Fülle ihres goldenen Haares und ihren runden, blauen Augen. Morgens, wenn er das Bett in ihrer Pension verlassen musste, schaffte er es nur mit Disziplin. Sie war einfach zu schön, um sie zu verlassen.

Jeden Morgen musste Bandi sich neu dazu überreden, sich in die Räume der *Alliance* zu schleppen, wo er doch nur die scharfzüngige Gerta vermisste und ständig böse Bemerkungen von Maria Eisner zu hören bekam. Seit Gerta gekündigt hatte, deren »kleinbürgerlichen Ehrgeiz« Maria Eisner so oft bespöttelt hatte, war die Auftragslage mies, um es noch freundlich zu sagen.

Wenn die Fotoagentur überhaupt eine Überlebenschance besessen hatte in Paris, wo es von Konkurrenz nur so wimmelte, dann war es Gertas Fleiß und Charme zu danken gewesen.

»Ihre Schuld, Herr Friedmann«, lautete das neue Mantra von Maria Eisner, der Gerta nicht einmal eine Adresse hinterlassen hatte. Ihre Kündigung hatte mit dem Satz geendet: »Machen Sie keinen Versuch, mich zu überreden. Es wäre doch nur Energieverschwendung.«

Bandi seufzte.

Mit einem einzigen Kuss in einem Café an der Place Contrescarpe hatte sich sein Leben in ein Minenfeld verwandelt.

Er schnürte den Seesack zu und bemerkte erst beim letzten Rundgang durch die leere Wohnung den Brief, der immer noch auf dem Regal neben dem Eingang lag.

Der Brief stammte aus Leipzig, von Gertas Eltern.

Bandi wog ihn in der Hand.

Er könnte ihn zu Amalia bringen, die ihm sicher sagen könnte, wo er Gerta fand. Oder er könnte ihn verbrennen; seine kleine Rache. Das Einfachste wäre gewesen, wenn er ihn einfach übersehen und vergessen hätte.

Doch schließlich entschied er sich dafür, den Brief fürs Erste in seinen Seesack zu stopfen. Wer weiß, dachte er, verbrennen kann ich ihn immer noch. Bis dahin ist es ein Unterpfand.

Raureif verzauberte den Quai de Gesvres und die goldene Kuppel der École des Beaux Arts am anderen Ufer der Seine; Paris hatte sich in ein Wintermärchen voller Glanzlichter verwandelt. Überall glitzerten und funkelten die Eiskristalle. Sternschnuppenstaub, dachte Gerta.

»Zauberhaft«, sagte sie zu Jonathan, bog den Kopf zurück und lachte. Vor ihrem Mund bildete sich ein Atemwölkchen.

»Aber nicht so schön wie deine Fotos«, erwiderte er galant.

Er hatte sie in der kleinen, feinen Boutique an der Rue de Rivoli abgeholt, wo ihre Paris-Impressionen ausgestellt waren. Es war ein richtiger, kleiner Erfolg, auch wenn nur die Damen aus den besten amerikanischen Familien die Fotos zu sehen bekamen, denn Chez Marianne wurde lediglich von der Amerikanischen Kolonie frequentiert. Gerta freute sich trotzdem wie ein Kind an den vielen Komplimenten und Foto-Bestellungen.

Das Leben kann doch schön sein, dachte sie.

Und es würde noch besser werden.

Zu Hause wurden sie von Amalia erwartet, die ein Winter-Menü aus Mecklenburg vorbereitet hatte, das Gerta schon beim Gedanken den Mund wässrig machte: Salat von Knollensellerie, marinierter Bückling mit Roter Bete, gefüllte Bauernente, Schlupfkuchen und hinterher Eiergrog. Und das Beste war, dass sie hinterher Robert Jungk treffen würde. Der Schriftsteller hatte sie in den Nachtclub Bœuf sur le Toit eingeladen, und jetzt freute sie sich mehr darauf, als sie angenommen hätte.

»Du könntest noch viel mehr aus dir machen«, hörte sie Jonathan sagen. »Zum Beispiel könntest du dir ein Pseudonym zulegen, einen griffigeren Namen, den man sich besser merkt.«

»Wie bitte?«

»Nimm's mir nicht übel, Gerta. Aber Pohorylle ist kein eingängiger Name. Es klingt so fremdartig. Du bräuchtest was Internationaleres, ich denke an so was in der Art wie Greta Garbo.«

Sie überlegte, ob sie beleidigt sein sollte, entschied sich aber dagegen. Jonathan war ein guter Geschäftsmann; er wusste, was er sagte, und zudem war ihr der Gedanke schon selber gekommen.

»Im Business gibt's ein einfaches Gesetz, *honey*. Der Erfolg macht den Erfolg. Ich schätze mal, in der Kunst wird es nicht anders sein. Alle stürzen sich auf den bekannten Künstler. Wenn man keinen Namen hat, muss man ihn sich machen.«

»Aber ich kann mich doch nicht einfach anders nennen.«

Er lachte. »Warum denn bloß nicht? Dein Name ist doch nicht deine Schuld. Jeder Mensch hat das Recht, sein Glück zu korrigieren. In Amerika nennen wir's *pursuit of happiness*, das Recht des Menschen auf Selbstentfaltung und Glück.

Wenn dein Name dir schadet, nimmst du dir einen anderen.«

»So einfach ist das.«

»Genau.« Er legte den Arm um sie, freundschaftlich und auch so ein bisschen neckend. »Dann gewöhnst du dir mal dein allzu bescheidenes Auftreten ab und erzählst, wie gut deine Fotos überall ankommen. Die Leute glauben das, was du rüberbringst. Die Bescheidenheit rechnen sie dir überhaupt nicht hoch an. Benimm dich wie ein großer Künstler, und du wirst einer sein.«

»Und du hörst dich an wie ein großer Spinner.«

»Ich sage dir nichts als die Wahrheit. Jedes Produkt, das man auch verkaufen will, braucht ein Image. Je besser das Image, desto besser das Produkt. Und je besser es sich verkauft, desto besser lässt es sich verkaufen.«

»Die drei Grundregeln des Kapitalismus?«

»Wenn du so willst. Kunst ist auch ein Produkt. Hör auf mich. Dann werd ich mich bald glücklich schätzen, wenn du mich auf Partys überhaupt noch erkennst.«

»Idiot. Hast du deine Theorie auch Amalia mal erklärt?«

»Jeden Tag ein neues *briefing*. Aber sie hört ja nicht auf mich. Diese Künstlerinnen sind so furchtbar eigenwillig …«

Sie hatten den Pont au Change erreicht, den Napoleon III. einst errichtet hatte; die Seine funkelte eisblau wie der Himmel über Paris.

»Seid ihr glücklich miteinander?«, fragte Gerta ernst.

»Na, und wie. Ich kann kaum erwarten, dass sie meine Frau wird.« Er warf einen vorsichtigen Blick zu ihr. »Ich bin wirklich ein Idiot. Das hätte ich nicht sagen sollen.«

»Ach, Jonathan.« Gerta blieb stehen. Er hatte immer noch den Arm um ihre Schultern gelegt, eine Berührung, zu der er nicht fähig gewesen war, damals, als er sich mit ihr verlobt hatte und sie darauf gewartet hatte. Jetzt hob sie die Hand und strich ihm sanft über die glatt rasierte Wange. »Ihr beide seid doch füreinander geboren. Wir beide, wir sind wirklich gute Freunde. Aber ansonsten hätten wir vermutlich nebeneinander hergelebt wie zwei sehr weit entfernte Sterne.«

Er lächelte nicht. »Ich freu mich, dass du es so siehst. Und jetzt verrat mir auch mal ein Geheimnis. Wie steht's denn mit dir und diesem Schriftsteller?«, fragte er neckend. »Ich hab mal so ein paar Erkundigungen eingezogen. Man sagt ihm eine große Karriere in Hollywood voraus. Wär das nichts für dich?«

Gerta hob lächelnd die Schulter; sie war sich über ihre Gefühle noch viel zu wenig im Klaren, als dass sie etwas hätte preisgeben mögen. »Schlecht wär die Idee vielleicht nicht. Dann käme ich ja doch noch nach Amerika …«

»Ohne mich?«

Jonathan schaute einen Moment lang verwirrt. Und dann lächelte er, beugte sich zu ihr hinunter und gab ihr einen sanften Kuss auf den Mund.

»Ich musste es noch mal ausprobieren«, sagte er grinsend. »Damals in Deauville hat uns ja meine Mutter gestört. Ich musste herausfinden, wie es ist.«

»Und wie ist es?«, fragte sie kokett.

»Süß.« Er zog sie rasch und heftig an sich, so, wie man Abschied nimmt. »Du schmeckst süß.«

Gerta lachte. »Amalias Menü schmeckt sicher besser.«

Das Bœuf sur le Toit in der Rue de Penthièvre war ein weltberühmter Nachtclub. Es gab eine Bar, die so raffiniert mit Spiegeln ausgekleidet war, dass man glaubte, ins Unendliche zu blicken. Kronleuchter, an denen Ballons aus Pergamentpapier hingen, verströmten schummeriges Licht. Auf roten Lederbänken räkelten sich Dichter wie Jean Cocteau und Damen mit Juwelen, um die Aga Khan sie beneidet hätte. Doch außer den Juwelen trugen sie fast nichts am Leib.

Gerta fand es frivol, und sie war entzückt, wenn sie daran dachte, wie frivol sie selber war. Robert Jungk legte mit der wachsenden Zahl geleerter Champagnergläser zunehmend seine Schüchternheit ab und umfasste ihren Hintern beim Tanzen mit beiden Händen. Seine Finger glitten über den Seidenstoff ihres Abendkleides, das sich eng über ihrer Haut spannte. Auch sie hatte Champagner getrunken und spürte, wie ihr die Röte in die Wangen stieg, und irgendwann waren sie beim Du gelandet.

»Wenn ich über Maria Walewska schreibe, muss ich immer an dich denken«, flüsterte Jungk in ihr Haar und zog sie noch näher an sich, sodass sie ihre Brüste gegen ihn schmiegte.

Sie lachte. »Zum Glück bist du nicht Napoleon.«

»Hättest du was dagegen?«

»Mir gefällt, dass du nicht so klein bist.«

Jungk ist wirklich attraktiv, dachte sie, mit seinem scharfen Profil und dem Lächeln, das ihm etwas Jungenhaftes verlieh. Er war ein dunkler Typ, nicht mal so anders als Bandi, nur sehr viel mehr der Sohn aus gutem Hause.

»Du könntest mir auch gefallen, Gerta.«

»Ich bin noch nicht so weit«, sagte sie.

»Aber du könntest es mal sein?«

»Schon möglich«, flüsterte sie an seinem Hals.

»Na dann – rechne mit dem Schlimmsten, und mach das Beste daraus.«

Gerta lächelte und ließ es zu, dass seine schlanken Finger erneut über ihren Körper wanderten. Er roch gut, er hatte Charme und Scharfsinn. Seine Manieren waren perfekt, seine berufliche Laufbahn beeindruckend. Neben der Arbeit an seinem Drehbuch studierte der gebürtige Berliner Psychologie und Soziologie an der Sorbonne und hatte bereits mit berühmten Filmregisseuren wie G. W. Papst und Max Ophüls zusammengearbeitet. Außerdem übernahm er gelegentlich Aufträge für die *Agence Européenne de la Presse*. Eigentlich würde sie es gut mit ihm treffen, dachte sie.

Kurz vor Mitternacht begann die Kapelle, ihr Lieblingslied zu spielen, ›Ich sing mein Lied heut nur für dich‹, von Jan Kiepura, und dann hob sie den Blick zu Robert Jungk und las das Begehren in seinen Augen, bevor er ihr Kinn anhob und sie küsste, sanft und lang und verzehrend schön.

Erst als er von ihr abließ, spürte sie, dass jemand sie anstarrte. Sie drehte den Kopf und entdeckte Chim, der in einem feinen, dreiteiligen Anzug am Rand der Tanzfläche stand, sie einen Moment hinter seinen Brillengläsern zornig anfunkelte, sich dann auf den Fersen umdrehte und zwischen den Gästen verschwand.

Anfangs hatte Bandi überhaupt nicht glauben wollen, was Chim ihm zugetragen hatte. Ganz bestimmt bildete er sich nur ein, dass er Gerta in den Armen dieses Schreiberlings gesehen hatte. Aber der Freund war so aufgebracht gewesen, dass Bandi ihm schließlich glauben musste. Es überraschte ihn selbst, wie wütend ihn der Gedanke machte, Gerta könnte einen anderen haben.

Und dann noch einen richtigen Intellektuellen. Ausgerechnet diesen Schriftsteller, dem Bandi sich merkwürdig unterlegen fühlte.

Robert Jungk, den er aus den Cafés des Montparnasse kannte, besaß alles, was ihm fehlte: ein kulturbürgerliches Elternhaus, Bildung, Manieren. *Und* auch noch Erfolg beim Film.

Aber Gerta würde er nicht bekommen, schwor sich Bandi, nachdem er seine erste Wut in einer wilden Kneipennacht und einem dicken Streit mit Mara abgelassen hatte.

Gerta war *seine* Frau, und daran würde auch Jungk mit seinem ganzen Kulturgeschwafel nichts ändern.

Zum Zionismus gehört Zigarettenqualm, dachte Bandi. Obwohl er selber Kette rauchte, seit Gerta ihn verlassen hatte, schüttelte es ihn, als er die Wohnung von Dr. Jacques Salomon betrat. Rauchwolken hüllten alles in Nebel, durch den eine durchdringende, tiefe Männerstimme tönte:

»Aufgrund der irrtümlichen Veröffentlichung eines Geheimerlasses wurde bekannt, dass die deutsche Regierung grundsätzlich die Judenfrage durch Auswanderung zu lösen beabsichtigt«, schallte es durch die Wohnung und vermutlich auch durch die Wohnungen sämtlicher Nachbarn. »Die Tätigkeit der zionistischen Jugendverbände, die der Berufsumschichtung und Auswanderung dienen, werden in dem Erlass ausdrücklich als im Staatsinteresse liegend bezeichnet und in der Praxis wirksam gefördert.«

Java, dachte Bandi mit einem Grinsen: Berufsumschichtung sollte bedeuten, dass Künstler und Rechtsanwälte sich mit dem Umgang mit Hacke und Spaten vertraut machten, um das verödete *Eretz Jissrael* für neue Generationen urbar zu machen.

Von den Herren im Salon hätte vermutlich kein einziger ein Zitronenbäumchen von einer Kartoffelpflanze unterscheiden können. Zionismus, das war, wenn einer darüber redete, dass er einen anderen kannte, der von einem gehört hatte, der nach *Eretz Jissrael* zog. Trotzdem liebte Bandi diese leidenschaftlichen Debattierer mit ihrem romantischen Weltverbesserungstrieb.

»Die deutschen Juden sind seit den Nürnberger Gesetzen keine Staatsbürger mehr«, wurde nun verkündet, und als Bandi den Salon betrat, erkannte er hinter den Rauchschwaden das Gesicht von Richard Lichtheim, der es anscheinend noch nicht über sich gebracht hatte, die schönen rothaarigen Frauen von Europa zu verlassen, um zu den stämmigen Pionierinnen der Hula-Sümpfe zu ziehen. Allerdings, dachte Bandi etwas bitter, hätte er sich *seine* rothaarige Hexe jederzeit als Kommandeurin eines Spatentrupps vorstellen können.

Er seufzte, offenbar zu laut.

Denn Richard Lichtheim blickte zu ihm hinüber, unterbrach sich und seufzte seinerseits. »Der Herr hier scheint etwas gegen den zionistischen Gedanken zu haben.«

»Wie kommen Sie darauf?«

Wenn Bandi seine Zionistenfreunde auch liebevoll bespöttelte, hatte er doch nicht das Geringste gegen ihre Ziele einzuwenden, dachte er empört.

»*No also*«, stöhnte Lichtheim. »Wenn dieser ungarische Herr eine unserer Versammlungen heimsucht, kann man genauso gut das Schlusswort sprechen. Ersparen wir uns diesmal die umständlichen Vorreden. Was willst du diesmal, *Chaver*?«

Bandi fühlte sich überrumpelt und ertappt.

Er hatte geplant, sich unters ideologisch firme Publikum zu mischen, den zionistischen Zielsetzungen zu applaudieren und hinterher so ganz beiläufig um einen kleinen Gefallen unter Kameraden, *Chaverim*, zu bitten ...

»Eh, was ich will?«

»Mir scheint, du hast eine zufrieden stellende Auffassungsgabe. Darauf etwa lief die Frage hinaus.«

Die Männer im Salon blickten ihn erwartungsvoll an; mit einem resigniert-zynischen Lächeln, so als wüssten sie seine Antwort schon, dachte Bandi.

Konnte man seinem Gesicht wirklich alles ablesen?

»Sprich dich nur aus«, ermunterte ihn auch Chim in seinem genervtesten Tonfall. »Da du uns schon mal heimgesucht hast, solltest du dir jetzt deine falschen Skrupel ersparen. Hier glaubt sowieso keiner mehr, dass du irgendwelche Skrupel hast.«

Bandi grinste. »Tja, mir schien, das jüdische Volk sollte eine Heimstatt in *Eretz Jissrael* haben. In die alte Heimat zurückzukehren war zweitausend Jahre der jüdische Traum.«

»Brav, brav«, unterbrach ihn Lichtheim. »Wenn diese bahnbrechenden Erkenntnisse dir einen Aha-Effekt verschaffen, freut uns das für dich. Du bist aber sicher nicht gekommen, um uns über die Ziele des Zionismus aufzuklären.«

Bandi fühlte sich ausmanövriert. Mit seinen Spielchen, so wurde ihm klar, kam er nicht durch. Also konnte er genauso gut die Wahrheit sagen.

Er hatte herausgefunden, dass Gerta bei Amalia wohnte. Schließlich war man nicht umsonst Journalist, dachte er mit einem Anflug von Triumph. Wie seine weiteren Recherchen ergeben hatten, würde Gerta heute Abend allein zu Hause sein.

»Ich, eh, weiß, dass der zionistische Gedanke auch Künstler braucht. Weshalb ihr so eine gewisse Fähigkeit habt, so eine kameradschaftliche Atmosphäre zu zaubern.«

»Komm auf den Punkt, *Chaver*«, mahnte Lichtheim.

»Tja, da wollte ich euch bitten, ob ihr vielleicht was zur Rassenschande beitragen könntet. Die Nürnberger Gesetze ganz konkret unterlaufen, sozusagen.«

Bandi bemerkte Chims interessierten Blick und lächelte.

»Ich liebe eine deutsche Arierin. Und ich wollte euch bitten, ob ihr dieser Hexe, äh, meiner Herzdame, ein Ständchen bringt?«

Gerta hörte die ersten Takte und hielt den Atem an.

Es war das Lied von einst, dieselbe wilde, leidenschaftliche, vom Jazz angehauchte Musik wie damals am Quai d'Orléans. Nie wieder hatte sie eine so lebendige, mitreißende Melodie gehört; nichts für Konzerthallen, sondern fürs Leben und für die Liebe.

Bei mir biste scheen,
ich kann dich verstehn …

Doch sie wollte nicht zur Haustür gehen.

Sie wollte diesen Filou nie wieder hören und nie wieder sehen. Und doch, merkte sie erstaunt, hatte sie Sehnsucht nach seinem idiotischen Grinsen, seiner zerzausten Haarmähne und dieser beruhigenden Wärme, die von ihm ausging.

Vielleicht, fragte sie sich irritiert, hatte sie ihm verziehen – und wusste es selber noch gar nicht?

Alles wunderbar, zwo, drei, vier …

Irgendwo klappte ein Fenster zu, ein Hund jaulte. Die Kapelle spielte noch lauter, steigerte sich in einen Schwung hinein, der ihren Fuß im Takt mitwippen ließ.

Das Lächeln breitete sich auf ihrem Gesicht aus, ohne dass sie es wollte, und sie hasste sich dafür.

Der Mistkerl hatte eine andere geküsst.

Sie sprach es laut vor sich hin: »Der Mistkerl hat eine andere geküsst.« Aber seltsam, der Satz löste keine Wut bei ihr aus. Vielleicht lag es an Robert Jungk, mit dem sie inzwischen mehr als nur geflirtet hatte; vielleicht lag es auch einfach an der Zeit, die inzwischen verstrichen war und in der sie ihn immer wieder vermisst hatte, am schmerzlichsten in den kleinen Alltagsmomenten.

Jedenfalls war das grässliche Bild aus dem Café an der Place Contrescarpe erloschen; der Kuss stand nicht mehr vor ihrem inneren Auge, und sie hasste Bandi nicht mehr dafür.

Die Kapelle schmachtete *pianissimo*, Schumann, jetzt.

Himmelhochjauchzend, zu Tode betrübt,
glücklich allein die Seele, die liebt.

Bandis Zionistenfreunde hätten es mit jedem Konzertgeiger aufnehmen können. Gerta versuchte, sich in abstrakte Gedanken und Sätze zu retten, um nicht von ihrem Gefühl fortgeschwemmt zu werden.

Dieses Gefühl war ganz eindeutig.

Sie spürte nichts mehr als eine wilde, sehnsüchtige Freude, und es kostete sie eine Riesenanstrengung, das Lächeln aus ihrem Gesicht zu verbannen. Erst als es ihr gelungen war, vollkommen ernst und kühl zu wirken, kapitulierte sie vor dem Locken und Schmeicheln der Musik.

»Ja, bitte?«, fragte sie höflich, als sie die Haustür öffnete.

Sie blickte in die lachenden Gesichter junger Männer, von denen einer besser aussah als der andere und die sich an ihrer eigenen Musik erfreuten und ihr zuzwinkerten.

Und dann spürte sie die Hand an ihrem Arm.

Nicht eine Sekunde zweifelte sie daran, dass es seine Hand sein musste. Denn keine andere Berührung löste diesen kleinen Stromstoß aus.

Es war die Magie der Anziehung.

Als Bandi sie behutsam zu sich in den Schatten neben der Haustür zog und in seine Arme schloss, wurde die Musik leiser und verklang schließlich ganz, denn Gerta hörte nichts als das Rauschen in ihren Ohren, als sie die Augen schloss und sich küssen ließ und dieser kleine, so ein bisschen hüpfende Schwindel die Welt um sie herum zum Tanzen brachte.

Sie war wieder zu Hause.

»Gerta Taro?«

Bandi lächelte, während seine Fingerspitzen sanft über ihre Wangen strichen. Er verstand zwar nicht, warum sie anders heißen wollte. Aber wenn sie es so wollte, sollte sie sich Gerta Garbo nennen – Hauptsache, sie war bei ihm.

»Ich hab tagelang darüber nachgedacht, weißt du. Jonathan hat Recht. Man muss einen schönen Namen haben, wenn man Erfolg will. Der Name schafft ein Bild, ein *Image*. Ich finde, Taro erinnert an den kühlen Charme des Nordens, die Garbo. Und an das Feuer des Südens, den spanischen Fluss Taro.«

»Heiß und kalt«, sagte Bandi. »So wie du.«

Sie schmiegte sich an ihn, und wieder spürte er, wie sehr sie ihm gefehlt hatte. Die zarte Haut, der Zitronenduft, die Launen, mit denen sie ihn immer wieder überraschte. Gerta war eine Hexe, aber sie war auch eine anschmiegsame Zauberfee. Genau diese unberechenbare Mischung machte ihren Reiz aus, dachte er: Man konnte nie wissen, woran man gerade war.

»Du solltest dir auch einen anderen Namen geben.«

Sie beugte sich über ihn, um seinen Protest unter einem Kuss zum Schweigen zu bringen.

»Ich hätte schon eine Idee«, sagte sie, als er wieder zu Atem kam. »Ich fand immer schon, dass der Name Robert viel besser zu dir passt als André oder dieses scheußliche Bandi.«

»Ah ja?«

Trotz aller Gelübde der letzten Stunden, seit er sie wieder zurückhatte, wünschte er sich für eine Sekunde die sanfte Mara in sein Bett zurück. Sie war weich und warm, und man musste nie mit verrückten Ideen rechnen. Er lag oben, sie unten. Sie schwieg, er redete. Sie war schön, und er sagte es ihr.

Klare Verhältnisse, dachte er seufzend.

»Willst du gar nicht wissen, wie ich dich mit Nachnamen nennen würde?«

»Doch«, presste er hervor, obwohl ihm ihr Eigensinn schon wieder auf die Nerven ging.

Aber er musste ihren Kapriolen nachgeben. Denn er wusste inzwischen, dass er es nicht ertragen würde, wenn sie ihn abermals verließ. Die Welt ohne Gerta war matt und langweilig.

Jetzt schien die Wintersonne fahl durch die großen Rundbogenfenster der Wohnung an der Rue du Faubourg-St-Honoré. Bandis japanische Freunde waren verreist, für

Monate, und sie hatten das feudale Appartement ganz für sich allein, was Gerta natürlich entzückte. Die halbe Nacht war sie nackt durch all die Zimmerfluchten getanzt und hatte sich ihm auf dem Fell vor dem Kamin in der Bibliothek hingegeben.

Bandi beglückwünschte sich dazu, dass er Mara noch keinen Schlüssel gegeben hatte und dass sie nicht genau wusste, wo er wohnte, weil sie bei ihrem einzigen Besuch hier nach einer Zechtour zu betrunken gewesen war. Nicht auszudenken, wenn sie in der Lage gewesen wäre, Gerta hier zu überraschen.

Ein Massaker würde folgen, dachte er. Aber alles, was seine geliebte Hexe der schönen Mara antun konnte, war nichts gegen das, was sie anrichten würde, wenn sie sich erneut von ihm trennte.

»Ich kann ohne dich nicht leben«, sagte er.

»Das ist keine Antwort auf meine Frage.«

Sie richtete sich über ihm auf, eine Göttin mit grünen Augen.

»Also«, stöhnte er. »Dann sag mir, wie ich heißen soll.«

»Robert Capa.«

Er blickte ihr in die Augen. Das Grün darin funkelte wie ein ägyptischer Kultstein. Es wunderte ihn nicht, dass die uralten Völker die Mystik der Katzen angebetet hatten.

Vermutlich fürchteten sie sich davor.

»Wieso ausgerechnet Robert Capa?«, fragte er mit einer Geduld, die ihn selbst erstaunte.

»Na, weil es amerikanisch klingt«, sagte sie in einem Ton, der ihm zu verstehen gab, dass er ein begriffsstutziger Idiot war. »Es klingt nach Erfolg. Erinnert an diesen Regisseur. Frank Capra. Man muss automatisch an die vielen Oscars denken, die er letztes Jahr gewonnen hat.«

»Claudette Colbert und Clark Gable als Hauptdarsteller«, sagte Bandi und spielte mit einer Strähne ihres Haares, das inzwischen wieder gewachsen war. »Wie hieß der Film noch?«

»*It happened one night*. Es geschah eines Nachts. Man wird automatisch an diesen zauberhaften Film erinnert werden, wenn man den Namen Capa hört. Und es klingt doch schön, oder? Gerta Taro und Robert Capa. Wie zwei Hollywood-Schauspieler.«

Bandi wäre eigentlich nicht auf die Idee gekommen, dass er einen neuen Namen brauchen könnte.

Foto: André Friedmann, hatte ihm bisher genügt.

Aber es leuchtete ihm ein, was sie sagte.

Alle großen Stars der Zeit hatten kurze, klangvolle Namen.

Vielleicht war es richtig, sich so ein Pseudonym zuzulegen und sich damit vom Schicksal der vielen deutschen Flüchtlinge zu distanzieren, die sich aus Not als Fotografen verdingten.

»Robert Capa klingt nach Reichtum.« Sie geriet ins Schwärmen. »Es klingt nach einem Mann, der es nicht nötig hat, für sein Geld zu arbeiten. So einen Mann beschäftigen die Redakteure immer viel lieber als einen armen Schlucker von nebenan. Es gibt ihnen das Gefühl, selbst ein Teil der mondänen Welt zu sein.«

Aus den Augenwinkeln bemerkte er Gertas selbstzufriedenen Blick. Es reizte ihn, sie von sich hinunterzuzerren und auf die Matratze zu drücken. Oder eine Kissenschlacht zu veranstalten.

»Könnte sein, dass du Recht hast«, sagte er seufzend und ließ sich gern gefallen, dass sie begann, an ihm herumzuspielen.

»Könnte sein, dass ich dich liebe«, sagte sie kokett.

»Und ich hätte manchmal Lust, dich zu erwürgen.«

»Ach ja? Und ich dachte, du wolltest mich zurück.«

»Manchmal« seufzte er.

Dann glitt sie über ihn, und ihre Hexenfinger mit den rot

lackierten Nägeln strichen über seine Brust, und als sie ihn in sich einführte, schloss er die Augen und ließ sich von ihr mitreißen, in ein Land, das nur sie ihm zeigen konnte, ein wildes und schönes Land.

»Mit dir ist es am schönsten«, seufzte er hinterher.

Im nächsten Moment hatte er ihre Finger an der Kehle.

»Wie viele waren es denn?«

»Hunderte.« Er lächelte und wurde plötzlich ganz ernst. »Ich werde nicht fragen, was mit Robert Jungk gewesen ist. Aber eins musst du mir versprechen. Du darfst mich nie wieder verlassen, hörst du?«

Die Fotos waren auf der Schreibfläche des Damensekretärs in der Agentur *Alliance* verteilt. Maria Eisner hatte ihre Lesebrille aufgesetzt, und ihr Gesicht war ungerührt, ein Fels.

»Dieser Robert Capa wird in den Kreisen der Amerikaner in Paris sehr hoch gehandelt«, erklärte Gerta, die neben Maria Eisner stand und ihr herbes Parfüm riechen konnte, in das sich eine Spur der Zigarillos mischte, die sie hin und wieder schmauchte. »Er ist der Abkömmling einer dieser reichen Familien, wissen Sie. Feines, altes, amerikanisches Geld. Central Park und so.«

Bandi sagte kein Wort, um sie zu unterstützen. Er hatte sich ans Fenster verzogen und blickte mit verschränkten Armen zum Eiffelturm hinüber. Die Sache mit dem Pseudonym hatte ihm noch eingeleuchtet. Aber ihm passte nicht recht, dass Gerta außerdem noch eine ganze Lügengeschichte um den Namen herumgestrickt hatte, wie er es nannte. Dabei fand Gerta es viel ehrlicher, wie sie vorgehen wollte: Wenn sie schon seine Fotos unter falschem Namen verkaufte, war es doch nur folgerichtig, gleich noch eine falsche Figur für den Namen zu erfinden.

Sie dachte an Jonathans Glaubensbekenntnis dabei: Nichts ist so erfolgreich wie der Erfolg.

»In den letzten Wochen hab ich als Privatsekretärin für Robert Capa gearbeitet. Er ist ein erstaunlicher Mensch. Nicht nur, dass er geniale Fotos macht. Er ist auch persönlich so überzeugend. Das Geld hat ihn überhaupt nicht verdorben. Gute Manieren, sehr charmant – und überaus gut aussehend.«

Maria Eisner schob die Fotos in einer kreisartigen Bewegung zusammen und nahm ihre Lesebrille ab. Sie rieb sich die Augen, ohne die Fotos eines weiteren Blickes zu würdigen.

Es waren Fotos vom Cine Crochet, dem Talentschuppen der Filmindustrie. Pärchen aus dem Kleinbürgertum der Vorstädte, die von einer Karriere à la Fred Astaire und Ginger Rogers träumten, setzten alles aufs Kino, gaben ihre Ersparnisse für Tanzkurse und mondän wirkende Kleidung aus – und gerieten in einen Strudel aus Hoffnung und Enttäuschung.

»Die Fotos sind tatsächlich gut. Nur hab ich da so eine kleine Frage«, sagte Maria Eisner, ohne Gerta anzusehen. Sie blickte nachdenklich zu Bandi hinüber. »Ich weiß nicht, wieso. Aber mein kleiner Finger sagt mir, dass dieser charmante und gut aussehende Robert Capa gar nicht so weit weg ist, wie Sie mir weismachen wollen. Um genau zu sein, glaube ich, er steht da drüben. Am Fenster.«

Dies nun wieder kam für Gerta völlig überraschend. Sie hatte Respekt vor dem Scharfblick des »alten Drachens«, wie sie Maria Eisner heimlich nannte. Aber sie hätte nicht geglaubt, dass dieser Blick derartig durchdringend sein würde. Sie fand, sie hätte ihr kleines Märchen durchaus glaubwürdig erzählt.

»Ich hab dir 's gleich gesagt.« Bandi hörte sich erschöpft an. »Kein Mensch wird uns so einen Schwindel glauben. Komm, ich glaube, es ist besser, wir gehen nach Hause. Entschuldige dich bei der Chefin, und wir suchen uns einen anderen Job.«

Einen Augenblick war eisige Stille im Salon.

Man hörte nur das Ticken der behäbigen deutschen Biedermeieruhr, die Maria Eisner aus ihrer Berliner Wohnung am Kurfürstendamm nach Paris gerettet hatte.

»Moment mal«, sagte sie dann. »Nichts überstürzen, Herr Friedmann. Sie sind immer so voreilig. Ich sage Ihnen schon immer, dass diese Voreiligkeit Ihr größter Fehler ist.«

Bandi und Gerta tauschten einen Blick. Ihr Herz, das sich zu einem kleinen, harten Klumpen zusammengekrampft hatte, löste sich wieder ein bisschen. Es wäre furchtbar gewesen, Maria Eisner und mit ihr die *Alliance* zum Feind zu haben.

Auch wenn sie über die kantige Frau mit den schroffen Manieren mitunter schimpfte, wusste sie doch genau, was für eine brillante Foto-Agentin sie war. Und was es bedeuten würde, wenn Maria Eisner sie in der ganzen Branche als verlogene Hochstapler bloßstellte. Man musste nur an den Homunkulus denken und daran, was es für Bandi bedeuten würde, wenn er mit ihm brechen würde. Simon Guttmann war zwar fern in Zürich, aber doch ganz nahe. Er war für Bandi wie ein Vater.

»Es ist eine Sache, ob Sie *mich* täuschen können, die ich Sie und Ihre Fotos besser kenne als mich selbst.« Maria Eisners Tonfall wurde noch eine Spur kälter. »Und man könnte sicher darüber diskutieren, ob Sie es versuchen sollten.«

»Es tut uns Leid«, fing Bandi an und fingerte nach seinen Gitanes.

»Sie wissen, dass ich keinen Wert auf Entschuldigungen lege«, fiel ihm Maria Eisner klirrend ins Wort. »Und im Übrigen wagen Sie es bloß nicht, in meinem Salon zu rauchen. Sonst werfe ich Sie doch noch hinaus. Hier rauche nicht mal ich. Darf ich jetzt ausreden, bitte? Ich finde die Idee nicht mal so schlecht. In den Redaktionen ist man der deutschen Flüchtlinge überdrüssig. Und vom Schicksal der deutschen

Juden ist man zwar betroffen, will aber nicht mehr zu viel davon hören. Insofern kann man die Fotos eines reichen Amerikaners sicher besser verkaufen als die eines hungrigen Flüchtlings. Außerdem haben wir nichts zu verlieren. Die Auftragslage ist so schlecht, dass sie auch nicht mehr schlechter werden kann. Machen wir den Versuch! Verkaufen Sie die Fotos als die Fotos von Robert Capa! Und im Übrigen«, Maria Eisners Stimme klang belegt. »Im Übrigen bin ich froh, dass Sie beide sich wieder versöhnt haben und wieder für mich arbeiten. Sie wissen es selber nicht – aber Sie sind ein richtiges Traumpaar.«

Mit dem Fotoredakteur des berühmten französischen Magazins *Vu* hatte Gerta bestimmt schon hundertmal telefoniert. Aber nur ein einziges Mal war es ihr gelungen, eine von Bandis Reportagen an das Heft zu verkaufen, das Lucien Vogel in Anlehnung an die großen Illustrierten von Berlin gegründet hatte.

Damals waren es Fotos aus dem Saarland gewesen; vor der Volksabstimmung vom Januar 1935, wo die Saarländer hatten entscheiden sollen, ob die Saar zu Frankreich oder Deutschland gehörte. Bandis Bilder waren unter der Überschrift erschienen: »Die Saar. Warnung: Hochspannung«. Es war eine schöne Reportage gewesen. Nur leider hatte man seinen Namen nicht genannt. Und seither hatte es keinen weiteren Auftrag gegeben.

»Dieser sagenhaft erfolgreiche Capa«, flötete sie jetzt ins Telefon, »ist im Augenblick nicht in Paris. Er hat mich gebeten, seine Geschäfte in Europa über die *Alliance* zu vertreten.« Ihre Stimme nahm einen vertraulichen Ton an. »Wissen Sie, der europäische Markt ist ihm wohl nicht so furchtbar wichtig.«

Mit Genugtuung nahm Gerta die Begierde in der Stimme des Fotoredakteurs zur Kenntnis. Sein Jagdinstinkt war geweckt: Nichts lockte die Journalisten so sehr wie das Unerreichbare.

»Ich nehme kaum an, dass die Capa-Fotos für Sie von Interesse sein werden«, legte sie noch drauf. »Es würde dem internationalen Ansehen meines Klienten schaden, wenn ich eines seiner Bilder für weniger als hundertfünfzig Franc verkaufen würde.«

Das war drei Mal so viel wie das übliche *Vu*-Honorar und fünf Mal so viel, wie Bandi normalerweise kassierte. Eine Forderung, die so unverschämt war, dass ihre Finger kribbelten und Bandi, der das Telefonat mithörte und sich normalerweise nicht durch Bescheidenheit auszeichnete, hörbar die Luft anhielt.

Als sie die Antwort hörte, breitete sich ein Lächeln auf ihrem Gesicht aus und sie warf Bandi eine Kusshand zu.

»Na wunderbar. Ich werde einen Kurier senden. Ansonsten erreichen Sie mich in der Rue du Faubourg-St.-Honoré.« Sie machte einen Moment Pause, damit die Adresse, eine der teuersten Straßen von Paris, ihre Wirkung entfalten konnte. »Genau«, lachte sie dann affektiert ins Telefon und nahm den Tonfall an, den sie im Pensionat von Lausanne gelernt hatte. »Mit dem Auftraggeber hab ich auch das *quartier* gewechselt. Es hat auch für mich gewisse Vorteile, für einen reichen Arbeitgeber tätig zu sein. Ich muss nicht mehr auf dem Montparnasse arbeiten, wo all diese deutschen Hungerleider sich auf die Füße treten.«

Sie fragte sich schon, ob sie damit nun nicht doch zu weit gegangen war, denn *Vu* war ein linksliberales Magazin. Aber das hielt die Redakteure keineswegs von einem gewissen sozialen Snobismus ab. Sie zählten zur kulturellen Elite ihres Landes und wussten das auch. Ihr Gesprächspartner gratulierte ihr lachend.

»Du bist ein Genie«, sagte Bandi andächtig, als sie den Hörer aufgelegt hatte. »Ich werde in *Vu* gedruckt.«

»Und ich krieg schicke neue Stiefel. Das Honorar gehört mir, mein Lieber. Nur damit du dir keine Illusionen machst.«

Im nächsten Moment war Bandi bei ihr, hatte sie in seine Arme geschlossen und wirbelte sie lachend durch die Luft.

»Wir machen Karriere!«

»Wir werden reich und berühmt!«

»Ich liebe dich!«

»Ich dich manchmal auch!«

»Manchmal? Du Hexe!«

Und damit warf er sie sich über die Schulter, ignorierte ihr schrilles Protestgeschrei und schleppte sie ins Schlafzimmer.

Im Mai 1936 redete niemand in Paris von der Liebe.

Paris war die Hauptstadt der Politik. In den Redaktionen und Cafés, in den Bistros und Kneipen und Salons debattierte man den Frühling der Revolutionsgefühle. Die Front Populaire, Volksfront, zu der sich Kommunisten, Sozialisten und radikale Bürgerliche zusammengeschlossen hatten, erlebte kurz vor den Wahlen einen unerhörten Aufschwung.

Auch die Bourgeoisie öffnete sich den Wahlversprechen der Volksfront, denn in Paris fühlte man sich über Nacht wie auf der letzten Insel der Freiheit. Unter der Hand kursierten Gerüchte, die Deutschen könnten jederzeit einmarschieren.

Hatte sich England nicht erst im März geweigert, Frankreich zu unterstützen, als Hitler seine Truppen ins Rheinland schickte? Zeichnete sich hier eine Achse Berlin–London ab? Warum war Mussolini nicht vom Völkerbund gestoppt worden, als er Abessinien überrannte? Und was ging in Spanien vor sich, wo Morde und Tumulte und Übergriffe gegen die katholische Kirche an der Tagesordnung waren?

Europa war in ein Chaos gestürzt, und Paris fühlte sich

wie eine Bastion gegen Anarchie und Nazis; die deutsche Emigranten-Kultur feierte die Stadt als ihre heimliche Hauptstadt, und das freie Frankreich, *la belle France libre*, feierte sich selbst.

Jede Woche waren Hunderttausende auf der Straße, um Flagge gegen die Nazis zu zeigen, um sich mit roten Fahnen zur Front Populaire oder mit der Trikolore zur Grande Nation zu bekennen. Es gab Protestmärsche, Gedenkmärsche, Mahnmärsche.

Und Bandi, alias Robert Capa, war mittendrin, um zu fotografieren und ein kleines Vermögen zu erwerben.

Wenn sie nicht am Telefon sein musste, um seine Bilder zu verkaufen oder die Preise noch weiter in die Höhe zu treiben oder wieder einmal zu erklären, warum »dieser sagenhaft reiche und erfolgreiche Robert Capa« nie in Paris zu erreichen war, griff Gerta selbst nach ihrer Leica und ließ sich in den Straßen treiben.

Das demonstrierende Paris war ein Fest für die Augen, denn selbst bei Massenaufmärschen wahrten die Pariser ihren Stil.

Die Fotos, die Gerta vor den Wahlen aufgenommen hatte, wurden unter dem Namen Robert Capa verkauft, einfach, weil es mehr Geld einbrachte als wenn sie, eine inzwischen bekannte Agentin, jedoch unbekannte Fotografin, sie veröffentlicht hätte.

»Man muss praktisch denken«, erklärte sie Bandi fröhlich, als er sich erkundigte, ob dies nicht ihrem Prinzip der Emanzipation zuwiderlief. »Prinzipien sind eine schöne Sache. Aber wenn sie einen behindern, soll man sie im Zweifelsfall schnell über Bord werfen. Ich möchte das lindgrüne Kostüm, das bei Coco Chanel im Schaufenster hängt.«

Die liberalen Illustrierten feierten den Wahlsieger, der die Volksfront an die Spitze des Staates geführt hatte: Léon Blum, ein kultivierter Literat aus jüdischer Familie. Er hatte die Auswirkungen des Nationalsozialismus, der auch in gewissen Kreisen Frankreichs durchaus seine Anhänger fand, am eigenen Leibe zu spüren bekommen: Im Februar hatten ihn französische Faschisten brutal zusammengeschlagen und beinahe umgebracht.

Dass Léon Blum die Wahl gewonnen hatte, galt als ein gutes Zeichen, vor allem natürlich in den Cafés auf dem Montparnasse, wo sich auf den müden Gesichtern der deutschen Flüchtlinge nun endlich mal wieder ein Lächeln zeigte.

Paris wurde zur Stadt der Hoffnung.

Aber noch bevor Léon Blum und seine Regierung vereidigt waren, brachen die Schwierigkeiten los. Seine Front Populaire hatte den französischen Arbeitern bezahlten Urlaub, ein Recht auf Interessenvertretung und kürzere Arbeitszeiten versprochen. Jetzt forderten sie das Wahlversprechen ein.

Ende Mai riefen die fünfunddreißigtausend Arbeiter von Renault im Pariser Vorort Boulogne-Billancourt einen Sitzstreik aus. Einen Streik in diesem Ausmaß hatte man noch nie gesehen. Mit harten Mitteln griffen die Arbeiterführer gegen Streikbrecher durch. Die Belegschaft – mit Ausnahme von Frauen, Kindern und alten Männern – hatte sich während des Streiks auf dem Werksgelände aufzuhalten. Auch die Führungsetage wurde dazu gezwungen; man hatte sie gewissermaßen als Geisel genommen; die Renault-Werke befanden sich im Belagerungszustand.

Bandi und Chim fotografierten und fotografierten.

Und die Illustrierten, von *Vu* bis *regards*, von *Berliner Illustrirter Zeitung* bis hin zu *Mainichi Press* orderten und bestellten und trieben die Preise in die Höhe, bis Gerta der Kopf schwirrte.

»Das ist wie ein Rausch.« Ihre Champagnerflöte klirrte, als sie mit Maria Eisner anstieß.

»Vor ein paar Monaten hatten wir gar keine Aufträge. Jetzt könnten wir noch jemanden gebrauchen, der unter falschem Namen Fotos schießt. Wenn wir so weitermachen, können wir bald richtige Redaktionsräume mieten.« Maria Eisner seufzte sehnsüchtig. »Ich hätte endlich wieder einen eigenen Salon.«

»Und ich kann mich wieder so anziehen, dass meine Tante Terra so tut, als ob sie mich kennt, wenn ich ihr begegne. Dieser sagenhafte Robert Capa ist wirklich ein Genie.«

»Nur leider hat er keine Zeit, mit den Redakteuren zu sprechen. Und das ist auch besser so.«

Die Frauen lachten.

Bandi hatte sich zwar insofern seinem neuen Namen und Image angepasst, dass er einen kurzen amerikanischen Haarschnitt und einen Ledermantel trug, den seine japanischen Freunde ihm geschenkt hatten, bei einer der seltenen Gelegenheiten, zu denen sie sich in ihrer Wohnung zeigten.

Aber als Amerikaner wäre er trotz Haarschnitt und Mantel selbst bei einem taubstummen Concierge nicht durchgegangen.

Dafür war sein Englisch viel zu schlecht.

Wenn Bandi in diesen Tagen seiner Mutter nach New York schrieb, versäumte er es nie, den Briefen etwas Geld beizulegen.

»Für meinen Bruder Cornell, damit er was Anständiges lernt und ein berühmter Fotograf wird wie sein Bruder«, kritzelte er auf das Begleitblatt.

Oder aber er sah sich genötigt, Gerta zu verteidigen. Denn obwohl Julia Friedmann jenseits des Atlantiks wohnte, hütete sie die Liebe zu ihrem Sohn voller Eifersucht.

»Schimpfe mich nicht wegen Gerta«, schrieb Bandi zurück. »Du wirst sie mehr mögen als mich, und dass sie auch noch hübsch ist, sollte dich nicht verletzen.«

Das Unglück mit den Frauen, dachte er, war ihre Eifersucht.

»Du siehst richtig glücklich aus, Amalia.«

»Mir geht's ja auch bestens. An der Kunsthochschule läuft es gut, und Jonathan ist ein Schatz. Er hat die Villa in Meudon mit Riesengewinn verkauft und eine wunderbare Acht-Zimmer-Wohnung mit Blick auf den Eiffelturm gefunden. Er denkt, wir sollten mit der Hochzeit nicht zu lange warten. Aber ich möchte erst noch mein Studium abschließen. Weißt du, Gerta, ich hoffe ja immer, du bereust nicht doch, ihn verlassen zu haben ...«

Gerta lachte. »Sehe ich aus wie eine Wahnsinnige?«

»Nicht direkt. Eher schon wie eine Wahnsinnsfrau. Das Kostüm steht dir gut, und du hast so eine gewisse Aura des Erfolgs ...«

Gerta trug ihr neues, lindgrünes Chanel-Kostüm. Zusammen mit Amalia saß sie in der Lounge des Hotel Ritz, um den echten englischen *High Tea* einzunehmen.

Natürlich entsprach es nicht ganz der linken Mode, sich im Ritz zu zeigen, da sich *tout Paris* mit den streikenden Arbeitern solidarisierte. Sogar die Damen der Gesellschaft warfen den Demonstranten, die sich zu Zehntausenden, ja Hunderttausenden in den Straßen zeigten, Maiglöckchensträuße zu.

Als Mitte Juni der Tempel der Mode, die Galeries Lafayettes, wegen Streiks geschlossen wurden, begegnete dieser Maßnahme, die normalerweise Protestgeheul ausgelöst hätte, ein außergewöhnliches Verständnis. Dienstmädchen aus dem noblen Achten Bezirk wurden angewiesen, den Streikenden Thermoskannen mit Kaffee und Korbflaschen mit Rotwein zu bringen.

Es gehörte zum neuen Pariser Schick, mit den Linken zu kokettieren. *Vive la Revolution*, hieß die Parole. *Vive la Liberté*.

Trotzdem, dachte Gerta, schmeckte der Tee im Ritz einfach besser als in den hastig eingerichteten Volksküchen. Und außerdem, so beruhigte sie ihr schlechtes Gewissen, hatten die Arbeiter inzwischen entscheidende Verbesserungen ihrer Lebensqualität errungen.

Also durfte sie sich ruhig auch mal was gönnen.

Bandi war in der Schweiz, wo der Völkerbund eine Sondersitzung einberufen hatte. Es ging um Abessinien. Der von Mussolini entthronte Kaiser Haile Selassie sollte eine Rede halten und Sanktionen gegen das faschistische Italien verlangen, das sein Land überrannt hatte. Mit einem ganzen Rudel von Presseleuten war auch Bandi – alias Robert Capa – in die Schweiz gereist, um den abessinischen Protest zu fotografieren.

Gerta nippte am Tee. »Uns geht's viel besser, seit wir mit Robert Capa so viel Erfolg haben. Bandi ist wie verwandelt. Es tut ihm gut, dass er ein bisschen reisen kann. Zu Hause fällt ihm schnell die Decke auf den Kopf. Aber seit wir so viele Aufträge kriegen, ist er immer glänzend gelaunt, die Aufmerksamkeit in Person. Du wirst es nicht glauben, aber er betet mich an.«

»Kein Wunder, wenn du seine Karriere für ihn machst«, gab Amalia schnippisch zurück. »Pass bloß auf, dass du nicht zu selbstlos wirst. Du musst auch an deine eigenen Fotos und deinen Namen denken.«

»Bandi sagt das auch ständig. Aber mir wäre viel lieber, wir könnten mit den Capa-Fotos auf dem englischen und amerikanischen Markt landen. Stefan Lorant, den er noch aus Berlin kennt, hat *Weekly Illustrated* gegründet. Es gibt die wunderbare *Picture Post*. Und ich höre Branchengerüchte, dass in Amerika an einem neuen Magazin nach Vorbild der deutschen Illustrierten gearbeitet wird, das sie vermutlich *Life* nennen. Wenn es wahr ist, erreicht man mit Fotos bald ein Riesenpublikum, davon kann man bisher wohl nur träumen.«

»Trotzdem musst du auch an dich selber denken. Wenn du es nicht für dich tust, tu es für ihn. Du liebst diesen Mann wirklich, das weiß ich. Aber am Ende wirst du es ihm übel nehmen, wenn du in seinem Schatten stehst. Mach deine eigenen Fotos, und mach dir einen eigenen Namen. Du hast den Blick und das Talent dazu.«

Die internationale Pressemeute hatte sich in Genf schön brav an ihre Vorgaben gehalten und Haile Selassie bei seiner Rede fotografiert. Nur Bandi hatte die Geistesgegenwart besessen, ein Ereignis aufzunehmen, das zwar am Rand der Völkerbund-Sitzung stattfand, aber doch ihren Geist vor Augen führte.

Die Rede des entthronten Kaisers verzögerte sich, da es – trotz massiver Sicherheitsvorkehrungen – zu wütenden Protesten der italienischen Journalisten gekommen war. Kollegen hatten versucht, die Faschisten zum Schweigen zu bringen; schließlich musste die Schweizer Polizei eingreifen, damit Haile Selassie endlich mit seiner Rede beginnen konnte.

Doch es kam zu einem Zwischenfall: Die Polizei hatte einen spanischen Journalisten verhaftet, der nur deshalb ins Handgemenge hineingeraten war, weil er versucht hatte, die Störer zu beruhigen. Bandi folgte dem Kollegen aufs Polizeirevier – und hatte eine Exklusivgeschichte, die sich von den offiziösen Fotos unterschied und vom Rande her zeigte, was der Völkerbund von Haile Selassies Aufruf hielt: Man war entschlossen, sich aus allem herauszuhalten, – und verhaftete sogar einen Friedensstifter.

Dies alles würde grünes Licht für Hitler sein, dachte Gerta. Wenn man Mussolini nicht stoppte, würde man gewiss auch die Nazis nicht aufhalten, die schon begehrlich nach Osten blickten.

»Man muss die Menschen aufrütteln!«, sagte Gerta. »Dass

Haile Selassie nicht unterstützt wird, ist ein Verbrechen. Hier schafft der Völkerbund sich selber ab.«

»Trotzdem weiß ich nicht, ob es eine gute Idee ist, die Fotos an *Vu* zu schicken«, sagte Bandi, der nach seiner Rückkehr von Gertas Begeisterung zwar geschmeichelt war, sich aber auch ein bisschen überrollt fühlte. Manchmal erinnerte sie ihn an Chim: immer bemüht, die ganze Welt zu retten.

»Die Fotos sind einfach wunderbar«, beharrte sie. »Es ist eine abscheuliche Gemeinheit, dass der Völkerbund Mussolinis Einmarsch zulässt. Für mich besitzt er keine moralische Autorität mehr. Und deine Fotos beweisen es.«

Das war Bandi natürlich auch bewusst. Das Schicksal des spanischen Kollegen zeigte eindeutig, auf wessen Seite man in Genf eigentlich stand, und sei es auch nur aus Schwäche heraus. Dennoch hatte Bandi seine ganz eigenen Gründe, weshalb er nicht wollte, dass Gerta die Fotos bei *Vu* anbieten würde.

»Lucien Vogel war doch auch in Genf. Der hat doch gesehen, dass ich dem Spanier gefolgt bin. Vogel hat einen scharfen Blick, und er kennt mich. Wenn du ihm die Bilder jetzt als Fotos von Robert Capa anbietest, wird der ganze Schwindel auffliegen.«

Gerta kniff die Augen zu. »Entweder bist du ein mieser Feigling – oder du hast Verfolgungswahn.«

»Friede«, kapitulierte Bandi. »Mach, was du willst.«

Gerta tütete die Fotos ein und beschriftete sie mit: »Fotos: Robert Capa«. Sie verlangte dreihundert Franc Honorar, da sie ganz genau wusste, was eine exklusive Geschichte für ein Magazin wert war. Die Leute waren süchtig nach Foto-Geschichten, und sie wollten das Gefühl haben, die ganz besondere Reportage zu sehen zu bekommen: Die Ansprüche des Publikums wuchsen.

Sollten nur auch die Honorare steigen, dachte sie grinsend.

Zwei Tage, nachdem sie die Fotos zur Redaktion *Vu* geschickt hatte, bekam Gerta einen Anruf von Lucien Vogel.

Er stieg überhaupt nicht auf die Honorardiskussion ein, die sie befürchtet hatte. Er würde klaglos zahlen.

Warum machte er sich dann die Mühe, sie persönlich anzurufen? Normalerweise war er viel zu beschäftigt dafür.

Aber Lucien Vogel, der stolz von sich behauptete, »die besten Fotografen der Welt« um sich zu versammeln, klang anders als normalerweise, und Gerta konnte sich seinen Tonfall nicht so recht deuten, bis der berühmte Chefredakteur und Verleger dann schließlich doch auf den Punkt kam.

»Das mit Robert Capa ist ja alles sehr interessant«, knarzte er ins Telefon, und Gerta konnte regelrecht vor sich sehen, wie sein Kopf in einer Rauchschwade verschwand. Und dann hielt sie den Atem an. Denn er fuhr fort: »Aber sagen Sie diesem komischen kleinen Friedmann, der in seinem Ledermantel herumläuft und knipst, dass er sich morgen Früh um neun bei mir im Büro melden soll.«

Ja, ihr Schwindel war aufgeflogen.

Aber Lucien Vogel kaufte den Bericht, ließ Madeleine Jacob, seine Star-Reporterin, den Text schreiben, zahlte das Honorar und brachte beim Abdruck als Copyrightnachweis:

»Foto: Robert Capa.«

Und damit war die Legende wahr geworden.

»Hier spürt man den Atem der Geschichte.«

Gerta hatte ihre Leica eingepackt und Bandi nach Verdun begleitet. Hier, wo mehr als dreihunderttausend Soldaten in der längsten und härtesten Schlacht des Weltkrieges gefallen waren, sollte eine internationale Friedensdemonstration stattfinden; zwanzigtausend Kriegsveteranen aus vierzehn Nationen, darunter Deutschland, wollten für Frieden werben. Weitere fünfzigtausend Pazifisten, darunter auch Angehörige der gefallenen Soldaten, wurden außerdem zu den Feierlichkeiten erwartet. Gerta und Bandi waren hier, um Fotos für *regards* zu machen. Seitdem »Robert Capa« in *Vu* gedruckt wurde, hatten auch die *regards*-Redakteure beschlossen, ihn zu kennen – und zu drucken.

»Es ist nett von dir, dass du mich mitgenommen hast«, sagte Gerta, während sie im kleinen Bahnhofscafé von Verdun saßen und an einem Pastis nippten. »Endlich mal eine Gelegenheit, mal wieder selbst zu knipsen.«

»Fotografieren«, verbesserte Bandi, seine ewige Zigarette im Mundwinkel. Sie küsste ihn lachend.

Später am Abend, als die Sonne über Verdun versank, wurde Gerta vom Jagdfieber gepackt. Man musste die Atmosphäre erfassen, die Feierlichkeit dieses wohl einzigartigen Moments, der ein Signal der Brüderlichkeit werden sollte.

Hunderte Flutlichtlampen ließen den Soldatenfriedhof von Verdun in weißem Licht erstrahlen. In tiefem Schweigen standen die Kriegsveteranen hinter jeweils einem der verstörend vielen weißen Kreuze. Gerta musste an Jonathan denken und an seine Brüder, die in einer dieser Schlachten damals gefallen waren. Der Gedanke erschütterte sie so, dass ihre Hand zitterte. Aber der kleine Zitterer würde den Bildern womöglich sogar etwas Ergreifendes geben.

Die Soldaten legten einen Blumenstrauß an ihrem jeweiligen Kreuz ab, und dann, als die Stille beinahe unerträglich wurde, knallte ein Kanonenschuss in das Schweigen und zerriss es.

»*Cessez le feu*«, riefen Sprecher über Lautsprecher in die Menge. »Stellt das Feuer ein.«

Mit einem Mal gingen die Lichter aus, Dunkelheit bedeckte den Friedhof wie ein Grabtuch. Die Menge schwieg im Gedenken der Toten. Gerta nahm die Hand vom Auslöser, zufrieden, da sie wusste, dass sie gerade aufgrund ihrer

Erschütterung gute Fotos gemacht hatte. Und sie verachtete sich dafür.

Hier standen Menschen in Trauer – und sie dachte an Fotos. Es war ihr Beruf, eine fürchterliche Kunst. Sie hasste sich dafür, dass sie so zynisch dachte. Die Stille lastete über dem Friedhof. Gerta merkte, dass ihr die Tränen kamen.

Bandi, der einen anderen Blickwinkel eingenommen hatte, war auf einmal neben ihr, als hätte er einen stummen Ruf gehört.

Er stellte sich neben sie und fasste nach ihrer Hand. Wärme ging von ihm aus, dachte sie, Leben und Trost. Was sie hier machte, war alles andere als verwerflich. Man brauchte die Fotos, um das Leiden sichtbar zu machen und für den Frieden zu werben.

Es ging um den Frieden der Welt.

In dem Augenblick, als die Abendsonne ihre roten Strahlen über die Seine schickte, glühte das Wasser wie von innen erleuchtet. Ein sanfter Wind spielte mit den Zweigen der Trauerweide, unter der sie ihre karierte Decke ausgebreitet hatte.

Bandi saß am Ufer, rauchte und trank Rotwein aus der großen Korbflasche.

Es war ein perfekter Sommertag gewesen. Mit ihren neuen Rädern waren sie aus der Stadt hinausgefahren und hatten in einer *guinguette*, einem Ausflugslokal am Fluss, *moules frites*, Muscheln mit Fritten, gegessen, Wein getrunken, geredet, Boule gespielt und einfach ein bisschen geschmust.

Dann hatten sie den Wein eingepackt und waren hier gelandet, an einem verträumten Winkel der Seine, wo Gerta ihn unbedingt hatte fotografieren wollen, und zwar im griechischen Stil – was vermutlich ihrem Schwips zuzuschreiben war.

Grunzend, aber auch geschmeichelt hatte Bandi für sie halbnackt posiert, während sie auf den Auslöser drückte und seine Muskeln fotografierte, Andenken an die Zeit als Tellerwäscher im Hotel de Crillon. Er fand es ein bisschen albern, für sie den antiken Muskelprotz zu spielen, aber inzwischen hatte er gelernt, dass es leichter für ihn war, ihren Launen nachzugeben.

Jetzt beobachtete er, wie sie im Wasser herumplanschte.

Sie hatte etwas Kindliches dabei.

Die Abendsonne ließ ihre Haut leuchten, sie war nackt; ein Haarreif hielt ihr die roten Locken aus dem Gesicht. Das Einzige an ihr, was Bandi nicht gefiel. Er fand, es sah viel zu brav aus.

Bedächtig drückte er seine Gitanes aus und streifte die Hosen herunter. Es war der 12. Juli, warm genug, um abends noch ein Bad zu nehmen.

»Da bist du ja endlich!«, kreischte Gerta und schaufelte mit beiden Händen das Wasser, um ihn nass zu spritzen.

»Warte nur, bis ich bei dir bin.«

»Was dann?«

Bandi hielt sich nicht damit auf, langsam in den Fluss zu steigen. Er ließ sich hineingleiten, tauchte unter, schwamm mit ein paar schnellen Schlägen zu seinem Ziel und stemmte Gerta mit beiden Händen nach oben. Sie war in seinen Armen gefangen wie ein Fisch, zappelte und lachte.

Ihr Körper war von der Nässe noch geschmeidiger, und am liebsten hätte Bandi sie gleich hier im Wasser genommen.

»Nimm diesen schrecklichen Haarreif ab.«

Eine Bewegung, und er hatte ihn abgezogen und in hohem Bogen ins Wasser geworfen. Es platschte.

»Du Idiot! Der war teuer!«

»Sieht nach Mädchenpensionat aus.«

Um sich weitere Proteste zu ersparen, suchte er ihren

Mund und stellte mit Befriedigung fest, dass sie immer noch die Augen zumachte, als er sie küsste.

Bandi schmeckte nach Gras, Rotwein und Sommer. Zärtlich strich ihm Gerta über sein Haar. Das letzte Sonnenglühen ließ sein Gesicht orange leuchten; es wirkte weicher als sonst und sehr anziehend, wie sie fand.

Gerta nahm alles in sich auf.

Das schwindende Licht, das warme Wasser, der schöne Tag, den sie zusammen verbracht hatten.

»Wenn ich könnte, würde ich jetzt die Zeit anhalten«, sagte sie, als seine Lippen sich von den ihren lösten und eine unbestimmte Sehnsucht in ihr hinterließen.

»Wenn ich könnte, würde ich mit dir schlafen.«

Sie flüsterte ihm etwas ins Ohr.

Bandi lachte. »Auf dem Pensionat hast du diese Sprache aber nicht gelernt.«

Und dann schob er sie weiter ins Wasser, dorthin, wo der Fluss tiefer wird.

Sie fand es schön und verführerisch, dass seine Hände so stark waren und dass der Widerstand des Wassers seine Bewegungen so langsam werden ließ.

Die Dämmerung legte sich über die Seine, und sein Gesicht verblasste, als er sich in den Sand setzte und sie dann an sich zog.

»Lass dich einfach fallen«, flüsterte er rau.

Instinktiv wusste sie, was er von ihr verlangte. Sie klammerte sich mit den Beinen an ihn fest und ließ ihren Oberkörper nach hinten sinken, ins Wasser, bis sie mit ausgestreckten Armen auf der Oberfläche trieb. Absurd, dachte sie im ersten Moment, aber dann umfasste er ihre Hüften, und sie wusste, dass er sie halten würde, ganz gleich, was kam.

Sie konnte ihm vertrauen.

Gerta blickte in den Himmel, wo die ersten Sterne glänzten,und dachte, dass es wunderbar war. Sie trieb im Wasser und ließ alles geschehen. Sie lachte, weil sie auf einmal alles so komisch fand. Dann spürte sie, wie er in sie eindrang. Sie spürte ihn viel mehr als sonst, und es war schön.

Sie seufzte. »Ich spüre dich so.«

Seine Stimme klang, als würde er lächeln. »Du sollst mich auch spüren.«

Und er bewegte sich mit einer Langsamkeit in ihr, die sie zittern ließ, und sie hatte das Gefühl, ganz ausgefüllt zu sein von ihm und seinem langsamen Drängen.

Das Wasser streichelte ihr Gesicht und ihre Brüste; sie sah seinen konzentrierten Blick, seine Hände schaukelten sie vor und zurück, und die Sterne wurden blasser, als er sie mit unerträglich schöner Langsamkeit immer weiter trieb, bis weit über alle Sterne hinaus.

Viel später saßen sie glücklich und eng aneinander geschmiegt auf ihrer Decke und tranken den Rotwein aus.

Es war eine klare Nacht, der Himmel eine Kathedrale der Ewigkeit. Die Sterne waren so hell, dass Gerta das Gefühl hatte, die Hand ausstrecken und sie pflücken zu können.

»Der Polarstern«, sagte Bandi und zeigte zu dem Licht, das den Seefahrern den Weg wies.

Gerta trank einen Schluck. »Meine Mutter hat mir viel vom Polarstern erzählt. Es gibt solche alten Märchen.«

»Erzähl. Ich liebe Märchen.«

Sie lehnte ihren Kopf an seine Schulter, während sie ins Sternengestöber dort oben am Himmel blickte.

»Meine Mutter sagt, dass die geliebten Toten dort oben auf dem Polarstern wohnen. Sie müssen in die Kälte gehen, in das Drachenland des Nordens. Aber von dort, wo das Eis und der Schnee sind, leuchten sie uns, die sie lieben, den richtigen Weg.«

Bandi legte den Arm um ihre Schulter. »Eine schöne Geschichte. Und wohin führt dieser Weg?«

Gerta lächelte.

»Es ist der Weg der Liebe. Und er führt nach Süden. Wenn ich vor dir sterbe, werde ich auch für dich leuchten. Dann kannst du heimgehen, wo du hingehörst. Nach *Eretz Jissrael*. Ins Land der Orangenhaine.«

Er runzelte die Stirn. Lächelnd wischte sie die Falte weg, die zwischen seinen Augen stand.

»Dummkopf. Ich sterbe doch nicht. Ich mache nur Spaß.«

Ganz Paris tanzte.

Es war der 14. Juli, der Tag der Erstürmung der Bastille, und zum ersten Mal wurde ein richtiges Volksfest daraus.

Man feierte die Republik und den Sieg der Volksfront, man feierte Frankreich und sich selbst – und Gerta und Bandi waren mittendrin, um für *Vu* zu fotografieren. Sie waren dabei, als die Armee am Vormittag über die Champs-Élysées paradierte, und sie waren in den Straßen des Pariser Ostens, wo mehr als eine Million Menschen die Trikolore schwenkten, die »Marseillaise« schmetterten und geduldig den Reden der Gewerkschafter zuhörten.

Dieser 14. Juli war nicht zuletzt auch ein Feiertag für die streikenden Arbeiter, die ihre Ziele durchgesetzt hatten.

Und er war ein großes Fest für die Künstler, Intellektuellen und Flüchtlinge des Montparnasse. Denn er setzte ein Zeichen für die Freiheit und gegen die Nazis; die Stärke der französischen Armee konnte all die Gestrandeten aus Deutschland begeistern und beruhigen. In Frankreich waren sie sicher; es würde ihnen nichts passieren, und vielleicht würde die Woge der Freiheit sogar über die Grenzen, hinüber ins geliebte Deutschland schwappen …

In den frühen Abendstunden hatten Gerta und Bandi

ihre Filme in der Redaktion von *Vu* abgegeben, wo sie die Kontaktabzüge abwarteten. Lucien Vogel zeigte sich davon so begeistert, dass er versprach, sie auf dem Titel zu bringen. Die Schlagzeile der nächsten Ausgabe sollte lauten: »Drei Festtage für das Volk, die Armee und Frankreich«.

Überglücklich fiel Gerta Bandi um den Hals, und sie küssten sich, bis Lucien Vogel sich diskret räusperte.

Wir haben es geschafft, dachte Gerta.

In Paris konnte man kaum mehr erreichen als die Titelseite von *Vu* zum Nationalfeiertag, wenn man Ausländer war.

Später ließen sie sich durch die Straßen treiben, die mit elektrischen Girlanden geschmückt waren; Glühbirnen in Blau und Weiß und Rot, den französischen Nationalfarben. Da es ein heißer Sommerabend war, saßen die Menschen in den Straßen, man trank und lachte, und überall spielten die Kapellen zum Tanz auf.

Der Boulevard Montparnasse hatte sich in einen Freiluftballsaal verwandelt, und die Gäste aus den Cafés Coupole, Rotonde und Dôme, die sich sonst eher argwöhnisch beäugten, schwenkten sich einträchtig im Walzertakt herum.

Nur Hemingway saß, einen Verband um den Kopf, abseits und trank sich allmählich ins Vergessen. Als Bandi ihn an der Schulter rüttelte, reagierte er nicht. Man sagte, er habe sich mit dem Kritiker duelliert, der ihn als Ochsen bezeichnet hatte, und seither war der Schriftsteller in eine Phase der düsteren Melancholie geglitten, die er mit Whiskey betäubte.

Es war allen unverständlich, dass er nichts vom Treiben und dem Lärm um sich herum mitbekam.

Die Musik auf dem Montparnasse war so flott und laut, dass sie die Toten vom Friedhof nebenan hätte aufwecken müssen. Als Bandi seine Freunde auf der Bühne entdeckte, wunderte ihn nicht mehr, dass die Walzer so viel Schwung hatten: Die Kapelle bestand aus den Musikstudenten unter den Zionisten.

»Ihr könnt ja sogar mal feiern«, rief er Chim und Jacques Salomon zu, die er in der Menge entdeckte. »Ich dachte, ihr habt nur die Arbeit und den Traum von *Eretz Jissrael* im Kopf.«

»Wir strengen uns an«, erwiderte Chim gutmütig.

Zu Bandis Belustigung hatte er ein Glas Mineralwasser in der Hand. »Könnt ihr euch nicht mal wie normale Menschen benehmen und euch einfach mal betrinken?«

»Wir geben unser Bestes«, erwiderte Richard Lichtheim, der sich mit Zigarre hinzugesellte.

Die Kapelle fiel in einen schnelleren Takt, und Bandi fühlte sich von Gerta mitgerissen.

»Komm, du Langweiler. Diskussionen über den jüdischen Nationalstaat kannst du später führen. Ich will mit dir tanzen!«

Bandi sah aus den Augenwinkeln die belustigt-mitleidigen Blicke seiner zionistischen Freunde; aber bevor er noch eine spitze Bemerkung loswerden konnte, war er schon mitten im Getümmel.

Die Kapelle spielte gerade einen wunderbaren Wiener Walzer, und die Gesichter ringsum verwirbelten.

Einmal glaubte Gerta, irgendwo in der Menge das Lotosblütengesicht von Anaïs Nin zu entdecken, die ihr lächelnd zuwinkte, an die Schulter von Henry Miller gelehnt. Aber dann sagte sie sich, dass es wohl nur eine Illusion gewesen war, denn als sie wieder hinsah, stand da niemand mehr.

Sie ließ sich vom Dreivierteltakt und von Bandis Armen tragen und mitreißen und auch vom Gefühl des Erfolges und der Zuversicht und der Freiheit, das sie und ganz Frankreich nun überflutete; und als sie in den Himmel blickte, glänzte der Vollmond rund und zufrieden über Paris, wie damals am Pont-Neuf, als sie Bandi versprochen hatte, bei ihm zu bleiben.

»Ich bin glücklich«, sagte sie.

»Wenn du keine Arierin wärst, könnten wir heiraten.«

»Was spricht dagegen?«

»Die Rassenschande. Wir dürfen nach deutschem Gesetz doch gar nicht heiraten, die Ehe wäre bei dir zu Hause ungültig. Ich bin doch Jude, weißt du.«

»Faule Ausreden. Wir leben doch in Frankreich.«

Er grinste, und sie sah, dass sich um seine Augen Lachfalten gebildet hatten, die sie noch nicht kannte, und er wirbelte sie noch schneller, so schnell, bis die Welt um sie herum verschwamm und Bandi ihr Mittelpunkt war.

Vier Tage später schien dies alles wie ein viel zu kurzer Traum, der Wirbel einer heißen Sommernacht.

Es war der 18. Juli 1936, und Gerta saß fassungslos neben Maria Eisner, als im Radio die Nachricht übermittelt wurde, dass in Spanien die Generäle geputscht hatten und versuchten, gewaltsam die Macht an sich zu reißen.

Die junge Republik Spanien, mit einer Volksfront-Regierung ähnlich der in Frankreich, zeigte sich entschlossen, sich zu verteidigen. Teile des Heeres erhoben sich gegen die Generäle, und Arbeitermilizen wurden gebildet; in den Städten Spaniens brachen noch am selben Tag die ersten Straßenkämpfe aus.

Maria Eisner war ganz bleich. »Und das, wo man gerade so viel Hoffnung hatte. Jetzt wird halb Europa in Trümmer fallen.«

Gerta war zum Schrank gegangen und hatte zwei Gläser mit Gin aufgefüllt, um ihrer beider Nerven zu beruhigen, als völlig unvermittelt und gegen seinen Terminplan Bandi hereingestürmt kam. Er hielt einen Umschlag in der Hand und wirkte sehr aufgeregt.

»Haben Sie Nachrichten gehört, Herr Friedmann?«

»Mir ist etwas eingefallen«, keuchte Bandi. »Ich hab den Brief vergessen.«

Gerta starrte ihn an. Die Nachricht aus Spanien hatte sie erschüttert; es war so plötzlich, und es kam ihr so unwirklich vor, dass sie gar nicht verstand, wovon Bandi eigentlich redete.

»Was für einen Brief?«

»Deine Mutter hatte dir einen Brief geschrieben. Damals, als wir uns getrennt hatten. Der Brief war die ganze Zeit in meinem alten Seesack. Und jetzt, wo das Telegramm ankam, ist es mir wieder eingefallen.«

»Langsam, Herr Friedmann«, unterbrach Maria Eisner ihn scharf. »Der Brief scheint eine alte Sache zu sein. Viel wichtiger ist doch dieses Telegramm.«

Bandi streckte Gerta den Umschlag hin. »Ich hoffe, keine schlechten Nachrichten.«

Gertas Finger zitterten, doch sie zwang sich zur Ruhe, als sie den Umschlag aus Deutschland von dem Telegramm entfernte.

Es war ganz irreal, und es schien sie gar nicht zu betreffen, als sie las, was ihr Vater ihr mitzuteilen hatte.

»Mutter in den Morgenstunden verstorben STOP Schnell kommen STOP Wünscht jüdisches Begräbnis STOP Letzte Worte: Jetzt erst recht.«

1936-37

»Der Krieg ist ja langweilig«, sagte Bandi. »An der Front tut sich nichts. Und was dahinter passiert, gefällt mir nicht.

»Krieg ist immer ein schmutziges Geschäft.« Hemingway hatte die raue Stimme der Betrunkenen.

»Oh, ich kann es nicht mehr hören!«, stöhnte Gerta. »Redet doch nicht so viel vom Krieg. Denkt lieber an die Menschen.«

Sie saßen unter großen, roten Sonnenschirmen im Chicote's, an Madrids Gran Via 12 und aßen und tranken.

Hemingway behauptete steif und fest, es sei die beste Bar Spaniens. An den Tischen ringsum saßen Männer und Frauen in einem malerischen Aufzug, den man überall in Spanien sah: Über weißen Hemden spannten sich Patronengürtel; eine hübsche Frau hatte eine Mauser, ein deutsches Maschinengewehr aus dem letzten Jahrhundert, über der Schulter baumeln. Wer sich dieser Tage elegant kleidete, ohne eine Waffe zu tragen, geriet schnell unter Verdacht, ein »faschistischer Bourgeois« zu sein, und riskierte damit seine Verhaftung, wenn nicht sogar den Tod.

Bandi, Hem und Gerta wären wohl kaum in Verdacht geraten. Sie trugen verschossene Hemden in Khaki, ihre Hosen starrten vor Dreck, und sie passten sich den Gewohnheiten der einfachen *Madrileños* an, tranken literweise *cidra*, asturischen Apfelwein, und aßen dazu gebratenes Huhn, *empanadas*, in Brot eingebackene Gemüse, und *cabrales*, den Ziegenkäse aus Asturien.

Es war ein leichtes, köstliches Mahl, wie man es überall in Spanien bekam, und auch der Apfelwein war leicht, aber in der Sommerhitze, die über der spanischen Hauptstadt brütete, reichten ein paar Gläser doch schon aus, um einem in den Kopf zu steigen.

Gerta fühlte sich beschwipst.

Es war seit Wochen die erste Pause, die sie machten, hier an Madrids berühmter Gran Via, und was sie bisher vom Bürgerkrieg mitbekommen hatte, war enttäuschend, dachte Gerta: Für Fotografen gab es nichts zu fotografieren. Überall war Stillstand; kein Sieg über Francos Generäle in Sicht, kein Bild des Triumphes, wohin man auch blickte.

Zunächst waren sie nach Barcelona gereist, und schon die Landung in Spanien hatte mit einer Bruchlandung begonnen. Ein schlechtes Omen, dachte sie: Das Flugzeug, das der Verleger Lucien Vogel für sie gechartert hatte, war auf einem Acker notgelandet. Vogel und ein Assistent hatten sich den Arm gebrochen; bisher der blutigste Zwischenfall, den sie zu sehen bekommen hatten.

Wenn dieser Krieg stattfindet, dachte sie, ist er unsichtbar.

Der *New Statesman* sprach zwar von einer Schlacht zwischen Gut und Böse, einer Schlacht zwischen Demokratie und Faschismus, die über das Schicksal Europas entscheiden würde – doch von einer Schlacht war nichts zu erkennen.

Gerta hatte nur stoppelige Hügel gesehen, lange Kolonnen von Lastwagen und Marschierende, deren Reihen sich über Kilometer verteilten, da es der republikanischen Armee an jedweder Disziplin fehlte.

Die Truppen der Republikaner hatten sich eingegraben, die Aufständischen auch. An der Huesca-Front brüteten die

Soldaten gelangweilt in der Hitze und warteten auf etwas, das vielleicht niemals eintreffen würde: Kampf.

Lediglich hier, vor Madrid, war die Spannung zu spüren. Die spanische Hauptstadt – bisher von den republikanischen Truppen gehalten – hatte den Vormarsch der Franco-Truppen in den Guadarrama-Bergen gestoppt. Aber von Südwesten her näherte sich ein weiteres Heer der Aufständischen um General Franco, die Spanien in ein feudalistisches Land zurückverwandeln wollten.

Gerta nippte einen Schluck *sidra* und dachte an die Erlebnisse der letzten Wochen zurück. Sie hörte nur mit halbem Ohr, dass Bandi für seinen Freund Hemingway und sich selbst zwei doppelte Whiskeys bestellte. Diese Männer, dachte sie, müssen immer die harten Typen rauskehren.

Dabei waren die Frauen vermutlich viel härter.

In Barcelona hatten sie eine Frauenmiliz der Kommunisten fotografiert. Diese gut gedrillten, weiblichen Soldaten waren die reinsten Kampfmaschinen, glühend vor Überzeugung und gesteuert von Moskau, dem Übergenossen Stalin, den sie verehrten und der auch niemandem eine andere Wahl ließ: Wer den Kult um seine Person infrage stellte, den schickte er in den Tod.

Die internationale Presse, von Berlin über Zürich bis Paris und London, war geradezu begierig auf Fotos der weiblichen Milizen, denn bisher hatte man nie Bilder weiblicher Soldaten veröffentlicht; allein schon deren Existenz kam einer Sensation gleich. Die Fotos, die sie am Strand von Barcelona aufgenommen hatten, würden leicht verkäuflich sein – und doch hinterließ dies alles bei Gerta einen unguten Nachgeschmack.

»Ich hab entsetzliche Geschichten gehört«, brabbelte Hem in seinen Whiskey. »Die Republik hat sich selber in abscheulicher Weise befleckt.«

Bandi nahm einen tiefen Zug an einer der faden russischen Zigaretten, die man den Journalisten im Hauptquartier überlassen hatte. »Kein Mensch will so was hören«, sagte er sarkastisch. »Die Republik verkörpert das Aufbegehren gegen die Faschisten. Wir brauchen Fotos und Storys, die den Sieg der Republik zeigen. Bilder, die das Wort von Dolores Ibárruri, der *Pasionaria*, zum Sprechen bringen: *No pasarán!* Nein, die Faschisten werden in Spanien nicht durchkommen.«

»*Good*. Aber was ist, wenn die Republikaner sich selber wie Faschisten aufführen?« Hem blinzelte trübsinnig hinter seiner Nickelbrille und zog sich die Mütze tiefer in die Stirn. »Eine alte Kämpferin hat mir eine scheußliche Geschichte erzählt, wie in so einem kleinen Nest im Nirgendwo die Faschisten des Dorfes ermordet wurden, in den ersten Tagen des Aufstands.«

Hem blickte seinen Freunden ins Gesicht, fast so, als hoffe er, sie würden ihn zum Schweigen bringen. Aber sie taten es nicht. Gerta griff nach Bandis Zigaretten und steckte sich selbst eine an. Seit dem Tod ihrer Mutter hatte sie sich angewöhnt, zu rauchen. Überhaupt war sie härter geworden. Sophia Pohorylles Tod und ihr Vermächtnis in dem Brief hatten Gertas Weltbild verändert. Aber sie sprach nicht darüber.

»Erzähl schon«, sagte sie zu Hem.

»Sie haben die Leute der Reihe nach durch ein Spalier gehen lassen. Da standen die Bauern mit Dreschflegeln, und ganz am Ende des Spaliers standen Bauern mit Sicheln. Die Faschisten wurden ganz langsam totgeprügelt, einer nach dem anderen. Mit Dreschflegeln und Sicheln. Am Ende hat man sie über die Klippen in den Fluss geschmissen.« Hem trank einen hastigen Schluck und winkte dem Kellner. »Ich kann nicht schlafen, wenn ich daran denke. Nein, die Republikaner sollten sich nicht verhalten wie die Faschisten. Es befleckt ihren Kampf.«

Später dösten sie in ihrem Zimmer im Hotel Florida, das Hemingway ihnen empfohlen hatte und in dem er auch selber wohnte.

Das Florida lag an der Plaza de Callao, gegenüber dem zentralen Büro des Telefónica, wo sich die Militärzensur einquartiert hatte. Dort ließen sich Gerta und Bandi ihre Fotos freigeben, die sie zu Maria Eisner in der *Alliance* schickten, und dort wurden auch Hemingways Artikel zensiert, die er für die *North American Newspaper Alliance* verfasste.

Natürlich konnte er nichts von den Gräueln berichten, die man ihm zugetragen hatte. Der Militärzensor hätte ihn sofort außer Landes verwiesen – im besseren Fall.

Gerta blinzelte in die Dämmerung und rauchte.

Die Holzrollos sollten das Zimmer vor der Hitze schützen; doch in Wahrheit verdunkelten sie es nur. Sie hatten sich Krüge mit kaltem Bier aufs Zimmer bestellt und lagen erschöpft nebeneinander, ohne sich anzurühren.

Obwohl man vom Krieg nicht viel sah, dachte Gerta, waren die letzten Tage unglaublich anstrengend gewesen.

Die staubigen Straßen, die in der Hitze flirrten; der Anblick der armseligen, schlecht ausgerüsteten und viel zu jungen Milizen, die der militärischen Übermacht der Faschisten niemals gewachsen sein würden; der Druck aus Paris, endlich positive Bilder von der Front zu liefern; die Anspannung der *Madrileños*, die gestern dem ersten Luftangriff ausgesetzt gewesen waren; die Gerüchte, dass Hitlers Deutschland den Franco-Truppen Heinkel-III-Maschinen geliefert habe, hochmoderne, zweimotorige Bomber, denen die Republik nichts entgegenzusetzen hatte; und nicht zuletzt die vielen hundert Kilometer, die sie im Pressewagen durch Spanien gerüttelt worden waren – dies alles war zutiefst ermüdend.

Wenn man wenigstens wirklich an die Zukunft der Republik glauben könnte, dachte Gerta.

Aber die Illusionen von Aufbruch und Freiheit waren längst von ihr abgefallen. In Paris mochte man glauben, dass es hier um den Kampf zwischen Gut und Böse, zwischen Demokratie und Faschismus ging. In Wahrheit fand vor allem ein Kleinkrieg der linken Parteien untereinander statt. Die Trotzkisten von der P.O.U.M bekämpften die Anhänger Stalins. Man sollte nicht glauben, dass ein übermächtiger Feind vor den Toren Madrids stand, dachte Gerta, und es überlief sie ein Schauer.

Sie wusste nicht, was man mehr fürchten sollte: Francos Generäle – oder Stalins Schergen?

Ihr war aufgefallen, wie kalt die Augen von Schultz, dem Politkommissar im Telefónica waren, der die Bildzensur überwachte. Ein Mann, der Parteigänger Stalins war und keine Skrupel kannte und dem man besser nicht in die Quere kam oder die falschen Fragen stellte. Es gab genug Gerüchte über Hinrichtungen so genannter »Spione« … und es konnte nur eine Frage der Zeit sein, bis die ersten Journalisten sich verdächtig machen würden.

Gerta spürte, wie Bandi sich neben ihr rührte. Sie legte die Hand auf seinen Rücken; eine Schweißperle glänzte in seinem Nacken. Er streckte sich und gähnte.

»Ist noch Bier da?«

Gerta reichte ihm den Krug.

»Die verdammte Hitze macht mich schlapp.«

Sie strich ihm sanft übers Haar, das verschwitzt und lockig war.

Er machte Geräusche beim Schlucken, als er das Bier hinunterkippte. Dann wischte er sich über den Mund.

»Wir sollten mehr bestellen. Frisches, kaltes.«

»Ich denke, wir haben genug. Wir wollen doch noch ins Palace rüber.«

Hem, der eine neue Affäre hatte, die er beeindrucken wollte, hatte sie ins beste Hotel der Stadt eingeladen. Das

Palace an der Plaza de las Cortes war die letzte Bastion des Luxus in Madrid, der Treffpunkt der internationalen Journalisten – und auch ein gern genutztes Quartier der kommunistischen Elite.

Wenn es einen Ort gab in Madrid, wo man von den Plänen und Offensiven der Republikaner erfuhr, dachte Gerta, dann war es ganz gewiss das Palace.

Das Restaurant La Cupola war das feinste von ganz Madrid und der eleganteste Raum des Hotel Palace. Es gab schwarze Marmorböden und plüschige rote Sessel im Stil der Jahrhundertwende, Palmen wuchsen aus Kübeln, und unter der riesigen Glaskuppel wiegten sich elegante Paare zum Jazz.

Hemingway flirtete mit einer Blondine mit hohen Wangenknochen, die auch Bandi gefallen hätte, wie er sich eingestehen musste.

Vermutlich, um seine Eroberung zu beeindrucken, hatte Hem auffahren lassen, was die Küche des Hotels in diesen Kriegszeiten nur hergab. Und das war nicht so wenig.

Sie probierten zarte Tintenfisch-Scheiben mit Meersalz und Paprika, *tortillas* mit Shrimps, Sandmuscheln in würziger Soße, Sardellen auf Salatherzen, überbackenen Ziegenkäse, *morcilla* mit Feigensenf, Garnelen auf Stockfisch-Kartoffelcreme und Seeteufel mit grünem Spargel.

Dazu tranken sie feinsten spanischen Sherry, katalanischen Sekt, einen Rueda als Weißwein und einen La Mancha als Roten.

Gerta war der Alkohol zu Kopf gestiegen, und Bandi fand, mit ihren leicht geröteten Wangen sähe sie bezaubernd aus. Obwohl sie nicht die klassische Schönheit besaß wie Hemingways Blondine, verströmte sie einen ganz eigenen Charme.

Er beobachtete, wie sie den Kopf beim Lachen zurückbog und wie die Blicke der Journalisten und Politfunktionäre an den Nebentischen immer wieder an ihr hängen blieben, während sie die schöne Blondine nur streiften.

Gerta hatte sich verändert, dachte Bandi, und seitdem gefiel sie ihm noch besser als je zuvor. Der Tod ihrer Mutter hatte sie noch stärker, noch entschlossener werden lassen. Als müsse sie sich jetzt erst recht beweisen, hatte sie darauf bestanden, ihn in den Krieg zu begleiten.

Bandi blickte nachdenklich zu ihr hinüber, und er sah, wie ernst ihr Mund wirkte, wenn sie einmal nicht lachte. Zunächst hatte er befürchtet, sie würde über der traurigen Nachricht zusammenbrechen. Stattdessen hatte sie eine neue Kraft gewonnen. Ihre wilde Entschlossenheit fand er oft fast beängstigend.

Bandi konnte noch immer kaum glauben, dass seine »kleine Arierin«, wie er sie heimlich nannte, in Wahrheit eine Jüdin war.

Er hatte keine Ahnung, was diese Erkenntnis in ihr vielleicht auslöste – oder auch nicht. Sie sprach nicht darüber. Sie hatte nur mit äußerster Entschlossenheit verkündet, dass ihr Platz an seiner Seite sei, wenn er mit Lucien Vogel für *Vu* in den Krieg flog.

Und sie hatte sich gehalten wie ein Mann.

Sie hatte nicht gestöhnt, als sie in unbequemen Pressewagen über staubige Wege ratterten, in verwanzten Zimmern hausen mussten, wo es keine Dusche gab, und sie hatte ihn tapfer in die Schützengräben der Huesca-Front begleitet, wo die Notdurft der Soldaten in der Sommerhitze stank.

Er hatte kein Wort der Klage gehört, als sie sich aus Blechbüchsen ernähren mussten und das Trinkwasser so trübe wie Milch aussah, und auch nicht, als die Milizen – weit von ihren Frauen entfernt – derbe Scherze über ihre Figur machten.

Ihm war ein Rätsel, wie es ihr gelungen war, sich nun

wieder in die elegante Lady im grünen Seidenkleid zu verwandeln, die mit Hemingway scherzte und die Männer im Saal mit ihrem kühlen Charme bezauberte.

Aber gerade dies, gerade dass er ihr Geheimnis nicht entschlüsseln konnte, machte ihn ganz verrückt nach ihr.

Er legte seine Hand auf ihren bloßen Rücken; die nackte Haut schimmerte im Glanz der Kronleuchter. Sie lächelte, doch er hatte das Gefühl, dass ihr Lächeln die Augen nicht erreichte.

Nach dem Dessert ließ Hemingway Champagner kommen, und Bandi spürte, wie Gerta sich im Takt der sanften Jazzrhythmen sanft, fast sehnsüchtig bewegte. Aber er konnte sich nicht dazu überreden, sie aufzufordern. Er war zu satt und träge.

Auf der Tanzfläche drängten sich die schönen russischen Gattinnen der Offiziere und die Journalisten mit ihren spanischen Begleiterinnen. Wer das Hotel Palace sah, hätte niemals geglaubt, dass die Republik sich im Kriegszustand befand und dass elegante Kleidung auf den Straßen ein Todesurteil sein konnte.

So mies die Versorgung der *Madrileños* auch sein mochte – die politische Führung verstand es zu feiern, und Bandi fand es einfach nur abstoßend.

»Gnädiges Fräulein«, hörte er eine helle Männerstimme sagen. »Darf ich um einen Tanz bitten?«

Bandi blickte auf und erkannte Schultz, den Politkommissar aus dem Telefónica, der es mit der Zensur so besonders genau nahm. Schultz schaute fragend zu ihm, und Bandi nickte. Sollte Gerta nur mit ihm tanzen; ein guter Draht zum Zensor würde ihrer Arbeit gewiss nicht schaden.

Sie neigte lächelnd den Kopf, erhob sich mit raschelnder Seide und ließ sich von dem kahl geschorenen Mann zur Tanzfläche unter der großen Glaskuppel führen.

»Was hat eine schöne Dame wie Sie nur im Krieg zu suchen?«

Der feuchte Atem ihres Begleiters streifte Gertas Hals, und sie musste sich bemühen, nicht zurückzuweichen.

Sie zwang sich zu einem Lächeln. »Ich mache das, wofür ich bezahlt werde – meinen Job.«

Er kam noch ein bisschen dichter an sie heran, sofern das überhaupt möglich war. Auf der Tanzfläche unter der Glaskuppel drängten sich so viele Paare, dass ein Mann jeden Vorwand hatte, um Hautkontakt zu suchen. Und Schultz suchte ihn, daran bestand kein Zweifel.

Da sie sich ihm nicht entwunden hatte, glitten seine großen Hände über ihren Rücken. Schultz war kein großer Mann, aber er hatte große Gliedmaßen und große Zähne. Er roch nach russischen Zigaretten und Wodka und hatte dennoch etwas Charmantes, wenn er lächelte. Schweißperlen glitzerten auf seiner Stirn.

»Ihr Freund sollte besser auf Sie aufpassen. Eine so schöne Frau gehört in einen Ballsaal, nicht an die Front.«

»Und ich dachte, die Kommunisten seien für die völlige Gleichstellung von Männern und Frauen«, erwiderte Gerta kokett.

»Das sind wir auch«, entgegnete er ernst. »Dennoch haben mir Ihre Bilder von den Kindern aus Barcelona nicht gefallen.«

Sie wiegten sich im Takt des Jazz à la Josephine Baker, während er ihr diese Eröffnung machte. Gerta brauchte einen Moment, um zu begreifen, was er da sagte.

»Haben Sie – künstlerische Bedenken?«

»Versuchen Sie nicht, mich an der Nase herumzuführen, kleines Fräulein. Das gelingt Ihnen vielleicht bei diesem Filou von einem Fotografen. Aber gewiss nicht bei mir.«

Gerta unterdrückte das Lachen, das in ihr aufstieg, perlend, wie der viele Champagner, den sie getrunken hatte.

Der Glatzkopf hatte eine komische Würde. Einerseits versuchte er mit ihr zu flirten, und andererseits besaß er keinen Funken Humor.

»Was stört Sie denn, bitte, an den Fotos?« Es war ihr gelungen, die Frage vollkommen ernst zu stellen, in genau dem lernbegierigen Ton, den er anscheinend erwartete.

»Wenn Sie nicht ein so charmantes Persönchen wären, könnte man fast den Eindruck gewinnen, Sie paktierten mit dem Feind. Diese Hoffnungslosigkeit in den Kindergesichtern. Wir würden uns etwas anderes wünschen. Etwas mehr Positives. Wir wünschen uns die Republik etwas optimistischer dargestellt.«

Gerta dachte an die Filme, die in der Sowjetunion entstanden, seit Stalin die Macht vollständig an sich gerissen hatte. Vorbei war das Experiment der zwanziger Jahre, wo die gewagtesten Risiken möglich gewesen waren, was zum Siegeszug der Sowjetkunst um den Globus geführt hatte, von Dsiga Vertov über Eisenstein, bis zu Rodtschenko und Malewitsch.

Nun entstanden Propagandaschinken, die den Helden der Arbeit feierten, den markigen Sowjet. Gerta vermutete, dass Schultz Vorgaben aus Moskau hatte; dass man glorifizierende Fotos wollte, nicht mal so unähnlich den »Ariern« der Nazis.

»Ist es die Schuld des Fotografen, wenn die Menschen so wirken, wie sie wirken?«, fragte sie halblaut. »Oder sind nicht vielmehr die Verhältnisse daran schuld? Wieso muss die Republik denn Kinder an die Front hetzen? Sechzehnjährige?«

»Meine Liebe, Sie haben ein hübsches Köpfchen, aber keinen Kopf für die Politik. Im Übrigen wird die UDSSR in Zukunft den ruhmreichen Sieg der Milizen garantieren. Modernstes Kampfgerät wird geliefert, und der Feind wird so schnell Reißaus nehmen, dass Sie ihm mit Ihrer Kamera gar nicht folgen können. Im Übrigen ist es doch sehr lobenswert, dass diese Revolution eine Revolution der Jugend ist, oder würden Sie das etwa bestreiten wollen? Aber lassen wir die Politik. Wissen Sie überhaupt, dass Sie selbst ganz entzückend jung aussehen?«

Für einen Moment befürchtete Gerta, er würde den Versuch machen, sie zu küssen. Es hätte sie beide in eine kompromittierende Situation gebracht. Schultz war ein seltsamer Mensch, dachte sie. Und ihr Instinkt gebot ihr, lieber nicht weiter mit ihm zu streiten. Ein Zensor im Telefónica konnte ihnen das Leben schwer machen. Außerdem wurde unter den internationalen Journalisten geflüstert, er sei dem KGB unterstellt.

Besser, es auf die sanfte Art zu versuchen.

»Sie wünschen positive Bilder?« Sie öffnete ihre Lippen ein wenig, und sie tat es mit vollem Kalkül. Ein Journalist musste alle Waffen einsetzen, die ihm zu Gebrauch standen. Zur Not eben auch den Lippenstift. »Positive Bilder würden wir auch gern fotografieren, Robert Capa und ich.«

»Sie meinen wohl den kleinen Juden Friedmann?«

Gerta gelang das Kunststück, nicht zusammenzuzucken. Seitdem sie die Wahrheit über ihre eigene Herkunft erfahren hatte, konnte sie es kaum ertragen, wenn jemand das Wort »Jude« nur aussprach. Und am schlimmsten war es, wenn es diesen ganz gewissen Beiklang hatte …

»Sie wissen, dass er Friedmann heißt? Sie haben ja wirklich erstaunlich gute Informationen.«

Er zuckte die Schultern, während er sie in einem Halbkreis um sich drehte. Er war ein guter Tänzer, dachte sie, und vermutlich auch ein guter Manipulator – in Moskau geschult.

»Informationsbeschaffung ist mein Beruf.«

»Ach ja?« Sie ließ ihre Wimpern flattern »Wenn es so ist, sind Sie doch auch gewiss darüber informiert, wie wir an positive Bilder kommen könnten. Wir würden der Sache der Republik gern einen guten Dienst erweisen. Ein Mann Ihrer Erfahrung und Fähigkeit müsste doch eigentlich wissen, wo wir hinfahren müssen, um die richtigen Fotos zu machen?«

Ihre Augen trafen sich. Die Kapelle machte Pause. Stimmen summten. Seine Augen waren grau, und sie erkannte die Intelligenz, die darin funkelte. Er fixierte sie, als wolle er ihr Gewicht abschätzen, erkennen, ob sie Freund oder Feind war.

»Nun gut, kleines Fräulein«, sagte er schließlich langsam. »Ich will Ihnen den Gefallen tun. Ich hoffe, Sie werden es zu schätzen wissen, wenn ich Ihnen erzähle, dass ich an Ihrer Stelle so schnell wie möglich zur Córdoba-Front hinausfahren würde. Man sagt, die Republik plane dort eine Offensive.«

Vertrocknete Olivenhaine, die sich weit bis zum Horizont erstreckten, die Ödnis der Mancha und die Wildnis der Sierra Morena; Hunderte von Kilometern, die sie auf der Transportfläche eines Lastwagens in der Hitze durchgerüttelt wurden; der Staub der Steppe, der ihnen ins Gesicht blies; die Sonne, die ihre Gesichter bräunte und ausdörrte; die blauen Flecken, die ihre Körper überzogen, wo sie gegen die Planken des Lastwagens geschleudert worden waren; die kurzen Nächte irgendwo am Wegesrand, im Nirgendwo, unterm Sternenhimmel, und die großen Rotweinschläuche, die ihnen von Bauern gebracht wurden, zusammen mit Blutwürsten und dicken Brotlaiben – Bandi kam die ganze Reise nach Süden unwirklich vor.

Das Fahren nahm kein Ende, und er fuhr auch nachts im Schlaf noch weiter, zwischen unruhigen Träumen, aus denen er manchmal aufschreckte, um nach Gerta zu tasten, die neben ihm schlief, tief und fest und im Schlaf gekrümmt wie ein Kind.

Ihr Gesicht war so braun, dass ihr Haar fast golden leuchtete. Bei Tag war es vom Staub verdreckt, und ihre Augen waren vom Fahrtwind gerötet. Der Pressewagen, den Schultz ihnen versprochen hatte, erwies sich als das unkomfortabelste Gefährt, das Bandi in seinem Leben gesehen hatte, und es gab Momente, wo er es hasste und hoffte, die Reifen würden platzen und ihre Fahrt würde ein Ende nehmen.

»Durchhalten«, sagte Gerta dann grinsend und tätschelte sein Knie.

Sie trug inzwischen ein grünes Hemd, wie die Milizen es trugen, und sie erinnerte ihn an einen kleinen Soldaten, wenn sie mit verbiestertem Gesicht das Rumpeln ins nächste Schlagloch ertrug und die ganze Zeit ihre neue Rolleiflex umklammert hielt, ihren kostbarsten Besitz, den sie extra für Spanien angeschafft hatten.

Die zweiäugige Spiegelreflexkamera aus dem Jahr 1929 würde ihnen ermöglichen, auch Fotos im Filmformat 60 mal 60 an die internationale Presse zu verkaufen. Die handliche Leica mit ihren Wechselobjektiven war gut für den Einsatz an der vordersten Front; die Rolleiflex taugte besser für Stimmungsbilder.

Von Stimmungen, dachte Bandi, hatte er inzwischen genug. Ihm fehlte Gertas Begabung, sich an Sonnenuntergängen über der Mancha zu freuen oder die Poesie in Kindergesichtern zu entdecken. Er wollte Handlung, Geschichten, und davon gab es auf den vielen Hunderten Kilometern nicht das Geringste zu sehen.

In Talavera de la Reina, achtzig Kilometer westlich von Madrid, waren sie der Front so nahe gekommen wie nie zuvor; doch handelte es sich um verlorenen Boden, und so ließ man sie nicht vor: Nach schweren Luftangriffen waren die Truppen der Republik geschlagen, und das sollte die Welt auf ihren Fotos nicht sehen. Journalisten wurde der Zugang zur Front verboten.

Sie waren durch Toledo gereist, wo sich ein mächtiger Franco-Anhänger, Oberst Moscardó mit tausend Männern und Hunderten linker Geiseln im Alcazar, dem Festungsschloss der Stadt, verschanzt hatte – doch auch hier gab es nichts zu sehen, was man hätte auf Film bannen können. Die Sprengung des Alcazar wurde zwar vorbereitet, würde aber noch Wochen dauern.

Bandi spürte in seinen Fingerspitzen, wie er mit jedem Tag angespannter und kribbeliger wurde.

»Du kommst schon noch ins Feuer«, spottete Gerda, die ihn in manchen Momenten an einen Mann erinnerte, so entschlossen sah sie aus. Er fand es beruhigend, dass die Männer der Milizen ihr immer noch hinterherpfiffen und ihr Komplimente machten. Denn manchmal erschreckte ihn der Ausdruck in ihren Augen, der sich eingeschlichen hatte, seit ihre Mutter gestorben war.

Sie war eine Kämpferin, dachte er.

Kurz vor Córdoba hörten sie die ersten Gerüchte und konnten die Wahrheit in den Augen der Bauersfrauen lesen, die mit Leiterwagen und Ackerpferden, mit kleinen Kindern und Körben voller Essen auf der Flucht waren. Zuerst waren es nur einzelne, aber was sie erzählten, genügte, um den Fahrer des Pressewagens zu erschrecken und Bandis Kampfgeist zu wecken.

Die republikanischen Milizen hatten geplant, am 5. September einen Vorstoß auf Córdoba zu riskieren. Aber die Truppen Francos waren ihnen mit einem mächtigen Luftangriff zuvorgekommen. Das Dorf Cerro Muriano war unter heftigen Beschuss aus der Luft geraten. Und je näher Bandi und Gerta dem Ort kamen, umso hoffnungsloser waren die Gesichter der Fliehenden, die in die entgegengesetzte Richtung strömten, auf Eseln, in Autos und Lastwagen. Man hörte von Bomben und Maschinengewehrfeuer, das aus der

Luft auf das republikanische Alcoy-Regiment niederprasselte. Man hörte das dumpfe Dröhnen der Fiat-Kampfflugzeuge aus der Ferne, die Mussolini zur Unterstützung Francos geschickt hatte, und Bandi spürte, wie sein Herz schneller schlug.

Aber nicht aus Angst.

Es war das Fieber. Das Fieber, das den Jäger in der Sekunde vor dem Abschuss befällt.

Endlich waren sie in der Wirklichkeit des Krieges angekommen, sie beide, die Jäger der Wahrheit.

Die Jäger des Lichts.

»*Qué tal?* Wie geht 's?«, fragte der Fahrer, und als er sich nach hinten umdrehte, schwenkte er mutig die Faust. Sie hatten Glück, er war nicht die Art Mann, der in der Gefahr desertieren würde, dachte Gerta. In Madrid hatte sie von Kollegen gehört, denen ihr Chauffeur davongelaufen war, als die Front näher rückte. »Hier sind nicht mehr viele Menschen unterwegs«, stellte der Fahrer fest. »Irgendwas sagt mir, wir sollten umkehren. Fahren wir trotzdem weiter, Don Roberto?«

Gerta lächelte, wie immer, wenn sie diesen Namen hörte. Es passt zu Bandi, dachte sie.

»Aber sicher, Genosse! Nur weiter!«, hörte sie Bandi vergnügt rufen, und sie freute sich daran, dass er endlich mal wieder lebendig wirkte. In den letzten Tagen hatte er sich völlig in sich zurückgezogen, kaum ein Wort geredet und dabei fortwährend mit den Fingern auf die verdreckte Ladefläche des Lasters getrommelt.

Die Gefahr belebte ihn, dachte sie.

Aber sie fand es gefährlich für ihn.

Wer die Gefahr zu sehr liebt, riskiert zu viel, ging es ihr durch den Kopf. Man braucht Angst, wenn man überleben will.

Und dann ging alles ganz schnell.

Später sollte es ihr vorkommen wie ein Traum, und sie würden niemals wissen, wie es im Einzelnen geschehen war. Eine Kurve, kurz vor dem Dorf, und dann, wie aus dem Nirgendwo, plötzlich eine Straßensperre, verdreckte Männer mit Wolfsgesichtern, zerlumpten Uniformen, Kampflust im Blick.

Natürlich mussten sie anhalten, und sie wussten, wie gefährlich es war. Man könnte sie für Spione halten und sie erschießen. Immer wieder hatten sie von solchen Hinrichtungen gehört, auf ihrer langen Reise nach Süden.

»Ruhig bleiben«, raunzte der Fahrer.

»*Hola!*«, sagte der Mann, dessen abgerissene Uniform Gerta als Uniform der Republik erkannte.

»*Salud!*«

Sie reichte ihm die Pässe und Dokumente aus Madrid und den Geleitbrief des Hauptquartiers in Montoro, das sie hierher geschickt hatte. Es waren gute Papiere, bessere gab es kaum.

Aber der Blick des Mannes verweilte nicht lange auf den Blättern. Er schaute zunächst zu Bandi, und dann schaute er zu ihr. Er hatte blaue Augen, und Gerta kam es vor, als würden diese Augen sie durchleuchten.

Nach einer kleinen Ewigkeit nickte er bedächtig.

»Kommt mit!«

»*Viva la libertad!*«, hörte Gerta den Fahrer sagen, die jetzt dankbar dafür war, in Madame Vérons Pensionat, damals, in einer anderen, fremd gewordenen Welt, Spanisch gelernt zu haben.

Es lebe die Freiheit.

Sie erfuhren von den Milizen, dass ihnen das Fürchterlichste widerfahren war, das im Krieg passieren kann. Sie befanden sich hinter den feindlichen Linien, hatten die Front überquert, ohne es bemerkt zu haben.

Es waren nur wenige hundert Meter, die sie zu weit gefahren waren, aber die konnten tödlich sein. Nichts ist ordentlich im Krieg, dachte Gerta. Nichts ist so eindeutig, wie man es auf dem Schachbrett sieht. Es gibt keine klar und scharf getrennte Front, die Gut und Böse, Freund und Feind voneinander trennt.

Krieg ist Chaos.

»Ihr habt Glück, dass ihr noch lebt, Genossen.«

Der Offizier, hemdsärmelig und schnurrbärtig, hatte sie mit sich in den Schutz eines dürren Wäldchens gezerrt; seine Männer lagen hinter der Hügelkuppe im Schützengraben, und dort unten schließlich, in der stinkenden, bedrückenden Erde und in Deckung vor feindlichen Flugzeugen und Maschinengewehren, nahm er eine von Bandis russischen Zigaretten an. Der Offizier bedankte sich mit einem Schluck Wein aus einem alten Lederschlauch, der so vertrocknet war wie seine gegerbte Haut.

Während die Männer rauchten und tranken, griff Gerta nach ihrer Rolleiflex und machte Fotos vom Schützengraben.

Niemand hier störte sich daran, dass sie eine Frau und als Frau an der Front war. Es gab ein junges Mädchen in Uniform, das alle *guapa* nannten, eine dunkle Schönheit, die als Einzige das modernste, russische Gewehr des Regiments bedienen konnte.

»Die von der Guardia Civil sitzen jenseits der Hügelkuppe«, erklärte der Offizier so ruhig, als wäre er ein Reiseführer, der einen Spaziergang durch die Sierra erklärte. »Sowie wir den Versuch machen, zu stürmen, werden sie uns mit Maschinengewehrfeuer belegen. Aber es soll euch nicht zu sehr erschrecken, Genossen.« Er grinste, und seine Zähne schimmerten in der Dunkelheit des Grabens. »Man sagt, dass man tausend Schuss braucht, bis ein Mann stirbt. So viel Schuss haben die sicher gar nicht.«

Sie würden es riskieren müssen, einfach, weil ihnen keine Wahl blieb. Wenn die Truppen der Guardia Civil sie aufgriffen, würden sie ohnehin sterben, und grausamer als durch Schüsse, dachte Gerta. Gerade erst hatte Franco-General Queipo de Llano über *Radio Sevilla* verbreiten lassen, dass die Frauen der Roten seine Soldaten als echte Männer kennen lernen würden, wenn sie erst siegreich waren.

Es schauderte sie, während der Offizier ihnen den Angriff erklärte. Das Kommando hieß: um jeden Preis nach vorn.

Doch der Krieg war so unsichtbar, dass nur ihr Verstand sich fürchtete. Sie empfand nichts, als sie zu Bandi blickte, der ihr rasch seine Leica gab, während er auf das Kommando wartete, aus dem Schützengraben zu springen. Er bedeutete ihr, dass sie ihm die viel schwerere und unhandlichere Rolleiflex überlassen sollte. Als ihre Hände sich trafen, registrierte ein Teil ihres Bewusstseins, dass sie nicht zitterten. Sie war vollkommen ruhig.

Seltsam, dachte sie, im letzten Moment, bevor das Chaos losbrach. Ich habe dieselbe Krankheit wie Bandi.

Mir fehlt die Angst.

Sie setzten über den Schützengraben, und sie wusste nicht, woher Bandi die Nerven nahm, während des Sprungs zu knipsen.

Er hielt die Rolleiflex zur Seite und drückte einfach ab, ohne durch den Sucher zu sehen.

Dann hatten sie die erste Hürde genommen, den Graben, und er rannte vor ihr hügelabwärts, als die Hölle losbrach.

Maschinengewehre belegten sie mit Feuer.

Ein Rattern, ein Pfeifen und ein entferntes Wissen, dass es den Tod bedeuten könnte. Gerta sah, wie Bandi sich in die

Heide fallen ließ und flach auf den Boden drückte. Sie rannte noch ein paar Schritte, dann machte sie es ihm nach, rollte sich ab und fiel, ohne zu stürzen. Sie waren beide schnelle, gute Läufer und unbewaffnet, den Männern des Regiments voraus.

Aus dem Augenwinkel sah sie, dass Bandi die Hände hob, die Rolleiflex zum Hügel richtete, und sie, die etwas tiefer unter ihm lag, hob die Leica und drückte ebenfalls einfach ab, in Richtung der Männer, mit denen sie eben noch geraucht und getrunken hatten, und während sie blindlings abdrückte, sah sie, wie einer der Männer im Lauf innehielt, eine Sekunde stehen blieb, wie von unsichtbaren Fäden festgehalten und dann rückwärts taumelte. Sein Gewehr traf vor ihm die Erde, während er starb.

»*Qué tal?*«, hörte sie Bandi zärtlich fragen.

»Ich lebe, Don Roberto. Aber ich weiß nicht, wieso.«

Er strich ihr über die Wange. »Weil du ein tapferes Mädchen bist, das tapferste Mädchen der Sierra Morena.«

Sie blickte in den Sternenhimmel, der hoch und weit war, ein fernes Flimmern.

»Du findest mich tapfer?«

»Aber ja. Du warst die Erste an der Front. Du hattest die Nerven, mit der Kamera draufzuhalten.«

Sie lächelte. »Du hattest sie auch.«

»Das ist was anderes. Ich bin ein Mann.«

»Ich finde es furchtbar«, sagte sie. »Der Soldat ist jetzt tot. Ich hab ihn fotografiert, und jetzt ist er tot.«

Nach den Schüssen waren sie liegen geblieben und hatten gewartet, bis die Dunkelheit sich über den Hügel vor Cerro Muriano senkte und die Maschinengewehre der Guardias Civiles verstummt waren. Zu ihrem Glück war der Himmel bewölkt gewesen, und im Schutz der Dunkelheit waren sie bergabwärts gerobbt, in einer weiten Schleife und an den Stellungen des Feindes vorbei, bis sie die Gesänge der republikanischen Milizen gehört und ihre Lagerfeuer als rötlichen Schein am Himmel entdeckt hatten.

»Ich kann gar nicht glauben, dass ich noch lebe. Wenn ich nicht wüsste, dass ich Kanincheneintopf mit Kichererbsen gegessen und einen halben Schlauch Rotwein getrunken habe, dann würde ich es einfach nicht für möglich halten. Wir müssten tot sein.«

»Tausend Kugeln für einen Mann«, zitierte Bandi den Satz des Offiziers und pustete in ihr Haar. »Die Franco-Truppen müssen hundert Millionen Kugeln haben.«

»Kein Wunder, wenn sie von Deutschland beliefert werden.« Gerta kniff die Augen zu, während sie in den Himmel blickte. Schau knapp an den Sternen vorbei, dann kannst du sie besser erkennen, hatte ihre Mutter immer gesagt. »Siehst du den Polarstern? Da?«

Sie sah, dass Bandi blinzelte.

»Du musst links daran vorbeischauen, dann siehst du ihn besser. Erinnerst du dich an die Geschichte, die ich dir an der Seine erzählt habe? Ich glaube, dass meine Mutter jetzt auf dem Polarstern lebt und mir zusieht. Vielleicht wär sie stolz auf mich, heute. Weißt du, ich hab es für sie getan.«

Sein Atem streifte ihren Hals. »Natürlich wäre sie stolz auf dich. Und natürlich sieht sie dich.«

Sie rückte einen Zentimeter von ihm ab. »Ich denke, dass sie mir nach Süden leuchtet.«

Es gab eine Pause, in der sie darauf wartete, ob er etwas sagen würde. Zum ersten Mal, während sie in ihrem Schlafsack im Heidekraut lag, sprach sie das Thema an, das zwischen ihnen stand und sie vereinte und trennte.

»Jetzt, wo ich auch Jüdin bin, will ich auch irgendwann heim, in den jüdischen Staat, nach *Eretz Jissrael*.«

Sie spürte, wie seine Hand sich an ihren Hals legte und sein Körper sich aus dem Schlafsack löste und über den ihren legte. Sie roch den Geruch des Heidekrauts, als sie die Härte zwischen seinen Beinen spürte, und sie half ihm, ihre Hosen herunterzuziehen, und ihre Finger wurden hastig und die Berührungen heftig, nicht zärtlich, sondern begierig, voller Gier nach dem Körper des anderen und danach, sich des eigenen Körpers zu versichern, des Lebens, des Überlebens.

»Dies ist das ergreifendste und erregendste Foto des Krieges. Es wird Sie unsterblich machen, Herr Friedmann.«

Maria Eisner hielt die Ausgabe der *Vu* vom 23. September in der Hand. Eine Doppelseite mit Fotos war dem Spanischen Bürgerkrieg gewidmet, unter der Überschrift: »Comment Ils Sont Tombés, Comment Ils Sont Fuis«. Wie sie fielen, wie sie flohen.

Das Foto des Soldaten, der bei Cerro Muriano gefallen war und den Gerta mit der Leica aufgenommen hatte, prangte ganz links, hatte in Paris Bewunderung und Bestürzung ausgelöst und sich in die halbe Welt verkauft. *The Illustrated London News, Picture Post, Zürcher Illustrierte* und mehrere Berliner Blätter hatten es nachgedruckt; außerdem hatte die New Yorker Bildagentur *Pix* es angefordert, um es in den USA zu verbreiten.

»Es zeigt mit einer unglaublichen Dramatik die Wahrheit des Krieges«, schwärmte die sonst so kühle Maria Eisner. »Ein solches Bild hat die Welt nie zuvor gesehen. Es grenzt an ein Wunder, dass Sie genau diesen entscheidenden Augenblick festhalten konnten, Herr Friedmann, wo die Kugel den Soldaten trifft und er im letzten Schock noch steht, bevor er fällt. Mir sind die Telefone heiß gelaufen, seit es in *Vu* erschienen ist.«

Bandi zündete sich eine Zigarette an, froh, nach den russischen Glimmstängeln mit ihrem faden Geschmack nun wieder eine gute, starke Gitanes zu haben. Er brauchte sie jetzt.

Denn je leidenschaftlicher Maria Eisner das Foto lobte, desto unbehaglicher fühlte er sich. Es war unter dem Namen »Capa« erschienen, und jeder hielt ihn für den Fotografen, ohne auch nur einmal nach Gerta zu fragen.

Er blickte vorsichtig zu ihr hinüber, um abzuschätzen, wie verletzt sie war. Immerhin musste sie ja wissen, dass er nichts dafür konnte. Die Redakteure des *Vu* hatten in ihrer Abwesenheit seinen Namen an das Foto geschrieben, weil sie vermutlich nicht einmal in Betracht zogen, dass es ausgerechnet eine Frau gewesen sein könnte, die dem Krieg so nahe gekommen war.

»Ich bin überzeugt, dass wir mit der Berichterstattung über Spanien etwas ganz Neuartiges erleben«, schwärmte Maria Eisner. »Dies wird der erste moderne Medienkrieg werden. Die Schlacht wird nicht allein in den Schützengräben ausgetragen, sondern auch in der Presse. In den Massenillustrierten wird darüber entschieden, wer den Krieg in der Weltöffentlichkeit gewinnt. Die Menschen hungern nach diesen Bildern; sie hoffen, die Welt besser verstehen zu können. *Vu* musste drei Mal nachdrucken, als Ihr Foto erschien. Sie sind ein gemachter Mann, Herr Friedmann.« Maria Eisner lächelte schmal. »Verzeihung, ich wollte sagen, Herr Capa.«

Bandi fand es unerträglich, sich mit Gertas Lorbeeren geschmückt zu sehen. Auch er hatte ja ein Foto eines fallenden Soldaten am Hang über Cerro Muriano aufgenommen, aber es hatte bei weitem nicht dieselbe Dramatik, da er zu spät auf den Auslöser gedrückt hatte, als der Soldat schon auf dem Boden lag.

Es war Gerta, die mit Schnelligkeit, Glück und Intuition genau diesen Moment zwischen Himmel und Erde, zwischen Leben und Tod eingefangen hatte, ein Moment, der noch weit über eine Darstellung des Krieges hinausging, dachte Bandi, weil er nicht nur den fallenden Soldaten zeigte, sondern überhaupt eine ergreifende Darstellung des Sterbens. Niemand konnte dieses Bild betrachten, ohne davon berührt zu sein.

»Da liegt ein Missverständnis vor«, setzte er dazu an, alles aufzuklären – als er auf einmal ihre Hand auf seinem Arm spürte. Als sie ihn auch noch kniff, drehte er sich um und fauchte sie an.

»Bist du verrückt geworden?«

»Halt einfach den Mund, Bandi. Und Sie sollten ihn nicht Herr Capa nennen, Frau Eisner. Nennen Sie ihn doch einfach Bob. Das klingt kürzer und so schön amerikanisch, wenn wir jetzt auf den Markt in den Vereinigten Staaten wollen. Bob Capa.«

Hinterher, als Maria Eisner sie allein gelassen hatte, wollte er sie zur Rede stellen, doch sie küsste sanft seine Lippen.

»Du musst es mit der Wahrheit nicht übertreiben, Bandi. Wenn wir sagen, dass ich das Foto aufgenommen habe, werden sie anfangen, seinen Wahrheitsgehalt zu bezweifeln, und behaupten, dass es nur gestellt ist. All diese feinen Herren in den Redaktionen, die noch nie ein Gewehr aus der Nähe gesehen haben, werden doch niemals glauben, dass ausgerechnet eine Frau es ist, die sich bis nach vorn an die Front wagt.«

»Das wäre aber bitter.« Bandi befürchtete, dass Gerta es ihm früher oder später übel nehmen würde.

»Ich bin die erste, weibliche Kriegsreporterin der Geschichte«, sagte Gerta lächelnd. »Da muss ich ein paar Schwierigkeiten in Kauf nehmen. Es nützt mir, wenn du dir einen Namen machst. Dann verhilfst du mir beim nächsten Mal zu ein paar Abdrucken unter meinem eigenen. Die

Redakteure müssen sich schön langsam daran gewöhnen, dass eine Frau diesen harten Job erledigen kann.«

Bandi blickte ihr lange ins Gesicht, das wie gemeißelt aussah, wenn sie so entschlossen war.

»Du bist nicht einfach eine Frau. Du bist *die* Frau, die das ergreifendste Foto der Kriegsgeschichte gemacht hat – und du willst auf den Ruhm verzichten? Alles nur für mich?«

Sie stupste ihm mit dem Finger auf die Nasenspitze. »Idiot. Überschätz dich bloß nicht. Ich tu's nicht für dich, sondern für uns beide. Und soll ich dir noch ein Geheimnis verraten? Obwohl du so ein selbstgefälliger Idiot bist, liebe ich dich.«

Den ganzen Abend hindurch hatte sie ihn beobachtet und war von Stunde zu Stunde besorgter geworden. Bandi wirkte geistesabwesend und distanziert, so, als hätte er um sich herum einen unsichtbaren Bannkreis gezogen.

Dabei hätte er jeden Grund gehabt, fröhlich zu sein, denn heute Abend war ein Traum in Erfüllung gegangen; in der Rue Froideveaux, nahe dem Friedhof Montparnasse und dem Café du Dôme, hatte er sein eigenes Fotostudio eröffnet, das *Atelier Robert Capa*, und ganz Paris war zur Eröffnungsparty gekommen.

Man hatte Budweiser getrunken, das Onkel James spendiert hatte, und an frittierten Scampi geknabbert, bis Gerta dann alle Freunde verabschiedete, von Chim und Richard Lichtheim über Anaïs und Henry, Amalia und Jonathan bis hin zu Sylvia Beach, die mit Gisèle Freund und Simone de Beauvoir gekommen war.

Inzwischen saßen nur noch die üblichen Saufköpfe herum, die sich von keiner Party vertreiben ließen, selbst wenn der Gastgeber sie nicht einmal kannte.

Den Mittelpunkt der Säufer bildete der Marquis de Turennes, Amalias Cousin, der inzwischen die kleine Vanderbilt geheiratet hatte und ihre Mitgift in Haschisch, Absinth und Poesie für seine aristokratischen Freunde verwandelte, die über irgendein Gedicht von Aragon stritten.

Bandi nickte ab und zu in sich hinein, als würde er einen Kommentar abgeben, nippte aber ansonsten geistesabwesend an seinem Budweiser und nahm hin und wieder einen Zug an seiner Zigarette, einer Chesterfield, die er neuerdings bevorzugte, weil sie amerikanischen Lebensstil symbolisierte.

Gerta erkannte die Schatten der Bartstoppeln auf seinen Wangen und bemerkte einmal wieder, wie stark Bandi abgenommen hatte, seit er im Winter letzten Jahres aus dem eingekesselten Madrid zurückgekehrt war. Er hatte sich geweigert, sie dorthin mitzunehmen, weil es zu gefährlich war.

Die Bilder der spanischen Hauptstadt, die unter dem Bombenfeuer der Generäle Francos fast zugrunde ging, waren in allen internationalen Zeitschriften veröffentlicht worden, unter anderem in *Life*, das Ende November 1936 zum ersten Mal erschienen und allein in den USA sagenhafte 466 000 Mal verkauft worden war.

Aber Bandi schien keinen Trost darin zu finden, dass er seit Anfang des neuen Jahres auf dem besten Wege war, ein weltberühmter Kriegsfotograf zu werden.

Zwar verschaffte er auch ihr immer wieder Aufträge in allen möglichen großen Zeitschriften, und längst bürgte auch ihr Name, Gerta Taro, für Qualität in internationalem Maßstab; sie veröffentlichte in *Ce Soir, Picture Post, Vu* und *Zürcher Illustrierten* – und sie freute sich immer noch über jeden Abdruck wie eine Schneekönigin; doch der Mann an ihrer Seite, so kam es ihr vor, hatte das Talent zur Freude verloren, seit er aus dem zerbombten Madrid zurückgekehrt war. Sie wusste nicht, was er dort gesehen und *nicht* fotografiert hatte und worüber er nicht sprach, doch was immer es sein mochte – es hatte den Ausdruck in seinen Augen verändert; ein Funke war erloschen.

Heute Abend hatte er viel zu laut und viel zu betrunken von seinem großen Traum, der Fotoagentur, gesprochen, die er eines Tages gründen und dann *Magnum* nennen wollte. Aber Maria Eisner, Chim und selbst Henri Cartier-Bresson hatten ihn nur ausgelacht. Niemand glaubte mit ihm an seinen Traum; die Fotografen wurden in den Redaktionen oft wie der letzte Dreck behandelt, und es schien ganz und gar unwahrscheinlich, dass es möglich sein sollte, sich in einem Verbund zusammenzutun und selber über die Verwertung der Fotos zu bestimmen. Bandi litt daran, dass keiner an seine Vision glaubte, und Gerta litt mit ihm.

Jetzt begann sie aufzuräumen, die erste Märzsonne schien schon fahl durch die Fenster und ließ die Gesichter der letzten Zecher noch fahler aussehen. Sie leerte Aschenbecher aus und räumte Weinflaschen zusammen, bis sie hörte, dass jemand das Grammophon bediente, Josephine Baker laut gestellt hatte, und eine Hand an ihrer Seite spürte.

»Komm, lass uns tanzen.«

Es war wie eine Szene aus einem Film, dachte er.

Sie tanzten durch das leere Studio, und der Raum und die Musik waren nur für sie alleine da. Ihr Abendkleid, über und über mit Pailletten besetzt, schimmerte in der ersten Morgensonne, und sie überließ sich sanft seiner Führung, während Josephine Baker aus dem Grammophon schmachtete.

»Könntest du dir vorstellen, in Amerika zu leben?«, fragte er in ihr Haar mit dem Zitronenduft und dachte dabei an seine Mutter und seinen Bruder Cornell, die inzwischen beschlossen hatten, für immer in New York City zu bleiben.

Im Winter hatten sie einen Besuch in Europa gemacht, den letzten, wie Julika Friedmann verkündet hatte, denn sie war überzeugt, ein neuer Weltkrieg stünde bevor. Sein Vater Deszö hatte trotz aller Warnungen beschlossen, in Budapest zu bleiben und ein Leben ohne seine temperamentvolle Frau zu führen.

Ausgerechnet heute, dem Tag, wo er sein eigenes Atelier eröffnete, hatte ihm die New Yorker Fotoagentur *Pix* per Telefax ein Stellenangebot geschickt, weil *Life* und andere amerikanische Illustrierte nach guten Fotos für die Massenmärkte förmlich hungerten – und in harten Dollars dafür zahlten.

»Amerika?« Gerta schloss die Augen, während sie sich in seinen Armen im Takt der Musik wiegte. »Na, klar. Aber vorher müssen wir unseren Job in Europa zu Ende bringen.«

Er packte ihre Schultern, hielt sie von sich fern. »Damit meinst du nicht diesen scheußlichen Krieg in Spanien?«

»Du warst es, der überzeugt war, dass sich in Spanien die Schlacht zwischen Gut und Böse, zwischen Demokratie und Faschismus entscheidet.«

»Allerdings vor dem Bombardement Madrids. Inzwischen weiß ich, dass es überhaupt nicht um Demokratie geht und auch nicht um die Menschen Spaniens. Es geht lediglich um Stalin und seine politischen Ziele. Die idealistische Jugend Europas wird in diesem Schlachthof Spanien ermordet und verheizt.«

»Bandi! Du bist so negativ geworden!«

Er seufzte. »Die Welt ist negativ, begreifst du das nicht? Wir sollten weg aus Europa. Hier findet ein Kampf zwischen zwei despotischen Regierungsformen statt, zwischen den Faschisten und Kommunisten. Aber ich möchte in Freiheit leben. Meine Mutter hat Recht. Warum hier leiden, wenn es uns in New York gut gehen kann und wir erfahren können, was Freiheit bedeutet? *Pursuit of happiness*«, sagte er sehnsüchtig. »Das Recht des Menschen auf Glück, das in der US-Verfassung verankert ist.«

»Ich würde ja mitkommen, Bandi. Aber nun haben wir doch eben erst das Atelier hier eröffnet. Und ich will wieder nach Spanien. Du weißt, dass ich für *Ce Soir* akkreditiert bin. Und ich kann nicht so tun, als ob mich das nichts angeht. Wenn man bedenkt, wie viele großartige Menschen dort schon gestorben sind, kommt einem der Gedanke, als wäre es irgendwie unfair, selber noch am Leben zu sein.«

Er stoppte abrupt ihren Tanz, packte sie an den Schultern und schüttelte sie einmal, zweimal. »Sag niemals wieder so was Verrücktes, hast du gehört? Mit deinem Tod würdest du niemanden lebendig machen, Gerta, ganz gewiss nicht.«

Sie starrte ihn an, blass, verstört. Sie rieb sich die Schulter, wo er sie festgehalten hatte, und er schämte sich dafür. »Wie kannst du dich nur so vergessen, Bandi?«

»Man wird unruhig, wenn man jemanden liebt. Es ist gefährlich. Man hat Angst, denjenigen zu verlieren.«

»Hab ich gesagt, dass ich sterben will? Ich möchte nur fotografieren, was an der Front *wirklich* geschieht. Die Welt hat ein Recht, die Wahrheit des Krieges zu erfahren.«

»Fotos, Fotos«, sagte er unwirsch. »Als ob die ganze Welt sich nur um diese verdammte Arbeit dreht. Wir können auch Fotos in Amerika machen. Wir waren doch an der Front, Gerta, und haben genug für die Republik getan. Ich hab weiß Gott mein Leben riskiert. Jetzt hab ich dieses wunderbare Angebot bekommen. Was die Agentur *Pix* mir bietet, ist mehr, als ich hier in Paris je verdienen könnte. *Atelier Robert Capa* hin oder her – wenn man für *Life* und das amerikanische Publikum fotografiert, erreicht man eine Leserzahl, von der man in Europa nur träumen kann.«

»Du Träumer.« Sie strich ihm sanft über die Wange, und er verlor die Hoffnung.

Nein, wusste er, sie würde nicht mit ihm gehen. Sie war viel zu ernst, viel zu sehr Europäerin, als dass sie den alten Kontinent im Stich lassen würde. Nicht jetzt, wo sich die Schlacht um seine Zukunft entschied – obwohl er persönlich schon längst nicht mehr an die spanische Republik glaubte. Die Bilder des sterbenden Madrid hatten ihm jede Hoffnung auf Freiheit für Europa zerstört.

Aber Gerta hatte sie noch, und er hasste und liebte sie dafür.

»Dann machst du eben deine Fotos in Spanien, meine kleine Kämpferin«, sagte er mit resignierter Zärtlichkeit. »Und ich verdiene hier das Geld für unsere Überfahrt, indem ich uns ein paar Aufträge für *Life* beschaffe, vielleicht könnten wir eines Tages eine richtig große Reportagereise zusammen machen. Und wenn du dann den Bürgerkrieg für die Republik gewonnen hast, bist du mir einen Gefallen schuldig, einverstanden?«

Fragend blickte sie zu ihm auf, und er sah dieses geheimnisvolle Grün, das ihn immer noch faszinierte.

»Einverstanden«, sagte sie langsam. »Was für einen Gefallen?«

»Dass du hinterher mit mir nach New York kommst. Denn weißt du – ich liebe dich.«

Er begehrte sie mehr denn je, seit sie als Fotografin ihre eigene Karriere machte und für *Vu* und *regards* und *Ce Soir* fotografierte. Sie brauchte seine Nähe nicht, war stark und unabhängig, keine Frau, die ihn einengen würde.

Gerta Taro war genau die Frau, die er brauchte.

Die Worte flatterten aus ihm heraus, und er lauschte ihnen nach, ohne dass er sie unter seiner Kontrolle hatte. »Ich möchte, dass du dich fest an mich bindest.« Etwas zusammenhanglos fügte er hinzu: »Meine Mutter wird sich freuen, wenn ich bürgerlich werde.«

Gerta lachte. »Soll das etwa ein Heiratsantrag sein? Von

André Friedmann, alias Robert Capa, dem König der Bindungsängste? Oh, du weißt ganz genau, deine Mutter würde sich eher über den Teufel als Schwiegertochter freuen. Sie kann mich überhaupt nicht leiden.«

Er küsste ihr Haar. »Ihr seid euch zu ähnlich.«

»Und was soll ich mit meinem Vater tun? Ich kenne ihn kaum noch, seit Mutter gestorben ist, so deprimiert ist er geworden. Soll ich ihn vielleicht allein in Leipzig zurücklassen?«

»Ganz einfach, er wird diese Fabrik an die Nazis verkaufen, mit uns kommen und die Braut zum Altar führen.« Er wiegte sie im Takt der Musik. »Übrigens ist auch der Homunkulus auf dem Weg nach New York, so, wie er es damals in Berlin verkündet hat. Wenn der Krieg zu Ende ist, treffen wir uns dort auf ein Glas Glenfarclas und träumen von unserem schönen Berlin und den großen Tagen des freien Deutschland…«

Er hob die Stimme, um Josephine Baker zu übertönen, die sich gerade zu ihrer vibrierenden, sinnlichen Höchstform aufschwang.

»Ich mein es ganz ernst, Gerta. Ich möchte keine andere Frau außer dir. Heirate mich.« Und dann legte er zärtlich die Hand über ihren Mund. »Sag jetzt nichts. Denk drüber nach, und lass dir Zeit mit der Antwort.«

Die Bomber donnerten über sie hinweg, es kreischte und sirrte heulend jedes Mal, wenn ihre tödliche Fracht in den Staub vor der Stadt Brunete auftraf. Man hörte die Explosionen, Erde prasselte und spritzte in den Unterstand, in den sie sich vor den Kampfflugzeugen geflüchtet hatte, und dann war es still, bis wenige Minuten später die nächste Welle dieses schrecklichen Luftangriffs einsetzte, die vom dumpfen Dröhnen der zweimotorigen Heinkel-III-Bomber eingeleitet wurde und sich dann zu einem so betäubenden

Lärm ausweitete, dass sie glaubte, ihr Ohr werde platzen, es könne keine Steigerung von Lärm geben.

Während die dicken, in der Sonne silbrig glitzernden Kampfflugzeuge über sie hinwegglitten wie böse, tödliche Fische, hielt sie die Kamera mit beiden Händen über den Kopf und drückte auf den Auslöser ihrer Leica.

Sie nahm nicht nur die Flugzeuge auf, sondern auch die Erde, die fontänenartig hochspritzte, jedes Mal wenn eine Bombe eingeschlagen war, der dicke, stinkende Rauch, in dem Menschen gestorben waren, die Soldaten der 108. Brigade der republikanischen Truppen, die in blinder Panik den größten möglichen Fehler machten und aus den Schützengräben flüchteten – um direkt in die Gewehre ihrer Kameraden zu stolpern, die Befehl hatten, jeden Deserteur zu erschießen.

»Nicht schießen!«, brüllte Gerta aus dem Unterstand. »Ihr seht doch, dass sie nicht desertieren! Sie haben Angst! Seid doch Menschen! Und ihr – lauft zurück! Kämpft!«

Und dann ging alles unter im nächsten Angriff der Legion Condor, die das Schlachtfeld in eine glutheiße Hölle verwandelte, und sie hielt schützend beide Arme über ihren Kopf, als ihr Kollege Ted Allan sie zu sich herunterzog.

Genau im richtigen Moment, denn dann sah Gerta einen grellen Blitz vor den Augen, und der Unterstand schwankte. Sie hatte das Gefühl, taub geworden zu sein vom Rasseln der Bombe, die in nächster Nähe heruntergegangen sein musste.

»Danke«, sagte sie zu Ted Allan, der als Einziger den Mumm gehabt hatte, sie ins Divisionshauptquartier von General Walter zu begleiten. Journalisten waren an der Front um Brunete nicht mehr zugelassen.

Aber sie, Gerta Taro, hatte vor drei Tagen, dem 22. Juli 1937, die sensationellsten Fotos ihrer Karriere und des Spanischen Bürgerkrieges aufgenommen, hatte den Sieg der republikanischen Truppen bei Brunete dokumentiert und in *regards* als Titelgeschichte veröffentlicht.

Bandi hatte ihr erst gestern Morgen bei einem hastigen Telefonat von Paris aus erzählt, dass die Fotos um die ganze Welt gegangen waren: Bisher war es keinem Fotografen geglückt, einen Sieg der Republikaner auf Film zu bannen. Dass ausgerechnet sie, eine junge Frau, es geschafft haben sollte, gegen das Verbot der Armee ins noch rauchende Brunete vorzudringen und diese Fotos aufzunehmen, hatte die Weltöffentlichkeit fast noch mehr fasziniert als das, was auf ihnen zu sehen war.

Auch General Walter konnte sich dieser Faszination nicht ganz verschließen. Und dennoch hatte er ihnen vor drei Stunden befohlen, die Front augenblicklich zu verlassen. Es werde jeden Augenblick die Hölle losbrechen; Journalisten seien unerwünscht, sie möchten einfach nur verschwinden.

Aber Gerta hatte Ted Allan dazu überreden können, den Befehl zu ignorieren und sich mit ihr in diesem Unterstand zu verstecken. Heute würden sie vermutlich keinen Sieg zu sehen bekommen, und ihre Fotos würden nicht die Tapferkeit der Republik zeigen, denn es hieß, eine überwältigende Luftstreitmacht habe Kurs auf Brunete genommen.

Ted bereute es inzwischen, dass sie den Befehl General Walters ignoriert hatten und als einzige Journalisten heimlich geblieben waren; Gerta bereute es nicht eine Sekunde.

Nie zuvor war sie dem Krieg derart nahe gekommen, dem modernen Krieg, der mit erbarmungsloser Wucht aus der Luft geführt wurde und mit den modernsten Flugzeugen, die man bisher kannte. Was sie in den letzten Stunden fotografiert hatte, würde alle Bilder ihrer Laufbahn in den Schatten stellen.

Kein Kollege außer ihr war hier draußen. Diese Fotos, so wusste sie schon jetzt, hatten eine Dramatik und Unmittelbarkeit, die endlich die Öffentlichkeit aufrütteln würde: Krieg war das Grauen, kein Spaziergang für Gentlemen, und die Leichen und Körperteile, die ringsum im Staub lagen, gaben ein schreckliches Zeugnis davon. Für die spanische Republik und die stalinistischen Kommunisten ließen Tausende junger Männer sinnlos ihr Leben, denn sie hatten keine Chance, gegen die technische Übermacht der Legion Condor zu gewinnen.

Wieder hörte sie Maschinengewehre knattern, wieder nahten die Bomber und wurden vergeblich von den Mündungen der Republikaner ins Visier genommen, wieder rannten junge Männer, halbe Kinder, in die Schüsse ihrer Kameraden.

Und dann drückte sie zum letzten Mal ab, sie hatte alle Filme verbraucht, natürlich auch jene, die Ted ihr überlassen hatte, der sich in den hintersten Winkel des Bunkers kauerte, statt es ihr gleichzutun und durch die Öffnung nach oben zu fotografieren.

Erschöpft ließ sie sich neben ihn in den Staub fallen und nahm dankbar einen Schluck Whiskey an. Ihr Gesicht war verdreckt, ihr Drillichanzug von den Schultern bis zu den Füßen mit Schlamm überkrustet, und sie hatte einen ihrer *alpargatas* verloren, einen der spanischen Strohschuhe, die für die endlosen Märsche an der Front genau das Richtige waren.

»Meine Güte«, stöhnte sie. »Bin völlig fertig. Aber hab alles im Kasten. Die besten Fotos meines Lebens.« Sie streckte die Beine aus, während die Bomber oben über sie hinwegdonnerten. »Es hat sich doch gelohnt, noch mal hier rauszufahren. Ich dank dir, dass du mit gekommen bist, Ted. Ohne dich wäre ich schon faul und feige zurück auf dem Weg nach Paris.«

»Ich wollte, du wärst es.« Er grinste. »Dann würde ich nicht mit dir in dieser Hölle sitzen.«

»Morgen bist du mich los«, sagte sie fröhlich. »In ein paar Tagen bin ich zurück bei Bandi und trink einen schönen Roten auf dem Montparnasse. Wenn du nett zu mir bist und mir noch einen Schluck Whiskey gibst, grüß ich vielleicht sogar den Eiffelturm von dir.« Sie griff in die Tasche ihrer Hose und zog Bleistift und Papier heraus. »Ich muss mich ablenken, sonst treiben diese Flieger mich noch in den Wahnsinn«, erklärte sie dem erstaunten Ted. »Ich schreib jetzt einen Brief.«

»Diese Frau hat Nerven«, stöhnte er. »Wie kann man jetzt Briefe schreiben?«

Sie formte die Hände zum Trichter, um den Lärm der Maschinengewehre zu übertönen.

»Ist was Wichtiges!«, brüllte sie an sein Ohr. »Verstehst du – was Wichtiges!«

Bandi hatte die halbe Nacht nicht geschlafen und seine innere Unruhe mit Whiskey betäubt. Gerta war nicht, wie vereinbart, aus Madrid zurückgekehrt. Am Sonntagnachmittag hatte er versucht, sie anzurufen, um ihr zu erzählen, dass *Life* sie beide für eine Reportage nach China schicken wollte.

Aber in dem Schloss, wo sie zusammen mit Schriftstellern und Journalisten aus aller Welt untergebracht war, teilte man ihm mit, dass niemand wisse, wo sie stecke. Bandi vermutete, dass sie es machte wie alle Kriegsreporter – und die Heimreise bei Champagner im Hotel Palace feiern würde.

Und dennoch nagte ein seltsames Gefühl an ihm. Irgendwann weit nach Mitternacht, nach einer halben Flasche Glenfarclas, war er schließlich unverrichteter Dinge und unruhigen Herzens eingeschlafen – und heute früh so knapp aufgewacht, dass er es gerade noch so eben zu seinem Termin in die Zahnarztpraxis geschafft hatte.

Nun musste er dort warten und vertrieb sich die Zeit, indem er in *L'Humanité* blätterte.

Auf der dritten Seite fand er eine Spalte mit kurzen Meldungen aus Spanien und schlug ein Bein übers andere, um sie in Ruhe zu lesen.

Doch mit der Ruhe sollte es für den Rest seines Lebens vorbei sein, als er die letzte Meldung las, die vermutlich kurz vor Andruck noch hereingekommen war.

> FRANZÖSISCHE JOURNALISTIN TARO
> VERMUTLICH IM KAMPF BEI BRUNETE GETÖTET
> *Nach bisher unbestätigten Meldungen soll die französische Journalistin Mlle. Taro heute bei einem Gefecht bei Brunete ums Leben gekommen sein.*

Es war Louis Aragon, der Chefredakteur von *Ce Soir*, der seine letzten Hoffnungen zunichte machte, indem er ihm alles berichtete. Er tat es in einem nüchternen Ton, der es Bandi ermöglichte, seinen Worten zu folgen, auch wenn es ihm so seltsam, so fern erschien, als betreffe es gar nicht ihn.

Gerta Taro und Ted Allan hatten die Front bei Brunete in nördlicher Richtung und zu Fuß verlassen, als die schweren Luftangriffe der Legion Condor endlich aufgehört hatten. Um halb sieben Uhr abends, kurz vor Valdemorillo, hatte der Tourenwagen von General Walter sie überholt, und es war ihnen gelungen, ihn anzuhalten. Man hatte den beiden Reportern erlaubt, auf dem Trittbrett mitzufahren und ihre Fotoapparate, Taschen und Filme im Inneren des Wagens zu deponieren. Trotz der Tiefflieger und Kampfhandlungen seien sie in guter Stimmung gewesen. Gerta habe von Champagner gesprochen, bevor sie dann morgens nach Paris aufbrechen würde. Schon nach wenigen Kilometern sei das Unglück passiert. Ein Panzer sei ins Schleudern geraten, auf den Tourenwagen des Generals zugeschossen und habe die beiden Reporter zerquetscht. Gerta und Ted waren ins amerikanische Feldlazarett El Escorial gebracht worden, wo sie nach einer Operation am Montag, dem 26. Juli, gestorben war, um sechs Uhr morgens, zwei Stunden, bevor Bandi zum Zahnarzt aufbrach.

Die Fotoapparate und Filme von Brunete waren verschwunden und sollten auch niemals wieder auftauchen.

In den nächsten Tagen gab es ständig neue Titelgeschichten über Gertas Leben, ihre Fotos wurden wieder und wieder gedruckt, und die Frau, die Bandi mehr liebte als sein Leben, verwandelte sich in den Mythos Gerta Taro.

Sie wurde zur Heldin und Märtyrerin, zur gefeierten Tochter von Paris. Das Maison de la Culture, wo ihre Leiche aufgebahrt war, wurde von einer riesigen schwarzen Trauerfahne geschmückt. Es gab kein Durchkommen zu ihrem Sarg unter dem Blumenmeer und den Fernschreiben und Beileidsbriefen von Berühmtheiten wie Egon Erwin Kisch und Pablo Neruda sowie Tausenden aufgewühlter Leserinnen.

Bandi, der ständig betrunken war, kam dies alles unfassbar vor und unwirklich. Gerta war tot.

Er hatte die einzige Frau verloren, die er jemals geliebt hatte.

Diese Sätze konnte er sagen, laut vor sich hin sprechen, doch ihre Bedeutung konnte er nicht begreifen.

Er glaubte, dass sie jeden Augenblick mit ihrem strahlenden Lächeln und dem Zitronenduft in den Raum treten müsse.

Er würde in ihr Haar pusten und das kleine Grübchen in ihrer Wange küssen, sie würden Champagner trinken und sich die ganze Nacht lieben …

Aber die Realität holte ihn immer wieder ein.

Am 1. August, dem Tag, der ihr 26. Geburtstag gewesen wäre, begleiteten hunderttausend Pariser mit Blumen und Kränzen und unter den Klängen von Chopins Trauermarsch ihren Sarg hinaus zum Friedhof Père Lachaise, wo die Pariser ihre Helden begraben und *Ce Soir* einen Grabplatz gekauft hatte.

Die Pariser, die um ihre schöne Reporterin trauerten, ahnten nichts von dem, was an der Spitze des Trauerzugs vor sich ging.

Konsul Pohorylle murmelte, vom Kummer betäubt und verwirrt, auf Hebräisch das *Kaddisch*, das jüdische Totengebet, was Tante Terra hysterische Schluchzer entlockte und Onkel James die Augenbrauen heben ließ. Amalia folgte, in sich zusammengesunken und mit leerem Blick, an Jonathans Seite dem Sarg, sie gab Gerta immer wieder das Versprechen, sie niemals zu vergessen. Sylvia Beach stützte sich auf Simone de Beauvoir, müde und erschöpft. Anaïs weinte stumm an der Seite von Henry Miller.

Bandi, der wie immer in den letzten Tagen völlig betrunken war, stützte sich auf Chim, der trockene, gerötete Augen hatte, und Richard Lichtheim, der sinnlos seinen Schnurrbart zwirbelte.

»Sie wird unsterblich werden«, murmelte der Homunkulus immer wieder, der eigens nach Paris gekommen war, um Bandi in der Trauer beizustehen. »Sie wirrrd eingehen in die Geschichte der Fotografie als die erste Kriegsreporterin, die an der Front starb.«

»Das macht sie auch nicht lebendig«, fauchte Chim.

Langsam, quälend langsam, schob sich der Trauerzug in den Pariser Osten, zum Friedhof Père Lachaise, doch Bandi nahm nichts wahr von alledem, denn er sah andere Bilder vor sich, die Bilder von damals, von ihrem ersten Rendezvous auf dem Friedhof Montparnasse, und er sah genau vor sich, wie die Sonne ihr ins Gesicht fiel und sie lachte und wie in ihm das Bedürfnis übermächtig wurde, sie an sich zu ziehen und auf den schönen Mund zu küssen.

Als sie den Haupteingang zum Friedhof Père Lachaise erreicht hatten, fiel ihm ein, was sie damals zu ihm gesagt hatte.

»Jetzt müssen Sie mir was versprechen«, hörte er ihre hohe Jungmädchenstimme sagen, die so voller Fröhlichkeit war. »Falls wir uns noch kennen, wenn ich sterbe, dann müssen Sie mich zu einem fröhlichen Geist machen. Verstanden?«

Um Trost zu finden, fasste Bandi in seine Jackentasche und umklammerte den Brief, den man ihm heute Morgen erst übergeben hatte und der sich bis zuletzt in einer Tasche ihres Drillichanzugs befunden hatte, als hätte sie ihm ein letztes Zeichen geben wollen.

Sie musste den Brief kurz vor ihrem Tod an ihn geschrieben haben, noch an der Front von Brunete.

Sie hatte sich den Staub aus dem Gesicht gewischt, einen tiefen Schluck aus Ted Allans Whiskeyflasche genommen, ihm dankbar zugelächelt und über das nachgedacht, was sie Bandi schreiben wollte, von hier, vom Ort des Todes, der ihr in den letzten Stunden so deutlich gemacht hatte, was im Leben wichtig war.

»Alles, was im Leben zählt, ist die Liebe«, schrieb sie an Bandi, und der Stift kratzte übers Papier, ein seltsames und beruhigendes Geräusch nach dem Donnern der Explosionen.

»Diesen Satz hat meine Mutter einmal zu mir gesagt, und ich hab ihn bis zum heutigen Tag nicht wirklich verstanden. Jetzt bin ich hier, in der grässlichsten Materialschlacht, in der Hölle auf Erden, und ich habe alle Befehle dieses General Walter ignoriert. Glaub mir, es sind die besten Fotos, die ich je gemacht habe, und danach wird mich kein kommunistischer Zensor dieser Erde je wieder in diese Republik einreisen lassen. Diese Fotos sind Hochverrat. Sie zeigen, wie sinnlos der Einsatz von Kindern gegen schwere Bomber ist, und sie werden um die ganze Welt gehen und die Wahrheit zeigen. Damit ist mein Einsatz hier beendet, und ich bedaure es nicht ein bisschen.

Aber ich muss dir etwas Wichtiges sagen. Du hast mir vor ein paar Wochen eine Frage gestellt, Bandi, und ich hab dir bis zum heutigen Tag nicht geantwortet. Vorhin ist eine Bombe neben uns detoniert, Bandi. Und da wusste ich auf einmal, was ich dir sagen will. Ich möchte es hundert Mal rufen und damit alle Kanonen der Welt übertönen: Ja, ich liebe dich, Bandi. Ja, ich gehe mit dir nach New York, und wenn du willst, auch um die ganze Welt. Ja, ich möchte dich heiraten und viele Kinder von dir. Tausend Küsse für dich, mein Geliebter. In drei Tagen spätestens sehen wir uns wieder. Ich denke an dich und vergesse die Hölle ringsum. Ich bin glücklich.«

Damals, im Schnee von Leipzig, hatte es begonnen, und unter der spanischen Sonne war es zu Ende gegangen.

Der Mann im Hotel Algonquin blickte ein letztes Mal auf den Brief, den er in diesen zwanzig Jahren sicher zwanzigtausend Mal gelesen hatte. Das Papier war zerknittert und dünn geworden und mit Wasserflecken übersät, denn auch bei der Invasion in der Normandie damals hatte er es auf dem Herzen getragen.

Tausend Küsse, sagte er leise und faltete den Brief behutsam zusammen, bevor er ihn in die Innentasche seines Jacketts steckte.

Es wurde Zeit, dass er sich wieder unter die Partygäste mischte und sein Lächeln anknipste, mit dem er die ganze Welt blendete und täuschte.

Er zündete sich noch eine Chesterfield an, steckte sie in den Mundwinkel und betrachtete noch einmal das Bild des Fallenden Soldaten, das bis zum heutigen Tag sein Schicksal bestimmte.

Sein Weg würde ihn bald in den nächsten Krieg, auf irgendein Schlachtfeld der Erde führen, denn wenn es keine Gewissheit gab, so konnte man doch sicher sein, dass die Menschen niemals aufhören würden, einander zu bekriegen und zu ermorden.

Und irgendwann würde auch Robert Capa dann sein letztes Foto machen, und er würde es tun, ohne es zu bedauern.

Denn dann würde er bei ihr sein, irgendwo dort oben, auf dem Polarstern vielleicht. Und zusammen würden sie dann nach Süden leuchten, hin zur Sonne und zum Glück.

Epilog

Bandi, alias Robert Capa, sollte es im Frühjahr 1947 in New York gelingen, den Traum von MAGNUM zu verwirklichen. Zusammen mit Chim, Henri Cartier-Bresson und dem Engländer George Rodger gründete er die weltberühmte Bildagentur, die bis heute die bedeutendsten Fotografen der Welt versammelt.

Bandi, der den rasanten Aufstieg von MAGNUM noch miterlebte, reiste 1954 für eine Reportage in den Indochina-Krieg, wo er am 25. Mai um 2.55 Uhr bei Daoi Than den Fuß auf eine Tretmine setzte und wenige Stunden später an seinen schweren Verletzungen starb. Die Mine hatte ihm ein Bein abgerissen und seine Brust zerfetzt. Minuten vor dem verhängnisvollen Schritt hatte er sein letztes Farbfoto aufgenommen, Infanteristen, die sich durch hohes Gras schlugen. Er wurde in Hanoi begraben. Die Autorin ist überzeugt, dass seine Seele die von Gerta irgendwo dort oben in den Sternen fand.

Chim, der seine Eltern in den Todeslagern der Nazis verloren hatte, machte mit einem neuen Namen einen neuen Anfang. Er fotografierte als »David Seymour« für MAGNUM und wurde vom US-Geheimdienst für besondere Leistungen ausgezeichnet. 1956 starb er im Feuer eines ägyptischen Maschinengewehrs – genau vier Tage nach dem Waffenstillstand am Suez-Kanal.

Henri Cartier-Bresson musste die Haft im deutschen

Konzentrationslager am eigenen Leib erleiden, konnte aber ein sehr hohes Alter erreichen und genießt in Frankreich trotz seiner fast schon übertriebenen Bescheidenheit große Popularität.

Simon Guttmann konnte es nicht lassen und gründete in Zürich eine neue Bildagentur, die *Prisma Press Agency*. Dr. Erich Salomon, der Grandseigneur der Fotografie, floh kurz nach der Machtergreifung in die Niederlande, wo er mit seiner Familie 1943 verraten und nach Auschwitz deportiert wurde. Ein Jahr später wurden sie alle ermordet.

Richard Lichtheim durfte erfahren, wie sein großer Traum von *Eretz Jissrael* wahr wurde. 1954, als er längst in der Heimat lebte, hat er eine umfassende *Geschichte des deutschen Zionismus* im Jerusalemer Verlag Rubin Mass veröffentlicht. Jacques Salomon hingegen starb weit vor der Gründung des Staates Israel. Der Kopf der Résistance an der Pariser Universität wurde am 23. Mai 1942 von den Nazis erschossen; er war vierunddreißig Jahre alt.

Nach dem Einmarsch der Nazis in Frankreich musste Sylvia Beach ihre Buchhandlung aufgeben und suchte zusammen mit Adrienne Zuflucht auf dem Lande. Tröstlich, dass die beiden dort wohl noch glückliche Jahre hatten. Und es gibt heute wieder eine Buchhandlung Shakespeare and Company am linken Ufer der Seine in Paris, und die Atmosphäre ist so offen, freundlich und voller Geheimnisse, wie sie es damals, in den großen Zeiten der Left Bank, gewesen sein mag.

Seit damals sind Anaïs und Henry Miller als erotische Autoren weltberühmt geworden. Auch in Deutschland werden sie viel gelesen, und zuletzt schilderte ein Hollywood-Film ihr freies, verwegenes Leben: *Henry, June und ich*.

Was nun Amalia und Jonathan betrifft, so scheint ihre Zukunft eher ungewiss. Denn sie sind frei erfunden. Aber vielleicht sei verraten, dass die Autorin ihnen wünscht, sie mögen in der Strandvilla in den Hamptons glücklich geworden sein und viele vor Gesundheit strotzende Erben gezeugt haben.

Danksagung

An dieser Stelle möchte ich mich bei all den Menschen bedanken, die dazu beigetragen haben, dass dieser Roman entstehen konnte.

Allen voran meiner Lektorin, Daniela Bentele-Hendricks, die nicht nur meine schriftstellerischen Krisen meisterte, sondern mir auch menschlich in einer schwierigen Phase meines Lebens sehr geholfen hat. Sie hat ihr ganzes Talent und ihre Kreativität auf mein Manuskript verwendet, und ohne sie würde es diesen Roman nicht geben.

Meinem Agenten, Reinhold Stecher, danke ich für seinen unerschütterlichen Glauben an mein Autorendasein und für seinen freundlichen Beistand.

Und ich danke meinen Freunden und meiner Familie, die es so lange mit mir ausgehalten haben, obwohl ich dieses Buch schrieb.

Bei der Recherche zu diesem Roman waren folgende Werke für mich sehr wichtig und seien dem Interessierten an dieser Stelle empfohlen: Richard Whelan, »Robert Capa: Die Wahrheit ist das beste Bild« und Irme Schaber, »Gerta Taro, Fotoreporterin im spanischen Bürgerkrieg«.

»Murray macht keinen Unterschied zwischen privater und öffentlicher Tragödie, er erzählt nur großartige Geschichten.«

DIE WELT

John Murray
KURZE NOTIZEN
ZU TROPISCHEN
SCHMETTERLINGEN
BLT
416 Seiten
ISBN 978-3-404-92195-9

Zwei Brüder ertrinken auf hoher See, eine Schwester stirbt als Kind einen verdächtigen Tod, ein Vater und sein Sohn werden zufällig Zeuge der Untreue der Ehefrau und Mutter, eine Mikrobiologin entdeckt, dass sie schwanger ist, und trifft inmitten einer Cholera-Epidemie den Mann, der der Vater ihres Kindes werden könnte ... John Murrays Geschichten sind leidenschaftlich. Sie erinnern uns daran, was Menschlichkeit ist. Sie erzählen von der Macht der Erinnerung. Und von den wenigen wirklich wichtigen Momenten im Leben.